Madelaine Harder

Supposed to be love

Roman

nexx
verlag

Madelaine Harder
Supposed to be love
Roman

ISBN/EAN: 978-3-95870-692-7

1. Auflage

Umschlaggestaltung: nexx verlag, Bilder: Madelaine Harder

www.nexx-verlag.de

nexx verlag

Liebe besitzt nicht. Ist es Besitz, ist es keine Liebe.

Prolog

Was wäre die eine Sache, die du tun würdest, wenn du keine Konsequenzen zu fürchten hättest?

Was würdest du tun, wenn dir ein Mal, nur ein einziges Mal, die Meinung von anderen Personen absolut egal wäre?

Du auf die Missbilligung deiner Freunde, deiner Familie verzichten könntest?

Wenn du dir dieses eine Mal nicht selber im Weg stehen würdest, gebunden an gesellschaftliche Konventionen, an Werte, die dir förmlich schon in die Wiege gelegt wurden? Normen, die du dir nicht selbst ausgesucht hast?

Was würdest du ausprobieren, wenn du die Angst zu scheitern hinter dir lassen könntest, nur ein einziges, verdammtes Mal?

Ich für meinen Teil, ich weiß es ganz genau.

Nur kann ich genau diese eine Sache nicht tun.

Weil ich damit nicht nur mein Leben aufs Spiel setzen würde, sondern auch das des Mannes, den ich liebe.

Kapitel 1

Ich ziehe die Nase hoch und versuche nicht zu weinen. Mami mag es nicht, wenn ich weine. Dann schreit sie. Manchmal muss ich dann noch mehr weinen.

Mami schreit sehr oft.

Ich habe Schokoeis gegessen, das mir Daddy gegeben hat. Es ist lecker. Ein Tropfen ist auf mein T-Shirt gefallen. Es ist ein weißes T-Shirt. Der Fleck ist braun und sehr groß.

Ich weine. Mama wird sehr böse sein. Sie wird mich anschreien. Das macht mir Angst.

Vielleicht sage ich es ihr nicht.

Vielleicht sage ich es nur Daddy.

Das ist gut.

Daddy schreit nie.

Ich laufe zu Daddy. Er sitzt auf dem Sofa und liest Zeitung.

„Daddy", will ich sagen, aber plötzlich ist Mami da. Sie schaut sehr böse. Meine Lippe zittert. Gleich wird sie schreien.

„Es tut mir leid Mami", will ich sagen. Aber ich kann nicht.

„Du unnützes Ding!", schreit Mami.

Ich bin kein Ding.

Ich bin ein Mädchen.

Mami nennt mich oft Ding, das macht mich traurig.

„Verdammt, schon wieder ein T-Shirt ruiniert. Ich sollte dir einen Sack anziehen und mit einer Kordel festbinden! Ist es zu viel verlangt, auf deine Sachen aufzupassen, kannst du nicht einmal lieb sein?"

Sie ist laut.

Die Ohren tun mir weh.

Sie macht einen Schritt auf mich zu, hält die Hand hoch.

Ich mache einen Schritt zurück.

Bitte Mami, hau mich nicht. Es war keine Absicht.

Ich gucke zu Daddy.

Er schaut traurig, aber er sagt nichts.

Daddy sagt nie etwas. Daddy lässt Mami immer machen.

Und dann tut Mami mir weh.

Meine Backe brennt.

Ich weine.

Mami tut mir oft weh. Ich weiß nicht immer warum.

Ich bin vier Jahre alt.

Franziska malt mit Wasserfarben. Sie streckt immer die Zunge raus, wenn sie sich anstrengt, das finde ich lustig. Mache ich das auch?

Franziska ist meine beste Freundin.

Sie malt Schmetterlinge auf viele Karten, es sind fünf. Nein, sechs. Ich kann schon bis zwanzig zählen, aber manchmal verrutschen die Zahlen in meinem Kopf.

Schmetterlinge sind Franziskas Lieblingstiere.

Vielleicht sind es auch meine Lieblingstiere.

Ich gehe zu ihr.

„Was machst du da?“

„Ich bastle Karten. Ich habe morgen Geburtstag und meine Mama sagt, ich darf meine Freundinnen einladen, damit sie bei uns schlafen.“

Oh, das klingt nett, denke ich, dann sage ich es auch laut.

Ich würde auch gerne bei Franziska übernachten.

Ob eine Karte wohl für mich ist?

Irgendwie traue ich mich nicht zu fragen.

Warum ist das so?

Das ist doch komisch.

Franziska ist meine Freundin. Vor ihr muss ich keine Angst haben.

„Darf ich auch kommen?“ Meine Stimme klingt ganz piepsig.

Franziska hört auf zu malen und guckt mich an.

Sie guckt ganz komisch.

„Mama sagt, ich soll dich nicht fragen.“

Das verstehe ich nicht. Es macht mich sehr traurig.

„Warum sollst du mich nicht fragen?“

„Mama sagt, deine Mama sagt sowieso nein.“

Daran habe ich gar nicht gedacht. Mama mag meine Freundinnen nicht. Ich darf nie bei ihnen übernachten.

Aber vielleicht darf Franziska ja zu mir?

„Magst du mal bei mir schlafen?"

Franziska hört wieder auf zu malen. Sie legt den Pinsel weg und steht auf. Sie schaut mich nicht an.

„Ich möchte nicht zu dir kommen. Deine Mama macht mir Angst. Sie guckt immer böse. Meine Mama sagt, dass deine Mama Kinder haut. Ich möchte nicht gehauen werden."

Franziska läuft weg.

Ich glaube, sie ist nicht mehr meine Freundin.

Ich bin traurig.

Ich bin sechs Jahre alt.

Mama guckt seltsam. Irgendwie zufrieden. Freut sie sich?

Sie sitzt auf dem Sofa, die Beine überschlagen. Sie sieht sehr schön aus. Sie sieht immer sehr schön aus. Auch wenn sie böse schaut. Und sie schaut immer böse.

Aber jetzt nicht.

Sie lächelt.

Mir wird kalt am Rücken, wenn Mama lächelt ist etwas faul.

„Ich habe mir etwas ganz Besonderes für diesen Tag überlegt", sagt sie. Ihre Stimme ist anders, irgendwie weich. Sie redet sonst nie so nett mit mir.

Vielleicht hat sie ja mein gutes Zeugnis gesehen? Vielleicht bekomme ich eine Belohnung?

„Mir geht richtig das Herz auf. Ich wollte das schon viel früher tun, aber Ethan ist immer so zurückhaltend, so lästig. Aber das ist mir nun egal – ich habe auch eine kleine Aufheiterung verdient nach dieser Woche."

Das klingt nicht so, als wäre sie stolz auf mich.

„June, ich freue mich außerordentlich, dir endlich sagen zu können, dass du nicht meine Tochter bist. Und auch nicht Ethans. Du bist adoptiert. Wir haben dich im Krankenhaus ausgesucht, nachdem deine richtige Mutter dich nicht wollte – sie hatte offenbar einen besseren Riecher als ich."

Ich verstehe.

Ich verstehe nicht.

„Aber du bist doch meine Mama."

Sie verdreht die Augen.

„Bist du dumm oder taub? Oder beides? Gott behüte. Ich bin nicht deine Mutter. Du bist nicht mir aus dem Bauch gekrochen, sondern aus dem irgendeiner Crackhure, die sich dann einen feuchten Dreck um dich geschert hat. Ich ziehe dich nur auf, warum auch immer ich mir diese Last aufgebürdet habe. Mütterliche Liebe – so ein Schwachsinn. Niemand hat dich lieb. Niemand. Wie kann man einen solchen Trampel auch liebhaben?"

Sie seufzt.

Ich verstehe.

Ich verstehe nicht.

Sie ist nicht meine Mama.

Daddy ist nicht mein Papa.

Wer bin ich dann?

Ich bin eine Belastung. Sie sagt oft, dass ich eine Last bin.

Sie sagt, sie wäre ohne mich besser dran.

Ich schäme mich. Ich will nicht, dass sie wegen mir wütend ist.

„Tut mir leid, dass ich geboren bin", sage ich. Das meine ich wirklich. Wäre ich nicht da, würde es allen bessergehen.

Vielleicht heitert sie das auf, dass ich das sage.

Aber sie sagt nichts, guckt nicht mal.

Sie nickt nur.

Ich gehe in mein Zimmer. Der Kopf dreht sich mir. Ich bin oft in meinem Zimmer, die Nicht-Mama sperrt mich hier ein, wenn ich etwas Böses gemacht habe.

Ich mache oft etwas Böses.

Gestern bin ich hingefallen und habe dabei meine Hose kaputt gemacht.

Erst heute Morgen hat mich die Nicht-Mama wieder aus dem Zimmer gelassen.

Ich gucke mich um.

Ich fühle mich komisch.

Da stehen meine Seifenblasen.

Mama – die Nicht-Mama meine ich – hat gesagt, man darf kein Seifenblasenwasser trinken, weil man davon stirbt.

Ich nehme die Flasche.

Vielleicht will ich sterben.

Vielleicht will die Nicht-Mama, dass ich sterbe.

Vielleicht geht es ihr besser, wenn ich nicht da bin.

Ohne viel zu überlegen trinke ich das Wasser.

Es schmeckt sehr schlecht, viel schlimmer als kalter Tee.

Ich muss husten, trinke aber trotzdem alles.

Dann setze ich mich auf mein Bett.

Wie lange dauert sterben?

Es klopft an der Tür, Daddy – ich meine, der Nicht-Daddy – kommt rein.

Er sieht traurig aus.

Er sieht immer traurig aus.

Er setzt sich neben mich. Er weint. Warum weint der Nicht-Daddy?

„June, ich weiß, was deine Mutter zu dir gesagt hat. Und ich möchte, dass du weißt, dass sie nicht recht hat. Ich habe dich lieb, mein Kleines. Ich habe dich unendlich lieb, als wärst du meine eigene Tochter. Du bist meine eigene Tochter. Etwas Anderes darfst du nie denken."

Er nimmt mich in den Arm.

Ich mag es sehr, wenn er das tut. Es fühlt sich so gut an. Ich kann sein Herz schlagen hören. Und ich weiß, dass er die Wahrheit sagt. Er ist mein Nicht-Daddy, aber er ist mein Daddy und ich hab ihn lieb. Und er hat mich lieb.

Ich denke, ich möchte nicht sterben.

Ich möchte bei Daddy bleiben.

Ich bin acht Jahre alt.

Alison kommt in mein Zimmer.

Ich nenne sie jetzt nur noch Alison, aber nur, wenn ich alleine bin.

Zu ihr sage ich weiter Mama oder Mutter. Sie wird sonst wütend und beschimpft mich.

Beim ersten Mal hat sie mich geschlagen.

Ich hasse es, wenn sie mich schlägt. Es tut jetzt nicht mehr so weh wie früher, weil ich größer bin. Aber es tut weh.

Sie lächelt.

Nicht auf die gute Art. Es ist die Art, die mir Angst macht.

Ich kenne niemanden, der Angst vor seiner Mama hat. Aber ich habe Angst. Ich weiß, dass sie schlimme Dinge machen kann, schlimme Dinge schon gemacht hat.

Einmal hat sie mich mit einem Kochlöffel geschlagen, als sie gemerkt hat, dass mir ihre Hand nicht mehr so weh tut.

Dann hat sie mir den Kochlöffel auf das Kopfkissen gelegt, als ich geschlafen habe.

Sie wollte damit sagen, dass ich besser artig bin.

Ich bin artig. Ich kann gar nicht anders.

Aber es ist nie genug.

Ich bin nie genug.

Ich will nur einmal genug sein ...

Sie hat ein Blatt in der Hand. Sie legt es neben mich auf den Schreibtisch.

„Was ist das?“, traue ich mich zu fragen. Ich mag es nicht, wie dünn und hoch meine Stimme ist, wenn ich mit Alison rede.

Aber das macht die Angst. Ich kann nicht anders.

„Das, das ist nur ein neues Spiel.“ Sie lächelt wieder.

Mir läuft es kalt den Rücken runter.

Ihre Spiele sind nicht lustig.

Ich werfe einen Blick auf das Blatt.

Es stehen Aufgaben darauf. Staubsaugen, Hausaufgaben machen, Toilette putzen, Staub wischen und so weiter. Es sind viele Aufgaben.

Dahinter stehen Zahlen.

Ich runzle die Stirn.

Alison seufzt. Sie hält mich für dumm. Sie sagt oft, dass ich ein sehr dummes, ungehorsames Kind wäre.

Bin ich das? Ich schreibe gute Noten, gehöre zu den Besten. Aber sie nennt mich dumm.

Ich verstehe das nicht.

Vielleicht bin ich deswegen dumm.

„Für jede Aufgabe, die du erledigst, erhältst du ein paar Punkte. Du musst jeden Tag 25 Punkte erreichen. Schaffst du das nicht ...“

Sie lächelt und geht zur Tür.

Ein Frosch sitzt in meinem Hals.

„Was, wenn ich das nicht schaffe?“, meine Stimme klingt wie ein quengelndes Kind.

Sie dreht sich nochmal um. Ihr Blick ist so kalt und böse.

„Die fehlenden Punkte arbeiten wir dann auf deinem Hinterteil ab, wenn du mich verstehst. Vielleicht bringt dir das endlich den nötigen Gehorsam bei."

Sie legt den Kopf schräg. „Nimm es nicht so schwer, wenn zu viele Punkte fehlen kannst du dich auch für die härteren Schläge entscheiden, dann machen wir nur die Hälfte."

Sie geht.

Ich bin alleine.

Ich starre auf die Liste.

Das ist ein gemeines Spiel, das gemeinste, das sie je gemacht hat. Was, wenn ich das nicht schaffe?

Ich will keine Strafe, keine Schläge.

Ich bin gut.

Ich bin genug.

Nur nicht für Mama.

Ich bin zehn Jahre alt.

Alison ist weg. Sie ist auf Kur – was immer das bedeutet. Von was auch immer sich diese Frau erholen muss – sie tut schließlich nichts.

Außer schreien und wüten und allen schlechte Laune bereiten.

Vielleicht ist das auch anstrengend und ich verstehe es nur nicht.

Ich muss kichern.

Ich habe schon lange nicht mehr gekichert, schließlich habe ich hier nicht viel zu lachen.

Es fühlt sich gut an.

Ethan, mein Dad, hebt den Kopf und schaut mich an, seine Augen funkeln vergnügt.

Er sieht so viel jünger aus, seit Alison weg ist.

„Was freut dich so, Kleines?", fragt er, ich kann das Lachen in seiner Stimme hören.

Auch er hat schon lange nicht mehr gelacht.

Er ist immer unglücklich, wenn Alison in der Nähe ist.

Warum ist er noch hier?

Bevor ich darüber nachdenken kann, habe ich diese Frage laut gestellt.

Ich bereue es sofort, sein Lächeln verschwindet und seine Augen werden wieder so düster, wie sie es immer sind.

Es tut mir leid.

Ich wollte dich nicht verletztzen, Daddy.

Ich will mich gerade entschuldigen, als er mich wieder anguckt, in seinen Augen schimmern Tränen.

„Liebe ist kompliziert, mein Kleines.“

Ich runzle die Stirn. Liebe ist doch einfach, entweder man fühlt etwas oder man fühlt nichts.

Aber ich sage nichts. Also redet er weiter.

„Deine Mutter war nicht immer so. Sie war einmal die schönste, liebste Frau der Welt, sie hat jeden verzaubert, wenn sie nur den Raum betreten hat. Ich habe mich sofort in sie verliebt, jeden Tag ein Stückchen mehr. Ich werde nicht weggehen von ihr. Ich *kann* nicht weggehen ...“

Er sieht so niedergeschlagen aus, dass ich ihn einfach in den Arm nehmen muss.

Das ist normal.

Ich tröste ihn oft.

Er tröstet mich auch, wenn Alison nicht in der Nähe ist.

Wir geben uns gegenseitig Halt.

Ich bin froh, dass er noch da ist, mich nicht mit ihr alleine lässt.

„Aber du bist nicht glücklich“, sage ich.

Er lacht, aber es klingt nicht froh.

„Wenn ich eines gelernt habe, dann, dass Liebe mit Glück nicht das Geringste zu tun hat. Sonst wäre ich tatsächlich nicht hier.“

Er streicht mir über den Kopf.

„Immerhin habe ich dich. Ich liebe dich. Und ich bin glücklich mit dir. Das heißt doch auch etwas, oder?“

Ich lächle. „Ich liebe dich auch, Daddy. Für immer.“

Das Lächeln erreicht seine Augen nicht, er schaut in die Ferne.

„Ein Glück, dass du da bist, Kleines. Sonst wäre ich es vielleicht nicht mehr.“

Er murmelt es, vielleicht weiß er gar nicht, dass er es laut gesagt hat. Und ich bin alt genug um zu verstehen, was er meint.

Ich packe seine Hand ganz fest und verspreche ihm lautlos, ihn nie alleine zu lassen. Immer für ihn da zu sein. Ich lasse nicht zu, dass er „geht“.

Mein Papa ist ein guter Mann. Der Beste, den ich kenne.

Er verdient Glück.

Ich war bis jetzt nie genug.

Nie gut genug.

Aber vielleicht kann ich für Daddy genug sein.

Vielleicht kann ich ein bisschen Glück für ihn sein.

Ich bin zwölf Jahre alt.

– 13 Jahre später –

Es fiel mir überraschend leicht, einfach nur mit leicht erhobener Augenbraue zu lächeln, während Alison, meine Mutter, hinter mir stand und völlig entnervt versuchte, aus meinen Haaren etwas zu formen, das sie selbst als Frisur anerkennen konnte.

Sie hasste meine Haare.

Wie so ziemlich alles an mir.

Oft genug ertappte ich sie dabei, wie sie mein Gesicht, meinen Körper mit herablassend hochgezogener Augenbraue musterte und dann den Kopf schüttelte.

Meine Mutter empfand mein Erscheinungsbild als überaus durchschnittlich.

Nicht direkt abstoßend, aber auch nicht wirklich anziehend.

Während mich dieses Wissen früher mit Schmerz und Scham erfüllt hatte, so hätte ich jetzt am liebsten darüber gelacht – doch tatsächlich zog die Hexe hinter mir so fest an meinen Haaren, dass sämtliche meiner Gesichtsmuskeln bis zum Zerreißen gespannt waren.

Ich konnte es ihr nachsehen, schließlich fielen meine dunkelblonden Haare dicht und schwer bis zur Mitte meines Rückens und ließen sich selbst von mir nur selten in eine Frisur zwängen.

Ohne auf die wahrhaft abenteuerlichen Worte zu achten, die zwischen Alisons zusammengebissenen Zähnen hervorgestoßen wurden, betrachtete ich mein Gesicht im Spiegel.

Es stimmte zwar, dass ich mich nicht durch eine großartige Schönheit auszeichnete und niemals vom Deckblatt einer Zeitschrift herunter lächeln würde, doch unangenehm anzusehen war ich definitiv auch nicht.

Ausdruckslos starrte ich sie an, erwartete sie auf diese unverhohlenen Beleidigungen tatsächlich eine Antwort?

Ihr Knurren erinnerte mich bildhaft an eine große, sabbernde Dogge, der man den Knochen entwendet hatte.

„Ich habe gefragt ob du mich verstanden hast, June. Bist du taub?"

Ich kannte diesen Unterton in ihrer Stimme, diese mühsam unterdrückte Wut, die sich langsam brodelnd ihren Weg an die Oberfläche suchte.

Besser, der Mount Alison brach woanders aus und stürzte dort alle Anwohner ins Unglück.

Also schenkte ich ihr ein knappes Nicken, welches sie schnaubend zur Kenntnis nahm.

Bevor sie die Tür schloss, warf sie mir noch einen letzten Blick zu, der vor Gehässigkeit nur so triefte.

„Gib dir Mühe. Wenn alles glatt läuft, finden wir heute Abend endlich einen Dummkopf, der sich dazu herablässt, dich zu heiraten. Entweder das, oder ich setze dich eigenhändig auf die Straße. Ich werde dich definitiv nicht noch ein Jahr hier durchfüttern. Dass du dich nicht schämst, deinem Vater und mir immer noch auf der Tasche zu liegen."

Der Knall der Tür ließ meine Fenster scheppern.

Hasserfüllt starrte ich die geschlossene Tür an und versuchte die Tränen zu unterdrücken.

Immer wenn ich dachte, mich gut unter Kontrolle zu haben, schaffte sie es, ein Loch in meine Mauer der Gleichgültigkeit zu reißen.

Als ob es meine Schuld war, dass ich immer noch in dieser Hölle feststeckte! Würde es nach mir gehen, wäre ich bereits seit Jahren nicht mehr Teil dieser fragwürdigen Familie.

Doch die Angst davor, dass mein Vater dieser Frau allein ausgeliefert war, hatte mich bisher zurückgehalten.

Nicht, dass es nicht genügend Möglichkeiten gegeben hätte.

Nachdem ich meinen High-School-Abschluss mit Bravour gemeistert hatte, bewarb ich mich umgehend an sämtlichen Universitäten des Landes, studierte Kunst an einer der renommiertesten Einrichtungen und war drauf und dran, nie mehr nach Hause zurück zu kehren, nie wieder auch nur einen Blick zurück zu werfen.

Und doch fand ich mich nahezu sofort nach meinem Studium wieder hier ein.

Nach dem Vorfall.

Mein Vater schwört mir bis heute Stein auf Bein, dass es ein Unfall war, dass er lediglich beim Kochen mit dem Messer unglücklich abgerutscht war, aber ich erkannte das Muster an seinem Handgelenk.

Körperlichen Schmerz erzeugen, ihm dem seelischen entgegenzusetzen, der Klassiker schlechthin.

Die Narben an meinen eigenen Gliedmaßen waren über die Jahre verblasst, doch ich wusste, dass sie noch da waren.

Ich wusste, wie nah der Abgrund war, wie verlockend die Aussicht war, einfach zu springen und sich um nichts mehr Gedanken machen zu müssen.

Und mir wurde klar, dass mein Vater mich noch brauchte. Dass ich für ihn stark sein musste.

Also nahm ich eine kleine Stelle in einem städtischen Museum an und blieb Zuhause wohnen, wo ich ein Auge auf ihn haben konnte – wenngleich dies bedeutete, weiterhin der Schikane meiner Mutter ausgesetzt zu sein.

Sie warf mir seither vor, sie müsse mich durchfüttern. Natürlich verdiente ich nicht das große Geld, da ich lediglich als Springer für die eigentlich angestellten Gruppenführer fungierte, doch gab ich davon stets meinen Teil zur Haushaltskasse dazu.

Was Alison nicht mit einem netten Wort würdigte, im Gegenteil.

Mit einem Anflug von Selbstmitleid verfluchte ich mein weiches Herz und schlang meine Haare zu einem extravaganten Knoten, den ich mit gefühlten dreihundertvierundzwanzig Spangen hochsteckte.

„Zeige deinen schönen Hals und deine Schlüsselbeine, Männer mögen so etwas", hörte ich die nasale Stimme von Alison in meinem Kopf tönen.

Natürlich musste sie so etwas wissen, schließlich sonnte sie sich regelmäßig in der Anerkennung und Bewunderung von Männern, die *nicht* mein Vater waren.

Mit wenigen, geübten Bewegungen legte ich ein dezentes Make-Up auf, wie ich es jeden Tag trug und betrachtete mein Gesicht. Es unterstrich meine Vorzüge, doch herausstechen würde ich damit nicht.

Angesichts der Worte meiner Mutter entschied ich mich seufzend dagegen, obwohl ich mich so am wohlsten fühlte und griff zu einem dunkleren Lidschatten und einem auffälligeren Lippenstift.

Wenn meine Mutter wollte, dass ich auffiel, konnte sie das haben.

Man konnte tatsächlich mit viel Fantasie so etwas wie Respekt in Alisons Augen erkennen, als sie elegant die Treppe heruntergeschwebt kam, ganz die Dame, die sie gern sein wollte, jedoch einfach nicht war.

„Du siehst mich beeindruckt June. Warum nicht gleich so. Muss man dir erst drohen, damit du von dir aus etwas unternimmst?"

Ich verzog halbherzig die Mundwinkel.

„Danke. Du siehst ebenfalls so einnehmend aus wie immer."

Gerne würde ich behaupten, dass dies eine Lüge war – doch meine Mutter war eine unglaublich schöne Frau und pflegte dies auch immer richtig zu unterstreichen. Das helle, blonde Haar fiel ihr gelockt um das trügerisch-sanfte Gesicht, der mädchenhaft schlanke Körper wurde von einem knappgeschnittenen Kleid umhüllt, welches mehr zeigte als verdeckte.

Kopfschüttelnd drehte ich mich um und betrachtete mein eigenes Spiegelbild.

Gegen diese direkte Kampfansage an die städtischen Huren sah mein eigenes Kleid nahezu unscheinbar brav aus, dennoch wusste ich, dass ich mit dem dunkelblauen Samt, der mir bis zu den Knien fiel, die bessere Wahl getroffen hatte.

Bevor noch ein weiteres Wort fallen konnte, erschien mein Vater mit einem entschuldigenden Grinsen im Türrahmen.

„Wie könnt ihr nur stundenlang im Bad stehen und trotzdem vor mir fertig sein? Es ist mir ein Rätsel", scherzte er, dann musterte er mich bewundernd. „Du siehst unglaublich schön aus, June."

Ich strahlte ihn an und bedankte mich, meine Laune hob sich schlagartig.

Ein genervtes Seufzen unterbrach uns.

„Ihr seid zuckersüß. Und wir sind bald zu spät. Können wir endlich gehen?"

Mit der Kälte in ihrer Stimme hätte man Suppe schockfrosten können.

Das Lächeln meines Vaters verschwand und er nickte mit resigniertem Gesicht, bevor er Alison die Tür öffnete und sie die Stufen hinunter zum bereits wartenden Wagen geleitete.

„Stefan Volkan wird heute Abend anwesend sein. Du hast sicher von ihm gehört?“, unterbrach Mutter die angespannte Stille im Auto und musterte mich mit undurchdringlicher Miene.

Ich konnte mir einen Hauch von Sarkasmus in meiner Antwort nicht verkneifen.

„Nun, wir fahren zu einer Veranstaltung, die quasi ihm zu Ehren veranstaltet wird, schließlich ist er *der* Staranwalt schlechthin und hat einen gewaltigen Fall gewonnen. Außerdem ist sein Gesicht nahezu ununterbrochen auf dem Cover von jedem Magazin, das im Handel erhältlich ist, jeder Schritt, den dieser Mann tut, wird dokumentiert und für die einfachen Massen aufbereitet. Gehst du also tatsächlich davon aus, seine Existenz wäre mir bisher verborgen geblieben?“

Ihr Blick wurde einen Tick giftiger.

„Ein einfaches ‚Ja‘ hätte gereicht, Kind. Hoffentlich ist dein heutiges Pensum an Widerspenstigkeit damit aufgebraucht und du begegnest ihm nachher mit dem gebührenden Respekt.“

Ich schnaubte.

„Natürlich Mutter, sollte sich der begehrteste Junggeselle des Staates, vermutlich des ganzen Landes, an den sabbernden, ihn vergötternden Gören, die ihn überallhin verfolgen, vorbei zu mir verirren, dann werde ich ihm mit ausgesuchter Höflichkeit, bestechendem Wortwitz und geistreichen Antworten betören, bis er nicht anders kann, als euch um meine Hand zu bitten.“

Zufrieden nickte Alison.

„So habe ich mir das vorgestellt. Etwas weniger Sarkasmus und trag nicht zu dick auf, aber gib dir Mühe. Wenn du ihn dir angeln kannst, werden dein Vater und ich ausgesprochen zufrieden mit dir sein.“

Konnte das die Möglichkeit sein? Hatte diese verrückte Frau vergessen, dass wir nicht mehr im finsteren Mittelalter lebten, ich mir keinen Mann angeln musste, wenn ich nicht wollte, und dieser auch nicht von hohem Stand sein musste, um meine Eltern zu beeindrucken?

Es fehlte nur noch eine dicke Katze auf ihrem Schoß und ein Mantel aus Dalmatiner-Fellen und sie war die perfekte Hexe für den nächsten Walt Disney-Film.

Ich warf meinem Dad einen ungläubigen Blick zu, doch er zuckte nur unbeholfen mit den Schultern.

Von ihm war in solchen Sachen niemals Hilfe zu erwarten, niemals würde er sich gegen seine Frau stellen.

Wunderbar.

Verschnupft drehte ich mich von meinen Eltern weg und starrte aus dem Fenster, versuchte, meinen wirbelnden Gedanken Einhalt zu gebieten.

Wie gern hätte ich die Worte meiner Mutter als bedeutungslosen Scherz abgetan, doch ich wusste, dass sie mit solchen Dingen niemals scherzte.

Das Ansehen meiner Familie floss hauptsächlich aus dem Vermögen, über welches wir verfügten – das waren die mittelalterlichen Zustände, die mich fast noch mehr entsetzten.

Alison lag unglaublich viel daran, zur gehobenen Gesellschaft zu gehören, nur Kleidung und Schmuck zu tragen, die sich eine hart arbeitende Mittelschicht niemals leisten konnte – natürlich ohne selbst einen Finger dafür zu rühren.

Dies ließ sie bislang schön meinen Vater erledigen.

Dessen Unternehmen war jedoch vor einigen Monaten von einem raffinierten Konkurrenten ausgebootet worden, der die gesamte Branche im Sturm erobert hatte und vor nichts zurückschreckte, um seinen Einfluss und seinen Gewinn zu vergrößern.

Noch ließ meine Familie sich das nicht anmerken, doch ich wusste, dass wir für viele unserer geschätzten Bekannten auf dem absteigenden Ast saßen.

Und hier kam ich ins Spiel, zumindest, wenn es nach dem Willen meiner Mutter ging.

Ganz wie in längst vergangenen Tagen plante sie, mich an einen wohlhabenden Mann zu verschachern und mit dessen Geld die eigenen Taschen zu füllen – und vielleicht meinen Vater zu unterstützen, auf dass dieser sein Geschäft wieder zum Laufen bringen konnte.

Da passte ein wohlhabender Anwalt natürlich perfekt in ihren Plan.

Ich grinste in mich hinein.

Nun, wenigstens hier würde ich ihr einen Strich durch die Rechnung machen können.

Ich hatte von Stefan gehört, natürlich – ein überaus attraktiver, kluger Mann, der dies stets zu seinem Vorteil einzusetzen wusste, vor allem, wenn es um das Betören schöner Frauen ging.

Andauernd war er in Begleitung der hübschesten Fräuleins, aber niemals öfter als einmal mit derselben Dame. Er wurde ihrer wohl recht schnell überdrüssig – vermutlich gab es für ihn zu viel zu entdecken, als dass er sich in so jungen Jahren schon festlegen wollte.

Ein Macho-Arschloch durch und durch.

Mein Glück war, dass ich definitiv nicht attraktiv genug war, um in sein Beuteschema zu passen. Er würde mich ansehen und innerhalb eines Sekundenbruchteils zu dem Schluss kommen, dass ich nicht einmal einen harmlosen Flirt wert war.

Auch wenn es seltsamerweise schmerzte, das zu wissen, entlockte der Gedanke mir doch auch ein leichtes Kichern – da konnte ich mich noch so sehr anstrengen und alles tun, was Alison von mir verlangte, doch am Ende würde es auf das Gleiche hinauslaufen und unser Geld und Ansehen weiter schwinden.

Nicht, dass ich darauf Wert legte.

Oder mein Vater.

Wir wussten, dass Geld nicht glücklich machte und es im Leben auf Werte ankam, die es nicht zu kaufen gab.

Aber meine Mutter in Klamotten von No-Name-Herstellern?

Unvorstellbar!

Skandalös!

Was sollten ihre Freunde dazu sagen?

Mein Freundeskreis ließ sich Gott sei Dank an einer Hand abzählen und bestand aus Menschen, denen *ich* am Herzen lag. Die zweifelhaften Vorteile, die es mit sich brachte, wenn man mit June Alice Warden befreundet war, spielten dabei eine recht geringe Rolle.

„So amüsiert, mein Kind? Willst du mich nicht an deiner Belustigung teilhaben lassen?“, hakte Alison mit einem Hauch von Neugier nach.

Mein Lächeln verschwand.

„Ach, ich denke nur darüber nach, was ich Stefan sagen werde, wenn er mich tatsächlich anspricht.“

Sie lächelte beinahe gütig.

„Wie eifrig du bist! Das ist schön. Endlich nimmst du deine Aufgabe ernst – ich hatte schon befürchtet, du stellst dich wieder wie der letzte Bauerntrampel an und verdirbst uns allen den Abend mit deinem peinlichen Auftritt.“ Sie erhob drohend einen Zeigefinger. „Ich habe dieses Mal keine Bedenken, dich an den Haaren aus dem Saal zu zerren, solltest du versuchen, diese Familie zum Gespött des Abends zu machen.“

„Wann habe ich jemals etwas getan, was zu einer Verunglimpfung unserer Familie geführt hätte?!“, begehrte ich auf, ballte die Hände halb zu Fäusten.

Alison lehnte sich in ihren Sitz zurück, verschränkte mit überheblichem Blick die Arme vor der Brust.

„Muss ich dich an den armen Alaric erinnern? Ein guter, treuer Mann, der ernsthaftes Interesse daran gezeigt hatte, zu dieser Familie zu gehören, dich zu heiraten! Den du in aller Öffentlichkeit blamiert hast und abwehrend kreischend Rotwein über sein teures Hemd geschüttet hast? Wir können uns so endlos glücklich schätzen, dass er ein so gutes Herz hat und uns diesen unerfreulichen Vorfall verziehen hat, zumal er uns das Hemd nicht einmal bezahlen lassen wollte! Aber sein Interesse an dir war damit erloschen. Ein solches Verhalten werde ich keinesfalls noch einmal dulden, davor kannst du dir ein neues Zuhause suchen!"

Beinahe ohnmächtig vor Wut funkelte ich sie an.

„Wie schön, dass dich nur die offizielle Seite der Geschichte interessiert! Du hast nicht einmal nachgefragt, was mich dazu bewogen hat, so zu handeln! Denkst du, ich wäre grundlos durchgedreht? Dein guter, treuer Alaric hat mich ununterbrochen betatscht als wäre ich ein Pferd und als ich mich geweigert habe, ihm alleine im Nebenzimmer Gesellschaft zu leisten, hat er mir einen Fünfzig-Dollar-Schein in den Ausschnitt gesteckt und gemeint, dafür würde er eine nette Gefälligkeit auf der Toilette erwarten! Denkst du ernsthaft, ich lasse mir das gefallen? Denkst du wirklich ..."

„Genug!", brüllte Alison mich an. „Ich habe genug davon, dass du solche schändlichen Lügen über die Männer erzählst, die sich dazu herablassen würden, dich zu heiraten! Dir wäre jede Lüge recht, um mich zu demütigen und dein angenehmes Leben auf meine, unsere Kosten weiter auszureizen, nicht wahr? Du hältst auf der Stelle dein freches Maul, sonst stopfe ich es dir, so wahr mir Gott helfe!"

Bebend starrten wir uns an, bis mein Vater mit zusammengezogenen Augenbrauen in die Hände klatschte und zornig von einer Frau zur anderen sah.

„Aufhören ihr beiden! Herrgott, ihr hört euch an wie zwei vernachlässigte Schreckschrauben – haltet nun beide die Klappe und beruhigt euch! Wir sind gleich da! Wollt ihr vor allen Leuten wie die Furien aufeinander losgehen?"

Sofort setzte meine Mutter einen beherrschten Gesichtsausdruck auf und wandte sich betont gelangweilt von mir ab.

Natürlich.

Was sollten sonst die Leute von ihr denken.

Ich wünschte, ich wäre eine ebenso gute Schauspielerin wie sie. In mir kochte meine Wut heiß und brodelnd und ich hatte Mühe, dies zu verbergen, vor allem unter dem fordernden Blick meines Vaters.

Warum tat er das?

Warum stand er im Zweifelsfall immer hinter Satan persönlich?

Warum hielt er nie zu mir, seiner Tochter, die immer für ihn da war?

Unter meinem eindringlichen Starren schien es ihm doch unwohl zu werden und betreten wandte er den Blick ab.

Ich schnaubte tonlos.

Das versprach ein unvergesslicher Abend zu werden.

Kapitel 2

Unwillkürlich musste ich an all die Teenager-Filme denken, die ich so gern angeschaut hatte, diese „Vom-hässlichen-Entlein-zur-begehrten-Ballkönigin"-Geschichten, in welchen sich am Ende alle nach der wunderschön erblühten Hauptdarstellerin umdrehten, wenn diese hoheitlich und doch mädchenhaft-schüchtern den Saal betrat.

Irgendwie fühlte ich mich ein bisschen so.

Nur ohne die neidischen Blicke der anderen Frauen.

Und ohne das offensichtliche Begehren in den Augen der Männer.

Und ohne, dass die Band vor Staunen aufhörte zu spielen.

Und ohne das Tuscheln der Kellner, wenn sie erkannten, wer die zauberhafte Dame war.

Eigentlich bemerkte gar niemand, dass ich hinter meinen Eltern den Raum betrat.

So ganz eigentlich war es genau wie immer – niemand nahm großartig Notiz von mir. Nun, ich hatte auch nichts Anderes erwartet – oder vielleicht doch?

Kopfschüttelnd amüsierte ich mich über mein seltsames Kopfkino.

Ich nahm mir vor, diesen Abend nicht mit trübsinniger Grübelei zu verbringen, sondern mich dem ausgiebigen Buffet zu widmen, während ich darauf wartete, diese endlos anmutende Veranstaltung verlassen zu können.

Arm in Arm, als müssten sie irgendjemanden von ihrer tiefen Zuneigung zu einander überzeugen, schritten meine Eltern über das Parkett des festlich geschmückten Saales und strebten auf ihren Platz zu – und wie ein herrenloses Hündchen trottete ich ihnen hinterher. Mich hatte auf solchen Veranstaltungen bisher keine andere Person so angesprochen, dass ich mich um ihre Freundschaft bemüht hätte, weshalb ich keinen Grund sah, die Nähe anderer Menschen hier zu suchen.

Jordan, die einzige Person, die ich wirklich meine Freundin nennen konnte, war bereits verheiratet und legte zudem keinerlei Wert auf irgendwelche gesellschaftlichen Gepflogenheiten, weshalb man sie nur außerordentlich selten bei irgendwelchen Veranstaltungen antraf.

Sie vertrieb sich lieber die Zeit mit Dingen, die *wirklich* Spaß machten, was der Grund dafür war, dass meine Mutter sie recht schnell als schlechten Einfluss identifiziert hatte.

Nicht, dass Jordan sich daran stören würde.

Oder ich mich.

Doch ich hatte sie bereits zu den letzten beiden Veranstaltungen genötigt, sodass ich mich gezwungen sah, diese hier ohne sie durch zu stehen.

Möge man mir die dafür nötige Geduld geben.

Mit formvollendeter Eleganz setzte sich Alison auf den Stuhl, welchen mein Vater ihr höflich unterschob, bevor sie mich auffordernd ansah.

Ich überlegte kurz, ehe ich nach meinem Teller griff, um mich als eine der Ersten am Essen gütlich zu tun.

Wenn das Essen schon an einem Büfett dargeboten wurde, wollte ich schnell sein, ehe sich die gehobene Gesellschaft wie ein Rudel Höhlenmenschen darauf stürzte.

Auch wenn dies ein Anblick wäre, den ich nur zu gern sehen würde.

Doch so weit kam ich gar nicht.

Blitzschnell entwand Alison mir das Geschirr und bedeutete mir, mich auf meinen Allerwertesten zu setzen.

„Zügle dich, June. Wir sind nicht wegen dem Essen hier. Niemand will mit einer Frau tanzen, deren Bauch derart aufgequollen ist, als wäre sie im fünften Monat schwanger. Und wir wissen beide, dass du zu einer gewissen Aufgedunsenheit neigst. Reiß dich noch ein Weilchen zusammen, einverstanden?"

Ungläubig starrte ich sie an.

Verbot mir meine Mutter gerade wirklich das Essen?

Augenblicklich kehrte meine schlechte Laune zurück. Ich überlegte, ob mein Hunger groß genug war, um einen Aufstand vor aller Augen anzuzetteln, doch ein Blick von Alison ließ mich diesen Gedanken weit von mir schieben.

Stattdessen bestellte ich bei der eilfertigen Bedienung einen starken Cocktail und beschloss, für mich das Beste aus dieser grotesken Situation zu machen.

Aus einem Cocktail waren rasch drei geworden.

Obgleich dies wohl kaum gesünder war, als etwas zu essen, hielt Alison ihren Mund, kniff nur etwas pikiert die Augen zusammen, als ich leicht unartikuliert nach einem vierten verlangte.

Ich kicherte in mich hinein und ignorierte gekonnt die tadelnden Blicke des Paares, mit welchem wir uns den Tisch teilten.

Wenigstens hatte *ich* etwas Spaß.

Mit einem strahlenden Lächeln entschuldigte sich meine Mutter, um die Toilette aufzusuchen – meinem leicht umwölkten Hirn wurde schlagartig klar, dass ich keine bessere Chance bekommen würde. Also unterdrückte ich ein gewiss gänzlich undamenhaftes Rülpsen und schnappte mir meinen Teller.

Mein Vater warf mir einen warnenden Blick zu, doch ich zuckte lediglich mit den Schultern und machte mich auf den Weg.

Unter Bündelung meiner gesamten Konzentration schaffte ich die Strecke, ohne jemanden anzurempeln oder gar umzuknicken – so schlimm konnte es um meine Trunkenheit also gar nicht stehen.

Neben der Pyramide aus Champagnergläsern blieb ich stehen und verzog das Gesicht.

Wie kam man auf die Idee, ein derart fragiles Konstrukt auf einer Festlichkeit zu errichten, auf welcher Alkohol ausgeschenkt wurde? Es war doch jedes Mal nur eine Frage der Zeit, bis ein betrunkener Tölpel in den einladenden Glasturm stolpern und ein riesiges Unheil anrichten würde.

Nun, mein Problem würde es ja nicht sein, das entstehende Chaos zu beseitigen.

Suchend ließ ich meinen Blick über die appetitlich angerichteten Speisen gleiten, überlegte, mit was ich Alison besonders gut auf die Nerven gehen konnte.

Nur nebensächlich nahm ich wahr, wie die Musik verstummte und jemand die Bühne betrat, damit begann, eine Rede zu halten.

Wohl unser geschätzter Gastgeber, wer auch immer sich diesmal damit brüsten wollte, *das* perfekte gesellschaftliche Event veranstaltet zu haben.

Eine Rede wie bereits tausend andere vor ihm.

Wie froh er doch war, dass so viele erschienen waren.

Dass er hoffte, dass sich alle prächtig amüsierten.

Ich schnaubte.

„Noch bin ich nicht sonderlich amüsiert, aber ich arbeite daran."

Entschlossen griff ich nach einem besonders herrlichen Krabbencocktail, als das monotone Gerede auf der Bühne erstarb und von einer tiefen, rauchigen Stimme ersetzt wurde.

Meine Hand fror mitten in der Bewegung ein, sämtliche Haare stellten sich mir auf. Ein Schauder jagte über meinen Körper.

Es war nicht so, dass ich bisher keinen Sex gehabt hatte.

Es war eher so, dass ich nichts gehabt hatte, was ich persönlich als *guten* Sex bezeichnet hätte, als etwas, was sich lohnen würde, zu wiederholen.

Die Zahl der Männer, mit denen ich gern nackt und verschwitzt durch die Laken rollte, hielt sich sehr in Grenzen. Die Zahl der Männer, deren angestrengtes Geröchel ich ertragen konnte, war noch geringer.

Doch diese Stimme, dieser dunkle Unterton, nun, das war Sex pur.

Guter Sex.

Langsam drehte ich mich um und musterte den Mann auf der Bühne.

Natürlich hatte ich bereits Fotos von ihm gesehen, es war schwer, nicht mit seiner Existenz in Berührung zu kommen, wenn man in diesem Bundesstaat aufwuchs, doch tatsächlich schien er noch viel schöner, als die Bilder zeigten.

Wie war das überhaupt möglich?

Seine dunklen Haare waren ein perfektes Durcheinander, die Stirn hoch und ohne jeden Makel. Unter dichten, akkurat in Form gebrachten Augenbrauen starrte ein unglaublich anziehendes Paar Augen in die Menge und fesselte alle Aufmerksamkeit. Sie waren dunkel, fast schwarz und verlangten unbedingte Unterwerfung.

Die Nase war lang und gerade, aber nicht zu groß um deplatziert zu wirken. Und die Lippen ... diese Lippen, Herrgott. Voll und rosig, perfekt, um jemanden besinnungslos zu küssen.

Lag es an meinem übermäßigen Alkoholkonsum oder an dem langen Zeitraum ohne sexuell gearteter Berührungen, dass ich diese Lippen spüren wollte?

Überall spüren wollte?

Überrascht von der Heftigkeit meiner Empfindungen trat ich einen Schritt zurück und berührte mit der Hüfte den Tisch hinter mir.

Nun, ich brauchte nicht das Klirren und Scheppern zerbrechender Gläser zu hören, um mir darüber klar zu werden, dass heute Abend *ich* der betrunkene Tölpel war, der für unglaubliches Chaos gesorgt hatte.

Sämtliches verfügbares Blut schien augenblicklich in mein Gesicht zu steigen, als ich die entsetzten Blicke gefühlt aller Anwesenden auf mich gerichtet sah.

Nicht nur den beinahe ohnmächtig vor Wut starrenden Blick meiner Mutter.

Sondern auch den überraschten Blick aus einem dunklen Paar Augen, das mich zu verschlingen schien.

So fühlte es sich also an, im absoluten Mittelpunkt zu stehen.

Zeit ist relativ.

Zeit ist unbezahlbar.

Zeit kontrolliert alles.

So auch heute.

Die Massen an Dienstpersonal brauchten keine Viertelstunde um das Durcheinander zu beseitigen, welches ich in nicht einmal zehn Sekunden angerichtet hatte.

Der Gastgeber brauchte keine zwei Minuten, um sich davon zu überzeugen, dass niemand außer meinem Stolz zu Schaden gekommen war und sich wortreich für die Unterbrechung zu entschuldigen.

Meine in den Saal zurückkehrende Mutter brauchte keine zwei Sekunden um zu verstehen, was ich getan hatte und keine weiteren drei Sekunden um mir mit ihrem Blick zu verstehen zu geben, dass ich eine tote Frau war.

Dass man meine Leiche niemals finden würde.

Mein Schamgefühl hingegen würde etliche Jahre brauchen, um sich zu normalisieren.

Noch nie hatte ich es geschafft, mich derart zu blamieren.

Im Grunde war es gar nicht nötig, mich so schuldig zu fühlen – Stefan hatte seine Rede nach einem Räuspern zu Ende gebracht. Das Orchester spielte, einige Paare wiegten sich im Takt auf der Tanzfläche.

Ganz so, als sei nichts geschehen.

Ganz so, als hätte ich mich soeben nicht bis aufs Blut blamiert.

Alle schienen darüber hinwegzusehen – alle, bis auf Alison.

Ihr böser Blick haftete wie eine zweite Haut an mir und ließ mich immer wieder zusammenzuckten, wenn mein schüchterner Blick ihn kreuzte.

Immerhin schien diese Blamage sie von der Vorstellung, mich wie angekündigt an den Haaren aus dem Saal zu zerren, Abstand nehmen zu lassen. Sie saß einfach nur bolzengerade neben mir und unterhielt sich scheinbar angeregt mit unseren Tischnachbarn über irgendeine Banalität.

Und ich war mir nicht sicher, ob das die bessere Option zu einem Aufstand war.

Missmutig kaute ich auf meinen Garnelen herum, die mit einem Mal nach nichts mehr schmeckten.

Sollte ich mir etwas von diesem Abend versprochen haben, so hatte ich es mit meinem Missgeschick zunichtegemacht, bevor es beginnen konnte. Meine Mutter war ausnahmsweise zurecht enttäuscht.

Ich seufzte tief und versuchte die Tränen zu unterdrücken, spießte eine Garnele auf, um mit ihr den Kloß in meinem Hals hinunter zu schlucken.

Ein tiefes Räuspern erklang und meine Hand mit der vollen Gabel verharrte vor meinem bereits geöffneten Mund, während ich die vor mir stehende Person anstarrte, die mich mit einem halben Lächeln musterte, die Hand auffordernd ausgestreckt.

„June, richtig? Du hast nicht zufällig Lust zu tanzen?"

Bewegungslos starrte ich in Stefans verwirrend dunkelgrüne Augen.

Sein Lächeln verrutschte nicht einen einzigen Zentimeter, als die halbe Garnele von meiner Gabel zurück in den Teller fiel und Soße sich wild spritzend auf dem Tischtuch verteilte.

Sein Gesicht blieb die ganze Zeit gleich höflich, während seine Hand immer noch unbeachtet zwischen uns schwebte und er zweifellos den halb gekauten Salatblättern in meinem weit geöffneten Mund ein freundliches „Hallöchen!" zuwerfen konnte.

Seine stoische Ruhe unterstrich seine vollendete Perfektion noch.

Ein stechender Schmerz in meinem Zeh ließ mich nach Luft schnappen und endlich den verdammten Mund schließen.

Es hätte vermutlich vollauf ausgereicht, wenn Alison mich kurz angetippt hätte, doch ein harter Tritt mit ihrem hohen Absatz hatte natürlich eine ebenso gute Wirkung.

Ich schluckte hastig und konnte schließlich die Willenskraft aufbringen, mich von Stefans verflucht tiefen Augen zu lösen, um meiner Mutter einen giftigen Blick zuzuwerfen.

Doch sie beachtete mich gar nicht, sondern bedachte Stefan mit einem strahlenden Lächeln.

„Nun, natürlich begleitet June Sie gerne."

Ich verdrehte die Augen, wischte mir bemüht elegant den Mund ab – an einer Serviette, nicht an meinem Handrücken versteht sich – und erhob mich, riskierte einen weiteren Blick in diese hypnotischen Augen.

„Ich kann ausgesprochen gut für mich selbst reden. Aber ja, ich tanze gern mit dir."

Ein wenig energischer als nötig schob ich meinen Stuhl an den Tisch zurück und funkelte meine Mutter warnend an, bevor ich die immer noch ausgestreckte Hand Stefans ergriff und mich von ihm zwischen den Tischen hindurch zur Tanzfläche navigieren ließ.

Verflucht hatte dieser Mann lange Finger.

Mein Magen kribbelte unwillkürlich – wie konnte man schon Finger derart attraktiv finden?

Ich versuchte mich von der Vorstellung abzulenken, was er wohl mit diesen Händen alles anstellen konnte.

„Entschuldige. Meine Mutter ist manchmal etwas vorschnell. Sie befürchtet, dass ich etwas Dummes von mir gebe, was mein Gegenüber an meiner Intelligenz zweifeln lässt, wann immer ich den Mund öffne", stieß ich hervor, ohne einmal Luft zu holen.

Gleichmütig zuckte er mit den Achseln und ging weiter.

„Tun das nicht alle Eltern? Ich habe schon Schlimmeres erlebt. Und du scheinst mir nicht ganz auf den Kopf gefallen zu sein, oder täusche ich mich da?"

Ich runzelte die Stirn.

Erwartete er tatsächlich von mir, dass ich ihn darüber aufklären würde, ob ich dumm war oder nicht?

„Ich kann mich gut artikulieren, habe eine erfolgreiche Schulausbildung hinter mir und betrachte mich als halbwegs gebildet" – warum verteidigte ich mich vor einem völlig Fremden? – „doch natürlich kann man behaupten, dass ein gewisser Unterschied zwischen Bildung und Intelligenz besteht. Ich traue dir zu, relativ schnell herauszufinden, ob ich dämlich bin oder nicht. Du kannst anschließend auch gern meine Mutter über dein Ergebnis instruieren, sie freut sich sicherlich maßlos darüber."

Versuchte ich ihm gerade tatsächlich etwas zu beweisen?

Warum hielt ich nicht einfach meine Klappe?

Lag es an ihm oder dem Alkohol? Obwohl beide Varianten nicht sonderlich von meiner Intelligenz zeugten.

Doch Stefan schien sich an meinem satzzeichenlosen, wenn auch gewählten Gebrabbel nicht zu stören. Er gluckste nur leise.

„In meiner Eigenschaft als Anwalt habe ich schon beim ersten Blick erkannt, dass du kein verblödetes Girlie bist, mach dir keine Sorgen."

Ich nickte nur, obwohl ich wusste, dass er es nicht sehen konnte.

Verdammt, war dieser Mann schön.

Auch wenn ich nur seinen Hinterkopf sehen konnte, mit dem glänzenden Haar, welches ganz klischeehaft aussah, als wäre er eben erst aus dem Bett gekrochen.

Und seine breiten Schultern, die in dem eng anliegenden, weißen Hemd unglaublich gut zur Geltung kamen.

Und seine sich nach unten verjüngende Taille.

Und seine schmalen Hüften.

Und dieser unglaubliche Hintern.

Wie er wohl ohne Hose aussah? Wie er sich wohl anfühlte? War er weich und nachgiebig, konnte ich meine Zähne darin vergraben?

Ich runzelte die Stirn angesichts der Richtung, die meine Gedanken beinahe unbemerkt eingeschlagen hatten.

Was war nur los mit mir? Ich hatte mich doch sonst so gut unter Kontrolle und verlor nicht direkt die Beherrschung?

Der Geist ist stärker als der Körper.

Ich versuchte mich auf etwas gänzlich Unverfängliches zu konzentrieren.

Doch das Pochen und Ziehen in den Bereichen unterhalb meiner Gürtellinie ließ sich nicht so leicht in die Schranken weisen.

Verfluchte Hormone.

Warum nur war der Weg zur Tanzfläche mit einem Mal so lang?

Um mich abzulenken ließ ich meinen Blick durch den Raum wandern und nahm mit einem Mal etwas wahr, dass meine ungeteilte Aufmerksamkeit beschlagnahmte.

Etwas, von dem ich in herzzerreißenden Liebesgeschichten gelesen hatte, das sonst nur in kitschigen Filmen passierte.

Etwas, was ich mir vorhin noch scherzhalber vorgestellt hatte.

Neidische Blicke.

Jedes junge Mädchen, jede Frau betrachtete mich mit einem Blick, der Wasser zum Gefrieren bringen konnte, der mich wohl dazu bringen sollte, in winzig kleine Staubkörner zu zerfallen.

Herausfordernd erwiderte ich die bösen Blicke mit einem strahlenden Lächeln.

Was für ein unglaublich machtvolles Gefühl!

Stefan blieb mitten auf der Tanzfläche stehen und drehte sich zu mir um.

„Was belustigt dich so?"

Seine Stimme trieb mir einen Schauder über den Rücken. Verlegen zeigte ich mit dem Kinn auf unser Publikum.

„Nichts Besonderes. Nur viele böse Blicke – ich bin es nicht gewohnt, derart im Mittelpunkt der Aufmerksamkeit zu stehen."

Er lachte kehlig und ich hatte Mühe, mir ein Seufzen zu verkneifen, als dieser Laut auf direktem Weg zwischen meine Beine fuhr.

Wie konnte er nur einen solchen Sexappeal ausstrahlen, ganz ohne etwas zu machen?

„Du stehst nicht gerne im Mittelpunkt? Nun, das fällt mir doch etwas schwer zu glauben, angesichts der Tatsache, dass du mir vorhin nach nur vier Sätzen die Show gestohlen hast. Ich war noch nicht einmal in der Mitte meiner Ansprache. Dabei hatte ich einen so guten Witz geplant, der Saal hätte vor Lachen gebebt – doch stattdessen ein ohrenbetäubendes Klirren. Das hat mich vollkommen aus der Bahn geworfen." Er grinste schief. „Das passiert nicht oft, wie du dir eventuell vorstellen kannst."

Man musste mir keinen Spiegel vorhalten um mir zu beweisen, dass sich erneut eine dunkle Röte von meinem Dekolleté bis zur Stirn erstreckte.

Musste er mir diese Peinlichkeit derart unter die Nase reiben?

Selbst sein beiläufiges Kompliment machte die Situation nicht besser, konnte nichts gegen mein tiefes Schamgefühl ausrichten.

„Ich würde mich ja entschuldigen und behaupten, dass das überhaupt nicht meine Manier ist und ich sonst davon absehe, mich so zu blamieren, doch vermutlich wäre das gelogen. Ich habe ein Talent für solche Momente. Bin wohl einfach nicht gemacht für öffentliche Auftritte. Es ist nun wirklich nicht so, dass ich die Leute gerne mit meiner Ungeschicklichkeit erheitere.", antwortete ich etwas kleinlaut.

Er legte den Kopf schief.

„Nun, ich werde darauf achten, dass dir nichts zu nahekommt, was dir zum Verhängnis werden könnte. Schon um meiner selbst willen."

Er umfasste meine Hand fester, angelte nach meiner anderen Hand und legte sie auf seine Schulter. Sein Blick bohrte sich brennend in meinen Kopf, sodass ich den Blick senken musste, um nicht augenblicklich von innen heraus zu verglühen.

Seine Brust befand sich genau auf meiner Augenhöhe, seine Muskeln zeichneten sich schon beinahe unverschämt deutlich unter dem Hemd ab.

Unwillkürlich wanderten meine Augen tiefer.

Verdammt, ganz sicher hatte er ein Sixpack.

Wie fand er neben seiner vielen Arbeit und seiner Frauenjagd auch noch Zeit, um sich sportlich zu betätigen? Vielleicht jagte er gar nicht, sondern nahm sich einfach eine der Frauen, die zweifellos wie läufige Hündinnen an seiner Haustüre kratzten.

Bevor meine Augen noch tiefer wandern und damit alle Regeln des Anstandes brechen konnten, legte er seine Hand an meine Hüfte und begann wortlos zu führen.

Und natürlich, als hätte ich dies je angezweifelt, tanzte er unfassbar gut.

Mit unergründlichem Blick sah er mir in die Augen und ich drohte in dem tiefen Grün zu ertrinken.

Irgendwann sah er zur Seite, befeuchtete seine Lippen mit der Zunge.

„Du tanzt ausgesprochen gut, June. Nach deinem kleinen Gleichgewichtsverlust am Buffet vorhin und deinem Geständnis, dass es nicht gut um deine Geschicklichkeit bestellt ist, hatte ich das Schlimmste befürchtet und mich verwünscht, nicht meine Stahlkappen-Tanzschuhe für heute Abend gewählt zu haben."

Warnend hob ich die Augenbrauen. „Lobe den Tag nicht vor dem Abend. Was nicht ist, kann ganz schnell noch werden."

Er lachte leise und schickte mich mit diesem rauen Ton jenseits von Gut und Böse.

„Ist deine Mutter bei jedem Mann, der dich zum Tanzen auffordert, so überaus zuvorkommend, oder wurde mir damit eine besondere Ehre zuteil?"

Ich zog die Stirn kraus.

„Nun, es kommt nun nicht sonderlich oft vor, dass ich zum Tanzen oder zu einem Getränk eingeladen werde. Ich entspreche nicht ganz den gängigen Vorstellungen, nehme ich an. Aber tatsächlich zeigt sie sich bei jedem Mann, welchen sie als potentiellen Schwiegersohn in Betracht zieht, von ihrer besten Seite."

Er holte tief Luft um zu einer Erwiderung anzusetzen, doch ich unterbrach ihn rasch.

„Oh, fühl dich nicht zu sehr geschmeichelt. Ich sollte wohl hinzufügen, dass sie jeden als potentiellen Ehemann betrachtet, der mindestens zwei Gliedmaßen besitzt und noch wenigstens bis zum Ende des Balles lebt, bevor er an Altersschwäche stirbt. Erst letztens war sie ganz wild darauf, mich wie ein gemeines Pferd an einen Mann zu verschachern, der für kleines Geld von mir verlangte, ihm auf der Toilette zu willen zu sein. Du siehst, sie hat es einfach nur überaus eilig, mich aus dem Haus zu bekommen."

Er betrachtete mich mit einem gepeinigten Ausdruck.

„Du redest nicht zufällig von Alaric Jackson?"

Verblüfft legte ich den Kopf schief.

„Eben dieser. Woher kennst du ihn? Persönliche Erfahrungen?"

Er schnaubte.

„So in etwa. Ein ähnliches Gespräch hat sich erst neulich zwischen ihm und meiner Schwester abgespielt.“

„Du hast eine Schwester? Das wusste ich gar nicht.“ Innerlich verdrehte ich die Augen. Natürlich wusste ich das nicht. Ich kannte ihn schließlich nicht. Und er sollte nicht das Gefühl bekommen, dass ich nichts Besseres zu tun hatte, als in irgendwelchen Magazinen Klatsch und Tratsch über ihn zu verfolgen.

Doch er schien nichts dergleichen zu denken. Vielmehr kaute er sichtlich auf seinen nächsten Worten herum.

„Eine Halbschwester, ja. Ich versuche, meine Familie möglichst aus dem Rampenlicht herauszuhalten. Sie sollten sich nicht dauernd gegen Reporter und Fotografen wehren müssen, die ein ‚Nein' nicht gelten lassen.“

Nun blinzelte er wieder belustigt und der harte Ausdruck verschwand aus seinen Augen.

„Nun, du liest also Artikel über mich?“

Verflucht. Unbehaglich zog ich die Schultern hoch.

„Nun, du musst zugeben, dass es äußerst schwierig ist, eine Zeitschrift zu finden, in welcher du nicht quer über zehn Seiten vertreten bist. Ich kann kaum noch meine Garfield Comics lesen, ohne dein Gesicht zu sehen.“

Er schmunzelte.

Ich nutzte die entstehende Pause, um mich suchend umzusehen.

„Ich sehe Alaric heute Abend gar nicht. Sonst treibt er sich doch auch auf jedem Event herum.“

Wieder wurde sein Blick für eine Sekunde hart, bevor er mich ausdruckslos anschaute.

„Er kann nicht hier sein, weil ich hier bin. Ich habe eine einstweilige Verfügung erwirkt – er kann sich mir nicht nähern.“

Ich beschloss nicht weiter nachzufragen, da er diesem Thema nicht sonderlich wohl gesonnen schien.

Anscheinend legte man sich nicht ungestraft mit ihm und seiner Familie an. Unwillkürlich lief mir ein kalter Schauder über den Rücken.

Ein beklemmendes Schweigen entstand.

Schließlich blieb er stehen und sah mich fragend an.

„Möchtest du weiter tanzen oder gehen wir etwas trinken?“

Seine Zähne waren unglaublich weiß und blitzten bei jedem Wort. Es war verdammt verwirrend.

„Ja?“, erwiderte ich flüsternd.

Natürlich war mir bewusst, dass man auf eine „Oder"-Frage nicht mit Ja oder Nein antwortete. Aber er schien auch so zu wissen, was ich sagen wollte, denn er griff wieder fester nach meiner Hüfte und wirbelte mich kraftvoll um sich herum.

„Um deine vorherige Aussage aufzugreifen – ich kann mir gar nicht vorstellen, wie man dich nicht zum Tanzen auffordern kann."

Er sagte das mit einer solchen Selbstverständlichkeit, dass mir warm ums Herz wurde.

Das war kein beiläufiges Kompliment gewesen, sondern eine Feststellung.

„Und deine Eltern sähen mich gerne als deinen Ehemann?"

Ich grinste ihn offen an.

„Nun, seien wir ehrlich, da sind meine Eltern ja wohl kaum die Einzigen."

Er lachte halblaut. „Nein, natürlich nicht. Ich habe aufgehört zu zählen. Doch bisher hege ich keine sonderlich großen Ambitionen." Fragend sah er mich an. „Wie steht es mit dir? Willst du deinen Eltern bald einen Mann vorstellen können?"

Seine Frage überraschte mich etwas und so musste ich einen Moment über meine Antwort nachdenken.

Vorsichtig wählte ich meine Worte.

„Ich muss gestehen, bisher habe ich niemanden getroffen, bei dem ich mir vorstellen könnte, meine persönliche Freiheit für ihn aufzugeben." Ich dachte an meine Mutter und verzog das Gesicht. Nun, noch mehr von meiner Freiheit. Doch das band ich ihm nicht auf die Nase. „Andererseits wäre es schön, meinem Elternhaus zu entkommen – ich denke, die Vor- und Nachteile wiegen sich in etwa auf."

„Oh, ich verstehe zu gut, was du meinst. Es ist schwer, sich von irgendwem Fesseln anlegen zu lassen, seien es die Eltern oder die Gesellschaft – und glaub mir, ich weiß, wovon ich rede. Aber manchmal stelle ich mir vor, dass es ganz schön wäre, zu jemandem nach Hause zu kommen, der den ganzen Tag sehnsüchtig auf mich gewartet hat."

Ich nickte stumm. Ein schöner Gedanke.

Daraufhin schwiegen wir wieder eine Weile – doch dieses Mal war das Schweigen nicht unangenehmer Natur. Im Gegenteil.

Stefan musterte mich mit einem derart glühenden Blick, dass ich befürchtete, er könnte mich ohne ein weiteres Wort verbrennen lassen. Seine Augen schienen sich zu verdunkeln, beinahe schwarz blickten sie mich an, als wollten sie meine Seele verschlingen. Die Lippen hatte er leicht geöffnet. Seine Hand an meiner Hüfte packte fester zu, wanderte kaum merklich ein wenig tiefer und hinterließ eine flammende Spur auf meinem Körper.

Atemlos verringerte ich den Abstand zwischen uns, drückte mich näher an ihn heran, bis ich seine harte Brust an meiner spüren konnte.

Ich merkte kaum, dass das Orchester aufhörte zu spielen, so laut pochte das Blut in meinen Ohren, so laut ging mein Atem.

Erst als Stefan stehen blieb und mir ein leichtes Lächeln schenkte, kam ich wieder zur Besinnung.

Erneut sah ich mich den Blicken sämtlicher Anwesenden ausgesetzt, was mir eine dezente Röte auf die Wangen trieb, schon wieder. Stefan dagegen lächelte nur höflich und beugte sich zu mir hinunter.

Ich verstand nicht, was er mir zuflüsterte, hatte zu sehr mit den Empfindungen zu kämpfen, die das Gefühl seines warmen Atems, seiner Lippen so dicht an meinem Ohr auslösten.

Verwirrt blinzelnd starrte ich ihn an.

„Wie bitte?"

Schmunzelnd wiederholte er seine Frage.

„Wollen wir ein wenig nach draußen an die frische Luft gehen?"

In Anbetracht der Tatsache, dass mir verflucht heiß war, erschien mir sein Vorschlag äußerst vernünftig. Dass ich mich damit den starrenden Blicken der Anderen entziehen konnte, war nur ein weiterer Vorteil.

Ich ließ also zu, dass er mich durch diverse Gänge führte, durch die ich niemals zurückfinden würde, bis wir schließlich auf einer kleinen wunderschönen, romantisch angehauchten Terrasse standen. Weißer Marmor wurde gesäumt von roten Rosen, die einen betörenden Duft verströmten.

Langsam drehte ich mich zu Stefan um, der mich mit unergründlichem Blick musterte.

Gemächlich kam er auf mich zu, bis er so dicht vor mir stand, dass ich seinen herben Duft riechen konnte. Er hob seine Hand und strich mir über die Wange, den Kiefer entlang, bevor er sacht seinen Daumen auf meine Lippe presste.

Ich schluckte angesichts des Feuers in seinen dunklen Augen.

„Ich werde dich jetzt küssen, June."

Das war einfach zu viel.

Zu viel Alkohol, zu viel Drehen, zu viel Verlegenheit, zu viel Gefühlschaos.

Zu wenig Essen.

Ich bückte mich und erbrach mich geräuschvoll zu Stefans Füßen.

Eine Träne rann mir über die Wange, während ich atemlos würgte, wieder und wieder zog sich mein Magen zusammen.

Mein Gott. Ging es noch peinlicher, noch demütigender?

Sanft strichen mir seine kühlen Finger über die Stirn, seine langen Finger fingen einige Haarsträhnen ein, die sich aus meinem Knoten gelöst hatten, bevor diese ein Opfer eines weiteren Schwalles bitterer Galle wurden, der aus meinem Mund schoss.

Ich wollte sterben.

Auf der Stelle.

Doch mein Wunsch wurde nicht erfüllt, natürlich nicht.

Ich richtete mich zitternd auf und wankte zum Geländer, stützte mich kraftlos daran ab. Stefan folgte mir, beruhigend strich er mir über den Rücken, malte zarte Kreise.

Und es half, mich darauf zu konzentrieren.

Die Übelkeit schwand langsam, wich einem nicht unangenehmen Schauder, begleitet von einer leichten Gänsehaut.

Das Kribbeln in meinem Magen verstärkte sich wieder, als sich Stefan leicht gegen meinen Rücken drückte und einen Kuss auf meinen Nacken hauchte.

„Nun, du verstehst, dass ich dich nun nicht auf den Mund küssen möchte – aber ich meine, was ich sage. Ich will dich küssen. Du hast unglaublich schöne Haut."

Was stimmte nicht mit ihm? War er so verzweifelt? Hatte ich ihm nicht gerade vor die Füße gekotzt?

Noch während mein Gehirn damit beschäftigt war, zu überlegen, warum er nicht angewidert davonrannte, wie es jeder vernünftige Mann getan hätte, machte sich mein Mund selbständig und murmelte halblaut einige Worte.

„Danke ... du hast einen unglaublich tollen Arsch. Zum Anbeißen."

Wunderbar.

Ich konnte mich tatsächlich noch mehr demütigen.

Kapitel 3

Ein Dröhnen durchbrach meinen seltsamen Wachschlaf und schwoll immer weiter an, bis ich abgesehen davon nichts mehr wahrnehmen konnte.

Unwirsch drehte ich mich auf den Rücken – und bereute die schnelle Bewegung nahezu sofort.

Ein Wimmern entwich mir.

Ich konnte mich nicht erinnern, zuvor in meinem Leben derart heftige Kopfschmerzen gehabt zu haben.

Mir schien, als jagten sich einige Teufelchen durch meinen Schädel, die einen barbarischen Spaß daran hatten, ihre Dreizacke in mein Hirn zu bohren.

Leise aufstöhnend zuckte ich bei einem wahrhaft widerlichen Stich in meine Schläfe zusammen und öffnete unwillkürlich die Augen – nur um meine Netzhäute einer unmenschlich brennenden Helligkeit ausgesetzt zu sehen.

Warum hatte ich die Vorhänge nicht zugezogen?

Rasch begab ich mich zurück in den Schutz meiner geschlossenen Augenlider und zog mir als zusätzliche Schutzmaßnahme die Decke über den Kopf.

Viel besser.

So konnte ich es durchaus noch eine Weile aushalten.

War es nicht schon als Kind so gewesen?

Sich die Decke über den Kopf ziehen und alles war wieder in Ordnung?

Mein Magen gab ein geräuschvolles Brummen von sich und ein Schwall wirklich übelriechende Luft entwich meinem Mund.

Herrgott.

Wann hatte ich denn *das* gegessen?!

Ein Würgen unterdrückend riss ich die Decke von mir herunter und brummte unwillig, als die Sonne mich erneut unvorbereitet mit all ihrer Herrlichkeit blendete.

Ich war kein Kind mehr.

Ich war erwachsen.

Dementsprechend war so ziemlich *nichts* in Ordnung.

Zumindest nichts, was zwei mal zwei Meter Baumwolle geraderücken konnten.

Möglichst langsam drehte ich mich auf die Seite und verbarg meinen Kopf, der auf die Größe eines Schrankes angeschwollen zu sein schien, in meinem Kissen.

Nie wieder Alkohol.

Hätte ich doch jedes Mal, wenn ich diesen Satz vor mich hin geflucht hatte, einen Dollar in eine Spardose geworfen ...

Ich war nie sonderlich trinkfest gewesen, hatte immer deutlich weniger vertragen als meine Freunde, dennoch hatte ich immer nur bis zu meiner persönlichen Grenze getrunken, die mich sorglos glücklich machte und hemmungslos Spaß haben ließ und war am nächsten Morgen mit leicht flauem Magen, jedoch klarem Kopf und einigermaßen aufnahmefähig erwacht, ganz im Gegensatz zu vielen meiner Bekannten.

Warum es gestern so aus dem Ruder gelaufen war konnte ich mir nicht erklären.

Vielleicht sollte ich noch ein Stündchen darüber schlafen – vermutlich wäre die Situation in meinem umnebelten Kopf bis dahin klarer.

Doch dies war mir natürlich nicht vergönnt.

Mit einem gewaltigen Knall, der wie ein Glockenintermezzo im Turm von Notre Dame in meinem Schädel widerhallte, öffnete sich meine Zimmertür und schmetterte gegen die dahinterliegende Zimmerwand.

„Aha, wusste ich es doch, dass du schon wach bist! Versuch erst gar nicht, dich zu verstecken, du Biest! Ich kann sehen, dass du nicht mehr schläfst!"

Mir war wirklich schleierhaft, wie Alison mit unfehlbarerer Sicherheit immer dann auf den Plan trat, wenn ich sie absolut nicht brauchen konnte.

Vermutlich war mein Zimmer verwanzt, seit ich gelernt hatte, mich hinter geschlossene Türen zu flüchten.

Oder sie hatte gerochen, dass mein Gehirn allmählich wieder seinen Dienst aufnahm.

„Ich rede mit dir junge Dame!", unterbrach Mutter meine Gedankengänge mit vor Wut grollender Stimme. Ihre Atmung ging schnell und pfeifend.

Sie war offenbar wirklich zornig, dafür musste ich ihr Gesicht gar nicht sehen – und das an einem frühen Sonntagmorgen.

Scheinbar hatte sie diese Woche einen Lauf.

Schnaubend ließ ich die angehaltene Luft durch die Nase entweichen und öffnete die Augen, ignorierte den brennenden Stich, als sich das einfallende Sonnenlicht wie ein Dolch in meinen Schädel bohrte.

„Natürlich bin ich wach! Kein Mensch kann schlafen, wenn die Tür zum Schlafzimmer eingetreten wird und hitzige Worte pfeilschnell durch die Luft geschossen werden! Ein Actionfilm ist wirklich gar nichts dagegen – du könntest Tote mit deinem Geschrei in aller Herrgottsfrühe erwecken."

War dieses Krächzen wirklich meine Stimme? Ich könnte damit ohne Probleme als Türscharnier in einem alten Haus arbeiten.

Wagemutig zog ich die Augenbrauen nach oben. „Was sollen nur die Nachbarn denken?"

Das ultimative Todschlag-Argument.

Doch heute schien es nicht auf fruchtbaren Boden zu fallen, ganz im Gegenteil.

Alison war zweifellos kurz davor, vor Wut zu platzen, ihre Augenbrauen war so eng zusammengezogen, dass sie sich beinahe berührten. Die Spannung in der Luft war beinahe greifbar – und sie würde sich ganz sicherlich in einem riesigen Unwetter entladen.

Mein Herz begann unwillkürlich die Zahl seiner Schläge zu verdoppeln.

Und doch kam ich nicht umhin, ein wenig neidvoll zu bemerken, wie adrett sie aussah. Sie besaß das seltene Talent selbst um drei Uhr nachts dem Bett entsteigen zu können und auszusehen, als wäre sie im Begriff zu einem Event aufzubrechen.

Nun trug sie ein smaragdgrünes Kostüm und hatte ihre langen Haare kunstvoll nach oben gesteckt, nicht eine Strähne wagte es, aus dem engen Knoten auszubrechen. Ihr Gesicht war perfekt geschminkt.

Sie sah unbeschreiblich schön aus – nicht direkt wie eine Prinzessin, vielmehr wie die böse Stiefmutter, dennoch, ihr Auftritt war zweifellos ohne jeden Tadel.

Der einzige Makel war die Ader, die auf ihrer Stirn pochte und ihre Erregung verriet.

Langsam setzte ich mich auf, wandte den Blick von Alison ab und strich geschäftig die Bettdecke um mich herum glatt, wählte sorgsam meine nächsten Worte.

„Würdest du mir nun erklären, weshalb ich in den Genuss deines Besuches um diese Uhrzeit komme? Ich fühle mich weder geistig noch körperlich in der Lage, einen Disput mit dir auszufechten."

Alison zog einen Mundwinkel nach oben, um mir ein groteskes Lächeln zu schenken, ehe sie beinahe beiläufig zum Fenster schlenderte, die Hände auf dem Sims aufstützte und nach draußen blickte.

Ich zwinkerte verdutzt.

War dies ein neues Spiel?

Musste ich erraten, weswegen sie sauer war? Weil ich mir ziemlich sicher war, dieses Rätsel nicht lösen zu können, bevor ich verhungerte oder an Schlafmangel starb.

Seufzend schlug ich meine Decke zurück und schwang meine Beine über die Bettkante, im Begriff aufzustehen.

Verwirrt hielt ich inne.

„Ist das nicht dasselbe Kleid, welches ich gestern Abend anhatte? Warum genau liege ich damit im Bett?"

Alison schmunzelte übertrieben fröhlich.

„Nun, das ist wahrhaftig eine sehr gute Frage, mein Kind. Du trägst dein Kleid immer noch, weil du gestern nicht mehr im Stande warst, dich auszuziehen. Du warst nicht einmal in der Lage, selbstständig vom Wagen in dein Zimmer zu gehen – dein Vater musste dich wie einen Sack Mehl über die Schulter werfen und eigenständig hier hoch schleppen. Angesichts deiner indiskutablen Frechheit gestern Abend wirst du es sicher verstehen, dass ich wenig Lust hatte, dich in deinem Zustand auch noch umzuziehen."

Sie wandte mir den Kopf zu und lächelte kalt.

„Wenn es nach mir gegangen wäre, wärst du draußen vor der Haustür aufgewacht. Doch dein Vater war dagegen.“ Ein theatralisches Seufzen erklang. „Er ist einfach zu weich wenn es um dich geht.“

Ich hatte kein Problem, ihr jedes Wort zu glauben.

Mit langsamen Schritten kam Alison auf mein Bett zu und setzte sich dann elegant neben mich, strich betont gelassen irgendwelche unsichtbaren Falten aus ihrer Hose.

„Muss ich dein Gedächtnis noch in weiteren Dingen auffrischen oder erinnerst du dich an den näheren Verlauf des gestrigen Abends?“

Ich wagte es, die Augen zu verdrehen.

„Ich war vielleicht etwas betrunken, aber nicht vollkommen geistig abwesend, Mutter.“

Sie schnaubte.

„Etwas betrunken nennst du deinen unverzeihlichen Auftritt? Weißt du, wie sehr ich mich für dich geschämt habe? Sitzt da wie eine alte Jungfer, redest mit niemandem, bringst es nicht einmal über dich, jemandem ein freundliches Lächeln zu schenken. Stattdessen betrinkst du dich maßlos auf nüchternen Magen!“

Wieder erhob ich Einspruch, diesmal deutlich lauter – und deutlich entnervter.

Mochte es am Restalkohol in meinen Adern liegen, oder dass ich nach dem gestrigen Abend keine sonderlich große Angst um mein Selbstwertgefühl hatte, doch mir ging diese künstlich langgezogene Schimpftirade unglaublich auf die Nerven.

„Wessen Schuld war es denn, dass ich den ganzen Abend nichts gegessen habe? Von selbst wäre ich garantiert nie auf eine solch dumme Idee gekommen!“

Alison tat so, als hätte sie nichts gehört, zog mit unbewegter Miene einen lockeren Faden aus der Naht meines Bettbezuges.

„Dann unterbrichst du Stefans berührende Rede mit deinem unmöglichen Missgeschick und erleichterst unseren Gastgeber um nicht weniger als zweihundert Champagner-Gläser – für deren Ersatz übrigens wir aufzukommen haben. Es ist ja nicht so, als nagten wir ohnehin schon am Hungertuch, da können wir uns eine solche Menge aus bestem Kristall gefertigter Trinkgefäße natürlich leisten, ohne weiter darüber nachzudenken.“

Fast erwartete ich, dass wir beide in einer Pfütze ertrinken würden, so sehr troff ihre Stimme vor Sarkasmus.

Ich schwieg, tatsächlich etwas peinlich berührt.

Natürlich hatte ich keinen Moment des Abends vergessen, auch wenn ich es bisher erfolgreich geschafft hatte, genauere Erinnerungen zugunsten eines ruhigen Morgens zu verdrängen.

„Und als absolute und unübertreffliche Krönung übergibst du dich direkt zu Stefans Füßen, obwohl sicherlich alles hätte mit ihm passieren können. Es hätte so einfach sein können. Ihr beide vögelt, du wirst schwanger, er ist gezwungen, dich zur Frau zu nehmen. Es hätte so perfekt werden können!"

Ich glaubte meinen Ohren nicht trauen zu können.

Sie hatte Stefan mit einem alten Bauerntrick aus dem Mittelalter fangen wollen, wie einfache Mägde versuchten, sich die Ehe mit einem Höhergestellten zu erschleichen? Sie hatte erwartet, dass ich mich einfach so, ohne zu überlegen, einem Fremden hingeben würde?

Was zum Teufel stimmte nicht mit dieser Frau?

Alison schien meine atemlose Empörung gar nicht wahr zu nehmen, so sehr suhlte sie sich in ihrem Selbstmitleid.

„Ich wäre dich endlich los gewesen und könnte zudem mit dem Geld von Stefan auch dafür sorgen, dass ich wieder das Leben lebe, das mir vorbestimmt ist. Nie wieder das gleiche Kostüm ein zweites Mal innerhalb eines Monats tragen, endlich wieder unbegrenzt im Golfclub auftreten, die mir gebührende Achtung von den anderen Schlampen fordern ... jetzt lachen sie über mich, tuscheln hinter meinem Rücken und denken, ich bekomme es nicht mit ... oder schlimmer, es ist ihnen egal, dass ich weiß, wie sie über mich reden ..." Betrübt schüttelte sie den Kopf.

Ich hörte ihr gar nicht zu, sondern hing meinen eigenen Gedanken nach.

Ganz falsch lag sie nicht, Stefan hatte tatsächlich Interesse an mir gezeigt – eine Tatsache, über die ich bisher gar nicht nachgedacht, sondern sie einfach hingenommen hatte.

Dabei war das im Nachhinein so unglaublich, so unwirklich, dass ich es ohne Alisons Auftritt für einen sonderbaren Traum gehalten hätte.

Ausgerechnet Stefan hatte mit mir tanzen wollen? Nachdem ich seine Rede gestört hatte? Ausgerechnet ich mit dem frechen Mundwerk und den zwei linken Füßen, wo doch so viele andere hübsche Mädchen und Frauen anwesend waren, die ihn sicherlich mehr zufrieden gestellt hätten?

Ausgerechnet mit mir hatte er seinen Abend verbringen wollen. Ob er noch mehr im Sinn gehabt hatte? Ein Kuss? Mehr? Eine gemeinsame Nacht?

Eine gemeinsame Zukunft?

Ich verzog das Gesicht.

Nun, spätestens nach dem abrupten Ende, dem fortwährenden Übergeben war es mit Letzterem wohl vorbei, sollte er sich gedanklich überhaupt so weit verstiegen haben.

Und ich hatte ihm tatsächlich auch noch ein Kompliment zu seinem Arsch gemacht, mein Gott.

Stöhnend versenkte ich meinen Kopf zwischen meinen Knien, heiß spürte ich eine Träne der Scham über meine Haut rinnen und im weichen Stoff meiner Decke versickern.

Die Stimme meiner Mutter verriet einen gewissen Grad an Zufriedenheit, als sie schließlich das Schweigen zwischen uns brach.

„Ich sehe, du erinnerst dich wieder. Ich hoffe, du schämst dich in Grund und Boden, du peinliche Person! Doch deine Scham kann nicht größer sein, als die meine, dich ihm überhaupt erst aufgezwängt zu haben." Sie schnaubte verächtlich. Dann wurde ihr Ton noch eine Spur verletzender. „Doch sei unbesorgt, du wirst ihn nicht wiedersehen. Niemand wird dich je wiedersehen. Dein Vater und ich schmieden schon den einen oder anderen Plan ..."

Ihre Stimme wurde leiser, nahm wieder einen leicht jammernden Unterton an.

„Und nun wird sich Stefan für immer von uns fern halten ... eine große Chance, vertan für nichts ... Ich werde mich bei ihm entschuldigen müssen – wenn er uns überhaupt noch sehen will. Herrgott, was hast du nur angerichtet? Was habe ich getan, um mit so einer Tochter bestraft zu werden?"

Unwirsch fuhr ich auf, starrte Alison wütend an.

„Nun willst du also alle Schuld auf mich schieben? Als sei das alles mein Fehler gewesen?"

„Na hör mal!", empörte sie sich, doch ich ließ sie nicht ausreden.

„Nein, jetzt hörst du mir zu! Es war nicht allein meine Schuld! Hättest du mich einfach etwas essen lassen, wäre es nie so weit gekommen! Es ..."

Ihr ungläubiges Lachen unterbrach mich.

„Damit du ihm statt nur der Vorspeise ein ganzes Menü hättest entgegen spucken können? Danke, doch ich verzichte! Diese Schuld weise ich ganz klar von mir!"

Ich verdrehte die Augen.

„Natürlich, genau so, wie du es schon mein Leben lang tust. Nie ist etwas deine Schuld! Es ist nicht deine Schuld, dass ich eine furchtbare Kindheit hatte, es ist nicht deine Schuld, dass ich mich bei jedem gesellschaftlichen Event, zu dem ich gezwungen werde, tödlich langweile, weil ich nur darauf warte, endlich jemanden kennen zu lernen, der dumm genug ist, mich zu heiraten, damit ich endlich aus diesem schrecklichen Haus heraus und von dir wegkomme! Es ist nicht deine Schuld, dass ich so wenig Selbstvertrauen habe, wenn es um meine Person geht, schließlich baust du mich jedes Mal ja so wunderbar auf, wenn ich denke, dass ich zu nichts tauge, nicht einmal um ein Klo zu putzen! Du bist wirklich unglaublich!"

Ihr Lächeln wurde mit jedem meiner Worte ein Stück kälter, bis es mir Schauder durch den ganzen Körper jagte, wenn ich es nur mit dem Blick streifte.

„Natürlich trifft mich ein wenig Schuld an all dem. Ich hätte damals einfach auf mein Bauchgefühl hören sollen, als ich deinen plumpen Körper zum ersten Mal im Krankenhaus sah, deinen Vater davon überzeugen sollen, dass wir ein anderes, besseres Baby finden. Ich hätte in den darauffolgenden Jahren auf mein Gefühl hören sollen, dich schnellstmöglich wieder los zu werden, statt dich mühselig groß zu ziehen. Wenn du wenigstens auch nur eine Sekunde meiner Qualen wert gewesen wärst."

Mit offenem Mund starrte ich sie an, ungläubig schnappte ich nach Luft.

Sie ließ sich auf ein solches Niveau herunter, nur um mich zu verletzen? Das hatte ich noch nicht einmal ihr zugetraut.

„Oh, glaube mir Alison", ich spuckte ihren Namen geradezu aus, so widerwärtig fühlte er sich auf meiner Zunge an, „nichts wünsche ich mir mehr, als niemals ausgerechnet dann von meinen richtigen Eltern abgegeben worden zu sein, als du und dein verseuchtes Herz auf der Suche nach einem armen Balg waren. Wie wunderschön es doch wäre, wenn sich eine andere Frau damit herumschlagen müsste, sich an einen möglichst wohlhabenden Mann zu verkaufen, um euch aus eurer selbstverschuldeten Geldkrise zu retten!"

Ihre Fäuste waren geballt und zitterten leicht, ich sah an ihrem Blick, dass ich dabei war, eine Grenze zu überschreiten.

Doch das war mir egal. Denn sie hatte diese Grenze schon längst überschritten.

„Beherrsche dich auf der Stelle, June, oder mir rutscht die Hand aus."

Sie erhob sich abrupt, unterbrach damit jegliche Gegenwehr meinerseits.

„Zieh dich an. Dein Vater wird mit dir sprechen wollen."

Sie war so schnell aus dem Zimmer gerauscht, dass ich gar nicht dazu kam, zu einem Gegenschlag anzusetzen.

Schwer atmend öffnete und schloss ich meine Fäuste, versuchte mich zu beruhigen.

Versuchte, die Tränen herunter zu schlucken, die mir angesichts ihrer Worte über die Wangen sprudeln wollten. Versuchte mir einzureden, dass sie es gewiss nicht ganz so gehässig gemeint hatte, wie es sich angehört hatte – auch wenn mein Herz es besser wusste.

Sie hasste mich. Verachtete mich.

Und obwohl ich es schon lange wusste, tat der Gedanke so endlos weh – sie war schließlich irgendwie meine Mutter. Wie konnte man ein Kind so sehr hassen?

Irgendwann schaffte ich es aufzustehen.

Irgendwie schaffte ich es, meinen Schmerz hinter den Mauern um mein Herz zu verschließen.

Alles andere hatte keinen Sinn.

In Selbstmitleid versinken hatte mir noch nie geholfen, im Gegenteil. Ich war selbst für mein Glück verantwortlich. Hatte schon immer für das kämpfen müssen, was ich wollte. Warum also jetzt damit aufhören, nur, weil Alison in Worte gefasst hatte, was ich schon längst wusste?

Wie auf Autopilot geschaltet schlüpfte ich aus meinem Kleid und zog mir etwas anderes, Bequemes an. Ging ins Badezimmer und wusch mein Gesicht, putzte meine Zähne, entfernte verschmierte Schminke, bürstete mein Haar.

Dann ging ich nach unten.

Vater musterte meine miserabel aussehende Gestalt mitleidig.

Ich saß ihm gegenüber auf dem Sofa und hatte meine Arme um die angezogenen Knie geschlungen, mein Kinn darauf abgestützt und erwiderte seinen Blick ausdruckslos.

Mehr als einmal setzte er dazu an, etwas zu sagen, unterbrach sich dann aber selbst kopfschüttelnd und seufzend.

Was immer er glaubte, mir auf Mutters Geheiß sagen zu müssen, er kaute schwer daran und für einen Moment wünschte ich mir, er würde etwas mehr Rückgrat zeigen.

Warum nur war seine Liebe zu dieser kalten Frau um so vieles größer, als die Liebe zu mir, seiner Tochter?

Alison war zwar nicht im Raum, doch ich wusste, sie war nicht weit weg. Sie würde sich kaum entgehen lassen zu beobachten, wie sich Ethan ein weiteres Mal gegen mich stellte, ihr zu liebe.

Er räusperte sich zum zehnten Mal, schien daraus endlich die Kraft zu ziehen, mit mir zu sprechen.

„June, was hast du dir nur dabei gedacht, Mädchen?“

Ich musterte ihn, als wäre er wahnsinnig geworden.

„Denkst du allen Ernstes, dass ich das getan hätte, um dir und Alison zur Last zu fallen? Denkst du, ich übergebe mich gern zu Füßen junger Männer, weil mir in letzter Zeit meine anderen Hobbies so wenig geben?“

Er sah aus, als hätte er Zahnschmerzen.

„Natürlich nicht. So habe ich es nicht gemeint, mein Schatz. Es ist nur so …“

Ich unterbrach ihn seufzend.

„Ich weiß schon, Ethan“, er zuckte zusammen, schließlich hatte ich ihn noch nie bei seinem Vornamen genannt, „deine Frau wünscht, dass du mich bestrafst, weil ich in ihren Augen ein böses Mädchen war, und du bist viel zu verliebt und zu verblendet – immer noch – um zu merken, dass sie es ist, die die Familie zerreißt, nicht ich.“

Müde zuckte ich mit den Schultern. „Ich hoffe nur für dich, dass du das erkennst, ehe du ganz allein dastehst, weil alle anderen dich verlassen haben.“

Schmerz flackerte in seinen Augen auf und er wandte den Blick ab, schluckte heftig.

Er wusste es. Er wusste, dass ich recht hatte. Er wusste, dass er sich mit der Liebe zu dieser Frau zerstören würde.

Und ich wusste, dass er noch nicht bereit war, sie aufzugeben.

Dass er es vielleicht niemals sein würde.

Also wartete ich auf die Strafe, die Alison sich für mich überlegt hatte, und die sie mir durch den Mund meines Vaters hindurch auferlegen würde, in der Hoffnung, ich wäre endlich auch einmal wütend auf Ethan.

Als wüsste sie nicht, dass ich ihr geschmackloses Spiel schon längst durchschaut hatte.

„Es ist nicht so, dass ich dich bestrafen will … oder deine Mutter. Es ist nur so, dass sie denkt … dass wir beide denken … dass uns eine Pause sicherlich guttun würde. Du hättest ein wenig Zeit für dich und deine Mutter hat die Chance, dich vielleicht wirklich zu vermissen, wenn du tatsächlich nicht mehr da bist. Vielleicht merkt sie dann, dass ihr mehr an dir liegt, als sie dir jetzt zeigen kann.“

Hilflos zuckte er mit den Schultern. Ich sah die unbeholfene Liebe in seinen Augen und die Bitte, ihm seine Schwäche zu verzeihen.

Und natürlich würde ich es tun.

Ich liebte meinen Vater schließlich über alles.

„Was soll ich tun?“

Erleichtert atmete er auf.

„Pack deine Sachen für einen zweiwöchigen Ausflug. Du fährst zu einem der Pächter meines Bruders – er unterhält ein kleines Landgut. Es wird dir sicherlich gefallen – viel frische Luft, viel Freiheit, viele Tiere.“ Er versuchte ein kleines Lächeln.

Ich erwiderte sein Lächeln, bemühte mich zumindest darum.

Mir war klar, dass Alison mich ganz sicher an einen anderen Ort geschickt hätte, an dem es mir nicht so gefallen würde, doch dass Ethan sich wenigstens in dieser Angelegenheit durchgesetzt hatte.

Und es gab schlimmeres, als zwei Wochen Ferien auf dem Bauernhof.

Ich stand auf und ging auf ihn zu, ein wenig angstvoll blickte er mir entgegen. Ich spürte den Ruck, mit dem die Erleichterung durch seinen Körper floss, als ich meine Arme um ihn schlang und ihn fest an mich drückte.

„Ich hab dich lieb, Daddy. Trotzdem und für immer."

Ein wenig zittrig hob er die Arme und verschränkte sie hinter meinem Rücken, hauchte zwei, drei Küsse auf meinen Scheitel.

Und für einen Moment war ich wieder sein kleines Mädchen, das ihm die Welt bedeutete.

Bis Alison sich gekünstelt räusperte.

Vater zuckte zusammen und löste sich langsam von mir, schenkte mir ein entschuldigendes Lächeln, bevor er wie ein geprügelter Hund auf Mutter zu schlich, die mit in die Hüften gestemmten Fäusten im Türrahmen stand und mich giftig anfunkelte.

„Ich denke, du hast etwas zu erledigen? Bis in zwei Stunden will ich dich aus dem Haus wissen."

Ich zog einen Mundwinkel nach oben. „Oh keine Angst, länger will ich ohnehin nicht mehr in diesem Kasperletheater mitspielen. Bin quasi schon verschwunden."

Ethan seufzte lautlos, als ich an ihm vorbeiging, doch ich schaute ihn nicht an.

Ich war ihm nicht böse, doch er hatte seine Wahl getroffen.

Erneut.

Die Türklingel unterbrach meine Gedanken.

Da ich ohnehin nur wenige Schritte entfernt stand und diese Tür die nächsten zwei Wochen nicht mehr öffnen würde, ging ich darauf zu und riss sie schwungvoll auf.

Und aus irgendeinem Grund sah ich hier die Gelegenheit, meine hilflose Wut auf jemand anders abzuladen, ganz gleich, ob dieser etwas für meinen Schmerz konnte oder nicht.

„Was willst du zur Hölle? Kommt es dir nicht in den Sinn, dass manche Menschen an einem Sonntagmorgen ausschlafen wollen und besseres zu tun haben, als andauernd zur Türe zu springen, weil irgendein hobbyloser Penner Klingelstreiche machen möchte?"

Ein Paar schwarze Augenbrauen hoben sich scheinbar belustigt angesichts meines kleinen Ausbruches und eisblaue, klare Augen bohrten sich in meine.

Ich konnte den Ausdruck darin nicht deuten.

Er wirkte weder überrascht noch verärgert.

Eher hochzufrieden.

Als hätte er eine ebensolche Reaktion erwartet.

Dann, unvermittelt, ein strahlendes Lächeln, bei dem zwei Reihen makellos weißer Zähne hinter vollen, unendlich weich wirkenden Lippen aufblitzten.

Ein Eimer wurde mir entgegen gedrückt, der Schwung ließ die Luft zischend aus meinen Lungen entweichen und ich musste einen Schritt zurück machen, um das Gleichgewicht zu behalten.

Dann waren die verwirrend blauen, schönen Augen wieder verschwunden, und auch der dazugehörige Mann. Wie vom Erdboden verschluckt.

Begann ich nun schon zu halluzinieren?

Kopfschüttelnd betrachtete ich den Inhalt des Eimers in meinen Armen und meine Augen weiteten sich.

Es war ein Strauß wunderschöner roter Rosen, eine edle Sorte, ohne Stacheln. In der Mitte, herausstechend in ihrer Vollkommenheit, eine einzelne, weiße Rose, die Blütenblätter noch nicht geöffnet. Sanft fischte ich den Strauß aus dem Eimer, vollkommen überwältigt von dessen Schönheit und Perfektion.

Wer kam auf die wahnsinnige Idee, mir Blumen zu schicken?

Waren sie denn überhaupt für mich gedacht?

Mein Augenmerk fiel auf die kleine Karte, die an einer Rose baumelte und so vorsichtig wie möglich faltete ich sie auseinander.

Der Eimer fiel scheppernd zu Boden.

Liebste June,

ebenso wie diese weiße Rose inmitten von lauter Roten bist du.

Du stichst aus der Menge heraus, weil du vollkommen anders, vollkommen unkonventionell bist. Anders, doch perfekt auf deine ganz eigene Art und Weise. Erfrischend anders.

Ich hoffe, dich bald wieder zu sehen.

Ergebenst,
Stefan Volkan

Post Skriptum: Ich hoffe, es geht dir gut? Sollte der Alkohol noch immer seinen Tribut fordern, wird der Eimer wohl das bessere Geschenk von beiden sein. Nutze ihn bitte für deine Zwecke, ganz nach deinem Ermessen, vor allem, wenn sich jemand in deiner Reichweite befindet.

Die Benommenheit währte nur eine einzige Sekunde, dann legte ich den Kopf in den Nacken und lachte laut und befreit auf.

Kapitel 4

Langsam floss das kalte Wasser aus dem Eimer über meine nackten Zehen, doch ich spürte es kaum. Mein Blick war erneut auf das Kärtchen gerichtet, atemlos las ich es wieder und wieder, ein wenig Unglauben kam auf und mischte sich mit meiner anfänglichen Belustigung.

War der Mann gestern auf einer anderen Veranstaltung gewesen als ich?

Oder hatte er ähnlich viel getrunken, sodass sein Gedächtnis nun massive Lücken aufwies?

Wäre ich an seiner Stelle, so würde ich diesem peinlichen Geschöpf nie wieder zu nahe treten wollen, geschweige denn mir die Mühe machen, einen solchen gigantischen Strauß zusammenzustellen und mit einem handschriftlichen Kärtchen zu versehen.

Ganz davon abgesehen so viel Geld für das Mädchen ausgeben, dass beinahe meine teuren Schuhe ruiniert hatte.

Elegante Schritte bewegten sich über das Parkett der Eingangshalle.

Der Blick meiner Mutter wanderte skeptisch über meinen Rücken, ich spürte es genau. Meine Nackenhaare stellten sich augenblicklich auf.

„June, wer war da an der Tür? Wer ... Herrgott, was hast du nun wieder für eine Sauerei angerichtet? Du bist wirklich zu nichts nutze ... ich putze das sicher nicht weg! Ist das dein Dank für die Nachsicht, mit der dein Vater und ich dich behandeln?“

Langsam drehte ich mich um, ihre Stimme brach und vollkommen entsetzt starrte sie auf den prächtigen Strauß in meinen Armen. Ihre Augenbrauen hoben sich so hoch, dass ich befürchtete, sie würden im Haaransatz verschwinden und auch dem süßesten Locken widerstehen, jemals wieder von dort oben hinabzusteigen.

„Der ist ja unbeschreiblich schön! Und – so riesig! Der ist ... das müssen mindestens dreißig Rosen sein, vielleicht mehr ... das ist wirklich ... oh!“, stotterte sie leichenblass vor sich hin, machte ein paar Schritte auf mich zu und riss ihn mir unsanft aus den Fingern.

Welch ein Glück für sie, dass die Blumen keine Stacheln hatten.

„Bist du dir sicher, dass er für dich bestimmt ist? Ich meine, warum sollte er an dich gerichtet sein ... du bekommst nie Rosen! Andererseits, ich auch nicht ...“, ein giftiger Blick flog in Richtung meines Vaters.

Ich bemühte mich erst gar nicht, sie daran zu erinnern, dass mein Vater ihr an jedem besonderen Tag die verschiedensten Blumensträuße zusammenstellte und auf ihren Nachttisch stellte. Was mein Vater tat, zählte in ihren Augen nicht.

Sie unterbrach ihr Murmeln und schloss die Augen, atmete den betörend süßen Duft *meiner* Rosen tief ein, dann lächelte sie seltsam gelöst.

Mit gerunzelter Stirn beobachtete ich sie, versuchte den Grund für ihren plötzlichen Stimmungsumschwung zu erkennen.

Sanft strich sie über die Blütenköpfe, bevor sie mit einem leisen Schrei die Hand zurückzog und sich den Zeigefinger in den Mund steckte.

Ein kleiner Blutstropfen rann über ihren Handrücken.

Verstimmt sah sie den Strauß an und zerrte ein wenig daran herum, bis sie die einzelne, weiße Rose in der Hand hatte. „Nun, da war jemand wohl etwas nachlässig, diese hier hat Stacheln.“

Nachdenklich betrachtete sie die vollkommene, unschuldige Blume, ehe sich ein verächtlicher Ausdruck über ihr Gesicht zog. „Sie ist ja noch nicht einmal aufgegangen ... Noch dazu passt sie gar nicht zu den anderen, das zerstört das ganze Bild.“

Bevor ich etwas sagen konnte, knickte sie der Rose, die mich darstellen sollte, den Kopf ab und warf sie an mir vorbei in ihren Garten.

Nun wusste ich nichts mehr zu sagen.

Stumm starrte ich sie an, sie schien mein Unbehagen, meine stille Wut nicht wahr zu nehmen, war viel zu beschäftigt mit der Bewunderung der Perfektion des Straußes, der nun einheitlich rot erstrahlte.

Wie konnte sie es nur wagen? Das war mein Geschenk, mein Strauß, meine Rose!

Warum nur erschien mir das so sinnbildlich für mein gesamtes, bisheriges Leben? Was nicht passte, mit der gängigen Meinung d'accord ging, das musste vernichtet, unterdrückt werden, hatte keinerlei Daseinsberechtigung.

Doch hatte ich mich nicht schon längst daran gewöhnt? Meine Mutter konnte ebenso wenig aus ihrer Haut, wie ich aus meiner oder Ethans aus der Seinen.

Und rückgängig konnte ich die letzten fünfundzwanzig Jahre ohnehin nicht mehr machen.

Stefans Geste brachte mich dennoch zum Lächeln. Nicht nur, dass ich die einzige weiße Rose war und mich somit deutlich von der breiten Masse abhob, nein, ausgerechnet meine Rose war die Einzige, die Stacheln hatte. Wie passend. Ein schiefes Grinsen bildete sich auf meinen Lippen aus, entschädigte mich für die unterdrückte Wut.

Nachdrücklich nahm ich Alison den Strauß wieder ab, was diese mit einem empörten Schnauben quittierte.

„Nun, Mutter, das sind in der Tat meine Rosen, und nicht deine. Wenn du nun die Güte hättest, mich vorbei zu lassen ...?“

Skeptisch musterte sie mich und das Objekt ihrer Begierde.

„Bist du dir wirklich sicher, dass er für dich ist? Du bekommst *niemals* Blumen, schon gar keine Rose und allen voran nicht solch eine edle Sorte! Ich meine, sieh dich doch an ... Wer hat sie geschickt?“

Ihr Ton war harsch und fordernd – mit einem seltsamen Unterton, den ich von ihr noch nie gehört hatte. War das Unsicherheit?

Sie schien aus irgendeinem Grund gekränkt, beinahe neidisch starrte sie auf den Strauß in meinen Armen, während sie sich anscheinend unbewusst über die Unterarme kratzte – eine Eigenart, die ich mir angeeignet hatte, wenn meine Gedanken zu wild und laut für die Enge meines Kopfes wurden.

Was brachte sie nur so aus dem Konzept?

Und – war mir das im Grunde nicht vollkommen egal?

Ich atmete den lieblichen Duft ein und genoss das echte Lächeln, dass sich unwillkürlich über meine Lippen zog.

„Von welchem Mann sollte er wohl sein? Natürlich hat Stefan sie geschickt“, erklärte ich im Brustton der Überzeugung, bereit, mich an ihrem verblüfften Gesicht zu weiden.

Ich wurde nicht enttäuscht.

Ihr entwich ein kurzes, hartes Lachen.

„Und das soll ich dir glauben, du kleine Lügnerin? Nach all der Scheiße, die du gestern Abend gebaut hast, soll dich dieser Mann auch noch mit Rosen überschütten? Du hast ihm schließlich vor die Füße gekotzt! Nur ein geisteskranker Mensch würde dir eine zweite Chance geben!“

Ich hob die Augenbrauen.

„Nun, dann hoffe ich, dass erwiesene Geisteskrankheit nicht zu den Merkmalen gehört, die du an einem potentiellen Schwiegersohn nicht verzeihen könntest – hier ist das Kärtchen, dass er dazu geschrieben hat.“

Ich wusste selbst nicht, warum ich ihr den Brief übergab, er war schließlich an mich adressiert und außerordentlich persönlich gehalten – doch irgendwie wollte ich mir diese Genugtuung nicht entgehen lassen.

War Stefan doch der leibhaftige Beweis dafür, dass ich nicht gänzlich verquer und hoffnungslos war, wie Alison mir ununterbrochen weiß zu machen versuchte.

Nein, ich war jemand. Und endlich hatte dieses Licht auch jemand anders gesehen.

Mit einem gewissen Zögern nahm sie die Karte von meiner Hand und las ihn stumm, immer wieder, ehe sie sich räusperte und mich mit unergründlichem Blick musterte.

„Nun, du scheinst ihn tatsächlich beeindruckt zu haben, Gott weiß warum oder womit. Es scheint, als nimmt er dir deinen Fauxpas gar nicht übel. Im Gegenteil. Ein sonderbarer Mensch. Dass er dich wirklich wieder sehen will ..."

Wieder verstummte sie und las den Brief erneut, runzelte leicht die Stirn.

„Er scheint einen ausgeprägten Sinn für Humor zu haben. Immerhin etwas. Vielleicht sieht er in dir einfach einen Witz, den er noch nicht versteht ..."Sie murmelte mehr vor sich hin, als dass sie mit mir sprach, weswegen ich es vorzog, nicht darauf einzugehen.

Sie würde mir meine gute Laune, mein unendlich gutes Gefühl nicht mit ihrer Unzufriedenheit, ihrem Hass zerstören, egal, wie sehr sie sich anstrengte.

„Es sieht so aus, als hätten wir tatsächlich alles richtig gemacht", beendete sie ihren Gedankengang und lächelte ein seltsames Lächeln, welches sich irgendwo zwischen Selbstzufriedenheit und absolutem Unverständnis ansiedeln ließ.

„Als hätten wir alles richtiggemacht?" Das waren ja ganz neue Töne. War nicht bis vor wenigen Minuten die ganze Situation ausschließlich meine Schuld?

Ich kniff die Augen zusammen und ging an ihr vorbei, gönnte ihr keinen Blick während ich meinerseits vor mich hin zu murmeln begann.

„Ja, ein netter Brief, wirklich. Schade nur, dass ich diesen Strauß nicht mitnehmen kann, ich will nicht, dass er auf der Fahrt welk wird. Also wirst doch du deine Freude daran haben können."

Dann wandte ich mich ihr zu, wohl um meinen nächsten Seitenhieb wissend.

„Wenn du mich jetzt entschuldigst, ich werde jetzt packen gehen. Die Auszeit auf dem Land wird mir sicherlich Geduld und Einsicht lehren und ein besseres Fingerspitzengefühl für prekäre Situationen."

Stirnrunzelnd starrte sie mich an, bis ihr aufging, auf was ich anspielte. Dann wischte sie meinen Einwand mit einer raschen Handbewegung beiseite.

„Rede keinen Unsinn und beruhige dich. Als ob ich jetzt zulasse, dass du die Stadt verlässt. Wir haben eine Aufgabe vor uns. Stefan wird sich sicherlich bald mit dir in Verbindung setzten und dir weitere Instruktionen zukommen lassen. Du solltest dich darauf vorbereiten und dir etwas Schönes zum Anziehen raussuchen, damit du nicht vollkommen überrumpelt dastehst."

Sie lächelte herablassend, hatte ihren kleinen Tiefgang offenbar überwunden und war dabei, zu alter Stärke zurückzukehren.

„Ich muss dir sicherlich nicht erklären, dass Alkohol, sowie Fisch dieses Mal tabu sind? Ich denke, du kannst ihm sicherlich beweisen, dass du dich auch wie ein erwachsener Mensch benehmen kannst."

Ihr Blick war nachdrücklich und verbat mir jede Widerrede, als sie die Eingangshalle verließ und mich kopfschüttelnd stehen ließ.

In einem Moment noch bereit, mich weit weg zu verbannen, damit ihr meine bloße Existenz nicht andauernd unter die Nase gerieben wurde und im nächsten schon wieder am Pläne und Ränke schmieden, um mich möglichst vorteilhaft an einen gutbetuchten Käufer zu verschachern, denn mehr war ich nicht für sie – ein Stück Gut, welches es gewinnbringend an den Mann zu bringen galt.

Es war zwecklos, sich darüber aufzuregen, dass ich niemals wirklich zu dieser Familie, zu diesem Kreis gehören würde. Doch genau genommen wollte ich das auch nicht. Hatte ich nie gewollt. Wer wollte schon ein solches Leben fristen? Genau genommen konnte ich es nicht erwarten, endlich zu verwinden.

Und ehrlich gesagt konnte ich es deutlich schlechter treffen, als mit der Aufmerksamkeit von Stefan.

Obwohl ich natürlich noch nichts in Stein meißeln wollte, schließlich kannte ich ihn kaum und er mich überhaupt nicht.

Es stand alles noch in den Sternen – doch ein wenig träumen war zu schön, um es sich zu verbieten.

Den Strauß auf meinen rechten Arm legend angelte ich mit dem linken nach dem Eimer und schloss dann die Tür. Nachdem ich das Gefäß wieder mit Wasser gefüllt hatte und die Rosen darin platziert hatte, ging ich in mein Zimmer.

Ich stellte den Eimer auf meinen Schreibtisch und genoss noch einen Moment seine Schönheit und das Hochgefühl, welches sein Anblick in mir hervorrief, ehe ich mich seufzend meinem Schicksal ergab und vor meinem Schrank Stellung bezog.

Nun, was sollte ich anziehen? Irgendetwas, was von meinem Gesicht ablenken würde, welches zweifellos jede Sekunde puterrot sein würde, in Anbetracht der Erinnerung an den vergangenen Abend.

Schon jetzt glühten meine Ohren wieder.

Ich schüttelte den Kopf über mich selbst. Ich war doch auch nur ein Mensch, und allen Menschen passierten dann und wann Missgeschicke.

Selbst einem Stefan Volkan.

Dennoch war mir bewusst, dass ich die Messlatte für Missgeschicke mit meinem unfreiwilligen Ausrutscher nun recht hochgelegt hatte.

Doch geschehen war geschehen, sei es drum.

Bevor ich meine Augen suchend durch den Schrank gleiten lassen konnte, klingelte das Telefon, welches direkt neben meinem Bett stand.

Der erste Schreck brachte mich dazu, ein wenig zusammen zu zucken und ein leises „Huch!“ auszustoßen, dann ärgerte ich mich auch schon wieder.

Meine Durchwahl hatte kaum jemand, nur meine beste Freundin Jordan, welche sich allerdings momentan auf dem Rückweg von einem romantischen Wochenende mit ihrem Mann befinden durfte.

Und meine Eltern.

Die Antwort, wer jetzt schon wieder störte, lag also nahe.

Ich ließ es einige Male klingeln während ich mit verschränkten Armen daneben stand und darauf wartete, dass Alison aufgab.

Doch sie schien einen verdammt langen Atem zu haben heute.

Nach dem zwölften Klingeln hob ich den Hörer an mein Ohr.

„Oh, tut mir leid, ich muss das Klingeln vollkommen überhört haben, während ich hier im gleichen Raum bin, nur einen Stock über euch, im gleichen Haus. Man sollte doch meinen, dass es keine großartige Schwierigkeit darstellt, die vierzehn Stufen bis in das zweite Stockwerk zu erklimmen, um persönlich mit mir zu reden. Müssen wir nun schon interne Familienangelegenheiten am Telefon klären oder Befehle darüber weiterleiten?“

Niemand antwortete und so war mein Atmen das einzige Geräusch in der Leitung.

Ich verdrehte die Augen und wollte soeben zu einer weiteren, diesmal giftigen Ansage ausholen, als mich ein leises Lachen unterbrach.

„Oh, ich scheine dich zu amüsieren? Wenn du mich an dem Witz teilhaben lässt können wir sicherlich beide königlich darüber lachen.“

„Nun, June, ich freue mich auch, deine Stimme zu hören. Wie ich vernehme, bist du wieder bei bester Gesundheit?“

Das konnte nur ein Scherz sein.

Wirklich.

Man konnte sich doch nur bis zu einem bestimmten Grad vor einer Person blamieren, oder?

„Woher hast du diese Nummer?“, hauchte ich lautlos in den Hörer, froh darum, dass er wenigstens diesmal die heiße Röte auf meinem Gesicht nicht sehen könnte.

Langsam ließ ich mich an meinem Bett hinab zu Boden sinken, zog die Knie an die Brust und presste meine Stirn darauf.

Vielleicht war alles nur halb so wild. Er war schließlich selbst schuld, wenn er mich so überraschte.

„Sagen wir es so, ich habe Mittel und Wege, das zu bekommen, was ich will. Sei es nun eine geheime Nummer oder ein Date. Was sagst du zu deinem Geschenk?“

Wie selbstsicher er sich gab. War er selbst wohl schon immer so gewesen? Oder war dies ein Nebeneffekt seiner Arbeit? Fordernd, energisch, bestimmt?

„Die Rosen sind wunderschön, ich danke dir. Doch du hättest dir nicht die Mühe machen müssen. Geschweige denn derart viel Geld für mich ausgeben. Du hättest auch mit einem Strauß Gänseblümchen meine Aufmerksamkeit geweckt.“

Wieder trieb mir sein warmes Lachen einen nicht unangenehmen Schauder über den Rücken.

„Mir war es das durchaus wert – außerdem ist es doch nur Geld. Und ich gedenke noch sehr viel mehr Geld für dich auszugeben, falls du damit ein Problem haben solltest, gewöhnst du dich besser an den Gedanken. Bis wann kannst du fertig sein? Ich würde dich gerne zum Mittagessen einladen.“

Obwohl es eine Einladung war, suggerierte mir sein Unterton, dass seine unverfängliche Aussage einem Befehl gleichzusetzen war.

Irgendwie erinnerte er mich damit sofort an meine Mutter.

Dennoch wagte ich einen vorwitzigen Vorstoß.

„Und was, wenn ich gar nicht mit dir essen gehen will?“

Ich hatte nicht gewusst, dass jemand gleichzeitig Wärme und Kälte in seinen Ton legen konnte.

„Wie gesagt, June, ich bekomme immer, was ich will.“

Irgendwas in mir hegte den Wunsch, dieses Spiel weiter zu spielen, nur um zu sehen, wieweit Stefan, der berüchtigte Anwalt, denn gehen würde, um zu bekommen, was er wollte.

Doch ich hielt meinen Mund.

Warum wehrte ich mich überhaupt? Ich hatte doch kein Problem damit, mit ihm essen zu gehen, im Gegenteil.

Vielleicht störte mich sein Unterton genau deswegen – weil er dem meiner Mutter so ähnlich war. Ich wollte doch nicht eine Tyrannei gegen eine andere eintauschen!

Doch war das nicht unfair? Immerhin gab ich Stefan gar keine Chance, errichtete bereits ein riesiges Gedankenkonstrukt auf Basis eines einzigen, besonders betonten Satzes.

Ich hatte das sicher nur falsch aufgefasst, weil ich durch Alison derart vorbelastet war.

Immerhin redeten wir hier nur von einem Mittagessen, nicht von einer Heirat.

Ein leises Seufzen in der Leitung zeigte mir, dass dort jemand auf meine Antwort wartete.

Also gab ich mein Einverständnis.

„Ich kann in einer halben Stunde fertig sein."

In seinen Worten konnte ich seine Genugtuung hören und unwillkürlich musste ich an einen fetten Kater denken, der dabei war, eine Maus zu verspeisen.

„Nur eine halbe Stunde, June? Ich dachte, du bist eine Frau?"

Ich runzelte die Stirn und antwortete ohne nachzudenken.

„Nun ja, als ich vorhin auf der Toilette war, war ich es jedenfalls noch. Seitdem wird sich nicht viel geändert haben. Reicht *dir* denn eine halbe Stunde, um hier her zu fahren oder musst du dich ebenfalls erst noch richten?", gab ich den Ball an ihn zurück, bevor ich ohne auf seine Erwiderung zu warten weiterredete. „Ich denke, meine Adresse brauchst du nicht, schließlich gehörst du zu den Menschen, die alles bekommen, was sie wollen", äffte ich ihn nasal nach und wurde von einem weiteren, Gänsehautverursachenden Lachen belohnt.

„Ganz recht. Ich sehe, du verstehst schnell. Ich muss nicht erst noch zu dir fahren, mein Wagen wartet schon vor deiner Haustür. Also beeile dich. Ich freue mich auf dich."

Mein Mund klappte lautlos auf und zu, jegliche Worte, die mir noch auf der Zunge gelegen hatten, waren wie weggewischt.

Doch das machte nichts.

Das leise Tuten, welches aus dem Hörer klang, verkündete, dass das Telefonat für Stefan bereits beendet war.

Ich konnte mir ein Lächeln ob seiner Dreistigkeit nicht verkneifen – war das zu fassen? Er war so überzeugt von sich, dass ihm nicht in den Sinn kam, ich könnte seine Einladung ausschlagen?

Vielleicht hätte ich genau das tun sollen.

Einfach um ihm zu zeigen, dass ich keine seiner willenlosen Schwärmereien war, sondern ein eigenständiger Mensch mit eigenem Willen.

Auch wenn dieser eigenständige Mensch gerade ohnehin nichts Anderes *wollte*, als mit ihm essen zu gehen – das musste er ja nicht wissen.

Doch dafür hatte ich beim nächsten Mal genug Zeit. Zeit, die mir angesichts meines vorlauten Versprechens, nur eine halbe Stunde zu brauchen, nun fehlte.

Ohne anzuklopfen stürmte Alison in mein Zimmer, die Wangen leicht gerötet, die Stirn sorgenvoll zerfurcht.

Natürlich hatte sie gelauscht.

Sie hatte vermutlich nicht anders gekonnt.

Doch ausnahmsweise war es mir egal – ich hatte nicht einmal eine halbe Stunde.

Ihr prüfender Blick glitt an mir herunter, ehe sie herrisch Richtung Badezimmer zeigte und gleichzeitig auf meinen Schrank zuschritt.

„Duschen. Mit Haaren. Du riechst nach Kotze. Haare wellig föhnen, dezentes Make-Up. Beeilung."

Ich nickte knapp, zum ersten Mal froh um ihren Befehlston. Unter Druck pflegte mein Gehirn seinen Dienst zu quittieren. Da kam Alisons Durchsetzungsvermögen gerade recht.

Genau fünfundzwanzig Minuten später stand ich etwas außer Atem in der Eingangshalle und überprüfte ein letztes Mal mein Aussehen.

Die Zeit war wirklich etwas knapp bemessen gewesen – zehn Minuten allein für das Duschen, *mit Haaren*, und die verwüsteten Reste des gestrigen Abends aus meinem Gesicht zu entfernen, weitere zehn Minuten, um meine schweren Haare zu föhnen und auch nur ansatzweise zarte Locken in die Spitzen zu drehen, sowie ein leichtes Make-Up aufzulegen um zu verbergen, dass meine Augenringe so tief wie der Grand Canyon waren und immer noch Nachwehen meiner Kopfschmerzen durch meinen Schädel zuckten.

In Anbetracht der Tatsache, dass keine Zeit geblieben war, meine Beine noch einmal zu rasieren, war der knielange, beige Rock wohl doch kein Kleidungsstück der ersten Wahl gewesen, doch für einen kompletten Klamottentausch fehlte ebenfalls die Zeit.

Wie ich Alison kannte, hätte ich in dem Fall ebenfalls eine andere Bluse, andere Schuhe und um Gottes willen natürlich auch anderen Schmuck tragen müssen.

So aber bestand mein Ensemble aus dem Rock, einer weichen, cremefarbenen Bluse, grauen High Heels – würde ich fallen, wären meine Füße nicht mehr zu retten – und leichtem, silbernen Schmuck. Zusammen mit meinem Haar, das in leichten Wellen über meine Schultern bis tief in meinen Rücken fiel, und der silbernen, kleinen Handtasche, sah ich aus, wie einem Modemagazin entsprungen.

Ich drehte mich missmutig einmal um mich selbst.

Das Outfit war makellos, das stand außer Frage – doch damit passte es ganz und gar nicht zu mir. Doch ich hatte Alison um Hilfe gebeten, und zudem keine Zeit, also würde ich mich in mein schönes Schicksal fügen.

Mit verschränkten Armen stand sie neben mir und mustere mich ein letztes Mal kritisch, ehe sie zustimmend mit dem Kopf nickte.

„Das wird schon gehen. Jetzt lass die Schultern nicht so hängen und verschwinde, ehe du zu spät kommst. Und um Himmels willen – reiß dich dieses Mal zusammen. Kein Alkohol, kein Kotzen, keine vorlauten Sprüche. Das Landgut ist nicht gestrichen, sondern nur aufgeschoben – solltest du dich dieses Mal wieder abgrundtief danebenbenehmen, bist du weg."

Ich nickte augenverdrehend und wandte mich zum Gehen.

Ich würde ihr wohl kaum auf die Nase binden, dass die Arbeit auf dem Hof mich nicht abschreckte, sondern ich es als willkommene Abwechslung zu diesem Leben hier betrachten würde.

„Ja, natürlich. Ich werde mich vorbildlich benehmen. Viel lieber werde ich wie Vieh verschachert, statt Vieh zu füttern."

Ausdruckslos wies sie auf die Haustür.

„Nun geh schon!"

Als würde es Stefan umbringen, noch zwei Minuten zu warten.

Seufzend öffnete ich die Tür und schlüpfte hindurch, zog sie noch im Laufen hinter mir zu.

Dabei prallte ich beinahe gegen die hochgewachsene Gestalt, die gerade die Hand nach der Klingel ausgestreckt hatte.

Erschrocken zuckte ich zurück und stolperte über meine eigenen Füße – blitzschnell griffen lange Finger nach meinem Arm und verhinderten, dass ich auf dem Boden landete.

Verlegen ließ Stefan mich los, nachdem er sich von meinem sicheren Stand überzeugt hatte.

„Verzeihung, das war nicht meine Absicht. Ich wollte nur sichergehen, dass du mich nicht vergessen hast."

Ich winkte ab, schließlich war nichts passiert. Dann grinste ich frech.

„Du siehst eigentlich nicht aus wie jemand, der sich bei anderen entschuldigt."

Er strich sich eine Strähne aus der Stirn und zuckte mit den Achseln.

„Ich entschuldige mich auch nur, wenn es nötig und angebracht ist. Entschuldigungen sind Eingeständnisse von Fehlern, die ich in meiner Eigenschaft als Rechtsanwalt erst gar nicht zu machen gedenke."

Mir entwich ein Kichern.

„Aalglatte Ausrede. Eines Anwaltes wirklich würdig."

Statt einer Antwort hielt er mir den Kopf der weißen Rose entgegen, den er wohl aus dem Rasen geklaubt haben musste.

„Pflegst du immer so mit Geschenken umzugehen? Ich weiß nicht so recht, ob mir das gefällt."

„Ich denke, du weißt ganz genau, wie du darüber denkst. Aber das ist ausnahmsweise nicht meine Schuld – Alison, meine Mutter, fand, sie würde die Ästhetik des Straußes mindern. Also hat sie sie fortgeworfen."

Kopfschüttelnd mustere er mich. „Dabei ist sie doch ebenso schön wie du."

Errötend senkte ich den Blick.

Sanft griff er nach meiner Hand.

„Dann lassen wir den Fahrer mal nicht länger warten."

Kapitel 5

Etwas überfordert glitt mein Blick über die ausschweifende Weinkarte, während die Bedienung überaus geduldig mit hinter dem Rücken verschränkten Armen wartete.

Bei jedem anderen Gast hätte ich ihre Haltung für bloße Höflichkeit gehalten – hier jedoch war ich mir ziemlich sicher, dass ihr meine Unentschlossenheit zum Vorteil gereichte, schließlich erlaubte es ihr, mein Date weiterhin mit überaus schmachtenden Blicken zu überhäufen.

Mein Herz schlug für einen Moment schneller.

Mein Date.

Beinahe entwich mir ein mädchenhaftes Kichern.

Ich hatte tatsächlich ein Date mit Stefan, dem heißbegehrten Staranwalt. Diese Tatsache wollte einfach nicht in meinen Kopf.

Natürlich versuchte ich, diesem Gedanken nicht zu viel Raum zu geben. Es konnte sich immer noch herausstellen, dass Stefan sich lediglich so viel

Mühe gab, um einen Blick unter meinen sprichwörtlichen Rock zu erhaschen.

Vielleicht war er es leid, dass die Mädchen ihm freiwillig ins Bett fielen, weswegen er seinen Jagdtrieb ein wenig trainierte.

An mir.

Ich runzelte die Stirn.

So wenig mir diese Annahme auch gefiel, ganz von der Hand weisen wollte ich sie auch nicht – je besser ich auf den schlimmsten Fall vorbereitet war, umso weniger würde es mich schmerzen, wenn er tatsächlich eintraf.

Zudem war im Moment schließlich noch alles zwanglos. Einfach den Moment erleben ohne große Hintergedanken.

Ich versuchte es zumindest.

Lautlos seufzend gab ich es auf, der Karte einen passenden Wein entlocken zu wollen und betrachtete stattdessen Stefan, der voll und ganz in die Inspektion und Abwägung der einzelnen Weinsorten versunken war.

Seine Stirn war nachdenklich gerunzelt, die Augenbrauen leicht zusammengezogen. Pfeilschnell überflogen seine tiefgründigen Augen die Karte, sein Mund war leicht geöffnet, lautlos murmelte er vor sich hin. Ab und an schoss seine Zunge ein Stück heraus, um die vollen Lippen zu befeuchten.

Ich hörte die Bedienung neben mir schlucken. Mit einem wissenden Lächeln wandte ich ihr meine Aufmerksamkeit zu.

Ziemlich sicher war eine Frau wie sie ganz Stefans Beuteschema – groß und schlank, ein hübsches Gesicht mit klar gezeichneten Zügen, großen, ausdrucksstarken Augen, perfekt geschminkt, mit langem, pechschwarzem Haar.

Was auch immer sie hier tat – sie hätte sicherlich ohne Probleme auf einen Laufsteg gepasst.

Und doch hatte Stefan ihr kaum einen Blick geschenkt, nicht mehr als unbedingt nötig mit ihr geredet, kein unnötiges Lächeln ausgetauscht.

Tat er das für mich, damit ich mich nicht unwohl fühlte? Oder war er wirklich nicht daran interessiert, mit dieser Schönheit in Kontakt zu treten?

Weil, Himmel, ihre Ausstrahlung war so einnehmend, dass *ich* für einen Moment lang überlegte, mit ihr zu flirten.

Sie bemerkte mein vermutlich ziemlich ungebührliches Starren, und betrachtete mich für einen Moment von oben herab, bevor ihre rechte Augenbraue in ziemlich verächtlicher Manier ein Stück nach oben rutschte und sie ihren Blick betont gelangweilt in eine andere Richtung wandte.

Okay.

Das mit dem Flirten hatte sich augenblicklich erledigt.

Was für eine widerliche Person – sie starrte doch gerade mein Date an, was gab ihr das Recht, derart herablassend zu sein?

In einem plötzlichen Impuls griff ich über den Tisch nach Stefans Hand und fuhr sanft mit dem Daumen über seinen Handrücken.

Mit einem verblüfften Stirnrunzeln sah er auf und erwiderte etwas verwirrt mein strahlendes Lächeln.

„Schatz, ich denke, du solltest langsam zum Ende kommen, das Mädchen steht sich schon die Beine in den Bauch.“ Ich betonte das „Mädchen“ auf eine abfällige Art und Weise und bemerkte zufrieden, wie die Angesprochene ihre Augen verengte.

Völlig in Fahrt beschloss ich noch einen drauf zu legen und schnitt Stefan das Wort ab.

„Ja, ich weiß, Liebster, du möchtest nur das Beste für mich und das ist unglaublich süß von dir, aber ich möchte nicht unhöflich gegenüber unserer Bedienung sein. Ich mache es auch nachher wieder gut.“

Mit einem breiten Grinsen klappte ich meine Karte zu und hielt sie der etwas wütend aussehenden Kellnerin mit spitzen Fingern entgegen.

„Mein Freund wird für mich mitbestellen. Danke für Deine überaus große Geduld.“

Wortlos starrten beide mich an, doch mein Lächeln verrutschte keinen Zentimeter, Gott weiß, woher ich diesen Schneid nahm.

Schließlich dämmerte Stefan, welches Spiel ich spielte, und – gelobt sei der Herr – er spielte mit, anstatt mich bloß zu stellen.

„Natürlich, mein Engel, verzeih, dass ich mich so habe hinreißen lassen.“

Er schloss seine Karte und schob sie zum Rand des Tisches.

„Nun, ich will Dich natürlich nicht länger warten lassen – wir nehmen den gemischten Vorspeisenteller, danach zwei Kobe-Rind-Steaks, meines englisch, ihres medium, dazu die Süßkartoffeln und das Gartengemüse. Zum Dessert das Zitronensorbet und Mousse au Chocolat. Welchen Wein würdest Du dazu empfehlen?“

Sein undurchdringlicher Blick ließ die Frau nervös werden, dass er seine Finger ungeduldig auf der Tischplatte tanzen ließ, tat ein Übriges.

„Also, ich, nun, ich, ich denke …“ Er hob mit einem herablassenden Lächeln die Augenbraue.

„Das hört sich ausgesprochen überzeugend an. Wie wäre es, wenn Du unsere Bestellung weitergibst, und die Wahl des Weines dem Küchenchef überlässt? Ich denke, dass wir nicht enttäuscht sein werden.“

Mit hochrotem Kopf wirbelte die Bedienung auf dem Absatz herum und stürmte in Richtung Küche.

Belustigt prustete ich auf.

„Danke fürs Mitspielen. Ich weiß nicht, was mich da geritten hat – sie hat so einen unglaublich hochnäsigen Eindruck gemacht, als sei sie pikiert darüber, dass *ich* mit dir hier bin“, erklärte ich entschuldigend.

Er wischte meinen Einwand mit einer Handbewegung beiseite und grinste spitzbübisch.

„Du musst dich nicht rechtfertigen. Ich fand es recht amüsant. Irgendwie gefällt es mir, dass du Zähne zeigst.“

Dann wurde sein Grinsen noch breiter und er lehnte sich in meine Richtung.

„Du machst es also nachher wieder gut, ja? Und wie gedenkst du das anzustellen?“

Ich ignorierte die verräterische Röte in meinem Gesicht, das heiße Pochen in meinen Ohren.

Unschuldig meine Augen niederschlagend lehnte ich mich ein Stück weit über den Tisch und biss mir auf die Lippe, bevor ich ihn von unten durch meine Wimpern hindurch anblinzelte.

„Ich denke, du weißt ganz genau, wie ich mich für deine Rückendeckung revanchieren werde.“

Mit einer gewissen, leicht ungläubigen Genugtuung stellte ich fest, dass er schlucken musste. Seine Zunge fuhr rasch über seine Lippen, bevor er mit rauer Stimme antwortete.

„Nun, du wirst dich etwas genauer ausdrücken müssen. Mir gehen gerade relativ viele Dinge durch den Kopf ...“

Innerlich feixend griff ich nach seiner Hand und malte mit dem Zeigefinger zarte Kreise auf seine Haut.

„Was hältst du davon ...“, flüsterte ich, er rutschte ungeduldig auf seinem Stuhl herum, beugte sich noch näher zu mir, „wenn ich dir verspreche, deine Schuhe heute nicht mit Spritzern meines wiederkehrenden Essens zu besudeln?“

Sein Mund stand den Bruchteil einer Sekunde offen, ehe er sich schwungvoll zurücklehnte und geräuschvoll seine angehaltene Luft ausstieß.

Ich hielt inne, wollte auf seine Reaktion warten, ehe ich das in mir brodelnde Lachen von mir geben wollte – ich hoffte inständig, er würde meine Art des Humors nicht abstoßend finden.

Das wäre zu schade.

Ich war gerne witzig, wenn es eine Gelegenheit dafür gab.

Er musterte mich noch zwei Herzschläge lang ausdruckslos, ehe er breit grinste.

„Sie spielen mit mir, Miss Warden.“

Ich gluckste, dann nippte ich an meinem Wasserglas.

Sein Blick folgte jeder meiner Bewegungen.

„Nicht mehr, als Sie mit mir, Mister Volkan. Sie stellen Ihr Glück und meine Fähigkeit mich zu beherrschen, wirklich auf die Probe."

„Wie meinst du das?"

Ich hob prustend die Augenbrauen, meine Handbewegung schloss ihn ein, das Restaurant, einfach alles.

„Das ist ein sehr teures Restaurant. Es gibt hier außerordentlich viel gläserne Dekoration, wertvolles Kristall, ich meine sogar die eine oder andere echte, antike Vase erkannt zu haben. Alles in allem ein Paradies für weniger standfeste Personen – traust du mir wirklich zu, einen Mittag hier zu überstehen, ohne dich auf irgendeine Art und Weise zu blamieren?"

Grinsend hob er seinen Zeigefinger und tadelte mich wortlos.

„Ich nehme ganz einfach an, dass deine Schamgefühle nach gestern Abend noch nicht gänzlich wieder abgeklungen sind und du alles daransetzen wirst, mein tadelloses Verhalten mit einem makellosen Auftritt deinerseits zu vergelten."

Herausfordernd hob ich meine Augenbrauen.

„Dein Benehmen tadellos zu nennen, grenzt an Wahnsinn. Würde sich ein Gentleman derartige Fehltritte erlauben, wie du auf der Fahrt hierher?"

Nicht genug, dass er sich auf dem Weg durch den Vorgarten meines Elternhauses die unverschämte Frage nicht verkneifen konnte, ob ich schon einen Nutzen aus seinem Geschenk hatte ziehen können – und natürlich war mir klar, dass er von dem Eimer sprach und weniger von dem Blumenstrauß – und die Frechheit besessen hatte, dabei laut zu lachen.

Nein.

Ich konnte beinahe das Augenverdrehen von Alison hören, die mit hundertprozentiger Wahrscheinlichkeit wie eine Fliege am Küchenfenster hing, um nichts zu verpassen.

Dieser grobe Witz war auch rasch vergessen, als er mir galant die Wagentür aufhielt und wartete, bis ich auf die Rückbank gerutscht war. Dann schlug er die Tür zu und ging um den Wagen herum, glitt neben mir auf das weiche Leder.

Bewundernd betrachtete ich das schwarze Interieur des Autos und mit einer gewissen Ehrfurcht erfüllt, wurde mir bewusst, dass dieser Wagen weit mehr gekostet hatte, als mein gesamtes Studium.

„Du kannst losfahren, Daniel“, erteilte Stefan ruhig seine Anweisung.

Der Fahrer nickte, ohne einen Blick nach hinten zu werfen, und gab Gas. Ich konnte nicht viel erkennen von ihm, da die schwarze Sonnenbrille seine Augenpartie vollständig verdeckte und auch im Innenspiegel war es unmöglich, einen Blick auf unseren Chauffeur zu erhaschen.

Nur sein halblanges, schwarzes Haar war zu sehen.

Einer der beiden Männer, ich war mir nicht sicher, welcher von beiden es war – vielleicht waren es auch beide? – roch wirklich verdammt gut und das tat meiner Konzentration erheblichen Abbruch.

Alleine in einem sündhaft teuren Auto mit zwei Männern, der schwere Geruch von Testosteron, Aftershave und Leder lag dick in der Luft, ich hatte noch nichts gefrühstückt – mit einem Mal wurde mir leicht schwindlig.

Tief einatmend lehnte ich mich zurück und schloss die Augen, versuchte mich zu konzentrieren.

Stefans Hand auf meinem Arm ließ mich wieder hochschnellen.

Er musterte mich besorgt von der Seite und rief halblaut etwas nach vorne. Der Fahrer bremste ab und ließ das hintere Fenster ein wenig herab, ehe er sich halb zu uns umdrehte. Dieses Mal konnte ich einen Blick auf sein Gesicht werfen, welches von einem breiten Grinsen geziert wurde.

Volle Lippen, beinahe so voll wie die von Stefan, ein männlicher Dreitagebart auf einer tadellosen Haut, die über einem energischen Kinn und einem breiten, muskulösen Kiefer spannte ...

Himmel, träumte ich?

Kühle Finger auf meiner Stirn ließen mich zu Stefan blicken, der mir mit einem verwegenen Grinsen einen roten Gegenstand unter das Gesicht schob.

Ich brauchte einen Moment, um zu erkennen und zu verstehen.

Dann brauchte ich einen Moment, um zu überlegen, ob es klug wäre, ihm vor seinem Angestellten eine Szene zu machen.

Dann entschloss ich mich innerhalb eines weiteren Momentes, dass mir das vollkommen gleichgültig war, immerhin hatte *er* mich vor dem Mann maßlos provoziert.

„Falls du dir Hoffnungen machst, ich würde mich in diese *Schüssel* übergeben und dein wertvolles Auto verschonen, so hast du dich getäuscht. Falls du es gestern nicht gemerkt haben solltest – ich übergebe mich, wann und wo ich will.“

Ich holte tief Luft und funkelte ihn böse an.

„Zudem ist mir gar nicht schlecht. Mir ist von der schweren Luft hier drin nur für einen Moment schwindelig geworden, kein Grund, mich derart bloß zu stellen.“

Er wirkte nicht im Mindesten angegriffen oder unangenehm berührt, er zuckte nur mit den Schultern und verstaute die Schüssel wieder unter dem Fahrersitz.

„Nimm es mir nicht krumm, June. Ich bin nur gern auf alle Eventualitäten vorbereitet – und wie du selber sagst, du bist nicht leicht einzuschätzen."

Ich mahlte mit dem Kiefer, musterte ihn aus verengten Augen, bevor ich mich mit einem süffisanten Grinsen an den Fahrer wandte.

„Daniel, richtig? Wie lange dauert es, bis der Geruch nach Erbrochenem vollständig verschwunden ist, nachdem sich jemand in die Lüftungsschlitze der Klimaanlage übergeben hat?"

Stefan hob drohend, aber mit einem herausfordernden Grinsen den Zeigefinger.

„Das würdest du nicht wagen. Schon allein deshalb, weil du jeden kleinen Spritzer selbst entfernen dürftest. Vorzugsweise mit so wenig Stoff an deinem Körper wie möglich, um mich über die Beschmutzung meines geliebten Wagens hinweg zu trösten."

Diese Unverfrorenheit raubte mir nun endgültig den Atem, mit einem empörten Schnauben wandte ich mich ab.

Mein Blick fiel nach vorne und ich bemerkte, dass der Chauffeur sich nicht wirklich auf den Verkehr konzentrierte, vielmehr hatte er seinen Innenspiegel unauffällig so ausgerichtet, dass er mich im Blick hatte, und seine Sonnenbrille ein Stück heruntergezogen.

Das dunkle Glas offenbarte die tiefblauen Augen, die mich heute Morgen für einen Moment derart aus dem Konzept gebracht hatten.

Stefans Fahrer war zeitgleich sein Dienstmädchen für alles?

Als hätte er meine Gedanken gelesen, grinste der Schwarzhaarige schief. Vielleicht lag es auch an meinem vermutlich sehr verblüfften Gesichtsausdruck.

Das Verziehen seiner Lippen ließ mein Herz für einen Moment schneller schlagen und rasch löste ich meinen Blick von diesem unbestreitbar schönen Gesicht.

Herrgott, ich musste wirklich meine Hormone in den Griff bekommen – ich benahm mich ja wie ein pubertäres Schulmädchen!

Seufzend ließ ich mich in das weiche Leder zurücksinken und sah aus dem Fenster, bereute beinahe, mich so schnell auf ein Date eingelassen zu haben, ohne zu ahnen, was mich erwartete.

Mit einem aufreizenden Lächeln verschränkte Stefan die Hände hinter seinem Kopf.

„Als ob dich dieser kleine Witz wirklich so schockiert hat. Mein Charme und mein Auftreten seitdem haben diesen kleinen Fauxpas zudem längst wieder wettgemacht."

Keine Frage, mehr eine Feststellung.

Wie konnte man nur so sehr von sich überzeugt sein?

Ich schenkte ihm ein selbstsicheres Lächeln.

„Natürlich nicht. Ich bin hart im Nehmen, zu deinem Glück. Über alles andere werde ich mir erst ein Urteil bilden, wenn ich unbeschadet wieder Zuhause angekommen bin."

Seine Zähne blitzten und sein Grinsen nahm einen beinahe wölfischen Ausdruck an.

„Du bist hart im Nehmen?"

Bevor ich ihm darauf eine passende Antwort geben konnte, erschien eine jetzt sehr viel devoter auftretende Bedienung an unserem Tisch und präsentierte Stefan eine Flasche Wein.

Ohne auf sie zu achten, las er das Etikett und nickte zustimmend, woraufhin sie einen Schluck in sein Glas gab, um ihn probieren zu lassen.

Gespannt beobachtete ich, wie Stefan den Wein hinsichtlich Farbe und Geruch prüfte, eher er ihn kostete.

Schließlich nickte er zustimmend.

„Vorzüglich. Du kannst die Flasche gleich hierlassen."

Eine unmissverständliche Aufforderung, zu verschwinden – und sie fruchtete.

Wortlos hastete die Bedienung davon.

Mit einem Lächeln streckte Stefan die Hand nach meinem Weinglas aus.

„Natürlich nur, wenn du dich in der körperlichen Verfassung siehst, schon wieder zu trinken."

Schmunzelnd reichte ich ihm mein Glas. „Das werden wir sehen – dein Auto ist für den Fall, dass mein Magen es sich anders überlegt, ja bestens ausgerüstet."

Er kniff die Augen zusammen, schenkte mir dennoch ordentlich ein.

„Ich würde es bevorzugen, wenn du den Wagen aus dem Spiel lassen würdest."

Ich führte das Glas zu meinem Mund, grinste in mich hinein.

„Was willst du machen – mich verklagen?"

Sein Lächeln raubte mir den Atem.

„Vielleicht. Ich werde alles in meiner Macht Stehende tun, um dieses Date unvergesslich zu machen.“

Wieder trat die Bedienung an unseren Tisch, servierte betreten murmelnd unsere Vorspeise, wobei sie es wohlweislich vermied, meinen Blick zu kreuzen.

Ich kicherte leise und schenkte Stefan einen langen Blick, bevor ich nach meiner Gabel griff.

„Oh, es wird sich mit Sicherheit einprägen.“

Das Essen war wunderbar und Stefan bot eine mehr als angenehme Unterhaltung. Der Mittag verging wie im Flug und als wir das Restaurant schließlich verließen – erstaunlicherweise ohne jeden Zwischenfall meinerseits – stellte ich nach einem Blick auf die Uhr erstaunt fest, dass über vier Stunden vergangen waren.

Dabei hatte es sich lediglich nach einem kurzen Mittagessen angefühlt.

Die Tatsache, dass ich bereits wieder hungrig war, zeugte allerdings von der Richtigkeit meiner Uhrzeit.

Stefan lächelte, während er mich zu seinem wartenden Auto geleitete und mir erneut die Tür aufhielt.

„Komm, ich bringe dich nach Hause.“

Eine lustige Formulierung angesichts der Tatsache, dass sein Fahrer – Daniel – den Wagen steuerte und nicht er selbst.

Ich wagte es nicht, einen Blick nach vorne in das Gesicht des Schwarzhaarigen zu riskieren, um meine Atmung nicht übermäßig zu strapazieren – obwohl ich mir mittlerweile ziemlich sicher war, vorhin einfach überreagiert zu haben.

Das lag sicher an meiner langen Enthaltsamkeit, bevor ich Stefan kennen gelernt hatte.

Mir fiel es schwer, mich an meinen letzten Freund auch nur zu erinnern – offenbar war er keine so beeindruckende Persönlichkeit gewesen, wie die beiden Männer in diesem Auto.

Was man ihm andererseits auch nicht zum Vorwurf machen konnte, schließlich suchte man sich weder sein Temperament, noch sein Aussehen aus.

Viel zu schnell war ich Zuhause.

Stefan nahm meine Hand und brachte mich bis zur Haustür, ganz als wollte er das kleine Intermezzo auf der Fahrt zum Restaurant wirklich ausgleichen.

Seine langen Finger spielten mit meinen, sein Blick richtete sich auf mein Gesicht.

„Nun, June, hier sind wir. Und vor dir steht ein Mann, in dem nur eine Frage brennt – sehen wir uns wohl wieder?"

Mein Herz raste, als sein minziger Atem über mein Gesicht strich, ich musste mich geradezu zwingen, eine Antwort aus meinem umnebelten Gehirn zu ziehen.

„Natürlich, wann immer du willst."

Ich atmete tief durch, rief mich zur Ordnung, schaffte es schließlich schief zu lächeln.

„Außerdem habe ich mir sagen lassen, dass du ohnehin bekommst, was du willst. Immer."

Er lachte leise und stupste gegen meine Nase.

„Du lernst schnell, kluges Mädchen. Du kannst deiner Mutter ausrichten, dass du nicht so dumm bist, wie sie denkt."

Ich verdrehte meine Augen.

Natürlich würde ich das Alison auf die Nase binden. Vermutlich lauschte sie sowie irgendwo und hörte jedes Wort selbst.

Als ich wieder in sein Gesicht sah, schien mein Herz zu stolpern – wann war er mir so nahegekommen?

„Ich bekomme, was ich will – nun will ich dich küssen. Dieses Mal wirklich."

Er wartete gar nicht auf meine Reaktion, die vermutlich ohnehin nicht gekommen wäre, so erstarrt wie ich war, sondern legte seine Lippen einfach auf meine.

Ich muss niemandem erklären, wie sich der erste Kuss mit einer Person anfühlt, die man attraktiv und überaus sympathisch findet, für die man vielleicht schon mehr empfindet, als es der Kopf und das Herz wahrhaben wollen.

Ich könnte es auch nicht erklären.

Dieses Feuerwerk im Bauch nicht in Worte fassen, das Kribbeln im ganzen Körper, wie alles um einen herum auf einmal still und leise wird und das Chaos im Kopf plötzlich verstummt.

Wie es nur noch dich gibt und dein Gegenüber, und diesen Kuss, nichts mehr.

Es war ein perfekter erster Kuss.

Und er hallte noch lange nach, nachdem Stefan sich bereits verabschiedet hatte und gegangen war.

Kapitel 6

Ich war kaum durch die Tür getreten, da kam Alison mir bereits entgegen, ein breites Grinsen auf dem hübschen Gesicht, die Hände vor der Brust gefaltet, wie zum Gebet.

Sie wirkte dabei nicht wirklich fröhlich – eher wie ein Kuckucksweibchen, das mit einem zufriedenen Pfeifen das letzte Ei aus dem fremden Nest warf, um ihr eigenes hinein zu legen. Ein Grinsen, das nichts Gutes verhieß.

Ein Schauder lief über meinen Rücken.

„Wie ich sehe, versteht ihr beide euch prächtig?"

Ich blinzelte verwirrt, brauchte einen Moment um zu verstehen. Natürlich – sie hatte mich über die Überwachungskamera beobachtet. Dafür wurde das Ding also tatsächlich eingesetzt? Um mich auszuspionieren? Hatte sie nichts Besseres zu tun?

Wie lange hatte sie uns zugesehen?

Doch angesichts ihrer zufriedenen Miene musste ich diese Frage nicht stellen.

Meine Augen verengten sich unwillkürlich.

Sie hatte also unseren Kuss gesehen.

Meine Güte, hatte ich denn kein Stück Privatsphäre?

Nur anzunehmen, sie würde lauschen und beobachten war etwas Anderes, als es tatsächlich bestätigt zu sehen. So eine Hexe.

Sie schien meine Gedanken zu erahnen, denn sie zuckte nur gleichgültig mit ihren Schultern.

„Hab dich nicht so June. Wer mit dem begehrtesten Mann des Landes ausgeht, hat kein Privatleben, daran kannst du dich direkt gewöhnen. Außerdem bin ich deine Mutter und ich will, dass du dich bei ihm wohlfühlst, was also regst du dich so künstlich auf?"

Mir entfloh ein ungläubiges Kichern.

„Seit wann sind meine Gefühle und Interessen denn von Belang?"

Sie ließ sich nicht dazu herab, darauf zu antworten, sondern schlich mit hinter dem Rücken verschränkten Armen um mich herum.

„Wie ist das Essen gelaufen? Wohin hat er dich eingeladen – er hat dich doch eingeladen, oder? Muss er ja beinahe, schließlich hattest du kein

Portemonnaie dabei ... Ist sein Auto geräumig genug für Kindersitze? Wobei das ja nichts zu heißen hat, ihr würdet garantiert einen eigenen Wagen bekommen ... Wie teuer war der Wein, den er zum Essen bestellt hat?“

Ich bekam annähernd eine Vorstellung davon, wie sich ein Angeklagter fühlen musste, der von Stefan ins Kreuzverhör genommen wurde.

Was für eine absurde Mischung von zusammenhangslosen Fragen!

Doch ich wusste, dass ich nicht darum herumkommen würde, ihr Rede und Antwort zu stehen. Zumindest nicht, wenn ich noch eine ruhige Minute in diesem Haus haben wollte.

„Ist es mir gestattet, mir zuerst Kleidung von bequemerem Tragekomfort anzueignen, bevor ich Euren Fragen die nötige Beachtung zukommen lasse, Herr Inquisitor?“

Obgleich meine Frage vor Sarkasmus nur so troff, verschränkte Alison ihre Arme vor der Brust und nickte hoheitsvoll, wies mit dem Kinn zur Treppe.

„Nun gut, aber beeile dich. Ich erwarte dich im Salon.“

Wo denn sonst, im Badezimmer? Und Salon? War es neuerdings nötig, unser Wohnzimmer mit altertümlichen Namen zu betiteln?

Stefan schien ihr den Kopf fast noch mehr zu verdrehen, als mir.

Kopfschüttelnd ging ich in mein Zimmer, kickte erleichtert die High Heels gezielt in die gegenüberliegende Ecke und genoss das Kribbeln in meinen Zehen, als sie endlich wieder Teil eines mit Blut versorgten Kreislaufes wurden.

Was tat man nicht alles, um vom starken Geschlecht beachtet zu werden.

Alison betrachtete meinen Aufzug mit einem missbilligenden Seufzen und ewig weit hochgezogenen Augenbrauen, doch sie schwieg.

Ich hingegen fühlte mich in meiner Jogginghose und dem lockeren T-Shirt von Metallica – deren Konzert ich nie besucht habe, woher also kam dieses Shirt? War es Jordans? – ausgesprochen wohl.

Zudem erschien es mir nur fair, dass nun, wo ich einen Weg beschritt, der meiner Mutter zuzusagen schien, mir im Gegenzug auch einige Freiheiten zuteilwurden.

Meinen Vater schien es ebenfalls nicht zu stören. Mit neugierigen Augen saß er mir gegenüber in seinem Sessel und rutschte ungeduldig hin und her.

„Jetzt erzähl schon!“, forderte Alison mich etwas ungehalten auf und auch Vater lehnte sich gespannt vor. „Wie war es?“

Ja, wie war es?

Es war wunderschön und doch beängstigend, ich wollte es für den Rest meines Lebens tun – und doch wieder nicht.

So verwirrend ...

Wenn ich mich an das Gefühl erinnerte, welches mich durchströmt hatte, als er mich ansah, mit dieser unverständlichen Bewunderung in den intelligenten Augen.

Der süße Schmerz in meinem Herzen, als er mich geküsst hatte, die unbändige Freude darüber, dass er mich wiedersehen wollte. Ich konnte nicht klar denken, nicht sagen, was genau ich dabei fühlte.

Ich biss mir auf die Unterlippe und senkte den Blick, hatte auf einmal Angst, jeder könnte den Film sehen, der sich in meinem Kopf abspielte.

Zwar hatte ich noch nie so empfunden und konnte deswegen nicht vollkommen sicher sein, doch gerade deswegen erschien es mir als die einzige logische Erklärung.

Ich war verliebt.

Hals über Kopf in einen Menschen, den ich nicht kannte.

Mein Herz schlug schneller, als ich mir das versuchsweise eingestand, und zu ergründen versuchte, was diese Vorstellung in mir auslöste.

Verliebt in Stefan Volkan.

Meine Güte, wie lächerlich war das denn? Reihte ich mich damit nicht bei all den hirnlosen Girls ein, über die ich so gern spottete?

Andererseits – suchte man sich denn aus, in wen man sich verliebte?

Wäre das alles so einfach, gäbe es mit ziemlicher Sicherheit nicht tausende Bücher und Filme über herzzerreißende Liebschaften.

Ein leises Räuspern holte mich in die Gegenwart zurück, meine Eltern saßen immer noch stumm und steif da und warteten, starrten mich begierig an.

Beinahe hätte ich geschmunzelt – waren die Beiden doch das perfekte Beispiel dafür, dass Liebe alles andere als einfach und unkompliziert war.

Ich holte tief Luft und zuckte etwas hilflos die Achseln.

„Es war ... unbeschreiblich. Ich weiß nicht, was ich sagen soll – ich denke, ich habe noch nie etwas Ähnliches empfunden ...“

Mit einer harschen Handbewegung unterbrach mich Alison.

„Ja, Ja, Kokolores. Mich interessiert wirklich überhaupt nicht, wie du dich momentan fühlst, dieses Herzschmerz-Getue kann ich einfach nicht ertragen. Erzähl mir lieber, wie du unsere Chancen einschätzt! Meinst du, er hat wirklich langfristiges Interesse an dir? Denkst du, er will dich vielleicht sogar zu seiner Frau machen? Will er dich denn überhaupt wiedersehen, vielleicht sollte ich mit dieser Frage beginnen?"

Ihre Worte trafen mich wie eine Ohrfeige. Mit offenem Mund starrte ich sie an.

Die Enttäuschung brannte mir auf der Zunge, formulierte Worte voller Verachtung, die ich nach einem Moment würgend hinabschluckte.

Sie verdiente nicht zu wissen, wie sehr mich ihre Berechnung schmerzte. Wie sehr mich die Tatsache verletzte, dass meine persönlichen Gefühle und Emotionen in diesem Spiel vollkommen bedeutungslos waren.

Das war schon immer so gewesen, würde immer so sein. Warum sehnte ich mich so verzweifelt nach einer Veränderung, die niemals eintreten würde?

Mein Hochgefühl schwand.

Um Fassung ringend räusperte ich mich.

„Selbstverständlich, wie unbedacht von mir. Wir müssen doch an die wirklich wichtigen Dinge denken! Ja, er will mich wiedersehen. Deine Chancen, deine Tochter gegen ein höheres Ansehen einzutauschen, stehen definitiv nicht schlecht."

Alison lächelte breit und streichelte den Arm meines Vaters zufrieden. Meine Formulierung schien ihr nicht sauer aufzustoßen, wie es bei normalen Menschen wohl der Fall gewesen wäre.

„Wundervoll, einfach großartig. Ich bin außerordentlich zufriedengestellt. Dein Vater sagte mir, dass ich Vertrauen in dich haben sollte, aber du weißt ja, wie ich bin, lieber erstmal vom Schlechtesten ausgehen. Vor allem, wenn es um dich geht."

Sie besaß die Nerven, mir zuzuzwinkern.

„Nun, wir dürfen uns keinesfalls ausruhen – das Interesse eines Mannes wecken ist eine Sache, ihn zu ködern und einzufangen eine ganz andere. Aber das bekommen wir schon hin, wenn alle an einem Strang ziehen. Und schon bald wird diese Familie imstande sein, ihr gesellschaftliches Leben im Glanze des Wohlstandes fortzusetzen und die Schatten der Schulden hinter sich zu lassen."

Manchmal fragte ich mich, ob sich diese Frau selbst reden hörte.

Sie war doch keine Lady aus einem verarmten Adelshaus, welches durch eine vorteilhafte Hochzeit wieder zu Reichtum kommen konnte.

Der Weg aus den Schulden würde dann beginnen, wenn sie weniger Geld ausgeben würde, als sie besaß.

Doch noch ehe ich ihr diesen ohnehin nutzlosen Hinweis geben konnte, erhob sie sich und tätschelte mir den Kopf – als wäre ich ein braves Hündchen, dass ihr soeben ein Stöckchen apportiert hatte – und rauschte vergnügt pfeifend aus dem Zimmer.

Kopfschüttelnd sah ich ihr nach.

Es war definitiv nicht das Schlechteste, ihrer knechtenden Vorherrschaft bald zu entkommen.

Mein Blick kreuzte den meines Vaters.

Mit einer seltsamen Mischung aus Stolz, Trauer und Entschuldigung sah er mich an, seine Miene ein Wechselbad der Gefühle.

„Oh Mädchen, du verdienst etwas Besseres. Verzeih deinem alten Herrn, dass ich keine Kraft habe, gegen deine Mutter vorzugehen ..."

Ich legte ihm eine Hand aufs Knie und lächelte ein hoffentlich tapferes, aufmunterndes Lächeln.

„Ist schon in Ordnung, Dad. Wirklich. Ich habe meine Schlachten zu schlagen – und du deine. Ich bin mir ziemlich sicher, dass wir als Sieger daraus hervorgehen."

Das zustimmende Lächeln auf seinen Lippen genügte nicht, um die Resignation aus seinen Augen zu vertreiben.

Wir wussten beide, dass er den Kampf gegen Alison schon längst aufgegeben hatte.

„Ich wünsche mir von ganzem Herzen, dass du glücklich wirst, Mädchen. Du hast es weiß Gott verdient."

Beinahe wäre mir die altbackene „Jeder ist seines Glückes Schmied"-Phrase herausgerutscht, doch ich beherrschte mich und stand auf, um ihm einen Kuss zu geben.

„Pass auf dich und dein Herz auf, Daddy", murmelte ich an seiner Wange und schenkte ihm ein weiteres Lächeln, bevor ich mich umdrehte und das Wohnzimmer verließ. Sein tiefes Seufzen folgte mir bis in den Flur.

Er tat mir unendlich leid – und doch auch wieder nicht. Ich konnte ihm nicht die Kraft geben, aus dieser toxischen Beziehung zu fliehen, er musste sie selbst aufbringen. Doch davor musste er erkennen, dass sich Alison niemals in das liebevolle Mädchen zurückverwandeln würde, in das er sich einst verliebt, das er geheiratet hatte.

Wobei es mir schwerfiel, diese Frau mit einer gütigen, freundlichen Person gleichzusetzen.

Bevor ich wie dieses komische, ungleiche Paar endete, würde ich lieber mein Leben lang alleine bleiben.

Unbarmherzig zog ich die Bürste durch mein dickes Haar und grummelte den Schmerz über einen besonders hartnäckigen Knoten in mich hinein.

Ob mir wohl eine Kurzhaarfrisur stehen würde? Dann würde zumindest der Kampf mit den langen Strähnen, den ich jedes Mal zu verlieren schien, ausbleiben.

Ich verwarf den Gedanken direkt nach seiner Entstehung wieder – Alison würde mich mit den abgeschnittenen Haarsträhnen ohne zu zögern erdrosseln.

„Langes Haar ist ein Zeichen von Weiblichkeit, von Sinnlichkeit. Männer mögen so etwas."

Es war wohl vollkommen an ihr vorbeigegangen, dass mittlerweile die Frauen ihre Haare abrasierten und Männer sich ihre langen Mähnen zu Zöpfen und Knoten banden, die hervorragend mit ihren langen Bärten harmonierten.

Sonderlich sinnlich wirkte das nicht auf mich, aber die Geschmäcker waren bekanntlich verschieden.

Kurz flammte ein Bild des kultivierten Stefans vor meinem inneren Auge auf, auf den makellos glatten Wangen spross ein wilder Holzfällerbart und das Haar war ganz nach neuester Mode zu einem Knoten auf dem Hinterkopf gebunden – ich kicherte leise in mich hinein.

Dann doch lieber klassisch-altmodisch.

Womit meine Gedanken wieder bei Stefan waren, wie bereits den ganzen Abend. Es schien unmöglich, länger als zwei Minuten über irgendetwas anderes nachzugrübeln – allein schon, weil sich alles andere unfassbar banal anfühlte.

Stefan.

Der unglaublich schöne, kultivierte Stefan.

Das alles schien zu surreal um wirklich zu passieren, war ich doch neben ihm so unglaublich durchschnittlich.

Ich seufzte, mit einem Mal unglaublich genervt von meinen Selbstzweifeln und Komplexen.

Wenn ein Mann wie er sich für mich interessierte, dann wohl deshalb, weil ich nicht so durchschnittlich war, wie ich annahm

Ein bisschen mehr Selbstwertgefühl bitte.

Zumal ich in diesem seidenen Nachthemdchen wirklich recht ansehnlich wirkte.

Ich schnitt meinem Spiegelbild eine Grimasse.

Der Sinn dieser Kleidungsstücke war mir weiterhin schleierhaft. Einerseits duldete niemand ein Flittchen, alle heuchelten Treue und Perfektion vor, andererseits liefen sie nachts mit nicht sehr viel mehr als Nichts am Leib herum, ganz so, als würden nachts nicht mehr die Regeln des Anstandes gelten. Genauso gut konnte ich gleich nackt gehen.

Doch Alison bestand darauf, dass ich mich in diesen Teilchen kleidete – war das seltsam? – und ich sparte mir meine Kraft und meine Nerven lieber für Wortgefechte, die sich um wichtigeres drehten, als die Auswahl meiner Nachtgarderobe, in der mich ohnehin niemand sah.

Zumindest noch nicht.

Womit meine Gedanken sich elegant im Kreis wieder hin zu Stefan gedreht hatten.

Ich bemerkte mein dämliches Grinsen im Spiegel und verbarg mein Gesicht in meinen Händen – Verliebt sein war wirklich nervtötend.

Es klingelte. Lang und laut. Dann erklang ein nicht weniger lautes Klopfen, welches wiederum von einer weiteren Partie Klingeln unterbrochen wurde.

Ich stöhnte ungehalten und zog mir das Kissen über den Kopf, als ob das etwas ändern würde.

So ging das nun schon drei Minuten lang, irgendjemand in unserer Nachtbarschaft hatte definitiv etwas gegen Ausschlafen.

Natürlich könnte man einwenden, dass es Montag war und an diesem Tag die meisten Menschen wieder ihrem normalen Tagwerk nachzugehen pflegten – doch ich hatte frei, Alison war sich zu fein für jegliche Arbeit und auch für Ethan gab es außerhalb des Hauses nicht viel zu tun.

Warum gingen meine Eltern nicht endlich an die Tür? Irgendjemand? Musste ich nun wieder das Dienstmädchen spielen und den Bittstellenden die Tür öffnen?

„Nein, mein Herr, Mylady ist nicht da. Nein, meine Dame, der Lord ist momentan nicht zu sprechen. Wollen Sie sich dazu herablassen, im Salon zu warten? Ich werde Ihnen umgehend einen Tee bereiten!“

Einen Moment lang war es still und ich wollte schon erleichtert aufseufzen, als der Terror von vorne losging. Ich stöhnte laut auf und schmiss das Kissen auf den Boden, schleuderte die Decke an die Wand und stand auf, riss die Tür lautstark auf und polterte nach unten.

Ich überlegte kurz, mich zu sammeln, bevor ich meine morgendliche Muffigkeit gepaart mit meiner schlechten Laune über meinen ungenügenden Schlaf an dem unerwünschten Besucher auslassen würde – doch entschied mich quasi noch im selben Moment dagegen.

„Verdammt, wenn niemand an die Tür geht, ist vielleicht auch niemand zu Hause! Was ist das überhaupt für eine unchristliche Zeit? Wehe, es liegt nicht mindestens jemand im Sterben!“

Mein Gegenüber verharrte mit geballter Faust in der Luft, mit welcher er zweifellos gerade wieder gegen die Tür schlagen und meiner Wut neue Nahrung geben wollte.

„Was ist? Hat es dir die Sprache verschlagen? Bis eben war es dir doch noch nicht unangenehm, deine Mitmenschen mit grauenhaftem Lärm in die Verzweiflung zu treiben!“

Erst jetzt realisierte mein verschlafenes Gehirn, wer da vor mir stand.

Er schien versucht zu haben, sich das schwarze Haar zu kämmen, doch zurückgeblieben war ein wildes Durcheinander aus dichten Strähnen. Die blauen Augen, welche mich gestern noch gefangen genommen hatten, sahen mir nicht ins Gesicht, sondern scannten mich von oben bis unten.

Die Lippen waren ausnahmsweise nicht zu einem spöttischen Lächeln verzogen, auch wenn das sicher nur daran lag, dass er die Schneidezähne fest in seiner Unterlippe vergraben hatte, um nicht loszuprusten.

Vor mir stand Daniel, der unverschämt schöne Chauffeur von Stefan.

Und er betrachtete mich.

Gründlich.

Das Blut schoss mir in den Kopf, als ich mich daran erinnerte, dass ich heute nicht in den halblangen Shorts und dem hellblauen Shirt geschlafen hatte, wie ich es sonst tat.

Innerlich stöhnend und fluchend sah ich an mir hinunter, als könne ich meiner Erinnerung nicht trauen.

Verflucht.

Meine Beine waren unbedeckt, das kleine Hemdchen ging gerade bis zur oberen Hälfte meiner Oberschenkel und bedeckte mit Müh und Not meinen Hintern und meine vordere Seite, welche in einem passenden, kaum vorhandenen String steckten, wofür ich vermutlich gottfroh sein musste.

Dafür hoben und senkten sich meine nahezu unverhüllten Brüste im Takt meines schwer gehenden Atems. Als wäre das nicht genug, so hatten meine Brustwarzen sich angesichts der morgendlichen Frische wohl entschieden, dass es wirklich Zeit zum Aufstehen war, weshalb sie sich fröhlich vergnügt der Welt entgegen reckten.

Mein hochroter Kopf schoss nach oben und fand sich dem brennenden Blick des Schwarzhaarigen ausgesetzt, aus dessen Gesicht das Grinsen vollständig verschwunden war.

Im Gegenteil, er hatte die Kiefer fest zusammengebissen, eine Ader pochte stark und schnell an seinem Hals. Seine Augen, die gerade noch der Farbe des Himmels an einem schönen Sommertag geglichen hatten, ähnelten nun der Farbe der Wolken, die ein Gewitter in sich trugen.

Mein Atem stockte, als er beinahe beiläufig die Hand hob und mir eine Strähne aus dem Gesicht schob, die sich wohl aus meinem Zopf gelockert haben musste. Seine Hand zitterte leicht und mir schien es, als sprühten seine Finger Funken dort, wo sie meine Haut berührten.

Meine Libido brüllte mich an, ihn an mich zu reißen und besinnungslos zu küssen.

Mein Verstand schrie, ich solle ihn schlagen, dafür, dass er mich so schamlos betrachtete.

Mein Herz sagte nichts, es klopfte einfach nur so wild in meiner Brust, dass ich fürchtete, es könne meinen Brustkorb knacken.

Wortlos standen wir da und starrten uns an, ob es nun Sekunden waren oder auch Stunden, konnte ich nicht sagen, nur, dass es nicht genug war. Ich musste die Hände zu Fäusten ballen, um ihm nicht durch sein unordentliches Haar zu fahren, um ihm nicht mit den Fingern die Falten zu glätten, die sich bildeten, als er die Stirn leicht runzelte.

Was war das für ein Ausdruck in seinem Gesicht, in seinen glühenden Augen?

War es Verlangen? Lust?

Weckte ich solche Gefühle in ihm?

Noch während ich versuchte, eben diese Frage zu ergründen, schloss er seine Lider und beraubte mich des herrlichen Anblicks, seiner umwölkten Augen. Ein Gefühl des Verlustes durchlief meinen bebenden Körper und ich seufzte unwillkürlich enttäuscht auf.

War dieser Moment etwa schon vorbei, bevor ich ihn wirklich hatte genießen können?

Er räusperte sich nachdrücklich, bevor er die Augen wieder öffnete. Noch immer waren sie dunkel und geheimnisvoll, doch lag dieses Mal eine gewisse Distanz in ihnen.

Sein schiefes Lächeln raubte mir ebenso den Atem, wie seine nächsten Worte.

Jedoch aus unterschiedlichen Gründen.

„Guten Morgen, Miss. Wollen Sie etwa ausgehen?“

Empört schnappte ich nach Luft, all die Gefühle, die mich soeben noch verwirrt hatten, waren mit einem Schlag verschwunden und hatten einem gewaltigen Ärger Platz gemacht.

„Nein, mitnichten, ich komme gerade aus dem Bett, Sie ungehobelter Flegel! Was fällt Ihnen ein, hier in aller Herrgottsfrühe aufzutauchen, *schon wieder*, und mich so unverschämt anzustarren?"

Doch meine Erwiderung verstärkte sein Grinsen nur noch.

„Nun, Miss, wenn Sie derart unbekleidet herumspazieren, müssen Sie sich nicht wundern, wenn Sie dementsprechend betrachtet werden."

Er trat einen Schritt näher und ich unterdrückte das aufflammende Verlangen, zurückzuweichen, als er mir mit rauer Stimme ins Ohr flüsterte.

„So etwas geziemt sich ganz und gar nicht für eine Lady, wissen Sie?"

Nun wiederum musste ich mit dem Verlangen kämpfen, mit der Tür auszuholen und sie ihm gegen den unverschämten Dickschädel zu schlagen.

In dem Bemühen, meine arg beschädigte Würde zusammen zu kratzen, drückte ich den Rücken durch und betrachtete ihn hochmütig von oben herab, was gar nicht so leicht war, wenn man die Tatsache berücksichtigte, dass er beinahe zwei Köpfe größer war als ich.

„Gibt es etwas Bestimmtes, wegen dem Sie mich zu solch unchristlicher Stunde belästigen, oder kann sich die unziemlich gekleidete Lady wieder zurückziehen?"

Als hätte er nur auf diese Frage gewartet drückte er mir ein Päckchen in die Hand und lächelte mich ein letztes Mal an.

„Das soll ich Ihnen von Mr. Volkan geben. Behalten Sie es immer bei sich, er wird sich melden."

Noch einmal kam er mir näher und blies mir seinen heißen Atem ins Ohr, während er leise murmelte.

„War mir eine Freude, dich wieder zu sehen, June."

Dann drehte er sich auf dem Absatz herum und ging gemächlich zu seinem Wagen, ohne mich noch einmal anzusehen, setzte er sich hinter das Lenkrad und fuhr mit quietschenden Reifen davon.

Taumelnd trat ich einen Schritt zurück, schloss die Tür, lehnte mich dagegen und sank zu Boden.

Das war neu – dass ein Mann solche Gefühle in mir auslöste. Und dass da Gefühle gewesen waren konnte ich beim besten Willen nicht verleugnen, denn meine zitternden Knie sowie der Knoten zwischen meinen Beinen – von dessen Existenz ich bis zu diesem Moment gar nichts gewusst hatte – verrieten mich.

Ich verbarg meine brennend heißen Wangen in meinen Händen.

Was zur Hölle wollte Daniel damit bezwecken, mit dieser groben Provokation?

Selbst ich musste bei dieser ungewöhnlich dummen Frage die Augen verdrehen. Er war ein Mann. Ich war eine leicht bekleidete Frau.

Nun musste ich ein wenig grinsen.

Es gab nur eine Erklärung für seine unwillkürliche Reaktion – er fand mich heiß.

Und ich fand das berauschender, als ich vielleicht sollte.

Mein dümmliches Grinsen wurde breiter.

Er freute sich, mich wieder zu sehen.

Warum nur freute es mich so sehr, dass es ihn freute? Lechzte ich neuerdings derart nach Bestätigung?

Energisch drückte ich jeden Gedanken an diese wirklich schönen, blauen Augen und die wirklich, wirklich schönen, vollen Lippen und diese wirklich anziehenden Haare von mir und zwang meine Konzentration auf das Päckchen in meiner Hand.

Wieder ein Geschenk – wie unerwartet.

Ich zerriss das Geschenkpapier und öffnete den kleinen Karton, aus welchem mir ein kleines Kärtchen sowie ein Handy entgegenfielen.

Oh nein.

Warum *fragte* mich dieser Mann nicht einfach, bevor er mir etwas schenkte?

Wenn ich bisher das Bedürfnis nach ständiger Verfügbarkeit gehabt hätte, so wäre es mir doch ein Leichtes gewesen, mir eines dieser kleinen Kontrollapparate anzuschaffen. Wer mir etwas zu sagen hatte, konnte mich auf meinem Telefon anrufen oder vorbeikommen.

Mit verkniffenem Mund öffnete ich das Kärtchen.

Betrachte dies als Dankeschön für den wundervollen Mittag und als Versicherung auf weitere Treffen. Mir ist klar, dass du zu jener Sorte Frau gehörst, die sich nicht über ein derartiges Geschenk freuen wird, jedoch hoffe ich, dass du es dennoch die ganze Zeit über bei dir tragen wirst.

Ergebenst,
Stefan

Beinahe bemerkenswert, wie Stefan derart geblümte Worte benutzen konnte, um einen Befehl zu kaschieren. Ich runzelte die Stirn böse – war das ein Geschenk oder eine Verpflichtung?

„Ich bekomme immer, was ich will.“ …

Auch wenn mein erster Impuls war, das Ding so weit wie möglich von mir weg zu werfen, befolgte ich seufzend Stefans stummen Befehl und behielt es in meiner Hand.

Ich war so in Gedanken versunken, dass ich das Rascheln der Schlüssel und das aufgeregte Gemurmel vollkommen überhörte, und erst als die Tür unangenehm in meinem Rücken drückte, wurde mir klar, dass meine Eltern gerade versuchten, herein zu kommen.

„Was ist los, Ethan?“ – „Ich weiß es nicht, die verdammte Tür klemmt!“ – „Ich darf doch wohl sehr bitten, nicht in diesem Ton!“ – „Du könntest mir auch einfach zur Hand gehen!“

Bevor meine Mutter etwas erwidern konnte, stand ich auf und trat einige Schritte zurück. Dann bekam ich ein Bild davon, woher das Sprichwort „Mit der Tür ins Haus fallen“ wohl kommen musste.

Der verwirrte Blick meines Vaters wurde rasch weich, als er mich bemerkte, meine Mutter dagegen strich schnaubend ihren knitterfreien Blazer glatt.

„Wirklich sehr witzig, June. Was machst du hier und überhaupt, was hast du eigentlich an? Kannst du dich nicht anständig kleiden, wenn du schon wach bist? Geh auf dein Zimmer und bekleide dich, aber schnell!“

Ich rollte mit den Augen und schickte mich an, ihrer Empörung zu entfliehen, als sie mich noch einmal zurückrief.

Alison lächelte ungewohnt freundlich, ja beinahe schon übermütig und drückte mir eine Zeitung in die Hand, während ich mich noch von dem Schleudertrauma erholte, das ihre Stimmungsschwankungen bei mir auszulösen pflegten.

„Schau auf Seite drei – und auf Seite vier und fünf. Es sind tatsächlich drei ganze Seiten!“ Sie klatschte vergnügt in die Hände.

Verwirrt nickte ich und entzog mich ihrer plötzlich guten Laune so schnell wie möglich. Nachdem ich die Tür deutlich hörbar hinter mir geschlossen hatte, ließ ich mich auf das Bett sinken und schlug die Zeitung auf.

„Ist der Junggeselle vom Markt?“, stand dort in riesengroßen, schwarzen Buchstaben gedruckt, zusammen mit einer riesigen Menge an farbigen Fotos.

Verwirrt runzelte ich die Stirn, betrachtete die Fotos. Ich konnte Stefan gut erkennen, mit seinem dunklen, fast schwarzen Haar und der schlanken, muskulösen Figur und daneben – Ich. Ich, in meinem beigen Rock, der Bluse und einem gewaltigen Lächeln im Gesicht.

Wann hatten sie uns fotografiert?

Ich blätterte auf die nächste Seite und stockte, empört schnaubte ich auf.

Wann hatten sie uns eigentlich *nicht* fotografiert?

Da waren Fotos von vor unserem Haus, von dem Auto im Garten, vor dem Restaurant, im Restaurant, wie ich an meinem Weinglas nippte und wie ich mit Stefan lachte, als mir eine Möhre auf den Teller zurückgefallen war, wieder vor dem Auto, wieder vor dem Haus, wo er mich sanft küsste.

Wie zum Teufel ...?

Warum war mir niemand aufgefallen, der Bilder machte?

Hatte ich etwa schon meinen ersten Stalker am Hals – nur, weil ich einmal mit Stefan etwas essen war?

Mit flauem Gefühl im Magen fragte ich mich, ob die Zeitung morgen wohl schon mit Fotos von mir erscheinen würde, auf denen ich in praktisch Nichts vor der Haustür stand.

Gott, das war ein Albtraum!

Kapitel 7

Eigentlich hat sich der berühmt-berüchtigte Staranwalt immer betont aus dem Rampenlicht gehalten, wenn es um sein Privatleben ging – ein paar Schnappschüsse mit verschiedenen Frauen ausgenommen, die man hinterher nie wieder zu sehen pflegte. Doch dies schien sich nun geändert zu haben. So waren wir durchaus überrascht, ihn einen Tag nach einer Veranstaltung zu seinen Ehren, auf der er mit einer hübschen Blondine tanzte, Arm in Arm mit eben jener Dame zu sehen. Nicht nur, dass er die entzückend errötende Frau direkt an der Haustür abholte und sie galant zu seinem Wagen führte, nein, er lud die sonst eher unbekannte Tochter aus vornehmen Hause zu einem extravaganten Mittagessen in einem der besten Restaurants der Stadt ein.

Auch bei der Menüauswahl ließ er sich nicht lumpen, die Unterhaltung während des Essens schien vor Witz und Charme nur so zu sprühen, mehr als einmal ließ die junge Frau ihr bezauberndes Lachen ertönen. Auch sie schien ihm das eine oder andere Mal ein echtes Lächeln ins Gesicht zaubern zu können.

Ganze vier Stunden dauerte das – wie dürfen es wohl nennen? – „Date“ der beiden Turteltauben und es endete wiederum bei ihr Zuhause mit einem keuschen Abschiedskuss, der allerdings nicht wirklich nach einem Abschied aussah, sondern viel mehr etwas versprach. Vermutlich werden wir die beiden noch des Öfteren gemeinsam vor die Linse bekommen.

Doch wer ist das entzückende Kind?

Quellen zufolge soll es sich um June Alice Warden handeln, eine junge Frau, die aus gutem Hause stammt und bisher wohl wenig mit der bekannteren Oberschicht zu tun hatte, denn unseren Kameras war sie vollkommen unbekannt. Bekannten zufolge, soll sie sich selten mit Männern treffen und auch sonst weniger durch ihre Eleganz und Liebenswürdigkeit auszeichnen, sondern eher durch die Fähigkeit, richtige Augenblicke durch Mangel an Disziplin zu – man kann es nicht beschönigen – zerstören.

Doch kann man diesen Worten trauen? Immerhin verschaffen sich zuweilen die skurrilsten Gestalten Gehör, wenn sie nicht mit ihrem Neid und der eigenen Bedeutungslosigkeit umgehen können.

Was wir mit Sicherheit wissen, ist, dass die schöne Blonde fünfundzwanzig Jahre alt ist und erst vor kurzem ihr Studium im Bereich Kunst außerordentlich erfolgreich abgeschlossen hat. Damit scheint sich der Anwalt nicht nur eine hübsche und humorvolle, sondern eine durchaus kluge Partie zugelegt zu haben.

Doch stimmen die Gerüchte wirklich, oder gehen wir hier einer gut inszenierten Täuschung auf den Leim?

Es wäre nicht das erste Mal, dass uns ein beliebter und geschätzter Prominenter ein Alibi vor die Nase setzt, um endlich Ruhe vor drängenden Massen und aufdringlichen Frauen zu haben. Was also ist die reizende June? Ist sie wirklich ein ernstes Thema für den aufstrebenden Stefan Volkan? Oder ist sie nur eine von vielen? Ist sie vielleicht nur Teil eines geschickten Ablenkungsmanövers? Oder aber verfolgt sie ganz eigene Pläne und wickelt den charmanten Junggesellen um den kleinen Finger, um ein winziges Stück des in Volkans Fall wahrhaft riesigen Kuchens abzubekommen?

Wie auch immer, wir können uns sicher sein, dass es von dieser Seite noch einiges zu erzählen geben wird. Und selbst wenn Stefan das schüchterne Mädchen irgendwann fallen lassen sollte, so hat sie nun genug Aufmerksamkeit erregt, um gewiss nicht wieder einfach mir nichts, dir nichts in der Versenkung zu verschwinden. Gut gemacht, June!

Mein Kopf war rot, doch ausnahmsweise nicht vor Verlegenheit, sondern vor Wut.

Meine Fäuste waren um den schon ganz zerknitterten Rand der Zeitung geballt, voll stummer, wütender Hilflosigkeit starrte ich auf den Text vor mir

Meine Zähne waren so fest zusammengebissen, dass mir der Kiefer schmerzte.

Dieses Mal allerdings nicht, um mir ein unpassendes Lachen zu verkneifen, nein.

Dieses Mal, um nicht jeden im Umkreis von fünf Meilen an meinen delikat ausgewählten Schimpfwörtern und Flüchen teilhaben zu lassen, auch wenn ich gute Lust dazu hatte.

Zweimal hatte ich den Artikel unterbrochen, die Zeitung gefaltet und weggelegt.

Dreimal hatte ich sie komplett zerknüllt und in den Abfall geschmissen.

Einmal hatte ich sie in der Mitte durchgerissen und unter mein Bett geschoben.

Und jedes Mal hatte ich sie wieder hervorgeholt, notdürftig zusammengeflickt und trotz meiner steigenden Wut weitergelesen.

Mittlerweile glich sie eher etwas, was ein übereifriger Katzenliebhaber benutzt hatte, um damit die Toilette seiner Tiere zu reinigen.

Diese riesigen, gewaltigen, gigantischen, monumentalen ... oh, es gab kein einzelnes Wort, das meine Verachtung und meinen Zorn auf diese selbsternannten Journalisten auf den Punkt brachte, es gab allerdings eine Liste von Worten, garantiert länger als dieser erniedrigende Artikel, die es wohl halbwegs zustande bringen würden.

Nachdem ich diese Litanei halblaut vor mich hinmurmelnd von mir gegeben hatte, fühlte ich mich gleich ein Stückchen besser. Allerdings nur so lange, bis mein Blick wieder auf die Bilder fiel, die das Glück, welches ich gespürt hatte, mit Füßen traten und sich mir hässlich kichernd entgegenstreckten.

Ich rang den irrationalen Wunsch nieder, das Ding in winzig kleine Fetzen zu zerreißen und mir in den Mund zu stopfen und zu schlucken damit ich spätestens in zwei Tagen, bei normaler Verdauung, wortwörtlich auf die Meinungen der ganzen Idioten scheißen konnte.

Das einzige, was ich mir bei meinem Glück holen würde, wären Bauchschmerzen und Verstopfungen, statt dem gewünschten Gefühl der Genugtuung.

Daher faltete ich sie lieber wieder fein säuberlich zusammen und legte sie auf meinen Schreibtisch.

Was maßten sich diese Menschen eigentlich an? Wie kamen sie dazu, mich schlecht zu reden, ohne mich zu kennen?

Rasch korrigierte ich mich, denn sie schienen mich zu kennen, zweifelsohne hatten sie meinen Lebenslauf im Internet gefunden und ihn sich mehr oder weniger gründlich einverleibt.

Oder Alison hatte ihre Chance auf drei Sekunden im Zentrum der allgemeinen Aufmerksamkeit genutzt, um ein wenig aus dem Nähkästchen zu plaudern.

Nun, das allerdings hieß noch lange nicht, dass diese Menschen mich kannten, denn würden sie es tun, hätten sie einen derartigen Artikel niemals verfasst, alleine schon aus Angst, dass ihnen das „schüchterne Mädchen“ wie King Kong aufs Dach steigen und ihnen die Hölle heiß machen würde.

Und dazu hatte ich gute Lust.

Immerhin war das hier Rufmord und zwar der übelsten Sorte.

Hätte irgendetwas davon der Wahrheit entsprochen, würde ich mich gewiss nicht so aufregen. Doch ich war noch nie eins dieser Mädchen gewesen. Ich hatte noch nie das Verlangen verspürt, jemanden um den kleinen Finger zu wickeln, nur um im Mittelpunkt zu stehen, wirklich nicht.

Ich hasste Aufmerksamkeit.

Und ich war noch nie eines der Mädchen gewesen, die sich für jemanden nur des Geldes wegen interessiert hatte, um Gottes willen, nein, ich hasste es ja schon, dass mich Männer wegen des vermeintlichen Ansehens meiner Eltern in der Gesellschaft wie ein Stück Fleisch betrachteten.

Ich hasste Heuchelei.

Mich störte es wirklich nicht so sehr, dass sie Stefan und mich anscheinend auf Schritt und Tritt verfolgt hatten, vielmehr freute es mich, dass sie erst gestern damit begonnen hatten und nicht schon am Tag des Balles, sonst wäre der Artikel noch viel beschämender ausgefallen ...

Nein, was mich wurmte, war die Tatsache, dass ein völlig falsches Licht auf mich fiel.

Und was mich noch mehr ärgerte, war der Fakt, dass es mich tatsächlich *kümmerte*, was wildfremde Menschen nach diesem Artikel von mir denken würden.

Dass sich viele Menschen nicht die Mühe machen würden, mich kennen zu lernen, sondern mich von vornherein als geldgeil und mediensüchtig betrachten würden.

Ich atmete stöhnend aus und zwang mich zur Ruhe.

Es war doch nur ein Klatschblatt. Wie viele würden das schon lesen, wie viele, denen ich wirklich begegnen würde? Klar, die Unterschicht, die ergötzte sich an den Ungezogenheiten der gehobenen Gesellschaft, doch wann traf ich schon jemanden aus diesem Milieu, vielmehr, wie oft *durfte* ich schon mit jemandem dieser Herkunft verkehren?

Langsam beruhigte ich mich wieder.

Es war egal, wirklich.

Es war vollkommen egal, was diese Idioten schrieben. Stefan war um meiner selbst willen mit mir ausgegangen. Er wusste, wie ich war, dass ich anders war, als diese verzogenen Modepüppchen, das mich Geld und Ansehen nicht reizten.

Deswegen hatte er mich ausgewählt.

Ein Teufelchen in meinem Kopf flüsterte mir ein in Frage stellendes *„oder?“* ins Ohr, doch ich ignorierte es gekonnt.

Ich war mir sicher.

Und an meiner Standhaftigkeit konnte niemand etwas ändern, nicht ein paar nervige, übereifrige Reporter, kein Stefan, kein Daniel und auch kein gottverdammtes Teufelchen, welches ohnehin nur eine Ausgeburt meiner überreizten Fantasie war.

Gott, ich musste etwas essen.

Ganz dringend.

In Gedanken versunken stieg ich die Treppe hinunter, grübelte darüber nach, wie Stefan wohl auf den Artikel reagieren würde – wäre er entrüstet? Belustigt? Oder würde es ihm lediglich eine gehobene Augenbraue entlocken, weil so etwas Triviales wie die Meinung eines Klatschblattes ihn überhaupt nicht tangierte?

Nun, seine Reputation wurde ja auch nicht in den Schlamm gezogen, nur meine.

Ich schnaubte.

Auf der anderen Seite musste ich überhaupt einmal einen Ruf haben, ehe dieser ruiniert werden konnte. Warum also regte ich mich so sehr auf?

Ich war so in meine Grübeleien vertieft, dass mir beinahe der stechende Geruch entging, der immer stärker wurde, je weiter ich nach unten kam.

Was war das – Rauch? Brannte hier etwas?

Alarmiert sprang ich die letzten Stufen auf einmal hinunter, rannte schnurstracks in die Küche. Ohne zu überlegen riss ich das große Fenster auf, um den dichten Qualm zu befreien, welcher sich unter der Decke bauschte. Ich griff nach der Zeitung, die auf dem Tisch lag, faltete sie auf und begann hektisch zu wedeln, um den giftigen, ätzenden Rauch nach draußen zu treiben.

Hustend und mit tränenden Augen bewegte ich die flatterigen Papierseiten auf und ab, wobei mein Blick auf das Bild der Titelseite fiel.

Empört packte ich das Blatt fester und knirschte mit den Zähnen, meine eben erlangte Selbstbeherrschung bezüglich nicht ernstzunehmender Artikel in Schmierblättern war wie weggeblasen.

Was zum Teufel?

Natürlich.

Hatte ich nicht innerlich damit gerechnet?

Beinahe auf der gesamten oberen Hälfte lächelte mir mein eigenes, errötetes Gesicht leicht dümmlich entgegen, ein kleineres Bild von Stefans grinsendem Gesicht war darunter abgebildet.

In dicken, schwarzen Lettern war „Wer ist die unbekannte Schöne?“ zu lesen.

Einen winzigen Moment lang war ich geschmeichelt.

Dann überwog meine Empörung.

Mein Leben lang hatte ich mir anhören müssen, dass ich wenig anziehend war, dass ich froh sein müsste, wenn einige Gentlemen geringeren Standes – mittelalterlich! – sich dazu herablassen würden, sich mit mir zu umgeben.

Und jetzt, wo sich einmal ein Mann aus gutem Hause, der bekannt war und im Rampenlicht stand, völlig unbekümmert und unvoreingenommen mit mir zeigte, war ich die unbekannte Schönheit, die noch nie zuvor aufgefallen war.

Ja, natürlich war ich nie aufgefallen, es hatte sich ja nie jemand für mich interessiert!

Und im Augenblick wünschte ich mir diesen Zustand wahrhaft wieder zurück.

Die Küchentür wurde aufgerissen und mein erschrockener Vater stolperte in den Raum.

„Ja, was ist denn hier los?“, keuchte er und fächerte sich mit der Hand Luft zu.

Ich versuchte ihn mit meinen tränenden Augen zu fixieren und grinste schief.

„Ja, das könnte ich dich auch fragen! Ich komme hier runter und hier ist alles voller Rauch. Was ist los, versucht ihr das Haus abzubrennen, um Geld von der Versicherung zu bekommen?“

Ich unterbrach mich hustend und beobachtete meinen Dad, wie er mit einem erschrockenen Japsen auf den Herd zusprang und dort hektisch zu hantieren begann.

„Wenn ihr also das nächste Mal einen Versicherungsbetrug plant, informiert mich doch bitte, damit ich nicht auch Opfer der Flammen werde! Glaubt mir, für meinen Verlust bekommt ihr nicht allzu viel Geld!"

Nun hustete auch er zum Gotterbarmen und sprang mit einer Pfanne in der Hand auf mich zu.

Ehe ich mich versah, flog sie durch das offene Fenster, der Zeitung hinterher.

Nun wurde der Rauch allmählich lichter und verzog sich nach und nach ganz aus dem Raum.

„Sowas ... man sollte meinen, wir hätten einen Rauchmelder hier drin. Warum haben wir keinen Rauchmelder?", sinnierte mein Vater mit heiserer Stimme und suchte die Decke ab.

Ich lachte leise.

„Vermutlich, weil sich hier sonst nur Personen aufhalten, die nicht alles in Brand setzen wollen." Mit hochgezogener Augenbraue musterte ich ihn.

„Also? Willst du mir erklären, was für ein Horrorszenario sich hier gerade abgespielt hat? Bist du aus Versehen an den Reglern des Herds hängen geblieben? Oder war eine höhere Macht am Werk?"

Ich meinte, eine leichte Röte auf seinen Wangen entdecken zu können, bevor er sich etwas peinlich berührt räusperte.

„Nun, es ... ich ... das alles ist meine Schuld, Liebes. Ich wollte etwas kochen, für dich, du hast ja heute mit Sicherheit noch nichts gegessen und es ist fast Mittag, aber irgendetwas muss ich falsch gemacht haben. Ehrlich, seit wir das Hausmädchen beschäftigen, kommt es mir vor, als hätte ich noch nie einen Fingerstreich im Haushalt getan."

Liebevoll betrachtete ich sein verwirrtes Gesicht.

Dieser Mensch war mir der liebste auf der Welt und wieder einmal wurde mir bewusst, dass ich die glücklichste Person der Erde sein würde, wenn ich einen Mann fand, der auch nur einen Teil des Charakters meines Vaters besaß.

„Naja, vermutlich hast du einfach vergessen, dass man, wenn man den Herd auf die höchste Stufe stellt, in der Nähe bleiben sollte, um das eventuelle Anbrennen des Essens zu verhindern. Hatten wir das nicht schon einmal 2009?"

Nun grinste er verschmitzt.

„Stimmt, ich erinnere mich dunkel. Die Vorhänge hatten schon Feuer gefangen. Die Feuerwehr hatte die ganze Küche ruiniert, deine Mutter durfte alles von Grund auf neu einrichten, es war so furchtbar teuer und sie hat getobt, dass ich dachte, sie reißt das ganze Haus mit ein."

Er schauderte bei der Erinnerung und schüttelte sich, als wolle er sie so vertreiben.

Dann sah er mich fragend, ja fast bittend, an.

„Nun, wie wäre es, wenn du in der Nähe bleibst und mich beaufsichtigst, während ich uns etwas zu essen mache? Irgendwie habe ich nun leichte Bedenken, in diesem Raum allein zu bleiben, so ganz ohne Rauchmelder.“

Ich grinste breit und setzte mich an den Tisch, stützte die Ellenbogen auf und bedeutete ihm mit dem Kinn, anzufangen.

„Als erstes, Paps, wäre es von Vorteil, wenn du die Pfanne einfettest, bevor du Fleisch oder Gemüse dazu gibst ...“

Es war unglaublich, welch eine ausgelassene Stimmung in dem Haus herrschen konnte, wenn Alison nicht in der Nähe war und alles mit ihrer miesen Laune vergiftete.

Ich kam gar nicht auf die Idee, Ethan zu fragen, wo genau sie sich aufhielt – es interessierte mich schlichtweg nicht.

Lieber genoss ich die seltene Gelegenheit mit dem Mann, der mir zum Vater geworden war, ausgelassen zu sein, Tochter und Vater, wie in einer normalen Familie – genau wissend, dass dies nicht die Norm, sondern die Ausnahme war.

Mit einer gewissen Wehmut lächelte ich Ethan an.

Er erwiderte mein Lächeln und drückte verstehend meine Hand.

Mit einem guten Gefühl im Bauch, welches nicht nur aus dem erstaunlich guten Essen resultierte, zog ich mich in mein Zimmer zurück, nachdem ich meinem Vater noch beim Aufräumen geholfen hatte.

Nun erinnerte nichts mehr an die schönen Stunden, die wir eben verbracht hatten, was vermutlich besser war. Alison schaffte es, mit ihrer Missgunst auch die besten Erinnerungen in düstere Abbilder zu verwandeln und diesen Triumph wollte ich ihr nicht gönnen.

Lächelnd setzte ich mich auf mein Bett, fest entschlossen, mir meine gute Laune nicht nehmen zu lassen, nicht von ihr, von niemandem.

Auch jede Andeutung von Selbstmitleid, weil mein Leben nicht so war, wie ich mir es gewünscht hätte, schob ich vehement von mir.

Das Leben ist, was wir daraus machen.

Und eventuell würde ich mein Leben bald mit einem klugen, zuvorkommenden, beinahe perfekt zu nennenden Mann bereichern können.

Beim Gedanken an Stefan wurde mein Lächeln breiter und ich angelte nach dem Handy, welches er mir hatte zukommen lassen.

Noch bevor ich eine Taste drücken konnte vibrierte es leicht in meiner Hand.

Rasch entsperrte ich es und grinste, als ich die rote Vier neben dem Brief-Icon entdeckte. Unwillkürlich nervös geworden, setzte ich mich ordentlich hin, bevor ich die Nachrichten öffnete.

June, ich hoffe, mein Geschenk findet deinen Gefallen und du hast dich auch schon mit der Funktionsweise auseinandergesetzt.

Ergebenst,
Stefan

Amüsiert schürzte ich die Lippen. Ergebenst? Wieso nur fühlte ich mich immer wieder in längst vergangene Tage zurückversetzt, wenn ich mit diesem Mann zu tun hatte?

„Mit der Funktionsweise auseinandergesetzt" – es war ja nun nicht so, als hätte er mir eine Bombe zum Entschärfen gegeben. Völlig technisch unbedarft war ich tatsächlich nicht.

June, ich werte deine stumme Antwort als ein Ja.

Hättest du Interesse daran, den Abend mit mir zu verbringen? Ein gemütliches Abendessen bei mir und danach, wenn du willst, einen Film? Ganz nach deinem Ermessen, Schönste.

Ergebenst,
Stefan

Und wieder dieses Wort.

Schön.

Grenzte es nicht schon an Anmaßung, wie geschmeichelt ich mich fühlte? Wie entzückt darüber, dass mir endlich jemand zu verstehen gab, dass ich kein hässliches Entlein war, im Gegenzug zur Meinung von Alison?

Ich hoffe, du lässt dich noch dazu herab, mir zu antworten, ehe es Abend ist und sich die Frage erübrigt.

Ich sitze hier auf glühenden Kohlen.
Stefan

Hinzuzufügen wäre wohl, dass diese Nachrichten im Dreißig-Minuten-Takt hereingerauscht waren und keinesfalls Stunden auseinanderlagen.

Ich runzelte die Stirn.

Wie konnte ein Mensch derart herrisch wirken, nur durch ein paar geschriebene Wörter?

June, ich erwarte umgehend eine Antwort.
Stefan

Ich verdrehte meine Augen und seufzte lautlos. Hatten die ersten beiden Nachrichten noch mein Herz zum Beben gebracht, so verscheuchten die anderen beiden dieses Gefühl schnell wieder.

So ein ungeduldiger Mensch.

Kapitel 8

Ich kaute auf meiner Lippe und überlegte, wie ich dieses Puzzle zusammensetzten konnte.

Wie passte der süße, liebenswürdige, sexy Stefan mit diesem besitzergreifenden Kontrollfreak zusammen?

Mir war klar, dass Stefan nur durch diese Art die vielen Prozesse gewann, die an ihn herangetragen wurden – schon allein, weil diese Art den Menschen Angst machte und ihnen Respekt einflößte – aber ich hatte angenommen, dass er Arbeit von Privatem trennen konnte und es ihm nicht schwerfiel, seine Mitmenschen normal zu behandeln.

Vielmehr erwartete ich von ihm, dass er mich normal behandelte.

Ich gehörte ihm doch nicht. Ich gehörte niemandem, nicht meinen Eltern, nicht ihm, nur mir.

Grübelnd starrte ich auf mein Handy und beschloss, diese Angelegenheit schnell zu klären.

Irgendwas sagte mir, dass es unweigerlich zum Drama führen würde, wenn ich ihn länger warten ließe, aus welchen Gründen auch immer.

Auch wenn es mir wirklich gegen den Strich ging, dass er zu erwarten schien, dass ich vierundzwanzig Stunden am Tag für ihn zur Verfügung zu stehen hatte, nur, weil er mir dieses Handy hatte zukommen lassen.

Ich würde mich definitiv nicht auf derartige Verpflichtungen einlassen. Wenn ihm das nicht klar war, dann hatte ich kein Problem damit, es ihm deutlich zu machen.

Ich drückte auf seinen Kontakt und dann auf den grünen Telefonhörer.

Es klingelte.

Ungefähr zehn Mal. Ungeduldig ließ ich meine manikürten Nägel über das polierte Holz meines Nachttisches tanzen und brach mir prompt einen ab. Fluchend steckte ich mir den Finger in den Mund.

Dann ging die Mailbox ran.

Stirnrunzelnd lauschte ich Stefans schöner, dunkler Stimme, die mir recht emotionslos erklärte, ich solle meine Nachricht nach dem Piepen auf das Band sprechen, Fragen zu offenen Fällen allerdings seien an die Zentrale der Kanzlei zustellen, ehe der angekündigte Ton erklang.

Ob er sich über diese Ironie bewusst war?

„Also wirklich. Du beschwerst dich über meine Unerreichbarkeit, während du dich selbst einen Moment später geschickt aus der Affäre ziehst? Das ist nicht wirklich sehr gentlemanlike, Stefan. Und eine Rechtfertigung bin ich dir auch nicht schuldig. Ich bin kein Hund, der neben der Tür wartet, bis sein Herrchen nach der Arbeit nach Hause kommt. Tatsächlich habe ich unter diesen Umständen nun nicht wirklich Lust auf einen erquicklichen Abend mit dir. Ich ...“

Ich wollte noch mehr sagen, doch ein weiteres Piepen unterbrach mich. Verdutzt starrte ich das Handy an, welches ohne meine Erlaubnis einfach so aufgelegt hatte.

Nun war ich einmal in Fahrt gewesen ...

Während mein Verstand mir mit vielen, recht vernünftigen, unverblümten Worten zu erklären versuchte, dass meine Reaktion genau die richtige gewesen war und ich mich von einem Mann, den ich erst zwei Mal gesehen hatte, keinesfalls einengen lassen dürfte, schlug mir mein Herz bis zum Hals.

Gestern hatte mir seine herrische Art noch imponiert, fast hatte ich sie aufregend gefunden und nun schob ich ihn von mir, nur, weil er eben dieses Verhalten wieder zeigte?

Mit dem Unterschied, dass er es dieses Mal gegen mich gerichtet hatte.

Ich schüttelte über mich selbst den Kopf.

„Na hör mal, ich kenne ihn doch gar nicht richtig, warum soll ich mir jetzt schon Vorschriften machen lassen? Wenn die Sache eine Zukunft haben soll, sollte er sich schon darauf gefasst machen, dass ich definitiv auch ein Mitspracherecht haben will!“, erklärte ich mir so überzeugend wie möglich.

In dem Moment, als ich mir eingestehen wollte, dass es manchmal durchaus verständlich war, dass ich noch keinen Freund hatte, klingelte das Handy in meiner Hand.

Ein sanftes Lied erklang und ließ mich automatisch schmunzeln.

Ich kannte diese Melodie, beinahe jedes Mädchen und jede junge Frau kannte es.

„The Lion Fell In Love With The Lamb“, ein Stück aus dem ersten Teil der so hochgelobten Twilight-Saga.

Wie kam er dazu, ausgerechnet dieses Stück zu wählen?

Ich warf einen Blick auf das summende, vibrierende Stück Technik.

Ein Name flammte quer über das gesamte Display auf. *Stefan Volkan.*

Natürlich.

Jetzt war er also gewillt, mit mir zu sprechen. Ich ließ es sieben Mal klingeln, ehe ich auf den grünen Knopf drückte.

„Hier spricht die Mailbox von June Warden. Ich bin momentan nicht zu erreichen, da ich ein Leben abseits von ständigem Bereitschaftsdienst führe. Bei Bedarf von ständiger Erreichbarkeit empfehle ich Ihnen, sich an das städtische Krankenhaus zu wenden. Sollten Sie sich aber wie ein ungehobelter Schuft aufgeführt haben und sich dafür entschuldigen wollen, dann sprechen Sie nach dem ‚Ich höre‘. Also Stefan. Ich höre.“

Einen Moment lang war es still an der anderen Leitung und ich wollte schon den Empfang überprüfen – oder hatte ich auf den falschen Knopf gedrückt und meine wundervoll improvisierte Rede ins Nirwana geschickt? – als sein weiches Lachen erklang, welches mir die Beine weich werden ließ. Zum Glück saß ich schon auf meinem Bett, dieses sanfte Geräusch hätte mir sicherlich den Boden unter den Füßen weggezogen.

„Touché, June. Es tut mir leid, dass ich gerade nicht ans Handy gegangen bin, ich hatte ein Gespräch auf einer anderen Leitung, das enorm wichtig war.“

Ich verzog zugegebenermaßen beeindruckt den Mund. Er hatte sich tatsächlich entschuldigt – schon wieder! Er meinte es ernst.

„Was denn, hast du etwa deine anderen Dates für heute Abend bestätigt, nachdem du das mit mir als geplatzt angesehen hast?“

Nun, wo ich diese Frage aus dem Bauch herausgestellt hatte, interessierte es mich tatsächlich – auch wenn ich gar keine Antwort darauf wollte.

Dumme Unsicherheit.

Wenn es denn so war, würde ich es denn wissen wollen?

Stefan stellte sich wohl die gleiche Frage.

„Wieso fragst du denn so etwas? June, ich bin nicht einer von diesen Männern. Ich treffe nicht mehrere Frauen auf einmal. So etwas würde ich nie tun, schon aus Respekt der einzelnen Personen gegenüber! Außerdem gibt es keine Andere, die so ist wie du."

Seine Worte gingen runter wie Honig, er schnurrte beinahe. Meine Atmung beschleunigte sich allein wegen diesen wenigen Sätzen. Er weiß, was Frauen hören wollen, das muss man ihm lassen.

Ob er das wohl vor dem Spiegel geübt hatte?

„Du bist etwas Besonderes, June", setzte er hinzu und lächelte beinahe hörbar. Gott, er wusste, dass er mich hatte. Und ich hasste, dass er das wusste. Wieso nur machte ich es so offensichtlich?

„Nun ... das will ich doch sehr hoffen. In diesem Fall bin ich auch durchaus bereit, den heutigen Abend mit dir zu verbringen ... natürlich nur, wenn du zwischenzeitlich keine anderen Arrangements getroffen hast", redete ich mich errötend heraus. Innerlich schlug ich mir mit der flachen Hand gegen den Kopf. Wo war meine Schlagfertigkeit hin, wenn sie wirklich gebraucht wurde? Im Ernst, würde ich mich selbst hören, würde ich mich für eine tumbe Gans halten.

Wieder hörte ich das Lachen aus seiner Stimme heraus, und dieser Unterton war mir so viel lieber, als sein forderndes, besitzergreifendes Ich.

„Es freut mich, dass du deine Meinung geändert hast. Es wäre schade um den Abend gewesen, schließlich habe ich schon alles geplant und durchdacht. Ich habe uns auch schon einen Film herausgesucht und Popcorn gemacht ..." – „Jetzt übertreibst du aber!", unterbrach ich ihn lachend. Er kicherte leise.

„Ja, du hast mich ertappt. Das Popcorn ist noch ungepoppt. Aber den Film habe ich wirklich und ich habe auch schon überlegt, was wir uns zum Essen machen könnten. Ich hoffe doch sehr, du würdest gerne mit mir kochen?"

Seine Frage weckte ein gewisses Kopfkino in mir.

Stefan, der ein lockeres, schwarzes Hemd trug und eine verwaschene Jeans, aus der hinteren Hosentasche hing ein rotweiß kariertes Küchentuch, seine Füße waren nackt.

Vollkommen entspannt und leger und unendlich sexy.

Er krempelte sich die Ärmel hoch und griff nach einer Schüssel, die ich ihm reichte. Mit seiner starken Hand umfasste er den Schneebesen und verrührte die Zutaten, ein Lächeln breitete sich über seinem schönen Gesicht aus, die Augen leuchteten im hellsten Grün, welches man sich bei

Augen nur vorstellen konnte und Mehl bestäubte seine wunderbar in alle Richtungen abstehenden Haare.

Ich trat von hinten an ihn heran, drückte mich an seinen Rücken, atmete tief seinen schweren, betörenden Duft ein, während ich in die Schüssel fasste und ein wenig Teig versuchte.

„Köstlich", seufzte ich und vergrub meinen Kopf zwischen seinen Schulterblättern.

In meiner jetzigen Position spürte ich das Vibrieren seines Brustkorbes, als er leise lachte.

„Redest du von mir oder dem Teig?"

Ich zuckte nur die Schultern, schlang meine Arme um seinen Bauch, spürte die harten Muskeln unter meinen streichelnden Fingern und blieb ihm die Antwort schuldig.

Ich könnte für immer so hier stehen, mit ihm zusammen.

Ein kaum merkliches Zittern lief durch seinen Körper, dann ertönte ein raues „Scheiß drauf", ehe die Schüssel zu Boden fiel und der Teig in alle Richtungen spritzte.

Er drehte sich um und presste seine Lippen auf meine, zwang meinen Mund auf und eroberte meinen Mundraum mit seiner Zunge, ehe ich etwas tun konnte.

Doch andererseits, was hätte ich tun können? Mein Hirn hatte sich soeben verabschiedet, seine Koffer gepackt und war zusammen mit meinem Verstand und meinen Hemmungen in den Urlaub entschwunden.

Harte Hände umfassten mich sanft und setzten mich auf die Theke, sein Körper zwang meine Knie auseinander, positionierte sich dazwischen und spielte weiterhin mit meiner Zunge, setzte nur ab und an ab, um nach Luft zu schnappen. Seine Hände liebkosten meine Hüften, bevor sie nach vorne fuhren, um ...

„June? Bist du noch da? Oder redest du wieder nicht mehr mit mir?"

Seine verwirrten Worte holten mich schnell auf den Boden der Tatsachen zurück und peinlich berührt verschränkte ich meine Beine, räusperte mich vergeblich.

„Ja, ja ich bin noch da. Verzeih, ich war gerade etwas abgelenkt ..." Er gluckste leise. „Willst du mir erzählen, was dich abgelenkt hat?"

Meine Hand zitterte, als ich mir den Schweiß von der Stirn strich.

„Lieber nicht." Meine Stimme war kaum mehr als ein Flüstern.

Als würde das etwas besser machen senkte Stefan auch seine Stimme. „Nun, wenn du es mir nicht erzählen willst, bestehst du vielleicht darauf, es mir nachher zu zeigen?"

Mir entwich unwillkürlich ein leichtes Stöhnen, sofort biss ich mir auf die Zunge und fluchte innerlich. Verdammte Hormone!

Ein gewaltiger Druck baute sich in meinem Kopf auf, zweifellos war ich von oben bis unten knallrot.

„Ich denke nicht ... wann ... wann wolltest du, dass ich komme? Also zu dir komme, meine ich, zu dir ...“, stotterte ich ohne Halt. Sei still, sei still, SEI STILL!

Dieses Mal tat sein leichtes Lachen beinahe in den Ohren weh, weil ich ganz genau wusste, dass ihm klar war, was sich in meinem hormonverseuchten Oberstübchen abspielte. Und vermutlich wusste er auch, wie sehr ich mich dafür schämte, denn sein Ton wurde gütig, wie der eines Vaters, der zu seiner Tochter spricht.

Welch toller, bildhafter Vergleich, wirklich.

„Daniel holt dich gegen sechs Uhr ab, wenn es dir passt?“

Ich nickte stumm, bis mir klar wurde, dass er das nicht sehen konnte. Also schob ich ein kratziges „Natürlich“ hinterher.

Er verabschiedete sich liebenswürdig, sagte, dass er sich auf mich freue und legte schließlich auf. Und ich, ich saß noch beinahe eine halbe Stunde steif auf meinem Bett und bemitleidete mich und meine Libido. Wenn wir uns weiter so aufführten, würden wir wohl nie zum Abschluss kommen.

Prüfend betrachtete ich mein Spiegelbild.

War ich zu leger angezogen? Oder konnte ich das zu unserem Date tragen?

War das überhaupt ein Date im herkömmlichen Sinne? Schließlich würden wir nur bei ihm zuhause herumsitzen, niemand sonst würde mich zu sehen bekommen.

Oh Gott, wir würden bei ihm zuhause sitzen, vollkommen allein. Nur er, ich und mein ständig vor sich hin trällerndes Kopfkino.

Perfekt.

Ich schüttelte leicht den Kopf, suchte nach Konzentration.

Outfit.

Ich trug eine bequeme, schwarze Jeans, ein Paar flache Halbschuhe, die ich tatsächlich irgendwo aus den Tiefen meines Schrankes geborgen hatte, sowie eine dunkelblaue, langärmlige Bluse. Meine Haare hatte ich ausnahmsweise offen und glatt – natürlich, etwas Anderes konnte ich nicht mit den langen, blonden Strähnen anstellen – und leichter Schmuck vervollständigte mein Outfit.

Nach weiteren zehn Umdrehungen nickte ich schließlich mehr oder weniger zufrieden und versuchte ein überzeugendes Lächeln aufzuziehen. Doch es glich eher einem Zähnefletschen.

Es klingelte an der Haustüre und ohne weiteres überlegen schnappte ich mir meine schwarze Lederjacke und ein kleines Täschchen, ehe ich die Treppe hinuntersauste und meinen Eltern, die fragend aus dem Wohnzimmer heraussahen, lächelnd zuwinkte.

„Wohin gehst du, June?", rief Alison noch, doch ich winkte sie einfach hinweg. Sonst hatte sie sich auch nie Sorgen gemacht oder auch nur gefragt, wo ich meinen Hintern hinzubringen gedachte.

Warum also jetzt damit anfangen?

Ich atmete tief durch, noch einmal würde ich keinen seltsamen Auftritt vor dem unverschämt gutaussehenden – vielleicht auch nur unverschämten? – „Dienstmädchen" hinlegen, wirklich nicht, und öffnete mit einem gewinnenden Lächeln die Tür.

Daniel hatte die Hände in die Hosentaschen gesteckt und sah mir auffordernd entgegen, ehe er sich umdrehte und langsam zu dem Wagen schlenderte.

Ich verdrehte die Augen. Stefan sollte ihm wirklich mal ein paar Takte über vernünftige Arbeitsmoral beibringen. Und auch über Anstand. Er hätte zumindest die Tür hinter mir schließen können. Stefan hätte es getan. Doch außer dem guten Aussehen schien Daniel nicht viel mit seinem Boss gemein zu haben.

Ich schüttelte den Kopf über meine Gedanken, ich war doch selber erwachsen, natürlich brauchte ich niemanden, der hinter mir die Tür zuzog. Außerdem war er Stefans Angestellter, nicht meiner. Färbte Stefans hochtrabende Art schon auf mich ab?

Wortlos schloss ich also die Tür und schickte mich an, ihm zum Auto zu folgen, als ich stolperte.

Schon wieder.

Über nichts.

Und das in absatzlosen Schuhen.

Noch während ich nach hinten kippte, überlegte ich, ob Stefan wohl sehr böse wäre, wenn wir unser Date in die Notaufnahme würden verlegen müssten. Das Krankenhausessen war bescheiden und die Fernsehseher empfingen nur vier langweilige Kanäle, doch zumindest wären wir zusammen, oder?

Ich fand mich also mit meinem Schicksal ab. Es könnte schlimmer kommen.

Ich war so auf den unsanften Aufprall vorbereitet, dass mich die sanften Hände, die mich umfingen, wirklich erschreckten.

Überrascht schlug ich die Augen auf und blinzelte Daniel verwirrt an.

Seine hellen Augen musterten ernst mein Gesicht, seine Augenbrauen schoben sich über der geraden Nase zusammen.

Unwillkürlich hielt ich die Luft an, Blut rauschte in meinen Ohren. Die Versuchung, die kleine Zornesfalte zu glätten, die sich auf seiner Stirn gebildet hatte, wurde immer größer und es bedurfte meiner ganzen Selbstbeherrschung meine Hände dort zu lassen, wo sie waren – auf seinen Unterarmen.

Unter der weichen Haut bewegten sich die Muskeln krampfhaft hin und her, obwohl er mich völlig ruhig hielt.

Sein leicht eisig riechender Atem streichelte mein Gesicht, als er sich schließlich räusperte.

„Atme, June. Noch einmal fange ich dich sicher nicht auf. Du bist schwerer, als du aussiehst“, murmelte er mit rauer Stimme.

Und trotz seiner unverschämten Worte, stellten sich sämtliche meiner Armhaare auf.

Seine Nähe brachte mich ganz durcheinander und beraubte mich sämtlicher Argumente, die ich ihm sonst für seine rüpelhafte Art an den Kopf geworfen hätte. So beließ ich es dabei, seinen angebotenen Arm zu ignorieren und an ihm vorbei zum Auto zu rauschen, wenn auch nur, damit er mein hochrotes Gesicht nicht bemerkte.

Doch als ich auf der Rückbank Platz nehmen wollte, schüttelte er den Kopf und wies auf den Beifahrersitz.

„Du neigst mehr als jeder andere Mensch den ich kenne dazu, dir unfreiwillig weh zu tun. Ich halte es für klüger, dich in Reichweite zu haben, falls du auf komische Ideen kommst. Es ist nur zu deinem Besten.“

Meine Lippen kräuselten sich beleidigt, bevor ich sie daran hindern konnte.

So einfach wie Stefan mein Ego aufbauen und mir schmeicheln konnte, so schnell schaffte es Daniel, mich in Verlegenheit zu bringen und mich wie ein unreifer Teenager zu fühlen.

Verschnupft drehte ich ihm den Rücken zu und stieg ein, schlug die Autotür vielleicht ein wenig heftiger zu als nötig.

Er schien zu merken, dass mir seine Äußerung nicht behagte, denn nachdem er eingestiegen war, lächelte er mir versöhnlich zu.

„Außerdem kommst du so in den Genuss, den ganzen verrückten Reportern, die sich in eurem Gebüsch herumtreiben, die Zunge raus zu strecken. Stell dir vor, ich musste zwei von ihnen androhen, ihnen jede Rippe zu brechen, damit sie verschwunden sind. Die Restlichen sind schon abgehauen, als sie meinen Blick gesehen haben.“

Schockiert blieb mir der Mund offenstehen, meine Stimme war mindestens fünf Oktaven zu hoch.

„Da waren Reporter in unserem Garten?“

Er zuckte nur betont gelassen die Schulter und konzentrierte sich auf den Verkehr.

„’türlich. Was denkst du denn? Du gehörst jetzt zur obersten Liga, gehst mit einem Mann aus, nach dem sich alle Mütter und Töchter die Finger ablecken. Sie hätten dich wohl mit Fragen bestürmt und tausende Bilder gemacht, während du dich noch gefragt hättest, ob das wirklich deine Haustür ist.“

Unruhig kaute ich auf meiner Lippe herum und linste nervös aus dem Fenster, bevor ich mich tiefer in den Sitz drückte.

Ich war nicht scharf darauf, weitere Fotos von mir in irgendwelchen Zeitungen zu entdecken.

Mittlerweile waren wir aus der Stadt heraus – so schnell wie er fuhr kein Wunder – und rasten über eine Landstraße durch die aufkommende Dämmerung. Es war nicht sonderlich viel zu erkennen von der Landschaft, die an uns vorbeiflog.

Leise spielte das Radio ein Klavierstück nach dem anderen.

Ich hatte keine Ahnung, wie lange die Fahrt gehen würde und wie ich mir besser die Zeit vertreiben sollte, also nahm ich das Einzige in Augenschein, was mir momentan zur Verfügung stand.

Neugierig musterte ich den Mann neben mir aus den Augenwinkeln, nur, um wieder einmal heimlich festzustellen, wie großartig er aussah. Er trug ein schwarzes Shirt, welches seine gute Figur wirklich hervorragend zur Geltung brachte. Die Muskeln seiner Arme traten deutlich hervor, seine großen Hände waren lässig um das Lenkrad geschlungen.

Seine langen, geraden Finger faszinierten mich.

Die Augen über der geraden Nase strahlten förmlich, die Augenbrauen waren leicht zusammengekniffen. Ab und an bewegte er seine Lippen, als führe er einen innerlichen Monolog.

Unwillkürlich überlegte ich, ob mir schon einmal ein Mann wie er begegnet war.

Und warum ich so viel über ihn nachdachte.

Warum er mich so fesselte.

In diesem Moment biss er sich auf die Unterlippe und schüttelte den Kopf, als müsse er einen besonders hartnäckigen Gedanken vertreiben.

Ich schluckte laut.

Sehr laut offenbar.

Er drehte seinen Kopf leicht und sah mich an, sah mich einfach nur an, mit einem Blick, die mein Innerstes in Brand setzten und jede Zelle meines Körpers zittern ließ.

Mit einem Mal wurde der Wunsch, ihn zu küssen, nur für einen Moment zu schmecken, zu spüren, wie sein Atem über meine Lippen rollte, übermächtig.

Ein Aufkeuchen unterdrückend, krallte ich meine Finger in meine Oberschenkel, um zu verhindern, dass sie sich in seine Nähe verirrten.

Mein Verstand lief Amok.

Stefan.

Denk an Stefan.

Stefan, der auf dich wartet.

Der dich verehrt.

Es brauchte nur eine kleine Handbewegung, und mein Verstand war beiseite gewischt. Herz und Libido jubelten lauthals. Nun gab es nur noch Daniel und mich ...

... und der Laster, der laut hupte.

Hastig richtete Daniel seinen Blick auf die Straße und riss gerade noch rechtzeitig das Steuer herum, um auf seine Straßenseite zurück zu gelangen und dem Beinahe-Tod zu entkommen.

Mein Herz schlug wild, ob aus Angst vor dem, was möglicherweise hätte passieren können, oder als Nachklang zu Daniels unergründlichem Blick, konnte ich nicht sagen.

Bevor ich meine wirbelnden Gedanken wieder unter Kontrolle bringen konnte, fühlte ich diese langen Finger auf meinem Oberschenkel.

Ungläubig starrte ich seine Hand an, die sich wie selbstverständlich an mein Bein schmiegte und die ein Loch in meine Hose zu brennen schien.

Was machte dieser Mann nur mit mir und wieso?

„Stefan hat wirklich recht. Du bist außergewöhnlich, June."

Ein schiefes Grinsen vertrieb den ernsten Ausdruck aus seinem Gesicht, doch seine Augen sagten mir, dass er jedes Wort ernst meinte.

Außergewöhnlich? Ich?

Ich schluckte.

Noch nie hatte mich jemand außergewöhnlich genannt.

Meine Finger entwickelten ein Eigenleben.

Ihnen Einhalt zu gebieten, war wie zu versuchen, das Atmen zu verbieten.

Sie strichen langsam über seine Hand, die verblüffende Weichheit der so hart aussehenden Haut liebkosend, wanderten langsam höher, fuhren die

Muskelstränge seines Arms nach, welche sich unter meiner Hand anspannten und zu zittern begannen.

Sein Atem ging hörbar schwer. Die Luft in dem geschlossenen Gefährt schien immer dicker zu werden und zu knistern.

Ein Funke würde genügen, und alles würde brennen.

Ich schloss für einen Moment meine flatternden Lider und atmete die unwillkürlich angehaltene Luft stoßweise aus.

Wie konnte ich mich so zu ihm hingezogen fühlen, obwohl ich mich beinahe pausenlos darüber aufregte, wie unmanierlich und flegelhaft er sich benahm?

Er hatte die schöne Stirn gerunzelt und atmete tief, die Nasenflügel zitterten.

Einer plötzlichen Eingebung folgend umfasste ich seine Hand mit meiner, verschränkte seine Finger mit meinen.

Seine Augen waren um mindestens zehn Nuancen dunkler, als er mich anstarrte, Feuer schien in ihnen zu brennen, es drohte, auch mich von Kopf bis Fuß in Brand zu stecken.

Wie um meine Gedanken zu bestätigen, öffnete Daniel den Mund um ein dunkles Knurren auszustoßen.

„Verdammt June. Entfache jetzt kein Feuer, das wir nicht zu löschen imstande sind."

Ich keuchte unwillkürlich.

„Ich soll kein Feuer entfachen?", flüsterte ich heißer, ungläubig. „Fühlt sich ein bisschen so an, als brennte ich bereits lichterloh ..."

Dieses Eingeständnis trieb mir die Röte in Wangen und ich war froh um die Dunkelheit, die mich ein Stückweit vor seinen Blicken verbarg.

Er zischte etwas, seine Stimme klang ungehalten, fast wütend.

„Verdammt, das ist wirklich ein beschissener Zeitpunkt für so etwas, meinst du nicht auch?"

Ich kicherte freudlos und starrte auf unsere Hände, ohne etwas an der Position zu ändern.

„Es könnte keinen Schlechteren geben, schätze ich."

Einen Moment schwiegen wir. Dann wagte ich einen Blick auf sein schönes Antlitz.

„Aber für was genau eigentlich?"

Der Wagen wurde kaum merklich langsamer.

Er fluchte lautlos.

„Das muss ich dir nicht erklären. Ich muss dir nicht sagen, dass in etwa einer Meile ein Parkplatz kommt und ich schon seit wir losgefahren sind über nichts Anderes nachdenken kann, als dort an zu halten und dich zu küssen, bis du deinen Namen vergisst, meinen Namen und Stefan."

Das Blut rauschte so laut in meinen Ohren, dass ich Schwierigkeiten hatte, ihn zu verstehen.

„Aber genau da liegt das Problem. Stefan wartet auf dich."

Dann sagte er nichts mehr, löste stumm seine Hand aus meiner und beschleunigte das Auto.

Der Parkplatz rauschte an uns vorbei, ohne dass er einen Blick in seine Richtung verschwendet hätte, stur sah er gerade aus.

Und ich, ich saß stumm neben ihm und versuchte mein flatterndes Herz zu beruhigen und zu vergessen, was er gesagt hatte.

Zwecklos. Das Bild vor meinem inneren Auge hatte sich festgebrannt.

Das gewaltige Tor öffnete sich, nachdem Daniel einen mehrstelligen Code eingetippt und sein Auge zur Netzhautidentifikation vor einen blauen Lichtstrahl gehalten hatte. Es gab den Blick auf ein wunderschönes, großes Haus, nein, eher eine Villa, frei.

Der Schwarzhaarige parkte elegant direkt vor der imposanten Treppe, die hinauf zur Haustür führte und stieg wortlos aus. Damit verschwand der Rest der knisternden Spannung, die zwischen uns gelegen hatte.

Fröstelnd fuhr ich mir über die Arme, als die Tür zur Beifahrerseite aufgerissen wurde und Daniel mir undurchsichtig lächelnd seinen Arm anbot.

Nach kurzem Zögern legte ich meine Hand darauf und stieg aus, meine zitternden Beine trugen mich kaum. Er tippte mir unauffällig unter das Kinn und sah mir tief in die Augen, ein kaum merkliches Lächeln, fast zärtlich zu nennen, umspielte seine Lippen.

„Atmen, Kleines."

Damit ließ er mich stehen und stieg wieder ins Auto, der Kies spritze auf, als er die Räder durchdrehen ließ und wieder davonfuhr.

Mein unsicherer Blick fiel auf Stefan, der, wunderschön und anbetungswürdig wie immer, aus der Tür getreten war und mich lächelnd zu sich hoch winkte.

Sein muskulöser Oberkörper war von einem schwarzen Hemd bedeckt, während seine langen Beine in einer verwaschenen Jeans steckten. Als ich ihm näherkam und er sich, im Begriff vorauszulaufen, umdrehte, fiel mir das rotweiß karierte Küchentuch auf, welches in seiner Hosentasche steckte.

Genau so, wie ich es mir vorgestellt hatte.

Herr im Himmel, ich war gewaltig im Arsch.

Kapitel 9

„Da ich dich nicht als eine der Frauen kennengelernt habe, die viel Wert auf gehobene Küche legen, dachte ich mir, dass Hamburger eine akzeptable Wahl für das erste gemeinsame Kochen wären. So kann jeder selbst entscheiden, womit er sein Brötchen belegen will und wir umschiffen jede kulinarische Uneinigkeit.“

Stefan schenkte mir ein entwaffnendes Lächeln. „Zudem können wir auf diese Weise mehr gemeinsam machen, anstatt dass einer von uns tatenlos herumsitzt und sich langweilt.“

Ich zog schmunzelnd die Augenbrauen hoch.

„Wie kommst du auf die Idee, ich könnte mich langweilen? Selbst wenn du mich im Grunde nicht die Bohne interessieren würdest, könnte ich stundenlang deine Küche anschmachten und dabei die Zeit vergessen.“

Um meiner Begeisterung Ausdruck zu verleihen, strich ich mit der Handfläche ehrfürchtig über die Arbeitsfläche vor mir und genoss das aufregende Prickeln, welches der kalte Stein in meinen Fingerkuppen hervorrief.

„Im Ernst, ich würde am liebsten hier einziehen. Meine Matratze auf die Kücheninsel, den Wecker neben den Fleischklopfer, meine Pyjamas in der Schublade mit den Messern – ich kann es mir so gut vorstellen.“

Er grinste breit, bevor er jedoch etwas erwidern konnte, unterbrach ich ihn mit einem entzückten Seufzen.

„Italienischer Marmor! Welch im wahrsten Sinne des Wortes köstliche Art der Verwendung für diesen edlen Stein. Gott hilf mir, ich bin verliebt!“

Stefan verschränkte die Arme vor der Brust und lehnte sich locker gegen den mattschwarz schimmernden Kühlschrank.

„Soll ich euch beide einen Moment alleine lassen? Drei scheinen mir hier einer zu viel zu sein.“

Als die Erinnerung von vor einer halben Stunde in mir aufflammte, was passiert war, als er mich das letzte Mal mit etwas Anbetungswürdigem allein gelassen hatte, für das ich mich begeistern konnte, lief ich schlagartig rot an und schüttelte so heftig den Kopf, dass mir die Ohren schwirrten.

„Oh nein, das wird nicht nötig sein. Zu dritt kann man auch schöne Dinge erleben."

War es möglich, sich noch zweideutiger auszudrücken? Stefans Augenbrauen drohten beinahe mit seinem Haaransatz zu verschmelzen, soweit hoch hatte er sie gezogen.

„Ach, grins nicht so. Du weißt, wie ich es meine. Wir werden wohl gut miteinander auskommen, deine Küche und ich", redete ich mich verlegen lächelnd heraus.

Verdammt, Stefan und alles, was mit ihm zu tun hatte, hatte die unangenehme Angewohnheit, mich verlegen und nervös zu machen. Was war das nur mit ihm und mir?

„Und was deine Frage angeht, Hamburger sind perfekt. Ich liebe Hamburger. Viele Beilagen, viele Soßen, viele Möglichkeiten, möglichst viel Sauerei zu machen und alle Anwesenden unangenehm zu berühren, du weißt schon." Ich zuckte mit den Achseln und lächelte schelmisch. „Von diesem Standpunkt aus ist es gar nicht so schlecht, dass dies hier deine Küche ist – dann muss ich mich nicht um die Sauerei hinterher kümmern."

Er lächelte zufrieden und zwinkerte mir zu. „Das wollte ich hören."

Dann trat er an die Kücheninsel und steckte seine Hände in eine Schüssel. Nach einem neugierigen Blick bemerkte ich das Hackfleisch und die verschiedenen Gewürze, die er mit kundigen Bewegungen vermischte.

„Du machst das nicht zum ersten Mal. Ich bin beeindruckt. Du wirkst für mich nicht wie der Typ, der stundenlang in der Küche steht um zu kochen."

Sein Grinsen war schelmisch wie das eines kleinen Jungen.

„Gut aufgepasst. Ich koche sehr gerne. Es ist ein Ausgleich für meine harte Arbeit, gerade nach einem nervenaufreibenden Tag ist die Bearbeitung von einem saftigen Steak oder das gewaltsame Kneten eines Brotteigs wirklich heilsam."

Es fiel mir schwer, diese neue Seite an ihm mit allem anderen zu vereinbaren.

Zuerst schlug er verbal vor Gericht alles kurz und klein, führte heftige Dispute am Telefon, bevor er sich Zuhause an die Herdplatte stellte und Zwiebeln dämpfte?

Ich fragte mich unwillkürlich, was es sonst noch an ihm zu entdecken gab.

„Mister Präsident kocht also. Was hast du sonst für Interessen?"

Er kostete ein winziges bisschen Fleisch und streute dann mit entschlossener Miene etwas mehr Pfeffer und Basilikum in die Masse, eher er wieder seine Hände darin versenkte.

Ihn dabei zu beobachten, wie er die Masse geschmeidig knetete hatte etwas Sinnliches.

Ich verdrehte die Augen.

Anscheinend hatte Daniel meine Hormone vollkommen zerschossen, auf dass sie sich wild wirbelnd im ganzen Körper verteilten und ich alles durch eine rosarote Brille sah.

Daniel.

Sofort fragte sich ein Teil meines Gehirns, was er wohl nun tat.

Und warum er tat, was er tat.

Ob ihm klar war, dass er mich so durcheinanderbrachte?

Und warum ich Stefan nichts davon erzählte – es würde ihn mit ziemlicher Sicherheit nicht amüsieren, dass sein Angestellter mit seinem Date tändelte.

Und dass sein Date mit sich tändeln ließ.

Was für ein Durcheinander. Besser ich vergaß es so schnell wie möglich.

Stefans Stimme riss mich aus meinen wirbelnden Gedanken und etwas schuldbewusst gab ich mir Mühe, mich wieder auf ihn zu konzentrieren.

„Ich habe viele Interessen. Ich liebe schnelle Autos und Rennen. Ich gehe des Öfteren zum Pferderennen, dafür fahre ich auch gerne eine lange Strecke. Wetten abschließen und gewinnen liegt mir. Ich bin ein guter Menschenkenner. Es gibt niemanden in der Kanzlei, der jemals wieder im Poker gegen mich antreten wird“, er schmunzelte leise und überlegte.

„Manchmal lese ich auch oder gehe spazieren. Wenn ich genügend Zeit habe, betrachte ich die Sonnenuntergänge ... Da staunst du, oder? Hättest wohl nicht erwartet, dass ich eine durchaus romantisch veranlagte Seite habe?“

„Nun ja, es kommt etwas unerwartet ... aber wenn ich darüber nachdenke, dann passt es ganz gut zu dir. Stefan Volkan, der knallharte Staranwalt mit einer Erfolgsquote von 99%, ein Mann, der die Menschen zum Erzittern bringt ... und der Zuhause Weihnachtskekse für seine Familie backt, im Schein der untergehenden Sonne. Doch, das passt.“

Lachend knuffte er mich mit dem Ellenbogen und deutete auf ein Holzbrett, um das verschiedene Schüsseln, einige Messer, sowie Zwiebeln, Tomaten, Gurken und Salat lagen.

„Was ist, bist du hier, um mich auszulachen oder willst du dich auch mal nützlich machen?“

Ich nickte lächelnd und schnappte mir das Gemüse, um es unter dem Wasserhahn zu waschen. Ich würde alles tun, wenn es mich daran hinderte, über das im Auto Geschehene nachzudenken ...

Nicht an diese Stirn zu denken, unter deren Augenbrauen ein verlangendes Feuer in tiefblauen Augen brannte ...

Ja, es war eine großartige Idee, mir jetzt ein Messer in die Hand zu geben.

Mit meinem besten Lächeln kehrte ich an Stefans Seite zurück und begann damit, eine Tomate in ihre Einzelteile zu zerlegen.

Angesichts der Gleichgültigkeit, mit der Daniel mich hier abgesetzt hatte, so als wäre nichts geschehen, wunderte es mich nicht, dass das unschuldige Gemüse für einen Augenblick seine Gesichtszüge trug und von mir etwas heftiger bearbeitet wurde, als eigentlich nötig.

„Was ist mit dir, June, was für Interessen verfolgst du in deiner Freizeit?“, unterbrach mich Stefans sanfte Stimme, dem gar nicht auffiel, was für ein Massaker ich auf dem Holzbrett anrichtete.

Ja, was für Interessen hatte ich eigentlich, außerhalb meiner Begabung für ruinierte Augenblicke und verpasste Gelegenheiten?

Ich zuckte – wieder einmal verlegen – mit den Schultern.

„Ich muss zugeben, dass ich gar nicht viele Interessen habe. Während meiner Schul- und Studiumszeit war ich der Inbegriff eines Strebers, habe beinahe den ganzen Tag gelernt. Ansonsten ... Ich lese ganz gerne und ab und an schreibe ich, höre gern Musik, mehr klassische, als zeitgenössische. Ich treibe dann und wann Sport, unternehme etwas mit meiner besten Freundin, doch viel mehr ist es nicht. Viel mehr gibt es über June Warden nicht zu sagen.“

Stirnrunzelnd sah er mich an.

„Ich bezweifle, dass das schon alles ist, was es über dich zu wissen gibt. Du hast Kunst studiert, was ist damit? Du musst dich ja wohl für Kunst interessieren, sonst wäre deine Wahl nicht auf dieses Fach gefallen, oder?“

Ich grinste schief, während ich die getöteten Tomaten in das passende Schälchen drapierte.

„Kunst habe ich gewählt, weil viel körperliche Betätigung und Ausdruck dazu gehört, mehr, als bei anderen Fächern, die mir eventuell zugesagt hätten. Töpfern, Malen ... es hat Spaß gemacht. Ich beschäftige mich gern mit alten Kulturen, besonders das alte Griechenland hat es mir angetan. Außerdem war ich aufgrund der Besuche in Rom oder Athen nicht wirklich oft Zuhause, was wirklich eine Wohltat war. Du siehst, meine Entscheidungen sind meist eher pragmatisch, als aus einem Gefühl heraus.“

Er wollte zu einer Antwort ansetzen, doch ich unterbrach ihn breit grinsend.

„Oh, ich weiß eine Sache, die mein neues Hobby werden könnte! Man sagt ja, ich bin ganz gut im Umgang mit anderen Menschen“ – ein verhaltenes Hüsteln seinerseits, doch er war klug genug, meine Aussage nicht zu kommentieren – „also wird es mir sicher nicht schwerfallen, mit den Massen der Reporter klar zu kommen, die mir dank dir auf die Pelle rücken wollen.“ Ich blinzelte ihn gespielt hingerissen an, sein Gesicht hingegen glich einer Person bei einer Wurzelbehandlung.

„Ja, ich hätte dich vorwarnen sollen, dass es meistens soweit kommt – das tut mir leid. Ist es wirklich so schlimm? Wenn du magst, kann ich eine Bannmeile um dein Elternhaus herum erwirken, sodass sie dir nicht zu nahekommen dürfen."

Doch ich schüttelte den Kopf.

„Danke, das ist nicht nötig. Ich werde schon mit ihnen fertig. Bisher habe ich nicht einmal gemerkt, dass sie da sind – die meisten Bilder, und wow, es waren wirklich viele, sind in aller Heimlichkeit aufgenommen worden und die, die sich wohl in meinen Gebüschen herumgetrieben haben, hat Daniel vorhin verjagt." Als ich seinen Namen aussprach wusste ich instinktiv, dass nun mein Gesicht so aussah, als leide ich unter Zahnschmerzen.

Die letzte Tomate verlor ihre schöne, runde Form unter meinem gnadenlos geschwungenen Messer. Noch während ich Daniels Gesicht, Pardon, die rote Köstlichkeit in kleine Scheiben schnitt, hielt ich Ausschau nach meinen nächsten Opfern und entschied mich für die Zwiebeln.

Stefan nickte leicht, wirkte zwar keineswegs zufrieden mit meiner Antwort, doch schien das Thema für den heutigen Abend ruhen lassen zu wollen, wofür ich ihm sehr dankbar war.

„Deine Eltern scheinen also nicht gerade die nettesten Menschen zu sein, sehe ich das richtig?"

Ich gab mich betont gleichgültig, während ich die Zwiebeln in schöne, dünne Ringe schnitt.

„Um genau zu sein sind sie nicht meine Eltern. Ich bin ein Adoptivkind. Sie haben mich im Krankenhaus auf der Säuglingsstation ausgesucht, nachdem feststand, dass meine leibliche Mutter mich nicht wollte."

Seine Augenbrauen fuhren in die Höhe, er musterte mich überrascht.

Ich begegnete seinem Blick mit einem fragenden Lächeln.

„Spielt diese Tatsache irgendeine Rolle für dich?" – „Nein, natürlich nicht, mich wundert nur, wie locker du über dieses Thema sprechen kannst. Ich kenne Adoptivkinder, die nicht so gelassen über die Tatsache sprechen, dass ihre eigenen Eltern sie nicht wollten."

Mühsam blinzelte ich die Träne weg, die sich aus meinem Auge schleichen wollte – verdammte Zwiebeln! – und zuckte die Schultern.

„Es gibt, denke ich, viel Schlimmeres, als nicht bei den leiblichen Eltern aufzuwachsen. Klar, ich hätte mir meine Adoptiveltern genauso gerne so ausgesucht, wie sich die Wardens für mich entscheiden konnten, doch ich will mich nicht beschweren. Abgesehen davon, dass Alison eine schrecklich gefühlskalte Frau ist, deren einziges Bestreben darin besteht, in der für sie vorbestimmten Gesellschaft zu verkehren, hatte ich es doch ganz gut. Ethan, mein Vater, liebt mich über alles und ich ihn. Er setzt sich zwar nicht gegen Alison durch, doch er ist immer für mich da. Ich wuchs in den besten Kreisen auf, hatte genug Geld, konnte mir eine ausgedehnte Ausbildung an einer guten Universität erlauben und kann abgetragene Kleidung einfach wegwerfen, ohne mir Gedanken machen zu müssen, was ich am nächsten Tag anziehe. So ein Glück hat bei weitem nicht jeder."

Nachdenklich starrte er in die zähe Masse vor ihm.

„Eine interessante Sicht. Ich finde es bewundernswert, dass dich der Reichtum deiner Eltern nicht in eine jener geldgeilen Frauen verwandelt hat, die nur Dollarzeichen sehen und einen Mann niemals um seiner selbst willen lieben könnten."

Da ich nicht wusste, was ich darauf antworten sollte, bedankte ich mich schlicht.

Eine Weile arbeiteten wir schweigend nebeneinander her, bis Stefan stirnrunzelnd auf mein Brett starrte.

„Sag mal, hast du den Ketchup schon geöffnet?"

Verwirrt sah ich ihn an. „Nein, natürlich nicht. Damit will ich erst nachher herum kleckern, wenn wir wieder alles sauber geputzt haben."

Alarmiert ließ er die Schüssel stehen und sprintete leise fluchend zur Anrichte, befeuchtete das Küchentuch aus seiner Gesäßtasche mit kaltem Wasser.

Fragend betrachtete ich sein Tun, ohne es wirklich zu verstehen.

Mit grimmig zusammengebissenen Zähnen kam er zu mir zurück und packte meine rechte Hand so fest, dass ich erschrocken das Messer fallen ließ. Erst dann schnappte er sich meine Linke und wischte die erschreckend rot verschmierte Hand sauber.

„In Momenten wie diesen frage ich mich wirklich ... Herrgott June, hast du nicht gemerkt, dass du dich geschnitten hast?"

Natürlich hatte ich das nicht, was für eine dumme Frage.

Ich grinste und wickelte mir das Tuch um die Hand, ignorierte dabei das leichte Pochen, das sich erst jetzt in mein Bewusstsein schob.

„Nun, da kann ich ja von Glück reden, dass zu deinen vielfältigen Hobbys nicht das Saugen von Blut aus den Adern junger Frauen gehört."

Sein Gesicht wirkte eher, als hätte er an einer Zitrone gesaugt.

Vielleicht war ich nicht einmal ansatzweise so lustig, wie ich von mir selbst dachte.

Nachdem meine Hand fachmännisch verbunden war – beiläufig erwähnte Stefan das ehrenamtliche Jahr, in dem er beim Rettungsdienst gearbeitet hatte – verbot er mir strengstens, auch nur daran zu denken, ein Messer in die Hand zu nehmen.

Ich tat entrüstet, doch so war es mir ohnehin lieber. Also formte ich die fertige Hackfleischmasse zu etwa gleichgroßen, flachen Kreisen, die ich dann in der bereitstehenden Pfanne zu saftigen, braunen Burgern briet, während er das Gemüse schnitt.

Die weitere Konversation plätscherte ohne emotionalen Tiefgang seicht dahin, um keinen von uns mehr als nötig abzulenken.

Nebenbei toastete ich die Brötchen und holte die Soßen aus dem Kühlschrank. Es war, als würde ich schon immer hier leben, als wäre diese Küche nur für mich gebaut worden.

Da ich mein heutiges Pensum an Peinlichkeiten schon erfüllt hatte, beließ ich es bei einem ganz normalen Essen, bemühte mich, nicht allzu viel zu klecksen und krümeln.

Und was blieb am Ende zu sagen?

Nachdem ich den letzten Bissen hinuntergeschluckt hatte, zeichnete sich mein Platz durch wahrhaft vorbildliche Sauberkeit aus, verglichen mit dem von Stefan.

Mein wortloses Grinsen übersah er geflissentlich und beschäftigte sich lieber damit, den Verband an meiner Hand zu kontrollieren.

Also ließ ich ihn, den Hobby-Arzt, machen und konzentrierte mich ganz auf das Gefühl seiner zarten Finger auf meiner Haut, seine vorsichtigen Berührungen und das Echo, welche diese in mir hervorriefen.

Grübelnd musterte ich seinen wirren Haarschopf, der tief über meine Hand gebeugt war.

Ja, das hier fühlte sich deutlich echter an, als das, was sich zuvor mit Daniel abgespielt hatte.

Dachte ich.

Bis eben jener diesen ruhigen, besinnlichen Moment ruinierte, indem er ohne Anzuklopfen durch die Tür trat und einen Bericht über Sicherheit und Alles-im-grünen-Bereich herunterleierte.

Während ich rot anlief und mich bemühte, ihn zu ignorieren, hielt er seinen Blick starr auf Stefan gerichtet, ließ nur durch ein Zucken seiner Mundwinkel durchblicken, dass er meine glühenden Ohren durchaus wahrgenommen hatte.

Stefan dankte ihm und ebenso plötzlich, wie er aufgetaucht war, verschwand er auch wieder. Irritiert ließ ich meinen Blick von der Tür zu Stefan wandern, dessen leichtes Lächeln sofort für Ruhe in meinem Inneren sorgte.

„Daniel ist mein Sicherheitschef. Er kümmert sich um alles hier, sorgt dafür, dass alles seine Richtigkeit hat, hält meine Männer unter Kontrolle, bewacht das Grundstück."

Ich schürzte beeindruckt die Lippen.

„Chef deiner Security, Wachhund, Chauffeur, Mädchen für alles. Du bist wirklich anspruchsvoll, Stefan. Das ist ein Job für zwei Leben. Gleichzeitig."

Ungerührt grinste er.

„Daniel macht das irgendwie. Ich weiß nicht wie und ich frage auch nicht, solange der Job zu meiner Zufriedenheit ausgeführt wird." – „Ja, ich weiß, du bekommst alles, was du willst und es fällt dir nicht schwer, alles zu kontrollieren." – „So ist es. Da fällt mir ein, du wolltest mir noch erzählen, woran du vorhin am Telefon so angestrengt gedacht hast."

Ich hatte gerade an meinem Wasser genippt und musste mich zurückhalten, um den Inhalt meines Mundes nicht quer über den ganzen Tisch zu prusten.

Mit einem leichten Hüsteln, das mich hoffentlich von jedweder Antwort entband, stand ich auf und brachte unser schmutziges Geschirr zum Spülbecken, wo ich nach dem Spülmittel und einem Schwamm angelte.

Das Tapsen seiner nackten Füße kam näher und verstummte direkt hinter mir. Dann packte er vorsichtig meine Hände und drehte mich zu sich um.

Mir schwindelte. Sein Geruch, seine Nähe, einfach er, ließen mich taumeln.

„Lass das doch. Das macht jemand anders nachher schon." Er kam noch einen Schritt näher und ich wich unwillkürlich zurück, die Kante der Anrichte stieß gegen meinen Hintern. Ich war gefangen.

Gefangen wie vorhin in meinem unangebrachten Tagtraum.

Meine Wangen mussten ein Rot jenseits von Gut und Böse aufweisen, denn er strich leise lächelnd darüber und sah mich fragend an.

„Also. Erzähl es mir. Woran hast du gedacht?"

Ich konnte nichts sagen, nicht atmen. Es war zu viel, viel zu viel. Und doch war es zu wenig und er noch nicht nah genug. Es war verwirrend.

„Das will ich wirklich nicht erzählen, und du willst es wirklich nicht hören, glaube mir", flüsterte ich kaum hörbar.

Er lehnte sich nach vorne, strich mit seiner Nase über mein Ohr, ehe er sanft „Oh, ich will jedes einzelne Wort hören" hineinhauchte und mich damit meiner Standhaftigkeit im wortwörtlichen Sinne beraubte.

Doch ich konnte nicht fallen. Sein harter Körper nagelte mich förmlich an die Theke, ließ mir keinen Platz, keinen Raum.

Es gab kein Entkommen vor ihm.

Ein Zittern lief unaufhörlich durch meinen Körper.

„Es … es war nichts, nur ein kleines Gedankenspiel … wie wir zusammen in der Küche stehen und kochen …“ – „So, wir haben nur gekocht?“, wisperte er zurück und fuhr mit seinen Lippen über meine Schläfe.

Es fühlte sich ein bisschen wie sterben an, unendlich süß und irgendwie endgültig.

„Nein“, wimmerte ich beinahe und bemühte mich um einen flachen Atem. „Genau genommen ähnelte es dem hier, was du gerade mit mir tust.“

Beim nächsten Kuss auf meinen Wangenknochen glaubte ich seine Zunge zu spüren, die vorwitzig meine Haut kostete. Mein Atem beschleunigte sich noch.

„Was mache ich denn mir dir, June?“, flüsterte er. Noch ein Kuss, diesmal auf meinen Mundwinkel. Sein ganzer Körper war so dicht an meinen gepresst, ich konnte nicht mehr klar denken. Vermutlich spürte er mein wild schlagendes Herz.

„Du spielst mit mir …“

Sein nächster Kuss wäre auf meine Lippen gewesen, das war mir klar, und innerlich hatte ich mich danach verzehrt, nur darauf gewartet. Doch nun entfernte er sich einige Zentimeter von mir, legte seine Hand sanft unter mein Kinn und zwang mich, in seine dunklen, schwarz glänzenden Augen zu schauen.

„Ich spiele nicht mit dir, June. Das hier ist echt.“

Frustrierender Weise hauchte er mir einen Kuss auf die Stirn und trat dann einen Schritt zurück. Ich musste mich an den Rand der Theke klammern, um nicht zu fallen.

Mit meinen geschlossenen Augen, der hastigen Atmung, dem roten Kopf, fest an die Theke gedrückt, musste ich wohl einen lustigen Anblick bieten.

Konnte ich seine Worte für voll nehmen? Irgendwie fiel es mir angesichts des Benehmens des Hausherrn und seines Gefolges schwer, ihm zu glauben.

Ging es den Beiden darum? War ich zwischen die Fronten eines seltsamen Spiels geraten, in dem es darum ging, mich aus der Fassung zu bringen? Oder war es mehr, war es eine Wette? Stefan hatte vorhin erwähnt, dass er gern wettete … ging es darum, wer von beiden mich zuerst dazu brachte, den Verstand zu verlieren? Wenn ja, würden sie sich den ersten Platz teilen müssen.

„June, ist alles in Ordnung?“

Ich öffnete die Augen und atmete tief durch, versuchte, dem beinahe wirklich besorgt aussehenden Stefan einen giftigen Blick zuzuwerfen.

„Ich fühle mich wunderbar. Hast du Tequila?" Er schmunzelte nur kurz und ging dann zu einem Schrank, um mit einer passend aussehenden Flache wiederaufzutauchen.

Der Abend begann eine peinliche Wendung zu nehmen, also war ich voll und ganz in meinem Metier.

Entgegen unseres Planes war die Idee, einen Film anzusehen, recht schnell ins Wasser gefallen, was keinen von uns beiden besonders traurig stimmte. Genaugenommen war der Film schon vergessen und unsere Gedanken sowieso schon jenseits von Gut und Böse.

Wir hockten auf dem Boden seines gigantischen Wohnzimmers vor dem Kamin und spielten.

Ich musste schmunzeln – wir saßen wie Kinder auf dem Teppich. Ob er das davor wohl schon einmal gemacht hatte?

Wir spielten „Zwanzig Fragen" – jeder, der eine Frage des anderen nicht antworten wollte, musste einen Schluck aus der Flasche nehmen.

Und deren Inhalt neigte sich tatsächlich bereits dem Ende zu.

Ungehalten und vor allem grundlos kichernd beugte ich mich nach vorne, dem auf der Seite liegenden Stefan zu.

„Es ist vielleicht ein wenig peinlich, das fragen zu müssen, schließlich müsste ich dafür eigentlich nur in eines der vielen, viiiiiielen Magazine mit deinem Gesicht drauf schauen, aber ich habe keine Ahnung, wie alt du eigentlich bist."

Er zog eine Augenbraue hoch.

„Das ist ja wohl eine einfache Frage im Gegensatz zu denen davor, findest du nicht?"

Ich zuckte mit den Achseln, wieder kichernd.

„Ich will mein Pulver nicht gleich komplett verschießen, lieber wiege ich dich in falscher Sicherheit. Außerdem, wenn man es genau nimmt, war es gar keine Frage – ich hatte einen Punkt an das Ende des Satzes gesetzt, kein Fragezeichen," versicherte ich ihm ernsthaft nickend.

Stefan schüttelte den Kopf, zweifellos amüsiert über mein angetrunkenes Ich.

„Ich bin zweiunddreißig."

Ich verkniff mir jeden Kommentar zu älteren Männern und meinem bisherigen Eindruck zu seiner tatsächlichen geistigen Reife und nickte ihm einfach nur zu.

Er überlegte kurz und grinste dann. „Was war dein bisher peinlichstes Erlebnis?“

Ich prustete laut auf.

„Oh, wie lange hast du Zeit? Ich könnte dir ein paar Geschichten erzählen, ‚Junes Greatest Hits‘ quasi, doch ich fürchte, das sprengt jeden Rahmen.“ Grinsend zuckte ich mit den Achseln. „Du kennst mich doch mittlerweile ein wenig, du solltest wissen, dass Peinlichkeit mein Leben ist. Aber aus den jüngsten Ereignissen schließe ich, dass mein wirklich blamabelster Auftritt in letzter Zeit der Ball neulich war. Von Anfang bis Ende – schlichtweg peinlich.“

Stefan gluckste leise und ließ die Antwort gelten.

„Wie sind deine Eltern so?“, fragte ich nach einer kurzen Pause neugierig.

Sein Blick verdüsterte sich für einen Augenblick und er griff schweigend nach der Flasche.

In Ordnung.

Eltern nicht mehr erwähnen.

Vermerkt.

Obwohl mich natürlich die Tatsache, dass er kein einziges Wort über sie verlieren wollte, noch neugieriger machte.

Vielleicht konnte ich dem Internet etwas zu diesem Thema entlocken – später.

Falls sich mein Verstand bis dahin nicht vollständig verflüchtigt hatte.

„Du hast neulich erwähnt, dass du noch nie ein richtiges Date wie diese mit mir hattest. Kann ich daraus schließen, dass du auch noch nie in einer Beziehung warst?“

Ich schürzte nachdenklich die Lippen. „Nun, wie definiert sich eine Beziehung? Ich habe mich mit dem einen oder anderen getroffen, es gab ein wenig Romantik, ein paar Standard-Kino-und-Essen-Dates, wir hatten Sex, aber richtige, bedeutungsvolle Dates oder gar eine Beziehung würde ich das nicht nennen. So sind die Jungs von heute wohl nicht mehr.“

Er schien über meine Worte nachzudenken, denn er erwiderte nichts, nickte nur leicht, während seine Augen durch mich hindurchsahen.

Der Alkohol senkte meine Hemmschwelle deutlich und so musste ich für die nächste Frage nicht lange überlegen.

„Was sind deine Absichten? Wohin führt das Ganze? Was hast du mit mir vor?“

Er lachte auf, wieder im Hier und Jetzt angekommen.

„Das waren drei Fragen, June. Wenn ich alle auf einmal beantworten soll, dann musst du jetzt zwei Schlucke nehmen.“ Obwohl ich wusste, dass es besser war, nun auf den Alkohol zu verzichten, nahm ich tapfer zwei Schlucke und würgte das Zeug mit Todesverachtung hinunter.

Einen Hustenanfall unterdrückend, bedeutete ich ihm wortlos, mir zu antworten.

Er setzte mehrfach an, überlegte es sich dann jedoch anders, leckte sich über die Lippen, kaute auf seiner Zunge herum, zog die Stirn kraus.

Dann endlich begann er zu reden.

„Nun, meine Absichten sollten mittlerweile relativ klar sein. Es war vor dir noch keine Frau in diesem Haus, June. Meine Köchin und die Putzfrauen einmal ausgenommen.“ – „Du hast mehr als eine Putzfrau?“ Tadelnd sah er mich an. „War das wieder eine Frage?“ Er winkte mit der Flasche.

Errötend ließ ich mich zurücksinken und schüttelte den Kopf.

„Wohin das Ganze führt ... nun, das werden wir sehen, oder? Wir haben noch etwas Zeit ... uns läuft nichts davon. Ich habe auf jeden Fall nicht vor, dich schon wieder gehen zu lassen.“

Mein Herz hüpfte bei diesen Worten und der Wunsch, von ihm geküsst zu werden, brannte so heftig in mir, dass es fast schmerzte.

Ohne es zu merken, lehnte ich mich ihm entgegen.

Er kam mir auf halbem Weg entgegen, legte sanft eine Hand an meine Wange und berührte meine Lippen mit seinen.

Es war vollkommen.

Süß und unschuldig.

Bis er seine Lippen öffnete und sich vorsichtig mit seiner Zunge vortastete.

Gänsehaut auf meinem gesamten Körper, ein loderndes Feuer in meinem Bauch, Lava in all meinen Adern.

Er roch so gut.

Schmeckte so vollkommen.

Es war mit keinem Gefühl der Welt zu vergleichen ...

... und auf einmal war es vorbei.

Schwer atmend lehnte sich Stefan zurück, ließ sich auf den Rücken fallen.

Ich blieb sitzen wie ich war, wie angewurzelt, schmerzlich wurde mir die räumliche Trennung bewusst, als kühle Abendluft über meine nun einsamen Lippen strich.

Mit überschlagenden Gedanken musterte ich den schönen Mann vor mir auf dem Boden.

Warum nur hielt er sich so zurück?

Vielleicht wollte er mich mit seiner Leidenschaft nicht erschrecken.

Vielleicht wollte er sich die Überraschung für später aufheben.

Dieser Gedanke ließ mich beinahe lächeln, doch seine nächsten Worte wischten es bereits aus meinem Gesicht.

„Es ist schon spät, June. Ich werde dich jetzt nach Hause fahren lassen."

So schnell, so abrupt?

Wollte er mich loswerden?

Sein Lächeln allerdings war wirklich liebevoll und er half mir vorsichtig auf, hielt mich einen Moment länger in den Armen, als es nötig gewesen wäre und ging dann Hand in Hand mit mir zur Tür.

Bevor er sie öffnete, zog er mich noch einmal an sich, dicht, ich spürte ihn überall auf meinem überreizten Körper. Spielerisch strich er mit seiner Nase über meine, ehe er seine Lippen entschlossen auf meine drückte und mich beinahe besinnungslos küsste.

Nun, das war kein unschuldiger, süßer Kuss.

Er plünderte meinen Mund mit seiner Zunge, presste mich an sich.

Der plötzliche erneute Stimmungswechsel ließ mich schwindeln, und noch bevor ich ankommen und den Moment genießen konnte war er auch schon wieder vorbei und er trat einen Schritt zurück, ließ mich mit heftigem pochendem Herzen stehen.

Sein Lächeln war beinahe entschuldigend, als er die Haustür öffnete.

Ich starrte ihn an, versuchte zu ergründen, was zum Teufel hier vorging.

Hatte sich die Stimmung ohne mein Zutun so geändert, dass er mich innerhalb von drei Minuten zuerst küsste, mich dann hinauswarf, mich wieder küsste, dann die Tür hinter mit zuknallte?

Wie in Trance ergriff ich die nach mir ausgestreckte Hand und ließ mich die Treppe hinunterführen.

Nach einem kurzen Blickwechsel mit Daniel, der schon bereitstand, öffnete Stefan mir die Beifahrertür, und ohne ihn noch einmal anzusehen, nahm ich Platz.

„Ich melde mich bei dir. Bald. Ich kann es jetzt schon kaum erwarten, dich wiederzusehen", flüsterte er, während sich Daniel diskret umdrehte und so tat, als hätte er weder Ohren noch Augen.

Stefans Lippen streiften sanft meine und mit einem letzten Kuss auf meine Stirn verabschiedete er sich von mir. Seine schönen Augen sahen etwas traurig aus, als er mir zuwinkte, während Daniel einstieg und den Motor anließ.

Verständnislos starrte ich ihn an, bis die Distanz unsere Blicke trennte.

Unglücklich seufzend kuschelte ich mich tiefer in das Leder, mein Innerstes fühlte sich kalt und enttäuscht an.

Was hatte die schnelle Verabschiedung zu bedeuten gehabt?

Hatte sie überhaupt eine Bedeutung gehabt? Oder machte ich mir schon wieder zu viele Gedanken? Es war immerhin schon nach zwölf Uhr, sechs Stunden waren einfach so an uns vorbeigezogen, wir hatten Spaß gehabt. Vermutlich musste er früh raus, sich um irgendeinen wichtigen Fall kümmern.

Ja, das musste es sein.

Mein Blick muss etwas zu starr gewesen sein, mein Gesicht etwas zu schmerzhaft verzogen, denn Daniels besorgter Blick wanderte immer wieder zu mir.

„Ist alles in Ordnung, June? Du hättest nicht so viel trinken sollen ... Ist dir schlecht? Soll ich anhalten? Wenn du mir in das Auto hier spuckst, werde ich dich umbringen müssen ...“

Ich drehte den Kopf und sah ihn an, den Gegenspieler in diesem bizarren Spiel, dessen Bedeutung sich mir zu entziehen schien, ob dies nun am Alkohol oder an der Raffinesse der Spieler lag, vermochte ich nicht zu erkennen.

Besorgt mustere Daniel mich und wartete auf eine Antwort.

Dann wartete er nicht mehr, sondern beschleunigte ohne ein weiteres Wort und fuhr keine fünf Minuten später auf den nächsten Parkplatz.

Nachdem er den Wagen ordnungsgemäß abgestellt hatte – was war er nicht für ein gründlicher Mensch – sah er mich durchdringend an.

„Was ist mit dir?“

Ich starrte ihn immer noch an.

Ihn mit seinem perfekten Gesicht, den unergründlichen Augen, dem schönen Mund.

Mit der Hand, die auf einmal wieder auf meinem Knie lag, nicht wie vorhin verlangend, sondern eher distanziert, fast besorgt.

Also beantwortete ich seine Frage mit einer Gegenfrage, die einzige Frage, die mir momentan relevant vorkam.

„Was spielt ihr für ein Spiel mit mir?“

Kapitel 10

Wer einmal auf einem Flughafen war und den Flugzeugen beim Starten und Landen zugesehen hat, der kennt das tieffrequente, alles übertönende Dröhnen, das die Turbinen erzeugen. Ein Dröhnen, das sich durch den gesamten Gehörgang frisst und scheinbar jeden Winkel des Gehirns vibrieren lässt.

Nun schien irgendwer auf die Idee gekommen zu sein, mehrere Startbahnen direkt in meinen Schädel zu verlegen, denn anders konnte ich mir das ohrenbetäubende Dröhnen, das meinen Kopf zu zerschmettern schien, nicht erklären.

Der Vorsatz, nie wieder Alkohol anzurühren, war offenbar wieder einmal Teil einer geschickten Lüge gewesen.

Und ich neigte zu überwältigender Dummheit, da ich meine Grenzen kannte, sie jedoch wissentlich wieder und wieder überschritt.

Wie konnte man auch auf so eine bescheuerte Idee kommen? Übermäßiges Trinken war verdammt ungesund und es machte Dummköpfe aus sonst vernünftig und rational denkenden und handelnden Personen.

Wie mir beispielsweise, ich war zweifellos sonst die Vernunft in Person.

Vor einem halben Jahr hatte ich genug Vernunft und Durchsetzungsvermögen aufgebracht, um den Abschluss an meiner Kunstuniversität als Beste zu machen und nun lag ich, leise vor mich hin stöhnend, in meinem Bett, während mein Schädel offenbar versuchte, sich selbst zu sprengen.

Ein bisschen fühle es sich wie die Hölle an.

Aber wieso war ich hier?

War ich wirklich so ein schlechter Mensch gewesen bisher?

Ich hatte bisher eigentlich das Gegenteil angenommen, schließlich bewahrte ich Haltung in einer Welt voll scheinheiliger Heuchler und Selbstdarsteller.

Wenn es mir als vermeintlich gutem Mensch schon so ging, wie musste es dann erst den bösen Menschen gehen?

Nun, bei all der Gerechtigkeit in der Welt suhlten sich diese vermutlich in ihrem Glück und ihrem Geld und hatten genug zu lachen.

Mistkerle.

Ein winziges, dünnes Stimmchen, weit hinten in meinem schmerzdurchfluteten Schädel mahnte mich, dass es ja wohl ganz allein meine Schuld sei, dass es mir nun so ging. Ich hatte am Abend zuvor auf Tequila bestanden. Ich hatte immer weiter getrunken, obwohl ich ganz genau wusste, wo meine Grenze lag.

Gut, dieser Logik konnte ich mich nicht widersetzen.

Ein leises Klirren erklang, wieder und wieder, es klang wie Metall auf Porzellan, begleitet von einem feinen Duft, der sich rasch in meinem Zimmer ausbreitete.

Nun musste ich doch die Augen öffnen und bemerkte erleichtert aufatmend als erstes, dass ich am vergangenen Abend offenbar wenigstens die Geistesgegenwart besessen hatte, die Vorhänge zu schließen, damit meine Augen nun nicht von der morgendlichen Sonne gebraten wurden.

Eine weibliche Person saß neben meinem Bett auf meinem Stuhl, die Beine elegant übereinander geschlagen rührte sie unablässig in einer großen Tasse. Als sie meinen Blick bemerkte, lächelte sie leicht und reichte mir das Gefäß vorsichtig.

Misstrauisch roch ich daran – Alison lächeln zu sehen, machte mich immer misstrauisch – ehe ich einen vorsichtigen Schluck nahm. Mein Magen rebellierte sofort, begann zu rumoren und ohne, dass ich es zurückhalten konnte, stieß ich lauthals auf.

Ein Schwall übelriechender Luft verließ meinen Mund und mit ihm auch der Anflug von Übelkeit, welcher sich in meinem Bauch breitgemacht hatte. Ich trank noch zwei Schlucke, ehe ich die Tasse auf meinen Nachttisch stellte und mich erleichtert seufzend in mein Kissen zurücksinken ließ.

„Danke, Mary Poppins", murmelte ich dankbar.

Mary Poppins zog pikiert eine Augenbraue nach oben und seufzte erfüllt von Selbstmitleid.

„Das Museum hat vorhin angerufen – da du wohl nicht imstande warst, das Telefonat abzunehmen, habe ich das für dich erledigt. Du musst heute nicht erscheinen, Alex lernt momentan eine Praktikantin ein und braucht dich nicht."

Erleichterung durchzuckte mich, ich hatte gar nicht damit gerechnet, heute zur Arbeit zu müssen – wie ich es jeden Dienstag tat. Stefan hatte definitiv keinen guten Einfluss auf mich.

„Jetzt, wo es dir bessergeht, kannst du mir sicherlich alles über den gestrigen Abend erzählen, oder? Dein Vater und ich platzen schon vor Neugier! Du wolltest ja nicht sagen, wohin du gehst, und als du zurückkamst warst du wenig ansprechbar ... also? Ich höre!", übergoss Alison mich mit einem Schwall von Worten und Fragen.

Nun war es an mir, die Augen zu verdrehen.

Hatte sie sich nun tatsächlich – zum ersten Mal, seit ich mich zurückerinnern konnte – um mein Wohlbefinden gesorgt, nur um mich schneller ausfragen zu können?

Und warum überraschte mich die Durchtriebenheit dieser Person immer noch?

„Stefan hat mir ein Handy geschenkt. Und weil ich so beschäftigt damit war, einen Beinahe-Brand zu verhindern – gern geschehen übrigens – und mit Ethan zu kochen, habe ich vergessen, ihm zurück zu schreiben, als er mehrfach den Kontakt zu mir gesucht hat. Du hast ja keine Vorstellung davon, wie herrschsüchtig dieser Mann ist ... Nun ja, er hat mich dann zu sich in seine Traumvilla eingeladen, um zu kochen und einen Film zu schauen, und aus Kochen wurde ein Betriebsunfall meinerseits und aus dem Film Tequila und Trinkspiele, was, denke ich, meinen jetzigen Zustand ganz gut erklärt."

Alison entwich tatsächlich ein leises Quietschen, welches sie nach einem Blick auf mein schmerzverzerrtes Gesicht überraschend geistesgegenwärtig dämpfte und stattdessen leise in die Hände klatschte.

„Oh, das ist wirklich wunderbar! Es scheint, als wäre er ganz verrückt nach dir!" Sie beugte sich vor, um meinen Arm zu tätscheln, stockte dann aber mitten in der Bewegung und setzte sich wieder aufrecht hin, ein reservierter Ausdruck legte sich über ihr Gesicht.

„Ich meine, dann läuft ja alles ganz nach Plan. Sicherlich wird er bei deinem Vater bald um deine Hand anhalten."

Ich betrachtete sie einen Moment lang mit einem aus Enttäuschung und Verachtung gemischtem Gefühl. Jedes Zucken ihrer mütterlichen Ader – wenn sie diese denn besaß – quittierte Alison sofort mit einer Mauer aus Zurückhaltung und Distanz.

„Nun, ich kenne ihn erst ein paar Tage, ich bezweifle, dass dies als Grundlage für eine Hochzeit reicht, doch ich möchte deinen Enthusiasmus natürlich nicht ausbremsen", murmelte ich vor mich hin.

Sie lächelte nur undurchdringlich. „Warten wir es ab."

Dann strich sie den Rand meiner Bettdecke zum wiederholten Mal glatt.

„Ich lasse dich dann wieder ein wenig alleine. Wenn du willst, können wir heute Mittag einkaufen gehen. Ich möchte dich jederzeit vorzeigbar wissen."

Stumm nickend brachte ich mein Einverständnis hervor.

Es war eine Zwickmühle. Sie wusste, dass ich Einkaufen hasste und ich wusste, dass sie nicht eher nachgeben würde, bis sie ihren Willen hatte.

Also gab der Klügere nach.

Sie stand auf und nickte mir höflich zu, ging dann einige Schritte zur Tür. Bevor sie die Hand elegant auf die Türklinke legte, drehte sie noch einmal den Kopf und deutete mit dem Kinn auf die Tasse in meiner Hand.

„Trink deinen Tee noch leer. Er wird dir guttun."

Wieder nickte ich, mit einem distanzierten, doch freundlichen Lächeln.

Die Tür schloss sich hinter ihr mit einem resoluten Zug.

Ich genehmigte mir noch einen Schluck Tee, ehe ich mich fester in meine Decke kuschelte und einen Arm hinter dem Kopf verschränkte.

Meine Gedanken flogen zum letzten Abend und ich lächelte, als ich mich an das Kochen mit Stefan erinnerte: unsere nette Unterhaltung, sein lockeres Auftreten, seine Augen, seine Hände, alles.

Und das Spiel, unser Spiel, bei dem er sich geweigert hatte, zu persönliche Fragen zu beantworten, ja nicht einmal über seine Eltern wollte er mit mir reden.

Ich runzelte die Stirn.

Das war eine Nuss, die ich schon noch knacken würde.

Ich erinnerte mich an Küsse, sanfte Küsse, zarte Küsse, an Schmetterlinge im Bauch und Herzklopfen, Schweißausbrüche und Verlangen.

Und an das Gefühl der Scham, weil nicht nur Stefan all diese Dinge in mir hervorrief.

Für einen Moment wehrte ich mich gegen diesen Gedanken.

Ich wollte die schöne Erinnerung nicht mit den unangenehmen Gedanken an sarkastisch verzogene Lippen und stahlblaue Augen verderben.

Doch sie wollten nicht verschwinden.

Immer öfter schoben sich Daniels markante Züge vor Stefans schiefes Lächeln.

Je mehr ich dagegen kämpfte, umso mehr Raum schien sein Gesicht in meinen Gedanken zu gewinnen und als er die Hand nach mir ausstreckte riss ich die Augen auf und setzte mich hin, registrierte erst jetzt, wie verschwitzt und außer Atem ich war.

So kam ich nicht weiter.

Genervt schnaubte ich.

Dann wagte ich, voller Absicht an ihn zu denken.

Waren diese Gedanken denn unangenehm?

Nein, eigentlich nicht.

Unverschämt, vielleicht. Unangebracht, definitiv. Aber unangenehm?

Ich erinnerte mich genau an das Gefühl seiner Haut unter der meinen.

Das Gefühl seiner Lippen auf meinen ...

Herrje.

Ich schauderte, unwillkürlich stieg Hitze in meine Wangen.

Ein Kuss.

Es hatte einen Kuss gegeben.

Warum hatte es einen Kuss gegeben?!

Meine Erinnerung schien an der entsprechenden Stelle etwas verschwommen – und doch, schloss ich die Augen sah ich mich in seinen Armen, Daniels Armen, liegen.

Seine Lippen auf meinen.

Verdammte Scheiße.

Was war nur los mit mir?

Ich fühlte mich doch definitiv zu Stefan hingezogen. Wenn ich an ihn dachte, flogen sofort Schmetterlinge durch meinen Bauch. Unwillkürlich breitete sich ein Lächeln auf meinen Lippen aus, ich fühlte mich geborgen, sicher und wertgeschätzt. Er war charmant, kultiviert, gebildet, einfach liebenswert.

Daniel war anders. Daniel war dunkel, unmanierlich, unverschämt. Früher hätte ich zweifellos von seiner männlichen Schönheit geschwärmt, mich jedoch von seinem Verhalten abgestoßen gefühlt und ihn ignoriert. Und doch ... wenn ich sein Gesicht jetzt vor mir sah, begann mein Herz schneller zu schlagen und Schweiß bildete sich auf meiner Stirn aus.

Ich errötete und zog zeitgleich stöhnend die Decke über meinen Kopf.

Wo war ich da nur hineingeraten?

Und vor allem, wie konnte Daniel das tun? Also, wie er mich küssen konnte war mir schon klar ... doch wie konnte er so etwas nur tun?

Offensichtlich schwärmte sein Boss von mir und er ... er nahm sich einfach, was er wollte? War es mit seiner Loyalität wirklich so weit her? Kurz flammte der Gedanke auf, Stefan einfach alles zu erzählen, doch ich schob ihn sofort weit von mir.

Ich war keine Petze, nie gewesen.

Außerdem schien Daniel für sich selbst seine Grenzen zu haben. Gestern Abend ...

Als diese Bilder durch meinen Kopf schossen, setzte ich mich abrupt aufrecht hin, meinen brennenden Kopfschmerz ignorierend.

Oh mein Gott, was zur Hölle hatte ich nur getan?

~~~~~

„Was ist mit dir?“

Ich starrte ihn immer noch an.

Ihn mit seinem perfekten Gesicht, den unergründlichen Augen, dem schönen Mund.

Mit der Hand, die auf einmal wieder auf meinem Knie lag, nicht wie vorhin verlangend, sondern eher distanziert, fast besorgt.

Also beantwortete ich seine Frage mit einer Gegenfrage, die einzige Frage, die mir momentan relevant vorkam.

„Was spielt ihr für ein Spiel mit mir?“
~~~~~

Irritiert zwinkerte er, zog die Hand zurück.

Er leckte sich über die Lippen und runzelte die Stirn, schien etwas sagen zu wollen, entschied sich dann doch dagegen.

Als seine Augen wieder meine suchten, wirkte sein Blick beinahe abweisend.

„Ich weiß nicht, was du meinst."

Ich lachte hart auf.

„Dein scheiß Ernst? Das ist deine Antwort?" Ich schüttelte den Kopf und wären wir an einem anderen Ort als Stefans verdammtem Auto gewesen, hätte ich abfällig vor ihm ausgespuckt, ganz gleich, wie wenig damenhaft das war. „Gott, du widerst mich an, Daniel."

Bevor er etwas erwidern konnte, riss ich die Tür auf und stieg aus.

„June!"

Ich ignorierte seinen überraschten Ausruf und stürmte über den Parkplatz, auf die Straße zu.

Zwei Meter vor dem Seitenstreifen rissen mich starke Arme hart herum und beinahe wäre ich gefallen, doch seine Hände schlossen sich wie Schraubstöcke um meine Oberarme.

„Herrgott, was ist in dich gefahren? Bist du vollkommen übergeschnappt?!", herrschte er mich wütend an.

Trotzig funkelte ich zurück und versuchte probehalber, mich seinem Griff zu entziehen – natürlich vergeblich.

„Da ich nicht vorhabe, auch nur noch eine Sekunde neben dir zu sitzen, und mir irgendwelche Ausflüchte oder Lügen anzuhören, werde ich mir eine andere Fahrgelegenheit nach Hause suchen müssen!"

Erfüllt von hilflosem Zorn, der seine Lippen stumm beben ließ, starrte er mich an.

Ich starrte ungerührt zurück.

Dann wurde sein Griff lockerer, bevor er die Hände schließlich sinken ließ.

Unwillkürlich rieb ich die schmerzenden Stellen, wo sich seine Finger in meine Haut gegraben hatten.

Ich hoffte für ihn, dass das keine verdammten blauen Flecken geben würde.

Wieder leckte er sich über die Lippen, öffnete den Mund, schloss ihn wieder, vergrub seine Hände in seinen Haaren und riss wütend daran. Dann drehte er sich um, lief zwei Schritte in die eine, dann in die andere Richtung.

Dann stand er wieder vor mir, sein heißer Atem strich über mein Gesicht.

„Verdammt June, das ist kein Spiel. Ich spiele nicht mit dir."

Die Straßenlaterne hinter mir beleuchtete schonungslos jeden Zentimeter seines gequält wirkenden Gesichts.

Das hatte Stefan auch gesagt ... und ich glaubte ihm.

Und wie Daniel so vor mir stand, mit all diesem Ernst, diesem unerklärlichen Schmerz in seinem Gesicht ...

Ich glaubte auch ihm.

Ohne darüber nachzudenken, ohne auch nur einen Moment zu zweifeln, glaubte ich seinen Worten.

„Gut", hörte ich mich selber flüstern. „Ich bin zu viel wert, als dass ich wie ein Spielball von euch umhergestoßen werde."

Sein Blick brannte auf meiner Haut.

„Das bist du tatsächlich, June."

Die Art, wie er meinen Namen sagte, erzeugte eine Gänsehaut auf jedem Zentimeter meiner Haut.

Ein wenig unangenehm berührt räusperte ich mich und schaute zur Seite.

„Und was nun?"

Seine ausgestreckte Hand erschien in meinem Blickfeld.

Und ohne darüber nachzudenken, ergriff ich sie und ließ mich zurück zum Auto führen.

An der Beifahrertür angekommen, drehte ich mich zu ihm um, musterte sein schönes Gesicht, soweit ich es im schwachen Schein der Laternen erkennen konnte.

„Was willst du von mir, Daniel?"

Ich wusste selbst nicht, woher ich den Mut nahm, ihn das zu fragen.

Auch er schien überrascht, seine Augen weiteten sich und er schluckte trocken.

Mit einem Mal schien er furchtbar nervös. Ein Ausdruck, der so gar nicht zu diesem großen, stolzen Mann passen wollte.

„Was ich will ... nun, ich ... Das ist ... kompliziert." Ein undurchdringlicher Blick traf mich. „Ich will immer das, was ich nicht haben kann."

Blut rauschte in meinen Ohren, unwillkürlich machte ich einen Schritt auf ihn zu, bis ich den Kopf in den Nacken legen musste, um in seine Augen schauen zu können. Die blauesten, glühendsten Augen der Welt, die sogar in der Dunkelheit für mich leuchteten.

„Was willst du?", hauchte ich kaum hörbar.

Ein heiserer Fluch drang an mein Ohr, bevor seine Arme sich wieder um mich schlangen, diesmal unendlich vorsichtig und zärtlich.

„Dich."

Ich glaube, ich weinte, als seine Lippen meine berührten.

Ich glaube, der Knoten in meinem Inneren, der bei dem zarten Tasten seines Mundes platzte, überschwemmte mich ganz und gar, spülte widersprüchliche Gefühle in meinen ganzen Körper.

Ich glaube, dass ich noch nie in meinem Leben etwas Derartiges gespürt habe.

Nun rannen wieder Tränen aus meinen geschlossenen Augen über meine Wangen.

Es war unmöglich, meine Gedanken zu sortieren.

Es war unmöglich, zu sagen, was ich empfand.

Schämte ich mich?

War ich glücklich, unglücklich, beides?

Was dachte Daniel, was empfand er?

Durfte mich in der aktuellen Situation überhaupt interessieren, was jemand anders als Stefan empfand?

Mein Kopf drehte sich und mir wurde schlagartig übel.

Während ich ins Bad hechtete, befahl ich mir, nie wieder über diese Situation, diesen Mann nachzudenken.

~~~~~

„Nie wieder" hielt genau eine Stunde, bis ich es wagte, mit Alison einen Fuß vor die Haustür zu setzten und wir sofort von allen Seiten von Fotografen und Reportern bestürmt wurden.

Zwei Mikrofone fanden sich urplötzlich direkt vor meiner Nase, während mindestens zehn Reporter gleichzeitig versuchten, mir ihre Fragen entgegen zu schreien.

Letztendlich verstand ich nur Bahnhof.

Vermutlich schaute ich auch wie ein Zug und für einen Moment lang belustigte mich dieser Gedanke unwahrscheinlich. Wie die Fotos in der morgendlichen Klatschzeitung aussehen würden, war mir jetzt schon klar.

Wo war Daniel mit seiner herrischen Art und dem bestimmten Auftreten, wenn man ihn brauchte?

So blieb mir nichts Anderes übrig, als Alison am Arm zu packen und sie unsanft hinter mir her zur Garage zu ziehen.
~~~~~

Gewaltsam riss ich die Tür auf, schob Alison an mir vorbei und zog mit aller Kraft am Türgriff, bevor einer der vorwitzigen Journalisten auch nur einen Fuß in den Raum setzten konnte.

Aus welchem Loch krochen die nur alle? Musste ich mir nun Hunde zulegen, damit sie diese Idioten fernhielten? Oder sollte ich mir Daniel ausleihen, um ihnen Angst einzujagen?

Die letzte Idee verwarf ich ganz schnell wieder und ermahnte mich rasch, nie wieder an ihn zu denken.

„Ist alles in Ordnung?" Fragend starrte ich Alison an, wie sie dastand und sich überrascht Luft zu fächerte. „Ja, ja, alles in Ordnung. Ich bin nur etwas ... überrumpelt. Woher kommen diese ganzen Menschen? Heute Morgen waren sie noch nicht da und vorhin auch nicht, als ich die Post hereinholte ..."

„Ich befürchte, das war nicht das letzte Mal, dass wir sie heute gesehen haben ..." Genervt stieg ich hinter das Lenkrad und wartete ungeduldig, bis Alison neben mir Platz genommen hatte.

Und ich betete darum, dass einige Reporter so dumm waren, sich dem Land Rover in den Weg zu stellen.

Leider war keiner hirnlos genug, um sich mit dem Geländewagen anzulegen und so rollte ich unbehelligt vom Grundstück.

Und auch wenn ich ungern einkaufen ging, so halfen mir die drei Stunden exzessives Shopping doch bei meinem Vorsatz, nicht wieder an Daniel und diesen unrealistisch perfekten ersten Kuss zu denken.

Verdammt!

Kapitel 11

Es war jetzt schon zwanzig Minuten her. Was konnte so monumental wichtig sein?

Ungeduldig klapperte ich mit den Fingernägeln auf dem polierten Lack des Wohnzimmertisches herum, während mir hin und wieder ein genervtes Seufzten entfuhr.

Als mir das zu langweilig wurde, steppte ich mit den Absätzen meiner Schuhe einen schnellen Takt auf dem Parkettboden, was mir Alisons böser Blick schnell wieder austrieb.

Dann doch lieber die Finger auf dem Lack.

Meine Mutter saß zwei Plätze weiter, mit überschlagenen Beinen und einer Teetasse in der Hand, in der sie gedankenverloren rührte. Der Klang des zierlichen Metalllöffels auf dem Porzellan trieb mich zur Weißglut.

„Gottverdammt, Mutter, kannst du das sein lassen?“

Sie schreckte aus ihren Tagträumen auf, ließ dabei beinahe die Tasse fallen, und warf mir einen tadelnden Blick zu, rührte entschlossen weiter. Das zarte Klirren kratzte an meinen Nerven.

„Mutter, würdest du *bitte* damit aufhören? Noch eine Minute und die Tasse ist hinüber.“

Zufrieden nickte sie und legte den Löffel beiseite, trank in kleinen Schlückchen dann und wann von ihrem Tee. Das Ticken der Uhr an der Wand war ohrenbetäubend laut.

Zweiundzwanzig Minuten, Herrgott.

Wieso verging die Zeit endlos schnell, wenn ich sie mit etwas Spaßigem verbrachte, doch verwandelte sich in ein schwarzes Loch, wenn ich auf etwas Wichtiges warten musste?

Gedankenverloren schnitt ich mir ein weiteres Stück Kuchen ab.

Mein drittes.

Oder viertes.

Wenn ich begann aus Langweile zu essen, verlor ich leicht den Überblick.

Bevor ich die Gabel zu meinem Mund führen konnte, legte sich die zarte Hand meiner Mutter darauf, ihre Augenbrauen berührten fast den Ansatz ihrer Haare, während sie mich ansah.

„Wirklich June, noch ein Stück? Ich weiß nicht, ob du dir das erlauben kannst. Die vorherigen drei sollten wirklich reichen. Wenn du nicht besser auf dich Acht gibst, wirst du aufgehen wie ein Hefeteig.“

Unwillkürlich fiel mein Blick auf ihre schlanke Taille und ich musste mir ein Grinsen verkneifen.

Wenn ich die Wahl hatte zwischen strenger Diät, um eine Figur wie die ihre zu halten, oder drei Kilo mehr auf den Hüften und dafür Lebensqualität, dann fiel mir meine Entscheidung nicht schwer.

Ich sah ihr fest in die Augen, während ich ihre Hand abschuttelte und mir die Gabel langsam zum Mund führte. Genüsslich stöhnte ich auf, als die leckere Köstlichkeit in meinen Mund glitt und ich sie Stück für Stück zerkaute.

Sie seufzte mit gerunzelter Stirn und warf die Arme in die Luft.

„Ich weiß wirklich nicht, warum ich mir solche Mühe mit dir gebe, wenn du es offensichtlich gar nicht zu schätzen weißt! Ich will dich doch nicht bestrafen, ich denke nur an dich und deine Zukunft!“

„Ehrlich, Alison“, setzte ich mit vollem Mund an, ihren schockierten, angewiderten Blick ignorierend, „so viele Jahre war ich dünn und habe drauf geachtet, was ich gegessen habe. Und nie hat sich auch nur ein Mann zu uns verirrt. An diesem Zustand wird sich sicher auch nichts ändern, wenn ich jetzt fünf Kilo zunehmen sollte."

Ihr Blick war so herzerwärmend entsetzt, dass ich mich geschlagen gab.

„... Was ich natürlich nicht vorhabe! Ab morgen werde ich wieder strenger darauf achten, wie viel ich von was esse, versprochen!" Einigermaßen besänftigt nickte sie, während ich im Stillen die Augen verdrehte.

Wieviele Menschen hatten sich bereits mit einer solchen Lüge vor der nächsten Diät gedrückt?

In vollkommener Stille genoss ich den Rest meines Kuchenstücks und schielte dann bedauernd auf die restliche Torte, die sicherlich niemand mehr essen würde. Aber Alison hatte ja Recht. Ich musste meine Lust etwas zügeln.

Welch passende Formulierung, wo doch vor so kurzer Zeit meine Lust dann und wann überhand zu nehmen schien ...

„Außerdem, meine Liebe, hat sich ja wohl ein Mann zu uns verirrt, wie du es so nett ausgedrückt hast. Er ist ja ganz wild nach dir. Und das ist sicherlich auch mit mein Verdienst, schließlich habe ich darauf geachtet, dass du es mit dem Essen nicht übertreibst und immer ganz nett anzusehen bist", unterbrach sie meine Gedankengänge, die mich sicherlich wieder in die falsche Richtung gebracht hätten.

Also war ich ausnahmsweise dankbar für ihre bizarren Zwischenrufe.

Außerdem hatte sie Recht. Ich hatte es tatsächlich geschafft, dass sich ein Mann für mich interessierte.

Ein leichtes Lächeln erschien auf meinem Gesicht, bevor ich es verhindern konnte – doch so ging es mir in letzter Zeit immer, wenn ich an ihn dachte.

Stefan.

Die beiden letzten Monate waren einfach unglaublich gewesen. Wir klebten beinahe aneinander, wie Pech und Schwefel, als würden wir uns schon Jahre kennen.

Jede Minute, die er erübrigen konnte, wollte er mit mir verbringen. Vor jedem Prozess rief er mich an und beschied mir, ihm Glück zu wünschen. Nach jeder Verhandlung rief er mich freudig an, um zu erzählen, dass ich ihm Glück gebracht und er den Prozess gewonnen hätte.

Nicht, dass es an mir gelegen hätte. Er war auch schon vor mir ein verdammt guter Anwalt gewesen und er würde es auch nach mir sein – auch wenn ich hoffte, dass ich nie in den Geschmack von „nach mir" kommen würde.

Dafür war unsere gemeinsame Zeit einfach zu schön.

Und „zu schön" war genau die Wortwahl, die meinen wunden Punkt traf. Es war genau die Wortwahl, die wieder und wieder in den Klatschblättern auftauchte, wenn sie über mich und Stefan schrieben. Und Herr, sie schienen kein anderes Thema als uns zu kennen.

Jede Minute starben hunderte Menschen in Afrika an Hunger und Durst. *Wen interessiert das?*

Die Strom- und Gaspreise waren so hoch wie nie. *Uninteressant.*

Die Wahl des Präsidenten stand bald an. *Habe schon besseres gehört.*

Eine der Kardashians hatte dreißig Kilo abgenommen. *Wer zur Hölle war das überhaupt?*

Stefan war mit June Eis essen. *Mein Gott, wie rührend und interessant! Ich muss sofort alles darüber in Erfahrung bringen ... oh, sie hatte Zitroneneis und er Schokolade! Das ist wirklich der Hammer, dieses Eis mag ich auch sehr! Oh, und schau nur diese bezaubernden Schuhe, welche sie trägt! Die muss ich auch haben! Ist diese Hose nicht längst aus der Mode? Ach nein, wenn June Warden sie trägt, muss sie modern sein!*

Über Nacht war ich zur Berühmtheit geworden. Alle wollten tragen, was ich trug. Alle wollten essen, was ich aß. Wenn ich rosa und rot kombinierte, dann taten es alle anderen auch.

Ich stand im Mittelpunkt – und ich hasste es. Ich hasste es so sehr, dass ich zwei Tage am Stück im Bett geblieben war. Nun, nicht wirklich ein Akt der Bestrafung, aber zumindest der Anfang eines Protestes.

Doch Stefan hatte mich schnell wieder aus meiner Kissenburg hervorgezogen.

Wortwörtlich.

„Zu schön“ schien unser Glück also zu sein. „Zu schön“ war es, dass ich mich Hals über Kopf in diesen charmanten, intelligenten Mann verliebt hatte.

Hatte ich?

„Zu schön“ war es, dass dieser unbeschreibliche Mensch ausgerechnet meine Gefühle zu erwidern schien, wo er doch jede hätte haben können.

Tat er das?

Doch „zu schön“ schien die Tatsache, dass er nur mich zu wollen schien.

Wollte er das?

Was sollte ich dazu denken? War es wirklich „zu schön“ um wahr zu sein? Machten wir uns hier etwas vor? Rannten wir blind in unser Unglück?

Ich ließ mich in die Polster der Couch zurücksinken und überließ mich den Gedanken, die ohne mein Zutun immer häufiger aufflammten.

Wenn ich an Stefan dachte, dann schlug mein Herz schneller. Wenn ich sein Lächeln vor meinen Augen sah, errötete ich automatisch. Wenn er mir sagte, dass ich wunderschön war, glaubte ich ihm ohne zu Zögern. Wenn er mir sagte, ich solle ihm vertrauen, dann tat ich es. Ohne darüber nach zu denken.

Ich fühlte mich in seinen Armen geborgen und sicher. Wir hatten in vielerlei Hinsicht unterschiedliche Meinungen, doch wir respektierten uns immer gegenseitig, nie gab es Streit, weil sich einer von uns querstellte. Wenn ein Konflikt heranzunahen drohte, gingen wir Kompromisse ein.

Mal gab ich nach und mal ... nun gut. Meistens war ich der Part, der nachgab. Stefan war nun einmal ein sehr bestimmender Mensch, er gab gerne den Ton an – und ich ließ mich von ihm führen. Und darum ging es doch, oder?

Jemanden nicht ändern zu wollen, ihn so zu nehmen, wie er war, mit all seinen Ecken und Kanten, mit all seinen Fehlern. Und dabei stets drauf bedacht zu sein, sich selber zu ändern, jeden Tag ein besserer Mensch zu sein, als noch am Tag davor.

Ein Lächeln erhellte meine Züge, als ich an die vielen kleinen Aufmerksamkeiten dachte, die Stefan mir in den vergangenen Wochen hatte zukommen lassen.

Wenn mir etwas Peinliches passierte – und verdammt, das kam so oft vor, dass ich aufgehört hatte, zu zählen – dann ging er einfach darüber hinweg, bemühte sich, mir meine Verlegenheit zu nehmen und ging einfach nicht mehr darauf ein. Nicht einmal, als ich seinem Auto einen gewaltigen Kratzer zufügte. Er nahm es mit einem Lächeln, zugegebenermaßen war es etwas gezwungen, aber er lächelte.

Schließlich war es auch seine Schuld.

Hätte er mich nicht geküsst, wären mir die Beine nicht schwach geworden, ich wäre nicht gestolpert und meine Handtasche wäre nicht über den Lack gekratzt.

Er hätte mich zumindest auffangen können, aber gut. Durch den gut zwanzig Zentimeter langen, weißen Kratzer in dem glänzenden, nachtschwarzen Lack waren wir mehr als quitt.

Wenn wir zusammen essen gingen – und wir gingen so oft gemeinsam essen, dass ich die Sorgen meiner Mutter, ich könnte unaufhörlich zunehmen, langsam verstand – unterhielt er mich mit seinem intelligenten Witz, erzählte mir, um was es in seinem aktuellen Fall ging oder was er in der letzten Nacht geträumt hatte. Meistens allerdings fragte er mich aus und hörte mir interessiert zu. Wirklich interessiert. Er schien nie ein Wort zu vergessen, welches ich einmal ausgesprochen hatte.

Er ließ mich meistens bestellen, auch wenn dies mehr als einmal in einem Fiasko endete, und wir beide mit Bauchschmerzen und Schlimmerem keine drei Stunden später in der nächsten Apotheke standen. Doch auch das hielt er mir nie vor.

Nicht einmal das eine Mal, bei dem ich ihm diesen sündhaft teuren Wein über seine sündhaft teure Hose schüttete, obwohl er direkt nach dem Essen noch zu einem Meeting musste.

Er ertrug jeden meiner Fehler mit mehr Fassung, als ich selber es tat.

Ging es um die Bezahlung der Rechnung, ließ er keine Gegenwehr gelten und lud mich stets ein, wie ein vollendeter Gentleman.

Manchmal besuchte er mich auf der Arbeit, wenn seine Termine es erlaubten. Dann stellte er sich ungefragt zu den anderen Touristen, welche ich gerade herumführte und unterbrach meinen Monolog mit intelligenten Fragen, die mich zum Nachdenken anregten. Meistens trug er sie derart treuherzig und ernst vor, dass ich mir ein Lächeln verkneifen musste.

Als mein Chef ihm zu erklären versuchte, dass er nicht einfach zu jeder meiner Führungen kommen konnte, kaufte er kurzerhand eine Jahreskarte des Museums und stellte sich beim nächsten Mal wieder zu meiner Gruppe, ohne auf den armen Alex zu achten.

Einmal lud er mich auch auf einen Einkauf ein. Ich widersetzte mich zwar eine Zeitlang, einerseits, weil einkaufen für mich nicht zu den Beschäftigungen zählte, denen ich mit Freude nachging, andererseits, weil er mehr Geld für mich ausgab, als mir lieb war. Doch natürlich schaffte er es, meine Einwände zu zerstreuen.

Er bekam schließlich immer, was er wollte.

Er erklärte mir vernünftig und geradeheraus, dass er mich ja auch die meiste Zeit in Anspruch nahm und er so auch ein Wörtchen bei meiner Kleiderwahl mitzureden hatte. Als ich zur Gegenwehr ansetzte, redete er sich damit heraus, dass meine Kleidung schließlich auch verschliss, während ich Zeit mit ihm verbrachte, und das konnte er ja wirklich nicht zulassen, ohne fragliche Kleidungsstücke dann und wann zu ersetzten.

So verrückt seine Ausrede auch klang, sein Blick war derart treuherzig, dass es mich zum Schmelzen brachte und ich nicht anders konnte, als ihm eine Einkaufstour zu erlauben.

Und Hölle, er hatte Recht gehabt.

Nicht nur, dass er mich nicht mit Kleidungsstücken überhäufte, nein, seine Vorschläge waren auch dezent und, anders als jeder andere Mann, interessierte ihn wirklich, wie ich aussah. Er hatte zu jedem Kleidungsstück, das er aussuchte, eine bestimmte Meinung und ich musste neidlos zugeben, dass sein Geschmack um Welten besser war, als der meinige.

Was er aussuchte, passte.

Manchmal kam er zu Fuß vorbei, wobei mir klar war, dass der, dessen Namen ich nicht mehr denken wollte, ihn einfach ein paar Häuser zuvor abgesetzt hatte, und dann gingen wir zusammen spazieren.

Er hatte sich in den wenigen Tagen zu meinem besten Freund hochgearbeitet.

Wo wir bei besten Freunden waren – das erste Treffen mit meiner Freundin Jordan würde mir wohl ewig im Gedächtnis bleiben. Nicht nur, weil mir an diesem Abend nicht ein einziges Missgeschick passierte, sondern auch, weil Stefan keine drei Minuten brauchte, um Jordan von sich zu überzeugen.

Und Jordan war streng. Eine gute Menschenkennerin.

Ihr eigener Ehemann hatte vier Jahre gebraucht, um sie von sich zu überzeugen und ich selbst war mehrere Jahre damit beschäftigt gewesen, ihr Vertrauen zu erringen.

Doch es hatte sich gelohnt. Eine treuere Gefährtin als sie gab es nicht.

Auch, wenn Stefan ihr nun ernstzunehmende Konkurrenz machte.

Natürlich gab es nicht nur gute Seiten. Es wäre wirklich „zu schön" gewesen, wenn es nichts, absolut gar nichts auszusetzen gegeben hätte.

So hatte Stefan zum Beispiel keine Skrupel, über seine aktuellen Fälle zu reden, mir gegenüber rückte er sogar mit den intimsten Details über seine Mandanten und die Opfer, wenn es sich nicht um ein und dieselbe Person handelte, heraus.

Im Gegenzug jedoch weigerte er sich schlicht und einfach, mit mir über seine Familie zu reden. Ich wusste zwar, dass sie nicht gut auf ihn zu sprechen waren und er sie nie besuchte, doch über das Warum schwieg er beharrlich.

Über seine Schwester redete er manchmal, dabei wich ihm nie das Lächeln von den Lippen, er schien sie wirklich sehr zu lieben. Doch mir vorstellen, nein, dafür war es zu früh. Was ich auch durchaus begrüßte. Um ehrlich zu sein, hatte ich panische Angst davor, jemanden aus seiner Welt kennen zu lernen.

Was mich ebenfalls etwas nachdenklich stimmte, war die Tatsache, dass wir bisher noch nie zusammen im Bett gelandet waren.

Nun, natürlich hatte ich bereits bei ihm übernachtet.

Mehrfach.

Und natürlich küsste er mich.

Gott, und wie er mich küsste.

Und wo er mich küsste ...

Doch er schien nicht mit mir schlafen zu wollen.

Natürlich war mein erster Impuls gewesen, anzunehmen, dass er mich nicht anziehend genug fand – doch die harten Tatsachen, die er mich fühlen ließ, wenn wir abends gemeinsam ins Bett gingen ... oder er mich in der Küche auf die Arbeitsfläche setzte, um mich besinnungslos zu küssen ... oder als er mich auf der Damentoilette nach einem Kinobesuch überraschte ... belehrte mich eines Besseren.

Es fiel ihm nicht schwer, uns beide in Brand zu setzten – doch das Feuer schien er nicht löschen zu wollen.

Vielleicht noch nicht?

Ich traute mich nicht, ihn darauf anzusprechen. Das gehörte sich nicht. Ich tröstete mich mit dem Gedanken, dass er vielleicht warten wollte – worauf auch immer. Es hatte sicherlich nichts mit mir zu tun. Nein, schließlich wurde er gar nicht müde, mir zu erklären, wie perfekt ich war. Und auch wenn ich sonst meine Zweifel hatte, große Zweifel, gewaltige Zweifel, wenn er es sagte, dann glaubte ich ihm vorbehaltlos.

Ich sah in seinen Augen, dass es für ihn die Wahrheit war. Und wenn es für ihn gut genug war, wieso sollte es für mich nicht auch reichen?

Doch das zweifellos größte Problem, das eine Beziehung mit Stefan Volkan – ja, mir war es offiziell erlaubt, unsere anhaltenden Treffen als Beziehung zu bezeichnen – mit sich brachte, waren ohne Frage die permanente Anwesenheit von irgendwelchen Fotografen und Reportern.

Zwar ließen sie uns meistens in Ruhe, doch zu denken, sie wären nicht da, nur, weil sie nicht zu sehen waren, war wirklich mehr als naiv.

Die Bilder in den Zeitungen bewiesen ganz genau, dass sie einfach *überall* waren. In den Restaurants. In den Parks. Auf den Spielplätzen. Auf den Gehwegen. In den Läden.

Ich konnte kaum einen Fuß vor die Tür setzten, ohne von allen Seiten bestürmt zu werden. Die Tatsache, dass ich nie ein einziges Interview gab, stoppte diese Menschen auch nicht, nein, es schien sie noch mehr anzuheizen. Vermutlich liefen intern irgendwelche Wetten, wem es gelingen würde, mir das erste Wort zu entlocken.

Ich hatte sogar schon die genaue Wortwahl im Kopf, die ich diesen penetranten Personen in ihre verdammten Aufnahmegeräte flüstern würde, Worte, bei denen Alison auf der Stelle tot umfallen würde.

Doch noch hielt ich mich zurück.

Nach einer Woche war ich eingeknickt, nicht nur für mich, sondern auch für das Seelenheil meiner armen Eltern, denn mein Vater hatte mehr als einmal angedeutet, dass er bald keine Probleme mehr damit hätte, sich des Mordes strafbar zu machen, wenn ihm noch einmal eine dieser Personen zu nahe käme.

Also bat ich Stefan, die versprochene Bannmeile zu erwirken.

Und tatsächlich, seitdem hatte ich wieder meine Ruhe, mehr oder weniger. Denn leider hinderte es die Fotografen nicht daran, außerhalb des Grundstückes zu lauern und aus der Ferne Fotos von mir zu machen.

Und es wäre gelogen, zu behaupten, dass mir jedes einzelne zum Vorteil gereichte.

Auch Stefans ständiger Kontrollzwang nahm zuweilen Ausmaße an, die sich nur schwer tolerieren ließen. Manchmal schien es, als sähe er mich als seinen Besitz an, den niemand auch nur ansehen dürfe. Natürlich hielt er sich mit Handgreiflichkeiten zurück – wer wollte schon einen Rechtsanwalt mit einer lockeren Faust – doch seine Blicke und sein Tonfall sprachen Bände, wenn mir ein Mann zu nahekam.

Zudem durfte ich das Handy kaum aus der Hand legen, wenn es nach ihm ging, nicht einmal bei der Arbeit. Dies hatte mir schon mehrfach einen Disput mit meinem Chef eingebracht, den Stefan einfach mit einem eisigen Blick und einem Befehl beendet hatte.

Darüber musste ich wirklich mit ihm sprechen.

Ich war so in meine Gedanken vertieft, dass ich meine Mutter erst bemerkte, als sie mir äußerst undamenhaft gegen das Schienbein trat.

Ich fuhr hoch und rieb mir die schmerzende Stelle.

„Was ist denn nun schon wieder? Habe ich wieder mit den Knöcheln geknackt?“ Eine unangenehme Angewohnheit, die stets Ärger mit Alison nach sich zog.

Doch sie schüttelte nur den Kopf und lächelte mich aufgeregt an.

„Ich glaube, sie sind fertig!“

Nun war auch ich gespannt.

Heute war der erste Tag, an dem ich Stefan mit nach Hause gebracht hatte, um ihn meinen Eltern offiziell vorzustellen.

Das Essen war weniger peinlich geworden, als ich es gedacht hätte, vor allem durch die Tatsache, dass Stefan meine Hand hielt und mich immer wieder ermunternd anlächelte.

Erstaunlicherweise hatten sich alle gut verstanden, und die zwei Stunden bis zum Kaffee-Kränzchen waren erstaunlich schnell verflogen.

Nach seiner ersten Tasse Kaffee und einem Stück Kuchen war Stefan aufgestanden und hatte den Wunsch geäußert, meinen Vater unter vier Augen zu sprechen.

Ohne eine Antwort abzuwarten, war er aus dem Raum geschlendert, während mein Vater mit gerunzelter Stirn das Stück Kuchen, das er sich eben erst in den Mund geschoben hatte, beinahe ungekaut runterschluckte und ihm nacheilte.

Seit beinahe einer Stunde waren die beiden nun verschwunden und die Anwesenheit meiner Wenigkeit machte es meiner Mutter unmöglich, ihnen nachzuschleichen und zu lauschen, wie sie es sonst immer tat.

So saßen wir beide wie auf glühenden Kohlen und malten uns aus, was im Arbeitszimmer meines Vaters wohl geredet wurde.

Doch nun wurde eine Tür geöffnet und ein Lachen erklang. Ich lächelte unwillkürlich, es war Stefan, der sich so offensichtlich freute. Aber über was?

Schritte erklangen, dann traten zwei freudestrahlende Männer wieder ins Wohnzimmer. Irritiert sah ich von einem zum anderen. Ich kannte meinen Vater. Er war nicht so lustig, dass man so über ihn lachen konnte.

Worum also ging es?

Während mein Vater zu meiner Mutter ging und sie lächelnd in den Arm nahm – passierte das hier gerade wirklich? – kam Stefan auf mich zu und lächelte unsicher.

Unsicher?

Irgendwas stimmte hier wirklich nicht.

„Dein Vater und ich haben lange geredet ..."

Ich grinste. „Das habe ich durchaus bemerkt. Ich habe ganze drei Stücke Kuchen vertilgt, um die Zeit totzuschlagen."

„Sei still June!", kam da ein gezischter Befehl aus einer vollkommen unerwarteten Richtung – perplex musterte ich Ethan, der genervt die Augen vertrete.

Das hatte er noch nie getan.

Sprachlos blinzelte ich und bedeutete Stefan wortlos, fortzufahren.

„Wie schon gesagt, dein Vater und ich hatten eine lange Unterhaltung, denn ich hatte einige Anliegen und es waren einige Fragen zu klären. Wir sind uns aber in so ziemlich allem einig geworden und das gibt mir die Freiheit, etwas zu tun, was ich schon seit langem vorhatte."

Mein Herz schlug mir bis zum Hals, es schnürte mir die Kehle zu. Ich öffnete den Mund und schloss ihn wieder, schnappte wie ein Fisch an Land nach Luft.

Was zum Teufel ...?

Mit einem wissenden Lächeln auf den Lippen beugte Stefan elegant ein Knie und ließ sich auf das andere sinken.

Langsam fuhr seine Rechte in seine Hosentasche und förderte ein kleines, samtiges Kästchen hervor, welches er ohne große Umschweife elegant öffnete und mir entgegenhielt.

Ein edler, silberner Ring mit einem kirschkerngroßen, glänzenden Stein funkelte mir entgegen und brach das Sonnenlicht in sämtliche Farben.

„June Warden, ich habe mich Hals über Kopf in dich verliebt und möchte dich keine Sekunde meines Lebens mehr missen. Du bist diejenige, die ich an meiner Seite haben möchte, an guten wie an schlechten Tagen, nur du kannst Sonnenschein in mein wirklich sehr graues Leben bringen. Möchtest du meine Frau werden?“

Wollte ich das?

Mein Mund ließ meinem Verstand keine Zeit zum Überdenken.

„Ja. Eintausend Mal ja.“

Kapitel 12

Meine Mutter seufzte auf und ein Schluchzen entschlüpfte ihrem Mund, während mein Vater nur gerührt schniefte und sie eng an sich drückte.

Die Uhr tickte weiter, als wäre nichts geschehen und irgendwo draußen ging etwas mit lautem Scheppern zu Bruch, laute Stimmen erhoben sich, schimpfend, fluchend.

Doch das war nebensächlich, wirkte surreal, als wäre es ein unbedeutender Film, der im Hintergrund lief, obwohl niemand seiner Handlung folgte.

Die Welt drehte sich weiter, ungerührt.

Doch die Welt kümmerte mich nicht, das hatte sie nie.

Was wirklich wichtig war, was real war, war der Mann, der vor mir kniete, mit glänzenden Augen und einem glücklichen Lächeln.

Was real war, war seine Frage, die trotz meiner eindeutigen Antwort noch wie ein stummer Nachhall im Raum stand, Versprechungen auf eine wunderbare Zukunft machte.

Ich sah ihm tief in die grünen, leuchtenden Augen und las all seine Wünsche und die Versprechen daraus, die er mir stumm machte. Er musste sie gar nicht laut aussprechen. Ich wusste auch so, was er meinte.

Wir würden glücklich werden.

Er würde mir die Sterne vom Himmel holen.

Er würde mich fest im Arm halten und nie zulassen, dass mir etwas passierte.

Er war mein – und ich war sein.

Für die Ewigkeit.

Eine Träne rollte über meine Wange, dann noch eine, und nachdem dieser Damm einmal gebrochen war, konnte mich nichts mehr halten. Ungehindert strömte das verräterische Nass über mein Gesicht, mein Atem kam stoßweise und ich musste mir die Hand vor den Mund schlagen, um nicht laut aufzuheulen.

Meine Schultern zuckten unter den unterdrückten Schluchzern.

Langsam stand Stefan auf und nahm vorsichtig meine linke Hand und steckte mir den perfekt passenden Ring an meinen Ringfinger, er machte damit all das, was ich die letzten Wochen nur zu träumen glaubte, real.

Dieser Ring war ein Symbol und gleichzeitig viel mehr als das, viel wertvoller als das.

Ich war verlobt, verlobt mit Stefan Volkan, einem Mann, der Träume wahr werden ließ, der *meine* Träume wahr werden ließ. Er hätte jede haben können, hatte vermutlich schon jede gehabt, doch das war Vergangenheit, seine Zukunft war ich.

Zärtlich lächelte er mich an, strich mir mit beiden Händen die Tränen aus dem Gesicht und küsste mich dann sanft.

Ich weinte weiter, überrascht und beinahe erschrocken über den Verlauf unserer so kurzen Liebesgeschichte. War das hier wirklich wahr? Auf meiner Zunge schmeckte ich meine eigenen Tränen und ich spürte, wie Stefan in den Kuss hinein lächelte, seine Arme hinter meinem Rücken verschränkte und mich fest an sich drückte. So an ihn gepresst spürte ich sein Herz in seiner Brust klopfen, es schlug beinahe so schnell wie mein eigenes und verriet seine Aufregung.

Ein Echo meines eigenen Pulses, meiner eigenen Empfindungen.

Ja, das hier war real.

Stefan machte mein Glück perfekt, als er einen Schritt zurücktrat, mein verheultes, aufgequollenes Gesicht sanft in die Hände nahm und mir fest in die Augen sah.

„Ich liebe dich, June. Ich werde dich immer lieben."

Stefan verabschiedete sich zwei Stunden später formvollendet und beschied mir, dass ich morgen zu ihm kommen sollte, um noch einige letzte Formalitäten zu klären.

Sein Kuss war kurz, aber sanft und voller Versprechen.

Warum also war ich so erpicht darauf, einen Fehler in diesem makellosen Stück zu suchen?

Vielleicht, weil das hier einfach viel zu perfekt war, um wirklich real zu sein? Ich fühlte mich immer noch, als würde ich auf einer riesigen, rosigen Wolke schweben, als würde ich träumen.

Es war wieder einmal „viel zu schön".

Es war die Handlung eines schmalzigen Liebesfilms, an dessen Ende sich der berühmte Hollywoodstar in den einfachen Buchhändler verliebt, oder der Anwärter auf den Posten des Senators in ein einfaches Zimmermädchen. Selbst „König Drosselbart" war ein besseres Liebesmärchen als das, was gerade geschah. Das waren märchenhafte, klischeeüberhäufte Filme. Da war so etwas möglich.

So etwas passierte doch nicht mir, nicht in der realen Welt, nicht in diesen schnelllebigen Zeiten, in denen die wahre Liebe nur noch in romantischen Büchern und realitätsfernen Filmen zu finden war.

Grübelnd saß ich auf meinem Bett, die Augen starr auf den perfekten Diamanten auf dem perfekten Ring an meiner unperfekten Hand. Das passte nicht. Das konnte nicht passen.

Freudlos grinste ich – Stefan ging, meine Selbstzweifel kamen.

Was für einen Grund hatte dieser unverschämt schöne, erfolgreiche, perfekte Mann, sich nach nur wenigen Wochen für immer an eine Frau wie mich zu binden?

Wobei wir natürlich nicht mehr im Mittelalter lebten und eine Hochzeit schon längst kein Bund mehr für die Ewigkeit war.

Wie sollte ich diese Teile zu einem kompletten Bild zusammenfügen?

Aus dieser Not heraus griff ich nach meinem Telefon und wählte Jordans Nummer – was sich als recht schwierig herausstellte, angesichts der Tatsache, dass ich den Ring an meiner linken Hand mit der Rechten fest umklammert hielt, als wolle ich mich zu jeder Sekunde von dessen Existenz überzeugen.

Mich davon überzeugen, dass ich wirklich wach war und nicht Albtraumgeplagt im Bett lag.

„June? Du lebst noch? Was gibt es denn so Dringendes, dass Madame tatsächlich von Wolke Sieben zu ihrem Fußvolk heruntersteigt? Brennt der Himmel?", begrüßte mich die freundliche Stimme meiner besten Freundin mit einem hörbaren Lachen.

„Hey Jordan. Du hast nicht zufällig Lust, zu mir zu kommen? Heute Abend? Jetzt? Mit viel Schokolade, vielleicht etwas Eis? Und Keksen. Und Wein. Viel Wein."

Meine Eile schien ihr jeden Humor zu nehmen, denn ohne Umschweife erklärte sie sich zu einer spontanen Übernachtungsgesellschaft bereit.

Gott, wie hatte ich die letzten Monate nur ohne sie leben können?

Ohne den Hörer vom Ohr zu nehmen, rief sie nach ihrem Mann. Mehrfach. Mit verkniffenem Gesicht lauschte ich ihren immer lauter werdenden Ausrufen, mit jedem unbeantworteten Schrei schien sie wütender zu werden.

Er musste die Geduld eines Engels besitzen. Ich liebte Jordan wie eine Schwester, wirklich, doch es brauchte viel, um sich an ihre Art zu gewöhnen und sie schätzen zu lernen.

Peinlich berührt wurde ich Zeuge ihres recht harschen Tons dem armen Jeremy gegenüber.

„Verdammt, Jer, bist du taub? Ich schreie mir hier gerade die Lunge aus dem Leib und du gibst nicht zu erkennen, ob du überhaupt noch lebst!"

Ich kannte Jeremy kaum, Jordan hatte ihn ganz in Beschlag genommen und nahm ihn nur selten mit, wenn wir uns einmal sahen. Wir hatten uns in der Zeit, die die beiden sich nun schon kannten, vielleicht drei Mal gesehen und stets hatte der große, gutaussehende Mann einen freundlichen, doch zurückhaltenden Eindruck gemacht, als sei er neben Jordans treibender Kraft und unendlich scheinenden Ausdauer derjenige, der ab und an die Bremse anzog, und meine leidenschaftliche Freundin auf den Boden der Tatsachen zurückbeförderte.

Nun jedoch bekam ich einen Jeremy mit, der viel besser zu der aufbrausenden Jordan passte, als ich es jemals für möglich gehalten hatte. Anscheinend war nicht er derjenige, der zu bemitleiden war.

„Manchmal wünschte ich mir, ich wäre wirklich tot! Alles ist besser als das hier! Verdammt, Jordan, natürlich habe ich dich gehört, jeder verdammte Mensch auf der Welt hat dich gehört! Ich spiele ernsthaft mit dem Gedanken, mein Arbeitszimmer schalldicht ausbauen zu lassen, damit ich wenigstens für ein paar Minuten am Tag meine Ruhe vor dir habe! Was willst du jetzt schon wieder, Frau? Ist dir ein Nagel abgebrochen? Hast du Spliss entdeckt? Mit was für einem hirnrissigen Gedanken willst du mir nun wieder auf die Nerven gehen?"

„Mäßige deinen Ton mein Freund, sonst kann ich dir verraten, wer die nächsten Nächte auf dem Sofa schläft!" – „Da ziehe ich bald freiwillig hin, weil Mylady selbst nachts ihre Klappe nicht halten kann!"

Jordan atmete heftig in den Hörer und schien mich völlig vergessen zu haben und ich, ich war vor Verlegenheit so weit erstarrt, dass ich es nicht einmal über mich brachte, aufzulegen.

Jeremy schien nun ganz nahe, denn seine tiefe Stimme drang laut an meine Ohren.

„Was ist, hab ich dir die Sprache verschlagen? Hast du deine Zunge verschluckt? Wenn ja, scheint der Herr meine Gebete endlich erhört zu haben. Warte – hörst du das? Diese herrliche Stille? Ich könnte sterben dafür!"

„Sei jetzt lieber still, sonst stirbst du früher als du denkst!“, knirschte Jordan wütend.

Für einen Moment waren beide still, dann erklang ein leichtes Kichern. Ich konnte nicht erkennen, aus welchem Mund es kam.

„Halte schon meine Klappe. Und nun, kleine Hexe, warum hast du gerufen? Brauchst du einen Keks?“, gluckste Jeremy mit leiser Stimme und ich konnte Jordans Lächeln beinahe durch die Leitung sehen.

„Ich bin heute Abend bei June. Wir machen einen Frauenabend, du weißt schon, Schnulzen, Eis, Wein, Frauengespräche, nichts für dich. Werde morgen Mittag wieder da sein. Ich wollte dir nur Bescheid sagen, damit du dich nicht wunderst. Du darfst von mir aus auch im Bett schlafen.“

„Wie lieb von dir. Danke, dass du mich informierst und nicht einfach wieder abhaust. Sag ihr einen lieben Gruß von mir!“ – „Oh, das kannst du selber, ich habe sie hier am Telefon und zweifellos hat sie jedes Wort gehört.“

Einen Moment lang war es totenstill, dann lachte Jordans Mann leise. „Liebe Grüße, June. Macht euch einen schönen Abend!“ – „Danke Jeremy. Du dir auch“, flüsterte ich puterrot zurück und war froh, dass keiner von beiden in diesem Moment mein Gesicht sehen konnte.

Es dauerte keine halbe Stunde, bis es an unserer Haustür klingelte.

Ich flog beinahe die Treppe hinunter und riss die Tür auf, fiel Jordan ohne Umschweife um den Hals.

Lachend schlang sie die Arme um mich und ließ dabei alle Taschen fallen, die sie mit sich herumgeschleppt hatte.

„Ich habe dich auch vermisst, meine Süße.“

Bevor ich etwas antworten konnte, flammte ein munteres Blitzgewitter auf und blendete uns.

Herrgott, diese verdammten Spanner.

Ohne zu zögern packte ich Jordan und alle Taschen, die sie zu unseren Füßen verstreut hatte, und schob sie an mir vorbei. Mit einem gewaltigen Knall schloss ich die Tür und lehnte mich dagegen.

„Was zur Hölle war das?“, fragte Jordan mit großen Augen und starrte ganz verdattert auf die Tür.

„Das sind meine ständigen Anhängsel. Sie sind wie Viren – nicht zu sehen, aber überall, und sie machen mich krank.“

Meine Eltern kamen in die Eingangshalle gelaufen, meine Mutter hielt Messer und Gabel in der Hand, mein Vater kaute auf etwas Undefinierbaren herum.

Unwillkürlich musste ich lächeln.

Seit einigen Tagen versuchte mein Vater abends zu kochen. Mal war es genießbar, mal ... weniger. Doch meine Mutter verlor kein Wort des Tadels, sondern aß alles mit einer an Todesverachtung grenzender Selbstverständlichkeit.

„Was ist denn hier los? Jordan? Was machst du hier?"

Ich ersparte meiner Freundin eine Antwort und schob sie der Treppe entgegen, die ganzen Taschen auf meine Arme ladend.

„Wir machen einen Frauenabend und wir wünschen nicht gestört zu werden. Gute Nacht ihr beiden!", rief ich ihnen entgegen. Ungeduldig trieb ich meine widerstrebende Freundin an, endlich die Treppe zu meinem Zimmer hochzusteigen.

Ich hörte meine Mutter noch etwas von „schlechtem Einfluss" brummen, dann knallte ich die Tür hinter mir zu.

Jordan schüttelte meine Hände ab und drehte sich zum mir um, ihre Verwirrung und ein gewisses Maß an Empörung stand ihr förmlich quer über das Gesicht geschrieben.

„Wärst du so freundlich, mich über die aktuellen Umstände zu informieren? Zuerst ein Anruf nach ewigen Zeiten, in denen ich in deiner Welt förmlich nicht existent war? Dann diese Reportersache – Gott, hätte ich gewusst, dass ich morgen in den Zeitungen bin, hätte ich den blauen Kaschmirpullover angezogen und nicht dieses dumme Fußballtrikot – und nun bugsierst du mich durch die halbe Wohnung ohne ein Wort der Erklärung? Ich konnte nicht einmal deinen Vater begrüßen", keifte sie, die Hände theatralisch in die Hüften gestemmt.

Als Antwort auf ihre Schimpftirade hob ich nur stumm meine linke Hand und ließ sie einen Blick auf den sündhaft teuren Ring an meinem Finger erhaschen.

Ihre Empörung fiel in sich zusammen, wie ein instabiles Kartenhaus, ihre Verwirrung stieg und sämtliche Gelassenheit, derer sie habhaft war, verpuffte mit einem Schlag.

Fassungslos starrte sie mich an, machte einen hastigen Schritt auf mich zu und packte meine Hand.

Sie konnte ihre Augen gar nicht mehr von dem Zeichen meiner baldigen Fesseln nehmen.

„Ist das ... hat er ... hast du ...", stotterte sie ohne Zusammenhang und es machte mich furchtbar nervös, meine sonst so unerschrockene Freundin derart aufgelöst zu sehen.

„Stefan hat mir einen Antrag gemacht. Und ich habe ‚Ja' gesagt."

Endlich löste sie den Blick von dem Stein, welcher selbst in dem schummrigen Licht meines Zimmers zu funkeln schien und sah mir irritiert ins Gesicht.

„Was?"

„Stefan und ich, wir haben uns verlobt", wiederholte ich mit immer leiser werdender Stimme.

Nun erst schien der Sinn meiner Worte zu ihr durchzusickern und der Ausdruck in ihren Augen wechselte von verwirrt zu abgrundtief ungläubig.

„Verzeih mir – aber hast du den Verstand verloren?"

Jede Reaktion hatte ich erwartet, bis auf diese. Innerlich hatte ich mich schon auf ihren Freudensturm gefasst gemacht und auch schon die passenden Worte bereitgelegt, doch nun stockte ich mitten im Atemzug.

„Bitte was?"

Sie verschränkte die Arme vor der Brust und musterte mich eingehend. „Du hast mich schon verstanden, June, du bist weder taub noch dumm. Hast du deinen gottverdammten Verstand verloren? Verflucht, von all den Menschen die ich kenne, warst du immer einer der vernünftigsten, hast immer rational gedacht, statt aus dem Bauch heraus Entscheidungen zu treffen, die du hinterher bereust. Was ist aus dieser June geworden?"

Ich ließ mich auf mein Bett sinken und blickte ihr mit einer Mischung aus Verständnis und verletzten Stolz entgegen.

„Ich hatte wirklich gehofft, du freust dich für mich. Ich hatte auch meine Zweifel an Jeremy, doch ich habe versucht, sie dich nicht spüren zu lassen. Und schau an, wie glücklich ihr beide jetzt seid!"

Unbarmherzig schüttelte sie den Kopf.

„Wechsle jetzt nicht das Thema. Ich werde jetzt nicht einlenken und dir erklären, dass das zwischen Jer und mir von Anfang an etwas Anderes war als das, was zwischen Stefan und dir läuft. Und ich werde dir nicht sagen, dass bei uns alles in Ordnung ist und wir uns sehr lieben, auch wenn wir uns gegenseitig immer wieder aufziehen und anschreien."

„Ach, wie gut, dass du mir das alles gar nicht sagst, ich will es auch gar nicht wissen!", fuhr ich dazwischen und verdrehte die Augen.

„Was ich eigentlich sagen wollte, war, dass ich mich nicht für dich freuen kann, ehe ich nicht weiß, wie du dazu stehst. Ich kann jetzt nur nach meiner eigenen Meinung gehen, und die ist, dass das alles viel zu schnell geht. Bist du dir denn wirklich sicher? Du kennst diesen Mann erst wenige Wochen, er ist dein erster richtig fester Freund und du wirfst dich ihm an den Hals, als hättest du Torschlusspanik. Versteh mich nicht falsch, ich mag Stefan, er scheint ein netter Kerl zu sein. Höflich und kultiviert, freundlich und liebenswert und so weiter, aber irgendetwas an ihm macht mir trotzdem zu schaffen. Er verbirgt etwas, und ich weiß nicht, was es ist. Und du weißt es auch nicht, denn du kennst ihn kaum. June, bist du dir sicher, dass er der Mann ist, mit dem du dein restliches Leben verbringen willst?"

Trotzig verschränkte ich meine Arme über der Brust und funkelte zurück.

„Denkst du denn, diese Fragen stelle ich mir nicht? Denkst du, ich hätte keine Zweifel? Ich weiß, dass das alles ziemlich schnell geht. Ich weiß, dass ich eventuell vorschnell gehandelt habe. Doch das kannst du mir auch auf eine Art und Weise zu verstehen geben, die mich nicht verletzt. Du bist meine beste Freundin und ich will deinen Rat, keine vorschnellen Worte. Kannst du als meine Freundin logisch argumentieren und dich eventuell später mit mir freuen, oder kannst du das nicht?"

Sie atmete tief ein und aus und schloss die Augen, eine steile Falte bildete sich zwischen ihren Augenbrauen. Dann betrachtete sie mich tief seufzend.

„Ich werde es versuchen."

Mit diesem Eingeständnis gab ich mich zufrieden und ich klopfte einladend auf den Platz neben mir. Sie wühlte noch einen Augenblick in einer Tasche und hielt triumphierend zwei Becher Ben & Jerrys nach oben.

„Vanille oder Schokolade?"

Ich sah sie mit hochgezogener Augenbraue an.

„Wenn du das fragen musst, dann solltest du vielleicht besser gehen."

Lachend warf sie mir Schokolade und einen Löffel zu und sprang dann neben mir auf das Bett.

„Schieß los."

„Und du hast zugestimmt."

Keine Frage, eher eine Feststellung. Trotzdem nickte ich leicht und drehte wiederholt an meinem Ring, wie ich es schon den ganzen Abend über tat.

Jordan lehnte sich zurück und aß einen weiteren Keks, krümelte schweigend meine Bettdecke voll. Doch ich sah es ihr nach, schließlich erhoffte ich mir einen Rat von ihr. Sie war immerhin schon in einer ähnlichen Situation gewesen und hatte sie zu ihrem Vorteil entscheiden können. Dafür hatte sie nun einen Mann an ihrer Seite, der sie wirklich liebte.

Daran schien auch sie zu denken, denn sie beugte sich zu mir hinüber und starrte mir in die Augen.

„Liebst du ihn?“

Das war eine gute Frage. Liebte ich Stefan? Oder genoss ich nur seine Gesellschaft? War ich nur beeindruckt, von seiner Gewandtheit, seiner Eleganz, seiner Intelligenz? Ganz zu schweigen von seinem guten Aussehen … war ich nur ein Opfer meiner Hormone?

Nein. Wenn ich an seine Augen dachte, sein Lächeln, das Gefühl seiner Finger auf meiner Haut, seine Lippen, seine Küsse … das war nicht nur das Ergebnis eines Hormoncocktails.

„Ich bin verliebt in ihn. Dessen bin ich mir sicher. Aber wird das reichen?“, fragte ich zögerlich.

Jordan ließ sich Zeit mit ihrer Antwort, aß noch einen Keks.

„Das kann ich dir nicht sagen. Bist du dir der Tatsache auch wirklich bewusst, dass du einen Mann heiraten wirst, den du relativ wenig kennst? Die nächsten Jahre deines Lebens mit ihm verbringen wirst? Vielleicht sogar die nächsten Jahrzehnte? Ist es das, was du willst? Ganz sicher?“

In einem Anflug von Humor zuckte ich mit den Schultern.

„Arg viel schlimmer als mein bisheriges Leben unter der Fuchtel meiner Eltern kann ein Leben mit Stefan auch nicht sein, denke ich“, witzelte ich gezwungen, doch Jordans ernster Blick ernüchterte mich schlagartig.

„Ich will glücklich sein, Jordan. Ich will jeden Tag mit einem Lächeln beginnen und mit einem Lächeln einschlafen können, ich will mich geliebt und geborgen fühlen, ich will eine Familie. Ich will das, was du und Jer haben. Und ich bin mir sicher, dass ich das mit Stefan haben kann. Ich bin mir sicher, dass er mich glücklich macht und mich schützt.“

„Und was ist mit seinen Gefühlen? Bist du dir sicher, dass er es ernst mit dir meint? Dass er dich auch liebt?“

Ich lächelte. Bei dieser Frage konnte ich endlich sicher sein.

„Jordan, wenn nicht aus Liebe, warum sollte er mich dann heiraten? Ich komme nicht aus einer so wohlhabenden, einflussreichen Familie. Ich bin weder überirdisch hübsch, noch überaus klug. Niemand wird ihn beneiden, mich zu haben. Ich bringe ihm keine Vorteile.“

Ich schürzte die Lippen, während diese bitteren Worte ihr Gift in meinem Mund versprühten.

„Weder für sein berufliches Vorankommen, noch für sein Ego. Er will mich nicht heiraten, um irgendeinen persönlichen Vorteil zu erlangen. Er will mich, weil, naja, weil er mich will. Weil er mich liebt.“

Jordan hatte angefangen zu lächeln, wenig zuerst, strahlte sie nun über ihr ganzes Gesicht.

„Wenn das so ist, warum zweifelst du dann noch? Ich mag Stefan. Du wirst glücklich werden. Ich freue mich für dich.“ Auf meinen fragenden Blick hin, lachte sie leise. „Ich freue mich wirklich. Du bist ein Glückspilz, dass du ihn bekommst. Er ist sozusagen der Hauptgewinn.“

Sie sprang auf und ging zu einer weiteren Tasche, aus der sie nun eine Flasche Champagner sowie zwei Gläser zauberte.

„Ich hatte mir schon irgendwie gedacht, dass wir etwas zu feiern haben. Ich wusste nur nicht, dass es ein derart großer Klunker sein würde.“

Glucksend schenkte sie ein und stieß dann mit mir an.

„Auf dich, Stefan und die Fesseln, die ihr beide bald bereuen werdet!“, stieß sie übermütig hervor und ich lachte laut auf.

Wenn ich es nur gewusst hätte, wenn ich es nur einen Moment geahnt hätte ...

Ungeduldig wartete ich am Fenster neben der Haustür, dass Stefans Wagen endlich vorfahren würde. Er hatte mir förmlich verboten, alleine zu ihm zu fahren und so stand ich nun schon seit geraumer Zeit fertig gerichtet vor der Tür und schlug die Zeit tot.

Immer wieder glitt meine rechte Hand zu meinem Ring und strich sanft darüber, jedes Mal aufs Neue entlockte mir das Gefühl des kühlen Steins unter meinen Fingern ein Lächeln.

Bald war es offiziell.

Bald würde ich seine Frau sein, vor Gott, dem Teufel und der ganzen verdammten Welt.

Bald würde ich all das Glück spüren, um das ich Jordan immer heimlich beneidet hatte und welches ich ihrer Meinung nach schon lange verdiente.

Ich würde mir keine Gedanken mehr um meine Familie machen müssen, um den Druck, der auf meinen Schultern lastete. Niemand würde mich mehr antreiben, mich bei der Suche nach einem Mann mehr anzustrengen. Niemand würde mir mehr Vorhaltungen machen. Es konnte mich noch nicht einmal jemand beleidigen. Diese Tage gehörten der Vergangenheit an.

Lange waren Jordan und ich am vergangenen Abend noch zusammengesessen und hatten geredet, hatten wie kleine, alberne Mädchen auf einer Pyjamaparty Blödsinn gefaselt, mit zunehmendem Alkoholspiegel war auch meine Redseligkeit gestiegen.

Und so erzählte ich.

Alles.

Selbst mein mir auferlegtes Verbot nicht mehr von dem zu sprechen, was sich mit Daniel abgespielt hatte, war vor der Flut an Wein kapituliert.

Doch Jordan war nicht geschockt gewesen, ganz im Gegenteil. Sie hatte nur die Achseln gezuckt und mich grinsend gefragt, wie Daniel küsste. Ich liebte ihre Unvoreingenommenheit und die Tatsache, dass sie mir nur selten Vorwürfe machte.

Auch ich konnte jetzt darüber lachen. Stefan und ich waren zu dieser Zeit noch nicht fest zusammen gewesen, deswegen zählte es irgendwie nicht. Es war eine nette, kurze, wirklich kurze Episode, die der Vergangenheit angehörte.

Deswegen konnte ich auch gleichgültig die Schultern zucken, als der Wagen endlich vorfuhr und nicht Stefan, sondern Daniel ausstieg und mit nichtssagender Miene auf die Tür zukam.

Kurz bevor er sie erreicht hatte, öffnete ich sie und begegnete seinem überraschten Blick mit einem freundlichen Lächeln.

„Sie haben sich ja ganz schön Zeit gelassen. Ich bin schon seit über einer Stunde fertig."

Er fing sich schnell und musterte mich mit hochgezogener Augenbraue.

„Ach, sind wir nun wieder beim ‚Sie' angelangt? Ernsthaft?"

Ich lief wortlos an ihm vorbei, überließ es ihm, die Tür zu schließen, und bevor er zu mir stürmen konnte, hatte ich auch schon die hintere Tür geöffnet und mich in das weiche Leder der Rückbank sinken lassen.

Auch wenn es nur eine sehr kurze Episode gewesen und ich nun verlobt war, wollte ich nicht vorne sitzen, ich traute ihm nicht.

Vielleicht galt ein kleiner Teil meines Misstrauens auch mir selbst.

Seine Stirn war gerunzelt, der Kiefer fest zusammengebissen und seine Augen vor Wut beinahe schwarz, als er sich wortlos hinter das Steuer setzte und ruckartig losfuhr. Er raste durch die Stadt wie ein Verrückter, brach jedes Geschwindigkeitslimit und gab auf dem Highway schließlich noch mehr Gas.

Es machte mir Angst. Flach atmend drückte ich mich tief in meinen Sitz, die rechte Hand fest um den Griff gekrampft.

Was machte ihn nur so zornig?

Ich beschloss, nicht nachzufragen. Manche Dinge sollten wohl unausgesprochen bleiben.

Eine Weile lang fuhren wir stumm und ich wollte schon aufatmen, als er mit einem Mal auf genau den Parkplatz fuhr, auf dem wir vor einiger Zeit ein Gespräch geführt hatten, dass zu nichts geführt hatte.

Außer zu schlaflosen Nächten und viel Grübelei ...

Ich weigerte mich auch nur daran zu denken, dennoch schlug mein Herz unfreiwillig schneller, als Daniel ruckartig anhielt, ausstieg und um den Wagen herumlief.

Was hatte er vor? Sein Gesichtsausdruck verhieß nichts Gutes, als er meine Tür aufriss.

Bevor ich ihn zur Rede stellen konnte, packte er meinen Arm hart und zwang mich auszusteigen. Ich versuchte krampfhaft, seine Hand abzustreifen, doch erfolglos.

„Daniel! Was machst du da? Was wird das?“, fragte ich wütend und schlug ihm mit der Faust auf den Oberarm, erreichte damit aber nur, dass sich seine kräftigen Finger fester um meinen Arm schlangen.

Der Länge nach drückte er meinen Rücken gegen das Auto, nahm mir jede Fluchtmöglichkeit.

Ich spürte seinen schweren Atem auf meinem Haaransatz, zittrig atmete ich seinen schweren, männlichen Duft ein, der überall zu sein schien und meine Beine schwach werden ließ.

Ich musste die Augen schließen, verzweifelt um einen klaren Kopf bemüht.

Reiß dich zusammen, June!

Schließlich schaffte ich es meine Augen wieder zu öffnen und ihm einen halbwegs festen Blick zuzuwerfen. Meine zitternden Hände hielt ich eng an meinen Körper gepresst, ich hoffte inständig, dass er meine innere Unruhe nicht bemerkte.

Nach all den Wochen ohne ein Wort, ein Blick, wieso fiel es ihm so leicht, mich vollkommen aus dem Konzept zu bringen?

Er stand einfach nur da und starrte mich durchdringend an, wortlos.

Seine Lippen bebten, als er schließlich zu sprechen begann.

„Was tust du nur June ... du kennst ihn doch kaum. Warum musst du ihn gleich heiraten? Du machst einen Fehler, glaub mir.“

Ich schauderte unter seinem harten, verzweifelten Blick und wünschte mir unwillkürlich, wieder seine Lippen zu spüren, nur einen Moment lang ...

Warum nur hatte er eine solche Macht über mich? Wieso war ich nicht Frau genug, um ihm zu widerstehen?

Er beugte sich näher zu mir, ich schloss meine zitternden Lider und wartete atemlos auf, das, was er wohl tun würde, still hoffend, dass er mein Verlangen spüren und stillen würde.

Stattdessen fühlte ich seinen heißen Atem an meinem Ohr.

„Ich meine das ernst. Denk drüber nach, bevor du dich auf ein Spiel einlässt, das du nicht verstehst, das du nie wirklich spielen können wirst.“

Gott allein weiß, wie ich die Selbstbeherrschung aufbrachte, seinen Bann zu brechen.

Wie ich es schaffte, meine Hände gegen seine Brust zu stemmen und ihn von mir zu drücken.

Als seine überwältigende Nähe nicht mehr so erdrückend war, brachte ich sogar genug Verstand auf, ihm zu antworten.

„Ich weiß, was ich tue. Daniel, ich werde den Mann heiraten, den ich liebe."

Ich sah ihm fest in die Augen, schaffte sogar ein halbes, sarkastisches Lächeln aufzusetzen. „Zudem glaube ich mich zu erinnern, dass du beteuert hast, dass all das hier kein Spiel sei."

Sein undurchdringlicher Blick fuhr meinen Arm entlang bis zu meiner Hand, wo der Ring in der Sonne funkelte. Seine Stirn umwölkte sich schon wieder.

„Liebst du ihn oder das luxuriöse Leben, für das er steht? Ich hatte dich für klüger gehalten. Doch du scheinst genauso dumm zu sein, wie alle anderen Weiber."

Angesichts dieser ungeheuerlichen Anschuldigung stockte mir der Atem und ich setzte zu einer heftigen Erwiderung an.

Doch er schnitt mir das Wort mit einer harschen Handbewegung ab.

„Ich will deine Erklärungen, deine dummen Ausflüchte nicht hören, gib dir keine Mühe. Steig einfach wieder ins Auto. Dein Verlobter wartet", spuckte er aus und wandte sich ab, ohne mich weiter zu beachten.

Mit brennenden Augen folgte ich seiner Anweisung.

Die restliche Fahrt schwiegen wir uns an. Es gab nichts mehr zu sagen. Unsere Ansichten waren so unterschiedlich, wie sie nur sein konnten.

Stefan stand schon bereit, als der Wagen vorfuhr, und wirkte angespannt und abwesend.

Dauernd fuhr er sich durch die Haare, ein paar strenge Falten auf seiner Stirn wiesen darauf hin, dass er unter Kopfschmerzen litt, und seine Lippen waren zu einem schmalen Strich zusammengedrückt.

Galant wie immer öffnete er mir die Tür und half mir beim Aussteigen.

„Ich freue mich, dich zu sehen, June", sagte er und gab mir einen Kuss auf den Mund. Von dem verliebten Stefan von gestern war keine Spur mehr zu sehen.

„Am besten kommst du direkt mit mir in mein Büro und wir klären das Vertragliche. Dann haben wir es hinter uns."

Ich folgte ihm mit gerunzelter Stirn, einen solch kühlen Empfang hatte ich nicht erwartet. So hatte ich ihn nie gesehen – es stand im krassen Gegensatz zu dem Stefan, mit dem ich so viel Zeit verbracht hatte.

Er führte mich durch verschiedene Gänge seines beinahe lächerlich großen Hauses und hielt mir schließlich die Tür zu einem beeindruckend schönen Zimmer offen, das vor allem durch seine Schlichtheit und Offenheit bestach.

Der Stuhl vor seinem Schreibtisch, den er mir zurechtrückte, war aus feinstem Mahagoni geschnitzt und vermutlich mehr wert, als mancher Handwerker in einem ganzen Jahr verdiente.

Ich sah ihn an und versuchte, ihn durch ein kurzes Lächeln aufzumuntern.

„Warum so ernst, Mister Bond? Bin ich zur Geheimhaltung verpflichtet?"

Sein Blick ließ mich wieder verstummen und bereitete mir nun tatsächlich etwas Sorge. Was erwartete mich hier? Hatte ich irgendetwas falsch gemacht?

Du machst einen Fehler.

Unwillkürlich hallten Daniels Worte in meinem Kopf wieder, energisch schob ich sie beiseite.

Das war kein Fehler.

Es würde gleich alles Sinn ergeben.

Er setzte sich mir gegenüber, sein Gesicht wirkte dabei so übernächtigt, als hätte er keine Minute geschlafen.

Stumm schob er mir einen Vertrag hin. Ich hatte schon mit etwas Derartigem gerechnet, natürlich wollte er im Fall einer Scheidung sein Vermögen schützten. Das war kein Problem, da ich auch gar nicht darauf aus war.

Und auf eine Scheidung auch nicht.

So schnappte ich mir einen Stift und blätterte bis zur letzten Seite.

„Bringen wir es hinter uns. Wo muss ich unterschreiben?"

Seine Hand legte sich auf meine und er sah mich mahnend an.

„Nimm es bitte ernst, June, und lies ihn. Jedes Wort. Wenn etwas unklar ist, frage mich bitte. Ich beantworte dir gerne alles. Wenn du gehen willst, dann verstehe ich das natürlich. Daniel kann dich jederzeit nach Hause bringen."

Mich nach Hause bringen?

Stirnrunzelnd betrachtete ich ihn. Er meinte es tatsächlich ernst.

Meine Neugierde war geweckt, ebenso eine Spur von Angst.

Ich räusperte mich und begann zu lesen. Nach der ersten halben Seite stockte mein Atem, ich musste husten. Meine Augen weiteten sich erschrocken.

Mein Blick fuhr hoch und nahm Stefan ins Visier, der mich genau beobachtete.

„Das ist ein Scherz, oder?“

Kapitel 13

Stumm starrte ich aus dem Fenster auf den breiten Grünstreifen, welcher parallel zum Highway verlief.

Nicht, dass ich meine Umgebung wirklich bewusst wahrgenommen hätte.

Ich hatte keinen Blick für die einzelnen Bäume, die sich langsam in den schönsten Farben zu färben begannen, um den Herbst zu begrüßen, oder die Blumen, die sich ein letztes Mal gen Himmel reckten.

Ich sah auch nicht den strahlend blauen Himmel, der jetzt am schönsten war, kurz bevor die Dämmerung aufzog.

Anders als sonst machte ich kein Spiel daraus irgendwelche Figuren in den leichten Wolken am Himmel zu erkennen.

Ich sah nichts davon.

Ich starrte stumm auf mich selbst, mein Spiegelbild, welches in den getönten Scheiben der Rückbank aufgetaucht war.

Ich sah es an und sah doch nichts durch den Tränenschleier vor meinen Augen. Ein Schluchzen erlaubte ich mir nicht, stumm ertrug ich meinen Kummer, verriet durch keinen Ton den Sturm, der in mir wütete.

Ich wollte auf keinen Fall, dass *er* mir meinen Zustand anmerkte.

Daniel musste es mir nicht noch unter die Nase reiben. Er musste mir nicht sagen, dass er mich ja gewarnt hatte. Dass er schließlich doch Recht behalten hatte. Wäre Jordan da gewesen, hätte sie mir ebenfalls vorgehalten, dass sie es mir ja gesagt hätte.

Ich hatte einen gewaltigen Fehler gemacht, mich einem Mann an den Hals geschmissen, den ich kaum kannte, dessen Eigenarten ich deswegen nicht hatte einschätzen können. Jordan hatte gewusst, dass er irgendetwas hinter seiner aalglatten Oberfläche zu verbergen hatte, doch ich hatte ihren Einwand ignoriert. Ich hatte aus dem Bauch heraus gehandelt, ohne über die Folgen nach zu denken, wie ich es sonst meistens tat. Ich hatte meinen Verstand außen vorgelassen.

Natürlich musste sich das nun rächen.

Ich strich über den Ring an meiner Hand. Vor kurzem noch der Quell all meiner Freude und meines Glücks – nun ein Zeichen meiner grenzenlosen Dummheit, meines mangelnden Verstandes.

Eine gut sichtbare Fessel und ich hatte sie mir mit Freuden übergestreift, ohne nachzudenken, hatte mich noch damit gebrüstet.

Es tat weh, mir das einzugestehen. Es tat verdammt weh, das Ausmaß meines Scheiterns zu erkennen.

Die ganzen letzten Stunden drängten sich wieder und wieder unaufhaltbar durch meine Gedanken und zerstörten alles. Sie zerbrachen, was mir immer wichtig gewesen war. Sie verwüsteten jeden Traum, jede Hoffnung.

All die Versprechen, die bei unserer privaten Verlobung im Raum gestanden waren, waren nun zerschlagen. Unwiderruflich. Nichts würde sie je wieder kitten können.

Nichts würde mich je wieder kitten können.

Der Wagen stoppte und nach einem Moment der Stille drehte sich Daniel zu mir um. Doch ich wollte ihn nicht ansehen, wollte seine Verachtung nicht sehen, seinen Hochmut, sein arrogantes Lächeln, nein, dem wollte ich mich nicht aussetzen. Ich brauchte keine Worte zu hören, durch die er mir mitteilte, dass er mich für eine dumme Person hielt.

Dass ich eben dies tatsächlich war, wusste ich nun selbst.

Und ich wollte nicht, dass er meine Tränen, meine Scham sah. Ein kleines bisschen Würde und Stolz wollte ich mir bewahren, wenigstens etwas zwischen den Trümmern meiner Welt.

„Was gibt es Daniel? Ich habe keine Lust mich mit dir zu streiten. Fahr mich bitte einfach nach Hause."

Er schwieg einen Moment, ehe er laut seufzte.

„June, wir *sind* bei dir zuhause."

Ich blinzelte. Mein Spiegelbild verschwamm und ließ meinen Blick zu dem mir so bekannten Weg durch den Vorgarten wandern, der zu meiner Haustur führte. Tatsächlich. Ich war schon Zuhause. Wenn man es denn so nennen konnte. Es war doch nur ein weiterer Ort, an dem ich mich nie geborgen würde fühlen können.

Bis vor wenigen Stunden hatte ich noch gedacht, Stefan könnte mir diese Geborgenheit, diese Sicherheit geben. Wie sehr hatte ich mich doch getäuscht.

„Oh. Danke, Daniel." Ich erkannte meine eigene Stimme nicht mehr.

Ich wollte nach dem Türöffner greifen, doch Daniel streckte den Arm aus und hielt mich auf. Seine Berührung war ungewohnt sanft auf meiner Haut. Irritiert hob ich meinen Blick und starrte ihn wortlos an.

Und dann sah ich in seinen Augen das, was ich am wenigsten von ihm erwartet hatte, nach den harschen Worten, die er mir noch vor einigen Stunden an den Kopf geworfen hatte.

Ein Gefühl, das ich noch weit mehr hasste, als seine Arroganz und seine Unverschämtheit.

Ich sah *Mitleid*.

So intensiv, dass ich meinen Blick abwenden musste, um nicht wieder in Tränen auszubrechen.

Es schmerzte beinahe körperlich.

Ich wollte sein Mitleid nicht. Ich wollte kein Mitleid von irgendeinem Menschen unter dieser Sonne – und dank dem verdammten Stück Papier, dass nun meinen Namen trug, würde ich auch keines bekommen. Nur die wenigen, die ohnehin schon eingeweiht waren, wussten von meiner Dummheit, meiner Naivität.

„June ...", setzte Daniel mit leiser Stimme an, doch ich unterbrach ihn rasch, bevor er etwas sagen würde, das mir mein letztes bisschen Würde rauben würde.

„Nein, sag nichts. Bitte."

Und tatsächlich schwieg er.

Und obwohl ich genau das gewollt hatte, war das Schweigen kaum zu ertragen.

Meine Stimme klang verbraucht und müde, als ich die Stille durchbrach.

„Bitte nicht, Daniel. Du hattest Recht, ich war dumm, so dumm. Ich habe mich ihm hingegeben, obwohl ich ihn kaum kannte. Doch ich habe es nicht wegen des Geldes oder des Ansehens getan. Ich bin keine von diesen Frauen, war es nie, werde es nie sein. Ich sagte ‚ja', weil er mir ein Gefühl gab, von dem ich bisher nicht wusste, dass es existiert. Ich habe mich so gewollt und akzeptiert gefühlt. Das ist für mich unbeschreiblich schön gewesen", sprudelte es leise aus mir heraus, ich wusste selber nicht, warum ich ihm das erzählte.

Es konnte mir doch egal sein, ob er mich für dumm und blind hielt.

Warum gab ich so viel darauf, dass er eine gute Meinung von mir hatte?

Leicht strich er mir über den Arm.

„Es tut mir leid, was ich da über dich gesagt habe, June. Ich war nur so verdammt wütend. Du bist so ein Sturkopf – du hättest dich nicht vom Weg abbringen lassen, selbst wenn es noch offensichtlicher gewesen wäre, was los ist. Ich wollte nicht, dass du verletzt wirst."

Ich ließ den Kopf hängen und zuckte die Schultern. Nachzudenken strengte an. Ich fühlte mich so ausgelaugt.

So müde.

Unendlich müde.

„Deine Beweggründe sind sowieso mittlerweile egal. Du hattest Recht, ich lag falsch – bei so vielen Dingen. Doch wie hätte ich es voraussehen sollen?“

Bevor er antworten konnte grinste ich freudlos.

„Es ist egal, spielt keine Rolle mehr. Wird es nie wieder.“

Der Griff um meinen Arm verfestigte sich schlagartig, der plötzliche Schmerz ließ mich aufkeuchen. Wütend starrte Daniel mich an und knirschte mit den Zähnen.

„Wie kannst du nur so etwas sagen? Es wird von nun an jeden gottverdammten Tag in jedem gottverdammten Jahr ab jetzt eine Rolle spielen! Warum zum Teufel hast du den Vertrag unterschrieben? Warum bist du nicht abgehauen? Es wäre dein gutes Recht gewesen! Jeder vernünftige Mensch wäre gegangen! Warum du nicht?“

Ja, warum hatte ich meinen Namen unter diesen Vertrag gesetzt? Warum war ich geblieben?

~~~~~

Ich räusperte mich und begann zu lesen. Nach der ersten halben Seite stockte mein Atem, ich musste husten. Meine Augen weiteten sich erschrocken.

Mein Blick fuhr hoch und nahm Stefan ins Visier, der mich genau beobachtete.

„Das ist ein Scherz, oder?“

Kaum merklich verengten sich seine Augen, während er mich anstarrte, er kaute eine Weile auf seinen nächsten Worten herum.

„Du bist klug, June. Denkst du, ich würde diesen ganzen Zirkus veranstalten, nur um mich auf deine Kosten zu amüsieren?“ Seine Stimme klang ungewohnt dunkel, hart.

Fassungslos starrte ich ihn an, unfähig, meinen schockierten Blick von ihm zu nehmen.

Tatsächlich schien ihn das nervös zu machen, denn er fuhr sich seufzend durch das Haar und lehnte sich über seinen Schreibtisch, mir entgegen.

„Hör mal, ich weiß, wie sich das anhört. Vermutlich hätte ich dich schon längst aufklären sollen. Ich hatte nur Bedenken, dass du dann einen Rückzieher machst.“

Ich kicherte unwillkürlich, ungläubig.

War das sein verdammter Ernst?
~~~~~

Pikiert über mein Glucksen runzelte er die Stirn und lehnte sich wieder zurück, die Arme vor der Brust verschränkend.

„Ich weiß wirklich nicht, was daran so unglaublich lustig sein soll."

Nun brach das Lachen ungehemmt aus mir heraus. Ich lachte, lachte so laut und schallend wie noch nie in meinem Leben, während sich mir gleichzeitig das Herz zusammenzog. Ich lachte, bis Tränen in meine Augen traten und meine Seiten schmerzten.

„Du siehst die tragische Komik dieser Situation nicht? Du hattest *Angst*, ich würde einen *Rückzieher* machen?"

Ich wurde bei jedem Wort lauter, am Ende schrie ich ihn beinahe an.

Nun lachte ich nicht mehr.

Nahtlos ging mein Gelächter in lautes Schluchzen über, die Tränen quollen ungebremst aus meinen brennenden Augen.

„Verdammte Scheiße, Stefan!"

Zornig über mich selbst stand ich ruckartig auf und drehte ihm den Rücken zu.

Wie konnte er es wagen?

Wie konnte er mir das antun?

Wenn ich auch nur die Hälfte des Gelesenen richtig verstanden hatte, war dies schon das Abartigste, was mir je untergekommen war.

Wie in Trance griff ich blindlings nach dem Papier, die Worte tanzten vor meinen Augen.

Schlagartig wurde mir schlecht.

Alles in mir zog sich zusammen, verlangte schmerzend nach Luft, nach Freiheit. Der Ring an meinem Finger brannte wie Feuer. Durch meinen Tränenschleier starrte ich ihn an.

Gott, was war ich doch dumm gewesen.

Irgendwie stand er plötzlich neben mir, versuchte mir eine Hand auf die Schulter zu legen, mit einem Fauchen wich ich ihm aus.

„Fass mich nicht an, Hölle nochmal!"

Besänftigend hob er beide Handflächen nach oben, bevor er sich bückte und den Vertrag aufhob, der mir aus den Fingern geglitten war.

„Lies es bitte weiter. Es ist vermutlich nur halb so schlimm, wie du es dir ausmalst."

Zornig knackten meine Fingergelenke in meinen Armbeugen, wo ich sie verschanzt hatte, um Stefan nicht aus Versehen – oder vollkommen absichtlich – eine Ohrfeige zu verpassen.

„Wenn die letzte Zeile dieses Papiers nicht ‚Das war übrigens alles ein großer Scherz' beinhaltet, bezweifle ich, dass es nur halb so schlimm ist."

Meine Wut verrauchte so plötzlich, wie sie gekommen war und machte einer bleischweren Traurigkeit Platz, die mich beinahe in die Knie zwang.

Erneut brannten Tränen in meinen Augen, doch ich beherrschte mich und griff nach dem Vertrag, hielt ihn mit bebenden Fingern vor mich, um erneut zum Lesen anzusetzen.

Irgendwie schaffte ich es, alles bis zum Ende zu lesen.

Ich wusste hinterher nur nicht mehr, wie ich es überlebte, all diese Dinge schwarz auf weiß vor mir zu sehen.

Ich wusste auch nicht, wohin meine Wut, dieses mächtige Instrument, was es mir erlaubte, meine Würde zu verteidigen, verschwunden war.

Alles was blieb, war diese Traurigkeit, die Leere, die Müdigkeit.

Kraftlos sank ich auf den Stuhl vor Stefans Schreibtisch und lächelte zittrig.

„Es war alles nur ein großer Fake, nicht wahr? Das ist es doch, was du mir damit sagen willst." Ich schnaubte leise durch die Nase. „Es war ein Spiel. Ich bin nicht mehr als eine Figur."

Stefan seufzte und ging vor mir auf die Knie, sah mich aus diesen unglaublich tiefen Augen an.

So tief, und doch undurchdringlich, hatten sie mir stets nur das gezeigt, von dem Stefan wollte, dass ich es sah.

Gefühle, Gedanken, Verheißungen, weit abseits der Wahrheit.

Warum konnte er diesen Albtraum nicht auflösen?

So bittend wie er mich ansah, fast hätte ich den Vertrag für einen Witz gehalten.

Doch er ließ mir diesen Gedanken nur den Bruchteil einer Sekunde.

„Es ist kein Spiel für mich, June, dafür hängt zu viel von dir ab. Tatsache ist, dass ich dich brauche."

Emotionslos sah ich ihn an.

„Du brauchst mich, ja. Du brauchst ein Vorzeigefrauchen, um anderen etwas vorzumachen, was du nicht bist."

Sein Lächeln entbehrte jeder Wärme.

„Nun, auch du wirst zugeben müssen, dass es sich für einen Mann meines Standes wenig geziemt, ein derartiges ... sagen wir Hobby zu betreiben."

Da musste ich ihm sogar zustimmen.

„Klar, wer würde schon einen Anwalt zu Rate ziehen, der in seiner Freizeit gerne Nutten vögelt und jungen Mädchen auf abscheuliche Art und Weise nachstellt und ihnen sonstwas antut."

Anstatt von meiner Wortwahl schockiert zu sein, grinste er breit und wenig freundlich.

„Wenn du dich schon derart vulgär ausdrücken willst, darf ich dich darauf hinweisen, dass ich mich nicht ausschließlich für junge Mädchen interessiere? Mein Geschmack ist erlesen, ich lege mich nicht auf ein Geschlecht fest. Und ich tue nichts, was nicht zuvor abgesprochen und schriftlich festgelegt wird, es ist alles in beiderseitigem Interesse. Es ist ein Spiel, in dem es keine Verlierer gibt, all meine Gegenspieler sind vollkommen freiwillig und auf eigenen Wunsch dabei. Ich verstehe nicht, wo das Problem daran ist – nach all der Literatur, die in den letzten Jahren aufgekommen ist, waren doch so viele Frauen scharf darauf, ein wenig versohlt zu werden."

Ich konnte nur den Kopf schütteln ob dieser so neutral und leidenschaftslos hervorgebrachten Worte.

„Du redest davon, Frauen auszupeitschen, sie wie ungehorsame Tiere zu bestrafen, sie zu erniedrigen ... und mit Männern ... keine Ahnung, ich kann mir nicht einmal ansatzweise ausmalen, was genau du treibst, als wäre es etwas völlig Normales. Als sei *ich* die merkwürdige Person, weil ich das abstoßend finde. Vergleichst es mit Büchern, mit harmlosen Fantasien. Merkst du nicht, wie absurd das ist?"

„Ich habe mir gedacht, dass du so empfindest. Das macht dich so perfekt für mich."

Ich kniff die Augen zusammen.

„Du meinst für dein feines Theaterstück, dass du aufzuführen gedenkst? Die sittsame, tugendhafte Frau aus gutem Haus an deiner Seite, über jeden Zweifel erhaben? Ist dir bewusst, was du sagst, was du verlangst?"

Stefan war klug, natürlich war es ihm bewusst.

Es war ihm nur gleichgültig.

Ungeduldig seufzte er auf, verdrehte die Augen.

„Herrgott June, was ist daran so schwer zu verstehen? Ich möchte meinen Lebensstil beibehalten, möchte aber weiterhin meine Arbeit ausführen, ohne dass es jemals auch nur den Hauch eines Verdachtes gibt. Es gibt genug voreingenommene, empörte, alte Männer, die mich verurteilen, dafür sorgen würden, dass ich meinen Job, meine Reputation, mein Vermögen, einfach alles verliere. Vermutlich, weil ich etwas auslebe, wovon sie nur träumen – vollkommene Freiheit in jedweder Hinsicht."

Er faltete die Hände hinter dem Rücken.

„Ich möchte dich als meine Ehefrau, weil du klug, freundlich, genügsam und, wie ich bisher angenommen habe, auch gehorsam bist. Was ich in meiner Freizeit tue, wird dich nicht tangieren, du wirst niemals etwas davon mitbekommen, das verspreche ich dir. Nicht, dass du dich nicht involvieren dürftest, wenn dir danach wäre – doch angesichts deiner Reaktion warten wir mit derlei Dinge noch. Wenn dir der Gedanke daran hilft, dass du nie etwas sehen wirst, was du nicht sehen willst, dann gebe ich dir mein Wort."

Er lächelte.

„Im Gegenzug will ich dich. Sei mein Deckmantel, mein Fels in der Brandung, meine Stütze." Er legte den Kopf schief. „Ich nahm an, dass es genau das ist, was du willst – die Frau an meiner Seite sein."

Ich wusste nicht, was mir den Mut gab zu bleiben, nicht Hals über Kopf wegzurennen. Was mich überhaupt dazu bewog, diese obskure Unterhaltung zu führen.

Ich hatte nicht nur die Frau an seiner Seite sein wollen, ich wollte die Frau in seinem Herzen sein.

Nun zweifelte ich daran, dass er ein Herz besaß.

„Du gehst also als Gewinner aus dieser ganzen Sache hervor. Und was habe ich davon?"

Seine ausladende Handbewegung schloss alles mit ein.

„Dieses Haus. Geld. Ansehen. Die Freiheit, alles zu tun, was dir im Sinn steht, solange es mich in keinster Weise diskreditiert. Du willst weiter studieren? Tu es. Du willst ein eigenes Unternehmen gründen? Ich unterstütze dich. Du willst deine leiblichen Eltern finden? Alles, was ich dazu beitragen kann, gehört dir. Und mich. Du hast mich, June. Das ist doch, was du wolltest, oder?"

War es das?

Einen goldenen Käfig gegen einen anderen tauschen?

Traurig lächelte ich ihn an, schlang meine Arme um meinen Oberkörper, fröstelte plötzlich.

„Ich habe dich nicht – nicht wirklich, oder?"

Nun lächelte er sein Stefan-Lächeln, das, welches ich so liebte, von dem ich dachte, dass es mir allein gehörte.

„Du hast meinen Respekt, meine Anerkennung. Du hast gemeinsame Abende, Nächte. Du hast mein offenes Ohr, meine Gesellschaft, wann immer ich keine anderen Termine habe. Du hast mein Wort, dass ich auf dich achtgeben werde. Dass ich für dich sorgen werde. Du hast meine Zuneigung, wenn auch nicht ungeteilt. Und du hast mein Vertrauen, sobald du deinen Namen unter dieses Schriftstück gesetzt hast. Das ist mehr, als jeder andere Mensch in meinem Umfeld von sich behaupten kann. Die Frage ist also, ob dir dies genügt."

Er musterte mich eingehend.

„Genügt dir das, June? Endlich selbstbestimmt leben können, mit einem Mann, der dich so schätzt, wie du bist? Freiheit, so sein zu können, wie du willst? Unabhängig von deinen Eltern, für deren weiteres Leben ich ebenfalls Sorge tragen werde?"

„Bleibt mir denn eine Wahl?"

Meine Frage schien ihn aus dem Konzept zu bringen, verwirrt blinzelte er.

War es ihm denn bisher nicht in den Sinn gekommen, dass ich an irgendeiner Stelle einfach „nein" sagen und gehen könnte? Obwohl er es mir zu Beginn des Gespräches angeboten hatte?

Ging er davon aus, dass meine Liebe zu ihm so groß war, dass er mir erzählen konnte, was er wollte, ohne dass ich aufbegehren würde?

War dies der Fall, dann kannte er mich nicht ansatzweise so gut, wie er dachte – wie ich gedacht hatte.

Er schob seinen Unterkiefer hin und her, schien ehrlich bestürzt über meine Nachfrage.

„Ich muss zugeben, ich habe nicht *wirklich* mit Widerspruch gerechnet. Natürlich kommt das alles sehr überraschend und ist vermutlich nicht ganz das, was du dir erträumt hast. Auch wenn du zugeben musst, dass die Entwicklung zwischen uns ein wenig zu schön war, um wahr zu sein und du dir hättest denken können, dass es einen Haken gibt."

Er besaß tatsächlich den Nerv, mich bei diesen Worten anzugrinsen.

„Ich hatte gehofft, das nicht wirklich sagen zu müssen, aber nein, June. Es gibt keine Wahl. Es gab keine Wahl mehr von dem Moment an, als ich dich dafür ausgewählt habe."

Ich wollte etwas sagen.

Ich wollte schreien.

Ich wollte ihn schlagen.

Was bildete er sich ein?

Ich hatte keine Wahl mehr – war ich nun kein selbstständiger Mensch mehr in seinen Augen?

Was ging in seinem kranken Kopf vor?

Doch er ließ mich nicht zu Wort kommen.

„Ich versuche es dir so schonend wie möglich beizubringen, June, nur aus dem Grund, dass ich dich wirklich sehr schätze. Dein Vater hat ein Spielproblem und ist hoch verschuldet. Deine Mutter hat so einige Flecken in ihrem Lebenslauf, die ihre Jugend überschatten und die ich ungerne an die Öffentlichkeit tragen würde – ich möchte dich an dieser Stelle nicht mit Einzelheiten belasten, schließlich musst du den beiden noch unter die

Augen treten können. Also versuche ich es so einfach wie möglich auszudrücken – ich habe genug in der Hand, um deine Familie zu zerstören, finanziell, gesellschaftlich, persönlich. Ich kann sowohl deinen Vater als auch deine Mutter problemlos in den Ruin jedweder Art treiben, bis hin zum Selbstmord."

Er lächelte fast liebenswürdig.

„Wir wissen beide, wie nahe dein Vater schon einmal dran war, sich das bedauernswerte Leben zu nehmen, nicht wahr? Das ist doch der Grund dafür, dass du immer noch zu Hause lebst, anstatt endlich dein eigenes Leben zu führen. Glaube mir Liebes, es reichen einige gezielte Anrufe, ein paar Gefallen, und Ethan ist Geschichte. Und ich weiß doch, wie sehr du an deinem Daddy hängst."

Er trat noch einen Schritt näher.

„Erinnerst du dich an den Tag, an dem Ethan sein Unternehmen verlor, an diesen eiskalten Hund, dem mittlerweile die gesamte Branche gehört? Was soll ich sagen – dieser Hund hört zufällig auf mein Kommando, denn es ist mein Geld, das er verwaltet, investiert und vermehrt. Dass dein Vater dabei unter die Räder kam, konnte mir egaler nicht sein – doch als ich erfuhr, dass du seine Tochter bist ... welch ein schöner Trumpf in meiner Hand. Ich kann das letzte bisschen Geld aus deiner Familie herauspressen, ich muss dafür nur den kleinen Finger bewegen. Ob Alison diese Tragödie überstehen würde?"

Er rieb sich das Kinn.

„Ich bezweifle es. Du hegst zwar keine große Sympathie für diese Frau, doch ihr Zugrundegehen willst du sicherlich nicht auf deinem Gewissen haben, oder?"

Das Blut rauschte so laut in meinen Ohren, dass ich ihn kaum verstand.

Sein Tonfall schlug um, wurde zart und weich, fast schmelzend. Seine Augen leuchteten, sanft fuhr er mir mit den Knöcheln über die Wange.

Ich zuckte zurück.

Fast amüsiert grinsend schüttelte er den Kopf.

„Versteh mich bitte nicht falsch. Ich möchte das nicht tun, wirklich nicht. Ich bin schließlich kein Unmensch, auch wenn du das nun annehmen magst. Das alles wird nie passieren, wenn du dich für ein Leben an meiner Seite entscheidest, wenn du so willst. Ich verstehe, dass du das Gefühl haben willst, eigenständig eine Entscheidung getroffen zu haben – deshalb lasse ich dich diese Entscheidung nun treffen."

Er hielt mir einen Stift entgegen und deutete lächelnd auf den Vertrag.

„Ich will – ich brauche eine Ehefrau. Und ich will dich. Mit allen Mitteln. Unterzeichne – und deine Familie kann ein beschauliches Leben führen, ebenso wie du. Unterzeichne nicht – und schau dabei zu, wie ich alles dem Erdboden gleichmache, was dir lieb und teuer ist."

Ich sah ihn an.

Den Mann, in den ich mich so sehr verliebt hatte.

Den Mann, den ich so sehr liebte, dass ich ohne zu zögern seinen Antrag angenommen hatte.

Den Mann, den ich nicht kannte.

Den Mann, der alles zerstören konnte, alles zerstören würde, was mir lieb und teuer war.

Den Mann, der alles bekam, was er wollte – weil er es konnte.

Den Mann, den ich heiraten würde.

Musste.

Für Alison.

Für Ethan – vor allem für Ethan.

Ich würde alles für meinen Vater tun.

Meine Stimme zitterte.

„Wo muss ich unterschreiben?"

~~~~~

Warum, June? Warum nur hast du unterschrieben?

Ja, warum?

Weil dies die einzige Möglichkeit schien, alles vor dem Zerfall zu bewahren.

Weil ich in diesem Fall das Opfer war, dass es zugunsten meiner Familie zu bringen galt.

Weil ich auf gar keinen Fall mit dem Wissen leben könnte, das Leid meiner Eltern verschuldet zu haben.

Oder gar den Selbstmord meines Vaters.

Doch was verstand Daniel schon von Opfern, von Schuld, von der Bereitschaft, alles Notwendige zu tun? Was wusste er schon.

Also zuckte ich stumm mit den Schultern und ging.
~~~~~

Kapitel 14

Stumm stand ich vor dem Spiegel, während Jordan, meine Mutter und die Verkäuferin flüsternd und tuschelnd um mich herumliefen, an mir zupften und zerrten und dabei die Qualität des Stoffes, den Sitz und den Schnitt und wie diese Eigenschaften zu mir passten, diskutierten.

Ich beteiligte mich nicht an diesem Gespräch.

Schon allein deshalb, weil es mir ziemlich egal war.

Ich starrte auf mein Spiegelbild und fragte mich einmal mehr, wie es soweit kommen konnte.

Wer war das dort im Spiegel?

Ich hatte keine Ahnung.

Ich kannte diese Person nicht.

Blass und emotionslos starrte die fragil wirkende Frau im Spiegel auf mich zurück, dunkle Ringe unter ihren Augen, das Haar fiel platt und glanzlos auf ihre schmalen Schultern. Die Haut schien durchsichtig, hatte jedes bisschen Farbe verloren, die sie vielleicht einmal gehabt hatte. Die Lippen waren zu einem schmalen, farblosen Strich zusammengepresst, die Augen sprühten nicht so vor Lebensfreude, wie sie es früher einmal getan hatten.

Sie schienen leer, ohne jedes Leben.

Nein, das war nicht die June, die ich kannte.

Die Frau, die ich einmal gekannt hatte, hätte sich vor Freude überschlagen, wenn sie mit ihrer besten Freundin in einem Brautgeschäft gestanden wäre, in hunderte Schichten Satin und Seide gehüllt, bereit, das passende Kleid für den wichtigsten Tag ihres Lebens zu finden.

Sie hätte sich über den unpassenden Schnitt dieses Kleides ausgelassen, welches weit genug ausgeschnitten war, um einen Blick auf ihre sichtbar hervorstehenden Schlüsselbeine zu gewähren, welche davon zeugten, wie sehr sie in den letzten Tagen, den letzten Wochen abgenommen hatte.

Sie hätte sich über die Farbe des Kleides aufgeregt, das makellos strahlende Weiß stand in einem hässlichen Kontrast zu ihrer eigenen, hellen Haut, ließ sie ungesund und unschön aussehen.

Sie hätte vermutlich mit Jordan darüber gescherzt, dass sie in den vielen Schichten Seide und Tüll wie ein aufgeplustertes Schneehuhn aussah, bereit zum Abschuss.

Oder war sie schon getroffen worden?

Vielleicht war sie das. Es würde die Schmerzen in ihrem Brustkorb erklären, und warum jeder einzelne Atemzug so schmerzte, ihr so verdammt schwerfiel. Warum selbst ihr Herz von Zeit zu Zeit zu stocken schien. Vermutlich sah es ebenfalls keinen Sinn mehr darin, weiter zu machen.

„June, was meinst du? Gefällt dir der Schnitt? Ich finde ihn ja eher unpassend, doch die gute Frau hier sagt, dass er dir ausgezeichnet stehen würde ... ich bin skeptisch ... Aber ich werde ja nicht heiraten. Es ist dein Tag! Was sagst du dazu?“

Alison sah mich erwartungsvoll an, also verzogen sich meine Lippen beinahe automatisch zu einem Lächeln. Ich erschrak selber, wie überzeugend es aussah, wie einfach es ging.

Vermutlich stellte ich mich schon darauf ein, wie es sein würde, Tag für Tag neben Stefan zu stehen und seine liebende, glückliche Ehefrau darzustellen.

Denn nichts Anderes würde ich jemals sein. Eine Darstellerin, eine Schauspielerin in meinem eigenen, furchtbaren Theaterstück voller Schmerz und ohne Hoffnung auf Besserung.

Vielleicht würde ich mich daran gewöhnen.

Vielleicht würde der Schmerz irgendwann nachlassen, vielleicht ganz verschwinden. Vielleicht war es eine Frage der Zeit, der Gewöhnung. Vielleicht war ich irgendwann gut genug, um mir selbst vorzuspielen, dass ich glücklich war.

Ein leises Räuspern erinnerte mich an die Antwort, die ich noch schuldig war.

Also lächelte die Puppe mit meinem Gesicht tapfer weiter.

„Ich finde es ganz nett ... doch die Farbe ist ein wenig – dramatisch. Gibt es hier denn nichts, das weniger in den Augen sticht? Vielleicht auch weniger Perlen ... ich bin schließlich keine Auster. Und muss man durch den Ausschnitt wirklich meinen Bauchnabel sehen?“

Die Verkäuferin errötete und murmelte etwas, ehe sie davon hastete, zweifellos auf der Suche nach einem anderen Kleid, an dem meine Begleitung und ich tausend Fehler fanden.

Etwas unglücklich lächelnd betrachtete meine Mutter mich von oben bis unten und zupfte an meinem Kleid herum, verschob den Stoff an der Taille etwas.

„Du bist vermutlich ihre erste Kundin, für welche sie die Kleider noch enger nähen muss, statt sie weiter auszulassen. Du solltest wirklich mehr Essen, Liebes. Du siehst furchtbar dünn aus. Wenn das so weitergeht, schleppst du dich noch auf dem Zahnfleisch zum Altar.“

Jordan trat einen Schritt näher und musterte mich aufmerksam. In ihren Augen sah ich einen seltsamen Ausdruck, ich wusste, dass die Zahnräder in ihrem Kopf ratterten und ihr hunderte Fragen auf der Zunge brannten – doch sie stellte keine einzige davon. Und dafür war ich ihr so dankbar.

Ich wollte keine Fragen mehr beantworten, wollte nicht mehr lügen.

Vor allem nicht gegenüber ihr, sie war meine beste Freundin und es schmerzte mehr als genug, dass ich nicht einmal ihr die ganze Wahrheit sagen konnte. Nein, auch ihr gegenüber musste ich lächeln und scherzen, auch wenn mir nach weinen zumute war und jedes scherzhafte Wort so unendlich anstrengend war. Ich wollte das nicht mehr.

Ich wollte niemandem mehr sagen, wie glücklich ich doch war, dass alles besser lief, als ich es mir je erträumt hatte, wie sehr Stefan mich liebte und wie sehr ich ihn. Niemanden mehr anlügen, selbst wenn es nur die verdammte Presse war, welche immer die gleichen Fragen stellte.

„Was ist es für ein Gefühl, den beliebtesten Junggesellen des ganzen Landes zu heiraten?“ – „Ein verdammt Gutes. Ich bin wirklich sehr glücklich.“

„Waren Sie überrascht, als er Ihnen den Antrag gemacht hat?“ – „Natürlich. Wir kannten uns schließlich noch nicht lange, doch wir können schon jetzt kaum ohne einander leben.“

„Geht es Ihnen nicht ein wenig zu schnell?“ – „Nein, auf keinen Fall. Wir lieben uns. Wir möchten jede Sekunde des Tages miteinander verbringen.“

Ich konnte gar nicht sagen, wie sehr ich mich selbst dafür verachtete, diese Sätze immer und immer wieder zu wiederholen und in die Kamera zu lächeln, wie der stolzeste, glücklichste Mensch der ganzen verdammten Welt.

Doch was blieb mir anderes übrig? Mit meinem Namen auf einem Stück Papier hatte ich mich bereit erklärt, für immer Stillschweigen zu bewahren, für immer zu lügen, um Stefan in Sicherheit zu wiegen. Eine einzige Unterschrift engte mich weit mehr ein, als das Korsett unter diesem Kleid.

Eine Sache der Gewöhnung.

Ich würde lernen, damit zu leben. Ich würde es lernen müssen.

„War denn schon etwas dabei, was dir gefallen hat? Etwas, von dem du dir vorstellen könntest, es an deiner Hochzeit zu tragen?“

Ich schüttelte den Kopf und verzog mein Gesicht zu einer grimmigen Grimasse.

Die gelang mir auch so, dafür musste ich nicht schauspielern.

„Ich verstehe nicht, warum wir für ein dummes Kleid einen solchen Aufwand betreiben müssen. Kann ich nicht in etwas Schlichtem, Einfachem heiraten? Muss ich aussehen wie ein Stück Sahnebaiser?“

Meine Mutter schüttelte den Kopf, in ihrem Auflachen lagen Spott und Ungläubigkeit.

„Schätzchen, ich weiß, wie sehr du einkaufen hasst. Aber heute kannst du dich nicht herausreden. Natürlich brauchst du etwas Besonderes, ein wunderschönes Kleid. Es geht immerhin um den wichtigsten Tag in deinem Leben, du wirst ihn immer in Erinnerung tragen – und dabei willst du doch hübsch aussehen, oder?“

Es war wie ein Stich in das Herz.

Einer von vielen, die mich in den letzten Tagen wieder und wieder zerfetzten.

Natürlich würde ich mich immer an diesen einen Tag erinnern – es war schließlich der Tag, an dem ich freiwillig und ohne Gegenwehr in meinen goldenen Käfig spazieren würde, einem Leben voller Entsagungen, voller Surrealitäten mit einem einfachen „Ja, ich will" zustimmen würde.

Einen solchen Tag konnte man nicht vergessen, ganz gleich wie man dabei aussah.

Er würde immer etwas Besonderes sein, für immer in der Erinnerung haften bleiben, ob ich dabei wie ein Obdachloser von der letzten Straßenecke aussah oder wie ein unschuldiger, wunderschöner Engel, war vollkommen egal. Es kam auf das Gleiche heraus.

Wie gern würde ich diese Wahrheit hinausschreien – doch angesichts des Bildes von Ethan, das vor meinem inneren Auge auftauchte, blieb ich stumm.

Ich tat das für ihn.

Und für sie.

Auch wenn sie das niemals erfahren würden.

So blieb ich ihr die Antwort auf ihre Frage schuldig, was nicht weiter schlimm erschien, da in diesem Moment die Verkäuferin wieder zu mir zurückkam, ein weiteres, eingeschlagenes Kleid in der Hand.

Etwas schüchtern hielt sie es mir entgegen.

Unwillkürlich entwischte mir ein aufmunterndes Lächeln. Ich wusste, wir waren keine einfachen Kunden. Ich hatte nun schon mehr als zehn Kleider anprobiert und an jedem hatte jemand etwas auszusetzen gehabt. Keines war gut genug gewesen.

Also nahm ich ihr das Kleid vorsichtig aus den Händen und bedankte mich mit einem höflichen Lächeln, bevor ich in die Umkleidekabine rauschte. Jordan ging dicht hinter mir her, öffnete das Kleid, das ich trug und half mir, aus den schier endlosen Lagen Tüll und Seide auszusteigen.

Dann ließ sie mich wortlos, nur ein kleines, kaum merkliches Lächeln auf den Lippen, alleine, schloss den Vorhang hinter sich.

Und ich stand da, in meiner weißen Unterwäsche, mit dem trägerlosen BH, ausnahmsweise nicht mit einem einzigen Gramm zu viel Fett an meinem Körper. Ich sah aus wie eines jener Unterwäschemodels, dünn und beinahe knochig.

Alison hatte Recht. Ich sollte etwas essen. Wenn nicht mir zuliebe, dann wegen den Personen, die sich aufrichtig um mich sorgten. Ich enttäuschte sie alle ohnehin schon mehr, als sie jemals wissen würden, da konnte ich ihnen diesen kleinen Gefallen tun.

Seufzend packte ich das dreizehnte Kleid aus und hielt die Luft an.

Mir war sofort klar, dass ich hier nicht irgendein Kleid vor mir hatte, sondern meines.

Dies war das Kleid, in welchem ich mit Stolz erhobenem Kopf in mein Unglück spazieren wollte. Ich war mir ganz sicher. Es war schlicht und unscheinbar, doch auf seine eigene Art und Weise wunderschön. Es war wie ich.

Vorsichtig, als wäre es zerbrechlich, nahm ich es und stieg hinein. Anders als die anderen Kleider hatte es eine durchaus überschaubare Anzahl von Schichten und bauschte sich nicht lachhaft dick auf.

Leise rief ich nach Jordan, damit sie es zumachen konnte.

Sie half mir auch sofort und sah mich dann an, durchdringend. Ihr Kiefer war fest zusammengebissen, eine Ader pochte an ihrer Stirn. Sie wusste, dass etwas nicht stimmte und sie hatte nicht vor, noch länger zu schweigen, ich sah es an ihren Augen.

Doch ihr schien klar zu sein, dass ich nicht bereit war, zu reden und dabei auch die Wahrheit zu sagen. Also drückte sie mich vorsichtig und flüsterte mir leise ins Ohr. „Wenn du reden willst, heute, morgen, in einem Jahr – du weißt, wo du mich findest. Ich bin für dich da, June. Ich war es immer und ich werde es immer sein. Vergiss das bitte nicht."

Energisch drängte ich die Tränen zurück, die mir in die Augen steigen wollten und nickte leicht, ein dankbares Lächeln auf den blassen Lippen. „Ich danke dir. Ich hoffe, du weißt, wie sehr ich dich liebe."

„Ich liebe dich auch", erwiderte sie ohne einen Hauch von Zögern und lächelte mich aufmunternd an.

Dann verließen wir gemeinsam die Kabine und ich sonnte mich in dem anfänglichen beeindruckten Schweigen und schließlich in der heftigen Zustimmung, die meine Wahl fand.

„Ich hatte erwartet, dass wir dieses Kleid sofort zu den anderen hängen würden, du weißt doch Liebes, das dreizehnte Kleid – dreizehn ist eine furchtbare Zahl. Doch dir scheint sie Glück zu bringen. Du siehst wundervoll aus!", lobte meine Mutter und klatschte verzückt in die Hände.

Ich betrachtete mich im Spiegel und stimmte ihr stumm zu.

Ein bisschen Glück konnte ich gut gebrauchen.

Ja, ich sah wunderschön aus. Das konnte niemand bestreiten.

Alison hatte mich zart geschminkt, sodass meine Augen groß und verführerisch in die Welt blickten. Meine Lippen schienen voll und perfekt, meine Haut weich und makellos.

Das lange Haar war zu einem wundervollen Knoten geschlungen, einige sanft gelockte Strähnen hingen um mein Gesicht herum und verliehen mir ein beinahe mädchenhaftes Aussehen. Ich wirkte wie eine schöne, lebensechte Porzellanpuppe.

Gekonnt verbarg ich meinen ganzen Kummer hinter dieser schönen Maske.

Mein Körper steckte in dem Kleid, das ich vor zwei Wochen ausgesucht hatte. Stefan hatte selbstverständlich alles bezahlt und mir jeden Wunsch erfüllt, den ich bezüglich meines Outfits hatte – natürlich. Ich hatte nichts Anderes erwartet.

Die silbernen Stickereien, welche quer über meinen Oberkörper liefen und sich schließlich um den leicht aufgebauschten Rock schlangen, brachten das zarte Weiß bestens zur Geltung. Meine Schultern lagen frei, meine Arme steckten bis über die Ellenbogen in einem Paar weicher, weißer Handschuhe, die passende, zarte Stickereien aufwiesen.

Meine silbernen Absatzschuhe sah man kaum unter dem weit fallenden Stoff.

Ich sah wie die perfekte Braut aus.

Wie Stefans perfektes Alibi, das ich schließlich war.

War das wirklich ich? War das wirklich June, die gleich den zweifellos größten Fehler ihres ganzen Lebens begehen würde? Oder war ich Dornröschen, das schlafend darauf wartete, von ihrer wahren Liebe aus diesem ganzen Albtraum geweckt zu werden? Würde ich noch hundert Jahre schlafen, gefangen sein, ehe mich jemand befreite?

Es klopfte leise an der Tür und ich gewährte tonlos Einlass, ohne zu fragen, wer hereinwollte.

Durch die Spiegel beobachtete ich, wie mein Vater fragend den Kopf hereinstreckte und dann vorsichtig, beinahe schwindelnd, einige Schritte auf mich zumachte, ehe er verlegen stehen blieb, meinen Brautstrauß in der Hand.

Ein leichtes Lächeln fuhr durch mein Gesicht, als ich die Zusammenstellung des Straußes bemerkte. Sieben rote Rosen und in ihrer Mitte eine einzelne, weiße.

Der gleiche Strauß, den Stefan mir schon einmal geschenkt hatte, um mir zu sagen, dass ich einzigartig und wunderschön wäre. Beides traf auch heute auf mich zu. Ich war wunderschön – und einzigartig in meiner unfassbaren Dummheit.

Welche andere Frau würde freiwillig einen Mann heiraten, von dem sie nichts zu erwarten hatte, als materielle Werte? Der ihr nicht gewährte, die wahre Liebe zu finden?

Kein anderer Mensch auf der Welt würde solch ein Martyrium auf sich nehmen.

Nur ich.

Weil ich den besten Grund dafür hatte.

Ich straffte mich und lächelte meinen Vater dankbar an, welcher gar nicht wusste, was für ein Opfer ich brachte, damit Alison und er ihren gewohnten Lebensstandard fortsetzten konnten, an den sie sich schon gewöhnt hatten.

Damit Stefan ihm nichts antat.

Er übergab mir den Strauß und knetete dabei nervös die Hände.

„Ich weiß sehr zu schätzen, was du für uns tust, June. Ich weiß, es muss sehr schwierig sein, einen Mann zu heiraten, den du noch nicht lange kennst – aber ihr scheint euch ja aufrichtig zu lieben. Wäre er ein schlimmer Mensch, hätte ich nie meine Zustimmung erteilt, egal, wie reich er wäre, ich hoffe, du weißt das. Aber so scheint sich alles zum Guten zu wenden. Ich bin stolz auf dich."

Ich lächelte gerührt. Er wusste gar nichts.

Er schien noch etwas sagen zu wollen, doch er verschluckte die Worte wieder, hielt mir nur den Arm entgegen, sodass ich mich einhaken konnte.

„Wollen wir?"

Wollte ich?

Eigentlich nicht.

Aber blieb mir eine Wahl?

Definitiv nicht.

Nickend nahm ich den angebotenen Arm und ließ mich von ihm hinausführen, vor die Tür des Ganges, der mich gleich zu Stefan führen würde. In ein Leben, welches ich schon jetzt verabscheute.

Doch ich musste das Beste daraus machen.

Für Stefan, für mich – für meine Eltern.

So viel war ich ihnen schuldig, glaubte ich zumindest.

Ethan beugte sich zu mir und flüsterte mir lächelnd ins Ohr.

„Du siehst wirklich wunderschön aus, June. Jeder Mann wäre dumm, dich nicht zu heiraten."

Und niemand wäre dumm genug, einen brutalen, ungehemmten, lieblosen Mann zu heiraten.

Doch ich lächelte nur dankbar und sprach meine wahren Gedanken nicht aus. Es überraschte mich selbst, wie gut ich mittlerweile jedem vorspielen konnte, was auch immer ich wollte. Vielleicht konnte ich bald mir selbst vorspielen, dass ich tatsächlich glücklich war.

Die Tür ging langsam auf und die Musik setzte ein. Ein typischer Hochzeitsmarsch.

Die Kirche war wunderschön hergerichtet und dekoriert, es waren viele Menschen anwesend, von denen ich nicht einmal ein Viertel kannte. Alle sahen hübsch aus in ihren Kostümen und Anzügen. Wie Puppen in einer Theateraufführung und ich war die Hauptdarstellerin.

Stefans Eltern waren nicht anwesend, natürlich nicht. Sie waren hier nicht willkommen – und genaugenommen wollten sie wohl auch nicht hier sein. Er hatte beiläufig fallen gelassen, dass sie ihn verstoßen hatten, nachdem er ihnen eröffnet hatte, welchen Neigungen er nachging.

Die Aussicht, vielleicht niemals Enkel zu bekommen, weil ihr sonst so wohlgeratener Sohn es vorzog, seinen verdorbenen Lebensstil beizubehalten, in dem ein Kind so gar keinen Platz hatte, hatte ihnen alles verdorben. Für sie war Stefan nicht mehr existent. Für sie galt nur noch seine Halbschwester, welche allerdings ebenfalls fehlte, wie ich schnell feststellte.

Es überraschte mich, wie sehr mich das ärgerte. Nach Stefans Erzählungen schien Josie eine wundervolle Person zu sein, die immer für andere da war. Ich hatte gehofft, sie endlich kennenzulernen – nun schien es, als würde sich das noch eine Weile hinziehen. Dabei brauchte ich dringend jemanden, der meine Situation verstand und der für *mich* da war.

Langsam führte mich Ethan zum Altar.

Dorthin, wo der Pfarrer und Stefan warteten, zusammen mit unseren Trauzeugen.

Für mich war zweifellos klar gewesen, dass Jordan die meine sein würde, sie strahlte mir entgegen und so rang auch ich mir ein erfreutes Grinsen ab.

Neben Stefan stand Daniel, fein herausgeputzt in einem schwarzen Anzug, ohne Krawatte, ohne Fliege, das Hemd einen Knopf zu weit offenstehend, was ihn ein wenig von all den anderen Anwesenden abhob.

Doch genau genommen brauchte er auch nichts davon, er würde selbst in einem verwaschenen Shirt und einer zerrissenen Jeans gut aussehen.

Ich war versucht, mich darüber zu wundern, dass Stefans Angestellter sein Trauzeuge war, doch ich verkniff es mir. Es würde seine Gründe haben. So wie alles, was Stefan tat, einen tieferen Grund hatte.

Bevor mich Daniels glühender Blick zum Erröten bringen konnte, wandte ich meinen Blick schnell meinem Verlobten zu.

Er lächelte sein schönstes Lächeln und ich kannte ihn mittlerweile gut genug, um zu erkennen, dass es nicht gestellt war. Er freute sich offenbar wirklich auf mich.

Ein wenig sonderbar vor den wahren Gründen dieser Hochzeit, doch ich wusste, dass er tatsächlich eine gewisse Zuneigung mir gegenüber hatte.

Wie zu einer entfernten Verwandten oder vielleicht einer Freundin.

Trotz dieser Ironie und meinem innerlichen Kopfschütteln kam ich nicht umhin, zu bemerken, wie verdammt gut Stefan aussah. Sein schwarzer Anzug passte wunderbar zu dem weißen Hemd und der schwarzen, schmalen Krawatte. Sein Haar war so unordentlich wie immer, seine Augen strahlten mit seinen Lippen um die Wette.

Gott, war dieser Mann schön.

Mir war klar, wieso jedes andere Mädchen dieses Bundesstaates von ihm träumte, warum sich jede Frau nach ihm verzehrte. Ein gehässiges Grinsen bildete sich auf meinen Lippen aus.

Wenn die nur wüssten.

Schließlich waren wir bei ihm angekommen und mit einem breiten Lächeln übergab Ethan mich seinem baldigen Schwiegersohn, dann trat er zurück und wandte sich seinem Platz zu.

Da stand ich nun, Stefan gegenüber, vor dem Priester, welcher auch sofort begann, seine Litanei herunterzuleiern. Der Blick meines Bräutigams nahm mich gefangen, verzauberte mich, erinnerte mich daran, wieso ich mich in ihn verliebt hatte.

Genau dieser Blick, der mir sagte, dass ich die Eine wäre.

Dass ich etwas Besonderes wäre, erfrischend anders.

Dass ich mit ihm glücklich werden würde, dass er mich vor allem beschützen, mir Sicherheit und ein Zuhause bieten würde.

Und für einen Moment glaubte ich ihm wieder.

Für diesen Moment, während die Worte des Priesters um uns herum fielen, wie die Tropfen eines seichten Regenfalls. Nebenbei bekam ich mit, wie Stefan seine wunderschönen, vollen Lippen bewegte, als er der Heirat zustimmte. Als wäre ich nicht länger an meinen Körper gebunden beobachtete ich, wie Stefan mir als Zeichen seiner Liebe den schlichten, goldenen Ring ansteckte, bevor ich das gleiche bei ihm tat.

Ich glaubte, dass er all seine Versprechen halten würde. Er versprach, ich würde glücklich sein, bei ihm, mit ihm – und ich glaubte es.

Er versprach, es würde nie jemand anderen neben mir geben, weil er mich liebte, mich über alles stellte – und ich glaubte ihm.

Ein Räuspern riss mich aus meinem Traum und ich blinzelte heftig.

Der Priester sah mich auffordernd an und Stefan lächelte.

„Das ist die Stelle, an der du ‚Ja' sagen musst", flüsterte er mir mit einem hörbaren Grinsen zu, doch ich hörte den deutlichen Nachdruck in seiner Stimme, seine Nervosität, ich könnte ihm das Ja-Wort verweigern.

Meine Seifenblase war geplatzt.

Ich war wieder Ich, die June, die im Begriff stand, einen Mann zu heiraten, der seine Versprechen nie würde halten können. Ich rannte von einer Gefangenschaft in die Nächste. Drei Worte von mir und ich würde die nächsten Jahrzehnte in einem goldenen Käfig sitzen, ohne Aussicht auf Freiheit. Nie wieder.

Meine Stimme zitterte, als ich mein Einverständnis zu dieser Farce gab.

„Ja, ich will." Ich rang mir ein Lächeln ab, so wie es von mir erwartet wurde.

Ich hörte wie durch Watte die Stimme des Priesters, welcher uns zufrieden und mit einem Hauch von Erleichterung zu Mann und Frau erklärte.

Wie in Trance spürte ich Stefans Hände auf meinem Rücken, wie er mich an sich zog und seine Lippen auf meine drückte, wie die unzähligen Male davor. Ich spürte seine Zunge, welche die meine leicht streifte, ehe er sich zurückzog, mich strahlend anlächelte und fest in den Arm nahm.

Ich hörte das Jubeln der Menschen, das Klatschen.

Über Stefans Schulter hinweg sah ich Daniel, der mich mit einem brennenden Blick aus düsteren Augen anstarrte, in seinem Blick standen mehr Gefühle, als ich mir im Moment erlaubte, Mitleid, Unverständnis, Sorge, und noch etwas, etwas, was ich nicht genau deuten konnte.

Stumm sah ich ihn einfach nur an, wie eine Ertrinkende den Rettungsring. Doch er wich kaum merklich zurück, schüttelte leicht den Kopf.

Warum sollte er mich retten können, mich retten wollen?

Stefan löste sich von mir und strahlte wieder vor Glück, automatisch erwiderte ich sein Lächeln, wir wandten uns unseren Gästen zu. Jordan drückte mich fest, wünschte mir Glück, in ihren Augen sah ich Tränen.

Es war die perfekte Hochzeit, wie aus einem Traum.

Zu schade, dass es nicht mein Traum war.

Kapitel 15

Die sanfte Musik vermochte es tatsächlich, mich etwas zu besänftigen, sie schaffte es, die innere Anspannung zu lösen, welche mich fest im Griff hatte. Immer wieder fiel mein Blick auf meine Hand, an der nun ganz offensichtlich für alle der goldene Ehering prangte und mich daran erinnerte, warum ich hier war.

Doch ganz gleich wie elend ich mich fühlte, ich konnte mich der ausgelassenen Heiterkeit um mich herum nicht entziehen. Jordans Lachen steckte mich nach wie vor an, und sie lachte so oft an diesem Tag. Jeremy saß neben ihr und unterhielt sie mit seiner ruhigen, dunklen Stimme.

Ich würde wohl nie aufhören, die beiden um alles zu beneiden, was sie miteinander teilten.

Ihre Zuneigung, ihr Vertrauen, ihre Liebe. Sie waren abhängig von einander, konnten nicht ohne den anderen. Sie waren das glücklichste Paar, das ich kannte.

Mein Blick wanderte zu meinen Eltern, die neben Jordan und Jeremy saßen und so strahlten, als wäre es ihre Hochzeit. Sie wirkten tatsächlich glücklich, es war nicht gespielt. In den Augen meiner Mutter konnte ich ihren stummen Stolz erkennen und ein Hauch von Zuneigung.

Anscheinend hatten die letzten Wochen bewirkt, dass sich Alison doch ein wenig wie meine Mutter fühlte. Ich hoffte, dass sich dieser Zustand nicht einfach in Wohlgefallen auflösen würde – ich wusste nicht, was in Zukunft auf mich zukommen würde und konnte sicherlich jede Unterstützung gebrauchen, die ich bekommen konnte.

Noch während sich diese kleine Hoffnung in mir aufbaute, wurde mir klar, dass es niemals dazu kommen würde – worüber sollte ich auch mit ihr reden, was würde ich ihr schon erzählen können?

Verbittert kniff ich die Lippen zusammen.

Ich fühlte mich seltsam fehl am Platz, wie ich hier auf meinem Stuhl saß, am Kopf der Tischreihe, im Mittelpunkt aller Aufmerksamkeit, das der Anwesenden, das der wenigen Fotografen, denen erlaubt worden war, der Festlichkeit beizuwohnen und die dann und wann ein Foto von der Gesellschaft schossen.

Hier saß ich also, steif und aufrecht, die blasse, teilnahmslose, doch wunderschöne Braut. Man konnte meinen, dass meine mangelnden Emotionen vom Schock herrührten, nun wirklich eine Ehefrau zu sein, die Frau von Stefan Volkan. Doch vielmehr wurde mir immer deutlicher klar, auf was ich mich eingelassen hatte. Wieder starrte ich auf meinen Ring, das Zeichen meiner Gefangenschaft.

Ich gehörte nun ihm.

Alles an mir, als hätte er mich gekauft. Als wäre ich nicht mehr, als eine Sklavin.

Doch was wäre die Alternative gewesen?

Teilnahmslos zuzusehen, wie Stefan seine Drohung wahrmachte und meine Familie zerstörte?

Zu riskieren, dass er meinen Vater tatsächlich an den Rand des Wahnsinns, in den Selbstmord trieb?

Niemals.

Bevor ich wieder in meine Grübelei verfallen konnte, die ohnehin zu keinem Ergebnis führte, als zu Schmerz und Selbstmitleid, erschien eine ausgestreckte Hand in meinem Blickfeld.

Stefans Blick war liebevoll, sein Lächeln strahlend. „Erweist du mir die Ehre unseres ersten Tanzes als Mann und Frau?“

Ich starrte in seine Augen, die wunderschönen, unergründlichen Augen des Mannes, in den ich mich so stürmisch verliebt hatte, in all seine guten Seiten, sein liebevolles Entgegenkommen.

Vielleicht war das alles nicht so übel.

Vielleicht war *er* nicht so übel.

Womöglich war der ganze Vertrag, dieses genaue Gerede über eine dunkle Seite, über zwielichtige Machenschaften, übertrieben.

Wahrscheinlich hatte er recht und ich machte viel Lärm um nichts.

Vielleicht waren all diese Drohungen nur der verzweifelte Versuch gewesen, mich am Gehen zu hindern, weil er mich wirklich liebte, mich wirklich brauchte.

Vielleicht ...

In diesem Moment entschloss ich, das Beste aus meiner Situation zu machen. Ändern konnte ich ohnehin nichts mehr. Ich hatte selbst mein Urteil unterschrieben – nun würde ich damit leben müssen, ohne in Selbstmitleid zu versinken.

Etwas verspätet erwiderte ich sein Lächeln und ergriff nach kurzem Zögern seine Hand, ließ mir von ihm aufhelfen und auf die Tanzfläche führen. Unwillkürlich fühlte ich mich an unser erstes Treffen erinnert und ein echtes, kleines Lächeln glitt über mein Gesicht.

Er begann mich herumzuwirbeln, noch bevor ich in der Mitte der Fläche angelangt war.

„Warum grinst du so?“, fragte er mit einem schiefen Lächeln.

„Es ist nichts, ich habe mich nur an unser erstes Treffen erinnert. Wir haben ebenfalls getanzt.“

Er lachte auf. „Ich erinnere mich. Du warst an jenem Tag genauso wunderschön, wie du es heute bist. Ich muss wirklich der glücklichste Mensch auf dieser Welt sein."

Ich blieb ihm eine Antwort schuldig, wusste ohnehin nicht, was ich erwidern sollte.

Meine Sprachlosigkeit schien ihn gewissermaßen zu triggern, denn ohne Punkt und Komma begann er weiter zu reden.

„June, ich will, dass du weißt, wie viel mir deine Aufopferungsbereitschaft bedeutet. Ich weiß, es ist alles andere als leicht, was ich von dir verlangt habe. Ich weiß auch, dass ich dir praktisch keine andere Wahl gelassen habe. Ich wünschte nur, es hätte sich weniger nach Erpressung angefühlt, sondern mehr nach freier Wahl, so wie es eigentlich geplant war. Es steht dir zu, mich zu hassen, das ist mir bewusst."

Er räusperte sich und schaute zur Seite, fast hätte man meinen können, echtes Bedauern in seinem Blick zu lesen. Sein Griff an meiner Hüfte verstärkte sich.

„Umso mehr weiß ich zu schätzen, dass du heute mit mir hier bist. Ich könnte mir keine bessere Frau an meiner Seite vorstellen."

Ich nickte nur, ohne etwas zu erwidern.

Als ob ich eine Wahl gehabt hatte. Als ob er mir meinen freien Willen gelassen hatte.

Es gab nichts zu sagen, was er nicht schon wusste, was ihm nicht bisher egal gewesen war. Eine Weile lang tanzten wir stumm. Dann begann er zu lächeln.

„Ich erinnere mich gerne daran, wie du mich mit offenem Mund angestarrt hast, als ich dich zum ersten Mal zum Tanzen aufforderte. Dir wäre beinahe das Essen zurück auf den Teller gefallen, so perplex warst du."

Ich lächelte sarkastisch, während sich meine Wangen röteten.

„Gerade hatte ich es vergessen. Danke für die Auffrischung." Er zuckte nur grinsend die Schultern.

„Gern geschehen. Wenn ich böse wäre, würde ich dich auch daran erinnern, wie du mir beinahe vor die Füße gespuckt hast, als ich dir sagte, dass ich dich gerne küssen wollte. Du wolltest mir in den Hintern beißen." – „Nun, du kannst nicht bestreiten, dass du einen recht annehmbaren Hintern hast."

Die Vibration seines Brustkorbes als er lachte, hallte in meinem Oberkörper wider, es brachte mich ebenfalls zum Lächeln. Es verblüffte mich, wie leicht es war, sich der Illusion hinzugeben, wir wären ein normales Paar, ein liebendes Paar.

Ich fühlte mich leicht und unbeschwert, für diesen Moment, ganz so, wie es sein sollte.

Und dann war der Moment vorbei.

Ich war seine Braut, und ich empfand viel für ihn, irgendwie. Das ließ sich nicht einfach abstellen, nicht, wenn er mich so ansah, so festhielt.

Er war mein Ehemann – und ich wusste nicht, ob er etwas für mich empfand, eben weil er mich auf diese Art und Weise betrachtete.

„Liebst du mich, Stefan?“

Die Frage war schneller ausgesprochen, als ich noch einmal hätte darüber nachdenken können, beinahe verlegen biss ich mir auf die Zunge.

Aus seinen Gedanken gerissen sah er mich einen Moment grübelnd an, leckte sich über die Lippen, wie immer, wenn er genau über seine Antwort nachdachte.

„Ich weiß nicht, wie ich es erklären kann, ohne deine Gefühle zu verletzten. Möchtest du wirklich jetzt darüber reden?“

Ich schenkte ihm ein humorloses Grinsen.

„Ach, gibt es einen besseren Zeitpunkt, sich über seine Gefühle klar zu werden, als auf einer Hochzeit?“

Er erwiderte mein Grinsen nicht, sondern starrte mich intensiv an, als versuche er herauszufinden, wie ernst mir das Ganze war.

„Es ist relativ einfach June, jedenfalls für mein Auffassungsvermögen – ich weiß nicht, ob ich irgendjemanden liebe. Ich bin auch ohne Menschen in meinem Leben zufrieden, ist das verständlich? Ich habe meine Arbeit, mein Haus, mein Auto, mein Geld, alles Dinge, die ich mir selbst erarbeitet habe, ohne dass mir jemand etwas geschenkt hat. Die Gesellschaft von Bekannten oder ... Freunden ist recht nett, aber nicht unbedingt notwendig. Die Personen, mit denen ich Arrangements für beiderseitiges Vergnügen treffe – dabei geht es nicht um emotionale Bindung, sondern um rein körperliche Befriedigung. Es gibt keinen Menschen in meinem Leben, der allem erst einen Sinn gibt, wie man es so gern in Romanzen liest.“

Er zuckte mit den Schultern und musterte mich.

„Zumindest bis ich dich getroffen habe.“

Wieso schlug mein Herz auf einmal so wild? Warum beschleunigte sich meine Atmung? Warum erlaubte ich mir, für einen Moment Hoffnung zu empfinden?

Ein Teil meiner Empfindungen schien sich auf meinem Gesicht abzuzeichnen, denn er reagierte sofort in abwehrender Haltung.

„Oh, bitte versteh das nicht falsch, ich meine das auf eine recht rationale Art. Du bist schön und klug, humorvoll, geschickt, wortgewandt, mutig, selbstlos. Du bist auf eine unschuldige Weise sexy und anziehend, natürlich lässt du mich nicht kalt. Du bist eine einzigartige Frau und du passt sehr gut zu mir, auf einer gewissen Ebene besser als jede Frau, die mir je begegnet ist. Ich schätze dich. Ich würde sogar so weit gehen zu sagen, dass ich dich mag. Und du bist nun ein großer Teil meines Lebens."

Er zögerte einen Moment. „Aber du bist nicht essenziell für mein Leben. Verstehst du das?"

Wie konnte ich es nicht verstehen, wenn er es so emotionslos und gradlinig erklärte?

Wie sollte es mir entgehen können, dass er gerade viele Wörter, viele Sätze benutzt hatte, um mir auf eine seltsam ausgeschmückte Art zu sagen, dass er mich nicht liebte, nie lieben würde?

Mein Kopf fühlte sich so leer an und zugleich so bleischwer.

„Ja, ich verstehe."

In meinem Hals saß ein Kloß, zu groß, um ihn hinunterzuschlucken. Vielmehr wuchs er, bis ich das Gefühl hatte, daran zu ersticken.

Ich räusperte mich, versuchte ruhig zu atmen, um die aufkeimende Panik zu ersticken.

Was hatte ich nur getan?

Seine Hand drückte meine Hüfte, vielleicht meinte er es als aufmunternde Geste, doch mich durchlief dabei ein Schauder.

Für einen Moment die Augen schließen.

Beruhigen.

Akzeptieren.

Panik würde nun nichts mehr ändern, vielmehr für Chaos sorgen, welches ich nicht erklären konnte, ohne meine Familie zu gefährden.

Denn Stefan konnte noch so viele schöne Worte, so viele bewundernde Blicke um sich werfen, seine Drohung meinen Eltern gegenüber würde ich nie vergessen.

All meine verbliebende Kraft zusammennehmend, schenkte ich ihm ein kleines, verbissenes Lächeln.

„Weißt du, ich hätte es wissen müssen. Es gab Anzeichen dafür, dass etwas nicht stimmt."

Er hob die Augenbrauen und verzog beinahe spöttisch den Mundwinkel.

„Dann erleuchte mich, wann habe ich etwas verraten?"

Die Band begann ein anderes Lied zu spielen, problemlos wechselte Stefan den Schritt, ohne einen Moment innezuhalten.

„Nun, du hast deine Zuneigung etwas zu sehr zur Schau gestellt. Du hast jeden merken lassen, dass du mich willst, obwohl du jede haben könntest. Es ging alles so schnell, zu schnell. Du hast dir so viel Mühe gegeben, dein

Ziel zu erreichen, ich schätze, niemand gibt sich im 21. Jahrhundert so viel Mühe für eine Frau. Und du hast nie ..."

Erschrocken hielt ich inne und schaute beschämt zur Seite, während meine Wangen sich rosa färbten.

„Was habe ich nie? Nie mit dir geschlafen?"

Er stellte das so sachlich, mit so nüchterner Stimme fest, als rede er nur über das Wetter.

Ich nickte langsam.

„Ja. Es gab so viele Gelegenheiten, so viele Momente. Ich wäre so oft bereit gewesen – und es war, als hättest du kein Interesse an einer solchen Beziehung."

Er seufzte schwer.

„June, es ist nicht so, dass ich dich nicht ansprechend finde, im Gegenteil. Du entsprichst meinem Geschmack zur Gänze und ich habe mir oft vorgestellt, wie es wäre, mit dir zu schlafen. Einige Male. Nun, war es außerordentlich schwer, dich gehen zu lassen, während ich all diese Bilder im Kopf hatte ... nur wollte ich unsere Beziehung nicht mit einer sexuellen Komponente kompliziert machen, bevor alle Ungereimtheiten aus dem Weg geräumt sind. Ich wollte mir hinterher nicht den Vorwurf machen müssen, dich benutzt zu haben. Ich kann in dieser gewissen Hinsicht auch außerordentlich überzeugend sein, musst du wissen."

Wie sollte ich das verstehen? Hätte er mich nackt ans Bett gefesselt und mir den Orgasmus verweigert, bis ich einer Heirat zugestimmt hätte? Ich prustete lautlos in mich hinein.

Er schwieg für einen Moment nachdenklich.

„Ich könnte mir durchaus vorstellen, unsere Beziehung auch in diese Richtung weiterzuentwickeln, wenn wir uns an die neue Situation gewöhnt haben."

Was für eine seltsame Art, über Sex zu reden.

Ich für meinen Teil war mir nicht einmal mehr sicher, ob ich jemals mit ihm würde schlafen wollen, jetzt, wo ich ihn näher kannte, seine dunklen Teile kannte.

Ich wusste auch ohne es ausprobiert zu haben, dass ich weder ausgepeitscht noch in irgendeinem Sinn erniedrigt und bloßgestellt werden wollte zum Vergnügen eines perversen Sadisten.

Es galt sich immer eines vor Augen zu halten, um sich nicht zu verlieren er wollte mich ursprünglich nicht auf diese Art und Weise. Er wollte mich als seine Freundin, als seine Sicherheit.

„Wir werden sehen", erwiderte ich also, ruhiger, als ich tatsächlich war.

Stefan schenkte mir wieder diesen tiefen, langen Blick, den zu deuten mir so schwerfiel.

„Es tut mir leid. Mir ist klar, dass das alles nicht leicht ist. Es ist nur einfach gewöhnungsbedürftig – für mich ebenso, wie für dich. Aber glaub mir, die Zeit wird deine Wunden heilen. Das hat sie immer schon getan.“

Ich hob spöttisch meine Augenbraue und verweigerte ihm den direkten Blickkontakt, indem ich beinahe desinteressiert zur Seite sah. Was für ein klischeehafter Satz war das denn? Meine Wunden hatte die Zeit noch nie geheilt.

Und diese Wunden würden niemals heilen. Sie würden jeden Tag von Neuem aufbrechen.

„Für jemanden, der sich nie entschuldigt, entschuldigst du dich relativ häufig bei mir. Pass bloß auf, dass du dir das nicht zur Angewohnheit machst. Ich könnte noch denken, du wärst wie jeder andere normal Sterbliche auch.“

Er hob unsere ineinander verschlungenen Hände hoch, ohne mit dem Tanzen inne zu halten, und zwang mich mit einem harten Griff an mein Kinn, ihn anzusehen.

„June, ich entschuldige mich bei dir, wenn es angebracht ist. Nichts weiter. Interpretiere nicht mehr hinein, als es ist.“ Ich lachte hart. „Natürlich nicht, wie käme ich auch dazu.“

Wieder schwiegen wir.

Doch nach einer Weile war ich dieses Mal diejenige, die einknickte.

„Du hast Recht, es tut mir auch leid. Einen schönen Start legen wir hin – wir sollten uns definitiv mehr anstrengen, meinst du nicht auch? Immerhin werden wir ab jetzt ziemlich viel Zeit miteinander verbringen.“

Er lächelte wieder, als sei nichts gewesen, doch dieses Mal erkannte ich, dass es gespielt war, denn es erreichte seine Augen nicht.

„Sehr viel Zeit, das stimmt. Ich dachte an die nächsten sechs Jahrzehnte, plus minus zwei, je nachdem, wie lange mein armes, gebeuteltes Herz durchhält.“ – „Du armer Kerl. Ich werde dich bemitleiden, wenn ich das nächste Mal eine freie Minute habe. Vielleicht solltest du etwas Urlaub machen.“

Nun strahlten seine Augen wieder.

„Wo wir gerade von Urlaub reden ... was hältst du davon, die nächsten beiden Wochen in meinem Strandhaus in Malibu zu verbringen?“

Meine Augenbrauen hoben sich, in tatsächlichem, milden Interesse.

„Du hast ein eigenes Strandhaus in Malibu? Nein, warte. Natürlich hast du ein verdammtes Strandhaus. Nun, mir würde etwas Sonne vor dem Herbst guttun. Wann soll es losgehen?“

„Sofern du magst – direkt heute Abend. Sieh es als unsere Flitterwochen an. Wenn auch unsere Ehe nicht ganz normal verlaufen wird, so will ich dir doch alle Annehmlichkeiten bieten."

„Ist das dein Ernst?" – „Mein vollster. Ich will, dass du dich wohl fühlst, June."

Ich lächelte leicht, war mir selbst nicht mehr bewusst, ob ich es tatsächlich so meinte. Vielleicht war das genau das, was ich brauchte.

Ablenkung.

Viel, viel Ablenkung.

Nach endlos scheinenden Tänzen mit meinem Vater und einigen von Stefans Kanzleikollegen, war es Zeit für einen letzten, obligatorischen Hochzeitsbrauch. Fest hielt ich meinen Brautstrauß in der Hand, hielt einen Moment inne um einen letzten Blick auf die Blumen zu werfen. Die weiße Rose stach aus dem perfekten Strauß heraus, makellos, einzigartig.

Und niemand würde den Sinn dahinter vermuten.

Ich schloss die Augen und holte aus, schleuderte ihn über meinen Kopf. Ich hörte die begeisterten Rufe, das erwartungsvolle Schweigen und schließlich das enttäuschte Schnauben.

Mit milder Neugier drehte ich mich um, meine Augen wanderten suchend über die Menschenschar vor mir – und wurde in Daniels Händen fündig.

Ein kleines Glucksen entwich mir.

Schon verschwand Daniel hinter einer Wand aus Frauen in sich wild bauschenden Kleidern, während alle um die Aufmerksamkeit des schönen Mannes zu wetteifern schienen – immerhin galt er nun als Heiratsmaterial, von meinem Strauß dazu ausersehen, bald selbst vor den Altar zu treten.

Sein Gesicht indes sprach Bände.

Mit gerunzelter Stirn versuchte er allzu forsche, aufdringliche Avancen abzuwehren, ohne jemanden ernsthaft zu brüskieren.

Ich konnte mein Kichern einfach nicht zurückhalten, nicht einmal, als ich mir beide Hände vor den Mund schlug.

Er konnte es nicht gehört haben, schließlich stand er einige Meter von mir entfernt inmitten einer Meute plappernder Frauen, dennoch schoss sein Blick nach oben und nahm mich innerhalb von Sekunden gefangen.

Mein Lachen verstummte, als er den Strauß achtlos auf einen Tisch legte und unaufhaltsam auf mich zu kam. Was hatte er vor? Mein Herz begann grundlos schneller zu schlagen, geriet mit jedem seiner Schritte mehr aus dem Takt.

Stefan stellte sich ihm in den Weg und sagte irgendetwas, was ich nicht verstand, und Daniel antwortete, ohne seinen Blick von mir zu nehmen. Seine Worte wiederum verstand ich klar und deutlich.

„Ich werde sofort alles veranlassen, Stefan. Wir können jederzeit aufbrechen. Aber zuerst – gönne mir nur noch einen einzigen Tanz mit deiner Braut, als dein Trauzeuge. Ich bestehe darauf."

Stefan grinste ihn an und schlug ihm auf die Schulter, gab ihm lachend sein Einverständnis.

Und Daniel lächelte düster, während er weiter auf mich zukam. Dicht vor mir blieb er stehen und schaute mit unergründlichem Blick auf mich herab.

„Wie steht es, June Volkan? Gewähren Sie mir noch diesen einen Tanz, bevor wir in die Flitterwochen fahren?"

Ohne nachzudenken ergriff ich die mir angebotene Hand, ignorierte die leise Warnung in meinem Kopf.

Was sollte schon passieren?

Auf dem Parkett angekommen legte er seine Hand an meine Hüfte und zog mich dicht an seine Brust, vielleicht ein wenig zu dicht für wachsame Augen.

Als hätte er sich mit der Band abgesprochen begannen sie ausgerechnet jetzt einen langsamen Walzer zu spielen.

Sein Duft stieg mir in die Nase und benebelte meine Sinne, raubten mir jeden klaren Gedanken, widerstandslos ließ ich mich von ihm mitziehen. Meine Einmischung war ohnehin unnötig, er tanzte – natürlich – ausgesprochen gut.

Und er war mir so verdammt nah.

Ich spürte seinen Atem auf meinem Gesicht.

Ich schüttelte leicht den Kopf und versuchte mich zu konzentrieren, so fixierte ich meinen Blick auf einen winzigen, weißen Punkt auf seinem schwarzen Hemd, bis ich mich sicher genug fühlte, ihn anzuschauen.

Seine tiefblauen Augen fixierten mich und ließen keinen Ausweg.

„Was meintest du mit ‚bevor *wir* in die Flitterwochen fahren'? Kommst du etwa mit?"

Ein leichtes Zucken um seine Lippen verriet seine Belustigung.

„Natürlich komme ich mit, June. Ich bin nicht nur Stefans Freund, sondern auch für seine, nun, mittlerweile auch für deine Sicherheit zuständig. Betrachte mich als euer persönliches Kindermädchen. Ich werde euch nicht aus den Augen lassen, nicht einen einzigen Augenblick, verlass dich darauf."

War das ein Versprechen oder eine Drohung?

Stumm starrten wir uns an, langsam tanzten wir, fest aneinandergeschmiegt.

„Und June, genießt du deine Hochzeit? Ist alles so, wie du es dir vorgestellt hast?"

Ich hatte Schwierigkeiten, mich auf seine Worte zu konzentrieren, der undefinierbare Duft seines Atems drang in meine Nase, ließ mich schwindeln.

Sein Gesicht kam immer näher, er brachte seinen Mund so nahe an mein Ohr, dass ich seine beinahe gehauchten Worte gerade so hören konnte.

„Wäre das hier meine Hochzeit und du meine Braut ..."

Er stockte.

Noch bevor ich abwägen konnte, ob das wirklich das passende Thema für diesen Moment war, hatte mein Mund schon entschieden.

„Was wäre dann, Daniel?"

Sein Blick wurde so intensiv und dunkel, dass es mich augenblicklich zu verbrennen drohte.

„Ich würde dich nicht aus den Händen geben, für niemanden. Du würdest nur mir gehören, deine Tänze, dein Lächeln, deine Hände und deine Lippen. Vor allem deine Lippen."

Seine Augen versengten mich, wo sein Blick mich berührte.

„Vermutlich wären wir schon längst nicht mehr bei unseren Gästen. Ich könnte es keine halbe Stunde mit dir neben mir aushalten, ohne vor Verlangen und Sehnsucht zu vergehen. Ich würde den nächsten abschließbaren Raum suchen und dafür sorgen, dass du diesen Tag niemals vergisst, nicht eine Sekunde in deinem ganzen Leben."

Nun brannte ich tatsächlich.

Von den Haarwurzeln bis in die Zehen schien mein Körper in Flammen zu stehen.

Zugleich jagte ein Schauder den anderen über meinen Rücken.

Das Lufthohlen fiel mir schwer, meine weit aufgerissenen Augen ließen sich einfach nicht aus dem schmelzenden Blau seiner Iriden lösen.

Ich wollte ihn.

Ich hatte noch nie einen Mann so sehr gewollt.

Mein Mund klappte auf und wieder zu, verzweifelt suchte ich nach Worten, nach irgendeiner Entgegnung.

Aber was sollte ich sagen?

Sagen, er solle damit aufhören?

Sagen, er solle unter keinen Umständen jemals damit aufhören?

Alles in mir schrie mich an, ihm nur ein kleines Zeichen zu geben, dass es mir ebenso erging. Dass ich mit in diesem kleinen Moment nichts Schöneres vorstellen konnte, als ihm zu gehören.

Doch ich riss mich zusammen.

Das hatte keine Zukunft. Nicht mal in Gedanken durfte ich mich so weit versteigen.

„Nun, dann sollten wir froh sein, dass ich nicht deine Braut bin, nicht wahr?"

Ich erkannte meine Stimme kaum wieder.

Mit bebenden Lippen schlug ich die Augen nieder und starrte auf meine Füße, unsicher, wie er reagieren würde.

Das Lied endete und mit ihm unser Tanz. Daniel hielt mich noch einen Moment, nur den Bruchteil einer Sekunde, bevor er sich löste, ich meinte ein leichtes Seufzen zu hören.

„Man merkt, dass du kein guter Spieler bist, June."

Nun musste ich ihn doch wieder anschauen, gefrustet, fast beleidigt davon, dass er mich nicht eine Sekunde ernst nahm, mir nicht einen Moment glaubte.

„Ich dachte, du spielst nicht?", fuhr ich ihn leise an.

Er grinste halbherzig, nahm meine Hand und küsste sie leicht, ohne seine Augen von mir zu nehmen.

„Ich spiele dieses Spiel seit langer, langer Zeit. Ich spiele nur nicht mit *dir*." Er trat einen Schritt zurück. „Ich sagte es dir schon einmal, du bist mehr wert, als nur ein Spielball zu sein, eine Figur in einem Spiel, welches du nicht spielen willst."

Er nickte mir zu und wandte sich zum Gehen.

Ich merkte gar nicht, wie ich ihm nachdenklich nachstarrte, bis Stefan auf einmal neben mir stand, ein leichtes Lächeln auf den Lippen, das seine Augen nicht erreichte. Er legte seine Hand fest auf meine Schulter.

„Hat es dir Spaß gemacht? Man hätte annehmen können, dass ihr beide miteinander flirtet ... wohin ist er jetzt verschwunden?" Seine Stimme war weich, doch sein Unterton warnend.

Wie mich dieses Besitzergreifende bereits jetzt ermüdete.

Ich war mir sicher, dass außer ihm niemand auch nur die Spur eines Verdachtes hegen würde.

Also zuckte ich gleichgültig mit den Achseln. „Vermutlich geht er den Wagen holen.“

Stefan nickte überlegend und reichte mir dann seinen Arm. „Nun denn, wollen wir? Der Strand wartet.“

Ich hakte mich unter.

Wollte ich das wirklich? Mit Stefan und Daniel auf engstem Raum zusammenleben, nicht wissend, wer als nächstes am Zug war, um meine Figur aus dem Gleichgewicht zu werfen?

Auf der anderen Seite – hatte ich denn eine Wahl?

Kapitel 16

Der Flug nach Kalifornien verging rasch, angesichts meiner Nervosität.

Ich hatte es kaum erwarten können, der verwirrenden Atmosphäre meiner Hochzeitsfeier entfliehen zu können, sodass ich beinahe vergessen hätte, mich von meinen Liebsten zu verabschieden. Erst Jordans halblauter Ruf hatte mich einhalten lassen, als ich schon mit wehenden Röcken zur Tür stürmen wollte.

Mit spöttisch erhobenen Augenbrauen kam sie auf mich zu, stemmte eine Hand in die Hüfte.

„Wolltest du etwa verschwinden, ohne dich von mir zu verabschieden?“

„Nein, natürlich nicht, wie kommst du denn auf diese Idee?“, erwiderte ich eine Spur zu schnell und mein entschuldigendes Grinsen strafte meiner Worte Lügen. Jordan schüttelte tadelnd den Kopf und schloss mich dann grinsend in die Arme.

„Ich will es dir nachsehen, weil es ein wichtiger Tag für dich ist und du sehr durcheinander bist. Außerdem scheinst du deine gute Laune wieder gefunden zu haben, welche ich in den letzten drei Wochen sehr vermisst habe. Du wirst mir fehlen, meine Süße. Pass auf dich auf und hab viel Spaß. Wenn etwas sein sollte, melde dich. Zur Not laufe ich zu dir und hole dich ab, ist ja direkt im Nachbarstaat.“ Trotz ihres scherzhaften Tons wusste ich, dass sie jedes Wort ernst meine.

Dankbar lächelnd drückte ich sie fest an mich.

Einen Moment hielten wir uns stumm im Arm.

Ich genoss das Gefühl, für einen Moment niemandem Rede und Antwort stehen zu müssen, niemandem etwas vormachen zu müssen, einfach alles für wenige Augenblicke hinter mir zu lassen.

Denn diese Momente schienen immer seltener zu werden.

Bevor ich mich ganz lösen konnte, packte sie meinen Arm noch einmal und zog mich wieder näher an sich heran.

„Sag mal, kommt dieser verdammt schöne Mann, mit dem du gerade getanzt hast, etwa auch mit? Er ist so schnell verschwunden, nachdem Stefan ihn gefragt hatte, ob alles bereit sei ... Ist das Daniel?"

Ich kaute auf der Lippe herum, ehe ich zögernd nickte.

„Ja, das ist Daniel ... und ja, er wird mit uns kommen, er ist ja der Sicherheitschef von Stefan ... er muss wohl auf uns aufpassen, oder so ähnlich."

Jordan schürzte ernst die Lippen. „Nun, ich glaube, du solltest besser selbst auf dich aufpassen und ihm nicht zu nahekommen. Er hat etwas an sich ... ich glaube, er könnte dir und deiner Ehe gefährlich werden. Der Teufel soll mich holen, wenn der nicht mehr in dir sieht, als nur die Frau seines Bosses. Viel mehr."

Tat er das?

Ich hatte das Gefühl ziemlich im Dunkeln zu tappen, was Daniels Gedanken mir gegenüber angingen. Er war sehr gut darin, mir in kurzen Momenten kryptische Botschaften und uneindeutige Blicke zuzuwerfen, verwirrende Gefühle zu wecken ... und mir in allen anderen Momenten die kalte Schulter zu zeigen, mich auf Distanz zu halten.

Was sich entgegen seiner Beteuerung doch sehr danach anfühlte, als wäre ich nicht mehr als ein Spielzeug.

Jordans verhaltenes Räuspern erinnerte mich daran, dass sie auf eine Antwort wartete.

Es fiel mir nicht schwer, ihr hoch und heilig zu versprechen, auf mich acht zu geben und mich von diesem verwirrenden Mann fern zu halten – und tief in mir wollte ich dieses Versprechen auch wirklich halten.

Doch als Daniel durch die Tür kam und auf Stefan zuging, nicht ohne mir einen flüchtigen, undurchdringlichen Blick zuzuwerfen, war mir klar, dass ich es vermutlich nicht würde halten können.

Oder vielleicht auch nicht würde halten wollen.

Jeremy stand mir am nächsten und noch während ich überlegte, wie ich ihn verabschieden sollte, schloss er mich ohne Umschweife in seine Arme. „Pass gut auf dich auf, June. Ich wünsche dir, dass du glücklich wirst. Und sollte etwas sein – du weißt, wo du Jordan und mich findest." Er ließ mich los und trat einen Schritt zurück, lächelte mich so strahlend an, dass ich nicht anders konnte, als es zu erwidern.

„Danke, Jeremy. Tu mir den Gefallen und passe du auch auf Jordan auf. Du weißt ja, wie sie manchmal sein kann. Und lass dich nicht von ihr einschüchtern." Es war mir egal, dass meine Freundin noch in Hörweite stand und mir einen bemüht empörten Blick zuwarf, sie wusste schließlich, dass ich nur ihr Bestes wollte.

Jeremy grinste breit und wollte noch etwas sagen, als sein Blick nach oben fuhr und sich seine Augenbrauen etwas spöttisch hoben. Glucksend wandte er sich an mich. „Ich sollte wohl nicht weiter mit dir reden und dich zum Lachen bringen. Dein Mann und sein Freund schauen mich schon ganz böse an."

Stirnrunzelnd drehte ich mich um und bemerkte Stefan und Daniel, die nebeneinanderstanden und mich wahrhaft besitzergreifend musterten. Stefan hob warnend die Augenbrauen, als er meinen Blick bemerkte und meine schlechte Laune kehrte für einen Moment zurück.

Wenn hier jemand Aufsehen erregen würde, dann war das wohl kaum ich, die ich mich von meinen Freunden verabschiedete, sondern er, mit seinem seltsamen Verhalten.

Vor allem, weil dieses vollkommen unbegründet war.

Jeremy war der Mann meiner besten Freundin, die er über alle Maßen liebte und damit wahrlich keine Gefahr für Stefan.

Mit einem giftigen Blick wandte ich mich wieder ab und lächelte Jeremy entschuldigend an.

„Es tut mir leid. Die Beiden sind immer etwas ... eigen, wenn es um mich geht. Nimm es ihnen nicht übel. Ich wünsche euch eine schöne Zeit, wir sehen uns in zwei Wochen wieder."

Mit einem letzten Lächeln wandte ich mich meinen Eltern zu, welche einige Schritte weiter geduldig auf mich warteten. Sie wirkten glücklich und seltsam gelöst – und es schien tatsächlich nicht gestellt zu sein.

„Wir sind so stolz auf dich, meine Kleine. Nun kann ich es irgendwie kaum glauben, dass du heute Abend nicht mit uns nach Hause kommst ... Es ist schon seltsam. Bis vor zwei Monaten war alles normal, dann habt ihr euch kennen gelernt und so schnell geheiratet – noch bevor ihr überhaupt zusammengewohnt habt! Und nun werden nach den Flitterwochen alle deine Sachen bei ihm sein und du wirst uns nur noch selten besuchen kommen, ich sehe es schon vor mir ... als sei das alles nicht mit rechten Dingen zugegangen", sprudelte mein Vater hervor und versuchte sichtlich, nicht allzu sentimental zu werden.

Ich lächelte gezwungen und schloss ihn in die Arme, umarmte dann Alison, die voll stummer Rührung dastand, die Hände ineinander verschlungen.

Mit feuchten Augen grinste ich Ethan schief an.

„Es war das Richtige, Dad. Und natürlich werde ich euch besuchen kommen, ich werde euch doch nicht einfach vergessen! Im Ernst, ihr werdet euch wünschen, dass ich mehr Zeit bei meinem Mann verbringe und euch endlich in Ruhe lasse!", scherzte ich mühsam.

Alison schniefte etwas, ihre Augen funkelten feucht. Doch sie war wie immer zu beherrscht, um auch nur einer einzigen Träne zu erlauben, über ihre Wangen zu kullern.

„Du bist bei uns immer willkommen, das solltest du wissen. Und nun geh, hab einen schönen Urlaub. Ich ... wir werden dich vermissen."

Sie hauchte einen sanften Kuss auf meine Wange und Ethan nickte stumm und mit einem kaum merklichen Lächeln auf den bebenden Lippen.

Ich wandte mich ab, kaute heftig auf meiner Lippe, während ich über die Worte meines Vaters nachdachte. Er hatte recht, die ganze Sache mit Stefan und mir war so schnell über die Bühne gegangen, dass wir noch gar keine Zeit gehabt hatten, über das Zusammenziehen zu reden.

Es war seltsam. Mein ganzes, bisheriges Leben hatte ich bei meinen Eltern verbracht – mit Ausnahme der wenigen Jahre auf der Universität – und wenn ich in zwei Wochen aus Malibu zurückkommen würde, wäre mein neues Zuhause bei Stefan. Alle meine Sachen würden dort sein, als hätte ich nie wo anders gewohnt.

Das war mehr als seltsam, das war vollkommen abstrus, unfassbar.

Und das jetzt schon, bevor der Alltag überhaupt begonnen hatte.

Mittlerweile war ich bei Stefan angekommen und er bot mir lächelnd seinen Arm an, unterbrach mein Grübeln mühelos.

„Wollen wir dann? Daniel hat alles vorbereitet, wir können sofort aufbrechen." Ich musterte ihn irritiert. „Sofort aufbrechen? Wann geht denn unser Flug? Ich sollte mich noch umziehen und meine Sachen packen ..." – „Zum Umziehen bleibt dir so viel Zeit, wie du brauchst. Das Packen musst du nicht übernehmen, wie gesagt, es ist alles vorbereitet."

Ich starrte ihn an, er wies mit dem Kinn auf Daniel, der meinen überraschten Blick emotionslos konterte.

„*Du* hast meine Sachen gepackt?"

Er zuckte unberührt die Schultern. „Vor einigen Tagen schon. Deine Mutter hat mir dabei geholfen. Gibt es ein Problem? Sei unbesorgt, ich habe deine Unterwäsche nicht angerührt, deine Mutter hat mir nur die fertig gepackten Taschen gereicht." Stefan warf ihm einen tadelnden Blick zu. Ich schüttelte nur ungläubig und vollkommen überrumpelt den Kopf.

„Das ist – wow. Wie lange ist das schon geplant? Werde ich hier gar nicht mehr gefragt? Was, wenn ich gesagt hätte, dass ich nach Österreich zum Skifahren fliegen will?"

Jetzt grinste Daniel beinahe unverschämt.

„Oh, wir haben auch Taschen für einen Ausflug in eine kältere Umgebung gepackt. Stefan wollte auf alles vorbereitet sein, da du ja doch ein sehr sprunghaftes Wesen an den Tag legst."

Ich überlegte für einen Moment, eine Diskussion über die Unsinnigkeit der Vorgehensweise vom Zaun zu brechen – doch wusste ich bereits, wie diese enden würde und dass dies meine Anstrengung gar nicht erst wert sein würde.

Also wandte ich mich achselzuckend an Stefan.

„Ich lasse das alles einmal unkommentiert, du weißt wie immer, was du willst. Also, wann geht die Reise los?"

Er grinste nur schief. „Wann immer du bereit bist, Liebes."

Ich verdrehte die Augen. „In dem Fall nehme ich an, dass du einen eigenen Hubschrauber hast und mich höchstpersönlich vor dem Haus absetzen wirst?"

Stefans Brust vibrierte unter seinem tiefen Lachen. „Nein, aus Hubschraubern mache ich mir nichts, ich wäre mehr so der Privatjet-Typ, aber das wäre doch etwas dick aufgetragen für einen Anwalt, huh? Nein, mir gehören einfach einige Anteile an einer bestimmten Fluggesellschaft, die mir gern eine Maschine zur Verfügung gestellt hat."

Er sorgte dafür, dass solche verrückten Dinge wie Belanglosigkeiten anhörten.

Ich hob die Hand und unterbrach ihn. „Na klar. Was auch sonst. Da hätte ich wirklich selbst draufkommen können." Ich seufzte resigniert. „Ich würde ja gern versprechen, mich über nichts mehr zu wundern, doch dieses Versprechen würde ich vermutlich innerhalb der nächsten halben Stunde brechen."

Daniel tarnte sein Lachen recht ungeschickt hinter einem Hustenanfall.

Aufstöhnend verdrehte ich die Augen. „Wenn es nur noch an mir hängt, dann bringt mich irgendwo hin, wo ich mich umziehen kann und los geht's."

Stefan zeigte auf einen der Nebenräume.

„Du kannst dort hineingehen. Ich habe dir deine Klamotten für den Flug dort reinlegen lassen."

„Lass mich raten, es liegt mehr als ein Outfit da drin, da du dir nicht sicher warst, für welches Flitterwochenziel ich mich entscheiden würde?" Er zuckte nur die Schultern und lächelte verlegen.

„Du musst zugeben, dass du nicht leicht zu durchschauen bist ... ich wollte auf alles vorbereitet sein ..."

Warum nur hatte ich das Gefühl, als würde sich Stefan Mühe geben, mir alles so angenehm wie möglich zu gestalten, mich abzulenken, damit ich nicht über die ganze Situation nachdenken konnte?

Aber ob er es bewusst tat – oder es einfach eine Verkettung der gegebenen Umstände war – ich war ihm dankbar.

Es lenkte mich tatsächlich ab.

Ich schenkte ihm ein echtes kleines Lächeln, ein Lächeln, in dem meine ganze Hoffnung mitschwang, die Hoffnung auf ein „Vielleicht".

Vielleicht würde doch alles gut werden.

Eine Stunde später saß ich in der First Class eines kleinen Flugzeuges, das tatsächlich nur auf uns gewartet hatte, ein Glas Champagner in der Hand.

Hatte ich zuerst angenommen, mich bis zur Besinnungslosigkeit betrinken zu müssen, um meiner Nervosität zu entgehen, war ich doch in einem ausgesprochen entspannten Zustand.

Zwar war ich noch nie geflogen, doch Stefans ruhige Präsenz neben mir zu spüren, hatte eine unglaublich beruhigende Wirkung.

Was sollte schon passieren?

Stefan neben mir lächelte leicht und legte eine Hand beiläufig auf mein Knie, die Berührung fühlte sich angenehm warm an, vertraut. Draußen zog langsam die Nacht auf und durch die zunehmende Dunkelheit hindurch fiel es mir schwer, die Landschaft unter uns zu erkennen.

Nur ein Meer aus Lichtern zeugte von Leben.

Stefan lachte leise, angesichts meiner Unfähigkeit, mich vom Fenster lösen zu können.

„June, wir werden ganze zwei Wochen hier sein. Glaub mir, das ist mehr als genug Zeit, um alles zu sehen, was auch immer du erkunden willst. Ich gehe mit dir, wohin du willst."

Neugierig wandte ich mich ihm zu. „Was ist mit deiner Arbeit? Wer kümmert sich um deine Fälle, während du mit mir hier bist? Ich meine, du bist Anwalt, darfst du dir einfach so zwei Wochen Urlaub nehmen?"

„Ich habe genügend tüchtige Geschäftspartner, die mir den Rücken freihalten. Es sind ja nur zwei Wochen. Ich weiß schon gar nicht, wann ich das letzte Mal Urlaub genommen habe – es wurde auf jeden Fall mal wieder Zeit. Und welch besseren Grund gibt es, in Malibu auszuspannen, als eine Hochzeit?"

Sein leises Lachen klang befreit, seine Augen funkelten.

Angesichts seines schönen Lächelns, dem langen Blick, mit dem er mich musterte, ohne eine Sekunde die Augen von mir zu wenden, fiel es mir leicht, mich zu erinnern, wie ich mich in ihn verliebt hatte.

Alles andere rückte weit von mir ab, all das Seltsame, die Lügen, was auch immer zwischen uns stand. Ohne darüber nachzudenken, legte ich ihm eine Hand auf die Wange. Sein Lächeln verschwand; ernst, nachdenklich sah er mich an.

Und beugte sich langsam zu mir.

Ich biss mir auf die Lippen und schloss die Augen, seinem Kuss entgegenfiebernd.

Ein Zittern lief durch das Flugzeug und erschütterte meinen Sitz.

„Was ist das? Stürzten wir ab?“, fragte ich erschreckt.

In dem Versuch, meine plötzlich aufflammende Panik zu unterdrücken, packte ich Stefans Hand so fest ich konnte. Es würde doch nichts auf meinem ersten Flug passieren ... oder doch? Ein weiteres Rucken lief durch den gesamten Flugzeugkörper.

Stefans Ton war angespannt, als er mir antwortete.

„Nur eine leichte Turbulenz, ganz normal, wenn ein Flugzeug zur Landung ansetzt, schließlich gleiten wir gerade durch unterschiedliche Luftschichten. Bitte, June, kannst du etwas lockerer lassen?“

Ich kämpfte mit meiner Angst und strengte mich an, seine Finger nicht ganz so sehr zu quetschen.

Die Spannung, die eben noch in der Luft gelegen hatte, war wie fortgeblasen, ihn zu küssen war nun das letzte, was mir im Sinn stand.

Nur wenig später setzte das Flugzeug tatsächlich unbeschadet auf der Landebahn auf und ich seufzte erleichtert, schalt mich selbst für meine panische Überreaktion.

Mit unverständlichem Gemurmel schüttelte Stefan demonstrativ seine malträtierte Hand aus und öffnete dann seinen Gurt, bevor er sich über mich beugte und das Gleiche bei mir tat.

„So ist es besser. Dann komm mal mit!“ Ich griff vorsichtig nach seiner Hand und lächelte ihn entschuldigend an.

Außerhalb des Flugzeuges wartete schon ein schwarzer Wagen, den ich durch die Dunkelheit hindurch kaum auszumachen vermochte. Daniel, der den gesamten Flug über nicht zu sehen gewesen war, lud eben unser Gepäck in den Kofferraum, während Stefan mir die Tür zur Rückbank aufhielt.

Wieder einmal entschloss ich mich dazu, über nichts mehr verwundert zu sein.

Wortlos setzte sich Daniel hinter das Steuer und verließ den Flughafen auf kürzestem Weg, reihte sich zwischen all die anderen Autos auf der breiten Straße ein.

Neugierig betrachtete ich den Verkehr, die hell erleuchteten Straßen, die Schaufenster.

Bald schon bogen wir ab, folgten kleiner werdenden Straßen mit weniger Verkehrsaufkommen.

Als der Wagen schließlich vor einem wunderschönen Haus hielt, war ich bereits ausgestiegen, bevor Stefan und Daniel den Sicherheitsgurt gelöst hatten. Schon im Vorgarten konnte man das Meer rauschen hören. Das Häuschen war mit geraden Brettern verkleidet und wirkte von außen kleiner, als es schließlich von innen war. Überall war Stefans klarer, eleganter, beinahe femininer Stil zu erkennen, in jedem einzelnen Zimmer.

Wie verzaubert lief ich durch den kleinen Flur, durch das Wohnzimmer, öffnete, ohne auf die beiden Männer hinter mir zu achten, die Terrassentür und lächelte befreit, als ich endlich das Meer sah. Der Mond strahlte hell, sein Spiegelbild tanzte auf den Wellen, die sich wieder und wieder auf den Strand warfen, in einem beruhigenden, unermüdlichen Rhythmus.

Ich bemerkte kaum, wie Stefan hinter mich trat und seine Hände auf meine Schultern legte.

„Es freut mich, dass es dir gefällt. Ich dachte mir schon, dass du dich hier wohlfühlen wirst", flüsterte er in mein Ohr und ich nickte kaum merklich, vollkommen von dem wunderschönen Schauspiel vor meinen Augen überwältigt.

Ich war keine fünf Minuten hier und war mir schon sicher, dass dies ein Ort war, an dem ich mein ganzes Leben hätte verbringen können.

„Wollen wir schwimmen gehen?", flüsterte ich leise, als würde ein zu lautes Wort die Magie dieses Ortes zerstören. Stefans Lachen war genauso lautlos, als hätte er den gleichen Gedanken.

„Liebes, es ist beinahe Mitternacht und es war ein langer Tag. Wir sollten schlafen gehen. Morgen ist auch noch ein Tag, und du hast die ganzen vierzehn Tage danach auch noch Zeit, dich zu jeder Stunde in die Wellen zu stürzten. Lassen wir es für heute gut sein."

Ich wusste, dass er recht hatte, denn das Adrenalin in meinen Adern verblasste langsam und machte einer bleiernen Müdigkeit Platz, doch dies war mein erster Abend hier an diesem zauberhaften Strand, wieso ihn nicht zur Gänze ausnutzen?

Ich drehte mich um und betrachtete ihn bittend, doch sein Blick war unbarmherzig und wie zum Zeichen, dass er nicht nachgeben würde, verschränkte er die Arme vor der Brust.

„Es wird keine Diskussion darüber geben, June. Wir werden jetzt zu Bett gehen."

„Ins Bett gehen? Ich bin doch nicht deine Tochter, die du einfach in ihr Zimmer schicken kannst," versuchte ich zu scherzen und sah es auch um seine Mundwinkel zucken, ehe er theatralisch seufzte. „Nein, leider habe ich keine solche Befehlsgewalt über dich."

Ich wollte grinsen, wollte es wirklich.

Doch trotz seines scherzhaften Tonfalls wussten wir beide, dass er log. Immerhin hatte er mich praktisch zu dieser Heirat gezwungen, problemlos hatte er über mein Leben befohlen.

Ich schluckte trocken und trat einen Schritt zurück.

„Du hast recht, es war ein langer Tag."

Ohne auf ihn zu achten, schlich ich ins Haus zurück, durch die Wohnungstür zurück in den Flur.

Daniel hatte derweil unsere Taschen aus dem Auto geholt und sie im Flur aufgetürmt. Mein Blick glitt suchend über den kleinen Berg, bevor ich mich seufzend an ihn wandte. Keiner der Koffer kam mir auch nur im Mindesten bekannt vor.

„Du weißt nicht zufällig, in welchen Taschen meine Sachen sind, oder?"

Er grinste schief und reichte mir zwei kleine Koffer.

„Kosmetik, inklusive Duschzeug und Zahnbürste, und Unterwäsche mitsamt Klamotten für die Nacht. Den Rest kannst du dir morgen zusammensuchen." Sein Tonfall klang nicht im Mindesten so herausfordernd wie sonst, ein warmes Gefühl durchströmte mich, als sich unsere Hände kurz berührten. Es fühlte sich aufmunternd an.

Kopf hoch, Kleines.

Hatte er das wirklich gesagt, oder hatte ich seine Stimme nur in meinem Kopf gehört?

Mit einem trockenen Schlucken, ohne seinen Blick zu erwidern, dankte ich ihm, bevor ich seinem ausgestreckten Zeigefinger folgte und die ausladende Treppe nach oben stieg.

Verwirrt und peinlich berührt blieb ich stehen.

Hinter welcher der vier Türen lag unser Zimmer?

Ich hörte Schritte hinter mir, verlegen wandte ich mich Stefan zu.

„Welches ist unser Zimmer? Ich hätte fragen sollen, bevor ich davon gestürmt bin ...", murmelte ich halblaut. Doch Stefan lächelte nur freundlich und zeigte auf die letzte Tür des Ganges.

„Das dort ist dein Zimmer, mit einem eigenen Bad und einem kleinen Balkon, der zum Meer rausgeht."

Ich wollte mich schon bedanken und mich mit meinem Gepäck darauf zu bewegen, als mir der Sinn seiner Worte bewusstwurde. Verblüfft drehte ich mich um und beobachtete, wie seine Hand nach der Türklinke des ersten Zimmers griff.

„Warte, mein Zimmer? Schlafen wir denn nicht zusammen in einem?“

Er schüttelte mit ernstem Gesicht den Kopf.

„Nicht heute. Ich will das alles nicht überstürzten.“

Hatte er das gerade wirklich gesagt?

Bevor ich eine sarkastische Antwort geben konnte, hob er die Schultern und lächelte schief.

„Ja, ich weiß, ich habe es selber gehört, wie ulkig das klingt. June, ich habe dir gesagt, wir könnten diese Komponente in unsere Beziehung mit aufnehmen, sofern wir in dieser Hinsicht ebenfalls kompatibel sind, aber ich will es nicht so schnell angehen. Ich denke, wir sollten diesen Tag erst verarbeiten, erst einmal setzten lassen, dass wir nun wirklich verheiratet sind. Ich möchte das mit klarem Kopf tun können und das nicht mit unserem ersten Sex verkomplizieren.“

Irgendwie konnte ich das verstehen.

Und irgendwie auch nicht.

Das war schließlich unsere Hochzeitsnacht, konnten wir nicht einmal in dieser Hinsicht ein normales Paar sein?

„Nun, wir müssen ja keinen Sex haben, aber wir können doch zusammen in einem Bett schlafen“, stammelte ich, um Worte ringend.

Seine Zähne blitzten selbst in der Dunkelheit, als er auf mich zukam und dicht vor mir stehen blieb – so dicht, dass ich das Pochen seiner Halsschlagader erkennen konnte.

Seine Nase fuhr über meine Schläfe und unwillkürlich schloss ich die Augen, hielt die Luft an.

„Baby, denkst du wirklich, dass ich neben dir liegen und dich nicht berühren könnte?“, sein Atem strich warm über mein Ohr, ließ mich schaudern.

Meine Knie, sofern ich jemals Knochen in den Beinen besessen hatte, waren wie Pudding, ich musste mich gegen ihn lehnen, um das Gleichgewicht zu behalten.

Er hielt mich an den Schultern fest, als er schmunzelnd einen Schritt zurücktrat.

„Das ist keine gute Idee, June. Nicht heute. Ich sage nicht nie, ich sage nur nicht heute.“

Seine Stimme war ruhig und fest, nur die lodernde Dunkelheit in seinen Augen verriet, dass er mich tatsächlich wollte.

Mich begehrte.

Ich ließ ihn also nicht kalt. Es tat seltsamerweise gut, das zu wissen.

„Okay“, stimmte ich mit unsicherer Stimme zu.

Vermutlich hatte er recht. Wir mussten beide nachdenken, und das würde mit hormonverseuchten Köpfen und in sexgeschwängerter Atmosphäre schlecht gehen.

Seine Lippen brannten auf meiner Stirn, bevor er sich zurückzog. Er schien kurz zu zögern, drehte sich beinahe um, bevor er mich mit einem Ruck packte, und meinen Mund mit seinem verschloss.

Einen Moment kämpfte ich mit meinem Verlangen, wollte ihn nicht spüren lassen, wie sehr ich das hier, ihn, wollte, bevor ich aufgab und seinen Kuss wild erwiderte.

Keuchend ließ er von mir ab, wandte sich abrupt ab, als wolle er sich an seine eigenen Worte erinnern.

„Gute Nacht, June." Seine Stimme klang heiser.

„Gute Nacht, Stefan", erwiderte ich leise, bevor sich seine Tür schloss.

Mit zitternden Fingern griff ich nach meiner Türklinke und stolperte in den Raum, der für heute Nacht mein Schlafzimmer sein würde.

Oder vielleicht auch für mehr Nächte.

Ich wusste nicht, was ich denken sollte. Meine erste Nacht als verheiratete Frau – und ich würde sie alleine verbringen. Mich nicht in die Arme meines Mannes kuscheln, nicht immer und immer wieder unseren Bund mit unseren Körpern beschließen.

Vielleicht war das tatsächlich gut so, immerhin hatte ich bisher keinen Gedanken an diese erste Nacht verschwendet. Vielleicht wäre ich deshalb so nervös gewesen, dass alles aus dem Ruder gelaufen, furchtbar geworden wäre – so konnte ich mir in Ruhe Gedanken über unser weiteres Vorgehen machen.

Stück für Stück entdecken, welche weitreichenden Folgen meine Entscheidung mit sich bringen würde.

Herrgott, genau genommen hatte ich doch überhaupt keinen Sex mit diesem manipulativen Mann gewollt! Wo war diese felsenfeste Überzeugung hin verschwunden, dieses stille Versprechen an mich selbst, das ich auf der Hochzeit gefasst hatte?

Mein Körper war ein Feigling, ein hormonverseuchter Verräter.

Tief durchatmend raffte ich mich auf, sah mich in dem Zimmer um, meinem Zimmer.

Es war elegant und zeitlos eingerichtet, ebenso wie der Rest des Hauses. Und bei aller Schlichtheit wirkte es recht unpersönlich.

Seufzend begann ich, meine Sachen in die dunklen Holzschränke zu räumen, morgen würde der Rest folgen, den meine Mutter für nötig erachtet hatte.

Meine Müdigkeit war wie weggewischt.

Noch unter der warmen Dusche war ich beinahe eingeschlafen, aber jetzt wälzte ich mich seit beinahe zwei Stunden ohne Schlaf in meinem Bett herum.

Ich hatte bereits alles versucht, was mich sonst auch relativ schnell zum Einschlafen gebracht hatte, inklusive Schäfchen zählen, doch nichts davon hatte geholfen.

Stattdessen kreisten Gedanken, die ich nicht denken wollte, und Gefühle, die ich nicht fühlen wollte, munter in meinem Kopf, verstrickten sich unerbittlich weiter und wollten zu keinem Ende kommen.

Nach einer weiteren, hellwachen Viertelstunde warf ich die Decke von mir und beschloss, mich eine Weile unten auf die Terrasse zu setzten. Vielleicht würde mir das Rauschen des Meeres, der Anblick der sanften Wellen die Ruhe schenken, die ich so dringend brauchte.

Leise öffnete ich meine Tür und schlich den Gang entlang. Vor Stefans Tür hielt ich einen Moment inne und lauschte, doch nur sein leises Schnarchen drang heraus. Ich rümpfte die Nase.

Vielleicht war es ja doch ganz gut, dass wir vorerst getrennt schliefen.

Müsste ich mir diese Töne jede Nacht anhören müssen, würde ich ihn vermutlich spätestens nach einer Woche mit seinem eigenen Kissen ersticken.

Geräuschlos huschte ich die Treppe hinunter, hielt wieder inne. Wo schlief Daniel eigentlich? War er überhaupt im Haus? Ich konnte keine Laute erkennen, die dafürsprachen, also entspannte ich mich und ging durch das Wohnzimmer, öffnete die Tür und atmete befreit die salzige Seeluft ein.

Das Meer zog mich magisch an, so schritt ich über die großen Fliesen zu meinen Füßen und stützte mich mit den Ellenbogen auf das Geländer, meine Augen fest auf die tanzenden Wellen gerichtet.

Ein Stück entfernt kreischten ein paar Möwen, mit einem sanften, dunklen Rollen schlug das Wasser rhythmisch an den Strand, kein anderes Geräusch durchdrang die Nacht.

Ich schloss lächelnd die Augen, die Umgebung schenkte mir tatsächlich die Ruhe, die ich oben in meinem Bett nicht gefunden hatte.

Ich wusste nicht, wie lange ich so dort gestanden hatte, als ein scharfes Luftholen die wahrhaft magische Stille durchbrach. Ich versteifte mich.

Ich musste mich nicht umdrehen, um zu wissen, dass dort Daniel hinter mir stand.

Und doch tat ich es.

Er stand einige Meter von mir entfernt an den Türrahmen gelehnt und hielt ein Glas in der Hand, aus dem er gerade einen tiefen Schluck nahm, während er mich nicht aus den Augen ließ.

Langsam richtete ich mich auf, lehnte mich gegen das Geländer in meinem Rücken, stützte die Arme links und rechts von meinem Körper auf dem glatten Holz auf.

Stumm standen wir uns gegenüber und maßen einander mit Blicken. Irgendwann war das Glas in seinen Händen leer, achtlos stellte er es auf ein Fensterbrett und kam dann langsam näher.

Wie ein Panther, der sich lautlos seiner Beute nähert.

Doch war ich das? War ich seine Beute und er das Raubtier?

War ich die Spielfigur, die er nun auf einen anderen Platz des Spielfeldes stellen würde?

Dicht vor mir blieb er stehen, stemmte seine Arme neben meine auf das Geländer.

„Was machst du hier, June?"

Der Geruch von Bourbon glitt über mein Gesicht, scharf und doch angenehm.

„Ich kann nicht schlafen. Was für eine Ausrede hast du?"

Ein Mundwinkel zog sich nach oben, sein Blick glitt an mir vorbei auf das Meer.

„Gleichfalls. Ich wollte eigentlich nur aufstehen, um mir einen Drink zu genehmigen, das hilft mir meistens beim Einschlafen. Und dann habe ich dich hier stehen sehen. Weißt du, dass Nachthemden wie das da definitiv verboten werden sollten?"

Ich sah an mir herunter und lächelte unwillkürlich.

Ich trug genau das kleine Seidenteil, in welchem er mich schon einmal gesehen hatte, früh am Morgen, an meiner Haustür.

Er trat noch einen kleinen Schritt näher, als wolle er mir jede Möglichkeit zur Flucht nehmen, und doch fühlte ich mich anders als sonst nicht eingeschüchtert, nicht eingeengt.

„Was tust du da, Daniel?"

Herausfordernd hob ich mein Kinn. „Ich bin nun eine verheiratete Frau. Erinnerst du dich? Du warst ebenfalls da, standest neben meinem Mann, hast mich noch stumm dazu ermuntert, Stefan mein Ja-Wort zu geben."

Er schnaubte unwirsch, wich unwillkürlich ein wenig zurück.

„Danke für die Auffrischung, tatsächlich erinnere ich mich recht gut, Mrs. Volkan." Aus seinem Mund klang dieser Name beinahe wie eine Beleidigung.

Er senkte den Kopf, musterte mich mit schräg gelegtem Kopf. „Und was hätte ich deiner Meinung nach sonst tun sollen? Einschreiten? Einen Grund nennen, warum dieses Paar nicht auf ewig zusammengeschmiedet werden dürfe?“ Wieder ein trockenes Schnauben.

„Du bist alt genug, June. Wenn du es nicht gewollt hättest, hätte ein ‚Nein‘ an der richtigen Stelle gereicht.“

Gott, machte er es sich einfach – dabei wusste er nichts, gar nichts.

„Du hast recht. Ich habe nichts von dir zu erwarten. Ich passe auf mich selbst auf.“

Ich wollte an ihm vorbeirauschen, doch er packte mich am Arm, wirbelte mich herum.

„Das kannst du nicht. Weil du immer noch keine Ahnung hast, auf was du dich eingelassen hast. Du denkst vielleicht, ich wüsste nichts, wäre nur der dumme Handlanger – aber da täuschst du dich, Mädchen. Du brauchst mich. Du brauchst mich, um auf dich acht zu geben, bei allem, was da noch kommt.“

Ungehalten versuchte ich seine Hand abzustreifen, doch er ließ nicht locker. Warum versuchte er mir Angst zu machen? Was erhoffte er sich davon?

„Ich denke nicht ...“ – „Liebst du ihn? Willst du ihn?“, unterbrach er mich, starrte mich aus verengten Augen an.

Er stand so dicht vor mir, dass ich ihn riechen konnte, seinen schweren, lähmenden Geruch. Ich konnte die Hitze spüren, die sein Körper ausstrahlte, konnte das Brennen seiner Augen auf meiner Haut fühlen, die pulsierende Spannung um uns herum.

Ich wollte „Ja“ sagen, wollte die Hoffnungen, die er sich vielleicht machte, schnell zerschlagen, bevor er sich gedanklich noch weiter versteigen konnte, doch etwas in seinem Blick hielt mich davon ab.

Ein Wechselspiel der Gefühle zeichnete sich dort ab.

Ich sah ... Hunger. Ich sah Zuneigung, Wut, große Wut, Hilflosigkeit.

Mein Mund klappte stumm wieder zu.

Hoffnung.

Nun sah ich Hoffnung.

Er ließ meinen Arm los, hob die Hand an mein Gesicht, strich über meine Wange. Ein Schritt noch und er stand so dicht vor mir, dass nichts zwischen uns Platz gehabt hätte. Bei jedem meiner angestrengten Atemzüge berührte meine Brust die seine.

„June, ich ...“

Ich wusste nicht, was mich dazu brachte, ihm jedes weitere Wort mit meinen Lippen abzuschneiden. Und als hätte er genau darauf gewartet erwiderte er meinen Kuss ohne zu zögern.

Seine Arme empfingen mich, hielten mich, seine Hände verkrampften sich in meinen Haaren, seine Zunge suchte hungrig nach mehr, viel mehr.

Also krallte ich meine Nägel in seinen Rücken, zog ihn noch fester an mich heran, wollte ihn auf jedem Zentimeter meines Körpers spüren.

Das schien zu viel zu sein.

Mit einem mehr animalisch als menschlich klingendem Laut riss er sich los, trat zwei Schritte zurück, laut keuchend. Seine Fäuste waren fest geballt, seine Schultern fest angespannt.

Er warf mir über seine Schulter einen brennenden Blick zu.

„Verdammt, June, wenn du nur die Meine wärst ...“

Dann ging er, nahm die Treppen, die von der Terrasse hinunter zum Strand führten, überquerte die Sandfläche mit wenigen, großen Schritten und lief vollkommen bekleidet in die Wellen.

Meine Augen folgten ihm, während ich um eine Normalisierung meines Atems kämpfte.

Ein Teil von mir wollte ihm augenblicklich folgen, wollte es nicht hinnehmen, dass er mich so stehen ließ, vollkommen aufgewühlt, durcheinander.

Doch ein anderer Teil, ein größerer, vernünftigerer, brachte mich dazu, vom Geländer zurückzutreten und mit zittrigen Beinen in mein Zimmer zurückzukehren. Aus Stefans Zimmer klangen noch immer leise Schlafgeräusche, so schlich ich bemüht leise in mein Zimmer und kuschelte mich unter meine Decke.

Und obwohl tausende Gedanken durch meinen Kopf, und die widersprüchlichsten Gefühle durch mein Herz wirbelten, fielen mir nach kurzer Zeit die Augen zu und ich driftete in einen tiefen, unruhigen Schlaf ab.

Kapitel 17

Die Sonne schien hell und warm in mein Zimmer, kitzelte mich sanft an der Nasenspitze, forderte mich liebevoll auf meine Augen zu öffnen und den Tag zu begrüßen.

Also tat ich ihr den Gefallen.

Orientierungslos starrte ich einen Moment an die mir fremde Decke, wälzte mich herum und ließ meinen Blick verwundert durch das gänzlich unbekannte Zimmer wandern, bevor mir klar wurde, wo ich war, wer ich war und warum überhaupt.

Mein erster Morgen als Mrs. Volkan, allein im Bett in meinem eigenen Zimmer. In einem Haus am Meer.

Mit einem Mal erfasste mich eine durchdringende Ungeduld, eine beinahe kindliche Aufregung.

Ein Haus am Meer.

Voll absolut untypischen morgendlichen Übermutes sprang ich förmlich aus dem Bett, riss die lichtdurchlässigen Gardinen beiseite und öffnete das Fenster, sog die salzige Luft tief in meine jubilierenden Lungen.

Wie hatte ich bisher auf dieses Gefühl verzichten können?

Ungeduldig erledigte ich meine Morgenhygiene, bevor ich mich düster erinnerte, dass mein restliches Reisegepäck inklusive sämtlicher Klamotten noch unten im Flur stand.

Also hastete ich zur Tür und riss sie überschwänglich auf, nur um beim nächsten Schritt über meine Koffer zu stolpern.

Uff.

Augenblicklich schoss Schmerz durch meine Zehen, zog über den Fußrücken bis ins Knie.

Keuchend griff ich nach meinem malträtierten Körperteil, verlor dabei das Gleichgewicht und fiel mit dem Kopf voran über die vor mir liegenden Gepäckstücke, schlug hart auf dem Boden auf.

Da lag ich nun, alle Viere von mir gestreckt, auf dem Rücken, und starrte abermals zur Decke hinauf.

Unsicher darüber, ob ich angesichts des Schmerzes weinen oder über meine unberechenbare Tollpatschigkeit lachen sollte.

Also blieb ich stumm liegen.

Laute Schritte erklangen, trampelten entschlossen die Treppe nach oben, dann bog Stefan mit besorgtem Gesicht um die Ecke. Seine Augen weiteten sich erschrocken, als er mich am Boden liegen sah.

Zwei weitere lange Schritte und er war bei mir, kniete sich neben mich, nach meinen Schultern greifend.

„Liebes, was ist mit dir? Ist alles in Ordnung?“

Ich starrte ihn von unten aus an, die Augen verengend. „Sieht es aus, als wäre alles in Ordnung?“

Er kaute auf seiner Lippe herum, ich hätte darauf schwören können, dass er sich ein Lachen verkniff.

„Du bist … gestolpert?“

Ich wandte meinen Blick ab und starrte wieder an die Decke.

„Entweder das, oder die Koffer, die wie durch Zauberhand auf einmal vor meiner Tür standen, wollten sich mit mir prügeln und ich habe verloren. So oder so gebe ich sicherlich ein filmreiches Bild ab."

Ein Hüsteln erklang, ein ungeschickter Tarnversuch für ein Kichern.

„Nun, es war aber auch selten unklug von mir, deine Koffer direkt dort zu platzieren, immerhin bin ich doch über deine zweifelhaften Talente im Bilde. Ich hoffe, du kannst mir verzeihen."

Ich nickte huldvoll und brummte leise, als er mir seine Hand entgegenstreckte, um mir aufzuhelfen, ein strahlendes Lächeln auf den schönen Lippen.

„Nein danke, ich denke, ich will hier noch ein bisschen liegen bleiben, zumindest bis der größte Teil des Schamgefühls wieder verschwunden ist. Geh ruhig. Ich komme nach."

Er wandte sich ab, um meinen Fuß zu begutachten, die breiten Schultern bebten vor unterdrücktem Lachen.

Irgendwie war es außerordentlich süß von ihm, dass er versuchte, mich nicht so offensichtlich auszulachen.

„Das sieht mir nicht allzu schlimm aus, aber zur Vorsicht sollten wir etwas Eis drauflegen, was meinst du?" Wie konnte er so beherrscht klingen, wenn er sich innerlich vor Lachen ausschüttelte?

Und warum konnte er nicht einmal Zeuge davon werden, dass ich durchaus auch elegant auftreten konnte?

Seufzend stimmte ich ihm zu und legte meine Hand in die seine, die er mir entgegenstreckte, warm umfingen mich seine langen Finger, bevor er mir aufhalf.

Probehalber wagte ich einen kleinen Schritt, doch mein Fuß drohte unter mir weg zu knicken.

Ohne ein weiteres Wort legte Stefan seine Arme um meinen Rücken und in meine Kniekehlen und hob mich scheinbar mühelos hoch.

Ich fiel gegen seine feste Brust und fühle mich augenblicklich unglaublich wohl und geborgen.

So wie sich eine Braut bei ihrem Bräutigam fühlen sollte.

So behutsam wie möglich trug er mich die Treppe hinunter in die Küche und setzte mich sanft auf einem Stuhl ab.

Als er zurücktrat, um im Gefrierfach über dem Kühlschrank nach Eis zu fischen, begann ich meinen Fuß zu betrachten und war beinahe enttäuscht – nicht das Schlachtfeld aus abgerissenen Zehen und hervorstehenden Knochen, welches ich erwartet hatte, noch nicht einmal ein wenig Blut. Nur die Nägel von drei Zehen verfärbten sich langsam blau.

Unglaublich, dass mich ein Koffer tatsächlich ausknocken konnte.

„Darf ich?" Mit fragendem Gesichtsausdruck trat Stefan wieder näher, einen kleinen Pack Eiswürfel in ein Küchentuch eingeschlagen in der Hand haltend. Ich nickte leicht, worauf er sich vor mich kniete und das Eis vorsichtig an meinen Fuß hielt.

Augenblicklich bildete sich eine Gänsehaut auf meinem gesamten Körper und ich prustete auf. „Nicht gerade das, was ich am frühen Morgen bevorzuge. Ein Kaffee hätte es auch getan."

Stefan blinzelte mir zu, der Schalk tanzte in seinen Augen. „Wenn du Witze reißen kannst, geht es dir wohl schon wieder besser?"

Ich grinste ihn an. „Das nächste Mal sollte der Koffer seine Freunde mitbringen, dann schafft er mich vielleicht."

Er lachte leise, dann starrte er nachdenklich auf meinen Fuß.

„Bist du sicher? Wir können auch einen Arzt rufen, damit er sich das anschauen kann. Wenn etwas gebrochen ist, wäre es vielleicht besser ..." – „Nein!", unterbrach ich ihn mit einem lauten Ruf. „Das fehlt mir gerade noch, mein erster Urlaub am Strand und ich laufe mit einem Gips herum? Nein, auf gar keinen Fall, soweit wird es nicht kommen. Es tut wirklich kaum noch weh."

Lieber etwas Schmerz als für zwei Wochen dumm auf der Terrasse herumsitzen, während sich alle anderen in den Wellen vergnügen.

Stefan sah mich prüfend an, hob skeptisch seine Augenbraue. „Bist du dir ganz sicher? Du riskierst lieber, dass deine Zehen gegebenenfalls schief zusammenwachsen, als ein wenig Wasser zu versäumen, was wirklich schwachsinnig ist, weil das hier mein Haus ist und du so oft hierherkommen kannst, wie du willst?"

Ich nickte bestimmt. „Ganz sicher. Füße sind sowieso hässlich, auf einen krummen Zeh mehr oder weniger wird es nicht ankommen."

Mit einem Grinsen zuckte Stefan die Schultern und erhob sich, wandte sich dem Herd zu. Erst jetzt fiel mir auf, dass der dunkle Holztisch gedeckt war und auf zwei Tellern dampfende Pancakes lagen.

„Was machst du da?", rutschte mir überflüssigerweise heraus, denn eben goss Stefan den Rest des hellen Teigs in eine heiße Pfanne.

„Wonach sieht es denn aus? Ich mache meiner Frau etwas zu essen, bevor wir an den Strand hinuntergehen. Darauf scheinst du ja so wild zu sein, dass es dir vollkommen egal ist, ob deine Zehen gebrochen sind."

Ich errötete. Mein Mann machte mir Pfannkuchen.

Mein Ehemann mit den düsteren, barbarisch anmutenden Seiten, machte mir am ersten Tag unserer Flitterwochen Frühstück.

Zumindest gab er sich redlich Mühe, es echt wirken zu lassen.

Bevor ich etwas erwidern konnte, trat Daniel durch den hölzernen Bogen, der sich anstelle einer Tür in der Wand befand. Sein Blick fiel vom Essen auf dem Tisch auf mich, seine Augen verengten sich schlagartig und er wandte den Blick ab. „Verdammt, hat das Mädchen denn nichts anzuziehen, Stefan?“

Errötend senkte ich den Blick. Natürlich hatte ich bisher keine Zeit gehabt, mir etwas Vernünftiges anzuziehen und da Stefan sich mit keinem Wort daran gestört hatte, hatte ich auch nicht weiter darüber nachgedacht, dass ich weiterhin nur mein Negligé trug.

Ohne auf Stefans Erwiderung zu warten, sprang ich auf und drückte mich humpelnd an Daniel vorbei, bewusst wich ich seinem Blick aus.

Bei seinem Anblick durchfuhren mich erneut widersprüchlichste Gefühle, die die ganze Situation noch komplizierter machten, als es ohnehin schon war.

Warum musste er hier sein?

Seine Anwesenheit machte es mir schwer, mich gänzlich auf Stefan zu konzentrieren und zu versuchen, unsere Beziehung auf ein Niveau zu bringen, welches als normal erachtet werden konnte.

Ich sehnte mich so sehr nach ein wenig Normalität, abseits von Stefans Finsternis und Daniels unergründlichen Wünschen, seiner unwiderstehlichen Anziehungskraft, die mich jede Vernunft, jeden Anstand vergessen ließen.

Leise in mich hineinmurmelnd schlich ich die Treppe nach oben, meinen Fuß so gut wie möglich entlastend.

Mittlerweile waren die drei mittleren Zehen zur Hälfte bläulich angelaufen und leicht angeschwollen. Doch der leichte Schmerz verminderte sich zu einem dumpfen Pochen, etwas störend zwar, jedoch nicht allzu schlimm. Ich würde es definitiv ohne Gips überleben.

Entschlossen packte ich zwei der drei Koffer, als ich vor meinem Zimmer angekommen war, und verfrachtete sie neben meinen Schrank, ehe ich den dritten holte, welcher durch meinen Anfall von Ungeschicktheit beinahe durch den gesamten Flur geschleudert worden war.

Ein paar Minuten Abstand von dem Gefühlschaos, das in der Küche auf mich wartete, mehr wollte ich in diesem Moment nicht.

Wenig später war mein Schrank ein- und die Koffer ausgeräumt und ich betrachtete flüchtig mein Spiegelbild.

Daniel würde hoffentlich nichts mehr zu meckern haben.

Meine Haare hatte ich zu einem Knoten zusammengebunden, über meinem weißen Bikini trug ich ein durchscheinendes, ärmelloses blaues Wickelkleid.

Die Füße ließ ich wohlweislich nackt.

So elegant wie möglich begab ich mich zurück in die Küche und ließ mich auf einen Stuhl sinken. Die beiden Männer hatten ihr Gespräch bei meinem Eintreten unterbrochen und ich ignorierte ihre Blicke, die ich brennend auf meiner Haut spürte.

Als gäbe es nichts Faszinierenderes, als mir dabei zuzuschauen, wie ich meinen Pancake in Ahornsirup ertränkte.

Auf meinen auffordernden Blick hin wandten sich Stefan und Daniel ebenfalls dem Essen zu.

Waren sich die beiden der Abartigkeit der Situation überhaupt bewusst?

Ein intimes Frühstück am ersten Morgen als Mann und Frau – zusammen mit dem herumtändelnden Personenschutz.

Musste er nicht etwas prüfen oder veranlassen, musste er hier mit am Tisch sitzen?

Als mir klar wurde, dass ich Daniel anstarrte, wandte ich schnell den Blick ab, griff nach meiner vollen Kaffeetasse und spülte meine Gedanken mit einem großzügigen Schluck hinunter.

Stefan, der mir gegenübersaß, lächelte mich an, bevor er aufstand, und mir galant nachschenkte.

Fast, nur fast, gab er sich ein wenig zu viel Mühe.

Oder er war sich der absurden Konstellation bewusst und wollte etwas Intimität schaffen, denn seine Hand glitt sanft über meinen Rücken, seine Lippen näherten sich meinem Ohr.

„Du siehst umwerfend aus, Liebes“, hauchte er, bevor er sich wieder hinsetzte, mit seinem Frühstück begann, als wäre nichts gewesen.

Nur die Art und Weise, wie Daniel seinen Pancake misshandelte, deutete darauf hin, dass er zweifellos Zeuge des vertrauten Austausches geworden war.

Nun, er war selbst schuld. Hätte er sein Frühstück eben woanders zu sich genommen.

Drei Pancakes und zwei Tassen Kaffee später stand ich wortlos auf und begann den Tisch abzudecken.

Während ich das benutzte Geschirr in die Spülmaschine räumte, wandte ich mich ganz zwanglos lächelnd an die beiden Männer, die unbeweglich wie Statuen jede meiner Bewegungen beobachteten.

„Wenn ihr mich nun entschuldigt – ich werde jetzt schwimmen gehen.“

Grinsend ließ Stefan einen vielsagenden Blick in Daniels Richtung schweifen.

„Sei froh, dass ich mir abgewöhnt habe, aus jeder Gelegenheit eine Wette zu machen. Ich wusste, sie würde es keine fünf Minuten länger aushalten."

Daniel streckte sich ausgiebig und stand langsam auf, die Stuhlbeine fuhren mit einem scharrenden Geräusch über den Boden, als er seinen Stuhl an den Tisch schob.

„Was soll ich sagen", sagte er gedehnt, „du kennst deine Frau eben deutlich besser als ich."

Mit verengten Augen sah ich ihm nach, während er aus dem Raum schlenderte.

Tatsächlich kannte mich keiner der Beiden so gut, wie sie vermutlich annahmen.

„Wäre ja schlimm, wenn nicht", brummte Stefan kopfschüttelnd und half mir dann, alle Überreste des Frühstücks zu beseitigen.

Dann lächelte er mich auffordernd an.

„Nun denn, wollen wir?"

Er führte mich an seinem Arm durch das Wohnzimmer, dann stiegen wir die Treppe der Terrasse herunter und ich lächelte unwillkürlich, als ich den feinen Sand unter meinen bloßen Füßen spürte.

Die Sonne schien jetzt schon beinahe unerträglich heiß vom Himmel, obwohl es Mitte September war, noch vor zwölf Uhr.

Stefan ließ mich los und breitete eine Decke auf dem weichen Boden aus, stellte den versteckt im Sand liegenden Sonnenschirm auf und lud mich mit einem Lächeln ein, dort Platz zu nehmen.

Dankend folgte ich seiner Einladung und ließ mich auf die Decke sinken, den Blick auf das Meer gerichtet, wo glitzernd und schäumend eine kleine Welle nach der anderen auf das Ufer traf.

Es war ein unglaublich schöner Anblick und so nickte ich nur abwesend, als Stefan sich zurückzog, um sich umzuziehen.

Ich legte mich auf den Rücken und starrte in den makellos blauen Himmel über mir. Wie hatte ich bisher in der ganz normalen Welt leben können, wie sollte ich jemals in ein Leben ohne all das hier zurückkehren?

Schnell war Stefan wieder da und ohne den Blick vom Himmel zu lösen, grinste ich in mich hinein.

„Hättest du mir früher erzählt, dass du ein Haus am Strand hast, hätte ich dich noch schneller geheiratet."

Er gluckste. „Noch schneller war kaum möglich, meinst du nicht auch?", erwiderte er trocken.

Nun drehte ich doch meinen Kopf um ihn anzusehen – und mein Blick rutschte direkt von seinem schönen Gesicht zu seinem bloßen Oberkörper.

Was genau hatte ich eigentlich erwartet – dass er zwar ein schönes Gesicht, aber den Körper eines Frosches hatte?

Glatte, perfekte Haut spannte sich über deutlich sichtbaren, doch nicht übertrieben wirkenden Muskeln. Die Brust war klar definiert und am Bauch erkannte man die Ansätze eines Sixpacks. Die schwarze Badehose betonte seine schmalen Hüften und die langen, kräftigen Beine.

Er wirkte, als sei er eben von dem Sockel eines berühmten Bildhauers gestiegen. Als er sich durch das Haar fuhr, konnte ich einen Blick auf einen starken Bizeps erhaschen.

Ich konnte mich für meinen trockenen Mund nicht einmal selbst schelten – es war wirklich verflucht schwer, sich von diesem Mann nicht angezogen zu fühlen.

Und es war wahrhaft seltsam, dass ich meinen Mann gerade das erste Mal unbekleidet sah.

Ich sah die Vibration seines Brustkorbes, als Stefan leise kicherte. Mein Blick fuhr ertappt nach oben in sein Gesicht – natürlich, wie hätte er mein ewig langes Starren übersehen können – und sah, wie sich seine küssenswerten Lippen zu einem wissenden Lächeln verzogen.

„Gefällt dir, was du siehst?“

Ich konnte den Impuls, meine Augen zu verdrehen, nicht unterdrücken.

„Nun ja, ich denke, man kann damit arbeiten, wenn du dir noch ein wenig Zeit für ein bisschen Training nimmst“, erwiderte ich in ironischem Ton.

Nicht im Mindesten beeindruckt zog er die Augenbrauen hoch.

„Verzeih mir meine Überheblichkeit, aber ich denke, für dich reicht es.“

Ich lachte auf. „Zu deinem Glück ja, reicht es gerade so. Ich gebe mich ab und an gern mit weniger zufrieden, als mir gebührt.“

Er erwiderte mein Grinsen. „Touché.“

Es war schön, unbeschwert, so frei mit ihm reden zu können.

Es fiel immer schwerer mir vor Augen zu führen, warum das hier nicht perfekt war, nicht normal.

Widerstrebend löste ich den Blick von dem perfekten Mann an meiner Seite und ließ meinen Atem mit einem Stoß entweichen, bevor ich mich aufrappelte.

„Ich denke, ich werfe mich eine Runde in die Wellen. Ich ... ich brauche eine kleine Abkühlung“, murmelte ich grinsend. Stefan gluckste leise und nickte zustimmend.

„Ich denke, es würde dem Sinn deiner Absicht zuwiderlaufen, wenn ich mitkäme, also geh nur. Aber nicht allzu weit, ja? Ich will dich ungern aus den tieferen Strömungen retten müssen." Er grinste schief. „Obwohl mir die Vorstellung einer Mund-zu-Mund-Beatmung wiederum recht gut gefällt."

Ich streckte ihm die Zunge heraus. „Ich mag ungeschickt sein wie kein zweiter Mensch auf dieser Erde, aber schwimmen kann ich wie ein Fisch. Es wird nicht nötig sein, mich zu retten. Aber um dich zu beruhigen – ich gehe nicht ins tiefe Wasser, Dad."

„Schade. Sag Bescheid, wenn du es dir anders überlegst." Zwinkernd ließ er sich zurücksinken, stützte sich auf seine Unterarme.

Geschickt löste ich die Verschnürung meines Kleides und ließ den wallenden Stoff zu Boden sinken, ehe ich mich in einem Anflug von starken Selbstbewusstsein vor Stefan drehte und ihn herausfordernd musterte.

„Wir können wirklich sehr froh sein, dass du mir genügst. Nicht auszumalen, welch peinliche Situation es hervorrufen würde, wäre ich auch nur ansatzweise ähnlich unansehnlich wie du."

Jahrelang kontrollierte Ernährung – die Mengen an Süßigkeiten, wenn Jordan zu Besuch kam, einmal ausgenommen – und mehr oder weniger regelmäßige Besuche im Fitnessstudio hatten mir einen relativ ebenmäßigen Körper beschert, mit ein paar Rundungen an den richtigen Stellen.

Ich war bei weitem nicht so perfekt wie Stefan, aber Perfektion war auch nicht das Maß, das ich anstrebte.

Der Blick eines Kenners strich über meinen gesamten Körper, ehe Stefan mir in die Augen sah, ein dunkles Funkeln in den Iriden tanzend. „Es scheint, als hätte ich mich für eine ebenso schöne, wie kluge Frau entschieden." Er grinste schief und sah dann zur Seite, räusperte sich leicht. „Du solltest jetzt schwimmen gehen, bevor ich alle Vorsätze über Bord werfe."

Ich verbeugte mich spöttisch, ehe ich zum Wasser ging, anfangs langsam, dann immer schneller werdend. Schließlich rannte ich beinahe in die seichten Wellen und lachte laut auf, als mich das Wasser umschmeichelte. Irgendwas hatte dieser Ort an sich, dass mit einem Mal jede Schwermut von mir abfiel, ich mich wie ein normaler Mensch, unter normalen Umständen fühlte.

Das Meer empfing mich wie eine langvermisste Freundin.

Ich holte tief Luft und schloss die Augen, bevor ich zu tauchen begann. Mit kräftigen Zügen glitt ich durch das erfrischende Nass, ich genoss das Gefühl, komplett von Wasser umgeben zu sein.

Als wäre ich in einer anderen Welt.

Relativ schnell zwang mich meine Lunge wiederaufzutauchen und nach Luft zu schnappen. Erfreut gluckste ich, drehte mich auf den Rücken und ließ mich eine Weile von den Wellen treiben.

Die Sonne brannte auf mich herunter, Vögel kreisten am strahlend blauen Himmel.

Ich hätte ewig hier so treiben können, gedankenlos, mit freiem Kopf. Doch irgendwann begann das Salz auf meiner Haut zu jucken und die Sonne erinnerte mich jede Sekunde daran, dass ich meine wenig sonnenlichtverwöhnten Glieder noch nicht eingecremt hatte.

Also schwamm ich mit einem leisen Bedauern an den Strand zurück, tröstete mich aber gleichzeitig damit, dass heute nur der erste Tag von zwei Wochen war, in denen ich jeden einzelnen Tag hier im Wasser verbringen konnte, so lange, bis mir Flossen und Kiemen wuchsen.

Langsam stieg ich aus dem Wasser.

Erst als ich beinahe an meinem Platz angekommen war, fiel mir auf, dass dort nicht mehr Stefan lag, sondern Daniel stand, der mich mit düsterem Blick musterte.

Ich sah schnell wieder weg.

Ich wollte ihn nicht zu lange anschauen, wollte nicht bemerken, dass er ebenfalls nur mit Badehose bekleidet herumlief.

Wollte nicht sehen, wie die Sonne in seinem dichten Haar spielte und einen rötlichen Schimmer in die dunklen Strähnen zauberte.

Wollte nicht sehen, dass der Himmel, angesichts des tiefen Blaus seiner Augen, beleidigt kleinbeigeben musste.

Wollte nicht sehen, wie er bei meinem Anblick die Lippen schürzte, diese verdammt weichen, einladenden Lippen.

Und ganz besonders wollte ich nicht bemerken, wie anziehend sein Körper auf mich wirkte, dass seine Brust danach lechzte, als Kopfkissen benutzt zu werden, dass sein fester Bauch mit einigen Striemen von Fingernägeln sicher noch besser aussehen würden, dass seine kräftigen Arme wie gemacht dafür waren, mich zu heben und gegen die nächste Wand zu drücken.

Um nichts davon zu bemerken, legte ich mich mit hochrotem Kopf auf die Decke, drehte zwar meinen Kopf in seine Richtung, doch widerstand dem Wunsch, seinen schönen Anblick noch weiter in mich aufzunehmen, bis er sich so tief eingebrannt hatte, dass ich ihn nie wieder vergessen würde.

Vehement schloss ich die Augen.

„Wo ist Stefan?“, brachte ich gerade noch so heraus.

„Drinnen. Das Telefon – irgendein sehr wichtiges Telefonat. Ich soll auf dich aufpassen. Er hat wohl Angst, du könntest ertrinken.“

Ich verdrehte die geschlossenen Augen. Solch eine übertriebene Vorsichtsmaßnahme.

„Ist das nicht ein etwas ungewöhnlicher Aufzug für einen Personenschützer?“, murmelte ich, mehr zu mir selbst, doch er hörte es, natürlich.

Ich hörte das Grinsen in seiner Stimme.

„Es hat seine Vorteile, mit dem Chef schon seit Jahren befreundet zu sein. Außerdem dachte ich mir, dass es der Situation zwischen uns vielleicht zuträglich wäre.“

Ich runzelte die Stirn. Inwiefern sollte es der Situation zuträglich sein? Welcher Situation überhaupt? Wollte er mich provozieren?

Er schien der festen Überzeugung zu sein, dass er der einzige Spieler mit dem einen oder anderen Trumpf war.

Mir war nicht ganz klar, wann ich meine Abneigung gegen Spiele jeglicher Art verloren hatte, doch seltsamerweise konnte ich es kaum erwarten, den einen oder anderen unvorhergesehenen Zug zu machen.

Meine Gegenspieler gegeneinander auszuspielen, sie an die Wand zu drängen.

Mich aus der Rolle des Spielballes zu befreien, der keine Entscheidungsgewalt hatte, und mich in die Position eines vollwertigen Gegners zu erheben.

Ein überlegenes Lächeln wollte sich auf meinen Lippen ausbreiten, doch ich unterdrückte es gerade noch so.

Meine Hände griffen an meinen Rücken und öffneten zuerst diesen Verschluss meines Bikinioberteils, dann den in meinem Nacken. Geräuschvoll stieß Daniel Luft aus.

„Verdammt June. Was tust du da?“

Mit einem unschuldigen Lächeln öffnete ich die Augen und sah zu ihm hoch.

„Ich möchte mich gern etwas sonnen, möchte aber keinen Sonnenbrand riskieren ... würdest du mir wohl den Rücken eincremen?“ – „Nein!“ Seine Antwort kam pfeilschnell aus seinem Mund geschossen und er runzelte wütend die Stirn.

Mit großen Augen starrte ich ihn an, seine Ablehnung forderte mich nur weiter heraus. Er hatte um eine Partie gebeten, nun musste er nach meinen Regeln mitspielen oder aufgeben.

„Aber warum denn nicht? Stefan hat doch gesagt, du sollst dich um mich kümmern, auf mich aufpassen ... er wird sicherlich böse, wenn ich Schmerzen leide, weil du es versäumt hast, mich davor zu bewahren.“

Er musste sich einen Fluch verkneifen, ich sah es genau. Mit zusammengebissenen Zähnen wühlte er in dem Korb, den Stefan mit nach draußen genommen hatte und setzte sich dann neben mich. Leidenschaftslos goss er etwas Sonnenmilch über mich und verrieb sie grob.

Ich stützte mich auf meine Unterarme und funkelte ihn über die Schulter hinweg an.

„Verdammt, Daniel, erledige deine Arbeit anständig! Oder bist du nicht einmal imstande, mich gleichmäßig einzucremen?"

Er hörte mir nicht zu. Er starrte mich nur an. Und zu spät ging mir auf, dass ich mich aufgerichtet hatte, obwohl mein Bikini nicht mehr hielt, dass er nun mehr zeigte, als versteckte.

Fluchend ließ ich mich wieder fallen und versteckte mein Gesicht unter meinem Arm.

„Mach einfach deinen verdammten Job."

„Du willst, dass ich das hier anständig mache? So wie man Frauen eben den Rücken eincremt? Ganz wie du willst, June." Die Art und Weise wie er meinen Namen sagte, jagte mir einen kalten Schauder über den Rücken.

Bevor ich etwas erwidern konnte, setzte er sich auf meinen Hintern, die Beine links und rechts von meiner Hüfte. Und genau zwischen meinen Pobacken konnte ich recht deutlich seine Erregung spüren.

Jede bissige Erwiderung verpuffte in meinem Kopf und ich biss mir in den Arm, um mein unwillkürliches Stöhnen zu unterdrücken.

Nun, wenn dieser Zug mal nicht nach hinten – wortwörtlich – losgegangen war. Hatte ich tatsächlich erwartet, Daniel schon beim ersten Versuch ausmanövrieren zu können?

Wie naiv.

Seine Hände massierten die Sonnenmilch kräftig in meine Haut, in einem Moment gruben sich seine Finger fast schmerzhaft in meine Schultern, im nächsten streichelten sie verdammt sanft über meine Seiten. Und allgegenwärtig das Zeichen seines Verlangens, fest gegen mich gedrückt.

Zart strichen seine Finger über meinen Nacken, den ich ihm nur zu willig entgegen bog, kratzten leicht über meine Schulterblätter und entlockten mir ein Keuchen, als sie über meine Wirbelsäule nach unten und an den Seiten wieder nach hoben fuhren, sich dabei beinahe unverschämt nahe an meinen Brüsten vorbei bewegten.

Gerade, als ich glaubte, den Verstand unter seinen Händen zu verlieren, griff er schweigend nach den Verschlüssen und schloss den Bikini wieder. Einen Moment lang saß er noch still da, ehe er abrupt aufstand.

Sofort vermisste ich sein Gewicht auf meinem Körper.

Langsam drehte ich mich um, wagte kaum, ihn anzusehen, doch konnte den Impuls nicht unterdrücken.

Er knickste vor mir, ein spöttisches Grinsen in dem sonst blass wirkenden Gesicht.

„Wenn die Dame es nun erlaubt, gehe ich für einen Moment ins Wasser. Ich brauche eine kleine Abkühlung. Das Bedürfnis habe ich in deiner Gegenwart oft …“ Ohne auf meine Erwiderung zu warten, drehte er sich um und ging.

Ließ mich stehen.

Schon wieder.

Doch dieses Mal wollte ich es ihm nicht durchgehen lassen. Er konnte nicht derart mit mir umspringen und dann einfach verschwinden, sich jeder Verantwortung entziehen.

Ich war gerade aufgestanden, als Stefan meinen Namen rief. Sein schlechtes Timing verwünschend, drehte ich mich um und sah ihm mit zusammengekniffenen Augen entgegen, er winkte mich zu sich.

Hatte er das Intermezzo beobachtet?

Würde es nun unseren ersten Streit geben?

Ich war viel zu aufgewühlt und wütend, als dass ich über Stefans potentielle Reaktion ernsthaft besorgt war.

Mit pochendem Herzen überquerte ich den Sand mit wenigen Schritten und stieg die Treppe hinauf, sah ihm fragend entgegen.

Doch sein Gesicht wirkte nicht wütend oder beherrscht, vielmehr betreten.

„Was ist los? Gibt es ein Problem? Ist etwas passiert?“

Gereizt fuhr er sich durch die Haare. „Es gibt allerdings ein Problem. Der Rechtsanwalt irgendeines Mannes, den ich vor einigen Wochen lebenslänglich ins Gefängnis geschickt habe, hat Einspruch gegen das Urteil des Richters eingelegt und einige neue Beweise ins Spiel gebracht. Der Fall wird neu aufgerollt, was meine Anwesenheit verlangt.“

Langsam sickerten seine Worte zu mir durch.

Er hatte Daniel und mich nicht gesehen.

Er würde mich vielmehr allein lassen.

„Aber wir sind doch gerade erst gekommen! Es sind unsere Flitterwochen! Können sie nicht warten? Nur zwei verdammte Wochen?“

Stefan schüttelte den Kopf.

„Das Gericht wartet auf niemanden. Es ist unerlässlich, dass ich morgen anwesend bin.“ – „Morgen schon …“, flüsterte ich. So viel zu jedem Tag im Meer schwimmen.

„Dann packe ich wohl besser gleich meine Sachen …

Er sah einen Moment lang in meine traurige Miene, dann nahm er mich in den Arm.

„Du musst nicht mitkommen. Ich kann die nächsten Tage ohnehin nicht für dich da sein … Der Prozess wird meine ganze Zeit in Anspruch nehmen. Genau genommen sollte ich schon weg sein … ich muss mich vorbereiten. Bleib doch hier, genieß die zwei Wochen für mich mit! Würdest du das tun?“

Zweifelnd sah ich ihn an. „Ist das dein Ernst? Ich meine, wir sollten zu zweit hier sein und unsere Flitterwochen genießen … wir sind frisch verheiratet …“

Er küsste mich auf den Scheitel und drückte mich fest, ehe er mich ein Stück von sich hielt und mir in die Augen sah.

„Hör mal, es tut mir wirklich leid und wir holen die gemeinsame Zeit hier nach, das verspreche ich dir hoch und heilig. Aber jetzt muss ich gehen. Mach dir eine schöne Zeit. Wenn etwas ist, sag es Daniel, er kann dich auch herumführen, er kennt die schönsten Plätze hier …“

Mein Kopf fuhr hoch, alarmiert sah ich ihn an.

„Was? Daniel? Aber du musst ihn doch mitnehmen! Er muss doch auf deine Sicherheit achten!“

Stefan zuckte nur die Schultern.

„Tyler wird seine Aufgaben daheim übernehmen, er ist nach Daniel mein bester Mann. Außerdem lasse ich dich hier sicherlich nicht schutzlos zurück. Mach dir keine Sorgen. Du wirst die zwei Wochen genießen und dann sehen wir uns wieder und können Zeit miteinander verbringen. Ich verspreche es dir.“

Er küsste mich auf die Wange und lächelte.

„Und wenn ich ‚Alles nachholen‘ sage, dann meine ich alles. Alles, was wir vor uns hergeschoben haben.“

Er küsste mich, lang und intensiv, ließ mich taumelnd zurück.

„Ich kann es genau genommen gar nicht erwarten“, murmelte er heiser, bevor er sich abwandte. „Ich sage eben Daniel Bescheid und dann muss ich gehen. Ich … “ Er schien mit sich zu kämpfen, wollte noch etwas sagen, überlegte es sich dann aber anders. „Wir telefonieren. Hab eine schöne Zeit.“

Ohne abzuwarten, ob ich noch etwas sagen wollte, sprang er die Treppen hinunter und überquerte mit langen Schritten den Strand.

Mein Blick wanderte zu Daniel, der in den Wellen stand und auf das Meer hinausblickte.

Zwei Wochen alleine mit ihm.

Das konnte nicht gut ausgehen.

Kapitel 18

Das Schweigen zwischen uns war ohrenbetäubend laut.

Ich wusste nicht, wo ich hinsehen, geschweige denn, was ich sagen sollte, also ignorierte ich Daniels Anwesenheit mit beinahe stoischer Beharrlichkeit.

Ich meine, noch grotesker konnte diese Situation ohnehin nicht werden, also musste keiner von uns sich dem Versuch hingeben, Normalität zu heucheln.

Die Gabel kratzte mörderisch laut über den Teller, ich zuckte zusammen. Seufzend legte ich sie zur Seite und starrte finster in mein nahezu unberührtes Essen. Seit einer Viertelstunde stocherte ich lustlos in den Spaghetti herum, während sich Daniel nichts anmerken ließ und eben seine dritte Portion mit nicht nachlassendem Appetit verschlang.

Ich musste den Impuls unterdrücken, ihm meinen Teller auch noch hinzuschieben, nur um seinen Mund beschäftigt zu halten, damit er nicht auf die Idee kam, mit mir kommunizieren zu wollen.

Es war mir ohnehin ein Rätsel, wie wir es geschafft hatten, den ganzen Tag nicht miteinander zu reden.

Stefan war vor etwa vier Stunden vollkommen überstürzt und in Gedanken versunken aufgebrochen. Bei seinem Abschiedskuss war er bereits gedanklich nicht mehr bei mir gewesen, seine Instruktionen an Daniel, waren ausschließlich herrische Halbsätze gewesen. Es klang eher so, als gebe er seinem Hundesitter Anweisungen, oder unterrichte sein Kindermädchen über seine Wünsche, als dass er mit dem Personenschutz seiner Frau sprach.

Doch bevor ich mich darüber aufregen konnte, war mein Ehemann am ersten Tag seiner Flitterwochen auch schon wieder verschwunden.

Und ich war alleine.

Alleine mit Daniel, dem Mann, der mir nachstellte, dem gegenüber ich verworrene Gefühle hegte.

Ich versuchte ruhig zu bleiben, als mein Puls sofort auf jenseits von Gut und Böse hochschnellte. Vielleicht konnte ich die Zeit auch zu unserem Vorteil nutzen und mir endlich darüber klarwerden, dass diese merkwürdige Anziehungskraft, die von diesem düsteren Kerl ausging, reine Einbildung meinerseits war.

Er spielte lediglich mit mir.

Sollte er vielleicht in Stefans Auftrag herausfinden, wie treu ich ihm war, ob mir meine Unterschrift auf dem Vertrag wirklich etwas bedeutete?

Das war ein beunruhigender Gedanke.

Andererseits waren bisher alle Annäherungsversuche von Daniel ausgegangen und nicht von mir. Und es war eigentlich nichts passiert, nur zwei unschuldige Küsse.

Zwei Küsse zwischen Stefans Angestelltem, seinem Freund, und mir, seiner Ehefrau.

Ich stöhnte innerlich. Wie tief konnte man sich in die Scheiße reiten, ohne darin zu ersticken?

Seit Stefans Aufbruch waren wir uns aus dem Weg gegangen, hatten kein Wort gewechselt, waren nicht einmal im gleichen Raum gewesen.

Vielleicht hätte ich davonrennen können, ohne dass Daniel etwas gemerkt hätte.

Obwohl das zu bezweifeln war.

Dem Mann entging nichts, kein Atemzug, kein Herzschlag, wie mir schien.

Ich hatte mich also in meinem Zimmer verkrochen, hatte geduscht, ein wenig gelesen, mich irgendwann in den frühen Abendstunden dazu entschieden, etwas zu kochen, da mein Magen zu meckern begann, schließlich hatte ich seit dem Frühstück nichts mehr zu mir genommen.

Die Tatsache, dass die Frau, die sich in Stefans Abwesenheit um das Haus kümmerte, nicht eingekauft hatte, erübrigte langes Überlegen, was ich zubereiten würde. Vermutlich hatte sie nicht einmal geahnt, dass wir kommen würden, schließlich war es eine recht spontane Entscheidung gewesen. Immerhin gab mir das morgen den Vorwand, einkaufen gehen zu müssen.

Und es ließ mich über Stefans Kurzsichtigkeit den Kopf schütteln – hatte er tatsächlich nur für die Pancakes zum Frühstück eingekauft und nicht an weitere Mahlzeiten gedacht?

Die wenigen Vorräte, welche ich entdeckte, hatten gerade einmal für einfache Spaghetti mit einer Tomatensoße gereicht.

Nach dem Abendessen überließ ich es Daniel, das Geschirr in die Spülmaschine zu stellen und die Küche aufzuräumen. Mich zog es mit einem Glas und einer Flasche Rotwein, die mir bei meiner abendlichen Suchaktion in die Hände gefallen war, auf die Holzbank, die auf der Terrasse stand. Sie gewährte einen atemberaubenden Blick auf das Meer.

Allmählich sank die Sonne auf den Horizont zu und steckte den Himmel in Brand. Das leuchtende Rot spiegelte sich in all seinen Facetten auf der tanzenden Wasseroberfläche wieder.

Ein wenig wirkte es wie das Tor zur Hölle.

Grinsend schenkte ich mir nach, genoss das Gefühl, welches der vollmundige, schwere Wein in meinem Mund auslöste, als er meine Kehle hinunterfloss.

Als ich das nächste Mal die Augen öffnete, schob sich ein leeres Glas in mein Sichtfeld. Daniel lächelte schief, als ich ihn fragend ansah.

„Hast du noch einen Schluck für mich übrig? Auf diesen schönen Anblick sollte man anstoßen." Da er während seines letzten Satzes unverwandt mich ansah, war ich mir nicht sicher, ob er mich oder den Sonnenuntergang meinte.

Ich fragte auch nicht nach.

Mit zitternden Fingern schenkte ich ihm sein Glas voll, dann nahm er mir die Flasche weg.

Er setzte sich neben mich, griff mit der freien Hand nach meinem Kinn und zwang mich, ihn anzuschauen. Seine Nähe machte mich schwindlig.

„Du errötest, June", murmelte er. Wie in Trance schüttelte ich den Kopf. „Das ist das Sonnenlicht", erwiderte ich lahm, nahm mir selbst nicht ab, was ich da von mir gab.

Er schwieg, ließ mich los und wandte sich tatsächlich der Sonne zu, von der jetzt nur noch zwei Finger breit zu sehen war.

Wieder schwiegen wir, dieses Mal jedoch war es aber nicht unangenehm.

Und der Kopf wurde mir angenehm leicht, es fiel mir auf einmal so leicht, nicht über alles nachzudenken, einfach den Moment zu genießen, wirklich hier zu sein und nicht irgendwo in der Vergangenheit oder der Zukunft.

Keine Gedanken trübten den Moment.

Ob das am Wein oder an Daniels ungewohnt schweigsamer Gegenwart lag, war mir dabei vollkommen gleichgültig, vermutlich war es eine Mischung aus beidem.

Schließlich war die Sonne ganz verschwunden und allmählich begann die Dämmerung heraufzuziehen und mit ihr das vielstimmige Konzert unzähliger Grillen.

Ich trank gerade den letzten Schluck aus meinem Glas, als Daniel sich räusperte. „Hast du noch Lust auf einen Film oder so etwas?"

Ich sah ihn verblüfft an, meine Augenbrauen machte sich wie von selbst auf den Weg Richtung Haaransatz.

Verlegen zuckte er die Achseln und fuhr sich durch das Haar. „Ich bin nicht gut in dieser Unterhaltungssache. Ich habe keine Ahnung, was man an so einem Abend macht – ich dachte, einen Film anzuschauen wäre ganz in Ordnung."

Ich nickte zustimmend, alle anderen Aktivitäten, die man zu zweit hier unternehmen konnte, erschienen mir nicht sonderlich angebracht.

Warum also nicht?

„Okay, dann steht die Sache. Such du dir einen Film aus und ich durchstöbere den Keller, da ist sicher noch die eine oder andere Flasche versteckt."

Er stand auf und hielt dann inne, lächelte mich seltsam schüchtern an. „Das Essen war übrigens ausgezeichnet. Wenn du dich dazu herablässt, öfters zu kochen, wird das allein aus kulinarischer Sicht eine fantastische Zeit."

Er zögerte, schien einen Moment zu überlegen, ob er wirklich weitersprechen sollte, bevor seine Zähne aufleuchteten. „Du musst wissen, ich vernasche gern deliziöse Sachen."

Die Dunkelheit war mittlerweile weit genug fortgeschritten, dass er die flammende Röte auf meinen Wangen nicht erkennen konnte, obwohl ich mir ziemlich sicher war, dass ihm bewusst war, wie ich auf seine doppeldeutigen Worte reagieren würde.

Leise durch die Zähne pfeifend schlenderte er ins Haus und ich hörte ihn die Treppe zum Keller hinunterpoltern. Kopfschüttelnd, ohne näher auf seinen unangebrachten Kommentar einzugehen, sammelte ich die Gläser und die leere Flasche ein und ging ins Wohnzimmer.

Ich war tatsächlich überrascht, in dem Schrank neben dem monströsen Fernseher einige BluRays zu entdecken, irgendwie hatte ich Stefan nicht als Filme-Typ eingeschätzt. Selbst wenn, wäre zu erwarten gewesen, dass er Netflix oder Amazon Prime oder sonst einen Streaming-Dienst diesen altmodischen Scheiben vorziehen würde.

Leise die Titel vor mich hinmurmelnd überflog ich die Hüllen, ehe ich lächelte und meine Wahl aus dem Stapel zog.

Ein wenig länger dauerte es, die Playstation dazu zu überreden, mit mir zu kooperieren und sie und den Fernseher richtig zu justieren. Aufatmend warf ich mich auf das Sofa, als die Technik mir den Gefallen tat, endlich mitzuspielen.

Just in diesem Moment trat Daniel durch die Tür, eine Flasche Wein in der Hand. „Ich hoffe, du magst Burgunder?"

Ich antwortete, indem ich ihm wortlos mein Glas entgegenstreckte. Er verbeugte sich mit einem schiefen Lächeln. „Wie Mylady befielt." Nachdem er auch sein Glas gefüllt hatte, setzte er sich neben mich.

Dicht neben mich.

Meine Armhaare stellten sich unwillkürlich auf, als er meiner nackten Haut zu nahekam. Verlegen strich ich mir über die Stirn. Das konnte ja heiter werden.

Ihm fiel meine Befangenheit nicht auf, oder aber er ignorierte sie, er starrte abwartend auf den Fernseher.

„Und, was sehen wir uns an? ‚*Barbie und der geheimnisvolle Pegasus?*' ‚*Wie werde ich ihn los in zehn Tagen?*' Oder sonst eine prämenstruelle Ausgeburt der Hölle?"

Ich kicherte über seinen gespielt ernsthaften Gesichtsausdruck.

„Beides falsch, doch es beunruhigt mich nicht wenig, dass du diese Filme kennst. Was ist los Daniel? Bist du tief in dir drin ein kleines, unverstandenes Mädchen?“

Er hob drohend den Zeigefinger, doch lächelte dabei.

„Pass nur auf. Ich bin kein Mädchen – ich bin vielmehr der böse Wolf, der unartige kleine Mädchen übers Knie legt, ohne auch nur eine Sekunde zu zögern.“ Trotz seines Grinsens glaubte ich ihm sofort, dass er dazu imstande war. Mühsam unterdrückte ich mein Kopfkino.

Wortlos drückte ich auf "Play" und dämmte das Licht. Aus den Augenwinkeln sah ich, wie seine Augen sich verblüfft weiteten, als er den Titel des Filmes las. Mit einer gewissen Anerkennung musterte er mich. „Du überraschst mich immer wieder, Mädchen. Ich schaffe es einfach nicht, dich zu durchschauen ...“

Ich schenkte ihm ein breites Grinsen.

„Vielleicht wird es zu meinem neuen Hobby, dich zu verwirren, großer böser Wolf.“ Als er zu einer Antwort ansetzten wollte, unterbrach ich ihn mit erhobener Hand, ohne ihn anzusehen. „Sei jetzt bitte still, ich will den Film sehen.“

Er blieb mir eine Antwort schuldig und lehnte sich zurück.

Tatsächlich wechselten wir kein Wort während des Filmes, ganz, wie es sich gehört, lediglich das Gluckern des Weines in unseren Gläsern unterbrach die Atmosphäre dann und wann.

Als ich die BluRay schließlich zurück in die Hülle packte, gähnte Daniel herzhaft.

„Ich denke, es ist Zeit ins Bett zu gehen. Es war ein langer Tag und irgendwas sagt mir, dass ich meine Kraft für die nächsten Tage mit dir brauchen werde.“

Sein Gähnen steckte mich an und so leistete ich keine Gegenwehr, als er unsere Weingläser aufräumte. Langsam ging ich zur Treppe, überlegend, wie es nun weitergehen sollte. Würde es überhaupt weitergehen?

Daniel schien ebenfalls etwas verunsichert, als er mich dort an der Treppe stehen sah. Zögerlich trat er auf mich zu und sah mir tief in die Augen, hauchte einen Kuss auf meine Stirn.

Allein das kurze Gefühl seiner Lippen auf meiner Haut ließ mich erschaudern.

Der Moment war viel zu schnell vorbei und er trat zurück. „Schlaf gut, June“, murmelte er leise. Ganz impulsiv griff ich nach seinem Arm. „Warte!“ Er versteifte sich ein wenig und drehte sich um, sah mich fragend an.

Mein Gesicht lief rot an.

Worauf sollte er denn warten? Mit einem kläglichen Lächeln versuchte ich die Situation zu retten. „Wo ist dein Zimmer? Nur, damit ich weiß, wohin ich die Einbrecher schicken muss."

Er lächelte leicht und zeigte auf eine Tür. „Da, im Gästezimmer. Schick sie ruhig zu mir, ich lass die Tür auch unabgeschlossen."

Ich nickte hastig und lief dann so schnell meine tauben Zehen es zuließen, die Treppe nach oben. Aufatmen konnte ich allerdings erst, als ich in meinem Zimmer stand, mich gegen die Tür lehnen und meine Stirn gegen das kalte Holz pressen konnte.

Es dauerte nicht lange, bis die pochende Wärme in meinem Gesicht abgeklungen war und ich mich aufraffen konnte, mich bettfertig zu machen.

Nach dem Zähneputzen schlüpfte ich in eines der weniger anstößigen Nachthemden, die meine Mutter ausgesucht hatte und verfluchte sie dabei still. Was sollte Stefan denn denken, wenn er diese Auswahl sehen würde?

Beim Gedanken an Stefan durchlief es mich kalt, ich hatte tatsächlich seit mehreren Stunden kein Blick auf mein Handy geworfen. Der Gedanke an die letzte Schimpftirade von ihm trieb mich erneut aus dem Bett, nur um mich danach enttäuscht wieder hineinsinken zu lassen.

Keine einzige Nachricht.

Kein einziger Anruf.

Es schien, als habe er mich vergessen, sowie er das Haus verlassen hatte.

Dabei musste ich mir jedoch eingestehen, dass auch ich ihn nicht sonderlich vermisste, hatte ich doch genug damit zu tun, Daniel aus dem Weg zu gehen und nichts allzu Dummes anzustellen.

Aber wenigstens eine Nachricht zum Zeichen, dass er gut angekommen war ...

Ich hörte einen Moment in mich hinein und fragte mich, ob es mich nicht härter treffen sollte, dass sich mein Mann nicht bei mir meldete. Doch der Schmerz, den ich fühlte, hätte genauso gut aus dem verletzten Stolz resultieren können. Oder aus dem kleinen, nagenden Gedanken, der mir einflüsterte, Stefan hätte keine Zeit, weil er sich bereits anderweitig vergnügte.

Mit einem der Mädchen, die jederzeit auf Abruf bereit zu stehen schienen.

Oder einem der Männer.

Oder auf was auch immer mein Ehemann so stand.

Auch wenn ich bisher noch nie mit eigenen Augen davon Zeuge geworden war. Ich hatte nur seine Aussage auf dem Papier, dass er auf abnormale Sachen stand, Dinge, die ich ihm nicht geben konnte.

Vielleicht war er gar nicht so? Immerhin gab es bis auf seine Eifersucht, seine übertriebenen Drohungen und seine zeitweise recht seltsam anmutenden Marotten bisher keinen Beweis, dass er war, wie er vorgab zu sein.

Doch warum sollte jemand hinsichtlich solcher Dinge lügen?

Nun gut, er hatte mich gezwungen, zu unterschreiben, mich praktisch gezwungen, seine Frau zu werden. Er hatte meiner Familie gedroht. Und irgendwas sagte mir, dass er nicht scherzte. Dass er durchaus dazu in der Lage war, Menschen weh zu tun.

Oder Schlimmeres.

Hellwach lag ich in meinem Bett, meine Gedanken drehten sich im Kreis, machten mir Angst. Oder lag es am Wein?

Ich schnaufte auf, sagte mir, dass es jetzt nichts bringen würde, über Stefan nachzudenken. Er war nicht hier, ich konnte ihn nicht fragen. Also konnte ich genauso gut über etwas Anderes nachdenken.

Was mich zu Daniel brachte.

Sein Verhalten war mir ein Rätsel.

Es schien ihm weniger Probleme zu bereiten, auf mich zuzugehen, wenn Stefan in der Nähe war, jederzeit dazwischenfunken, ja uns sogar sehen konnte. Nun, da Stefan meilenweit entfernt war und sich nicht so schnell wieder blicken lassen würde, ging er lieber auf Abstand, berührte mich nur, wenn es sich nicht vermeiden ließ.

War das schon wieder ein Spiel?

Brauchte er den Nervenkitzel, den Hauch von Gefahr? War ich selbst ihm nicht genug? War es lediglich ein Test, damit Stefan meine Loyalität ihm gegenüber bewerten konnte, lag Daniel vielleicht gar nichts an mir?

Ich verstand es einfach nicht.

Aufgewühlt warf ich mich hin und her, an Schlaf war nicht zu denken, während diese Fragen immer und immer wieder durch meinen Kopf rauschten.

Irgendwann nickte ich doch für einen Moment ein, fuhr allerdings kurz darauf mit einem leisen Schrei wieder hoch, am ganzen Leib zitternd. Ich konnte mich nicht mehr erinnern, was ich geträumt hatte in den paar Minuten, nur einige Bilder tauchten immer wieder vor meinem inneren Auge auf, kurz nur, bevor sie verschwanden.

Feuer. Rauch. Waffen. Blut, so viel Blut ... Vielleicht hätte ich doch einen harmloseren Film für den Abend aussuchen sollen.

Ich schlang die Arme um meine Knie, legte meinen Kopf auf den Beinen ab. Wie sehr wünschte ich mir nun jemanden, der mich im Arm halten würde, der mir leise ins Ohr flüsterte, dass ich keine Angst zu haben brauche, weil er auf mich aufpassen würde.

Kurz entschlossen stand ich auf, dem Hauch eines Gedankens folgend.

Meine bloßen Füße gaben leise, tapsende Geräusche von sich, als sie mich über den glatten Holzboden trugen, die Treppe knarrte nur leise unter meinem Gewicht. Einen Augenblick später stand ich vor Daniels Tür.

Der Anblick des dunklen Holzes ernüchterte mich augenblicklich und der Mut verließ mich.

Was machte ich hier? Was erhoffte ich mir hiervon? Eine einzige Nacht, in der ich mich sicher und geborgen fühlte? Eine Nacht, an die ich mich für den Rest meines Lebens erinnern würde? Eine Nacht, die ich für den Rest meines Lebens bereuen würde?

Und doch klopfte ich.

Oder vielleicht gerade deswegen.

Ich wartete und wartete, doch bekam keine Antwort. Auch auf das zweite, etwas stärkere Klopfen folgte nur schweigende Stille. Ich wankte zwischen aufgeben und einfach wieder in mein Bett gehen und einmal in meinem Leben tatsächlich mutig sein und in sein Zimmer gehen, auch wenn ich nicht hereingebeten worden war.

Kurz entschlossen öffnete ich die Tür. Nun war ich schon bereit gewesen, zu ihm zu gehen, auf halber Strecke umdrehen würde den Gedanken daran nicht ungeschehen machen.

Für einen Moment musste ich an seine Worte denken und lächeln – hatte er die Tür wirklich nur für die Einbrecher unverschlossen gelassen? War ich nun der Einbrecher, der in seinem Zimmer einfiel?

Das Fenster stand offen und das hereinfallende Mondlicht erleuchtete das Zimmer notdürftig, sodass ich erkannte, wo das Bett stand. Daniels lag beinahe über die komplette Breite des Bettes ausgestreckt da und atmete leise und gleichmäßig.

Es erleichtere mich ungemein, dass er nur aufgrund seines tiefen Schlafes nicht geantwortet hatte, nicht etwa, weil er mich nicht sehen wollte.

Unschlüssig betrachtete ich seine entspannte Gestalt, bevor ich eine Ecke der Decke hochhob und mich ganz vorsichtig in sein Bett gleiten ließ, bemüht, ihn nicht zu berühren und damit aufzuwecken.

Eingeengt lag ich am äußersten Rand der Matratze, auf der Seite, um möglichst wenig Platz zu verbrauchen, doch das war mir egal. Die leisen Atemzüge neben mir bewiesen, dass ich nicht alleine war. Ich war nun sicher.

Mit einem leichten Lächeln auf den Lippen schloss ich die Augen und hätte sicherlich einschlafen können, hätte sich in eben diesem Moment nicht die Matratze bewegt. Ich versteifte mich unwillkürlich und versuchte, nicht zu atmen.

Sein Atem war deutlicher zu hören als noch vor wenigen Augenblicken und nach einem Moment des Schweigens schlang sich ein breiter Arm um meine Taille, zog mich gegen eine kräftige, bloße Männerbrust.

„Sag mir bitte nicht, dass da wirklich Einbrecher sind. Ich würde jetzt ungern aufstehen.“ Eine Nase drückte sich in mein Haar und atmete tief ein.

Ich entspannte mich ein wenig, lehnte mich gegen ihn, das Lächeln kehrte auf meine Lippen zurück. „Nein, wir sind völlig sicher.“ Er brummte leise. „Dass du sicher bist, weiß ich. Dafür sorge ich. Wie es um meine Sicherheit steht, kann ich noch nicht beurteilen.“ Er hauchte einen Kuss auf meinen Kopf und ein Schauer fuhr durch meinen Körper.

Dann seufzte er leise.

„Was tust du hier, June?“ Ich biss mir auf die Lippe, kniff die Augen fest zusammen. „Ich hatte einen Albtraum.“

Er wollte mich nicht hier haben. Es war ein Fehler gewesen. Vielleicht sollte ich gehen ...

Als hätte er meine Gedanken gehört, verstärkte er seinen Griff um meine Taille.

„Du musst keine Angst haben. Ich bin hier. Ich passe auf dich auf. Beschütze dich. Für solche Sachen bin ich da.“

Ich hasste es, ihn nicht ansehen zu können, während er solche Dinge sagte.

Also drehte ich mich kurzerhand zu ihm um, bis wir uns gegenüberlagen. Sein Gesicht war nur wenige Zentimeter von meinem entfernt, ich sah seine Augen in der Dunkelheit glühen.

„Beschützt du mich auch vor dir? Und vor mir?“

Ich spürte, wie sich die Muskeln in seinem Arm anspannten, fühlte seinen Atem heiß über mein Gesicht streifen. „Wovor muss ich dich da schützen?“

In einem Anflug von Mut legte ich meine Hand auf seine Wange. „Du solltest mich vor mir selbst schützen, weil ich sonst etwas Dummes tue. So etwas wie das hier.“

Sanft drückte ich meine Lippen auf seine, fühlte, wie die weiche, empfindliche Haut unter meinem Kuss nachgab.

Nach einem Moment löste ich mich von ihm, sah ihn an, wortlos. Er erwiderte meinen Blick.

„Es gibt Dümmeres als das, Mädchen“, flüsterte er dunkel. Allein diese Worte brachten mein Herz aus dem Takt.

„Ach ja? Was denn zum Beispiel?“, hauchte ich zurück. „Nun, so etwas wie das hier.“

Ohne Vorwarnung krachten seine Lippen auf meine, nicht zärtlich, wie ich eben, sondern hart und leidenschaftlich, der Kuss brachte mich zum Keuchen.

So hatte er mich noch nie geküsst.

Er nutzte diesen Moment und drang mit seiner Zunge in meinen Mund ein, liebkoste die meine.

Wir atmeten beide schneller, als er von mir abließ. „Das, June, ist eine größere Dummheit."

Ich lächelte unwillkürlich.

„Von dir hatte ich Dümmeres erwartet, Daniel. Mir fallen noch hundert Dummheiten ein, die sehr viel größer wären ..."

Er schnaubte. „Es ist nicht so, dass es mir an Einfallsreichtum mangelt, im Gegenteil. Ich sehe dich an und habe den Kopf voller Bilder von uns beiden, von all den Sachen, die ich gerne mit dir teilen, mit dir machen würde." Er schwieg einen Moment. „Es ist nur so, dass diese Sachen besser in meinem Kopf bleiben und nicht Wirklichkeit werden."

Ich zerkaute mir die Lippen.

Natürlich verstand ich das – aber ich verstand es auch nicht.

„Ist das wirklich besser? Alle Träume und Wünsche nur im Kopf zu haben und ihnen nie die Chance zu geben, wahr zu werden?"

Daniel seufzte schwer und strich mir über den Rücken, erzeugte damit eine nicht unangenehme Gänsehaut auf meinem gesamten Körper.

„Du sagst das so leicht, als gäbe es nichts, außer meinem Kopf, was mich zurückhält, nicht über dich herzufallen."

Ich malte einen Kreis auf seinen Unterarm. „Können wir nicht für eine Nacht so tun, als gäbe es nichts Anderes?"

Nun rückte er ein wenig von mir ab, seine Augen blitzten unwillig im Mondlicht. Seine Stimme klang ungehalten, als er zu sprechen begann. „Ich weiß nicht, was du von mir hältst oder denkst – aber bin ich tatsächlich nur etwas für eine Nacht? Etwas, das man einmal ausprobiert und bei Nichtgefallen zurückschickt, wieder gegen sein normales Leben austauscht?"

Ich wollte etwas sagen, doch er schnitt mir jedes weitere Wort ab. „Du magst ziemlich in die Scheiße geraten sein, doch nicht alles an deinem neuen Leben ist verrückt, kaputt oder abartig und ohne jede Moral. Ich bin es nicht. Ich will nicht eine Nacht mit dir ficken, so tun, als gäbe es nichts Anderes, und morgen leben wir weiter wie bisher. Das kannst du nicht verlangen."

Nun war ich ebenfalls verärgert. „So wie du immer tust bin ich bisher davon ausgegangen, dass du mich besser kennst – tust du offenbar aber nicht. Als ob ich der Typ für einen One-Night-Stand mit dem Dienstmädchen wäre!" – „Ich bin doch kein Dienstmädchen!", konterte Daniel empört. „Nicht meins, aber Stefans!" – „Und du bist seine Frau! In wieweit bringt uns das momentan weiter?"

Wir funkelten uns an.

Dann erhob ich mich steif.

„Was für eine dumme Idee, hierher zu kommen!“

Brüsk drehte ich mich um und wollte zur Tür gehen, da schloss sich Daniels Hand um meinen Arm.

Mit dem Rücken zu ihm blieb ich stehen, wartete, ein wenig beleidigt.

Er seufzte.

„Verzeih mir. Ich bin aufgewühlt und weiß nicht, was ich sage. Es ist keine dumme Idee, bei mir zu sein. Aus meiner Sicht ist es sogar die beste Idee ... und gleichzeitig die schlechteste. Aber nicht dumm.“

Ich drehte mich langsam zu ihm um, nahm seinen Anblick in mich auf.

Er hatte sich aufgesetzt, was dazu führte, dass das Mondlicht seinen nackten Oberkörper mit Küssen überziehen konnte.

„Es ist unmöglich mit dir zu diskutieren, wenn du immer derart unverschämt gut aussiehst, weißt du das?“, blaffte ich ihn an.

Er blinzelte verwirrt, ehe er breit grinste. Unwillkürlich musste ich auch grinsen, bevor ich mich wieder neben ihn ziehen ließ.

„Willst du heute Nacht bei mir bleiben, oder erträgst du meinen Anblick nicht?“, neckte er mich, mit einer Spur Ernsthaftigkeit in seiner Stimme.

Ich schüttelte grinsend den Kopf angesichts seiner Verspieltheit. „Ich bleibe gern, deshalb bin ich schließlich gekommen.“

Sein Grinsen wurde breiter.

„Glaub mir, wenn du schon gekommen wärst, hätte ich das bemerkt.“

Bevor ich ihm einen scherzhaften Klaps versetzten konnte, hatte er meine Hand gepackt und mich auf die Matratze geworfen, noch ehe ich wusste, wie mir geschah, rollte er sich auf mich und betrachtete mich von oben herab, diesmal ohne jede Spur von Belustigung.

„Ich weiß, dass du nicht gekommen bist, um einmal mit mir zu vögeln und dann wieder zu gehen. Ich war nur ... etwas verunsichert. Und ich bin verunsichert, weil ich verunsichert bin. Ich bin nie nicht sicher. Nur in deiner Gegenwart. Und ich weiß nicht, ob ich das gut finden soll.“

Wieder stahl sich ein Lächeln auf meine Lippen.

„Ich finde es gut zu wissen, dass es mir nicht allein so geht. Du verunsicherst auch mich, quasi andauernd.“ Ich holte tief Luft, versuchte mich nicht von seinem Gewicht auf mir zu anderen Gedanken verleiten zu lassen. „Ich weiß nicht genau, warum ich hier bin. Es ist etwas zwischen uns, das ich mir nicht erklären kann. Es zieht mich einfach zu dir. Ist das falsch?“

Er schwieg einen Augenblick. „Ich denke, das kommt drauf an, wen du fragst. Ich finde es nicht falsch, im Gegenteil. Es macht mich verrückt, nicht in deiner Nähe zu sein. Und es macht mich verrückt, in deiner Nähe zu sein. Gerade jetzt, das hier, das macht mich ganz schön verrückt.“

Und wie verrückt es ihn machte, konnte ich nur zu deutlich in meiner Leistengegend spüren.

„Es ist also nicht so, dass du nicht mit mir schlafen willst?“

Jetzt knurrte er fast.

„Verdammt, June, ich kann an nichts Anderes denken, seit du dich in mein Bett gelegt hast. Eigentlich kann ich an nichts Anderes denken seit jenem Morgen vor etwa vier Monaten, als du in diesem Hauch von Nichts die Tür geöffnet und mich angeschrien hast.“

Ich lächelte, verblüfft über meinen eigenen Mut.

„Warum tust du es dann nicht einfach?“

Er erstarrte. „Dafür gibt es etwa tausend Gründe ...“

„Ich weiß. Und doch sind wir hier.“

Ohne seine Antwort abzuwarten zog ich seinen Kopf zu mir herunter, begann ihn wieder zu küssen, küsste eine feuchte Spur von seinem Mund über seinen Wangenknochen, unter welchem ich die Muskeln heftig unter seinen mahlenden Bewegungen arbeiten spürte, über seinen Hals.

Er rührte sich nicht, doch ich spürte, dass seine Muskeln bis zum Zerreißen gespannt waren. Ich ließ mich zurücksinken, betrachtete sein schönes, angespanntes Gesicht.

„Ich hatte dich gewarnt, nicht mit dem Feuer zu spielen ...“, seine Stimme kam tief und grollend zwischen den zusammen gebissenen Kiefern hervor.

Ich zuckte mit den Schultern. „Und ich habe dir gesagt, dass ich nicht spielen will.“

Daniel bewegte seine Hüfte, ließ wieder Hitze in meine Wangen steigen. „Dann machen wir mal lieber ernst.“

Langsam senkte er seine Lippen auf meine, senkte seinen gesamten Körper bis ich sein köstliches, schweres Gewicht auf mir liegen fühlte.

Ich seufzte lautlos.

Das hier ließ sich mit nichts vergleichen, was ich bisher mit einem Mann erlebt hatte.

Mit nichts ließ sich dieser Grad an Erregung erklären, den ich bereits jetzt empfand, ohne dass Daniel etwas gemacht hatte.

Doch das schien sich gerade zu ändern.

Hungrig zwängte sich seine Zunge zwischen meine Lippen und begann meinen Mund zu plündern, während er gleichzeitig mit kleinen, kaum merklichen Bewegungen seine Hüfte kreisen ließ, seine Erregung an mir rieb und mich damit um den Verstand zu bringen drohte.

Als er sich von mir löste um nach Luft zu schnappen, durchdrang das dunkle Glühen seiner Augen das Halbdunkel der Nacht.

„Verdammt June. Du kannst dir nicht vorstellen, wie lange ich hierauf gewartet habe ... wie ich es mir vorgestellt habe, immer und immer wieder, wie oft ich an dich gedacht habe, mich an deinen Geruch erinnert habe."

Seine Stimme schien nichts Menschliches mehr zu haben, dunkel und rau jagte sie mir einen Schauder nach dem anderen über den Rücken.

„Und? Ist es bisher so gut, wie du es dir ausgemalt hast?", erwiderte ich, atemlos, tonlos.

Sein breites Lächeln erregte mich fast mehr als sein halb nackter Körper auf mir.

„Es ist so unendlich viel besser."

Ich lächelte, biss mir auf die Lippe, um ein allzu lautes Stöhnen zu unterdrücken, als seine Hände meinen Körper zu erkunden begannen und innerhalb von Sekunden alles beiseite wischten, was ich bisher über Vorspiel und Sex an sich zu wissen glaubte.

Mit einer einzigen Berührung brachte er jede Zelle meines Körpers mehr zum Klingen, als ich es je für möglich gehalten hatte.

Ich schämte mich keine Sekunde, als er mich qualvoll langsam aus meine Kleidung schälte und ich schließlich nackt vor ihm lag, bewundernd ließ er seinen Blick über mich wandern.

„Gott, du bist wunderschön", murmelte er tonlos, ehe er mit der Hand sanft über meine Haut fuhr, mich neckte, mich zum Keuchen brachte, Emotionen und Gefühle heraufbeschwor, von welchen ich nicht gewusst hatte, dass ich sie empfinden konnte.

Und jedes Mal, wenn ich kurz davor war, mich fallen zu lassen, stellte er seine forschenden Berührungen ein, streichelte sanft eine andere Stelle.

Es war so gottverdammt frustrierend schön.

Als ich es glaubte, keine Sekunde länger aushalten zu können, packte er mein Kinn und zwang mich, ihn anzusehen.

Mein umnebelter Blick brauchte einen Moment, um ihn wirklich zu fokussieren.

„Möchtest du mehr?"

Ich nickte wild, ein teuflisches Lächeln war seine Antwort.

„Bist du dir vollkommen sicher?"

„Ja! Ich bitte dich." Mir war klar, dass meine Augen ihn förmlich anflehten, mir alles zu zeigen, mir alles zu geben, was immer er wollte, dass ich bereit war, alles zu tun, was er wollte – wenn er nur dem Verlangen in meinem Inneren nachkommen würde.

Doch das war ihm nicht genug.

„Sag es, June. Bitte mich darum. Flehe mich an. Ich will es hören, wie sehr du es willst." Der befehlende Ton in seiner Stimme förderte meine Erregung ins Unermessliche.

„Gott, bitte, tu es! Bitte, ich flehe dich an ... zeig es mir!", keuchte ich hilflos.

Seine Lippen verzogen sich zu einem zufriedenen Lächeln. „Gutes Mädchen."

Ohne ein weites Wort zog er sich über mich, fing sein Gewicht mit dem freien Arm ab und tastete sich mit seiner Körpermitte vorsichtig vorwärts.

Er brauchte ohnehin keine Hilfe.

Es war unwirklich perfekt. Beinahe unrealistisch in seiner Vollkommenheit. Ein Geben und Nehmen zwischen zwei Seelen, die eins wurden.

Immer und immer wieder.

Kapitel 19

Es war warm, so verdammt warm. Ganz gleich, wie sehr ich die Decke weg zu strampeln versuchte, sie lag wie eine zweite Haut über meiner Brust, über meinen Beinen und sorgte dafür, dass ich am frühen Morgen schon schwitzte, wie nach einem Hundertmeterlauf.

In etwa derart warm stellte ich mir die Hölle vor, nur ohne Daunenkissen unter meinem Kopf.

Die leichten Schmerzen, die sich wie die Nachwirkungen von Alkohol prickelnd in jeder meiner Zellen ausbreiteten, taten das ihrige, sodass es unmöglich schien, eine bequeme Position zu finden.

Und doch weigerte ich mich, mein Dösen zu unterbrechen.

Es war viel zu früh und ich war so unendlich müde, als hätte ich seit Tagen nicht geschlafen. Das dumpfe, bleierne Gefühl lag auf allen meinen Gliedern, ließ sie schwer wirken, viel zu schwer, als dass ich auch nur einen Muskel bewegen konnte.

Nach einer weiteren halben Stunde im äußerst unruhigen Halbschlaf drang ein monotones Brummen an mein Ohr, welches sich rasch zu einem pfeifenden Geräusch entwickelte, das an eine Motorsäge erinnerte.

War es möglich, dass ein so schöner Mann derart hässliche Geräusche von sich geben konnte?

Das tiefe Grollen schlich sich bis in meine Zahnwurzeln und erzeugte ein unangenehmes Echo in meinem Kiefer. Ich verzog das Gesicht.

Ein weiteres Mal versuchte ich mich meiner Bettdecke zu entledigen, was sich auch bei diesem vierten Versuch als aussichtslos erwies – und da das Schnarchen zu einem unwilligen Grunzen wurde, warf ich einen irritierten Blick nach unten, nur um festzustellen, dass es ein kräftiger Arm und ein schwarz behaartes Bein waren, die sich frech um meine eigenen Extremitäten wickelten.

Im Augenwinkel konnte ich einen schwarzen Schopf ausmachen, der halb unter einem Kissen begraben lag.

Endlos vorsichtig, um ihn nicht zu wecken, schob ich das Kissen beiseite und schaute in Daniels friedliches, entspanntes Gesicht.

Ich konnte mich nicht wirklich entscheiden, was ich fühlen sollte.

War es Glück? Erleichterung? Scham? Unbehagen? Sehnsucht? Ich konnte es nicht sagen. Keines der Gefühle konnte mich daran hindern, meinen Blick äußerst liebevoll über den Mann neben mir gleiten zu lassen, welcher mir unverschämt wie immer meine Bettdecke gestohlen hatte und mich mit seinem eigenen, fest an mich gekuschelten Körper wärmte.

Mit dem Anblick seines Gesichtes kamen auch die Erinnerungen an die vergangene Nacht wieder. Hitze stieg in meine Wangen, als ich mir damit meine Müdigkeit und die Schmerzen in meinem ganzen Körper, vor allem aber an einer ganz bestimmten Stelle erklären konnte.

Ich hätte nie gedacht, dass dieser leidenschaftliche, impulsive Mann derart sanft und zärtlich sein konnte, wie er es gestern gewesen war.

Wie würde es wohl das nächste Mal sein? Würde es ein nächstes Mal geben? Oder war allein der Gedanke daran verwerflich, angesichts der Tatsache, dass ich noch nicht einmal drei Tage verheiratet war und mich schon mit einem anderen Mann im Bett fand?

Energisch schob ich jeglichen Gedanken dieser Art weit von mir.

Äußerst vorsichtig befreite ich meinen rechten Arm und strich ihm sanft einige Strähnen aus der Stirn. Seine Augen bewegten sich unruhig unter den geschlossenen Lidern, mit einem Mal verstärkte sich der Druck seines Armes auf mir. Was er wohl träumte? Wenn er nun noch anfing, wie ein schlafender Hund mit den Beinen zu schlagen würde ich ein Lachen nicht unterdrücken können.

Er bewegte seinen Kopf leicht, rieb ihn an dem Laken unter ihm, bevor sein Mund aufklappte und er wieder zu schnarchen begann.

Vermutlich hätte mich das stören sollen – tat es aber nicht. Im Gegenteil, er schien so friedlich, unbekümmert, wie ein Mensch nur sein konnte.

Und unendlich schön.

Langsam aber sicher meldete sich meine Blase zu Wort und drängte mich dazu, mich aus dem warmen Bett zu schälen.

Leichter gedacht als getan.

Jeglicher Versuch, Daniel sanft von mir zu schieben, erwies sich als undurchführbar, im Gegenteil, mit jedem Mal schien er seine Gliedmaßen noch fester um mich zu wickeln. Vorsichtig schob ich beide Hände unter seinen Arm und versuchte, ihn anzuheben, doch vergeblich. Mein Kopf lief vor Anstrengung rot an und ich spürte den leichten Schweißfilm auf meinem ganzen Körper.

Leise stöhnend gab ich schließlich auf und fügte mich in mein Schicksal, welches darin bestand, dass Daniel mich enger an mich zog und seinen Kopf an meiner Schulter bettete.

„Gott, Mädchen, es ist verdammt früh. Warum schließt du nicht deine hübschen Augen und wir schlafen noch eine Runde? Ich schwöre dir, wenn du jetzt nicht bald stillliegst, lege ich dich übers Knie“, brummte seine verschlafene Stimme mit einem Mal.

„Du bist wach?“, fragte ich nach einem Moment der entsetzten Stille zurück.

„Wie soll man auch schlafen, wenn du neben mir herumzappelst? Verdammt, ich liege hier schon eine halbe Stunde und warte sehnsüchtig darauf, dass du wieder einschläfst und mich endlich in Ruhe lässt!“

„Das trifft sich ja großartig, ich versuche seit einer halben Stunde, nicht in dein Bett zu pinkeln!“, giftete ich und zappelte erneut herum, was ein genervtes Brummen von seiner Seite aus zur Folge hatte. „Lass mich jetzt aufstehen, ich muss auf die Toilette, du Neandertaler!“

Mein drängender Ton schien ihn kaum zu beeindrucken, doch immerhin hob er seinen Kopf und betrachtete mich mit einem leicht verschlafenen, nachsichtigen Blick.

„Ich lasse dich aufstehen, wenn du danach auch wiederkommst.“ – „Das hängt ganz davon ab, wie lange du mich noch auf die Matratze zu fesseln gedenkst. Wenn du noch eine Weile wartest, dann wird sich das Problem von selbst erledigt haben – nur gehe ich davon aus, dass es dich dann nicht mehr im Bett halten wird.“

Sein Blick war zugegebenermaßen wirklich liebenswert, während er verwirrt überlegte, was zur Hölle ich meinte.

Als ihm endlich ein Licht aufging, grinste er schief und brachte mein Herz damit zum Hüpfen. „Nun, Wasserspiele sind nun nicht gerade das, auf was ich stehe, also troll dich.“

Endlich rollte er sich von mir weg und gab mich frei. Schnell stieg ich aus dem Bett – zu schnell für meine schmerzenden Glieder, wie sich herausstellte. Stöhnend sank ich auf die Matratze zurück.

„Ist alles in Ordnung?“, fragte er mit echter Besorgnis in der Stimme. „Ja, es geht schon, mir tut nur alles weh ...“ In dem darauffolgenden Glucksen konnte ich keine Besorgnis mehr ausmachen und so erhob ich mich möglichst würdevoll und humpelte auf seine Zimmertür zu.

„Mädchen, auch wenn ich den Anblick deiner herrlichen Rückseite wirklich zu schätzen weiß – dir ist bewusst, dass ich eine eigene Toilette habe? Dort, im Badezimmer?“

Nicht, dass ich mich für meine Nacktheit bei Tageslicht schämte, er hatte gestern ohnehin schon alles gesehen, was es zu sehen gab.

Mein Blick glitt dennoch suchend über den Boden, bis er an einem Shirt von Daniel hängen blieb.

Ohne auf Daniel oder dessen Brummen zu achten, schritt ich bemüht elegant darauf zu und zog es mir rasch über den Kopf, ehe ich mich mit einem überlegenen Lächeln wieder zur Tür drehte.

„Glaub mir, es ist wirklich zu früh, als dass du dich schon mit meinen Toilettenangewohnheiten vertraut machen sollst. Es ist besser für uns alle.“ Ohne auf seine Erwiderung zu warten verließ ich das Zimmer.

Ich benutzte mein eigenes Badezimmer, putzte mir dabei auch gleich die Zähne.

Einen Moment stand ich vor meinem Schrank, überlegend, ob ich etwas Anderes anziehen sollte, doch dann zuckte ich gleichgültig die Schultern. Schamgefühl war wirklich unangebracht, angesichts der Tatsache, dass ich mich wenige Stunden zuvor noch vollkommen nackt wohl gefühlt hatte.

Mein Blick fiel auf mein Spiegelbild und ich konnte kaum fassen, wie sehr man mir den Sex ansah. Meine Wangen waren leicht gerötet, meine Augen funkelten, meine Haare waren ein einziges Durcheinander und auf meinen Lippen lag ein durchtriebenes Grinsen, welches einfach nicht verschwinden wollte.

Mit einem wahrhaften Hochgefühl machte ich mich auf den Rückweg, ignorierte beim Treppensteigen das leichte Gefühl des Wundseins, nicht einmal der Muskelkater in Muskeln, von denen mir nicht bewusst gewesen war, dass ich sie hatte, konnte mich bremsen.

Ohne anzuklopfen trat ich wieder in Daniels Zimmer und mein Grinsen wurde unwillkürlich breiter, als ich ihn dort liegen sah, auf dem Rücken, mit bloßer Brust, einen Arm hinter dem Kopf verschränkt, die Decke geradeso seine Hüften bedeckend, die Augen geschlossen und der Mund leicht geöffnet.

Sein leises Schnarchen zeugte davon, dass er wieder eingeschlafen war. Leise schlich ich zum Bett und schlüpfte wieder hinein, klaute mir eine Ecke der dünnen Decke, bevor er wieder alles an sich reißen konnte und betrachtete ihn stumm.

Er schien mir noch schöner als noch am Abend davor, als hätte sich über Nacht meine Sicht auf ihn vollkommen verändert.

„Hör bitte auf, mich anzustarren, June." Er öffnete ein Auge und schielte zu mir herüber, ein Mundwinkel hob sich belustigt, als er bemerkte, wie mir unwillkürlich das Blut in die Wangen schoss.

„Ich starre nicht. Ich gucke dich nicht einmal an", schnaubte ich ertappt und drehte mich auf die andere Seite, wandte ihm meinen Rücken zu.

Rückblickend betrachtet vielleicht keine so gute Idee. Denn ehe ich mich versah, hatte er mich an sich herangezogen und drückte seine Erregung gegen mein Hinterteil. Ich keuchte auf, während er leise gluckste.

„So sehr ich es auch schätze, mit welch einer Selbstverständlichkeit du meine Klamotten trägst ... jetzt würde ich dich am liebsten ohne einen einzigen Fetzen Stoff an deinem Körper sehen", brummte er heiser und dieses Mal lag es nicht daran, dass er völlig verschlafen war.

Leise lächelnd ließ ich zu, dass er mir das Shirt vom Körper zog und meine Lippen nur einen Augenblick später mit seinen Lippen verschloss.

Kurz vor zwölf Uhr Mittag stand ich in der Küche und nippte an meinem Kaffee, bereits geduscht und vollständig angezogen. Vor einer Stunde hatten wir uns endlich aus dem Bett wälzen können, vor allem deshalb, weil ich völlig atemlos um eine Pause gebeten hatte. Mir tat alles weh. Und dieses Mal war der Schmerz größer als die Lust.

Beinahe enttäuscht hatte Daniel von mir abgelassen und war nach einem weiteren, leidenschaftlichen Kuss auf meine geschwollenen Lippen aufgestanden, nicht ohne mich mit einem schelmischen Grinsen zu fragen, ob ich mit ihm duschen kommen wollte.

Ich hatte abgelehnt, einerseits, weil mir wirklich jeder Muskel schmerzte, auf der anderen Seite, weil mir klar war, dass wir nicht zum Waschen kommen würden, wenn ich ihn begleitete.

So humpelte ich die Treppe wieder nach oben und duschte in meinem eigenen Bad, föhnte mir das Haar und suchte ein akzeptables Outfit heraus, ehe ich mir in der Küche einen Kaffee machte.

Und Daniel war immer noch nicht aufgetaucht.

Ich hatte noch nie erlebt, dass ein Mann so lang im Bad brauchte.

Schließlich trat er in die Küche, nur mit einer engen, schwarzen Jeans bekleidet, die nichts, wirklich nichts der Fantasie überließ, und bloßer Brust. Die schwarzen Haare waren noch nass, ab und an rann ein Tropfen Wasser von seinem Hals über seine Brust bis hinunter zum Gürtel, der seine Hose tief auf seinen Hüften hielt, so tief, dass das V der Muskeln an seinen Lenden sichtbar war.

Ich verschluckte mich beinahe an meinem Getränk und wandte mich rasch um.

Zweifellos hätte mir mein Starren einen dummen Spruch eingehandelt, den zu parieren ich mich momentan außer Stande sah.

Erst als er leise gluckste traute ich mich, ihn wieder anzusehen.

Gerade rubbelte er sich das Haar mit einem Handtuch grob trocken, ehe er nach seinem Hemd griff, ohne es allerdings anzuziehen.

„Was ist los, Mädchen, warum so abwesend? An was denkst du gerade?", neckte er mich grinsend. Ich biss mir nur stumm auf die Lippe und verweigerte ihm die Antwort. Als ob er es nicht ohnehin wusste.

Er legte das Hemd zurück über die Stuhllehne und trat mit undefinierbarem Gesichtsausdruck auf mich zu, drängte mich förmlich in die Ecke, zurückweichen war unmöglich mit der Anrichte in meinem Rücken. Die Hände links und rechts von mir auf den kühlen Stein gepresst, sah er auf mich herab.

„Ich würde dich am liebsten hier auf die Theke setzten und erst von dir ablassen, wenn du nicht mehr sitzen kannst."

Während Hitze in meine Wangen schoss und Erregung wie ein Blitz zwischen meine Beine, versteckte ich mich halb hinter meiner Tasse.

„Denkst du nicht, dass ich meinen Kaffee am Tisch genießen würde, wenn Sitzen im Bereich des Möglichen läge?", gluckste ich. „Ich bin froh, wenn ich einigermaßen geradestehen kann."

Lachend löste er seine Hände von der Anrichte, ließ mich wieder frei, gab mir wieder Luft zum Atmen, die ich so dringend benötigte.

„Nun, wenn ich schon nicht dich vernaschen darf, brauche ich etwas Anderes um meinen Hunger zu stillen. Doch wenn ich mir das hier so ansehe, müssen wir dafür erst einkaufen gehen?" Ich nickte abgehackt, während sich mein Herz beschwerte, dass es in seiner Gegenwart zu keinem normalen Schlag mehr kam.

Schmunzelnd trat Daniel zurück und zog sich endlich das schwarze Hemd an, knöpfte es aufreizend langsam zu. Die Tasse zitterte bedenklich in meiner Hand.

Ich bezweifelte, dass es gesund war, ihm eine solche Macht über mich zu geben – doch niemand fragte mich nach meiner Meinung.

Ein Taxi brachte uns in die Stadt, direkt zu einem Supermarkt und Daniel gab dem Fahrer die Order, die Uhr laufen zu lassen, und zu warten.

Dann reichte er mir Sonnenbrille und Basecap, nickte mir auffordernd zu.

„Zieh das an. Oder willst du, dass uns direkt wieder zehn Reporter am Hintern hängen? Auf dem Strandhaus liegt eine Bannmeile, sie dürfen sich dem Grundstück nicht nähern, hier draußen ist das etwas Anderes.“ Stirnrunzelnd betrachtete ich die Brille. „Aber falle ich nicht noch mehr auf, wenn ich in einem Laden eine Sonnenbrille trage?“

Er verdrehte die Augen, grinste in sich hinein. „Wir sind hier in Malibu, June. Viele Prominente verbringen hier ihren Urlaub und wollen möglichst nicht belästigt werden. Glaub mir, du fällst eher auf, wenn du *keine* Sonnenbrille trägst.“

Also tat ich achselzuckend, wie mir geheißen wurde.

Dann stiegen wir aus, mit langen Schritten ging Daniel einen Wagen holen, während ich ihm mit kürzeren Schritten folgte. Ich musste mich ohnehin sehr zusammen reißen, um nicht breitbeinig zu gehen, wie ein Cowboy nach einem Rodeo.

Schließlich hatte ich kein Pferd zugeritten.

Der Gedanke ließ mich zuerst glucksen, dann kichern.

Daniel wandte mir seinen Blick zu, zumindest drehte er seinen Kopf in meine Richtung und zog unter der Sonnenbrille die Augenbrauen nach oben, und grinste schief.

„Was ist so lustig?“ – „Das wüsstest du wohl gerne“, erwiderte ich lachend und nahm ihm den Wagen aus den Händen. Bevor ich damit in den Markt laufen konnte, beugte er sich über mich und flüsterte mir mit dunkler Stimme ins Ohr.

„Es wäre besser, wenn du immer offen und ehrlich mit mir bist, June. Du willst doch nicht, dass ich dich mitten in der Öffentlichkeit dazu zwinge, zu tun, was ich will.“ Ein Schauder lief mir über den Rücken und ich war mir nicht gänzlich sicher, ob er nur von Aufregung herrührte.

„Du würdest mich zu etwas zwingen, was ich nicht will?“, flüsterte ich kaum hörbar mit fragend erhobener Augenbraue zurück.

Sein Lachen war leise, aber tief. „So wie ich es gestern geschafft habe, dich betteln zu lassen, kann ich dich sicherlich mit Leichtigkeit dazu bringen, mir alles zu sagen, was ich wissen will. Nur will ich das nicht. Es ist mir lieber, wenn du es mir freiwillig sagst.“

„Und wenn ich das nicht tue?“ Ich verfluchte mich noch in dem Moment, in dem meine vorlaute Zunge diese Frage herauspresste.

Sein Atem traf mich in den Nacken.

„Ich habe meine Methoden, June. Einige werden dich so verrückt machen, dass du nicht mehr weißt, wie du heißt, wer du bist. Willst du das herausfordern?“

In einem Anflug von Mut drehte ich mich um und nahm die Sonnenbrille ab, sah ihm tief in die Augen. „Was, wenn ja?“

Er versuchte, es zurückzuhalten, doch das Stöhnen entschlüpfte seinem Mund und ließ mich überlegen lächeln. Bevor ich mich umdrehen konnte, packte er meinen Arm und starrte mich an. „Du bist wirklich schwer einzuschätzen, überraschst mich immer wieder. Hör auf mich oder lass es sein, beschwere dich im Anschluss aber nicht über die Konsequenzen, sondern nimm sie wie ein Mann.“

Ohne ein weiteres Wort nahm er mir den Wagen wieder ab und schob ihn in den Markt, ließ mich atemlos und mit leicht wackeligen Beinen stehen. Einen Moment lang war ich versucht, mich einfach wieder in das Taxi zu setzen und ihn allein einkaufen zu lassen, doch dann siegte mein Stolz.

Ich würde mich doch nicht von ihm einschüchtern lassen, vor allem nicht durch ein paar kryptische, seltsam zweideutige Drohungen. Ich hatte keine Angst vor ihm. Und ich konnte mich durchaus zur Wehr setzen.

Als wir zusammen vor den Regalen standen und überlegten, was wir alles brauchen würden, war das beinahe beunruhigende Gespräch von eben fast vergessen. Er scherzte wieder und ich lachte wieder. Es war fast, als wären wir beide in den Flitterwochen.

Und mein schlechtes Gewissen ließ mich wie unter einem Peitschenhieb zusammenfahren.

Irgendwie war es mir gelungen, die Existenz meines Ehemannes vollkommen zu vergessen, keinen Gedanken hatte ich an diesem Tag an Stefan verschenkt.

Der Mann, der mit mir hier sein sollte.

Und der es nicht war.

Der bei der ersten Gelegenheit seine Sachen gepackt hatte und verschwunden war.

Also war er mit beteiligt an dieser Situation, oder?

Ein schrilles Klingeln ließ mich zusammenzucken, verwirrt sah ich mich um. Daniel musterte mich einen Moment, ehe er augenverdrehend auf mich zutrat. Ich musste meine ganze Selbstbeherrschung aufbringen, um nicht zurückzuweichen. Doch er wollte mich gar nicht berühren. Er griff nur nach meiner Handtasche, wühlte einen Moment darin herum, ehe er mir mein Handy zuwarf, welches fröhlich dieses dämliche Twilight-Lied vor sich hin trällerte.

„Geh schon dran“, forderte er mich auf und widmete sich dann wieder seiner Suche nach seinem Lieblingsessen, diskret ein paar Schritte weitergehend.

Blinzelnd starrte ich auf das Display, lachte beinahe auf ob der Ironie dieser Situation. Zitternd strich ich mit den Fingern über den Bildschirm, nahm den Anruf entgegen.

„Sieh an, sieh an, du weilst also noch unter den Lebenden“, brachte ich bemüht enthusiastisch hervor. „Ich habe gerade in diesem Moment an dich gedacht. Wie schön, dass du dich meldest.“

Als seine Stimme durch den Hörer drang, brachte ich sogar beinahe ein echtes Lächeln zustande.

„Ich freue mich auch, dich zu hören, Liebes. Mir geht es soweit gut, es ist anstrengend hier und ich habe die letzte Nacht kaum geschlafen. Ich habe auch nicht lange Zeit, ehe ich wieder hineinmuss. Ich wollte nur deine Stimme hören und mich erkundigen, wie es dir geht.“

Daniel stand außerhalb der Hörweite und musterte mich über den Rand eines Olivenglases hinweg, sein unergründlicher Blick brachte mich durcheinander, also drehte ich mich von ihm weg, rang nach Worten.

„Es geht mir gut. Ich bin gerade einkaufen mit Daniel. Es war ja kaum etwas zu essen im Haus und ich bezweifle, dass es in deinem Sinn ist, wenn deine zwei Lieblingsmenschen verhungern.“

Gott allein wusste, wie ich es in diesem Moment fertigbrachte, sorglos zu scherzen, wenn sich mir der Magen vor Angst umzudrehen drohte.

Sein Lachen klang verlegen. „Ja, das stimmt. Ich bin nicht dazu gekommen, das Hausmädchen entsprechend zu instruieren, bevor wir dort ankamen. Ich hoffe, das bereitet euch keine Unannehmlichkeiten?“ Ich verneinte und wollte gerade eine nette Floskel dazusetzen, als er mir mit einem hektischen Ton in der Stimme das Wort abschnitt.

„Hör mal, ich muss auflegen, die Sitzung geht weiter. Ich melde mich. Ich denke an dich.“

„Und ich an dich“, konnte ich gerade noch so murmeln, dann war die Verbindung unterbrochen.

Ich starrte blicklos auf das Telefon in meiner Hand, meine Augen brannten, doch keine Träne wollte fließen.

Ich fühlte mich elend, all die unbeschwerte Freude, die Leichtigkeit war verschwunden und hatte einem kalten Knoten in meinem Bauch Platz gemacht.

Ich war kein guter Mensch.

Ich verdiente Stefan gar nicht.

Oder wir verdienten uns, weil wir beide waren, wie wir waren.

„Das war alles ein großer Fehler", hörte ich mich tonlos flüstern, als stände ich neben mir.

„Was hast du gesagt?" Fragend drehte sich Daniel zu mir um, bemerkte erst jetzt, dass irgendetwas nicht stimmte. Besorgt trat er neben mich. „Ist alles in Ordnung, June? Was ist los? Ist etwas passiert?"

Was für eine ulkige Frage, natürlich war etwas passiert. Ich musste ein hysterisches Kichern unterdrücken.

„Das war Stefan. Er wollte fragen, wie es mir geht", erwiderte ich mit einer Stimme, die mir selbst fremd war, als würde das alles erklären.

Für Daniel schien diese Antwort und mein Gesichtsausdruck selbsterklärend zu sein, denn sein Blick verdüsterte sich und er fuhr sich grob durch das Haar.

„Ist das dein Ernst, June? Auf einmal hast du ein schlechtes Gewissen? Was ist mit gestern Nacht, mit heute Morgen? Wo war dein Gewissen da?"

Ich wollte das nicht hören, nicht jetzt, nicht von ihm, schon gar nicht in diesem anklagenden Ton. Ohne ihm einer Antwort zu würdigen wollte ich mich umdrehen, doch er packte mich am Arm, sprach mit gedämpfter Stimme weiter.

„Tu nicht so, als hätte es dir nicht gefallen. Als wäre es dir nicht gerade recht gekommen, dass Stefan wegmusste. Du konntest doch vom ersten Tag an die Finger nicht von mir lassen, ebenso wenig, wie ich mich in deiner Gegenwart beherrschen kann. Und jetzt auf einmal entdeckst du dein schlechtes Gewissen?"

Seine Finger gruben sich immer fester in meine Haut, hinterließen brennende Male. Vergeblich riss ich an meinem Arm.

„Daniel, du tust mir weh!"

Doch er hörte nicht auf mich, steigerte sich immer weiter in seine plötzlich aufflammende Wut.

„Zum Teufel, ich hasse Scheinheiligkeit, June. Fang jetzt gar nicht erst an, so zu tun, als würdest du alles bereuen. Stefan ist anders, verdammt, er wird dich nie wollen, sonst hätte er dich längst genommen! Er wird sich nie nach dir verzehren, verstehst du das nicht?! Ein paar Küsse, vielleicht fickt er dich ein, zwei Mal, bevor ihm klar wird, dass das nicht das ist, was er will, dass du nicht bist, was er will! Vorgeheuchelte Liebe, alles für die Kamera, alles für sein Image, damit er sich weiter durch die Gegend vögeln kann, weiter nehmen kann, was er will – bist du zu dumm, um das zu begreifen? Er liebt dich nicht, June!"

Es schien ihm egal, dass die Tränen nun ungehindert aus meinen Augen strömten und ich ein leises Schluchzen nicht länger unterdrücken konnte.

Er hörte nicht auf.

Im Gegenteil, er setzte noch einen drauf.

„Denkst du allen Ernstes, er ist dir treu? Bist du wirklich so dämlich anzunehmen, er würde sich jetzt von allen Anderen fernhalten, nur, weil er in der Öffentlichkeit einen Ring trägt? So naiv kannst du nicht sein! Was denkst du denn, was er jetzt macht, wo er zwei Wochen alleine in seinem Haus ist? Glaubst du, er hat ein schlechtes Gewissen, nachdem er seinen aktuellen Freund gefickt hat? Glaubst du, er verschwendet auch nur einen einzigen Gedanken an dich, während er sich nackt an demjenigen reibt, den er wirklich will, den er wirklich begehrt, den er in seinem Bett schlafen lässt? Vermutlich treibt er es gerade in der Toilette seiner Kanzlei und lacht sich später ins Fäustchen, weil du ihm so verfallen bist, weil du ihm hörig genug bist, um zu tun, was er will, ohne eine Gegenleistung zu erwarten! Glaubst du ...“

Das Klatschen war laut genug, um noch zwei Gänge weiter gehört zu werden.

Irritiert hielt Daniel inne und hob sich die linke Wange, auf der sich feuerrot meine Finger abzeichneten.

So viel schmerzende Wahrheit auf einmal ertrug ich einfach nicht.

Unendlich verletzt und wütend funkelte ich ihn an, ehe ich mich endgültig losriss und durch den Laden auf den Ausgang zueilte, die starrenden Blicke der anderen Kunden ignorierend. Hektisch und ohne mich umzudrehen, hechtete ich in das Taxi und wies den Fahrer unter Tränen an, mich zurückzufahren, auf der Stelle.

Während er auf das Gas drückte, schlug ich die Hände vors Gesicht und heulte auf.

Kapitel 20

Mein Blick war starr auf den Ozean gerichtet, auf den Horizont, hinter dem er verschwand – und doch sah ich ihn nicht. Überall auf meiner Haut, in meinen Schuhen, meiner Hose, spürte ich Sandkörner.

In meinem Mund schmeckte ich Salz, doch ob es vom Wind kam, der in Böen immer wieder salzige, feuchte Luft über mein Gesicht pustete, oder ob ich nur die Tränen schmeckte, die unaufhörlich über meine Wangen rannen – ich vermochte es nicht zu sagen.

Wie lange saß ich schon hier? Minuten? Stunden? Ich wusste es nicht. Ich hatte jegliches Zeitgefühl verloren. Es konnten genauso gut Tage sein, Wochen. Die Sonne konnte auf- und untergegangen sein, ohne dass ich es gemerkt hatte.

Allerdings würden Tage in dieser Position meine Schmerzen im ganzen Körper und die überwältigende Erschöpfung erklären, die sich in jeder Faser meiner Muskeln breitgemacht hatte.

Und doch – ich konnte mich nicht aufraffen, aufzustehen.

Zu schwer lasteten meine Gedanken auf mir, auf meinen Schultern, drückten mich tief in den nassen Sand. Ich konnte sie nicht abschütteln. Sie wirbelten in meinem Kopf umher, gingen mal in die eine, mal in die andere Richtung, verdrehten und verzerrten mein Ich bis zur Unkenntlichkeit, machten mich vollkommen verrückt.

Was sollte ich denken, was fühlen? Was war gestattet? Was war angebracht? Hatte Daniel Recht? War mein schlechtes Gewissen nur eine Farce, ein Selbstschutz, vollkommen unnötig?

Wenn ich eines in meinem bisherigen Leben gelernt hatte, dann, dass die Wahrheit die schmerzhaftesten Worte hervorbringt, die man sich vorstellen kann. Sie kann so verdammt wehtun, seelisch, körperlich und man kann sich ihr nur schlecht entziehen.

Und Daniels Worte hatten so wehgetan.

Jedes einzelne Wort hatte sich in meinen Schädel gebrannt, die Sätze flossen wie zähe Säure durch meine Adern und vergifteten mein ganzes Denken.

Und warum hatten sie solche Macht über meine Gefühlswelt, über meine Gedanken? Weil sie die Wahrheit waren?

Womöglich hatte er recht, mit jedem einzelnen, harten Wort. Er kannte ihn schließlich länger und besser, als ich es vermutlich jemals würde.

Stefan würde mich vielleicht nie auf eine körperliche Art und Weise begehren, mich niemals an seiner Seite, in seinem Bett, als seine Frau akzeptieren, nicht einmal, um Schutz vor der Welt zu suchen.

Mir war klar, warum er mich gewollt hatte, ausgerechnet mich – er hatte geahnt, dass ich eingeschüchtert genug sein würde, seinen Vertrag zu unterschreiben, ihn zu heiraten. Und das, obwohl ich von ihm nichts zu erwarten hatte.

Lachte er insgeheim wirklich über mich, weil ich so verdammt leicht einzufangen gewesen war?

War ich nur eine weitere Errungenschaft? War ich eine Trophäe, die er in seinem Schrank gewollt hatte, und die er bekommen hatte, mit der er nun angeben konnte?

"Ich bekomme immer was ich will, June."

"Ich habe eine gute Menschenkenntnis."

Ihm musste klar gewesen sein, dass ich keine Anforderungen stellen, seinen Drohungen Glauben schenken, seinen Vertrag stillschweigend unterschreiben und mich somit seiner Gefangenschaft, seinen Launen aussetzen würde.

Was war ich schon in seinen Augen, in den Augen der gesamten Gesellschaft?

Ein naives Frauenzimmer, das unscheinbare Nachbarsmädchen, das sich Hals über Kopf in den Ersten verlieben würde, welcher ihr Avancen machte? War nicht genau das geschehen? Ja, ich hatte mich in ihn verliebt, in die Version von Stefan, die er mir vorgespielt hatte.

Doch tat ich ihm an dieser Stelle nicht wieder Unrecht?

Er verspürte definitiv Zuneigung meiner Person gegenüber – ich war vielleicht manchmal begriffsstutzig und fällte Entscheidungen, ohne darüber nachzudenken, aber blind war ich nicht.

Stefan mochte mich, das hatte er selbst gesagt. Als seine Freundin, wie eine Schwester. Nicht mehr, aber auch nicht weniger. Er vertraute mir. Er hatte immer alles darangesetzt, um mich glücklich zu machen, hatte sich um mich gekümmert, soweit es ihm möglich war, ohne seine eigenen Grenzen zu überschreiten. Er gab ein Vermögen aus, um mich glücklich zu machen.

Doch ich war keiner von diesen materiellen Menschen, war es niemals gewesen. Ich wollte nicht sein Geld, wollte nicht sein Ansehen, wollte mich nicht in seinen Errungenschaften suhlen.

Ich war ein Mensch, der es vorzog, geliebt zu werden.

Ich hungerte nach Anerkennung und Liebe. Nach all den Jahren unter der Knute meiner Mutter, die für mich kaum mehr Zuneigung hegte, als für ein Möbelstück, welches nach Belieben an- oder abgeschafft werden konnte, war mir das ja wohl nachzusehen, oder?

Stellte ich vielleicht zu hohe Ansprüche an das Leben, an die Liebe? Wer war schon wirklich glücklich?

Unwillkürlich stieg mir ein Bild von Jordan und Jeremy vor Augen. Die beiden waren glücklich, daran gab es nichts zu rütteln. Sie respektierten und liebten einander. Es war möglich, glücklich zu sein, es war nicht bloß eine Illusion, ein Traum, den kleine Mädchen nachts vor sich hinträumten.

Meine Finger gruben sich fester in meine Schenkel. Stumm verfluchte ich mich ein weiteres Mal dafür, diesen Vertrag unterschrieben zu haben. Was hatte ich davon, mit ihm verheiratet zu sein?

„Er wird sich nie nach dir verzehren, verstehst du das nicht?! Ein paar Küsse, vielleicht fickt er dich ein, zwei Mal, bevor ihm klar wird, dass das nicht das ist, was er will, dass du nicht bist, was er will! Vorgeheuchelte Liebe, alles für die Kamera, alles für sein Image, damit er sich weiter durch die Gegend vögeln kann, weiter nehmen kann, was er will.“

War das die ganze Wahrheit hinter unserer Ehe? War das wirklich alles, was ich jemals erwarten konnte? Heuchelte er mir seine Zuneigung nur vor, um mich bei der Stange zu halten?

"Glaubst du, er hat ein schlechtes Gewissen, nachdem er seinen aktuellen Freund gefickt hat? Glaubst du, er verschwendet auch nur einen einzigen Gedanken an dich, während er sich nackt an demjenigen reibt, den er wirklich will, den er wirklich begehrt, den er in seinem Bett schlafen lässt?"

Allein die Erinnerung an seine genauen Worte tat weh, stach mir in mein wundes Herz.

Nun, seine Fragen waren berechtigt, warum hatte ich ein solch schlechtes Gewissen, weil ich bereits am zweiten Tag unserer Ehe mit seinem Freund ins Bett stieg, wo er vermutlich während unserer gesamten gemeinsamen Zeit Verhältnisse zu verschiedenen Frauen – und Männern – gepflegt hatte, sie gefickt hatte?

Wie wichtig war ihm meine Treue, wenn mir seine doch egal sein sollte? Wenn ich ihm *vertraglich* hatte versprechen müssen, ihn niemals auf seine Liebschaften anzusprechen?

Andererseits war die Klausel, die mir verbot, eine Affäre zu haben, recht ausführlich gewesen.

Stefan schien in seiner herrschsüchtigen Ader schlimmer gefangen zu sein, als ich angenommen hatte. Ihm schien schon der Gedanke zuwider zu sein, mich mit jemandem zu teilen, selbst wenn er gar kein Interesse an meinem Körper hegte. Ich war die Seine.

Seine persönliche kleine Spielfigur.

Es gab diesen einen Satz in seinem Vertrag, der keinen Spielraum ließ – Untreue meinerseits gab ihm das Recht, die Ehe mit sofortiger Wirkung aufzulösen, ein gerichtliches Verfahren einzuleiten.

Seine Drohungen wahr zu machen.

Meine Familie zu vernichten.

Meine Eltern in den Ruin, den Tod zu treiben.

Dies führte zu einem weiteren Gedanken, der mich quälte.

Warum zur Hölle hatte er Daniel hiergelassen? Vertraute er ihm blind? War es mit seiner Menschenkenntnis doch nicht so weit her, dass ihm entgangen war, wie sehr wir von einander angezogen wurden? Oder glaubte er nicht, dass ich so dumm war, eine körperliche Beziehung mit ihm einzugehen? War es sein Ziel, mich so schnell wie möglich in Versuchung zu führen, mich zum Vertragsbruch zu verleiten? Doch warum hatte er sich dann solche Mühe gegeben, mich einfaches Mädchen für sich zu gewinnen? Gab ihm das einen Kick?

Ich verstand ihn nicht.

Es war ihm ohne weiteres gelungen, mich als einfaches Opfer für seinen Plan zu identifizieren. Er hatte gewusst, dass ich mich seiner charmanten Art nicht würde entziehen können, dass ich mich innerhalb kürzester Zeit in ihn verlieben würde, unwiderruflich und ohne Gegenleistung zu fordern, so sehr, dass ich seinen Vertrag unterschreiben würde, nur um ihm nahe zu sein.

Und falls mein gesunder Menschenverstand ausreichte, vor dieser Absurdität zurückzuschrecken, dann hatte er mich dennoch in der Hand, musste nur seine Macht über das Schicksal meiner Familie gegen mich ausspielen.

Musste die richtigen Drohungen aussprechen, mit meiner Angst um Ethan spielen.

Er wusste, dass ich alles für meinen Vater tun würde.

Sogar mich selbst opfern.

Warum sollte er Schwierigkeiten haben, zu erkennen, dass Daniel und ich in seiner Abwesenheit übereinander herfallen würden, wie ausgehungerte Wölfe?

Oder gestand er mir diese Verfehlung zu?

Ich wusste es nicht. Es wollte mir nicht einleuchten, so sehr ich auch versuchte, ihn in dieser Hinsicht zu verstehen.

War Daniel wirklich ein Fehler? Sollte ich wirklich bereuen, was ich getan hatte, was ich ihn hatte tun lassen?

Mein Herz und mein Verstand waren geteilter Meinung – doch wann waren sie sich schon einmal einig?

Mein Verstand belehrte mich, wie groß mein Verrat war.

Nicht an Stefan, nein, wie sollte ich jemanden verraten können, der mich bedrohte, mich hinterging?

Nein, ich verriet meine Prinzipien, meine Vorsätze, schlimmer noch, das Vertrauen der Menschen, die auf mich bauten, meine Eltern, mein Vater.

Wollte ich wirklich herausfinden, wie weit Stefan zu gehen bereit war, um zu bekommen, was er wollte? Wollte ich so leichtsinnig mit dem Leben meines Vaters spielen?

Mein Herz konnte darüber nur lachen.

Wo war meine Sicherheit? Wo konnte ich mich geborgen fühlen? Wann sollte ich endlich daheim ankommen? Wann konnte ich endlich für mich leben, nur für mich, nicht für Alison, nicht für meinen Vater, nicht für Stefan, nur für mich?

Wer verstand mich, wer nahm mich in den Arm, wer war wirklich für mich da? Wer war meine seelische Stütze?

Stefan sicherlich nicht. Er war mir vielleicht zugetan, offensichtlich, doch nur solange, wie ich seinem Zweck dienen würde. Wie lange würde er brauchen, um mich von der Bildfläche verschwinden zu lassen, wenn ich erst keinen Nutzen mehr für ihn hatte?

Würde er mir nachtrauern, wenn es so weit war? Nein.

Wie lange würde er mir noch meine Wünsche erfüllen? Wie würde er reagieren, wenn er erfuhr, dass sein neuestes Spielzeug doch nicht so ganz nach seinem Willen tickte, er doch nicht die Kontrolle über alles hatte, wie er es sonst gewohnt war? Gott – wie würde es Daniel ergehen, wenn Stefan erst herausbekam, dass sein langjähriger Freund, der Mann, der für seine Sicherheit zuständig war, ihn vor allen Gefahren schützen sollte, ihm eigenhändig den Dolch in den Rücken gestoßen hatte?

Ich wollte und konnte es mir nicht vorstellen. Irgendetwas sagte mir, dass Stefan zu allem fähig war. Er würde sich sicher auch Daniels entledigen, ohne mit der Wimper zu zucken. Würde er mich davor oder danach entsorgen? Danach, um sich an meinem Schmerz zu laben?

Ich runzelte die Stirn und schüttelte über mich selbst den Kopf. Hatte ich zu viele Krimis, zu viele Thriller gelesen?

Stefan war durchtrieben, kühl und distanziert, vielleicht skrupellos, wenn er etwas wollte. Aber ein Mörder?

Nein.

Oder hatte ich ein gutes Bild von ihm, weil ich bisher nur einmal Zeuge seiner wahrhaft schlechten Seiten geworden war?

Nein. Stefan war ignorant, was meine Sehnsüchte, mein Verlangen anging, doch er war kein so schlechter Mensch.

Er würde weder mich noch Daniel bestrafen, schließlich war es ein kleiner Fehler, ein kleines Vergehen, von dem niemals jemand erfahren musste.

Ein Gedanke, welcher mich zu meiner anfänglichen Frage zurückbrachte.

War das mit Daniel ein Fehler gewesen?

Ich horchte in mich hinein.

Nein, war es nicht. Das musste selbst mein rationaler, vernünftiger Verstand zugeben.

Nie hatte ich mich so wohl, so geborgen und sicher, so verstanden gefühlt, wie in seinen Armen. Niemals hatte ich besser geschlafen, als in seinen Armen, weil ich gewusst hatte, dass er mich beschützen würde. In seinen Armen zu liegen war wie Zuhause anzukommen.

Und was sah er in mir? Was war ich für ihn? Eine von vielen?

Ein Spielchen zum Zeitvertreib, um seine Langeweile zu zerstreuen?

War ich auch nur eine Errungenschaft? Würde er eine Weile seinen Spaß an diesem Spielchen haben und mich dann fallen lassen, mich in meinem goldenen Käfig zurücklassen, mir beim Verrücktwerden zusehen?

Nein, sicherlich nicht, so etwas Unmenschliches würde er nie tun.

Er mochte keine Manieren haben und seine Gedanken noch im gleichen Moment aussprechen, in welchem sie ihm durch den wahrhaft unverschämten Kopf rasten, doch er hatte sein Herz am rechten Fleck. Ich kam nicht umhin, mir selbst einzugestehen, wie sehr ich ihn mochte.

Doch meine Zuneigung änderte nichts daran, dass es falsch war, Stefans Vertrauen auszunutzen und ihn mit Daniel zu hintergehen.

Warum also fühlte es sich nicht falsch an, wenn mein Kopf doch wusste, dass es nicht richtig war? Es war der falsche Ort und definitiv die falsche Zeit für eine Affäre, vor allem mit ihm.

Es war es kleines Verbrechen und doch konnte ich keine Schuld deshalb empfinden.

Hatte Daniel recht und ich machte mir etwas vor, hatte ein schlechtes Gewissen, weil die gesellschaftlichen Normen es verlangten?

Ich fand keine Antwort auf meine wirren Fragen und keine Entschuldigung für mein Verhalten.

Vermutlich, weil sich meine Gedanken seit geraumer Zeit im Kreis drehten und jeglichen logischen Inhaltes entbehrten, sich immer mehr in haltlosen und fantastischen Anklagen verstrickten.

Vielleicht war es besser, nichts zu denken, nichts zu fühlen.

Einfach abzuschalten.

Der Sand knirschte leise unter den schweren Schritten hinter mir, doch mein Kopf war zu schwer, um ihn zu heben. Aus den Augenwinkeln heraus sah ich, wie sich Daniel neben mich kniete und mich ansah, doch mein Hals war nach all der Zeit zu steif geworden, um ihm ins Gesicht zu sehen.

Nach einem Moment der Stille seufzte er leise und fuhr sich beinahe nervös durch das unordentliche Haar, sein Gesicht war ein einziger Ausdruck von Qual und Vorwürfen.

„Lass uns reingehen June, sonst wirst du noch krank. Es ist ganz schon frisch am Abend und du bist zu leicht angezogen.“

Ich blinzelte. Mit milder Verblüffung stellte ich fest, dass die Sonne bereits untergegangen war und nur noch ein schwacher, rötlicher Schein am Horizont von ihrem Lauf über den Rand des Meeres zeugte. Über uns zogen bereits die ersten Sterne auf und der Mond spiegelte sich leicht auf den Wellen.

Die Zeit, die ich brauchte, um all das zu realisieren und auch noch eine Antwort auf seine Worte zu finden und mit meiner lahmen Zunge auszusprechen, dauerte ihm wohl zu lange, denn ohne lange zu zögern legte er seinen Arm unter meine angewinkelten Knie und den anderen hinter meinen Rücken und hob mich vorsichtig hoch.

Ich lehnte mich gegen seine Brust und hörte sein Herz trommeln, ein schwaches Echo meines eigenen Herzschlags.

Schweigend trug er mich über den Sand, die Treppen hinauf, darauf bedacht, dass ich mir nirgendwo den Kopf anschlug.

„Bin ich dir heute nicht zu schwer?“ Welch irrwitzige Frage, welche mir durch den Kopf schoss und mir ohne zu Zögern mit heiserer Stimme über die trockenen Lippen glitt.

Sein Lächeln entbehrte jeglicher Wärme. „Du bist mir niemals zu schwer.“

Er schaffte es, mich ohne Unfall durch die Tür zu tragen und sie hinter uns zu schließen, ohne mich abzusetzen. Seine Schritte waren bedacht gewählt, als er mich auch die zweite Treppe hinauftrug und meine Zimmertür mit einem kräftigen Tritt öffnete.

Behutsam stellte er mich auf den Boden und hielt mich fest, als meine eingeschlafenen Beine unter meinem Gewicht zu zittern begannen. Als er sich sicher war, dass ich stehen konnte, begann er, mich vorsichtig aus meinen kühlen, vollkommen sandigen Klamotten zu schälen.

Wie kalt mir wirklich war, fiel mir erst auf, als ich in Unterwäsche vor ihm stand und zu zittern begann. Sein Blick war fragend und zurückhaltend.

„Vielleicht solltest du kurz unter die Dusche springen – du hast überall Sand. Nicht, dass du dir die Haut wund reibst.“

Ohne darüber nachzudenken schlüpfte ich aus meiner Unterwäsche und wandte Daniel den Rücken zu, ging langsam in mein Bad.

Ich achtete nicht darauf, ob Daniel mir folgte, als ich das Wasser anstellte und mich unter den warmen Strahl stellte, mit unbewussten Bewegungen meinen Körper abwusch.

Daniel war da, als ich die Kabine wieder verließ.

Das Handtuch, mit dem er meinen feuchten, zitternden Körper abtrocknete war weich und warm, seine Hände vorsichtig und sanft. Diese Geste seinerseits hatte nicht den kleinsten Hauch von Verlangen oder sexuellen Vorspiels, vielmehr war seine Hilfe freundschaftlich, fast väterlich.

Als er fertig war, half er mir stumm in eines seiner frischen Shirts.

Es roch nach Waschmittel, nach Sommer und Sonne und nach ihm.

Behutsam dirigierte er mich zum Bett und ließ mich darauf Platz nehmen, bevor er mir eine Wasserflasche reichte. „Trink etwas. Du musst vollkommen ausgetrocknet sein.“

Gehorsam setzte ich die Flasche an und trank, bemerkte erst jetzt, wie trocken mein Hals war, wie sehr mein Körper nach Flüssigkeit gierte.

Mit wenigen, langen Schlucken leerte ich die gesamte Flasche und reichte sie ihm etwas atemlos zurück. Er stellte sie achtlos auf den Boden neben mein Bett, ohne seine Augen von mir zu nehmen. Mit sanften Fingern strich er mir eine Strähne aus der Stirn, seine Hand zitterte dabei.

Dann schlug er meine Decke zurück und sah mich auffordernd an.

„Los, legt dich hin. Ich decke dich zu. Soll ich dir eine Wärmflasche machen? Dir eine dickere Decke holen?“

Verneinend schüttelte ich den Kopf und leistete seinen Anordnungen Folge, kuschelte mich fest in die Decke, welche er vorsichtig über mich drapierte.

Er schien mit sich zu ringen, bevor er sich über mich beugte und mir einen leichten Kuss auf die Stirn hauchte. „Schlaf gut, June.“

Leise Schritte trugen ihn schnell zur Tür, seine Hand lag schon auf der Klinke, als meine leise Stimme ihn stoppen ließ.

„Warte. Geh nicht.“

Seine Schultern spannten sich merklich an, er seufzte.

„Bitte. Bleib bei mir.“ Er warf mir über seine Schulter einen gequälten Blick zu. „Willst du das wirklich? Ich kann auch gehen ...“ Meine Augen flehten ihn förmlich an. „Bitte. Ich will nicht alleine sein. Ich bin immer alleine ...“

Ein weiteres, tonloses Seufzen, dann drehte er sich zu mir um, streifte sich langsam Schuhe und Socken von den Füßen, ehe Hemd und Hose folgten. Vorsichtig stieg er über mich und schlüpfte nur mit Boxershorts bekleidet hinter mir unter die Decke.

Und er hielt Abstand. Zuviel Abstand. Es war, als wäre ich trotz seiner Anwesenheit allein.

Langsam drehte ich mich zu ihm um. Er lag auf dem Rücken, den Blick fest auf die Zimmerdecke gerichtet, die Hände an den Seiten zu Fäusten geballt. Und er hatte wieder diesen Ausdruck im Gesicht, Verachtung, vielleicht ein wenig Hass, Vorwürfe, Verzweiflung. Und mir war klar, dass sich keines dieser Gefühle gegen mich richtete.

Ihn so zu sehen tat mir in der Seele weh. Es war nicht seine Schuld. Es gab keinen vernünftigen Grund, dass er sich von mir fernhielt. Ich hasste diese Distanz zwischen uns, hasste jeden Zentimeter, welcher hier zwischen uns lag, hasste die Gedanken, die uns voneinander trennten.

Ohne auf eine Reaktion von ihm zu warten, rutschte ich näher, kuschelte mich an seine Seite, legte meinen Kopf auf seine Brust. Sein Arm rutschte unwillkürlich unter mir hindurch und legte sich um meine Taille, drückte mich fest.

Ein weiteres Seufzen, ob von ihm oder von mir vermochte ich nicht zu sagen. Vielleicht kam es von uns beiden, zeugte wortlos von den Qualen, die uns innerlich zerrissen.

„June ... es tut mir leid. Ich ...“

Ich unterbrach ihn schnell.

„Es ist in Ordnung. Mir tut es leid. Lass uns nicht darüber reden, nicht jetzt. Bitte."

„Aber ..."

„Bitte."

Es dauerte einen Moment, dann spürte ich kaum merklich, wie er nickte. Seine Hand streichelte sanft meine Seite und er drückte mehrere Küsse auf meinen Kopf, bat mich so stumm um Verzeihung.

Und ich gewährte sie ihm stumm, als ich die bloße Haut seiner Brust küsste.

Wir waren beide voller Schuldgefühle, gefangen in einem Zwiespalt, bettelten um Vergebung.

Doch jetzt war nicht die Zeit, um zu reden.

Ich wollte nicht. Ich wollte einfach nur in seinen Armen liegen und die Sicherheit genießen, welche diese mir boten, mich für kurze Zeit geborgen fühlen. Ich wusste, dass dieses Gefühl nur allzu schnell vorbei sein würde, ganz so, als hätte ich es nie gespürt.

Doch bis dahin hatte ich Zeit und ich würde jede einzelne Sekunde genießen.

Für den Moment war das genug.

Kapitel 21

Wir lagen beide wach, schweigend, vor uns hinstarrend. Die einzigen Geräusche in meinem Zimmer waren das leise Rauschen der Wellen, das Kreischen der Möwen, das durch das geschlossene Fenster drang, unser Atmen und der Herzschlag, den ich sowohl hörte als auch spürte, während mein Kopf auf seiner Brust gebetet war.

Die Luft hier drin schien stickig und dick, gefüllt von unausgesprochenen Gedanken und ungeweinten Tränen, von herzzerreißenden Gefühlen und überwältigender Schuld.

Uns war klar, dass der jeweils andere wach war, doch keiner von uns wollte den Anfang machen.

Die Sonne schaute durch das Fenster herein, versuchte mit ihrer Wärme unsere düsteren Gedanken zu vertreiben und die dunkle Stimmung zu lockern, doch ohne Erfolg.

Wie konnten wir auch so tun, als wäre nichts geschehen? Als ließen sich all die gefallenen Worte, all die unausgesprochenen Gefühle einfach vom Tisch wischen, ganz so, als wären wir aus einem bösen Traum erwacht mit nichts als einer schwachen Erinnerung im hintersten Teil unseres Kopfes?

Und doch war das ohrenbetäubende Schweigen zwischen uns schlimmer, als wenn wir all das Geschehene verdrängen würden. Es tat beinahe körperlich weh.

Um Luft zu haben, um klar denken zu können, löste ich mich von Daniel, rückte ein wenig von ihm ab und legte mich neben ihm auf den Rücken.

Wortlos starrten wir noch einen Moment an die Decke, ehe ich mich räusperte, nachgab, den Anfang machte.

„Es tut mir leid."

Er runzelte die Stirn ohne mich anzuschauen.

„Was tut dir leid? Du hast nichts falsch gemacht."

Versuchte er, mich zu beschützen? Vor was? Vor mir selbst? Weil ich ihn darum gebeten hatte? Das war nicht nötig. Es war nicht möglich. Er konnte mich nicht vor allem beschützen.

„Doch, habe ich. Bitte tu nicht so, als hätte ich keine Schuld an dieser ganzen Sache. Zu einem Streit gehören immer zwei. Es war falsch von mir, meinen Gefühlsausbruch so zu forcieren. Es war völlig unangebracht und ich kann es mir nicht wirklich erklären. Es tut mir so unendlich leid, dass ich dich glauben ließ, ich würde auch nur eine Minute von gestern Abend bedauern, denn das tue ich nicht. Keine einzelne Sekunde. Es tut mir leid, dass ich einfach weggerannt bin. Es tat so weh, was du gesagt hast, auch wenn es sicher nur die Wahrheit war. Ich konnte es einfach nicht ertragen, es war zu viel auf einmal", brachte ich mit stockender, tonloser Stimme hervor.

Es tat gut, zu reden. Es tat gut, ihn um Verzeihung für mein Verhalten zu bitten. Es tat gut, weil es das Richtige war.

„Du musst dich wirklich nicht entschuldigen, June. Du trägst keine Schuld. Es tut mir so verflucht leid, dass ich dermaßen die Beherrschung verloren, all diese furchtbaren Dinge gesagt habe. Das stand mir nicht zu. Ich hatte nur mit einem Mal Angst, Angst, du würdest all das für einen Fehler halten – das war es nicht! Der Gedanke daran, dass du das alles vielleicht rückgängig machen würdest, wenn es möglich wäre, hat mich so wütend gemacht. Es war dein gutes Recht zu verschwinden, nachdem ich dir diese hässlichen Sachen an den Kopf geworfen hatte. Ich hätte verstehen müssen, dass du verwirrt bist. Du glaubst gar nicht, wie sehr ich mit mir gerungen habe ... Ich wollte zu dir gehen, als ich nach Hause kam und dich dort sitzen sah bewegungslos, weil es meine Schuld war. Ich habe dich verletzt, dabei ist das wirklich das Letzte, was ich will."

Ich schüttelte den Kopf.

„Es war nicht falsch, all das zu sagen. Es war doch nur die Wahrheit. Ich bin ein großes Mädchen, Daniel. Ich kann die Wahrheit ertragen, ich muss sie ertragen. Es bringt nichts, wenn ich mir selbst etwas vormache, wenn ich weiterhin in meiner kleinen, sicheren Blase lebe, weil mich alle vor dem schützen wollen, was ich eigentlich nicht sehen und nicht wissen will."

Ich holte tief Luft und sah ihn an. „Wenn wir schon dabei sind – mit wie vielen Personen hat sich Stefan getroffen?"

Seine Fäuste ballten sich und sein Gesicht wurde noch härter, als es ohnehin schon war.

Ich sah den Kampf, den er innerlich ausfocht, sah seine Skrupel mit mir über dieses Thema zu reden – doch verheimlichen wollte er es mir auch nicht. Immerhin war es mein gutes Recht, die Wahrheit zu erfahren, zu erfahren, wovor ich bisher die Augen verschlossen hatte.

„Wieviele insgesamt oder wieviele, seit er dich kennt?", stieß er mit erstickter Stimme hervor.

Mein Kiefer begann zu schmerzen, so angespannt war jeder Muskel in meinem Gesicht, meinem ganzen Körper.

Alles in mir, jede einzelne Zelle, wehrte sich, wollte es nicht wissen. Wollte mich schützen. Ich wusste, dass es weh tun würde. Dass mir der Schmerz die Luft zum Atmen nehmen würde.

Und ich verachtete mich ein wenig für diese Schwäche.

Warum machte es mir so viel aus? Warum berührte es mich so sehr? Wieso empfand ich so viel Zuneigung einem Mann gegenüber, der dies nicht im selben Maße erwiderte?

„Seit er mich kennt, mich trifft."

Er schloss die Augen und zog die Augenbrauen fest zusammen, eine Ader begann an seiner Stirn zu pochen, sein Atem ging gepresst und flach.

„Sechs, in der Anfangszeit. Seit einigen Wochen beschränkt es sich auf zwei Personen, eine Frau und einen Mann."

Das leise Dröhnen in meinen Ohren betäubte meine Sinne, verhinderte, dass ich Daniels Worte wirklich hörte.

Es schmerzte allerdings nicht so sehr, wie ich erwartet hatte.

Als hätte ich die gehegte Hoffnung, aus Stefan und mir könnte tatsächlich ein Paar werden, bereits vor einer Weile aufgegeben, ohne es bewusst wahr genommen zu haben.

„Liebt er ihn – oder sie?", fragte ich mit tonloser Stimme, tatsächlich interessiert.

Sein Atem entwich zischend.

„June, so funktioniert Stefan nicht. Dieses Wort, dieses Gefühl gibt es nicht in seiner Welt. Er zieht seinen Nutzen aus diesen Verbindungen, nicht mehr, aber auch nicht weniger."

Sollte mich das trösten?

Immerhin hatte mir Stefan genau das bereits an unserer Hochzeit erklärt.

Es jetzt so trocken aus dem Mund von Stefans Untergebenem zu hören machte es irgendwie leichter – leichter, das hier mit Daniel nicht als Verrat, als Betrug zu sehen.

„Danke für deine Ehrlichkeit, Daniel. Ich habe das Gefühl, dass die meisten Menschen ein Problem damit haben, mir die Wahrheit zu sagen. Ich weiß das wirklich zu schätzen.“ Ich starrte einen Moment stumm die Decke an, bevor ich mein Gesicht zu Daniel hindrehte, ihn musterte, freudlos lächelte.

„Du hattest Recht, oder? Ich bin nur eine weitere Errungenschaft für ihn. Eine Marionette, deren Fäden er in der Hand hält. Die er nach Belieben tanzen lassen kann. Er respektiert mich vermutlich nicht einmal als Mensch, schätzt mich höchstens dafür, dass ich sein Spielchen mitspiele, ohne eine Gegenleistung zu verlangen. Also, außer, dass er meine Eltern in Ruhe lässt.“

Daniel erwiderte meinen Blick, schien zu überlegen, was er mir auf welche Weise mitteilen sollte.

„Er schätzt und respektiert dich – nicht im herkömmlichen Sinn, vielmehr so, dass es seiner eigenen, verdrehten Definition dieser Worte gerecht wird. Er wollte dich in dem Moment, in dem er dich das erste Mal gesehen hat. Du warst perfekt für ihn, in jedweder Hinsicht. Er wollte dich und er hat dich bekommen, so wie er beinahe alles bekommt, was er will. Er ist nicht durch und durch schlecht, im Gegenteil. Er ist nur anders und niemand, der nicht ist wie er, der nicht durchgemacht hat, was er erlebt hat, wird ihn je verstehen, also versuche es erst gar nicht. Das schaffe nicht einmal ich und ich bezweifle, dass es jemanden gibt, der ihn besser kennt als ich.“

Ich nickte wortlos, schloss für einen Moment die Augen. Ich wollte nicht auf eine seltsame, abstrakte Art und Weise akzeptiert werden.

Ich wollte Liebe, Geborgenheit.

Doch von Stefan würde ich das niemals bekommen.

Meine Lider öffneten sich wieder und meine Augen suchten erneut seinen Blick.

„Und was siehst du in mir, Daniel? Was bin ich für dich? Eine nette Abwechslung?“

Seine Stirn runzelte sich, er kniff die Augen zusammen.

„Ist es das, was du von mir denkst? Dass ich so bin wie Stefan, nur Trophäen für meinen Schrank suche, ein kurzfristiges Vergnügen?“

Ich sah nicht weg. „Ich kenne dich kaum. Ich weiß nicht, wie du bist, sonst würde ich wohl kaum fragen. Also – was siehst du in mir?“

Er seufzte, eine Hand fuhr hoch und zwickte ihn in die Nasenwurzel.

„June, ich wusste vom ersten Augenblick an, dass du etwas Besonderes bist. Seit deinem ersten Schritt in den Saal damals. Ich konnte die Augen nicht von dir abwenden, du warst … bist so wunderschön. Dein Lachen hat meine Laune gehoben, die an diesem Abend wirklich verdammt schlecht war.“

„Du warst dort?“, fragte ich verblüfft, er nickte mit einem leichten Lächeln.

„Natürlich war ich da. Ich bin fast immer da, wo Stefan ist, es sei denn, er kommandiert mich zum Schutz einer anderen Person ab. Ich bin zwar meistens ungewollt ein Trampel, doch ich verstehe mich auf meinen Beruf, verstehe es, da zu sein, ohne gesehen zu werden. Meine Position gab mir die Möglichkeit, dich keinen Moment lang aus den Augen zu lassen. Dein Trotz hat mich zum Lachen gebracht. Wie verlegen du warst, als du diese wirklich gewaltige Pyramide zum Einsturz gebracht hast. Wie irritiert, als Stefan dich zum Tanzen aufforderte. Deine Unsicherheit, die Art und Weise, wie du immer wieder errötet bist.“

Ein echtes Grinsen glitt über seine schönen Züge.

„Wie du schließlich beinahe auf Stefans teuren Schuhe gekotzt hast. Stefan mag nicht immer mit allem Recht behalten, doch ihm war wie mir sofort klar, dass du anders bist. Besser bist. Auf deine eigene Art und Weise eine Perfektion ausstrahlst, die andere Frauen nie erreichen werden.“

Ich konnte nicht anders, als sein Lächeln zu erwidern. Seine Worte waren Balsam für meine verletzte Seele, der Kitt für mein angeknackstes Herz.

Und seine funkelnden Augen sagten mir, dass es die Wahrheit war. Dass er mich nicht um meinetwillen anlog.

Ohne den Blick von mir zu wenden, tastete seine Hand nach meiner und hielt sie fest, nachdem er sie gefunden hatte, zog sie hoch, hauchte einen zarten Kuss auf meine Knöchel.

„Lass dir nie von irgendjemandem sagen, dass du nichts Besonderes bist. Dass du dich ändern musst. Du bist wundervoll so, wie du bist. Mit deinem Fluchen, deinem Trotz, deinem verdammten Dickkopf. All das, was bisher als Fehler angesehen worden ist, macht dich erst zu dem perfekten Menschen, der du bist.“

Herausfordernd hob ich eine Augenbraue.

„Meine Naivität auch?“

Er schmunzelte leicht, legte seine freie Hand auf meine Wange, ich schmiegte mein Gesicht fest gegen seine Handfläche.

„Sieh es einmal so – hättest du diesen Vertrag nicht unterschrieben, hättest du ihn nicht geheiratet, dann wären wir jetzt nicht hier. Ich könnte dich nicht im Arm halten. Und ganz sicher könnte ich nicht das hier tun.“

Er rutschte näher und legte seine Lippen auf meine, küsste mich sanft.

Und ich lächelte unter seinem Kuss, denn er hatte Recht. Manchmal führten falsche Entscheidungen in die richtige Richtung.

Nach einer Weile, die wir wortlos aneinander gekuschelt verbracht hatten, meldete sich mein Magen mit einem überaus lauten Knurren zu Wort.

Ich grinste verlegen, als Daniel leise lachte. „Da hat wohl jemand Hunger? Gut, wer könnte es dir verdenken, wir haben seit Ewigkeiten nichts gegessen. Auch wenn ich jetzt ehrlich gesagt nicht aufstehen will ... aber ich könnte auch etwas vertragen."

Ich drückte ihm einen Kuss auf die Wange und setzte mich auf. Mein Blick glitt über ihn, liebkoste stumm die weiche Haut seines Körpers, die mir eine Ruhe schenkte, die ich sonst nicht kannte.

„Wie wäre es, du gehst duschen und ich mache ein leckeres Frühstück für uns?"

Mein Augenmerk richtete sich auf die kleine Uhr, welche auf meinem Nachttisch stand.

„Oder eher einen Brunch. Hauptsache, etwas zu essen."

Seine Augenbrauen hoben sich fragend, sein Blick war spöttisch.

„Was, du schickst mich duschen? Stinke ich dir etwa schon?"

Ein kleines Kichern drang über meine Lippen. „Nein, ich will nur nicht, dass du mir beim Kochen im Weg herumstehst. Ich wette, du hast zwei linke Hände in der Küche." Ich beugte mich zu ihm hinüber und schnüffelte, rümpfte demonstrativ die Nase. „Und ja, du riechst schon etwas ... streng."

„Pass auf was du sagst, Mädchen. Meine Drohung mit dem Hinternversohlen steht immer noch. Und glaube mir, ich ziehe es durch, wenn du übertreibst", drohte er mit erhobenem Finger und ernstem Blick.

„Das glaube ich dir ohne zu Zögern", erwiderte ich sofort und grinste schief. „Und jetzt ab unter die Dusche."

Er nickte leicht und lächelte wieder.

„Sehr gerne. Dann sehen wir uns unten."

Er setzte sich ebenfalls auf und kletterte über mich hinweg, nicht ohne mir einen Kuss auf die Stirn zu drücken. Rasch sammelte er seine Kleidungsstücke auf, die er am vergangenen Abend auf dem Weg zu meinem Bett im ganzen Zimmer verteilt hatte.

Mein Blick folgte ihm, bis er die Hand auf die Klinke legte und nach einem weiteren Lächeln in meine Richtung die Tür hinter sich schloss.

Tief atmete ich ein, während mir klar wurde, dass ich nun wieder allein war.

Und mit dem Alleinsein kam ein Sturm der Gefühle zurück.

Die Wucht der Empfindungen drohten mir den Atem zu nehmen.

Am liebsten hätte ich nach ihm gerufen, geschrien, ihn angebettelt, bei mir zu bleiben, mich nicht alleine zu lassen. Doch das war kindisch. Ich war erwachsen. Ich konnte auch allein auf mich aufpassen.

Ich musste all meine Kraft und Entschlossenheit zusammennehmen, um aufzustehen und mich anzuziehen. Jede Bewegung kostete Energie, die ich nur schwer opfern konnte, Energie, die ich brauchte, um mich am Nachdenken zu hindern.

Es dauerte eine gefühlte Ewigkeit, bis ich mich angezogen und meine Haare zu einem schlampigen Knoten gebunden hatte. Dann setzte ich einen Fuß vor den anderen, aus meinem Zimmer hinaus, die Treppe hinunter. Aus der Richtung von Daniels Zimmer konnte ich das Wasser der Dusche rauschen hören.

Mechanisch, ohne darüber nachzudenken, stellte ich eine Pfanne auf den Herd, gab etwas Öl hinein, schaltete die Herdplatte an. Dann fischte ich Eier und Speck aus dem Kühlschrank, stellte Brot und Erdnussbutter auf den Tisch.

Das alles funktionierte, ohne dass ich darüber nachdenken musste. Ich wollte nicht denken. Mir war klar, dass im selben Moment, in dem ich mir das Denken erlaubte, all das auf mich einstürzten würde, wofür ich im Moment keine Kraft hatte.

Stumm stand ich an der Anrichte und schnitt den Speck in kleine Würfel, als eine Hand sich vorsichtig um meine Hüfte legte, langsam, um mich nicht zu erschrecken.

Ich hatte ihn nicht kommen gehört, doch sofort, als ich seine Anwesenheit spürte, verflog meine Angst, meine Empfindungen, denen ich mich nicht stellen wollte. Ich war nicht mehr allein. Er war da.

Er nahm die Last von mir, ohne auch nur ein Wort zu sagen, einfach dadurch, dass er hier war, bei mir. Sanft nahm er mir das Messer aus der Hand, ich starrte ihn fragend an. Er grinste nur.

„Riskieren wir keinen abgeschnittenen Finger, auch wenn mir Stefan angesichts deines Geschicks einen fehlenden Finger nicht sonderlich krummnehmen würde."

Ich verdrehte die Augen ob seiner Fürsorge, blieb ihm eine Antwort schuldig. Es schien, als wäre Daniel imstande, mit seiner Gegenwart alles andere zu verdrängen, unwichtig zu machen.

Ich sah ihm dabei zu, wie er den Speck geschickt würfelte und mich ganz nebenbei mit Späßen und Anekdoten unterhielt, mich dazu brachte, mich frei und unbeschwert zu fühlen.

Er warf den Speck in die Pfanne und briet ihn kurz von allen Seiten an, ehe er die rohen Eier hinzufügte und das Ganze mit geriebenem Käse und Gewürzen verfeinerte.

Ab und zu warf er mir einen schelmischen Blick zu, bevor er dann breit grinsend den Mund öffnete.

„Was sagst du nun über meine zwei linken Hände in der Küche?“

Ich nickte mit widerwilligem Anerkennen.

„Nun, du überraschst mich immer wieder. Welche verborgenen Talente besitzt du noch?“, erwiderte ich und sah ihn mit hochgezogener Augenbraue abwartend an.

Sein Blick wurde dunkler, hungriger, und irgendwas sagte mir, dass das nicht an dem Duft des Essens lag, welcher langsam durch die ganze Küche zog. „Du wärst überrascht, Mädchen, was alles in mir steckt“, murmelte er mit heiserer Stimme und wandte seinen brennenden Blick ab.

Ich nahm mir grinsend vor, eben dies herauszufinden.

Schnell deckte ich den Tisch und setzte mich an meinen Platz, begann mit den Fingern auf den Teller zu trommeln.

„Nun, Monsieur Küchenchef, wann ist das Essen fertig? Ich habe Hunger.“

„Oh, ich auch“, brummte er und grinste wieder schelmisch, ehe er die dampfende Pfanne vom Herd nahm und sie auf den Untersetzer auf dem Tisch stellte.

„Einen guten Appetit, Madame.“

Es schmeckte wirklich vorzüglich und ich aß selbst für meine Verhältnisse mit großem Appetit, stoppte erst, als die Pfanne komplett leer und das letzte Krümelchen Brot gegessen war.

Schmunzelnd betrachtete mich Daniel.

„Ich hätte nie gedacht, dass eine so kleine Frau so viel essen kann.“

Ich zuckte teilnahmslos mit den Schultern.

„Ich habe seit Tagen nicht mehr richtig gegessen, man möge es mir also nachsehen. Ganz abgesehen davon hat es wirklich gut geschmeckt. Mein Kompliment an den Küchenchef.“

Er verbeugte sich spöttisch und schickte sich dann an, den Tisch abzuräumen und den Herd zu putzen. Als ich aufstand um ihm zu helfen, schüttelte er tadelnd den Kopf.

„Nein, du wirst dich nun erst einmal unter eine warme Dusche packen. Das Salz von gestern klebt noch überall an deiner Haut. Ich mache das hier schon."

Dankbar stimmte ich ihm zu und trat den Rückzug an, betrat nur wenige Augenblicke später mein Zimmer und ließ meine Kleidung da auf den Boden fallen, wo ich ging.

Das heiße Wasser prasselte auf meine Haut und spülte die Reste des auf der Haut scheuernden Salzes, zusammen mit meinen widerstrebenden Gefühlen, den Abfluss hinunter.

Es erleichterte ungemein, ich genoss mit geschlossenen Augen die Wärme des Wassers, das Gefühl auf meiner Haut.

Umso größer war mein Erschrecken, als sich die beschlagene Glastür zur Dusche mit einem Mal öffnete und kalte Luft hereinströmte.

Ein verschmitztes Grinsen schält sich aus der Nebelwand.

„Darf ich reinkommen?" – „Bist du schon sauber?"

Er biss sich grinsend auf die Unterlippe. „Ich befürchte, dass all die schmutzigen Gedanken, die ich habe, sobald ich dich ansehe, die Wirkung der Dusche hinfort geblasen haben."

Ich schlang meine Arme um meine Brust und grinste herausfordernd.

„Du kannst reinkommen, wenn du endlich die verdammte Tür zumachst, es zieht."

Nur einen Moment später trat er hinter mich, strich mir sanft mit der Hand über den Rücken, bevor er mich zu sich herumdrehte, mich ernst ansah.

„Lass uns einen Deal schließen." Fragend sah ich ihn an. Sein Blick entbehrte jedes Lächeln. „Was für einen Deal?"

„Solange wir hier alleine sind, werden wir nicht an das ‚Danach' denken. Lass uns so tun, als wären es unsere Flitterwochen. Lass uns die Zeit genießen, der Alltag wird uns schnell genug einholen. Aber jetzt sind wir hier, alleine. Lass uns all die schlechten Gedanken, die Gefühle vergessen, für diese zwei Wochen."

Und ich stimmte ohne zu zögern zu.

Das war ein schöner Gedanke.

Für zwei Wochen würde das hier unsere Welt sein.

Für zwei Wochen würde Daniel all das für mich sein, was Stefan nie sein würde.

Seine Hände, die liebkosend über meinen Körper glitten, ließen mich diesen Namen auf der Stelle vergessen, mit geschlossenen Augen gab ich mich seiner zärtlichen Berührung hin. Zwei Wochen.

Kapitel 22

Schlaflos wälzte ich mich von einer Seite auf die andere, bevor ich mit einem leicht genervten Stöhnen schließlich aufgab. Es ging einfach nicht.

So köstlich erschöpft sich mein ganzer Körper auch fühlte, ich konnte nicht einschlafen – wie denn auch, ich war noch nie der Typ Mensch gewesen, der einen Mittagsschlaf wollte oder brauchte. Ich konnte nicht am helllichten Tag schlafen, wenn ich doch genauso gut auch etwas *tun* konnte.

Daniel hingegen lag wie ein Toter in meinem Bett, nur die leisen Atemzüge und das regelmäßige Heben und Senken seiner Brust zeugten davon, dass er wirklich noch lebte.

Er schien vollkommen erschöpft zu sein – das konnte ihm auch keiner verübeln.

Eine Weile lang stand ich stumm neben dem Bett und sah auf ihn hinunter, ein leichtes Lächeln auf den Lippen, die sich seltsam wund anfühlten.

Und als hätte er mein Lächeln gesehen oder gar gespürt, hoben sich die Winkel seines perfekten Mundes und erwiderten mein Lächeln, bevor er leise schmatzte und sich schwungvoll auf den Bauch drehte, wodurch die leichte Decke verrutschte und den Blick auf sein herrliches, nacktes Hinterteil freigab.

Meine Hände wollten sich schon selbstständig machen und die Finger tief in die verblüffend weiche Haut über den harten Muskeln graben, als ich ihnen rasch und mit all meiner Kraft Einhalt gebot.

Ich wollte ihn nicht wecken, ich brauchte dringend eine kleine Pause.

So leise wie möglich schlich ich durch mein Zimmer, öffnete Schränke und Taschen, bevor ich mich anzog und mein Aussehen kurz im Spiegel überprüfte.

Ohne einen Ton von mir zu geben, ging ich zur Tür, einen letzten, liebevollen Blick auf den Mann in meinem Bett werfend, bevor ich in den Flur hinaustrat und die Tür lautlos hinter mir schloss.

Den knarrenden Dielen ausweichend, tapste ich die Treppe hinunter, ohne hinzufallen oder mir weh zu tun, was mich selbst verblüffte.

Ich griff nach dem erstbesten Paar Schuhe, musste dann allerdings feststellen, dass meine pochenden Zehen sich definitiv weigerten, in der Enge meiner Sneakers zu verschwinden.

Das einzige Schuhwerk, welches nicht drohte, meine Zehen zu quetschen, waren ein paar ausgetretene Flip-Flops, ausgerechnet Schuhe, die diesen Namen wirklich nicht verdienten und die ich hasste wie die Pest.

In welchen anderen Schuhen lief man dermaßen Gefahr, zu stolpern und sich dabei sämtliche verbliebenen Zehen zu brechen?

Die Haare zu einem unordentlichen Knoten im Nacken zusammengebunden, setzte ich die Sonnenbrille auf, bevor ich grübelnd in den Spiegel starrte.

Mein Blick wanderte zu einer Baseball-Kappe, welche vollkommen verloren an einer Ecke der Garderobe hing.

Sie würde zusammen mit den Flip-Flops zwar überhaupt nicht zu meinem luftigen Rock und dem feinen, blauen Top passen, und ein kleiner Teil meines Kopfes fragte sich, wieso Stefan so etwas überhaupt besaß, doch solange sie mich vor ungewollter Aufmerksamkeit bewahrte, war mir das einerlei.

Also griff ich nach der Kappe und zog daran.

Worauf mir beinahe die gesamte Garderobe entgegen fiel.

Ich konnte sie gerade noch auffangen und sie mit hochrotem Kopf zu Boden gleiten lassen. Das Ding war definitiv schwerer, als es aussah.

Stirnrunzelnd betrachtete ich die Unordnung aus Mänteln und Jacken zu meinen Füßen, beschloss dann aber, dass es wohl Daniels Sache war, das Gestell hinterher wieder zusammenzustecken.

Über mich selbst den Kopf schüttelnd, griff ich nach meiner Handtasche, verstaute den Zweitschlüssel für die Tür und mein Handy darin, ehe ich aus der Haustür trat, einen Moment lang in die Helligkeit des Mittags blinzelnd.

Das Wetter hier war wirklich unbeschreiblich schön, tiefblau funkelte der Himmel über mir, keine einzige Wolke unterbrach die makellosen Weiten.

Ein leichter Wind fuhr unter meinen Rock und schenkte mir einen kleinen Marilyn-Monroe-Moment, befreit grinste ich und beschloss nachdrücklich, alle Lasten für eine Weile hinter mir zu lassen.

Nach kurzem Überlegen wandte ich mich nach links und flanierte den Gehsteig entlang, einen neugierigen Blick in meine Umgebung werfend.

So viele teure Wagen und vermutlich kaum bezahlbare Häuser auf so engem Raum hatte ich noch nie gesehen – ich musste eingestehen, dass ein Leben an Stefans Seite wirklich gewisse Vorteile bot, die zu nutzen sich vielleicht nicht als so furchtbar herausstellen würde, wie angenommen.

Die Sonne brannte heiß vom Himmel und bereits nach wenigen Minuten hier draußen und ohne große, körperliche Anstrengung war mein Körper mit einem feinen Schweißfilm überzogen und meine Kehle fühlte sich trocken an.

Vermutlich hätte ich etwas zu trinken mitnehmen sollen.

Nach einigen Metern blieb ich stehen und lehnte mich an den Baum, welcher einsam am Wegesrand stand und dessen Schatten einen Moment erfrischende Kühle, sowie einen wunderschönen Blick zwischen zwei Häusern hindurch auf das glitzernde Meer bot.

Ich hätte mir nicht träumen lassen, dass es hier so wunderschön war.

„Herrlich, nicht wahr? Einmal hier will man nie wieder weg“, brummte eine tiefe Stimme hinter mir, und ohne mich umzudrehen nickte ich einfach.

„Ja. Es ist wunderbar. Ich hätte es nie gedacht – ich bin erst den dritten Tag hier und kann mir schon gar nicht mehr vorstellen, in den Alltag zurückzukehren.“

„Meine Worte, Sonnenschein. Vielleicht solltest du dich entscheiden, diesen Ort zu deinem Zuhause zu machen. Besser als hier wird es nirgendwo sein, wo du jemals hinkommst.“

Wenn es nur so einfach wäre.

Die Stimme war tief und angenehm, seltsam beruhigend. Mit einem leichten Lächeln drehte ich mich halb um, nur um erschreckt festzustellen, wie nah mir der riesige Mann hinter mir gekommen war. Hastig trat ich einen Schritt zurück, strauchelte dabei beinahe in den dämlichen Flip-Flops.

Er hatte erschrocken die Hand nach mir ausgestreckt, fuhr sich dann aber mit einem verlegenen Grinsen durch die schwarzen Haare, als er sah, dass ich seine Hilfe nicht brauchte.

„Musst aufpassen, Mädchen. Mein letzter Erste-Hilfe-Kurs ist schon eine Weile her, ich wäre dir also keine große Hilfe. Obwohl ich mich zumindest an die Mund-zu-Mund-Beatmung erinnere.“

Ich zog pikiert über sein loses Mundwerk die Augenbrauen nach oben, doch sein breites, ehrliches Grinsen nahm seinen Worten den Wind etwas aus den Segeln.

„Ich muss mich entschuldigen ... ich bin nur etwas erschrocken ... ich habe noch nie einen so großen Mann wie Sie gesehen“, erklärte ich und spürte, wie sich eine verlegene Röte in meinen Wangen ausbreitete.

Doch er lachte nur freundlich und schüttelte den Kopf.

„Wir sind doch schon beim ‚Du‘, wieso einen Schritt rückwärtsgehen? Charles reicht vollkommen, wirklich. Du machst einen netten Eindruck – nicht wie all die Verrückten, die mich auf der Jagd nach einem Autogramm durch die Stadt jagen.“

Verwirrt runzelte ich die Stirn.

„Verzeihung, aber ich habe wirklich keine Ahnung, wer Sie ... wer du eigentlich bist.“

Er lachte leise und trat einen Schritt zurück.

Unwillkürlich fuhr mein Blick über seinen langgestreckten Körper. Vermutlich war er irgendein Basketball-Spieler, der hier seinen Urlaub verbrachte.

„Habe ich auch nicht erwartet, Mädchen. Es reicht eigentlich auch, wenn du mich als den Mann kennst, der es für vollkommen in Ordnung hält, einer hübschen Frau zu sagen, dass ihr Outfit echt sonderbar ist."

Ich prustete, belustigt darüber, dass er es wagte, einer völlig Fremden so etwas direkt ins Gesicht zu sagen.

„Das sagt der Mann, dessen Haarschnitt aus dem letzten Jahrhundert stammt."

Seine Augen funkelten vergnügt.

„Nicht nur hübsch, sondern auch schlagfertig. Du gefällst mir. Tatsächlich hat sich noch nie eine Dame über mein Aussehen beschwert, dennoch danke für den Hinweis."

„Das liegt wohl hauptsächlich daran, dass du ganz offenbar ein Rüpel bist und die meisten Frauen auf Rüpel stehen, und deshalb über diese Frisur hinwegsehen."

Er zuckte die Schultern, dabei huschte ein verschlagener Ausdruck über sein gut aussehendes Gesicht.

„Das habe ich bis heute nicht verstanden. Ich finde es schade, dass ich immer den Idioten raushängen lassen muss, wo ich doch ein liebevoller und romantischer Kerl bin, von den Haarwurzeln bis zu den Zehenspitzen."

Ich grinste breit.

„Das glaube ich dir aufs Wort, Charles. Dein Äußeres lässt sofort darauf schließen, dass du einer bist, der selbst nach dem fünften Date noch kuschelt. Genaugenommen bezweifle ich auch, dass jemand deine Worte überprüfen kann, schließlich kann kein normalsterblicher Mensch deine Haarwurzeln von hier unten aus sehen."

Sein dunkles Lachen rollte über mich hinweg.

„Ich mag dich, Mädchen. Du siehst etwas durstig aus, willst du einen Schluck?" Fragend hielt er mir eine rote Plastikflasche entgegen. „Keine Sorge, ich will dich nicht vergiften, habe auch schon draus getrunken. Und ansteckend bin ich auch nicht. Glaube ich zumindest."

Lachend nahm ich die angebotene Flasche entgegen und ließ die Flüssigkeit ohne nachzudenken meine trockene Kehle hinunterrinnen. Den seltsamen Nachgeschmack bemerkte ich erst einen Augenblick danach.

Hustend setzte ich ab und starrte Charles mit tränenden Augen an.

„Zum Teufel, was ist das denn?"

„Eine Margherita, was denn sonst?" Meine Augen weiteten sich und ich musste wieder husten.

„Eine Margherita? Einfach so? Am helllichten Tag?" Er zuckte grinsend die Achseln.

„Ich habe Urlaub, Mädchen. Und irgendwie muss ich doch ausspannen."

„Und dazu trinkst du Margherita aus einer Sportflasche? Du bist verrückt!“

„Ja, das vielleicht auch ein wenig.“ Seine trockene Antwort entlockte mir unwillkürlich ein Lächeln. Ich schob die Sonnenbrille auf meine Kappe und er betrachtete mit einem schiefen Grinsen mein Gesicht.

„Du bist wirklich hübsch, Mädchen. Was tust du hier? Urlaub? Kurztrip? Wette verloren?“

„Frag nicht. Lange, peinliche Geschichte.“ Er nahm einen weiteren Schluck aus seiner Flasche und schüttelte sich, nachdem er runtergeschluckt hatte.

„Vielleicht ein wenig zu stark für diese Hitze. Also, was führt dich hierher?“

Mit einem leicht bedauernden Grinsen kratzte ich mich am Nacken. „Flitterwochen.“

Sein Blick glitt suchend über meine Hände. „Du trägst keinen Ring.“

Verlegen zuckte ich die Schultern. „Ich kann mich irgendwie noch nicht wirklich daran gewöhnen.“

„Das verstehe ich, geht mir genauso. Hat irgendwie was von einer Fessel und es wirkt ziemlich abstoßend für normale Menschen. Hätte ich den Ring gesehen, hätte ich dich vermutlich nicht einmal angesprochen, nichts für ungut. Hübsch und witzig bist du trotzdem. Aber was sagt denn dein Mann dazu?“

„Nun, wäre er hier, würde er es vermutlich nicht gutheißen. Aber er musste zurück, geschäftlich.“

Seine Augenbrauen hoben sich unwillkürlich. „In den Flitterwochen? Geschäftlich weg? Und du bist erst drei Tage hier? Was für ein Drecksack, Verzeihung. Nicht einmal ich bin ein solcher Idiot und das will schon was heißen.“

Ich verzog freudlos den Mund. „Es ist schon in Ordnung, wirklich. Immerhin bin ich hier an einem wunderschönen Ort mit netten Menschen, da ist es nicht allzu schlimm, dass er nicht da ist.“

Er nickte, scheinbar verstehend, dabei verstand er gar nichts. Und bevor er noch etwas sagen konnte, erklang im Hintergrund ein wütendes Gemurmel, bis ein lauter, recht unfreundlicher Ruf durch die Gegend hallte.

„Charles? Wo bist du schon wieder? Wie kann ein so großer Mann sich dauernd davonstehlen?“

Er verdrehte die Augen und lächelte entschuldigend. „Muss los. War nett, Mädchen. Vielleicht sehen wir uns ja wieder? Bin noch die nächsten drei Wochen hier.“

Ich nickte lächelnd. „Das wäre schön, es hat mich gefreut. Du scheinst ein netter Kerl zu sein.“ Er lief ein paar Schritte rückwärts, grinste mich breit an. „Natürlich bin ich das.“

Ein weiterer Schrei erklang, er verdrehte die Augen und winkte mir zu, bevor er in die Richtung der Schreie davon schlenderte, einen weiteren, langen Zug aus der Flasche nehmend.

Ich grinste in mich hinein, bevor ich meine Brille wieder herunterzog und mich vom Baum abstieß.

Warum begegnete man den interessanten Männern erst, wenn man bereits vergeben war?

In Gedanken versunken schlenderte ich weiter, bemerkte kaum, wie auf der gegenüberliegenden Straßenseite zwei Mädchen stehen blieben und mich anstarrten, sich gegenseitig anstoßend.

Ich bemerkte sie erst, als sie hinter mir hergingen und mir auf die Schulter tippten. Verwirrt drehte ich mich um und sah fragend in ihre großen Augen.

„Du ... du bist nicht June Warden, oder? Du siehst ihr so ähnlich und Rose hier dachte ... also weißt du, ein Foto wäre total großartig!"

Ich lächelte so hinreißend wie möglich und schüttelte den Kopf. „Da müsst ihr mich verwechseln. Eine June Warden kenne ich nicht", lispelte ich und schickte mich an, umzudrehen.

Vermutlich war dies das Zeichen, meinen kleinen Spaziergang zu beenden.

Wie grotesk war das denn? Wieso sollte man *mich* ansprechen, wo ich nur die Frau von Stefan war, eine völlig unbedeutende Person im Vergleich zu ihm.

Die Mädchen schienen das nicht so zu sehen – nach einem kurzen Gespräch liefen sie mir nach. „Du bist es wirklich, oder? Dürfen wir ein Foto machen? Nur eins, bitte? Bleib doch mal stehen?"

Unbewusst war ich immer schneller geworden, hielt den Blick starr auf den Boden gerichtet.

Als ob ich stehen bleiben würde, wenn mir vollkommen unbekannte Menschen Fotos von mir machen wollten.

In dem Wunsch, möglichst schnell zu verschwinden, achtete ich kaum auf meinen Weg, bis ich unsanft mit einer Person zusammenstieß. Die Kollision ließ die Luft mit einem lauten „Uff" aus meinen Lungen entweichen.

Ich kämpfte um mein Gleichgewicht, die Kappe fiel von meinem Kopf, die Sonnenbrille baumelte nur noch an einem Ohr.

Der Mann, welcher sich trotz meiner Wucht kaum bewegt hatte, hielt mich stützend am Arm und starrte dann unverhohlen neugierig in mein Gesicht, bevor er die Frau neben sich mit dem Ellenbogen anstieß.

„Grace, schau mal wer da eben in mich hineingerannt ist. Ist das nicht das Püppchen von deinem Klatschblatt?"

Die beiden Mädchen hatten inzwischen aufgeschlossen und schnitten mir den Fluchtweg ab, die ältere Frau trat ungebührlich nah an mich heran, um mich durch ihre dicke Hornbrille zu mustern.

Nun wurde es mir doch ein wenig unheimlich.

Mit unsicheren Fingern schob ich mir die Sonnenbrille wieder auf die Nase, stöhnte genervt auf, als zwei Frauen von der gegenüberliegenden Straßenseite mit dem Finger auf mich zeigten und aufgeregt zu schnattern begannen.

War ich im falschen Film?

Wer zur Hölle sollte sich in Malibu, wo es vor Stars und Sternchen nur so wimmelte, ausgerechnet für mich interessieren?

Ein Blitz flammte auf und das surrende Geräusch eines Fotoapparates erklang. Ärgerlich hob ich einen Arm vor mein Gesicht, verfluchte mich innerlich dafür, dass ich auf eigene Faust losgegangen war. Warum hatte ich nicht gewartet, bis Daniel wach war?

Vermutlich würde er mir nun wirklich den Hintern versohlen, wenn er herausbekam, dass ich mich einfach so aus dem Haus gestohlen hatte, ohne irgendwelche Sicherheitsmaßnahmen zu ergreifen. Und würde er es nicht tun, so würde Stefan sicher das Seinige tun.

Aber wie hätte ich an so etwas denken sollen? Bis vor fünf Monaten hatte ich immerhin noch ein normales, uninteressantes Leben geführt!

„Ach komm June, sei nicht so, nur ein Foto? Geht doch ganz schnell …“

Mein Arm wurde gepackt und zur Seite gerissen, wieder ratterten Kameras.

Nun doch allmählich ein wenig panisch werdend, drehte ich mich auf dem Absatz um und rannte los, schubste die beiden Mädchen einfach aus dem Weg, wobei eines zu Boden stürzte.

Noch während ich überlegte, ob man mich deswegen wohl auf Körperverletzung verklagen konnte, rappelte sie sich auf, um mir hinterher zu stürmen.

Schaudernd gab ich Fersengeld.

Oder versuchte es zumindest.

Es stellte sich schnell heraus, dass Flip-Flops wohl kaum das passende Schuhwerk für eine Hetzjagd waren.

Ich kam nicht weit, bis sie mich wieder einholten und durch ihre bloße zahlenmäßige Überlegenheit zum Stehenbleiben zwangen.

Wie ein gefangenes Tier drehte ich mich im Kreis, verzweifelt nach einem Ausweg suchend.

Ich hatte Angst.

Waren nun alle verrückt geworden?

Je mehr ich mich wehrte und auf Abstand gehen wollte, desto mehr drangen sie auf mich ein.

Kalter Schweiß lief mir über den Rücken. Jemand schlang seinen Arm um mich, wieder ein Blitz, wieder ein Bild. Ein Mann lachte.

Es wurden immer mehr, eine kleine Traube bildete sich um mich.

Woher kamen sie auf einmal alle?

Warum ließen sie mich nicht gehen?

„June, hierher, schau einmal hierher, in diese Richtung!“ „Einmal lächeln bitte! Ach komm, zieh nicht so ein Gesicht …“ „Bekomme ich ein Autogramm? Hierher? Auf deine Mütze?“

Meine Hände zitterten, die Kehle wurde mir eng. Ich begann zu husten.

Dann stand mit einem Mal Charles neben mir, drängte die forschen Gaffer auf meiner rechten Seite weg, hob seine Hand vor die Linsen. „Die Party ist nun zu Ende, verschwindet!“, rief er mit seiner dunklen Stimme und baute sich schützend vor mir auf.

Doch das schien die Menschen nur noch mehr anzustacheln.

June Warden und dieser große, attraktive Mann auf einem Bild, wieviel würde das wohl einbringen? An welche Zeitung konnte man das Bild am besten verkaufen?

Das Klicken und Surren der Kameras schwoll an.

Dann zerschnitt eine zornige Stimme wie ein Peitschenschlag den Lärm und ich machte mich hinter Charles so klein wie nur irgend möglich, linste vorsichtig hinter ihm hervor.

Die schwarze Hose saß tief auf seinen Hüften, das Hemd war offen und zeigte seine bloße Brust. Das Haar war so verzottelt, als wäre er eben erst aufgestanden.

Die sonst so hellen Augen blitzen böse, waren beinahe schwarz vor Zorn, er brüllte die Leute an, endlich zu verschwinden, stieß einen Mann beinahe brutal zu Boden, als dieser ihm den Weg versperren wollte.

Und endlich ging ein Ruck durch die Menschentraube.

Vor Daniel hatten sie Angst.

Daniel war unberechenbar.

Sein Blick versprach die komplette Vernichtung, seine geballten Fäuste wirkliche Schmerzen. Sein Körper bebte vor Wut, als würde er jeden Moment explodieren.

Und niemand wollte von ihm getroffen werden.

Einer nach dem anderen ließen sie von mir ab.

Allesamt nahmen sie die Beine in die Hand und liefen davon, nicht ohne noch ein paar Fotos aus sicherer Entfernung zu machen.

Schlussendlich stand nur noch Charles an meiner Seite.

Man musste ihm zugutehalten, dass er unter Daniels vernichtenden Blick nicht einen Zoll zurückwich – im Gegenteil, er funkelte seinerseits wütend zurück, baute sich breitbeinig zwischen ihm und mir auf, legte schützend eine Hand auf meinen Arm.

Eine Ader trat an Daniels Hals hervor.

„Lass sofort das Mädchen los, sonst fassen deine Finger bald nichts mehr an“, knurrte er dunkel, doch Charles wich ihm nicht aus. „Da lasse ich es wohl auf einen Versuch ankommen.“

Nun bekam ich es wirklich mit der Angst zu tun – die beiden machten tatsächlich Miene, aufeinander loszugehen und trotz seiner Größe wollte ich angesichts des wutschnaubenden Daniels nicht auf Charles wetten.

Ich stolperte zwei Schritte nach vorne, legte zögerlich eine Hand auf Daniels Arm, doch er schüttelte mich einfach ab. Also drückte ich ihm beide Hände auf die Brust. „Daniel, er hat mir geholfen, er gehört nicht zu ihnen! Lass ihn in Ruhe!“

Er schenkte mir keine Aufmerksamkeit, entspannte nicht einen Muskel.

„Lass. Ihn. In. Ruhe!“ Meine Stimme bebte.

Er würde es nicht wagen, mich einfach zu ignorieren.

Endlich wandte er sich von Charles ab und warf mir einen düsteren, auffordernden Blick zu.

„Wir gehen. Sofort.“ Seine Zähne knirschten unter dem Druck seiner Kiefer.

Ich machte nicht einmal den Versuch, ihm zu widersprechen, sah lediglich Charles entschuldigend an, welcher nur begütigend lächelte.

„Wir sehen uns morgen, wieder hier, Sonnenschein“, brummte er, formulierte es bewusst als Aufforderung, nicht als Frage. Gelassen erwiderte er Daniels zornigen Blick.

Ich nickte bestätigend. „Bis morgen, Charles. Und danke“, brachte ich eben noch heraus, bevor Daniel mich fest am Arm packte und mich hinter sich herzog.

In einer weniger ernsten Situation hätte ich vermutlich gelacht, weil er einem Höhlenmenschen glich, der seine unfreiwillige Braut in seine Höhle zu schleifen gedachte.

Doch mir blieb keine Zeit, keine Luft, die von Daniel ausgehende Spannung zu lockern.

Er ging schnell, ich musste beinahe rennen, um mit ihm Schritt zu halten. Mehrfach stolperte ich und fing mich nur mit Mühe wieder, doch er ignorierte mich, zerrte mich unbarmherzig hinter sich her.

„Verdammt, Daniel, ich kann in diesen Schuhen nicht rennen! Mach langsam!", fuhr ich ihn an. Da packte er mich und warf mich über seine Schulter, ohne auf meinen wütenden Protest zu achten.

„Ich sollte dich an den Haaren hinter mir herzerren, du gottverdammte Idiotin!", knurrte er zurück und trug mich die Einfahrt hoch, öffnete die Tür mit einem heftigen Tritt und schloss sie auf eben diese Art wieder.

Unsanft stellte er mich auf die Beine, taumelnd suchte ich mein Gleichgewicht, ehe er mich mit aller Kraft gegen einen Holzschrank drückte.

Die Wucht des Aufpralls ließ sämtliche Luft aus meinen Lungen weichen, mein Kopf schlug hart gegen das feste Holz, seine Hände nagelten mich gewaltsam an den Schrank.

Bevor ich es verhindern konnte entfuhr mir ein leises Wimmern.

Er tat mir weh.

Seine Augen waren schwarz, sein Atem ging heftig.

„Verdammt, was hast du dir dabei gedacht?" Seine Stimme war dunkel vor Zorn, er brüllte so laut, dass mir die Ohren gellten.

„Daniel, du tust mir weh ... lass mich los!", erwiderte ich mit überschlagender Stimme und wand mich unter seinem Griff.

Doch er grub seine Finger noch fester in mein Fleisch, ich spürte, wie sich unter seinen unnachgiebigen Fingern Knochen unwillig bogen.

Er hatte mich noch nie zuvor verletzt.

„Ich tue dir noch nicht genug weh, nicht so, wie du es verdienst. Scheiße, wenn es nach mir ginge, würde ich dir den Arsch grün und blau schlagen. Wie kannst du nur so dumm sein, zum Teufel noch mal!"

Mit großen Augen starrte ich ihn an, mein Kopf war wie leergefegt.

Sein Kiefer knackte unter seinem festen Biss, er hatte die Augenbrauen fest zusammengezogen.

Seine rechte Hand ließ mich abrupt los und fuhr mit voller Wucht, zur Faust geballt, neben meinem Kopf auf die Holztür nieder. Der heftige Aufprall ließ mich zusammenzucken.

Unwillkürlich lief es mir kalt den Rücken hinunter, ich versuchte den Impuls zu unterdrücken, mich unter seinem nächsten Schlag hinweg zu ducken.

„Hör auf! Du machst mir Angst!", rief ich schwach aus, meine Stimme zitterte.

Wieder grub sich seine Hand in meine Schulter, ich keuchte unter dem abrupten Schmerz.

„Noch nicht genug Angst, June. Du wirst nie wieder abhauen, verstanden? Du wirst mir immer sagen, wohin du gehst und ich werde dich begleiten. Keinen einzigen verdammten Schritt wirst du tun, ohne dass ich davon weiß. Du gehst nicht einmal pinkeln, ohne mich davon in Kenntnis zu setzen. Hast du mich verstanden?“

Als ich ihm nicht sofort antwortete, ihn völlig verstört nur anstarren konnte, zog er mich ein Stück zu sich und stieß mich dann wieder gegen das harte Holz.

„Ob du mich verstanden hast, June!“

„Ja“, wimmerte ich leise. „Was hast du gesagt?“ Sein Atem strich heiß über mein Gesicht, so nahe stand er vor mir. Sein Blick brannte unangenehm auf meiner Haut, mein Magen zog sich schmerzhaft zusammen, ich schnappte nach Luft, schluckte krampfhaft.

„Ja!“, wiederholte ich lauter mit brechender Stimme, während alles in mir bebte vor Angst. Ich senkte den Blick, schloss die Augen, wünschte mich ganz weit weg, versuchte, ein trockenes Würgen zu unterdrücken. Meine ganze Aufmerksamkeit lag darauf, mich nicht zu erbrechen.

Nicht zu hyperventilieren.

Nicht zu weinen.

Auf einmal war seine Hand in meinen Haaren, riss meinen Kopf ruckartig in die Höhe, zwang mich, ihm in die Augen zu sehen, brennende, kreisende Ringe aus bloßem Feuer, darauf ausgerichtet, mich zu verbrennen, mir weh zu tun.

Noch nie hatte ich mich vor etwas so gefürchtet, wie vor ihm in diesem Moment.

Fieberhaft atmend starrte ich ihn aus geweiteten Augen an, hastig blinzelnd, um keine Regung zu verpassen, einen möglichen Schlag vorher zu sehen.

Mein Ausdruck schien eine Wirkung auf ihn zu haben, denn sein Griff verlor an Festigkeit und sein Kiefer entspannte sich etwas.

„Verdammt June. Was ich jetzt gern mit dir machen würde …“

Wieder drückte er mich fest gegen die Wand, dieses Mal jedoch mit seinem gesamten Körper. An meinem Bauch spürte ich seine Erregung und als er mich fest am Kinn packte und seine Lippen auf meine presste, gab es keinen Raum, um zurückzuweichen, ihm auszuweichen.

Er versuchte, meinen Mund aufzuzwängen, doch ich biss meine Zähne fest aufeinander.

Eine harte Hand packte mich an der Kehle, schnürte mir die Luft ab, bis meine Augen heraustraten und ich reflexartig den Mund öffnen musste, um nicht zu ersticken.

Seine Zunge fuhr grob in meine Mundhöhle.

Und ohne darüber nach zu denken biss ich zu.

Er schrie wütend auf, zuckte zurück, ließ mich aber nicht los.

Unwillkürlich machte ich mich noch kleiner, kniff die Augen zusammen, ein Wimmern entfloh meinem Mund.

Nun würde er mich schlagen.

Mir *wirklich* weh tun.

Jede Zelle meines Körpers zitterte, bebte in Erwartung von Schmerz.

Doch nichts geschah.

Keuchend öffnete ich die Augen. Er stand nur da, starrte mich mit brennendem Blick an, bevor er mich ruckartig losließ, einen hastigen Schritt zurücktrat.

Ohne Halt fiel ich in mich zusammen, sank auf den Boden. Leise schluchzend schlang ich die Arme um meine Knie, wagte einen Blick an seinen geballten Fäusten vorbei in sein versteinertes Gesicht.

Meine Stimme schwankte, war beinahe nicht zu hören. Doch ich wusste, dass er jedes Wort verstand.

„Was hast du jetzt mit mir vor?“

Seine Stimme kam grollend über seine Lippen, murmelten einen gotteslästerlichen Fluch, die zitternden Fäuste verrieten seine Anspannung, seinen Zorn.

Auf mich?

Auf ihn selbst?

Ohne ein weiteres Wort stürmte er aus dem Flur, ließ mich zurück, ein zitterndes Häufchen Elend.

Kapitel 23

Irgendwann, eine Ewigkeit später, ließ das Zittern nach, die Tränen, die mir lange unaufhaltsam über die Wangen rannen, wurden schwächer, versiegten schließlich ganz.

Der Schmerz in meinem Kopf, der zuerst noch wellenartig immer wieder durch meinen Schädel gelaufen war und seine Intensität in meinem restlichen Körper schließlich verlor, verebbte allmählich, wurde zu einem dumpfen Pochen, fügte sich in den restlichen Schmerz, der meinen Körper durchwühlte.

Das Gefühl der Leere in mir blieb. Wie ein riesiges, schwarzes Loch fraß sie sich durch mich, ließ nichts als Einsamkeit und Schuldgefühle zurück.

Und Angst.

Und Wut.

Eine wilde Mischung an Gefühlen durchzuckte mich wieder und wieder, eine Mischung, den ich seit meiner Kindheit nicht mehr gefühlt hatte.

Gefühle, die ich seit Jahren vergessen geglaubt hatte, fest verschlossen in dieser Truhe in meinem Kopf, Regungen, die ich nie wieder fühlen wollte.

Diese kindliche Angst vor Versagen, vor Strafe, vor Schmerz.

Die Machtlosigkeit war dieselbe, die ich bei unzähligen Gelegenheiten gespürt hatte, wenn Alison mich bestraft hatte. Meine Unzulänglichkeiten mit körperlichem Schmerz vergolten hatte.

Und derselbe brennende Hass, den ich gegenüber der Person empfand, die meine Machtlosigkeit ausnutzte.

Was ich mühsam verborgen hatte, so tief, dass ich es fast vergessen hatte, grub Daniel mühelos aus, versetzte mich in diesen Zustand, ohne mit der Wimper zu zucken.

Ohne sich um mich zu kümmern.

Ohne einen Gedanken an die Folgen zu verschwenden, an die Folgen, die diese Ohnmacht, diese Wut, diese Angst in mir anrichten konnten.

Ich biss die Zähne zusammen, bis mein Kiefer schmerzte.

Nein.

Es war anders jetzt.

Ich war stärker geworden.

Ich war kein Kind mehr.

Alison hatte mich nicht brechen können, Daniel würde es ebenfalls nicht schaffen. Niemand würde das.

Immer wieder sagte ich mir das.

Niemand kann mich brechen.

Und meine Angst verebbte allmählich, wich einer bleischweren Müdigkeit.

Ich seufzte tief.

Mit einem Mal fühlte sich alles so unerträglich schwer an. Denken strengte an. Atmen strengte an. Sogar der Schlag meines Herzens schien so unendlich anstrengend für meinen Körper.

Auf dem Rücken liegend starrte ich die Decke an.

Auch wenn es mich nicht interessieren sollte, nicht interessieren durfte, nicht jetzt, nicht nach dem, was er getan hatte, wanderten meine trägen Gedanken zu Daniel.

Wo war er, was tat er?

Ich glaubte ihn gut genug zu kennen, um zu wissen, dass es ihm ebenfalls nicht gutgehen konnte.

Doch andererseits – hatte ich nicht auch blind darauf vertraut, dass er mich nicht verletzten würde?

Ich versuchte doch mit all den Empfindungen klar zu kommen, die sein Verhalten in mir verursacht hatte, da war kein Platz für falsches Mitleid!

Und dennoch sehnte ich mich nach nichts mehr, als mich darüber zu versichern, dass das alles nicht so gewesen war, wie es sich angefühlt hatte. Dass das alles ein Missverständnis war. Dass er es bereute.

Dass er sich im Gegensatz zu Alison kümmert.

Dass er sich für das, was er mir antat, hasste.

Dass es ihm keine krankhafte Freude bereitet hatte.

Dass ich ihm etwas bedeute.

Wenigstens im Ansatz so viel, wie er mir bedeutet – genug, um ihm das Leid zu verzeihen, den Schmerz, den Hass, die Ohnmacht, alles.

Genug, um mich das alles wieder vergessen zu lassen, wieder wegzuschließen.

Ich vertraute meinen Beinen insoweit, dass sie mich wieder tragen konnten. Langsam und vorsichtig, wie ein verletztes Tier, stand ich auf, nutzte dabei den Schrank in meinem Rücken als Hilfe, mein Gleichgewicht zu halten. Meine Schultern schmerzten, ich konnte kaum die Arme heben.

Mit verzerrtem Gesicht zog ich die Flip-Flops aus, ehe ich meine Arme um mich schlang und auf die Terrassentür zu schlich.

Wie lange hatte ich dort gesessen, zusammengekauert, in dem Versuch, nicht zu zerbrechen unter der Wucht der Erinnerungen?

Die Sonne war bereits untergegangen, nur noch ein schwacher, kaum wahrnehmbarer rötlicher Schein hinter dem Horizont zeugte von ihrem kürzlichen Verschwinden. Der Mond war bereits aufgegangen, eine schwach leuchtende, schon im Abnehmen begriffene Scheibe am wolkenlosen, dunkelblauen Himmel.

Das Meer warf sich weiterhin an den Strand, interessierte sich nicht für die Probleme der Menschen.

Schuf Krater im feuchten Sand, um sie mit der nächsten Welle wieder einzuebnen.

Vergessen zu machen.

Einige Meter vom Strand entfernt, in welchem die leichten Wellen langsam ausliefen, stand Daniel, vollständig bekleidet, mitten im Wasser.

Mein Herz zog sich schmerzhaft zusammen, als ich seine dunkle Gestalt wahrnahm, die innerhalb der Weiten des Meeres so seltsam verloren wirkte. Ich musste meinen Füßen nicht befehlen, zu ihm zu laufen, sie hatten den Weg schon eingeschlagen, ohne mich zu fragen.

Er hörte meine leisen Schritte sicherlich, doch er drehte sich nicht um. Seine Hände waren tief in seinen Hosentaschen vergraben, das Wasser schwappte ihm immer wieder gegen den Bauch. Es war recht kühl, doch er schien es nicht zu merken – oder es war ihm egal.

Langsam schritt ich auf ihn zu, durch das Wasser hindurch, der Stoff meines Rockes sog sich sofort voll und klebte an meinen Beinen, brachte mich beinahe zum Straucheln.

Einen Moment verharrte ich an seiner Seite, folgte seinem Blick zum Horizont, bevor ich noch einen Schritt machte und vor ihn trat, meinen schmerzenden Kopf hebend, bis ich ihm ins Gesicht sehen konnte.

Er sah so schlecht aus, wie ich mich fühlte. Sein Blick war so gequält unter den fest zusammengezogenen Augenbrauen, die Zähne knirschten unter dem Druck der Kiefer, seine ganze Mundpartie wirkte wie aus Stein gehauen, nicht ein Muskel zuckte. Fahle, eingefallen wirkende Haut spannte sich über das gesamte Gesicht – oder war das nur das Mondlicht?

Wie sehr wollte ich mit den Fingern über seine Wange fahren, ihm die Qual aus den Zügen streichen.

Doch ich konnte nicht.

Konnte mich nicht überwinden, ihn zu berühren, den ersten Schritt zu machen, nach all dem, was er getan und gesagt hatte.

Sein Blick glitt über mein Gesicht mit den bebenden, wortlosen Lippen, schien etwas zu suchen, Trost? Kraft? Vergebung?

Etwas davon schien er zu finden, denn er blinzelte, löste einen kleinen Teil der Spannung.

Ich wusste nicht, wie viel Kraft es ihn kostete, eine Hand aus seiner Hosentasche zu ziehen und auf meine Wange zu legen, ich konnte nur schätzen, dass es ihn beinah körperlich schmerzte. Kurz bevor seine Finger meine Haut berührten, zuckte er noch einmal zurück, als hätte er sich verbrannt.

Seine Hand zitterte, als er sich schließlich überwinden konnte.

Und es kostete mich nicht ansatzweise so viel Kraft, seine Berührung regungslos zu ertragen, wie ich erwartet hatte.

Ohne ein weiteres Wort nahm er meine Hand und drehte sich um.

„Komm."

Ich wusste nicht, ob er es wirklich gesagt oder ob ich es mir nur eingebildet hatte, in dem Wunsch, dass seine samtige Stimme die unangenehme Stille durchbrechen würde. Doch natürlich folgte ich ihm ohne zu zögern.

Er führte mich in die Küche, ignorierte, dass wir beide tropfnass waren und Sand an unseren Füßen klebte.

Vielleicht war es unsinnig, in dieser Situation auch nur einen Gedanken an Ordnung zu verschwenden.

Ohne ein Wort zu sagen schaltete er das Licht ein und wies mich an, auf einem Stuhl Platz zu nehmen. Ebenfalls stumm gehorchte ich ihm und beobachtete, wie er von einem Schrank zum anderen ging, auf der Suche nach etwas.

Meine Augen folgten jeder seiner Bewegungen.

Als er in der Küche nicht fündig wurde, verließ er den Raum, kehrte einen Moment später zurück, eine kleine Tube in der Hand haltend.

„Zieh dein Oberteil aus. Bitte", wies er mich mit rauer Stimme an, ganz so, als hätte auch er geweint. Doch als ich ihn betrachtete, fand ich in seinem Gesicht keine Bestätigung meiner Vermutung. Seine Wangen waren glatt wie immer, nur in seinen Augen fand sich ein verräterischer Glanz.

Für einen Augenblick zögerte ich, das schien mir so unangebracht intim, so sonderbar.

Nach einer Minute erdrückenden, schweren Schweigens nickte ich schließlich.

Meine Schultern schmerzten, als ich die Arme hob. Sie ließen sich nur bis zu einem gewissen Winkel heben, danach schien etwas zu blockieren.

Schweratmend hielt ich inne, versuchte mich zu sammeln, den pochenden Schmerz zu ignorieren. Mit gerunzelter Stirn kam er mir zu Hilfe, versuchte, das Top möglichst schmerzfrei von meinem Körper zu ziehen, gab allerdings schnell auf, als mir mehrfach ein schmerzerfülltes Keuchen entfuhr, selbst als ich mir auf die Unterlippe biss.

Er atmete hörbar aus, bevor seine Hände sich auf meine Kehle zu bewegten.

Instinktiv zuckte ich zurück, kniff die Augen zusammen.

Er hielt sofort inne, streckte die Hände, zeigte mir wortlos seine leeren Handflächen zum Zeichen, dass er nicht vorhatte, mir weh zu tun.

Und mit einem winzigen Nicken gab ich ihm mein Einverständnis.

Vertraute ihm.

Sanft packte er den Ausschnitt meines Shirts und zerriss es mit einem heftigen Ruck, bevor er mir vorsichtig aus den Überresten half. Sein Blick wanderte von meinem Gesicht zu meinen Schultern und er sog zischend

Luft durch die Zähne. Ich wollte nicht hinschauen, wollte es nicht sehen – wenn schon er so reagierte, dann musste ich wirklich furchtbar aussehen.

Vorsichtig drehte ich den Kopf und schielte aus den Augenwinkeln auf meine linke Schulter, nur um selbst leise auf zu keuchen.

Die gesamte Haut war blau angelaufen, fünf Flecken, noch dunkler, als die Schulter ohnehin schon war, verteilten sich im Halbkreis darum. Vorsichtig hob Daniel die Hand und legte sie sanft auf den malträtierten Körperteil.

Seine Finger passten genau auf die dunkelsten Stellen.

Sein Gesicht wurde noch eine Nuance bleicher, seine Lippen verzogen sich zu einem dünnen, blassen Strich. Die Bewegungen seiner Hände wirkten beinahe mechanisch, als er etwas Creme auf seine Handfläche drückte und mich dann für einen Moment ansah, seine Augen brannten.

War es Scham, was ich in ihnen auszumachen glaubte? Oder Schuld? Stumme, hilflose Wut, wie ich sie ebenfalls fühlte?

„Das wird etwas wehtun. Versuche bitte stillzuhalten."

Ich nickte stockend und schlang meine eigenen Hände um die Kanten meiner Sitzfläche, grub die Finger fest in das mit Stoff überzogene Holz, als er begann, die Salbe auf meine geschundenen Extremitäten aufzutragen. Meine Kiefer schmerzte unter dem heftigen Druck, mit dem ich sie zusammenbiss und mein Kopf begann wieder zu pochen.

Immer wieder hielt Daniel inne und betrachtete mich ausdruckslos, nur einen Hauch von Sorge in seinen schwarzen Augen.

Immer wieder nickte ich abgehakt, forderte ihn stumm auf, weiter zu machen.

Und nach einer Weile legte sich der gröbste Schmerz tatsächlich, vielleicht hatte ich mich auch nur daran gewöhnt. So oder so konnte ich freier atmen und meine Gedanken klärten sich langsam.

Ich wusste nicht, was Daniel dachte oder fühlte, er schien sämtliche Emotionen hinter dieser harten Maske zu verstecken, wandte all seine Energie dafür auf, mich mit sanften Händen zu versorgen.

Sein Haar schimmerte im sanften Schein des Lichtes, eine feine Ader pochte an seiner Schläfe und verriet, wie aufgewühlt er innerlich war. Seine Haut spannte über seinem ausdruckslosen Gesicht.

Es fiel mir schwer, diese beiden Daniels miteinander in Verbindung zu setzen.

Diesen brutalen Daniel, der mir ungeachtet meines Bittens wehtat, mir wehtun *wollte*, meinem Körper offensichtliche Blessuren zufügte, mich so für meinen Ungehorsam bestrafte, nicht nur körperlich, auch seelisch. Er wusste, wie leicht er mich verletzen konnte, mich leiden lassen konnte, und er nutze diese Macht aus.

Auf der anderen Seite war da der sanfte, liebevolle Daniel, der sich um mich kümmerte, sich um mich sorgte, mir Sicherheit, Geborgenheit und Ruhe schenkte, wenn er meine Rastlosigkeit bemerkte, sich, ohne zu zögern, auf eine Überzahl Gegner stürzte, um mich zu beschützen.

Der mir zuhörte und auch verständnisvoll nickte, wenn er mich eigentlich gar nicht verstand.

Hatte er sich das von Stefan abgeschaut?

Oder war er schon immer so gewesen, hatten sich die beiden deswegen angefreundet, weil sie sich so glichen? Weil beide eine dunkle Seite unter einer scheinbar unwiderstehlichen Fassade versteckten?

Schließlich hielt er inne und sah mich auffordernd an.

„Streck deine Arme aus. Genau. Und nun hebe sie ein Stück über den Kopf. Wie fühlt sich das an?"

Ich verzog leicht das Gesicht und biss mir auf die Lippen. Zwar konnte ich meine Arme wieder bewegen, doch sie nach oben zu führen bereitete mir noch einige Schmerzen.

Im ersten Moment wollte ich die Achseln zucken, doch gerade noch rechtzeitig fiel mir ein, dass das im Moment wohl keine gute Idee war. So beließ ich es bei einem freudlosen Lächeln.

„Es ist sicherlich nichts Schlimmes. Nichts, was sich nicht schnell auskurieren lässt, vielleicht ein eingeklemmter Nerv. Ich habe schon Schlimmeres überstanden."

Er verzog die Lippen, deutete mit seinem Kinn auf meine Oberschenkel.

„Etwas, das Selbstverstümmelung rechtfertigt?"

Meine Haut begann an besagten Stellen unangenehm zu jucken und ich musste mich beherrschen, meine Hände nicht über die kaum wahrnehmbaren Narben wandern zu lassen.

Wann hatte er sie bemerkt?

Und warum hatte er es nicht zuvor angesprochen, unter anderen Umständen?

Nun war wohl kaum der passende Zeitpunkt um über die süße Wohltat von körperlichem Schmerz zu reden, der den seelischen Schmerz erträglich machte, die beruhigende Wirkung von ein wenig austretendem Blut, der beinahe körperlichen Erleichterung, wenn das rote Nass von einer gekonnt geführten Rasierklinge tropfte.

Unter seinem durchdringenden Blick versteifte ich mich, schüttelte unwillig den Kopf. „Ich will nicht darüber reden. Ich werde es auf jeden Fall überleben."

Daniel nickte, halbwegs überzeugt, und machte sich daran, die Tube wieder zuzudrehen und durchschritt die Küche dann mit wenigen Schritten, um sich die Hände zu waschen.

Er würde wieder darauf zurückkommen.

Auch wenn er es jetzt dabei bewenden ließ, so würde er früher oder später verlangen, dass ich ihm davon erzählte.

Von der bittersüßen Freude der Selbstverstümmelung.

Etwas, von dem ich bisher keiner Menschenseele, nicht einmal Jordan, erzählt hatte.

Ich starrte auf meine nackten Füße.

Das Tropfen des Wasserhahns in der Spüle war das einzige Geräusch, welches die unangenehme Stille zwischen uns unterbrach. Auch nachdem er fertig war stand er noch eine Weile dort, am anderen Ende der Küche, nur wenige Meter und doch meilenweit entfernt, beinahe unerreichbar.

Ein Teil von mir hieß diese Entfernung gut, während ein anderer mich anflehte, den ersten Schritt zu tun, auf ihn zuzugehen und all das, was zwischen uns stand, hinter uns zu lassen.

Unbeteiligt ließ ich die Teile miteinander ringen, neugierig darauf, welcher Teil schlussendlich die Oberhand behalten würde. Doch insgeheim wusste ich es schon.

Ich konnte vielleicht Anderen etwas vormachen, doch nicht mir selbst. Mir war bewusst, dass ich mich nicht von ihm fernhalten konnte, dass mich irgendetwas immer zu ihm ziehen würde. Selbst nachdem er mich gedemütigt und verletzt hatte, kam ich wieder zu ihm zurück.

Langsam setzte ich einen Fuß vor den anderen, den Kopf gesenkt, nervös auf der Lippe herumbeißend. Als ich schließlich hinter ihm stand, drückte ich meine Nase zwischen seine Schulterblätter, atmete tief seinen schweren Duft ein, bevor ich die Arme um seine Taille schlang und ihn fest an mich drückte.

Seine Hände krampften sich fester um den Rand der Anrichte, er ließ den Kopf hängen.

Seine ganze Körperhaltung drückte aus, wie schlecht er sich fühlte.

„Du solltest aus den nassen Sachen heraus, June“, murmelte er tonlos, löste sanft meine Hände und drehte sich in meinen Armen zu mir herum.

Nun war es an ihm, seine Arme um meine Taille zu schlingen und mich festzuhalten, obwohl in seinen Worten die stumme Aufforderung gelegen hatte, zu gehen.

Sein Blick unter den zusammengezogenen Brauen glitt von meinem Gesicht über meine Schultern, ich spürte, wie er sich in meinen Armen anspannte.

Ich erwiderte nichts, lehnte mich nur fest gegen ihn, nahm mir so den Halt, den ich jetzt brauchte. Sein Griff um mich verfestigte sich. Seine Finger fuhren leicht über meinen Rücken, erzeugten mit ihrer Sanftheit eine Gänsehaut auf meinem ganzen Körper. Dann seufzte er leise.

„Verzeih mir, June." Ich wollte etwas sagen, doch er drückte seine Finger warnend ein bisschen fester in meine Haut. „Lass mich ausreden. Ich weiß, dass es keine Worte gibt, um dir zu verstehen zu geben, wie sehr mir das alles leidtut. Ich hätte dich nicht verletzten, niemals so die Beherrschung verlieren dürfen. Ich war so wütend, für einen Moment war da nur diese blinde Wut und ich *wollte* dir wehtun. Dich bestrafen. Ich dachte, ich hätte das alles hinter mir gelassen, doch offensichtlich ... habe ich mich in diesem Punkt selbst belogen."

Wortlos strich ich über seinen Rücken.

Offenbar hatte nicht nur ich Dämonen, die mich quälten, eine Vergangenheit, die besser vergessen und unausgesprochen blieb.

Sein Blick glitt über meine blauen Flecken, sanft strich er mit einer Hand durch meine Haare, fuhr mit den Fingern vorsichtig über die Beule, welche sich an meinem Hinterkopf gebildet hatte und über der die Haut schmerzhaft spannte.

„Niemand hat das Recht, einer anderen Person absichtlich Leid zuzufügen, doch ich habe es mir in einem Anflug von Egoismus genommen, um mich selbst für einen Moment besser zu fühlen. Das ist unentschuldbar und dennoch hoffe ich, dass du mir verzeihen kannst."

Er schluckte schwer.

„Ich hätte dir vermutlich einige Dinge erzählen sollen, aber ich will diesen Gedanken keinen Raum in meiner Realität geben. Manche Worte haben so viel Macht, dass sie besser unausgesprochen bleiben, ich denke, das weißt du selbst. Es gibt einfach gewisse ... Situationen, die eine unwillkürliche Reaktion meinerseits hervorrufen, die ich nicht unterdrücken kann, für die ich mich nur im Nachhinein entschuldigen kann."

Ein Schauder lief mir den Rücken hinunter – das klang um Welten düsterer, als alles, was ich mir ausgemalt hatte.

Nervös bis ich auf meiner Unterlippe herum. „Was bedeutet das für mich?"

Er beugte sich näher zu mir, löste seine Hand aus meinen Haaren und legte sie an mein Kinn, zwang mich sanft, ihm ins Gesicht zu schauen.

„Das bedeutet für dich, dass du darauf achten solltest, wie du mit mir umgehst. Gewisse Handlungen ziehen Folgen nach sich. Ich versuche dich in einem gewissen Rahmen zu beschützen, dich zu warnen, aber ich kann über manche Dinge nicht reden – und dass ich besser etwas gesagt hätte, realisiere ich erst hinterher."

Er räusperte sich, versuchte ein klägliches Lächeln.

„Und unter anderen Umständen hat ein gewisses Maß an körperlicher Züchtung auch etwas ziemlich Erotisches.“ Er runzelte die Stirn und stieß Luft zwischen den zusammengebissenen Zähnen hervor. „Nicht, dass das der richtige Moment wäre, um über so Etwas zu reden ...“

Ich starrte ihn mit großen Augen an, unfähig, etwas zu erwidern. Er fuhr sich fahrig durch die Haare, leckte sich auf der Suche nach Worten über die Lippen.

„Du musst deswegen keine Angst haben. Ich habe nicht vor, dir weh zu tun.“

Mir entfuhr ein allzu sarkastisches Kichern, was ihn dazu brachte, mir in die Augen zu sehen, stumm um Verzeihung bittend.

„Das was vorhin geschehen ist, gehört selbstredend nicht dazu. Ich hatte Angst um dich, panische Angst. Der Teppich oben im Flur war zerknüllt, deine Schuhe lagen verstreut, die Garderobe war vollkommen auseinandergenommen – ich dachte, du wärst ... keine Ahnung ... entführt worden oder so etwas. Verdammt June, mir wäre beinahe das Herz in der Brust stehengeblieben, als ich alleine aufgewacht bin und du nirgends zu finden warst, nur der Flur vollkommen durcheinander geworfen war ... Noch nie im Leben hatte ich eine solche Angst – nicht einmal während meiner Zeit im Irak. Tu mir so etwas nie wieder an, versprich es mir!“

Ich schluckte trocken, einmal, zweimal, versuchte den Kloß in meinem Hals loszuwerden.

Mit einem Mal verstand ich ihn.

Mit einem Mal überwältigten mich die Schuldgefühle, packten mich stärker als vorhin noch meine Furcht vor ihm.

Er hatte sich Sorgen um mich gemacht.

Er hatte Angst um mich gehabt.

Es fiel mir nicht schwer, ihm dieses Versprechen zu geben.

Ich hätte ihm alles versprochen, wenn er mir nur nie wieder eine solche Angst einjagen, mir nie wieder so wehtun würde.

Daniel küsste mich auf die Stirn und presste mich fest an ihn, strich mir wieder über den Rücken. Seine Augen glänzten feucht, als er mich wieder losließ, doch er blinzelte heftig und der Ausdruck verschwand, bevor ich mir sicher war, was ich soeben gesehen hatte.

„June, hab keine Angst, dass ich jemals etwas von dir verlangen werde, zu was du nicht bereit bist. Wir müssen nicht einmal mehr darüber reden, nie wieder. Hauptsache, du bleibst bei mir. Ich bin viel zu ... Ich kann dich nicht mehr verlieren.“

Ich nickte langsam. Was auch immer seine Vorstellungen davon waren, Bestrafungen und Schmerzen in unser Bett zu bringen – vielleicht würde ich zu gegebener Zeit darüber nachdenken.

Doch zuerst würde ich ihn warten lassen.

Als Strafe für sein Verhalten mir gegenüber.

Als Strafe für die Schmerzen, die er mir zugefügt hatte, innerlich wie äußerlich.

Und auch ein wenig für mich, um meinem Gefühlschaos Herr zu werden, zu verstehen, was da eigentlich passiert war.

Nachdem wir noch eine Weile geschwiegen hatten, ließ er mich ganz los und fuhr mit der Hand über meinen bloßen Arm, auf welchem sich sofort eine Gänsehaut bildete. Verlegen errötete ich. „Mir ist kalt“, versuchte ich zu erklären, doch uns beiden war bewusst, dass dies nur die Hälfte der Wahrheit war.

Er nickte mit einem leichten Lächeln und zog mich dann an der Hand hinter sich her.

Mein Inneres war zerrissen.

Wie konnte ich mich nach seiner Berührung sehnen, jeden Kontakt mit seiner Haut derart genießen, wo er mir doch gerade eine Seite an sich gezeigt hatte, die nicht in meine bisherige Sichtweise passte? Hatte sich mein Körper schon entschieden, ohne meinen Verstand und meine Meinung zu Rate zu ziehen?

Hatte *ich* mich schon entschieden, und versuchte noch, meine Antwort zu leugnen?

War ich wirklich so verzweifelt auf der Suche nach Nähe, nach Geborgenheit, dass ich die offensichtlichen Anzeichen von Gefahr derart leichtsinnig in den Wind schlug?

Dass von Daniel Gefahr ausging, war keine Frage, sondern eine Feststellung. Doch galt diese Gefahr auch für mich? Wollte er mir nach heute ernsthaft noch mehr wehtun?

Ich konnte es mir nicht vorstellen.

Ich hatte sein Gesicht gesehen, es war so gequält, so beschämt gewesen. Er wollte mir nicht wehtun. Das glaubte ich ihm. Doch wie stand es mit mir? Würde ich mich verletzen, seelisch, wenn ich mich weiterhin auf ihn einließ?

Verärgert über mich selbst runzelte ich die Stirn.

Ich machte mir tatsächlich etwas vor, wenn ich glaubte, ich könnte ihn einfach so fallen lassen, mich von jetzt auf gleich seinem Wirkungskreis entziehen. Dafür war ich viel zu selbstsüchtig, zu süchtig nach den Gefühlen, die er in mir auslöste.

Wir würden entweder beide glücklich werden – oder uns gegenseitig in den finsteren Abgrund reißen.

Was von beidem zutraf, würde sich noch herausstellen.

Ein Räuspern riss mich aus meinen wirbelnden Gedanken und mein Blick klärte sich, sodass ich Daniel erkennen konnte, der mir ein frisches Shirt von sich und eine Boxershorts entgegenhielt.

„Dein Rock ist nass. Du willst sicher nicht krank werden – und ich will das noch viel weniger. Zieh dich bitte um."

Mit einem kleinen Lächeln auf den Lippen nahm ich beides entgegen und begann, mich aus meinem Rock zu schälen. Doch ich kam nicht weit. Die nasse Schnürung an meiner Hüfte verhedderte sich und meine schmerzenden Schultern weigerten sich zunehmend, mir zu gehorchen.

Hilfesuchend sah ich zu Daniel, welcher sich eben das feuchte Hemd ausgezogen hatte und es achtlos auf den Boden warf.

„Kannst du mir helfen? Meine Hände wollen nicht so, wie ich will", bat ich mit heiserer Stimme.

Sein Blick wirkte seltsam distanziert, als er nach kurzem Zögern auf mich zukam, mit einem fast verlegen klingenden Räuspern sank er vor mir auf die Knie. Seine Hände stockten, als sie sich dem Knoten widmeten.

Ich verstand seine Zurückhaltung, auch ohne, dass er sie mir erklären musste.

Und ich war ihm dankbar dafür, dass er keinerlei sexuelle Spannung aufkommen lassen wollte, beinahe sogar vor dem Gedanken zurückschreckte, mich zu berühren, nach alldem, was passiert war.

Aber seine Hände nun so nah an meinem Schoß an meiner Kleidung herumdeuteln zu sehen, weckte in mir die widersprüchlichsten Gefühle.

Dennoch wäre es mehr als falsch und merkwürdig gewesen, in dieser Situation alle Bedenken und Gedanken über Bord zu werfen und unbeschwert dort weiterzumachen, wo wir vor einigen Stunden aufgehört hatten.

Endlich hatte er die nassen Schnüre gelöst. Seine Hände zitterten leicht, als er mir den nassen Rock von den Beinen streifte.

„Das war's", murmelte er mit belegter Stimme und stand auf.

Er wandte sich ab und reichte mir die für mich bestimmten Klamotten, ohne mir dabei in die Augen zu sehen.

„Zieh dich an. Du hast eine Gänsehaut."

Stumm gehorchte ich ihm, schaffte es trotz leichten Gleichgewichtsproblemen in die Shorts zu schlüpfen, ohne mich auf dem Boden wiederzufinden.

Daniel lächelte leicht, als ich angezogen war.

„Was haben meine Sachen nur an sich, dass sie an dir so verflucht gut aussehen – vermutlich liegt das einfach an deiner Schönheit."

Verlegen schlug ich die Augen nieder und murmelte einen Dank.

„Ich … ich warte im Wohnzimmer", ergänzte ich, als Daniel sich anschickte, sich ebenfalls aus seiner nassen Kleidung zu schälen.

Ich musste etwas Abstand gewinnen, meine verwirrten Gefühle ordnen, bevor ich ein Schleudertrauma bekam.

Unkonzentriert zog ich eine Komödie aus dem endlosen Stapel der Hüllen und legte die BluRay ein.

Der Vorspann lief schon, als Daniel mit einer Flasche Wein und zwei Gläsern ins Zimmer kam und sich neben mich setzte. Er schenkte uns beiden ein und reichte mir ein Glas.

Mit hochgezogenen Augenbrauen las Daniel den Titel und sah mich von der Seite an. „‚Der Sinn des Lebens'? Du stehst auf Monty Python? Du überraschst mich wirklich immer wieder, Kleines."

Ich lächelte etwas gezwungen und trank mit großem Durst.

Vielleicht konnte ich mit umwölktem Kopf besser nachdenken – oder vergessen.

Ich erwachte durch ein durchdringendes, schrilles Klingeln. Erschrocken riss ich die Augen auf und richtete mich verwirrt auf, bevor ich mich erschöpft stöhnend zurückfallen ließ.

Das Klingeln hielt an.

Zuerst wollte ich es noch ignorieren, doch es dauerte an. Wenn es abbrach, gab es nur eine kurze Pause, bis es wieder erklang. Die Sonne schien bereits durch die Fenster und gab mir so zu verstehen, dass es bereits Morgen war, also ohnehin Zeit, aufzustehen.

Stöhnend gab ich schließlich auf und öffnete die Augen.

Weder Daniel noch ich hatten es offensichtlich ins Bett geschafft. Er saß noch halb auf dem Sofa, den Kopf in den Nacken gelegt, leise schnarchend. Ihn schien das Klingeln nicht zu stören.

Ich hatte den Kopf in seinen Schoß gebettet und mich in embryonaler Stellung auf dem Sofa zusammengerollt. Und ich war beim ersten Klingeln schon hochgeschreckt.

Nun erhob ich mich langsam, streckte meine schmerzenden Glieder, wollte die Arme in die Höhe strecken, doch ließ sie mit einem leisen Schmerzenslaut wieder fallen. Noch wollten meine Schultern mir nicht gehorchen doch ich hoffte inständig, dass sich die blauen Flecken schnell verflüchtigen würden.

Wieder erklang das schrille Klingeln und schwankend stellte ich mich auf die Beine, dem Ursprung des Lärms entgegentorkelnd.

Vielleicht hätte ich etwas weniger Wein trinken sollen.

Ungelenk ließ ich mich auf die Knie fallen und tastete nach meiner Handtasche, um mein Handy zum Schweigen zu bringen.

Wieder einmal verstummte es, gerade, als ich es schließlich in der Hand hielt. Meine Augen weiteten sich, als eine Zahl auf dem Display aufblinkte – meine Müdigkeit war wie weggeblasen.

17 Anrufe in Abwesenheit

3 SMS

Die Anrufe kamen alle von Stefan, ebenso wie die Nachrichten.

Schluckend öffnete ich die erste.

June, ich verlange umgehend einen Anruf.

Stefan

Es schien ihm ernst zu sein. Wenn so schon die erste Nachricht aussah, fürchtete ich mich davor, die beiden anderen zu öffnen, doch ich nahm meinen Mut zusammen.

June, verflucht, geh an dein Telefon!

Es ist wichtig!

Stefan

Das Herz klopfte heftiger in meiner Brust und mein Atem ging schwer. Die Angst schnürte mir die Kehle zu. Was zur Hölle war sein verdammtes Problem?

Wenn du nicht sofort rangehst, lasse ich dich mit dem Hubschrauber herschaffen.

Freiwillig oder an den Haaren!

Das Handy zitterte in meinen Händen, oder waren es meine Finger, die begonnen hatten, vor Angst zu beben?

Bevor ich mir darüber klarwerden konnte, klingelte das Gerät erneut.

Ich wusste nicht, woher ich den Mut nahm, auf den grünen Knopf zu drücken.

„Stefan?“

Kapitel 24

Ich konnte seinen angestrengten Atem am anderen Ende der Leitung hören. Er schwieg, schien einen Moment zu überlegen, vielleicht war er überrascht, dass ich tatsächlich ans Handy gegangen war. Dann räusperte er sich.

„June. Wie schön von dir zu hören.“ Seine Stimme war glatt, perfekt und ruhig, so verdammt ruhig, beinahe freundlich. Sie verriet absolut nichts über seine Stimmung.

Und gerade das jagte mir Angst ein, viel mehr noch, als wenn er geschrien und getobt hätte, viel mehr, als wenn er geflucht und um sich geschlagen, irgendetwas zerschmettert hätte.

Jeden Wutanfall hätte ich besser weggesteckt.

Nicht diese Ruhe.

Die Stille rauschte unangenehm in meinen Ohren und ich rutschte nervös hin und her. Er sagte nichts. Er erwartete, dass ich den Anfang machte, etwas erklärte, von dem ich keine Ahnung hatte, was es war. Wo war mein Mut geblieben, der mich dazu ermuntert hatte, den grünen Knopf zu drücken, das Gespräch überhaupt erst anzunehmen?

„Es tut mir leid, Stefan. Ich habe bis jetzt geschlafen, das Klingeln gar nicht gehört. Ich bin es noch nicht gewohnt, das Handy überall mit mir herumzutragen ... Ist es, weil ich mich gestern nicht gemeldet habe? Es ging mir nicht besonders gut, ich befürchte, dass ich mir einen Sonnenstich eingehandelt habe. Oder ist es ...“

Er unterbrach mich, die Stimme weiterhin ruhig, doch nicht so weich und höflich wie sonst, sein Ton war jetzt hart und befehlend. „Steh auf, June, Liebes, wo auch immer du gerade bist. Geh vor die Tür. Hol dir die Zeitung. Ich weiß nicht, welche an diese Adresse geliefert wird, doch es ist vermutlich auch vollkommen egal. Es ist praktisch überall, wie ein netter, kleiner Virus hat es sich verbreitet.“

Ich runzelte die Stirn – was sollte das nun wieder bedeuten?

Ich wusste nicht, wie ich damit umgehen sollte. Hätte er mich angebrüllt, nun, dagegen hätte ich angehen können. Gegen Vorwürfe hätte ich mich wehren können. Hätte er geflucht, hätte ich etwas erwidern können.

Aber so? Was sollte ich nun tun? Wie sollte ich seinem völlig ruhigen Ton begegnen? Seiner seltsamen Andeutung, seinem Wunsch, nein, seinem Befehl?

Vollkommen eingeschüchtert stand ich langsam auf, das Handy zitterte in meiner Hand. Meine Finger schlossen sich um den Griff der Haustür, doch bevor ich die Klinke herunterdrücken konnte, erklang erneut diese unheimlich gleichgültige Stimme.

„Ich hoffe doch sehr, dass du etwas Anständiges anhast und nicht vollkommen selbstvergessen vor die Haustür trittst, in einem winzigen Hauch von Nichts? Ich will keine Fotos von dir in Unterwäsche im ganzen Land. Das ist ein Anblick, der alleine mir gehört."

Sofort sah ich an mir herunter, Daniels Shirt war für meine Verhältnisse viel zu groß, man konnte meine Formen unter dem dunklen Stoff nicht einmal erahnen. Die Boxershorts bedeckten genug von meinen Beinen, um nicht im Ansatz aufreizend zu wirken. Rein theoretisch konnte ich so draußen herumlaufen, zumindest für einen kurzen Moment.

Doch war es überhaupt klug, so vor die Haustür zu treten? Wenn nun doch ein Foto gemacht wurde, wie sollte ich Stefan erklären, dass ich Daniels Sachen trug? Dass ich am vierten Tag nichts mehr zum Anziehen hatte und auch nicht verstanden hatte, wie die Waschmaschine funktionierte, war doch etwas arg unrealistisch.

So schnell mich meine Beine trugen eilte ich die Treppen hinauf und in mein Zimmer, hüllte mich in den langen Morgenmantel, der an der Badezimmertür hing.

So würde es gehen.

Ein leises Räuspern erschreckte mich und erinnerte mich daran, dass ich nicht alleine war.

„Bist du noch da, June? Ich bin nicht in der Laune zu scherzen, wenn ich also sage, ich lasse dich gewaltsam zu mir schaffen, dann meine ich das so." Seine emotionslose Stimmlage verminderte die Wucht seiner Worte etwas, dennoch zweifelte ich keinen Moment. Ja, das würde er ohne mit der Wimper zu zucken veranlassen.

Mit was hatte ich nur so viel Unmut geweckt?

„Ja, ich bin noch da. Ich habe mir nur etwas Anderes angezogen, etwas, was keinen Grund zum Anstoß gibt", gab ich verunsichert zurück und musste mich mit lauterer Stimme wiederholen, als Stefan mich ungehalten dazu aufforderte. Herrgott, warum ließ ich mich so schnell von einer körperlosen Stimme aus dem Konzept bringen? Er konnte mir nicht wehtun, nicht jetzt, nicht körperlich.

„Gut, dann beweg dich jetzt endlich vor die Haustür und hol die verdammte Zeitung."

Sein ruhiger Ton verrutschte etwas, verriet einen Teil seiner Aggressivität, die er zweifellos zu verstecken versuchte.

Ich stolperte mehr, als dass ich ging, so rasch versuchte ich seiner Forderung nachzukommen. Meine Finger waren eiskalt, trotz der morgendlichen Wärme, beinahe steif krampften sie sich um das Bündel, welches vor der Tür lag.

„Geh in dein Zimmer, June. Jetzt. Schnell, ich habe nicht mehr viel Geduld“, murmelte er, die Stimme kalt wie Eis, ich zuckte unter ihr zusammen.

Mein Bauch zog sich zu einem kalten Klumpen zusammen, als ich mich wieder ins Haus zurückzog, einen flüchtigen Blick ins Wohnzimmer werfend, wo Daniel immer noch leise vor sich hin schnarchte, in der gleichen Position, in welcher ich mich vorhin von ihm gelöst hatte.

Einen Moment wünschte ich mir, nie an das Telefon gegangen, nie aufgestanden zu sein.

Dann lief ich die Treppe hinauf, ich rannte schon fast, die Angst vor dem, was ich wohl sehen würde, fraß mich beinahe auf. Wenn sie schon den sonst so beherrschten Stefan derart aus der Fassung brachte, war es mit Sicherheit keine Lappalie.

„Du musst nicht einmal blättern, es steht garantiert direkt auf der ersten Seite. Und auf der zweiten. Vielleicht auch noch auf der dritten, je nachdem, welche Zeitung du hast. Lies, June, lies es dir gut durch. Lass dir Zeit. Versuch, die einzelnen Worte zu verstehen. Ich bin mir sicher, das schaffst du gerade noch so.“

Seine eisige Stimme kratze an meinen Nerven, ein Schauder lief über meinen Rücken, meine Zähne klapperten. Ich rutschte mit der Tür im Rücken zu Boden und packte die Zeitung fester, atmete tief durch, bevor ich einen ersten Blick darauf warf.

Mir blieb augenblicklich die Spucke weg, als mein Blick hastig über die vielen, vielen Bilder glitt, meine Ohren begannen zu glühen. Ich spürte das unnatürlich schnelle Pochen meines Herzens, das Dröhnen des Blutes in meinem Kopf. Mein Kopf begann schmerzhaft zu pulsieren, schien zu eng angesichts der Wucht all der Eindrücke, die auf mich einströmten.

Fassungslos schnappte mein Mund auf und zu, schnappte wiederholt nach Luft ohne in der Lage zu sein, den Sauerstoff in meine rebellierenden Lungen zu füllen. Mein Magen rumorte, machte Anstalten, seinen Inhalt augenblicklich von sich zu geben.

Doch ich beherrschte mich.

Nahm mich zusammen.

Presste die Kiefer fest aufeinander, knirschte mit den Zähnen. Meine Fassungslosigkeit, meine Hilflosigkeit wich mit jedem Wort mehr einer unbeherrschten, alles verzehrenden Wut.

Wie konnte man sich solche Lügen aus der Nase ziehen?

Allein die Überschrift dieses vernichtenden Artikels sprach Bände. *"Vier Tage nach der Hochzeit – ist es mit der Liebe schon vorbei?"* Zwischen den einzelnen Abschnitten waren immer wieder einzelne Sätze dick gedruckt. *"Sie scheint es kaum erwarten zu können, ihm Hörner aufzusetzen. Krieg im Paradies? Hat er sich den Teufel ins Haus geholt?"*

Mit jedem Satz, jedem Wort, ja, jedem einzelnen verdammten Buchstaben steigerte sich die Wut in meinen Adern, sie kochte langsam hoch, bereit auszubrechen.

Sie hatten die aussagekräftigsten Bilder gewählt, natürlich. Charles und mich, ein strahlendes Lächeln auf meinen Lippen. Wie er mich an den Schultern festhielt, sich halb vor mich stellte. Dass er es nur getan hatte, um mich vor aufdringlichen Fotografen zu beschützen – kein Wort. Natürlich nicht.

"Was hat sie sich dabei gedacht? Hatte sie erwartet, dass sie auf offener Straße herumturteln kann, ohne dass es jemand mitbekommt? Ihre Augen strahlen noch das Entsetzen aus, als sie ihren Fehler erkannte ..." Zwei wahrhaft unvorteilhafte Bilder von mir, wie ich panisch, wie gelähmt, in die Kamera starre.

Wie machten sie das? Wie konnten sie sich einfach so eine verdrehte Wirklichkeit aus den Fingern saugen, welche die Leute auch noch glaubten?

„Deinem Keuchen entnehme ich, dass du den Artikel gelesen hast."

Ich bestätigte ihn nicht, und er schien meine Zustimmung auch nicht zu brauchen.

„Nun, dann sag mir, liebste June, liebste, teuerste Ehefrau, wie zum Teufel kann es sein, dass ich dich alleine lasse und dir bereits am vierten Tag deiner Flitterwochen nichts Anderes einfällt, als Arm in Arm mit einem anderen Mann zu posieren? Bist du wirklich so dumm? Machst du das mit Absicht, willst du mich blamieren? Wenn ja – es ist dir auf der ganzen Linie gelungen, herzlichen Glückwunsch!" Seine Stimme, zu Anfang noch ruhig und bedacht, steigerte sich immer mehr, drückte schließlich seine ganze Wut aus, er brüllte beinahe. Sein beißender Sarkasmus schmerzte mir in den Ohren, ich schluckte trocken, versuchte, den Kloß in meinem Hals hinunterzuwürgen.

„Stefan, lass mich erklären ..."

„Ich befürchte, die Bilder sprechen für sich! Ich befürchte, mein Liebes", und er spuckte dieses Wort so abfällig aus, wie er nur konnte, „dass mir diese gottverdammten Bilder schon alles erzählen, was ich wissen muss. Du bist der Sache nicht gewachsen. Du bist mir nicht gewachsen. Verstehst du wenigstens im Ansatz, in was für eine Lage du mich gebracht hast?" Nun hatte er seine Lautstärke wieder gesenkt, er knurrte zornig, brachte seine ganze Verachtung für mich zum Ausdruck.

„Stefan, ich kann das erklären, es ist vollkommen anders, als es aussieht – ich habe lediglich einen Moment lang nicht aufgepasst, nicht nachgedacht …“

Wieder unterbrach er mich mit dieser harten, wütenden Stimme, die so gar nicht zu dem sanften, liebevollen Stefan passte, den ich kennengelernt hatte. Er demütigte mich, verletzte mich, sein Ton trieb mir Tränen in die Augen, die ich, zornig über mich selbst, grob von den Wangen wischte.

„Es ist mir doch vollkommen egal, dass es anders ist, als es aussieht! Es reicht, *dass es überhaupt danach aussieht!* Niemand, verdammte Scheiße, keiner der idiotischen Wichser, die diese Zeitung lesen, werden sich sagen ‚Oh, das war sicherlich ganz anders!‘ *Niemand interessiert die Wahrheit*, solange man sich an etwas aufgeilen kann, ganz gleich, wie absurd das ist!“

Er schnaubte verächtlich. „Ja, nicht nachgedacht, fürwahr. Und wer ist der Dumme? Über wen wird gelacht und gespottet? Verdammt, June, ich habe dich genommen, weil ich dachte, dass du klüger bist als der ganze Scheiß! Dass du dich nicht so danebenbenimmst! Und das ist noch nicht einmal das Schlimmste!“

Er atmete tief ein und aus und murmelte dann so leise, dass ich ihn kaum verstand. Doch selbst in diese kaum hörbaren Worte legte er eine solche Abscheu, einen solchen Hass, dass es mich schauderte. Ich schmeckte Blut auf meiner Zunge, so fest hatte ich die Zähne in meine Lippe gegraben, doch ich war nicht gewillt, jede Anschuldigung, jede Beleidigung wortlos hinzunehmen.

„Stefan, bitte, gib mir eine einzige Minute!“, schrie ich in den Hörer, meine Stimme überschlug sich beinahe.

Er erwiderte nichts, kaltes Schweigen antwortete mir und ich nahm es als Aufforderung, meine Version der Geschichte zu erzählen, welche ihn bisher nicht einen Funken interessiert hatte.

Fast überraschte es mich, dass er mich tatsächlich reden ließ.

„Verdammt Stefan, ich bin nach draußen gegangen, weil es so schönes Wetter war, weil ich ein wenig Bewegung wollte, ein wenig unter andere, normale Menschen! Woher hätte ich wissen sollen, dass sie mich derart überrumpeln, mich beinahe jagen würden, nur um ein dummes Foto, ein wertloses Autogramm zu bekommen? Charles wollte mich nur beschützen! Ich kenne ihn doch gar nicht, er war zufällig da, so wie ich auch! Und als er gesehen hat, was für eine Angst ich hatte, dass sie an mir gezerrt, mich herumgeschubst haben, ist er mir zu Hilfe gekommen!“ Meine Stimme wurde mit jedem Wort fester, am Ende schrie ich beinahe in den Hörer, wie konnte er es wagen, mir die Schuld zu geben?

Seine Stimme ließ kein Anzeichen von Mitgefühl erkennen, sie wirkte völlig ungerührt, als er schließlich wieder ansetzte.

„Er hätte dich nicht beschützen müssen! Wofür ist Daniel denn da! Wo war Daniel überhaupt?! Fuck, verdammte Scheiße, June, wo war Daniel?"

Nun wurde mir doch wieder mulmig zumute, gegen Daniel durfte er nichts sagen ...

„Ich habe mich rausgeschlichen ... er hat es nicht bemerkt ...", flüsterte ich kaum hörbar.

„Ich sollte diese nutzlose Laus feuern! Ich habe ihn bei dir gelassen, damit der dich nicht aus den Augen lässt, damit du nichts Dummes tun kannst! Und bei der ersten Bewährungsprobe versagt er und lässt dich davonlaufen, die wohl größte Dummheit anrichten, die du mit deinem absolut dämlichen, winzigen Hirn anrichten kannst!"

Ich musste mir heftig auf die Zunge beißen, um keine bissige Erwiderung zu geben, die Stefan vielleicht auf eine Fährte geführt hätte, auf welcher er nichts zu suchen hatte. Also begann ich zu bitten, auch wenn mir definitiv nach anderen Worten zumute war.

„Es ist nicht seine Schuld, Stefan – wenn du auf jemanden wütend sein willst, dann auf mich ... ich habe mich alleine hinausgewagt, obwohl mir hätte klar sein müssen, was das auslösen kann. Ich habe nicht nachgedacht, nicht er. Er ist mir zu Hilfe gekommen, kaum, dass er meine Abwesenheit bemerkt hat. Er hat das Schlimmste verhindert! Bitte, sei nicht zornig auf ihn!"

„Oh, ja, ich bin wütend auf dich, June, sogar verdammt wütend! Danke dem Herrn, dass du nicht sehen kannst, was ich am liebsten mit dir machen würde ..."

Verächtlich schnaubte ich, konnte meine Wut kaum noch im Zaum halten.

„Mein liebster *Schatz*, dir ist schon bewusst, dass es erst gar nicht zu dieser Situation gekommen wäre, wenn du es nicht vorgezogen hättest, mich bei der ersten Gelegenheit in unseren verdammten Flitterwochen *sitzen zu lassen?!* ‚Wo war Daniel?' – *Wo zur beschissenen Hölle warst du?!* Wo warst du, Stefan?"

Ich stieß jedes Wort mit einer Todesverachtung hervor, es brauchte meine gesamte, restliche Körperbeherrschung, um meine Anklage nicht mit einem lauten Schrei abzuschließen.

Und Stefan schwieg.

Hatte ich ihn beeindruckt?

Dachte er vielleicht über meine Worte nach, erkannte, dass ich recht hatte, dass auch er einen gewaltigen Teil Schuld an dieser Situation trug?

Hatte ich ihn durch meine Wut vielleicht besänftigt?

Seine nächsten Worte zerschlugen meine Hoffnung noch im selben Moment.

„Darüber reden wir noch, wenn du wieder zu dir gekommen bist und dir darüber klargeworden bist, wer ich bin und was du mir schuldig bist."

Sein Hochmut raubte mir den Atem, stumm klappte mein Mund auf und zu, ohne ein brauchbares Wort zustande zu bringen.

Meine Wut verpuffte so schnell, wie sie gekommen war.

Hatte ich gegen ihn überhaupt eine Chance?

Seine Stimme reizte meine überdrehten Nerven.

„Weißt du, ich sagte vorhin, es sei nicht das Schlimmste, dass du überhaupt alleine draußen warst und den Menschen somit die Möglichkeit gibst, über unsere Ehe zu tratschen, die frischer kaum sein könnte, es ist auch nicht das Schlimmste, dass du meinen guten Ruf zum Wanken bringst."

Seine Stimme war wieder so gefährlich still wie am Anfang, wie gebannt lauschte ich ihm, jeder Strang meines Körpers bis zum Zerreißen gespannt.

„Das Schlimmste ist, meine Liebe, dass dieser verdammte Abschaum seine Finger an meinem Eigentum hatte. Dass seine Finger an deiner Haut lagen, obwohl jeder einzelne Zentimeter von dir mir gehört. Wie konntest du das vergessen? Wie konntest du vergessen, dass ich dich mit Leib und Seele gekauft habe? Dass du, ohne meine Erlaubnis, nichts tun kannst, dass du, wenn ich es so bestimmen würde, nichts wert wärst? Dass ich über dein Leben herrschen kann, wie es mir beliebt?"

Mein Herz schlug so laut und heftig in der Brust, als wolle es zerspringen. Und ein Teil von mir tat es auch, als mir klar wurde, was für ein Monster unter der beherrschten, schönen Maske meines Mannes steckte.

Auch eine Stunde, nachdem das Telefonat beendet war, saß ich immer noch auf dem Boden, die Beine um meine Knie geschlungen, den Kopf auf die Knie gestützt, ging das Gespräch in Gedanken wieder und wieder durch.

Es schien so fernab jeder Realität, dass mir tatsächlich immer wieder ein Kichern entfuhr.

Wie weit hatte sich Stefan in seinen Gedanken mittlerweile verstiegen? Ich, sein Eigentum?

Darüber wollte ich momentan lieber nicht nachdenken. Das gehörte zu den Punkten, die ich mit ihm persönlich erörtern musste.

Die er mir persönlich ins Gesicht sagen musste, damit ich glauben konnte, dass er das ernst meinte.

Ein kalter Schauder lief mir über den Rücken, ich versuchte erneut, mich auf etwas Positives zu fokussieren, bevor ich überschnappen, den Verstand verlieren würde.

Ich musste meinen Urlaub noch nicht vorzeitig abbrechen, auch wenn Stefan damit gedroht hatte, mehr als einmal.

Immerhin.

Er hatte davon Abstand genommen, Daniel auf der Stelle zu feuern oder noch Schlimmeres mit ihm zu tun, auch wenn er genau damit gedroht hatte. Mehr als einmal.

Auch ein Sieg.

Er würde sich nicht an Charles wenden und ihn ins Gefängnis bringen oder derartiges – ich war mir sicher, Stefan konnte solange in einem Haufen Gold wühlen, bis er ein Stäubchen Dreck fand. Es hätte ihm sicherlich keine Probleme bereitet, den Mann, der mir geholfen hatte, ins Gefängnis zu schicken, ihn zu verdammen, nur, weil er mich berührt hatte.

Und Charles wusste gar nichts von seinem "Glück".

Er gab mir eine letzte Chance, eine Chance, ihm zu beweisen, dass ich die Mühen, wie er es nannte, wert war. Er würde von der Presse eine Richtigstellung verlangen, um mich und vor allem sich selbst zu entlasten.

Das kam mir auch zugute.

Auch wenn ich ansonsten nicht sonderlich gut wegkam.

Ich hatte in der ersten Bewährungsprobe versagt. Ich hatte es versäumt, die perfekte, liebende Ehefrau zu spielen. Denn niemand fragte nach, wieso Stefan nicht da gewesen war. Niemand fragte, warum Stefan nicht aufgepasst, mich von Charles ferngehalten hatte.

Es kam alles auf mich zurück, die untreue Ehefrau, die einen solchen Mann, ein solches Juwel wie Stefan, überhaupt nicht verdient hatte.

Was ich verdiente, das interessierte ohnehin keinen.

Es machte mich so unsagbar traurig und im gleichen Moment unerträglich wütend.

Stefans Worte hallten durch meinen Kopf.

Du gehörst mir, vergiss das nie.

Ich kann über dein Leben herrschen, wie es mir beliebt.

Unwillig schüttelte ich meinen Schädel, doch es war, als hätten sich diese Sätze dort festgebrannt, ohne die Absicht, jemals wieder zu verschwinden.

Ich kicherte freudlos, denn nach genauerer Betrachtung hatte Stefan irgendwie recht.

Ich hatte eigentlich noch nicht einmal das Recht, wütend auf ihn zu sein. Ich hatte sämtliche Rechte über mein eigenes Leben, ja, selbst über meine Gefühlswelt mit einer einzigen, verdammten Unterschrift abgegeben. Mit einem einzigen Wort hatte ich meine Welt zum Untergang verdammt.

Ich gehörte ihm, mit jedem einzelnen Haar, mit jeder einzelnen Hautschuppe.

Ein boshaftes Lächeln verzerrte mein Gesicht, als ich mir ins Gedächtnis rief, dass er nicht über alle Bereiche meines Lebens die Kontrolle besaß. Vor allem nicht jetzt, wo er so weit weg war. Mein Herz und meine Seele würden immer mir gehören.

Und ein unfassbar großer Teil von mir hasste ihn im Moment mehr als alles andere.

Dafür, dass er in mir keinen Menschen sah. Dass er nicht eifersüchtig wurde, weil er um meine Gefühle bangte, nein, dass er eifersüchtig war, weil jemand mich *angefasst* hatte. Aus welchem Grund, war vollkommen egal.

Gott, war dieser Mann abgefuckt.

Er war abgefuckt – und ich war seine Frau, die dumm genug war, sehenden Auges in ihren Untergang zu rennen.

Waren wir nicht ein wundervolles Paar?

„June? Wo bist du, Mädchen?"

Daniels dunkle Stimme brachte mich in die Gegenwart zurück, ließ mich unwillkürlich schmunzeln. Zum Teufel, wenn Stefan nur wüsste, dass sein Angestellter, sein Freund mich mehr als nur einmal berührt hatte, nicht nur an der Schulter, sondern praktisch *überall* … ich fürchtete zwar ernsthaft um mein Leben und das von Daniel, doch zur Hölle, allein um Stefans Gesicht zu sehen …

Ich verwarf den Gedanken ganz schnell wieder.

Stefan besaß tatsächlich die Macht und vermutlich auch den Wahnsinn, denjenigen umzubringen, der mich so berührte, wie Daniel es tat.

Er durfte es nie herausfinden.

Kurz dachte ich daran, die Sache mit Daniel zu beenden – doch auch diesen Gedanken schob ich schnell von mir. Dazu war ich zu selbstsüchtig. Dazu genoss ich seine Gegenwart zu sehr, genoss das, was er nur zu gern bereit war, mir zu geben.

Genoss das, was ich von Stefan nie bekommen würde.

Wieder klopfte es an meiner Tür, Daniel versuchte, sie zu öffnen, doch mein davorsitzender Körper verhinderte es. Seine Stimme, sein Klopfen wurden drängender, ungehaltener.

„Verdammt, June, mach die Tür auf! Geht es dir gut?"

Ich ordnete zuerst meine Gedanken, dann meine Gliedmaßen, bevor ich mich langsam vom Boden erhob.

In meinem Kopf formte sich eine Idee, wie ich all die absurden Gedankengänge für eine Weile betäuben können würde.

Bevor er ein weiteres Mal klopfen konnte, öffnete ich die Tür. Daniel hatte schon die Hand gehoben, nun schwebte sie sinnlos in der Luft. Verwirrt starrte er mich an.

„Mädchen, ist alles in Ordnung mit dir? Ich habe mir Sorgen gemacht, als ich dich nicht gefunden habe. Ich dachte schon, dass du wieder abgehauen bist um dich mit diesem Charles zu treffen, oder Schlimmeres. Ich habe mir schon ausgemalt, wie ich dich fesseln und knebeln und dann über die Schulter werfen würde, um dir hier im Haus den Hintern kräftig zu versohlen ..."

Er grinste humorlos, verstummte allerdings, als er mein Gesicht sah. Er runzelte die Stirn. Ich konnte es ihm nicht verübeln, ich sah vermutlich ziemlich gruselig aus, trotz, oder vor allem wegen meines gezwungenen Grinsens.

„Verdammt, was ist denn los?" Ich zuckte nur die Schultern, zuckte zusammen, als ich den Schmerz wieder wahrnahm, der noch immer in meinen Schultern grollte.

„Eigentlich nichts Schlimmes – ein paar gut gewählte Fotos, ein paar treffende, hämische, vernichtende Worte dazu, verteilt über sämtliche Zeitungen und Magazine des Landes scheinen schon auszureichen, um Stefan vollkommen zur Weißglut zu treiben. Er hat mir einen kurzen Vorgeschmack auf das gegeben, was mich erwartet, wenn ich ihn enttäusche."

Sein Blick schnellte von dem Handy auf dem Boden hinter mir zur Zeitung, welche ich in einem Anflug von heißer Wut durch das ganze Zimmer geschleudert hatte und er verstand.

Seine Augen verdüsterten sich augenblicklich und er trat einen Schritt auf mich zu, streckte die Hand nach mir aus, ließ sie dann aber wieder sinken.

„Ich weiß nicht, was ich sagen soll. Vermutlich hätte ich dich vorwarnen müssen – es tut mir nur leid, dass du auf diese Art und Weise erfahren musstest, was in ihm schlummert."

Ich schüttelte den Kopf, ein schmales, freudloses Grinsen auf den Lippen.

„Es ist vollkommen egal. Ich möchte das schnellstmöglich wieder vergessen und ich hatte gehofft, du könntest mir dabei helfen."

Fragend, fast zweifelnd sah er mich an, verschränkte die Arme vor der Brust.

Beinahe beiläufig öffnete ich den Knoten meines Morgenmantels, ließ ihn achtlos zu Boden fallen, ohne meinen Blick von Daniel zu nehmen.

Mit gerunzelter Stirn beobachtete er mein Treiben, als verstünde er nicht, auf was genau ich hinauswollte.

Meine Hände griffen nach dem Saum von meinem – seinem – Shirt und in einer einzigen, fließenden Bewegung zog ich es aus. Meine Haare fielen über meine Brust und meinen Rücken. Ich sah, wie sich die Muskeln in seinen Armen unwillkürlich anspannten, sah, wie sich seine Augen verdunkelten.

„Ich gedenke, Stefans Worte schnell in den hintersten Bereich meines Hirnes zu verbannen und mich mit etwas abzulenken, von dem ich weiß, dass es mich alles andere vergessen lässt."

Die Boxershorts folgten dem Shirt auf den Boden.

Daniel Atem ging heftig, mit brennendem Blick stand er mir gegenüber, rührte sich keinen Zentimeter, als ich auf ihn zukam, ihm leicht die Hände auf die Schultern legte und mich zu ihm hoch streckte, ihm leise ins Ohr flüsterte.

„Fick mich, Daniel."

Zur Hölle mit Stefan.

Kapitel 25

Geraume Zeit später lag ich an Daniels Brust geschmiegt auf meinem Bett, malte zarte Kreise mit meinen Nägeln auf seine weiche Haut.

Ich spürte seinen starken Herzschlag an meiner Wange, es ließ meinen ganzen Körper vibrieren. Mein eigenes Herz passte sich seinem Rhythmus an. Sein Atem fuhr stoßweise durch mein Haar, jagte ein angenehmes Kribbeln über meine Kopfhaut.

Langsam fuhr er mit den Lippen über meinen Nacken, setzte einen Kuss nach dem anderen auf meine sensible Haut und sorgte für einen warmen Schauder auf meinem Rücken, nach dem anderen.

Seine Hände begannen meine Muster auf seiner Brust an meinem Bauch nachzuahmen, flink tanzten seine Fingerspitzen um meinen Bauchnabel herum, gerade an dem schmalen Grad von sanftem Kraulen zu Kitzeln.

Ich atmete tief ein und ließ mich tiefer sinken, gab mich dem entspannenden Gefühl dieser Nähe hin.

Es war seltsam, dass gerade er mir so viel Geborgenheit bieten konnte. In seinen Armen zu liegen kam mir vor wie ein magischer Ort, an dem kein Unglück, kein Streit, keine Verpflichtungen existierten.

Ein Ort, an dem ich für immer sein wollte, wenn es denn nur ginge.

Doch mir war klar, dass dies nur ein Wunschgedanke, ein lächerlich unrealistischer Traum war.

Bevor meine Wünsche Wirklichkeit werden konnten, würde es einem Professor gelingen, den "Jurassic Park" tatsächlich ins Leben zu rufen, mit jedem einzelnen Saurier.

Ich musste mich an den Gedanken gewöhnen, dass das hier ein flüchtiger Moment der Ruhe, der Sicherheit in Jahrzehnten voller Unruhe und Verpflichtungen war. Dass das hier eine seltene Möglichkeit war, meine wahren Gefühle ein letztes Mal öffentlich zur Schau zu stellen, bevor ich sie wieder tief in mir begraben musste.

Und ich würde es stillschweigend annehmen, ohne mich darüber zu beschweren, das hatte ich für mich beschlossen.

Das hier war das Leben, das ich freiwillig gewählt hatte, wohl wissend, in welch prekäre Lage mich mein Name auf einem kleinen Blatt Papier bringen würde.

Und ich würde es mit all dem Stolz, mit all der Würde, die mir noch geblieben war, hinter mich bringen. Ich würde an seiner Seite strahlen, ein glänzender Stern am Firmament der High Society, ein Vorbild für alle Frauen und der Faktor, um welchen alle Männer Stefan beneiden würden.

Bald war ich bereit, all das und noch viel mehr zu sein.

Doch jetzt noch nicht. Die nächsten Tage gehörten ganz alleine mir. Eine letzte Auszeit, ein letzter Anflug von Normalität, von Ehrlichkeit, ehe ich mein Leben voll Lüge und Heimlichkeit aufnehmen würde.

Der Griff um mich verstärkte sich ein wenig, als Daniel die Muskeln anspannte.

„Woran denkst du?“, fragte er mit dem Ton in der Stimme, welchen er ausschließlich nach unseren Balgereien im Bett hatte, ein Ton, der mich sofort gefügig wie ein kleines Kätzchen machte.

Ich ließ meine Finger über seinen Arm tanzen, zupfte an den dunklen Haaren, fuhr die Adern mit leichten Bewegungen nach, kratze auf der anderen Seite über seine Haut. Das Gefühl seiner weichen, verletzlichen Haut unter meiner Hand gab mir seltsamen Frieden.

„Ist das normalerweise nicht die Frage, welche die Frau dem Mann nach dem Sex stellt?“ Mein leises Kichern entlockte ihm ein vergnügtes Glucksen und er kitzelte mich an den Seiten, bis ich ihn japsend und nach Luft schnappend anbettelte, aufzuhören. Wieder schlangen sich seine Arme fest um mich, er vergrub seine Nase in meinem Haar. „Also? An was denkst du?“

Ich wiegte nachdenklich meinen Kopf.

„Willst du das wirklich wissen? Es ist nichts sonderlich Angenehmes und hat im Prinzip auch nichts mit dir zu tun ...“

Die Vibration seines Brummens kitzelte an meiner Wange und ich konnte sein Augenverdrehen geradezu spüren.

„Mich interessiert tatsächlich so ziemlich alles, was in deinem hübschen Kopf vor sich geht. Zum dritten und letzten Mal also, was geht dir durch den Sinn?“

Ich seufzte.

„Eigentlich nichts Besonderes. Ich habe an mein zukünftiges Leben gedacht. An all das, was auf mich zukommt und was ich bisher verdrängt habe. Unter anderem, dass Stefan definitiv ein Problem hat, oder mit ziemlicher Sicherheit mehrere. Ich bin mir noch nicht ganz sicher, welche Ausmaße diese Probleme haben, die er mit sich rumschleppt und das verunsichert mich. Ich wüsste gerne, worauf ich mich einlasse. Ich hätte das genau genommen gerne gewusst, bevor ich mich mit einer Unterschrift auf Gedeih und Verderb seinen Launen aussetze.“

Ich verzog den Mund.

„Nicht, dass er mir eine große Wahl gegeben hat, andernfalls wäre ich kaum hier. Nur, woher hätte ich wissen sollen, dass Stefan eine solche Seite hat? Über so vieles hat er mich ohne Umschweife in Kenntnis gesetzt, doch nie über seine krankhafte Eifersucht.“ Ich schüttelte verständnislos den Kopf und vergrub mein Gesicht in Daniels Armbeuge, inhalierte den schweren, männlichen Duft, während seine Nase leicht durch meine Haare fuhr.

Seine Stimme war gleichmäßig und beruhigend, ganz so, als machte es ihm nichts aus, direkt nach unserem Stelldichein über Stefan, meinen Mann, seinen Freund und Arbeitgeber zu reden.

„Stefan hat einige schwierige Seiten, das ist wahr. Doch du wirst schnell lernen mit ihm umzugehen, wenn er schlecht gelaunt ist. Du wärst nicht die Erste, die davon überrascht wäre, wie schnell sich seine Launen ändern können, dir wird der Kopf schwirren von der Schnelligkeit, mit der seine Wut in Zufriedenheit umschlagen kann. Mach dir keine zu großen Gedanken. Er hat viele gute Seiten. Und das sage ich als der Mann, der ihn wohl besser kennt als jeder andere unter dieser Sonne.“

Ich drehte mich in seinen Armen herum, keine leichte Aufgabe unter seinem festen Griff.

Prüfend sah ich ihm ins Gesicht.

„Dafür, dass du ihn so gut kennst und er dir offensichtlich vertraut, hast du verhältnismäßig wenig erkennbare Skrupel, mit seiner Frau ins Bett zu steigen.“

Er zuckte nur die Schultern und strich mir mit zarten Fingern eine Strähne aus der Stirn, bevor er mir einen leichten Kuss auf die Nase hauchte, ein recht unbeteiligtes Lächeln auf den Lippen.

„Ich bin sein bester Freund und er der meine. Dennoch muss ich nicht alles gutheißen, was er tut. Denn das tue ich sicherlich nicht. Es ist falsch, von dir ein Leben in Keuschheit und Treue zu verlangen, wenn er selbst keine Sekunde an Monogamie denkt und sich lieber mit anderen Frauen durch die Laken wälzt. Du bist eine verdammt schöne und sinnliche Frau, June. Es wäre eine Schande, dich verkümmern zu sehen. Ganz abgesehen von der Tatsache, dass ich dich außerordentlich schätze."

Ich prustete belustig auf. „Mich verkümmern zu sehen? Bin ich ein unbeachtetes Zimmerpflänzchen? Hab Dank für deine offenen Worte – ich schätze deine Hingabe auch außerordentlich, dein unermüdlicher und natürlich vollkommen uneigennütziger Einsatz gegen meine Verkümmerung." Auch er grinste bis über beide Ohren. „Natürlich uneigennützig, welchen Hintergedanken könnte ich schon verfolgen, Miss Warden?" Seine Stimme schwankte leicht, als müsse er ein Lachen unterdrücken.

Meine Augenbrauen wanderten wie von selbst in die Höhe. „Miss Warden ist Vergangenheit, Daniel. Hast du das schon wieder vergessen?" Sein Lächeln nahm einen spöttischen Zug an.

„Wie käme ich dazu, Mrs. Volkan, wo Sie mich doch die ganze Zeit daran erinnern."

Ich musste den Drang bekämpfen, ihm wie ein kleines, verzogenes Schulmädchen die Zunge herauszustrecken. Er würde die Gelegenheit sofort nutzen, seine Zunge in meinen Mund zu schleusen und mich damit zu Dingen bewegen, von denen ich eine kurze Pause brauchte.

„Du sagtest, dass du ihn besser kennen würdest als sonst ein Mensch. Wie kommt das? Woher kennt ihr euch? Ich weiß rein gar nichts über die Vergangenheit, weder über seine noch über deine. Es stimmt mich irgendwie etwas nervös, eigentlich rein gar nichts über euch zu wissen, wo ich doch den Rest meines Lebens mit euch verbringen werde."

Sein Blick war undurchdringlich, das Lächeln verschwand langsam von seinen Lippen, als er mich musterte und dann leise seufzte. „Manchmal ist es besser, die Vergangenheit ruhen zu lassen. Es hat einen Grund, warum sie vergangen ist, warum manche Situationen, manche Menschen es nicht in die Gegenwart, geschweige denn in die Zukunft geschafft haben."

Seine rätselhafte Antwort verwirrte mich noch mehr und ich zog die Augenbrauen zusammen, warf ihm einen auffordernden Blick zu. Er runzelte die Stirn und schürzte die Lippen. „Was?"

„Du weißt, was. Wo habt ihr euch kennen gelernt?"

Er rollte den Kopf nach hinten und stöhnte ungehalten auf, ehe er mich mit düsterem Blick anstarrte. „Du wirst nicht aufgeben, bevor du deinen Willen hast, oder, du kleiner Dickkopf?" Ich lächelte freudlos. „Du hast es erkannt, Doktor Freud."

Seine Arme ließen mich abrupt los, er rollte mich auf den Rücken und war im nächsten Moment über mir, noch ehe ich wusste, was hier eigentlich geschah. Sein Lächeln erweckte ungute Gefühle in mir, die allerdings recht schnell im Nirwana verschwanden, als mir klar wurde, worauf er hinauswollte.

Schon wieder?

Ohne zu überlegen schlang ich die Beine um seine Hüften und drückte mich ihm entgegen, vollkommen willenlos, doch er grinste nur breit und beugte sich nur über mein Ohr. „Dann, mein hübsches Mädchen, hoffe ich sehr, dass du mit Enttäuschungen leben kannst."

Ohne Probleme löste er den Klammergriff meiner Beine und stand auf.

Dem Kissen, welches ich in einem Anflug von Wut nach ihm warf, wich er lachend aus.

Er hantierte in der Küche, nur mit einer schwarzen Boxershorts bekleidet.

Ich selbst hatte immerhin den Anstand besessen, einen Bademantel über meine Unterwäsche zu ziehen, nachdem ich aus der Dusche gestiegen war, doch mein Haar war immer noch genauso feucht wie das seine.

Lächelnd lehnte ich mich an die Wand und betrachtete ihn, sah ihm zu, wie er Nudeln und Salz in kochendes Wasser warf und geschäftig in einem zweiten Topf rührte, sah, wie die Muskeln unter der makellosen, weichen Haut arbeiteten.

Mir musste ein leises Seufzen entwichen sein, denn mit einem Mal drehte er sich zu mir um und lächelte fröhlich, gewährte mir dadurch einen wunderbaren Blick auf seinen unglaublich schönen Körper.

Ich hatte Knie schon immer verabscheut, vor allem bei Männern. Knie waren wirklich unglaublich unschöne Körperteile.

Aber nicht bei Daniel.

An seinem Körper schien es keine unschönen Stellen zu geben. Sogar seine Knie strahlten eine Erotik aus, der ich mich nicht entziehen konnte. Und seine anderen Stellen erst, die vom schwarzen Stoff seiner Unterwäsche eher betont und hervorgehoben denn bedeckt wurden ...

Ich musste mich und meine Hormone definitiv unter Kontrolle bekommen.

Daniels Grinsen vertiefte sich, als er zwei Schritte auf mich zutrat und seine Hand unter mein Kinn legte, mich zwang, den schmachtenden Blick von seinem Körper in sein Gesicht zu verlagern.

„Ist alles in Ordnung? Du siehst irgendwie ... mitgenommen aus“, murmelte er mit einem hämischen Grinsen, ganz genau wissend, was mir durch den Kopf ging.

Meine Kehle war mit einem Mal vollkommen trocken, meine Stimme klang wie das Krächzen eines Raben. „Ich habe Hunger“, brachte ich gerade so hervor, erkannte meine eigene Stimme nicht mehr.

„Ich bin gerade dabei, uns etwas zu essen zu machen. Es dauert nicht mehr lange.“ – „Ich meinte nicht diesen Hunger.“ Er lachte leise und strich über meine Wange, ehe er zum Herd zurückging.

„Das ist mir vollkommen bewusst, meine Schöne. Ich schätze, es ist für dein Wohlbefinden besser, wenn du dich auf wirkliches Essen konzentrierst und deinen Appetit auf anderes etwas zügelst. Keine Angst – ich werde später noch auf diesen ... Hunger ... eingehen. Fest versprochen.“ Seine Stimme war nicht mehr als ein dunkler Hauch und doch ein Versprechen auf mehr.

Hitze flammte in meinen Wangen auf, als mir bewusst wurde, wie schamlos offen ich gerade meine Gefühle, meine Wünsche zur Schau gestellt hatte. Verdammt, dieser Mann brachte mich dazu, jeglichen Anstand und meine Manieren vollkommen zu vergessen, gerade noch hatte ich mir geschworen, mich mehr zu beherrschen.

„Kannst du dir nicht etwas anziehen?“, fuhr ich ihn an, mit härterer Stimme, als ich es eigentlich vorgehabt hatte. Doch unter seinem Blick fiel es mir schwer, die Kontrolle über irgendetwas zu behalten, und wenn es nur um einzelne Körperpartien ging.

Seine Augenbraue wanderte hoch, als er mich musterte, ohne mit dem Rühren inne zu halten.

„Mich anziehen? Wozu, wenn ich es nachher ohnehin wieder ausziehe? Wir müssen uns doch nicht wirklich mehr Arbeit machen, als nötig ist, meinst du nicht auch?“

Mein Kopf glühte, doch ich weigerte mich, den Blick abzuwenden, herausfordernd schob ich mein Kinn nach vorne.

Und tatsächlich lenkte er ein, wenn auch mit einem mehr als hinterlistigen Grinsen.

„Wenn es dir allerdings leichter fällt, mit mir zu reden wenn ich angezogen bin, dann kann ich mir eine Hose anziehen. Willst du das?“

Ich nickte und senkte nun doch den Blick. „Mach dich ruhig lustig über mich, aber das wäre mir eine große Hilfe.“

Ein verschlagenes Lächeln huschte über meine Lippen, lasziv blinzelte ich ihn durch meine Wimpern an. „Außerdem ziehe ich dich einfach viel zu gerne aus.“

Er sog scharf den Atem ein und innerhalb eines Bruchteils einer Sekunde waren seine Augen beinahe schwarz geworden. „Oh, da nehme ich dich beim Wort."

Er kniff die Augen ein wenig zusammen, fletschte die Zähne. „Weißt du, du solltest niemals etwas versprechen, was du nicht einzuhalten gedenkst. Möglicherweise zwinge ich dich dazu, alles einzuhalten, was ohne nachzudenken aus deinem verlockenden Mund herausbricht."

Mit jedem Wort war er mir nähergekommen, bis er so dicht vor mir stand, dass ich seinen Atem auf meinem Kopf spürte. Er überwältigte mich mit seiner Nähe, unwillkürlich fingen meine Beine an zu zittern.

Ein letztes, gezwungen klingendes Ausatmen, dann verschwanden seine Beine aus meinem Blickfeld und ich konnte wieder freier atmen.

Langsam schüttelte ich den Kopf, um wieder einen klaren Gedanken fassen zu können. Ich musste wirklich meine Libido im Zaum halten, sonst würde das hier ein böses Ende nehmen.

Betont gelassen schlenderte ich zum Herd, warf einen beiläufigen Blick in die Töpfe und angelte nach einem Löffel, um Daniels Kochküste in Augenschein zu nehmen.

Die Soße schmeckte verdammt lecker und mit verkniffener Miene fragte ich mich, ob es etwas gab, was dieser unverschämte Kerl nicht konnte. Im "June-zur-Weißglut-treiben" war er jedenfalls schon ein Genie.

Gerade, als ich den Herd ausstellte, klingelte es an der Haustür. Ich runzelte die Stirn, während ich überlegte, wer wusste, dass jemand hier war. Schließlich stand das Haus die meiste Zeit des Jahres über leer.

Entschlossen schob ich die beiden Töpfe auf die kalte Seite des Herdes – wenn sich Daniel schon die Mühe machte und für mich kochte, so sollte auch nichts davon anbrennen.

Den Bademantel enger um meinen Körper ziehend eilte ich zur Tür, ohne einen Blick durch den Spion zu werfen, riss ich sie im nächsten Moment auf.

Erst in diesem Augenblick fielen mir Stefans Worte ein, seine Warnung bohrte sich glühend heiß in meinen Kopf.

Ich dachte wirklich nicht nach. Nicht einen verdammten Moment lang.

Doch ich hatte mehr Glück als Verstand, denn vor der Tür stand kein todesmutiger Fotograf, der sich einen Dreck um das strikte Zutrittsverbot und die damit verbundene Strafe kehrte, sondern ein etwas besorgt dreinschauender Charles.

Als er mein ehrlich erfreutes Gesicht sah, verlor sich seine Besorgnis etwas und er lächelte breit.

„Schön, dich an einem Stück zu sehen, Sonnenschein. Nach diesem proletenhaften Auftritt gestern und den Fotos überall, war ich mir dessen nicht ganz so sicher … außerdem bist du nicht zum Baum gekommen. Ich dachte schon, dir sei etwas … passiert."

Meine zerknirschte Miene musste wohl Bände sprechen, denn er seufzte kaum hörbar. „Gab wohl mächtig Ärger, hm? Ich hätte es mir denken können. Wenn ich gewusst hätte, dass du diese June bist … obwohl, nein. Ich hätte trotzdem versucht, dir zu helfen."

„Ich bin dir auch sehr dankbar dafür!", erwiderte ich sofort.

Zwar war er der Grund dafür, warum Stefan so wütend geworden war, doch wie hätte er das wissen sollen, wo es noch nicht einmal mir klar gewesen war?

„Dass dein Mann dieser Stefan Volkan ist, erklärt auch halbwegs, warum er mitten in den Flitterwochen die Biege macht und dich alleine lässt. Tut mir leid für dich, Sonnenschein, daran wird sich auch wohl in Zukunft nichts ändern. Trotzdem hoffe ich das Beste für dich. Bist ganz in Ordnung für eine Frau."

Ich dankte ihm stirnrunzelnd und nahm stillschweigend an, dass dies wohl ein Kompliment war.

Wer benahm sich hier nun wie ein Prolet?

Ich spürte Daniels Anwesenheit, noch bevor ich ihn sah. Er hatte nur eine Hose angezogen, seine Arme waren vor der nackten Brust verschränkt.

Er richtete einen finsteren Blick auf Charles, welcher diesen erstaunlich gelassen erwiderte, bevor er sich mit gerunzelter Stirn an mich wandte. „Das Essen ist fertig, Mädchen. Mach es kurz", brummte er ungehalten und stapfte mit einem letzten, warnenden Blick auf mein Gegenüber in die Küche zurück.

Ich wollte Charles einen entschuldigenden Blick zuwerfen, doch dessen Augen waren flink über Daniels Kleidung – oder vielmehr dessen fehlende Kleidung – gewandert, bevor sie über mein Outfit wanderten. Seine Augenbrauen wanderten in die Höhe und er verzog die Lippen zu einem wissenden Lächeln. „Warum bist du heute noch gleich nicht zu dem Baum gekommen, wie wir es gestern ausgemacht hatten?"

„Ich … ich war beschäftigt und habe es vergessen …", stotterte ich leise und fuhr fahrig mit einer Hand über meine – schon wieder – brennende Wange.

Das war ja nun nicht lange gegangen, bis jemand das Spiel hier durchschaut hatte.

„Ja, das habe ich mir schon gedacht. Mir scheint, du hast bereits einen Weg gefunden, dich über die Abwesenheit deines Mannes hinwegzutrösten." Ich wollte aufbegehren, doch er schnitt mir grinsend das Wort ab.

„Kleine, vergiss es. Du kannst einem Lügner nichts vormachen. Wenn ich eins gelernt habe bisher, dann eine Lüge, und mag sie noch so gut getarnt sein, zu riechen. Mach dir keine Sorgen – ich bin der letzte Mensch auf dieser Erde, der dir einen Vorwurf macht oder irgendetwas ausplaudern würde. Pass nur auf dich auf, um deinetwillen. Und achte darauf, dass dein Mann nie auch nur einen Verdacht schöpft. Ich kann mir denken, dass dieser Mann alles tun kann, wonach ihm der Sinn steht."

Ich nickte stumm, betrachtete eingehend meine Zehen. Damit lag er wahrscheinlich näher an der Wahrheit, als ihm selbst bewusst war.

Unerwartet zog er mich in eine kurze, aber feste Umarmung, bevor er mir zuzwinkerte und mit in den Hosentaschen versenkten Händen davonschlenderte.

Kopfschüttelnd schloss ich dir Tür hinter mir und ging zurück in die Küche.

Zwei Teller standen bereits auf dem Tisch, gefüllt mit dampfendem Essen. Und davor stand Daniel, rücklings an den Tisch gelehnt, die Arme immer noch feindselig vor dem Oberkörper verschränkt, der Knopf seiner Hose stand offen, sein Blick war undurchdringlich.

Mir lief das Wasser im Mund zusammen und ein Teufelchen in meinem Kopf fragte sich feixend, ob das an dem duftenden, zweifellos schmackhaften Essen lag, oder aber an dem köstlichen, unwiderstehlichen Daniel. Ich gab ihm nicht die Genugtuung darüber nachzudenken.

„Na, hast du genug geflirtet?" Sein Ton war bissig, angriffslustig und ich konnte nicht anders, als meine Augen zu verdrehen und verächtlich zu schnauben.

„Bist du etwa eifersüchtig?"

Eine rein rhetorische Frage aus meiner Sicht, da es keinen Grund dafür gab. Doch Daniel sah das wohl anders, denn mit einer schnellen Bewegung hatte er mich gepackt und an sich gezogen.

„Und wenn dem so wäre?", knurrte er leise, sein Blick drohte mich zu verbrennen.

Ich biss mir fest auf die Zunge, versuchte mit dem leisen Schmerz sicher zu stellen, dass ich nicht wieder meiner nahezu unersättlich scheinenden Libido verfiel.

„Denkst du nicht, dass ich mit Stefans Eifersucht bereits mehr als bedient bin?", fauchte ich ihn wenig überzeugend an, er verengte lediglich die Augen.

„Stefan ist nicht hier und sieht dich nicht mit einem anderen Kerl herumturteln. Und was *ich* empfinde, steht in keinerlei Relation zu deinem Ehemann. Meine Eifersucht ist anderer Natur."

Ich verdrehte demonstrativ die Augen.

„Dazu gibt es keinen Grund, du Dummkopf. Ich kenne ihn doch gar nicht. Mir scheint, dass dieser völlig fremde Mann der einzige ist, der tatsächlich nach meinem Wohl schaut. Und was diese Eifersucht angeht, dann muss ich dir sagen, dass ich es außerordentlich schade fände, denn das passt so gar nicht zu dir.“ Ich beglückwünschte mich für den festen Klang meiner Stimme und das Teufelchen klopfte mir beeindruckt auf die Schulter.

Daniels Griff verfestigte sich noch.

„Oh, glaub mir Mädchen, ich kann auch sehr besitzergreifend sein, wenn ich will – und wenn ich dich sehe, will ich das immer.“ Ich prustete leise.

„Was willst du immer – besitzergreifend sein oder etwas ... anderes?“

„Beides.“

Ich grinste breit, bevor ich ihm einen leichten Kuss auf die bettelnden Lippen hauchte, und mich dann kraftvoll von ihm trennte. „Aller Eifersucht zum Trotz habe ich gerade mehr Lust auf das Essen, als auf dich. Das riecht wirklich verdammt gut.“

Er lächelte unverschämt eingebildet. „Ich weiß. Lass es dir schmecken. Genieße es.“

Ich leckte mir leicht über die Lippen, meine Stimme nur ein körperloser Hauch.

„Oh, das werde ich. Jeden einzelnen Bissen.“

Zufrieden beobachtete ich, wie sich seine Muskeln wieder anspannten. Sein Blick schwebte zwischen Anerkennung und kaum verhohlener Aufregung.

„Du bist eine verdammte kleine Hexe. Iss jetzt. Sonst werde ich dir deinen schönen, vorlauten Mund mit etwas Anderem stopfen.“

Augenverdrehend setzte ich mich und griff nach der Gabel, ehe er seine Drohung wahrmachen konnte. Er quittierte meine Hast mit einem vergnügten Glucksen, bevor er ebenfalls Platz nahm und zu essen begann.

Während des Essens ruhte mein Blick unablässig auf ihm, eine Frage brannte mir auf der Seele.

Daniel seufzte irgendwann, legte seine Gabel ab und sah mich stirnrunzelnd an. „Nun frag endlich, was auch immer du mich fragen willst, du machst mich ganz nervös, wenn du mich so anstarrst.“

Ich biss mir verlegen auf die Lippe und starrte stattdessen auf meinen Teller.

„Du sagst, dass Stefans Gefühle in keinerlei Relation zu deinen stehen. Wie meinst du das? Ist seine Eifersucht so anders, so viel tiefgehender? Was würde er mit dir machen, wenn er das hier, das mit uns, herausfinden würde?“

Es war einen Moment lang still, er schien zu überlegen. Als er schließlich antwortete, war seine Stimme ruhig und gelassen.

„Ich schätze, er würde mich umbringen. Vielleicht auf der Stelle, vielleicht später und es wie einen Unfall aussehen lassen. Es spielt auch keine Rolle, wie oder wann. Tatsache ist, dass ich ein toter Mann wäre."

Mein Blick schnellte hoch, seine Worte rauschten mir in den Ohren und mein Herzschlag verdreifachte seine Geschwindigkeit. Ich schmeckte Blut auf meiner Zunge, vermutlich hatte ich mir auf die Lippe gebissen.

Was redete er da? Stefan würde ihn töten? Einfach so? Wie konnte er sich da nur so sicher sein? Er erwiderte meinen ungläubigen Blick vollkommen gelassen und schob sich eine weitere Gabel in den Mund.

Was hatte ich auch erwartet?

Irgendwie war es mir wohl klar gewesen, dass seine Antwort so lauten würde. Doch wie konnte er hier so unbeteiligt damit herausplatzen? Ließ es ihn kalt?

„Es ist dir also vollkommen egal, dass du hier mit mir dein Leben riskierst?"

Er runzelte die Stirn. „Nein, es ist mir nicht egal. Aber er weiß es schließlich nicht und ich bezweifle, dass du zu ihm rennst und es ihm erzählst. Er wird es nicht herausfinden. Ich kenne ihn lange genug, um zu wissen, wie ich etwas vor ihm verbergen kann. Und ich denke, dass du das ebenfalls recht schnell lernen wirst. Ich vertraue dir."

Mit großen Augen starrte ich ihn an.

„Du bist verrückt. Ihr beide, ihr seid vollkommen irre!"

Er lächelte freudlos.

„Dann willkommen im Irrenhaus! Wird dir das erst jetzt klar?"

Sein trockener Humor hellte meine Stimmung nicht auf, im Gegenteil, sie machte mich wütend.

„Wie kannst du nur so sorglos mit deinem Leben umgehen? Gibt es dir irgendeinen Kick, damit zu spielen?"

Er schüttelte leicht den Kopf. „Wer nie etwas riskiert, lebt nicht wirklich. Was ist denn eine Existenz immer auf der sicheren Seite wert? Das ist nichts für mich, June."

Er wandte seinen Blick von mir ab, starrte gedankenverloren auf seinen Teller.

„Ich hätte schon tausendmal sterben können und doch bin ich noch hier. Daran wird auch eine Affäre mit dir nichts ändern."

Meine Kehle war wie zugeschnürt, ich hatte Probleme zu atmen.

„Wie konntest du nur so werden? Wie konntet ihr so werden?"

Sein Blick wurde seltsam trüb, als sei er nicht mehr wirklich hier, sondern weit weg. Seine Gabel kratze über seinen Teller, ohne eine der verstreuten Nudeln zu erwischen.

„Der Krieg macht Monster aus uns allen, June. Selbst aus kleinen, dummen Jungen."

Kapitel 26

Das Blut rauschte so laut in meinen Ohren, dass ich mir nicht sicher war, ob ich ihn richtig verstanden hatte.

„Ihr wart im Krieg? Zusammen? Wann? Wo? Und warum?" Meine Stimme war viel zu hoch, viel zu dünn, verriet meine Überraschung, meine Unsicherheit.

Meine Fragen schienen ihn zurück in die Gegenwart zu holen – und nahezu augenblicklich schwenkte er in den unnahbaren Modus, ging auf Abstand, versuchte sich in Sarkasmus und Witz zu retten.

Seine Augenbraue wanderte amüsiert nach oben, seine Lippen verzogen sich zu einem spöttischen Grinsen, während er sich beiläufig eine Gabel in den Mund steckte, kaute und hinunterschluckte, ehe er zu einer Antwort ansetzte.

„Ziemlich viele Fragen für ein gemütliches, gemeinsames Essen, meinst du nicht auch? Iss einfach, June. Das ist kein Thema für eine Konversation beim Essen."

Er schien äußerlich völlig gelassen, vollkommen ungerührt, aber unter der Oberfläche brodelte es gefährlich, ich sah es an seinen Augen. Und doch konnte ich nicht tun, was er verlangte.

Wie sollte ich jetzt noch essen? Abwehrend hob ich die Hände und schob meinen Teller von mir.

„Iss auf, June.", wiederholte er brummig, ohne mich anzusehen. „Mir ist der Appetit vergangen ...", erwiderte ich kaum hörbar. Meine Finger entwickelten ein Eigenleben und zupften nervös am Gürtel meines Bademantels.

Sein Blick wandelte sich rasch von amüsiert zu bedrohlich, doch ich hielt dem finsteren Ausdruck in seinen Augen stand.

Meine Gedanken überschlugen sich hastig, im Hintergrund schien ein Film zu laufen, ein Film, der meinen schlimmsten Albträumen ähnlichsah – Waffen, Tod, Blut, sehr viel Blut.

Ich ignorierte ihn und warf genervt stöhnend die Arme in die Luft.

„Verdammt Daniel, du kannst mir nicht in aller Seelenruhe erzählen, dass ihr zusammen im Krieg ward und erwarten, dass ich mit großem Appetit einfach weiteresse. Das ist unmöglich! Ich habe genug Kriegsfilme und Reportagen gesehen, ich weiß, welche Gräueltaten im Krieg passieren, wozu die Soldaten gezwungen werden, was für einen Horror sie durchleben …“

Er unterbrach mich mit einem harten, ungläubig klingenden Lachen, seine Augen glitzerten kalt, ohne den üblichen Anflug von Schelmhaftigkeit im tiefen Blau seiner Iris, den ich so mochte.

„Du weißt es, June? Du hast Filme gesehen? Lass mich dir eins sagen, mein hübsches, naives Liebchen, du weiß gar nichts. Du hast keine Ahnung. Misch dich nicht in Angelegenheiten, von denen du nichts verstehst.“ Seine Stimme war kühl, entbehrte jeglicher Wärme, jeglichen Gefühls.

Ich schluckte trocken, als ich die lodernde Wut in seinem Blick sah.

„Wenn du so denkst – dann rede mit mir. Erzähl es mir. Du kannst nicht einfach eine Aussage von solch einer Bedeutung in den Raum werfen und erwarten, dass ich sie schlucke, ohne etwas zu erwidern!“

Er schüttelte ruppig den Kopf und fletschte die Zähne wie ein tollwütiger Hund.

„Ganz egal, was ich dir erzählen würde, du könntest es nicht verstehen. Du warst nicht dort – und das ist gut so. Du wärst daran zerbrochen. Niemand geht dort hin und kommt als der Mensch zurück, der er einmal war … Du machst dir kein Bild davon, was wir dort unten erlebt haben. Nicht einmal meinem schlimmsten Feind wünsche ich, was wir durchgemacht haben …“ Seine Stimme wurde leiser, verlor an Festigkeit und brach schließlich, er fuhr sich fahrig über die Augen. Seine Pupillen waren riesig, verdrängten das herrliche Blau seiner Iris beinahe vollständig.

Betroffen beugte ich mich über den Tisch und griff nach seiner Hand.

„Erzähl mir davon!“, wiederholte ich mit leiser, beschwörender Stimme. Er zog seine Finger zurück, bevor die meinen sie erreichen konnten. Seine Hand krachte laut auf den Tisch, der Aufprall ließ mich zurückzucken. „Nein!“

Er stand abrupt auf und schob seinen Stuhl ruckartig nach hinten, das Holz kratzte unangenehm laut über den Boden. Seine Augen funkelten so eisig, dass mir ein kalter Schauder über den Rücken lief.

„Mein Appetit ist auch vergangen. Bleib im Haus, sonst gnade dir Gott“, erklärte er mit dunkler Stimme, die meine Unruhe noch intensivierte.

Ohne ein weiteres Wort stürmte er aus der Küche und ließ mich als aufgewühltes Opfer meiner widersprüchlichen Gefühle zurück.

Nachdem ich mit hängendem Kopf und brennenden Augen die Küche aufgeräumt und dabei bewusst jeden Gedanken hinter einen gewaltigen Damm gesperrt hatte, stand ich an der Terrassentür und starrte stumm nach draußen, die zitternden Arme hatte ich vor der Brust verschränkt.

Daniel saß mit gesenktem Kopf im Sand, die Hände zu Fäusten geballt, ich sah die Muskeln seiner Arme zucken, obwohl er sie nicht bewegte. Es kam mir vor, als könnte ich das Knirschen seiner fest zusammengebissenen Zähne hören, spüren, wie er fest die Augen zusammenkniff, um die Bilder zu verscheuchen, die in seinen Gedanken wieder und wieder auftauchten, nachdem sie so lange erfolgreich zurückgehalten worden waren.

Und ich war schuld daran.

Ich hatte die Erinnerungen wieder geweckt mit meinen dämlichen, bohrenden Fragen. Mein Teufelchen musterte mich missbilligend und jagte seine Gabel in mein Hirn, immer wieder, verursachte brennenden Kopfschmerz und unendliche Scham. Warum konnte ich auch nicht einmal meine große Klappe halten?

Ich wusste doch um die Macht von unterdrückten Erinnerungen.

Als hätte sie ein Einsehen mit dem gequälten Krieger, verschwand die Sonne hinter rasch aufziehenden Wolken, die den Strand in ein diffuses Licht hüllten. Der Wind, welcher leicht und schmeichelnd angefangen hatte zu wehen, gewann allmählich an Stärke, allerdings so langsam, so schleichend, dass man es kaum bemerkte. Als wolle er Daniel beruhigen, fuhr er ihm sanft durch das lange Haar.

Alle Zeichen standen auf Sturm und Unwetter, und dass damit nicht nur das Wetter außerhalb des Hauses gemeint war, wurde sogar mir bewusst.

In mir kämpften mein Wunsch, zu ihm zu gehen und ihn um Verzeihung zu bitten, notfalls auf den Knien zu betteln und seine Anweisung, das Haus nicht zu verlassen, zu ignorieren.

Noch hielt mich mein Stolz zurück, ich hatte nichts Unrechtes getan, es gab keinen Grund, vor ihm auf den Knien zu kriechen, hinzu kam meine Angst vor seiner Reaktion. Ich konnte nicht einschätzen, was er dachte, wie groß seine Wut war, auf mich, auf sich. Mein Körper erinnerte mich schaudernd und mit leichten Schmerzen daran, was Daniel getan hatte, als er das letzte Mal wütend auf mich gewesen war.

Unwillkürlich strich ich mir über die Schultern, zuckte leicht zusammen, als dabei ein kurzer, stechender Schmerz durch meinen Körper schoss.

So stand ich stumm da. Überlegend, was ich tun sollte. Um Fassung ringend. Mich selbst verfluchend.

Ein leises Grollen aus dem immer dunkler werdenden Himmel über mir riss mich schließlich aus meiner Lethargie und nahm mir die Entscheidung über mein weiteres Vorgehen ab.

Ich zog den Bademantel enger um mich und schritt mit unsicheren Beinen über die Terrasse, strauchelte auf der Treppe und fiel beinahe in den noch warmen, weichen Sand. Geradeso konnte ich mich noch abfangen. Meine Arme, die sich rasch und reflexartig ausgebreitet hatten, um mein Gleichgewicht zu halten, schlangen sich wie von selbst wieder um meine Brust, ganz als wollten sie verhindern, dass mir das Herz aus der Brust sprang.

Schritt für Schritt setzte ich meine Füße voreinander, immer wieder gegen eine stärkere Windböe ankämpfend, bis ich schließlich hinter Daniel stand.

Sein Kopf war immer noch nach vorne geneigt, jeder Muskel in seinem Körper schien bis zum Zerreißen gespannt. Nun konnte ich es tatsächlich hören, das leise Knirschen seiner Zähne, konnte den Zorn körperlich spüren, den er ausstrahlt.

Würde er mich schlagen, weil ich nicht im Haus geblieben war, wie er es verlangt hatte?

Nein.

Das würde er niemals tun, versicherte ich mir selbst noch im gleichen Moment, obwohl ich mir in dieser Hinsicht alles andere als sicher war. Woher also nahm ich den Mut, mich hinter ihm in den Sand sinken zu lassen und eine Hand vorsichtig auf seine Schulter zu legen?

Doch anstatt aufzuschrecken und mich wütend anzustarren, wie ich es erwartet hatte, schien er mich nicht einmal zu bemerken. Ich rutschte näher an ihn heran, sah prüfend in sein Gesicht. Die Haut war aschfahl und spannte über seinen Wangenknochen, die Mundpartie war verspannt, so fest, dass es bereits beim bloßen Hinschauen wehtat.

Und seine Augen.

Seine Augenlider waren geschlossen, doch die Augäpfel dahinter bewegten sich lebhaft, huschten von der einen Seite zur anderen, versuchten Bildern zu folgen, die ich nicht sehen konnte.

Ein weiteres, etwas lauteres Donnern erklang, der Wind fegte durch meine Haare, ließ die langen Strähnen um Daniels Gesicht herumtanzen, doch er rührte sich nicht.

Als hätte der Himmel nur auf diesen Moment gewartet, öffnete er seine Schleusen und ließ einen eiskalten Guss Wassers auf uns herabfallen. In Sekundenschnelle klebte mein Mantel an mir wie eine zweite Haut, war Daniels Hose durchnässt, das Wasser tropfte von unseren nassen Haarsträhnen und versickerte im feuchten Sand.

Kurz entschlossen packte ich ihn mit beiden Händen fest an den Schultern und schüttelte ihn, sein unwilliges Brummen ignorierend. Er schüttelte nur kurz und abgehackt seinen Kopf, als wolle er sich gegen meine Versuche wehren, Wassertropfen stoben wild in alle Richtungen. Auch als ich zuerst leise, dann immer lauter seinen Namen rief, kam er nicht zu sich.

Meine Ungeduld und meine Unsicherheit steigerten sich ins Unermessliche, als ich über Daniels Kopf hinweg einen Blitz zucken sah, dicht gefolgt von einem ohrenbetäubenden Donnern. Mein Körper suchte hektisch nach einer Möglichkeit, meine aufgestauten Gefühle hinauszulassen, den Damm zu sprengen, einen emotionalen Zusammenbruch zu vermeiden – und er fand ihn.

Noch bevor ich wusste, was ich tat, schlug ich meine flache Hand mit voller Wucht auf Daniels Wange.

Augenblicklich öffneten sich seine Lider, sein schwarzer Blick fuhr unfokussiert umher, bevor er sich auf mich richtete. Seine Stirn runzelte sich und die Augenbrauen zogen sich dicht zusammen. Auf seiner Wange bildete sich ein roter Abdruck in Form meiner kleinen Hand.

„Verschwinde!“; knurrte er heftig und ich zuckte zurück, fing mich aber sogleich wieder, als ein weiterer Windstoß über uns hinwegfegte.

„Verdammt, Daniel, ab ins Haus!“, rief ich über das Grollen eines Donners hinweg, beobachtete ungläubig, wie er bei dem Geräusch zu zittern begann und sich seine Augen noch mehr weiteten.

Aus seinem Blick sprach die pure, nackte Angst.

Erschrocken streckte ich die Hand aus und legte sie ihm auf die Wange, doch wieder schien er meine Berührung nicht wahrzunehmen. Seine Lippen bebten und sein furchtsamer Blick glitt über den Strand, er schien nicht zu wissen, wo er war und warum. Er blinzelte, als der Regen ihm in die Augen lief.

Beim nächsten Donnern entfuhr ihm ein Heulen, welches mir durch Mark und Bein fuhr, schützend legte er seine Arme um den Kopf, wiegte sich langsam vor uns zurück.

Was zur Hölle geschah hier nur?

Vollkommen überfordert sah ich ihn an, versuchte mit aller Kraft die Tränen zurückzuhalten, die über meine Wangen strömen und sich mit den Regenbächen auf meinem Gesicht mischen wollten. Es tat mir weh und machte mir unendliche Angst, ihn derart furchtsam und orientierungslos zu sehen.

Der nächste Blitz spaltete den Himmel in zwei Hälften, machte mir eindringlich klar, dass wir sofort ins Haus gehen mussten. Ich sprang auf, griff verzweifelt unter Daniels Arme und versuchte, ihn auf die Beine zu stellen.

„Komm schon Daniel, wir müssen ins Haus gehen!“, brüllte ich, versuchte, das Rauschen des wind- und regengepeitschten Meeres und das tiefe, markerschütternde Grollen des Himmels zu übertönen. Der Mann vor meinen Füßen wimmerte nur leise.

Eine tiefe Verzweiflung drohte sich in mir breit zu machen, doch ich hielt sie in Schach, warf meine komplette Entschlossenheit dagegen in die Waagschale.

„Verdammt, reiß dich zusammen und geh in das verdammte Haus!“, schnauzte ich ihn an und trat ihm gegen den Schenkel. Und tatsächlich: sein Blick schnellte zu mir hoch und ein Teil seines Verstandes schien sich durch das Gewirr seiner Gefühle, durch die lähmende Angst zu kämpfen, denn er nickte mit großen, schwarzen Augen und kam schwankend auf die Beine.

Ich glitt sofort an seine Seite, unter seinen Arm, stützte ihn, versuchte ihn zu halten, als wir entsetzlich langsam und mit zitternden Beinen über den nassen Sand liefen. Bei jedem neuerlichen Grollen, bei jedem tiefen, vibrierenden Donner entfuhr Daniel ein leises Stöhnen, doch er biss tapfer die Zähne zusammen und kämpfte sich mit mir die Treppe hoch, so schnell wie möglich überquerten wir die Terrasse und traten ins Haus.

Mein Verstand schien durch das pure Adrenalin in meinen Adern, durch die lähmende Angst hindurch geschärft.

Rasch schloss ich die Tür hinter uns und ließ den Rollladen hinunterfahren, bevor ich wieder Daniels Arm packte und ihn hinter mir herzog, auf sein Zimmer zu. Ich trat die Tür auf, bugsierte ihn zu seinem Bett ehe ich auch hier die Fensterläden schloss.

Ich knipste die kleine Lampe auf seinem Nachttisch an, das gedämpfte Licht hatte eine beruhigende Wirkung – aber wie es schien nicht auf Daniel.

Er stand stocksteif vor seinem Bett, die Hände zu Fäusten geballt und den Kopf gesenkt, noch immer rann Wasser aus seinen dicken Strähnen und tropfte nach und nach zu Boden.

Sein Anblick tat mir in der Seele weh, ich musste ein Aufschluchzen unterdrücken, presste mir meinen Handrücken fest gegen die Lippen.

Wann immer ein Donner erklang, jetzt zwar leiser, doch nicht minder durchdringend, gab er ein gedämpftes Stöhnen und Wimmern von sich.

Die klirrenden Fensterscheiben trugen nicht eben zur Besserung bei.

Er schloss fest die Augen, zitterte am ganzen Körper.

Wie ein geschlagener Hund schlich ich durch sein Zimmer ins Bad und holte zwei große Handtücher aus dem Schrank. Weil mein Körper ebenfalls zu zittern begann – ob vor Kälte oder vor Angst war mir nicht klar – schälte ich mich aus dem tropfnassen Bademantel und ließ ihn unbeachtet zu Boden fallen. Schlotternd und zähneklappernd hüllte ich mich in eins der Handtücher, knotete es über meiner Brust zusammen, ehe ich nach einem tiefen Durchatmen zurück in Daniels Zimmer ging.

Er hatte sich keinen Zentimeter bewegt, stand immer noch stumm und mit zusammengepressten Lippen dort, wo ich ihn hin dirigiert hatte.

Wo war der starke, wütende Daniel geblieben? Wie konnte sich dieser unverschämte Rohling innerhalb kürzester Zeit in dieses vor Angst zitternde Nervenbündel verwandeln?

Einen Moment lang wünschte ich mir, dass er mich wieder packen würde, dass seine Augen vor Wut blitzten und seine Zähne zornig knirschen würden.

Alles wäre mir lieber, als dieser hilflose, verängstigte Mann, vor dem ich nun so viel mehr Angst hatte, als vor dem, der mir heftige Schmerzen zufügen konnte.

Reiß dich zusammen und hilf ihm! Er braucht dich jetzt! Schnauzte ich mich selbst gedanklich an, riss mich gewaltsam aus meiner Starre.

Der Gedanke, dass Daniel meine Hilfe brauchen, mich brauchen könnte, war so unglaubwürdig, so surreal.

Der Donner grollte, das tiefe, markerschütternde Brummen ließ mich einen Schritt nach vorne taumeln.

Daniel sah auf und richtete seinen Blick auf mich, doch ich wusste, dass er mich eigentlich gar nicht sah. Blicklos starrte er durch mich hindurch, als wäre ich aus Glas, als gäbe es weit Wichtigeres zu sehen, Bilder, die mir verschlossen blieben.

Ich schluckte heftig und würgte meine Tränen, den Kloß in meinem Hals hinunter und breitete das Handtuch aus, sah ihn fragend an, wohlwissend, dass er mich gerade gar nicht wahrnahm.

Nach kurzem Überlegen ließ ich das Handtuch auf den Boden neben mir fallen und streckte die Hände nach Daniel aus, griff nach seiner vollkommen durchnässten Hose.

„Ich werde dich jetzt ausziehen, dich abtrocknen und dir neue, trockene Sachen geben. Ist das in Ordnung? Hast du mich verstanden, Daniel?" Er nickte kaum merklich und mir war nicht klar, ob er mir wirklich zugehört hatte.

Doch im Grunde war das auch egal. Ich würde jetzt für ihn da sein, wenn es das war, was er brauchte.

Meine Handgriffe gewannen an Sicherheit, als ich den Knopf der dunklen Jeans öffnete und den schweren Stoff von seinen Beinen zog, bereitwillig hob er seine Füße und stieg aus den Beinen heraus.

Ich überlegte kurz, ob ich ihm die Boxershorts mit ausziehen sollte, da der Stoff ebenfalls durchnässt war, doch bevor ich zu einer Entscheidung kommen konnte, erschienen Daniels Hände in meinem Blickfeld.

„Gib mir das Handtuch, Mädchen, und hol mir ein paar trockene Sachen." Seine Stimme war entsetzlich rau und tief, als hätte er ewig nichts gesagt.

Mein Blick glitt zu ihm hoch und ich bemerkte, dass er mich anstarrte und sich seine Augen ein wenig geklärt hatten, das schöne Blau, wenn auch dunkel und wie mit Nebel verhangen, war wieder zu sehen.

Wortlos stand ich auf und wollte ihm das Handtuch reichen, doch seine zitternde Hand verfehlte es, als ein neuerlicher Donner erklang. Sofort schloss er wieder die Augen und keuchte leise und gequält auf.

Ich griff nach seiner starren Hand und schlang meine Finger fest darum, versuchte ihm zu zeigen, dass ich hier war, dass er nicht wieder in seiner Angst versinken durfte.

Ich spürte seinen glühenden Blick auf meiner Haut, als er das Handtuch nahm und seine Hand ungelenk aus meiner löste. Er hatte sich wieder gefangen – bis zum nächsten Donner.

Geschwind sprang ich auf und zu seinem Schrank, suchte mit bebenden Fingern nach einer Boxershorts. Er hielt das Handtuch um seine Hüften geschlungen und sah mir nicht in die Augen, als er mir das Kleidungsstück aus der Hand nahm und sich umdrehte.

Diskret sah ich zur Seite, während er seine Unterwäsche anzog. Wir hatten uns schon so oft nackt gesehen, doch heute war es anders.

Die Situation hatte sich geändert und ich wusste nicht, wie ich damit umgehen sollte.

Er hatte begonnen, sich abzutrocknen, doch das Handtuch entglitt ihm erneut, als er bei dem nächsten Donner wieder zusammenzuckte. Ich war schneller als er und hob den Stoff auf, blinzelte unsicher und bedeutete ihm schließlich, auf dem Bett Platz zu nehmen.

Nach kurzem Zögern setzte er sich tatsächlich, hielt die Augen geschlossen und die Fäuste geballt. Sanft fuhr ich ihm über den Kopf, trocknete mit massierenden, rhythmischen Bewegungen seinen Schopf, spürte, wie er sich unter meinen Händen langsam entspannte.

Behutsam fuhr ich über seinen Nacken, trocknete seinen Rücken und fuhr nach vorne, über die Brust. Er lehnte sich etwas zurück, um mir besseren Zugang zu verschaffen, seine Haut strahlte mir unter dem gedämpften Licht entgegen. Nur zwei schmale Streifen an seiner Seite waren dunkler als die umgebende Haut, kaum merklich fügten sie sich in die muskulöse Perfektion seines Rumpfes – und doch waren sie da.

Stirnrunzelnd beugte ich mich darüber – warum war mir das nicht schon vorher aufgefallen? Ich wischte erneut darüber, davon ausgehend, dass es hartnäckiger Sand sei, doch vergebens.

Wieder und wieder fuhren meine Hände über die kaum merklichen Schatten.

Ratlos ließ ich meine Finger über die glatte, lediglich etwas unebene Stelle fahren, und endlich begriff mein Verstand, was meine Hände längst herausgefunden hatten.

Er war verwundet worden.

Etwas hatte sein Fleisch aufgerissen, tiefe, lange Wunden geschlagen.

Erschrocken hielt ich inne.

Wie hatte ich das bisher übersehen können?

Daniel riss die Augen auf und musterte mich ausdruckslos, folgte meinem Blick und seufzte.

„Lass gut sein Mädchen. Ich bin trocken."

Ohne ein weiteres Wort rutschte er unter seine Bettdecke, drehte sich mit dem Gesicht zur Wand. Sein großer Körper zitterte, als das Gewitter über uns einige letzte, immer leiser werdende Donner in die Nacht hinausschickte.

„Du kannst gehen." Seine Stimme war so tonlos, dass ich Schwierigkeiten hatte, ihn zu verstehen.

Ich kniff die Lippen zusammen. Dachte er wirklich, ich würde jetzt gehen, ihn alleine lassen?

Hatte er in all der Zeit, die er mich nun schon kannte, wirklich nichts dazu gelernt?

Langsam rappelte ich mich auf, zog das Handtuch um meinen Körper herum weg und legte seine nassen Sachen darauf, damit nicht noch größere Pfützen überall entstanden.

Dann schlüpfte ich vorsichtig unter die Decke, verharrte einen Moment, ehe ich zu ihm rückte und mich an seinen Rücken kuschelte.

Seine Haut gewann zunehmend an Wärme, war weich unter meinen sanft streichelnden Fingern. Ein leises Grollen drang aus seinem Brustkorb, doch es schreckte mich nicht ab, im Gegenteil, ich drückte mich noch näher an ihn heran, wollte seinen Körper überall an meinem spüren.

Er grollte noch einmal, bevor er ergeben seufzte, mich leicht von sich drückte und sich auf den Rücken fallen ließ. Sofort schob sich sein Arm unter mich und zog mich zu ihm heran, erleichtert bettete ich meinen Kopf auf seiner Brust, hauchte einen zarten Kuss auf die Haut unter meinem Gesicht.

Seine Hand streichelte meine Seite, das Zittern in seinem Inneren ließ allmählich nach.

„Es tut mir leid. Ich wollte dich nicht erschrecken." Sein Tonfall war sachlich und emotionslos. Meine Stimme hingegen wankte ein wenig, als ich ihm antwortete.

„Nein Daniel. Es tut mir leid. Ich wollte dich nicht vertreiben. Ich hätte es dabei belassen sollen ..."

Sein Griff verfestigte sich, aber er erwiderte nichts mehr.

Stumm lauschten wir den Regen, der auf das Dach trommelte. Es klang wie ein stetiger, schneller Herzschlag, wie der Rhythmus, den ich unter meiner Wange in seiner Brust fühlte.

„Es ist der Donner", murmelte Daniel schließlich, als wäre das die Erklärung für alles. Ich runzelte die Stirn, verstand nicht zur Gänze, was er damit meinte, doch ich unterbrach ihn auch nicht.

Er atmete zittrig ein und aus, fuhr sich mit seiner freien Hand über die Augen.

„Das Geräusch – es erinnert mich an den Lärm, an die Schüsse ... und dann sehe ich alles genau vor mir. Jede Einzelheit. Ich versuche immer alleine zu sein, wenn es ein Gewitter gibt. Niemand soll das sehen, soll sehen, wie kaputt ich bin", seine Stimme war so leise, dass ich mich anstrengen musste, ihn zu verstehen. Wieder sagte ich nichts dazu, auch wenn ich meine Lippen im Zaum halten musste, damit nicht doch ein unbedachtes Wort entschlüpfte. Nur meine Finger hielten nicht still, strichen besänftigend über seinen Brustkorb.

„Manchmal träume ich davon. Ich sehe all das Blut um mich herum, spüre die leblosen Körper unter meinen Stiefeln, wie die Gliedmaßen knirschend unter meinem Gewicht nachgeben ... Ich sehe in bekannte Gesichter, die nie wieder lächeln werden, während das Blut ihre Klamotten rot färbt. Ich spüre den Rückstoß meiner eigenen Waffe in meiner Hand, wieder und wieder, sehe das Gesicht meines Gegenübers, wie ein verwunderter Ausdruck über seine Augen gleitet, als er versteht, dass ich ihn getroffen habe, als er versteht, dass er nun sterben wird."

Das Zittern unter mir wurde schlimmer.

„Dieser letzte Blick war immer das Schlimmste. Dieser kleine Moment, in dem sich der Verstand noch weigert, anzuerkennen, was der Körper schon verstanden hat – dass es nun vorbei ist. Dass das Kämpfen ein Ende hat. Dass *du* nun ein Ende hast."

Zwei bebende Atemzüge hintereinander hoben und senkten seine Brust.

„Ich war ein dummer, kleiner Junge, der in den Krieg zog um zu sterben und doch nie getötet wurde. Ich kam als gebrochener Mörder zurück. Niemand, nicht einmal ich, weiß, wieviel Blut an diesen gottverdammten Händen klebt ... irgendwann habe ich aufgehört zu zählen. Irgendwann ging es nur noch darum, zu töten, um nicht getötet zu werden. Irgendwann hatte das Leben seinen Sinn verloren."

Sein Atem ging stoßartig, er krallte seine Finger fest in meine Seite, ich zischte unter dem aufflammenden Schmerz aus, sagte jedoch nichts.

Es gab keine Worte.

Ich konnte nur stumm zuhören und meinen Kopf verfluchen, der seine Worte wie einen kleinen Film im Hintergrund abspielen ließ.

Ich sah, was er sah.

Fühlte, was er fühlte.

„Ich spüre, wie mich die Kugeln des Maschinengewehrs treffen. Ich sehe wie Blut an meinem Körper herunterläuft, spüre die Wärme, spüre, wie sich mein Herzschlag verdoppelt, immer mehr Blut aus meinem Körper pumpt. Und ich lächle. Ich weiß, jetzt ist es zu Ende. Jetzt werde ich endlich sterben und damit das gleiche Schicksal erleiden, wie all jene, die durch meine Kugeln ihren letzten Atemzug taten. Jetzt werde ich endlich frei sein, gehen können."

Sein Herz trommelte heftig unter meiner Wange, zeugte von seinem Schmerz, von dem Kampf, der in seinem Inneren tobte.

„Aber ich sterbe nicht. Aus irgendeinem Grund verrecke ich einfach nicht. Der Arzt zieht die Kugeln aus meinem Körper, er ist noch verwunderter als ich selbst. Neun Kugeln haben mich getroffen. Und alle neun haben alle lebenswichtigen Organe verfehlt. Ich verliere nur etwas Blut, aber ich werde außer Narben keine bleibenden Schäden davontragen. Schon am nächsten Tag werde ich wieder zu meiner Einheit zurückgeschickt."

Nun konnte ich nicht länger stillliegen. Ich drehte mich auf den Bauch, sah ihm ins Gesicht. Er selbst starrte an die Decke, gefangen in den Bildern seiner Erinnerung.

„Warum bist du nicht gegangen? Warum hast du weitergekämpft?"

Er schnaubte ungläubig, als hielt er meine Frage für einen Witz.

„Desertieren? Nein, niemals. Das hätte meine Ehre nicht zugelassen, auch wenn ich nach Wochen des Mordens nur noch wenige Fünkchen davon besaß. Niemals hätte ich meine Freunde im Stich gelassen, die jeden Tag aufs Neue ihr Leben riskierten, so wie ich meines riskiert habe. Außerdem gab es nichts, zu dem ich heimkehren konnte. Ich hatte nichts. Ich war nichts."

Er blinzelte, versuchte die Bilder abzuschütteln, doch die scharfen Falten auf seiner Stirn verrieten mir, dass es ihm nicht gelang. Sie waren in sein Gedächtnis, in seine Seele eingebrannt, für die Ewigkeit.

Ein tiefer Atemzug erschütterte seine Brust, dann zog er mich wieder eng an sich.

„Halt mich fest June. Lass mich nicht in der Dunkelheit versinken ..."

Und ich hielt den Mann fest, der so stark und unnahbar schien und doch nicht mehr war, als ein gebrochenes Kind.

Kapitel 27

Als das Trommeln des Regens auf dem Dach des Hauses allmählich nachließ, beruhigte sich auch Daniels Herzschlag, den ich deutlich unter meiner Wange fühlte. Er konnte wieder tief und frei atmen. Und je mehr seine Anspannung nachließ, desto mehr konnte auch ich meine verspannten Muskeln lockern, ganz so, als war ich sein verdrehtes Spiegelbild.

Mit einem lautlosen Seufzen drückte er meine Seite fester.

„Bitte vergiss, dass du diese Seite von mir jemals gesehen hast – es wird nie wieder vorkommen. Du hättest mich nie so sehen sollen, das soll niemand."

Er zog die Nase hoch und runzelte unwillig die Stirn.

„Nur du konntest wieder einmal nicht auf mich hören. Ich hatte dir gesagt, dass du im Haus bleiben sollst. Ich mag es nicht, wenn jemand meine Anweisungen missachtet; allen voran, wenn *du* sie missachtest. Vor allem, wenn es Regeln sind, die ausschließlich zu *deinem* Schutz aufgestellt wurden."

Ich schnaubte missbilligend und verdrehte die Augen, ignorierte, dass sich seine Finger warnend tiefer in meine Haut gruben.

„Es einfach vergessen? Als ob das so leicht wäre. Du erwartest zu viel. Und falls es dir nicht aufgefallen ist – ausnahmsweise habe ich dich gerettet, nicht umgekehrt. Hätte ich auf dich gehört, wäre dir sonst was passiert, schon mal daran gedacht?

Sein Körper spannte sich kaum merklich an. „Und was, wenn ich dir in meinem Wahn etwas angetan hätte? Ich war nicht bei mir – und ich bin gefährlich, June! *Dir* hätte sonst was zustoßen können – durch meine Hand! Schon mal *daran* gedacht?", knurrte er dunkel.

Ein Teil von mir wollte es dabei bewendet lassen, doch natürlich folgte ich dem anderen, dickköpfigen, streitlustigen Teil meiner selbst.

„Du hast Recht, Daniel, du bist gefährlich für mich, aber auf eine andere Art und Weise, als du vielleicht denkst. Deine Gegenwart bedeutet ein erhöhtes Risiko für die Sicherheit meines Seelenheils. Deine Gegenwart lässt mich meine Kontrolle verlieren, und ich bin es nicht gewohnt, keine Macht mehr über meinen eigenen Körper zu haben. Ich für meinen Teil fand es schön zu sehen, dass ein weicher Kern unter deinem harten, rüpelhaften Panzer steckt."

Mit einem Mal fehlte mein hartes Kopfkissen und mein Kopf landete mit einem überraschten Grunzen aus meinem Mund auf der Matratze. Daniel hatte sich halb aufgerichtet und starrte mich mit einem Ausdruck der abgrundtiefen Bestürzung an.

„Du fandest es *schön* zu sehen, wie kaputt ich bin?!"

Ich kaute unangenehm berührt an meiner Lippe.

„Schön ist vielleicht das falsche Wort gewesen – nein, es war ziemlich das falsche Wort. Schau, du machst immer einen so herrischen, unnahbaren Eindruck, bist immer so beherrscht. Du konntest mich immer stehenlassen, ohne das kleinste Gefühl zu zeigen. Du konntest in dem einen Moment mit mir flirten, mir sämtliches Blut in den Kopf und in andere Körperregionen jagen – und dich im nächsten Moment vollkommen ungerührt mit Stefan unterhalten, als sei nie etwas gewesen. Es ist einfach sehr erleichternd, dass auch du Gefühle abseits von Lust und Leidenschaft kennst."

Sein Lachen troff vor Ungläubigkeit, er fuhr sich fahrig durch die Haare.

„Ich vermeide es, Gefühle zu zeigen, das hast du richtig beobachtet. Leidenschaft und Lust, das kann ich kontrollieren – wenn auch weniger, seit ich dich kenne. Alles andere ... Es gibt sie nicht im Einzelpack, ich kann mich nicht für eines alleine entscheiden – wenn ich ein Gefühl zulasse, kommen all die anderen auch hoch, die ich seit Jahren zu unterdrücken versuche. Vielleicht verstehst du nun auch, warum ich derart verzweifelt war als du auf einmal weg warst ... ich hatte solche Angst ..."

Mein Atem kam flach und abgehakt, während ich ihn mit weit aufgerissenen Augen musterte. Meine Gedanken wirbelten so schnell in meinem Kopf herum, dass ich nicht einen einzigen davon fassen konnte.

Er hatte die Augen fest geschlossen, die Hände zu Fäusten geballt, sie zitterten ein wenig.

„Du kannst dir nicht vorstellen, wie es ist, sich für nichts freuen zu können, weil im selben Moment, in dem du diese Freude zulässt, ein Bild vor deinen Augen auftaucht. Ein Bild, das einen Jungen zeigt, der vor dir in die Knie geht, dich mit weit aufgerissenen Augen anstarrt, aschfahl, verängstigt, verloren, aus seinem Mund rinnt ein dünner Faden Blut ... dann fällt er nach hinten auf den Rücken und du kannst nur auf das große Loch in seiner Brust starren, und auf die Waffe in deiner Hand. Während du noch um Fassung ringst und nicht glauben kannst, was gerade passiert ist, hat dein Unterbewusstsein längst begriffen, dass du aus Reflex heraus einen unbewaffneten, zwölfjährigen Jungen erschossen hast. Einer von denen, die du eigentlich beschützen solltest. Noch im selben Moment, in dem du dich über etwas freuen wolltest, durchzuckt dich das alles überwältigende Gefühl von Schuld. Du beginnst, dich selbst zu verachten, zu hassen."

Nun zitterte er wieder am ganzen Körper, er atmete mit einem gequälten Pfeifen aus, eine Ader pochte auf seiner Stirn.

Ich riss mich aus meiner Starre und legte ihm eine Hand an die Wange. Sofort riss er die Augen auf, ich zuckte zurück, als ich den schwarzen Blick sah, in dem sein ganzer Selbsthass brannte.

Er keuchte leise, blinzelte verwirrt, als wisse er nicht, wo er war.

„Beruhige dich, Daniel!“ Er schüttelte den Kopf, ganz leicht, dann heftiger. „Beruhigen? Ich tue nichts Anderes mehr, als mich jeden Tag zu beruhigen. Mich selbst beherrschen, dass ich nicht den Verstand verliere.“

Ich kaute an meiner Unterlippe, mein Kopf formte einen Gedanken, meine Lippen zitterten als ich ihn aussprach. „Du stellst dich deinen Taten nicht, oder? Du versuchst nur, alles zu verdrängen. Ist dir nicht klar, dass es so nur schlimmer werden wird? Du musst doch verstehen, dass du eines Tages darunter zusammenbrechen wirst, weil deine Last immer nur größer wird ...“

Er ließ sich zurück auf die Matratze sinken und grinste freudlos, erleichtert stellte ich fest, dass der Wahn allmählich aus seinem Blick verschwand und der nüchternen Beherrschung Platz machte, die er sonst immer ausstrahlte.

„Denkst du denn, das weiß ich nicht, Doktor Freud?“ Wieder fuhr er sich über die Augen. „Lass uns über etwas Anderes reden.“ Ich schüttelte vehement den Kopf. „Daniel, das ist ...“

Augenblicklich rollte er sich über mich, drückte mich mit seinem Gewicht tiefer in die Laken.

„Ich sagte, ich will über etwas Anderes sprechen. Kannst du nicht ein einziges verdammtes Mal auf mich hören? Musst du immer deinen Dickkopf durchsetzen?“ Ernst starrte er mich an, verzog keine Miene, als ich mich unwillig unter ihm wand.

„Nein, das muss ich nicht und ich nehme Ratschläge auch zur Kenntnis, wäge sie ab und entscheide dann, ob ich danach handeln werde oder nicht. Aber deine Meinung ...“ Sein amüsiertes, tonloses Lachen unterbrach mich, empört klappte ich den Mund zu und funkelte ihn an.

„Du nimmst etwas zur Kenntnis, wägst ab? Wem willst du das erzählen, June? Bist du wirklich so gut darin, dir selbst etwas vorzumachen? Herr im Himmel, Stefan wird seine Freude an dir haben, du widerborstiges Ding.“

Seine Worte trafen einen wunden Punkt.

Hatte ich denn eine andere Wahl, als mir mein Leben schönzureden?

Ernsthaft verletzt kniff ich die Augen zusammen, mein Kiefer knackte unwillig.

Er zog herausfordernd die Augenbraue hoch – als wäre nichts geschehen. Als hätte er keinen völligen Zusammenbruch erlitten. Er war wieder ganz der Alte, stichelte, amüsierte sich auf meine Kosten.

Und ich hatte genug davon, genug von diesem Spiel.

„Halt bloß deine große Klappe, du unverschämtes Arschloch, wenn du keine Ahnung hast, wovon du redest!“, zischte ich und wand mich unter ihm, versuchte erfolglos, seinen Körper von meinem hinunter zu befördern.

Er betrachtete mich einen Moment lang nachdenklich, bevor er den Mund verzog, nicht beeindruckt, wie ich zuerst annahm, nein. Vielmehr holte er tief Luft, um seine Belustigung über mich mit einem schallenden Lachen zum Ausdruck zu bringen.

Meine Zähne knirschten unter dem Versuch, mein wütendes Heulen zurück zu halten. Seine Stimmungen wechselten schneller, als ich ihnen folgen konnte, und er machte mich so unendlich wütend damit.

Zum Teufel mit ihm.

Außer mir vor ohnmächtigem Zorn presste ich meine Hände gegen seine Brust, um ihn zum Aufstehen zu bewegen.

Nicht, dass meine Wut irgendeinen Eindruck auf ihn machen würden.

Wieder musterte er mich, ehe er sich aufrichtete und auf die Unterschenkel zurückfallen ließ, sodass er auf meiner Hüfte kniete. „June, zumindest in meiner Gegenwart solltest du darauf achten, was du sagst, wie du mit mir sprichst. Ich lasse mir nicht viel gefallen, vor allem nicht von vorlauten Weibsbildern. Solltest du noch einmal in einem solchen Ton mit mir sprechen, muss ich dir wohl oder übel dein Schandmaul stopfen."

Verblüfft starrte ich ihn an, überlegte, ob er das wirklich ernst meinte.

Sein Tonfall verriet mir, dass er nicht zu Scherzen aufgelegt war – doch das war ich genauso wenig. Ich sollte mich zurückhalten, während er mir gegenüber sprechen durfte, wie er wollte?

Ich sollte meinen Tonfall überdenken, wo er sich mir gegenüber wie ein Vollidiot aufführte, in Anbetracht dessen, was eben passiert war?

Zählte das nichts?

Böse funkelte ich ihn an.

„Das kannst du sowas von vergessen, du verdammter, großkotziger ..."

Seine Lippen fuhren schneller auf meine nieder, als meine Augen ihnen folgen konnten und mit dem Gefühl seines Mundes auf dem meinem verpuffte jeder noch so vernünftige Gedanke, der eben noch durch mein Gehirn geschwebt war.

Mit einer einzigen Berührung schaffte er es, jedes rationale Denken aus dem gesamten Raum zu verbannen.

Er stützte sich mit den Unterarmen auf beiden Seiten meines Gesichtes ab und löste sich kurz von mir, nutze mein verzweifeltes Schnappen nach Luft um seine Zunge in meinen Mund zu zwängen. Jede Bewegung seiner Lippen, seiner Zunge, jagte einen glühenden Strom durch meinen ganzen

Körper, sein Mund schluckte mein leises Stöhnen. Das wohlige Gefühl verstärkte sich noch, als er mir leicht in die Lippe biss, ich spürte sein Schmunzeln über meine Reaktionen.

Es war wirklich unfassbar, wie schnell sich dieser Mann von einem gebrochenen Soldaten in einen heißblütigen Liebhaber verwandeln konnte.

Als dieser Gedanke durch das winzige bisschen Hirn zuckte, welches noch auf Notstrom lief, konnte ich genug Selbstbeherrschung aufbringen, um meine Hände flach auf seine Brust zu pressen, und ihn bestimmt weg zu drücken. Mein Aufatmen glich dem eines Ertrinkenden, der beim ersten Auftauchen verzweifelt nach Luft schnappt.

„Verdammt Daniel", murmelte ich atemlos, verzweifelt um Haltung bemüht, als sein brennender Blick mich in Flammen setzte, „du kannst nicht einfach jede Angelegenheit, die du nicht zu klären bereit bist, mit Sex aus der Welt schaffen! Ich will mit dir darüber reden, auch wenn du das nicht willst! Kannst du denn nicht einsehen, dass es das Beste wäre, dich zu öffnen?"

Sein wölfisches Grinsen erinnerte eher an die gefletschten Zähne eines tollwütigen Hundes und unwillkürlich kam mir die Frage, ob ich wohl seine nächste Mahlzeit werden würde – oder ob ich es bereits war.

„Ich will nicht darüber reden, June, nicht jetzt, nicht mit dir – vor allem nicht mit dir. Bekomm das endlich in deinen Dickschädel. Du musst mich nicht retten. Es geht mir gut. Und was alles Weitere angeht – anscheinend funktioniert das doch ganz gut. Außerdem wollte ich keinen Sex. Ich wollte lediglich dein unaufhörlich gehendes Mundwerk zum Schweigen bringen."

Ich wankte einen Moment zwischen Enttäuschung und Wut darüber, dass er nicht mit mir sprechen wollte, obwohl ich mir sicher war, dass ich ihm helfen konnte. Die Betroffenheit hielt allerdings nur kurz an, bevor ich mich mit jeder Zelle für die Wut entschied.

Meine Fäuste trafen einige Male seine Brust, ohne dass es ihm etwas auszumachen schien.

„Ach, zum Ficken bin ich dir gut genug, aber reden kannst du nicht mit mir? Bin ich also nur ein kleines Betthäschen für dich, mehr nicht? Ein kurzweiliger Zeitvertreib? Du kannst mich mal, Daniel! Geh sofort runter von mir, du sturer, eingebildeter, arroganter, armseliger ..."

Ich kam nicht weiter. Wieder krachten seine Lippen auf meine, bearbeiteten meinen Mund mit einem solchen Nachdruck, dass jegliche Wut mit einem Schlag verpuffte. Meine Hände fanden automatisch den Weg in sein Haar und zerrten grob daran, dieses Mal allerdings nicht, um ihn von mir weg zu bekommen, sondern vielmehr, um ihn näher zu mir herzuziehen, mehr Haut zu spüren, mehr Daniel, *mehr*.

Als der Sauerstoffgehalt in meinem Blut den bedenklichen Wert längst unterschritten hatte, löste er sich wieder von mir und mein verschleierter Blick starrte ihn mit einer Mischung aus Erleichterung und Bedauern an.

Er erwiderte meinen Blick ernst, fuhr mit seinen Fingern überraschend zärtlich über mein Kinn.

„Du bist für mich kein kleines Abenteuer, das darfst du niemals denken. Wie oft soll ich dir noch erklären, dir zeigen, dass das hier für mich kein Spiel ist, sondern so viel mehr? Wie kommst du nur auf diese seltsamen Gedanken?“

Er ließ sich auf die Seite fallen, streichelte vorsichtig meine Wange. „Falls du es nicht gemerkt hast, June, du bist mehr als nur ein einfacher Flirt, so unendlich viel mehr.“

Mit einem Mal war all die Wut, all das Spielerische, all der Sarkasmus, das Herablassende verschwunden, einer nackten Realität gewichen.

Stumm lag ich da, kämpfte mit dem Kloß in meinem Hals, der mit einem Mal gegen meine Kehle drückte.

Er wandte seinen Blick nicht ab, sah mir so intensiv in die Augen, dass ich befürchtete, er könnte bis auf den Grund meiner Seele schauen, alle Geheimnisse enthüllen, die ich vor ihm – und vielleicht auch vor mir selbst – hatte.

Als wäre ich ein offenes Buch für ihn – und wer weiß, vielleicht war ich das auch, kannte er mich doch fast besser, als ich mich selbst.

Sein Adamsapfel hüpfte nervös auf und ab, als er hart schluckte.

Er öffnete seinen Mund und klappte ihn tonlos wieder zu, fuhr sich mit einem gezischten Fluch durch die Haare, doch wandte den Blick nicht ab.

Ich rührte mich nicht, traute mich kaum zu atmen.

Ich wusste, was er sagen wollte, vielleicht hatte ich es schon vor ihm gewusst, seine Worte hallten in meinem Kopf, als hätte er sie bereits ausgesprochen, wie ein Echo flogen sie immer wieder durch meine Gedanken.

Ich liebe dich.

Er musste es nicht aussprechen.

Wenn ich ehrlich zu mir selbst war, wusste ich es schon eine geraume Zeit.

Ich hatte es in jedem Blick gesehen, in jedem Kuss gespürt, in jedem Lächeln, jedem unverschämten Grinsen, jedem Zwinkern, jeder einzelnen Berührung.

Ich hatte es in seiner Angst gespürt, in seiner Wut.

Ich liebe dich.

Selbst, als er mich bezüglich des Vertrages zur Rede gestellt hatte, selbst, als er mich ein dummes Weibsstück genannt hatte, auf meiner Hochzeit, als er mich vor den Verrückten und vor Charles gerettet hatte.

Selbst, als er die Beherrschung verloren, mir wehgetan hatte.

Ich liebe dich.

Schon so lange, länger, als ich mir eingestehen wollte.

Ich liebe dich, June.

Als er erneut den Mund öffnete, legte ich meinen Finger auf seine Lippen, ehe er auch nur einen Ton sagen konnte.

„Nicht“, wisperte ich kaum hörbar, schloss die Augen, um mich seinem durchdringenden Blick zu entziehen, sog hastig Luft ein, was wie ein leises Heulen klang, ein Widerhall der ungeweinten Tränen in meinem Herzen.

Nein.

Er konnte das nicht sagen.

Er durfte das nicht fühlen.

Soweit durfte *keiner* von uns beiden gehen.

Er *durfte* mich nicht lieben.

Liebe würde all das hier so unendlich kompliziert machen, uns beide noch weiter ins Unglück stürzten, so tief, bis keiner von uns mehr entrinnen konnte.

Doch waren wir nicht schon viel zu weit gegangen?

Unwillig schüttelte ich den Kopf, verschloss mich dem Drängen meines Verstandes, meines Herzens, die nach meinen eigenen Gefühlen fragten.

Auch ich *durfte* Daniel nicht lieben.

Ein kalter, harter Klumpen krümmte sich an der Stelle, an welcher mein Magen saß.

Sein Daumen strich mir eine Träne von der Wange, von der ich nicht mal wusste, dass ich sie vergossen hatte.

Sein Blick war so unendlich zärtlich, so bildhaft, so lebhaft, dass er diese drei Worte nicht mal aussprechen musste, damit ich sie hörte.

Ich liebe dich.

Ob du es hören willst, oder nicht.

Ich liebe dich.

„Nein“, flüsterte ich wieder. „Das darfst du nicht.“

Daniel lächelte, nicht sein verschmitztes Lächeln, nicht sein sarkastisches, sein herausforderndes, nein, ein so schmelzendes, sanftes Lächeln, dass mir das Herz brechen wollte.

„Ich darf viele Dinge nicht und tue sie trotzdem.“ Er schwieg einen Moment, so viel Zuneigung in seinem Blick, mehr, als ich ertragen konnte. „Aber wenn ich es noch nicht sagen darf, dann schweige ich. Am Fühlen kannst du mich nicht hindern.“

Meine Hand schmiegte sich wie von selbst an seine Wange, das traurige Lächeln auf meinen Lippen machte sich selbstständig.

Und ich liebe dich, Daniel.

Ich wusste, dass er es gehört hatte, obwohl ich es nicht aussprach.

Mehr durfte es nicht geben.

Ich starrte vom Fenster meines Zimmers aus auf das Meer, welches sich nichts mehr von dem Gewitter anmerken ließ und vollkommen ruhig, gleichmäßig seine Wellen an den Strand warf, völlig unbeeindruckt von der Wucht, mit der Wind und Regen es noch wenige Stunden zuvor gepeitscht hatten.

Wenn nur auch ich so schnell vergessen könnte ...

Meine Finger strichen über meine Lippen, die immer noch von Daniels letztem Kuss brannten.

Daran hatte auch eine kalte Dusche nichts ändern können.

Es fühlte sich nun anders an, wenn er mich küsste, mich streichelte, selbst wenn er nur lächelte oder mich ansah.

Auch wenn er nichts gesagt, ich nichts erwidert hatte, so war doch jetzt alles anders, nicht mehr so unbeschwert.

Es fühlte sich kompliziert an.

Nicht, dass es davor einfach gewesen wäre, bei Gott, nein. Ständig mit Stefan im Hinterkopf leben zu müssen, mit all den neuen Informationen umzugehen, die ich über ihn und Daniel, über ihre gemeinsame Vergangenheit erfuhr, das alles machte es undenkbar, einfach so unbeschwert vor sich hin zu leben.

Als ob es nicht schwer genug zu verdauen wäre, dass Daniel Stefan für skrupellos genug hielt, einen Mord zu begehen – als wären wir bei der Mafia, kaum vorzustellen! – Nein, er musste sich auch noch in mich verlieben. Sein Schicksal, mein Schicksal, einfach alles so leichtfertig aufs Spiel setzen.

Hatte nicht ausgerechnet er mich die ganze Zeit davor gewarnt, dieses Spiel zu spielen?

Wie mir schien, gab es tatsächlich nur Verlierer.

Daniel saß unten am Strand, versuchte die Teile des Sonnenschirms, den wir zwei Tage zuvor einfach im Sand vergessen hatten, wieder zusammen zu bauen.

Es war mir schleierhaft, warum er ihn nicht einfach fortwarf und einen neuen kaufte – aber vielleicht wollte er einfach seine Hände beschäftigen, sich ablenken.

Vielleicht floh er auch vor mir, damit ihm nicht doch aus Versehen einige Worte herausrutschten, die sich dann nicht mehr zurücknehmen lassen würden.

Ich liebe dich.

Energisch schüttelte ich meinen Kopf, um seine Stimme aus meinen Gedanken zu vertreiben.

Ich wollte jetzt nicht darüber nachdenken.

Was Stefan wohl gerade tat?

Ich stöhnte genervt auf, als ob das ein Gedankengang war, der mich beruhigen würde.

Warum verschwendete ich überhaupt einen Gedanken an ihn, der mich überhaupt erst in diese Situation manövriert hatte, der vermutlich gerade tausend andere Sachen zu tun hatte, viel zu beschäftigt war, um auch nur eine Sekunde an mich, seine Frau zu denken.

Meine Zähne knirschten ohne mein Zutun.

Ob er gerade eine andere fickte? Oder einen anderen? Wollte ich das wirklich wissen?

Ein leiser Pfeifton lenkte mich gnädigerweise ab, bevor ich mich so in diese Vorstellung verstricken konnte, dass ich nicht mehr herausgekommen wäre.

Träge setzte ich mich in Bewegung, ließ mich auf mein Bett fallen, griff nach meinem Handy.

Das Nachrichten Icon blinkte auf, Jordan hatte eine Nachricht gesendet.

Ich runzelte die Stirn – hatte ich ihre Nummer eingespeichert? Oder war Stefan das gewesen?

Ich möchte mich eigentlich nur erkundigen, ob du noch lebst – da dein Ehemann hier an seinem großen Fall sitzt, mit den Medien im Nacken und du nirgendwo zu sehen bist, muss ich mich unwillkürlich fragen, ob du ihn schon so sehr genervt hast, dass er dich nach zwei Tagen umgebracht und im Sand verscharrt hat.

Ich vermisse dich.

XOXO

Meine Mundwinkel zogen sich automatisch nach oben, mir war klar, dass sie das nur halb ironisch meinte und tatsächlich ein wenig Sorge hatte.

Auch wenn sie das niemals zugeben würde.

Lebst du nun schon so lange auf deiner einsamen Wolke mit Jeremy, dass du völlig vergessen hast, dass man eine Unterhaltung mit einem „Hallo“ beginnt?

Ich lebe tatsächlich noch, danke für deine Nachfrage, der natürlich nicht die Sorge um mein Wohlergehen zugrunde liegt, sondern lediglich ein höfliches Geplänkel darstellt.

Ich bin noch am Strand und aale mich in der Sonne, Stefan ist ohne mich gegangen. Und bevor du etwas sagst, ja, ich weiß wie das aussieht.

Reden wir einfach nicht darüber.

Geht es dir gut?

XOXO

Sie antwortete praktisch sofort – auch wenn es mir ein Rätsel war, wie sie gleichzeitig meine Nachricht lesen und tippen konnte.

Ich liebe dich auch.

Das beruhigt mich tatsächlich (nicht, dass ich mir Sorgen gemacht hätte), die Miene, mit der Stefan durch die Gegend läuft, hat mich das Schlimmste annehmen lassen, das könnte aber auch an den miesen Schlagzeilen liegen, die die Runde gemacht haben. Stehst du neuerdings auf Basketball?

Dann sitzt du da jetzt tatsächlich alleine in Malibu rum, in deinen Flitterwochen? Hast du denn keine Freunde, die zufällig schon Ewigkeiten nicht mehr am Strand waren und sich über einen Anruf gefreut hätten?

Nun musste ich doch lachen. Und gleichzeitig wurde mir schmerzlich bewusst, wie sehr ich es vermisste, mit ihr über alles reden, ihr mein Herz ausschütten zu können.

Ich weiß.

Sieht so für dich „Reden wir nicht darüber“ aus?

Denn mir scheint, als redest du darüber.

Und über die Charles-Sache reden wir am besten persönlich – es ist nicht das, wonach es aussieht (und ich weiß, das sagen sie alle, aber bei mir ist es wirklich anders.) Nein, Basketball liegt mir immer noch so fern, wie jeder andere Ballsport auch.

Ich bin nicht alleine, Daniel spielt mein Kindermädchen und passt auf, dass ich nichts allzu Dummes anstelle.

Ich hoffe, diese Freunde verzeihen mir meinen Fauxpas.

Sofort kam ihre Antwort.

Die Freunde werden darüber nachdenken.

Du bist mit Daniel alleine?

Die Freunde erbitten Details.

Ich biss mir auf die Lippen – irgendwas sagte mir, dass es unklug war, über das Handy irgendetwas zu versenden, das zu meinem Nachteil ausgelegt werden konnte.

Möglicherweise überwachte Stefan das Gerät?

Dann könnte ich mir auch direkt selbst den Gnadenschuss geben, anstatt irgendeine Andeutung Jordan gegenüber zu machen.

Ein Klopfen an meiner Zimmertür riss mich aus meinen Gedanken und ich runzelte fragend die Stirn. „Seit wann klopfst du denn an?"

Die Tür öffnete sich und irritierte Augen blinzelten mir entgegen.

„Wieso sollte ich nicht anklopfen?"

Ich schluckte, mein Herz geriet aus dem Takt.

„Hallo Stefan."

Kapitel 28

Das Herz klopfte so laut in meiner Brust, dass er es zweifellos auch hörte.

Er stand mir gegenüber, die Hand noch auf der Türklinke, als könne er sich nicht entscheiden, ob er hereinkommen oder wieder gehen sollte, die Augenbrauen fragend gehoben. Erst nach einem Moment schien er zu bemerken, was ich anhatte – oder vielmehr, was ich nicht anhatte, lediglich in einem halb zugebundenen Bademantel, durch welchen ihm meine Unterwäsche entgegen blitzte, stand ich da, unfähig, mich zu bewegen.

Ein verlegen wirkendes Lächeln bildete sich auf seinen Lippen aus und er fuhr sich durch das Haar, schien mit sich zu ringen. Dann trat er einige Schritte auf mich zu, legte seine Hände auf meine Wangen und sah mich fragend an, ehe seine weichen Lippen einen sanften Kuss auf meine hauchten.

Unwillkürlich schloss ich die Augen und genoss die zarte, unschuldige Berührung.

In Sekundenschnelle war der Moment verflogen und er zog sich von mir zurück.

„Ich lasse dich alleine, bis du dich angezogen hast. Ich wollte dich nur eben begrüßen. Wenn du fertig bist, komm doch rüber in mein Zimmer, ich packe derweil aus."

Ich nickte nur, unfähig auch nur ein Wort über meine Zunge rollen zu lassen. Sein herzliches, vollkommen echtes Lächeln beraubte mich aller Gedanken.

„Ich freue mich wirklich, dich wiederzusehen, June. Es scheint so lange her zu sein ...", murmelte er noch leise, ehe er sich förmlich, wie der vollendete Gentleman, der er manchmal zu sein schien, zurückzog und mich alleine ließ. Die Tür schloss sich mit einem leisen Knarren.

Heftig stieß ich die Luft aus meiner Lunge aus, mir war nicht einmal bewusst gewesen, dass ich sie angehalten hatte. Als mich ein Schwindel ergriff, ließ ich mich mit zitternden Knien zu Boden sinken.

Mein Atem ging hektisch, beinahe hysterisch.

War das hier pures Glück oder Schicksal?

Kaum auszudenken, was passiert wäre, wenn er auch nur eine Stunde früher gekommen wäre. Sogar dreißig Minuten wären vernichtend gewesen – ein einziger Blick in Daniels Schlafzimmer ... am besten noch eine Nahaufnahme von unserem wortlosen Geflirte ...

Mir entfuhr ein hysterisches Kichern. Ich hatte seinen entsetzten Gesichtsausdruck direkt vor Augen. Er wäre sicher nicht ausgerastet.

Er war einer von der Sorte, die tausendmal blinzelten und bei jedem Aufschlag ihrer Lider hofften, dass sich das Bild vor ihren Augen geändert hatte.

Oder doch nicht?

Daniels Worte huschten durch meinen Kopf.

„Er würde mich töten. Vielleicht auf der Stelle, vielleicht später."

Unterschätze ich ihn vielleicht? Oder übertrieb Daniel maßlos? So oder so – ich hegte wenig Ambitionen, seine tatsächliche Reaktion herauszufordern.

Gott, ich hatte wirklich mehr Glück als Verstand. Doch wer hätte ahnen können, dass Stefan hier auftauchte, wo er doch eigentlich Dinge einige hundert Meilen von hier entfernt zu erledigen hatte? Ob er etwas ahnte? War er deshalb wieder hier?

Würde er mich jetzt auf die Probe stellen, nur darauf warten, dass ich mich verriet?

Oder Daniel in die Mangel nehmen, bis dieser nachgab und seinem Freund alles erzählte?

Ich schloss die Augen und zwang mich tief durchzuatmen, mich zusammen zu reißen. Wenn ich jetzt vollkommen kopflos durch das Haus rennen würde, wäre damit niemandem geholfen – am allerwenigsten Daniel und mir.

Ich rubbelte ein letztes Mal mit dem Handtuch durch meine feuchten Haare, ehe ich seufzend aufstand und einen entschlossenen Blick durch meinen Kleiderschrank fahren ließ.

Nur wenig später war ich in die schlichte, etwas verwaschene Jeans und die kunstvoll zerknitterte, schwarze Bluse geschlüpft und fuhr mit gespreizten Fingern ein letztes Mal durch meine dichten Strähnen. Kurz lehnte ich meine Stirn an das kühle, dunkle Holz meiner Zimmertür, ehe ich sie öffnete und barfüßig den Flur durchquerte, vor Stefans Zimmer stehen blieb und die Hand hob, um anzuklopfen.

Wieder zögerte ich, ein Hauch von Angst durchzuckte mich.

Hatte er mich eventuell doch durchschaut?

Sollte ich dem Instinkt folgen, der in meinem Inneren wie verrückt auf und ab hüpfte und mich anschrie, die Beine in die Hand zu nehmen und von dort zu verschwinden, solange ich noch dazu fähig war?

Diesen Instinkt hatte ich schon einmal überhört, als ich drauf und dran war, den irrwitzigen Vertrag zu unterzeichnen, welcher mich erst hierhergeführt hatte.

Also weglaufen, soweit mich meine Beine trugen?

Nein.

Nicht alles, was daraus entstanden war, war schlecht gewesen.

Vielleicht war manches so gut, dass es das Schlechte aufwiegen konnte.

Also schüttelte ich die Angst einfach ab, schluckte sie hinunter und klopfte.

Beinahe sofort erklang Stefans weiche Stimme durch die Tür hindurch. „Herein!"

Gerade wollte ich mich bemühen, ein möglichst echt aussehendes Lächeln auf meine Lippen zu zwängen, als ich verblüfft feststellte, dass sich meine Mundwinkel beim Klang seiner Stimme unwillkürlich nach oben gezogen hatten, ohne ein Zutun meinerseits.

Woher kam das nun? Hatte ich ihn tatsächlich vermisst? Ich hörte in mich hinein, versuchte, etwas aus dem Strudel meiner wirren Gefühle herauszufiltern. Irritiert runzelte ich die Stirn.

Ja. Ich hatte ihn vermisst. Stefan hatte mir tatsächlich irgendwie gefehlt – wie hatte ich das vergessen können?

All die „Vielleichts“, die wir auf unserer Hochzeit, auf unserer Reise hier her geteilt hatten?

Als er die Tür vor meiner Nase aufriss und mich etwas besorgt ansah, irgendetwas sagte, was meine Ohren nicht erreichte, kam ich nicht umhin zu bemerken, wie unglaublich gut er aussah.

Wie unglaublich gut er roch.

Wie unglaublich groß meine Verliebtheit in ihn gewesen war, bevor ich das erste Mal mit der Realität kollidiert war, den Vertrag gesehen, seine Drohungen gehört, Stefans hässliche Seite gesehen hatte.

War davon tatsächlich noch etwas da?

Wie hatte ich vergessen können, dass ich mir wirklich eine Zukunft mit diesem Mann, meinem Mann erhofft hatte?

Erst das Gefühl seiner Hand auf meiner Schulter riss mich aus meinem Gedankenstrudel und brachte mich in die Realität zurück, verwirrt zwinkerte ich ein paar Mal und lächelte dann verlegen, als er mich weiterhin fragend anstarrte.

„Verzeih, ich war einen Moment lang abgelenkt. Was hast du gesagt?“

Er runzelte die Stirn. „Ich habe gefragt, ob alles in Ordnung mit dir ist. Du bist nicht reingekommen, obwohl ich nach dir gerufen habe.“

Ich nickte, vielleicht ein wenig zu heftig. „Es ist alles in bester Ordnung, keine Angst. Ich war nur in Gedanken ... ich bin ein wenig überwältigt, dass du doch wieder da bist.“ Was ja auch der Wahrheit entsprach.

Stefan musterte mich, nicht vollkommen überzeugt wirkend. „Es freut mich, dass es dir so große Freude bereitet, mich wieder zu sehen – aber bist du dir ganz sicher, dass alles in Ordnung ist? Du wirkst irgendwie anders, irgendwie verändert ...“

Verändert? Ich? Wie denn? Durcheinander? Entspannt? Befriedigt? Gevögelt?

Ein nervöses Kichern entfuhr mir und ich schlug die Hand vor den Mund, errötete in der gleichen Sekunde.

„Nein, es ist wirklich alles bestens. Ich ... sag, kann ich nicht reinkommen? Es fühlt sich komisch an, wie ein Bittsteller vor deiner Tür zu stehen.“

Nun grinste er wieder. „Natürlich kannst du reinkommen. Und du musst nicht verlegen sein – wir sind allein, ich habe Daniel eine Aufgabe außer Haus gegeben, die er momentan erledigt.“

Ach so?

Er trat einen Schritt zur Seite, ließ mich eintreten und schloss dann die Tür hinter mir. Dann fuhr er fort, den Inhalt zweier Koffer in seinen Schrank zu räumen.

Neugierig sah ich mich in dem Zimmer um. Es war ähnlich stilvoll und unaufdringlich gestaltet wie mein eigenes, doch als einziger Raum im ganzen Haus hatte es einen persönlichen Touch, wirkte nicht so schrecklich steril und pragmatisch wie die restlichen Zimmer. An der Wand neben dem Schreibtisch hing eine Pinnwand, die mit einigen Fotos bestückt waren.

Nach einem vorwitzigen Blick zu Stefan, der mittlerweile geschäftig zwischen Bad und den Koffern in der Mitte des Zimmers pendelte, trat ich ein paar Schritte näher und musterte die einzelnen Bilder.

Das erste zeigte ein Ehepaar, welches fröhlich in die Kamera strahlte. Der Mann trug sein dunkles Haar ebenmäßig kurz, grüne Augen funkelten mit der Sonne im Hintergrund um die Wette, während die Frau ihre hellbraunen, halblangen Haare offen trug, sodass der Wind sie verwehen konnte, die hellen Strähnen bedeckten beinahe zur Gänze ihr hübsches Gesicht, allerdings nicht das strahlende Lächeln auf ihren Lippen. Obwohl das Foto schon recht alt sein musste, gab es keinen Zweifel daran, dass dies Stefans Eltern waren – er hatte die Nase und die Augen seines Vaters, sowie die Lippen und das Lächeln seiner Mutter.

Sanft fuhr ich über die glänzende Oberfläche des Bildes. Das Ehepaar darauf wirkte so fröhlich und unbeschwert, dass es mir schwerfiel, sie mit Stefans Erzählungen über ihren Charakter gleichzusetzen. So sahen keine Eltern aus, die ihr Kind verstießen, nur, weil es eine andere Orientierung als gewünscht aufwies.

Vielleicht war auch an dieser Geschichte mehr dran, als es zuerst den Eindruck machte?

Kopfschüttelnd nahm ich meine Hand von dem Foto und wandte mich dem nächsten Bild zu, welches die Rückenansicht eines Mädchens zeigte, dick eingemummt in Winterklamotten, die Arme zum Schnee treibenden Himmel gehoben, unter der Wollmütze auf ihrem Kopf stoben lange, blonde Strähnen in alle Richtungen. Noch während ich überlegte, wer diese Frau sein mochte, wanderten meine Augen zum nächsten Foto, welches das gleiche Mädchen zeigte, dieses Mal aus der Nähe, ohne den dicken Schneeanzug.

Große, blaue Augen und zu einem leichten Lächeln verzogene, volle Lippen in einem hübschen, herzförmigen Gesicht. Das lange, blonde Haar floss ihr über die schmale Schulter und ließ sie zerbrechlicher wirken, als sie vermutlich war.

Sie sah wunderschön aus.

„Das ist Josie, meine Halbschwester“, erklang Stefans ruhige Stimme hinter mir. Unbemerkt war er neben mich getreten, bevor er seine Finger ausstreckte und leicht über das Foto strich.

Ich sah ihm ins Gesicht und sein Blick ließ mein Innerstes schmelzen. Er liebte seine Schwester über alles, das konnte ich an der Weichheit seiner Züge sehen, an dem kleinen Lächeln in seinen Mundwinkeln, in den tanzenden Lichtern in seinen Augen.

Mein Herz zog sich schmerzhaft zusammen, als mir klar wurde, dass ich alles dafür geben würde, einmal so angesehen zu werden, wie Stefan es bei seiner Schwester tat.

Ich schluckte trocken und wandte den Blick ab, ertrug die ganzen Gefühle in seinem Blick mit einem Mal nicht mehr. Auf der Lippe kauend wanderten meine Augen zum letzten Bild, welches an der Pinnwand hing, ein Foto von zwei Männern, die sich gegenseitig auf die Schulter schlugen und verschmitzt in die Kamera grinsten. Ich kniff die Augen ein wenig zusammen und trat einen Schritt näher, doch die Aufnahme war vollkommen überbelichtet, es war kaum etwas zu erkennen.

In dem einen Mann erkannte ich Stefan, sein wild abstehendes, dunkles Haar und das Lächeln in seinen grünen Augen, die vollen, zu einem breiten Grinsen verzogenen Lippen hätte ich überall wiedererkannt. Den anderen Mann kannte ich nicht.

Seine hellen, blauen Augen hatten mich zuerst an Daniel denken lassen, doch dafür war das Haar zu hell. Neugierig wandte ich mich an Stefan, der sich mittlerweile wieder gefangen hatte.

„Wer ist das dort, auf dem letzten Foto? Ich kenne ihn nicht – einer deiner Geschäftspartner?“

Seine Augen weiteten sich kaum merklich für einen Moment, dann fuhr er sich durchs Haar, lächelte leicht. „Ja. Ein Geschäftspartner. Vielleicht lernst du ihn eines Tages noch kennen.“

Ich nickte lächelnd. „Ja, sehr gerne. Du scheinst ihn sehr zu mögen.“

Bevor er etwas darauf erwidern konnte, klopfte es an der Tür und ich drehte mich um, blinzelte Stefan fragend an. Er schüttelte nur grinsend den Kopf und legte einen Arm um meine Taille.

Seine Nähe ließ mich schwindeln, automatisch lehnte ich mich gegen ihn.

„Seit wann klopft der Kerl denn an? Sonst rennt er doch auch einfach in das Zimmer wie es ihm beliebt …“, murmelte Stefan leise, ehe er mit fester Stimme ein weiteres Mal „Herein!“ rief.

Die Tür öffnete sich mit einem Ruck und Daniel erschien im Türrahmen, den Kopf gesenkt, stirnrunzelnd auf das Handy in seiner rechten Hand starrend.

Dann fuhr sein Blick hoch, er öffnete den Mund, als wolle er etwas sagen, doch die Worte blieben ihm im Hals stecken.

Seine Augenbrauen zogen sich noch etwas dichter zusammen, als er den Arm musterte, der um meine Taille geschlungen war und die Selbstverständlichkeit bemerkte, mit der ich an Stefans Seite lehnte. Sein Blick verdüsterte sich und mir lief unwillkürlich ein Schauder über den Rücken.

Schuldbewusst senkte ich den Blick. Ich wusste, wie dieses Bild auf ihn wirken musste – doch was zum Teufel sollte ich denn tun? Stefan wegstoßen? Das konnte ich nicht, durfte ich nicht, das musste ihm doch klar sein.

Seine Stimme war kälter als Eis und ich bildete mir ein, Verachtung herauszuhören.

„Alles geklärt Stefan. Wir können sofort los, wenn du willst.“ Ohne eine Erwiderung abzuwarten rauschte er davon, erst als seine Schritte auf der Treppe verklungen waren traute ich mich wieder den Blick zu heben.

Stefan starrte stirnrunzelnd auf die Stelle, an welcher Daniel eben noch gestanden hatte.

„Welche Laus ist dem denn über die Leber gelaufen?“

Ich zuckte möglichst unbekümmert die Schultern und versuchte mich an einem kleinen, kläglichen Lächeln. „Weißt du, er ist noch furchtbar wütend auf mich, weil ich einfach weggelaufen bin, ohne an die Konsequenzen zu denken. Es macht ihm zu schaffen, dass ich nicht auf ihn höre ...“

Stefan zog die Augenbrauen nach oben und musterte mich mit einem vielsagenden Blick. „Oh, Liebes, du schaffst offenbar alle Menschen in deinem Wirkungskreis. Ich war auch furchtbar zornig, als ich dich auf diesen Bildern sah und dieser .... Mensch seine Finger auf dir hatte.“ Seine Finger gruben sich fester in meine Haut und ich unterdrückte ein schmerzerfülltes Keuchen. „Ich hatte dir gesagt, dass du mir gehörst, June. Du kannst dir nicht vorstellen, was in mir brodelte als ich dieses Foto sah. Wärst du oder der Kerl in meiner Nähe gewesen ... ich hätte vermutlich für nichts garantieren können.“

Langsam ließ der Druck wieder nach und ich konnte etwas freier atmen. „Doch mit der Zeit ist die Wut verflogen und jetzt freue ich mich nur noch, dass ich wieder hier bin und meine Frau in den Armen halten kann.“

Er drehte mich so, dass ich ihm genau gegenüberstand und musterte mich mit brennendem Blick, ehe er seine Lippen auf meine presste. Der Angriff kam so unvorbereitet, dass ich erschrocken zurückzuckte und meinen Mund zu einem protestierenden Laut öffnete, was Stefan nutze, um seine Zunge in meinen Mund zu schleusen. Seine Hand fuhr zu meinem Kinn und umfasste es schmerzhaft fest, während seine Zunge in meinem Mundraum wütete.

So kannte ich ihn nicht. So hatte er mich nie geküsst – wollte er mir etwas beweisen? Oder sich selbst?

Ich war hin und her gerissen, ob ich den Kuss genießen durfte, oder ob mir die Leidenschaft, die Grobheit Angst machen sollte.

Bevor ich mich entscheiden konnte, löste er sich von mir und trat schwer atmend einen Schritt zurück, seine Brauen bildeten einen geraden Strich über seinen Augen, eine einzelne Strähne seines dunklen Haares fiel ihm in die Stirn. Sein Blick glühte.

„Du gehörst mir, June, hast du das verstanden?"

Wie in Trance nickte ich, obwohl sich alles in meinem Inneren dagegen sträubte – ich gehörte niemandem. Vor allem nicht ihm.

Zufrieden nickte er und strich sich das Haar aus dem Gesicht, bevor er mir seine Hand entgegenstreckte. „Komm mit." Verwirrt legte ich meine Hand in seine, ließ mich von ihm aus dem Zimmer ziehen. „Wohin gehen wir?"

Er drehte sich nicht zu mir um, hielt auf die Treppe zu und schritt sie mit langen Schritten hinunter, so schnell, dass ich beinahe rennen musste, um mit ihm Schritt halten zu können.

„Wir, meine Liebe, gehen essen. Zieh dir Schuhe an, los." Ich runzelte die Stirn und sah an mir herunter. „Wir gehen essen? Wenn ich so angezogen bin? Ist das nicht etwas zu leger für die Öffentlichkeit? Was, wenn so Fotos von mir gemacht werden?"

Irritiert wanderte mein Blick über Stefan, welcher selbst in der leicht zerrissenen Jeans und dem lockeren weißen Hemd einfach umwerfend aussah. „Und du trägst auch nicht gerade Abendgarderobe. Sonst sollen wir doch darauf achten ..."

Er legte mir einen Finger auf den Mund und verdrehte die Augen.

„Du kannst so gehen, wie du bist, Liebes. Wenn du das nicht könntest und ich etwas Anderes erwartet hätte, hätte ich es dir schon gesagt. Doch es ist vollkommen in Ordnung, du wirst sehen."

Ich beschloss wieder einmal, mich über nichts mehr zu wundern und schlüpfte achselzuckend in ein Paar High Heels, um wenigstens die Illusion von Eleganz zu wahren.

Was war ich doch für eine umsichtige Vorzeigefrau.

Nun war mir klar, weshalb es völlig gleichgültig war, was ich anzog.

Ich hätte in einem verschlissenen Jutesack gehen können und niemand hätte sich darum geschert, niemand hätte ein Foto gemacht, niemand hätte einen herablassenden Kommentar abgegeben.

Warum hatte er keinen Ton gesagt?

Ein mürrischer, schweigsamer Daniel hatte uns durch einige vielbefahrene Straßen kutschiert und schließlich vor einem kleinen, aber schicken italienischen Restaurant gehalten, uns wortlos die Tür geöffnet und war, sobald wir ausgestiegen waren, davongebraust.

Und was sollte ich sagen – das Restaurant war menschenleer, nur ein Mann in schwarzem Anzug wartete vor der Tür und nickte Stefan kaum merklich zu, ein überaus unterwürfiger Keller wuselte zu uns, kaum, dass wir über die Schwelle getreten waren.

Er lief vor uns her, sich wortreich über die verschiedenen Speisen und Weine auslassend, doch ich hörte ihm nicht zu, seine Worte schwebten einfach an meinem Ohr vorbei. Ich zog an Stefans Arm und starrte ihn mit großen Augen an, als er endlich einen Blick in meine Richtung warf.

„Hast du etwa das ganze Restaurant reserviert?!“

Er grinste breit und hob ein wenig arrogant die Augenbrauen. „Natürlich habe ich das. Ich möchte das Wiedersehen mit meiner Frau ausgiebig feiern.“ Ich fasste mir bestürzt an den Kopf – wenn er nach vier Tagen Abwesenheit ein ganzes Restaurant mietete, was würde er dann erst tun, wenn er einen Monat nicht zuhause war? Mir ein eigenes Land in Afrika kaufen?

Der Kellner platzierte uns an einem Tisch, der in der Mitte des wirklich schönen, heimisch wirkenden Raums stand, und brachte uns beinahe augenblicklich die Karte. Er schien bereit, uns jeden Wunsch von den Augen zu lesen.

„Welchen Wein wünschen die Herrschaften zu Ihrem Essen?“, fragte der diensteifrige Mann mit einem wahrlich liebreizenden italienischen Akzent. Stefan beachtete ihn gar nicht, sondern schloss die Karte mit einem Grinsen in meine Richtung und stützte den Kopf in die Hände.

„Nun, meine Frau bestellt heute für uns beide. Was werden wir denn essen, Liebes?“

Jetzt war es an mir, das Gesicht zu einem breiten Grinsen zu verziehen, denn der Ton, in dem er seine Frage gestellt hatte, war die pure Herausforderung gewesen – und ich war heute definitiv in der Laune, Herausforderungen zum Verblüffen meines Gegenübers zu bestreiten.

Mit meinem liebenswürdigsten Lächeln schloss ich auch meine Karte und reichte sie dem Kellner.

„Wir nehmen zwei Budweiser, als Vorspeise den Chefsalat, danach zwei Pizzen mit Salami, Oliven und Peperoni – viel Peperoni bitte, ich mag es scharf heute“, fügte ich mit einem verschmitzten Grinsen hinzu, bemerkte entzückt, wie der Kellner irritiert blinzelte und beinahe über die eigenen Füße stolperte, „und als Dessert Ihr Zitronensorbet, welches Sie so eifrig gelobt haben. Ich hoffe, es hält, was Sie uns versprochen haben.“ Ich warf ihm einen Blick durch meine Wimpern hindurch zu, der ihm die Röte auf die Wangen trieb.

Stotternd machte er einen Diener, ließ beinahe die Speisekarten fallen, und verschwand in Richtung Küche. Ich kicherte in mich hinein, beglückwünschte mich zu meinem selbstsicheren Auftritt, als mich ein leises Knurren aufsehen ließ.

Stefans grüne Augen funkelten dunkel und er hatte die Zähne fest aufeinandergebissen.

„Würdest du bitte aufhören, mit dem Kellner zu flirten? Du bist immerhin mit mir hier!“, presste er durch seine Zähne hindurch, seine Hand ballte sich zur Faust.

Ich lächelte ihn herzzerreißend an. „Aber Liebster, ich flirte doch gar nicht. Ich habe nur unser Abendessen bestellt, ganz so, wie du es von mir verlangt hast.“

Sein angespannter Ausdruck entspannte sich etwas, er nickte mir anerkennend zu, bevor er mit einem leisen Prusten Luft abließ. „Budweiser, huh?“

Ich zuckte die Schultern. „Mir ist heute wirklich eher nach einem guten, kühlen Bier, als nach einem Wein. Wenn du allerdings etwas Anderes willst ...“

Abwehrend hob er die Hände. „Nein, deine Wahl ist vollkommen in Ordnung. Ich ziehe den Hut – du scheinst zu wissen, was dir gefällt, worauf du Lust hast. Das mag ich.“

Oh, wenn du nur wüsstest ...

Ich lächelte nur still ich mich hinein, der Kellner unterbrach die unangenehme Stille, noch ehe sie aufkommen konnte.

Um Stefan nicht unnötig zu reizen, begnügte ich mich mit einem unverbindlichen Lächeln und versteckte mein Gesicht hinter der Flasche, als ich ansetzte, um meine ständig trockene Kehle zu befeuchten.

Als ich schließlich etwas außer Puste absetzte, bemerkte ich, dass Stefans Augen auf mich gerichtet waren, fragend sah ich ihn an.

„Weißt du, June ... ich sollte dir sagen, warum ich wieder hier bin.“

Sein Blick war feurig, durchdringend, sein Lächeln dagegen wirkte zurückhaltend und verlegen.

„Jede Minute, die ich weg war, habe ich nur daran gedacht, zu dir zurück zu kommen. Ich habe mich so verdammt schlecht gefühlt, weil ich dich mitten in den Flitterwochen alleine gelassen habe, um mich meinen Geschäften zu widmen ... ist dir bewusst, dass dies die längste Zeitspanne ohne dich war, seit wir uns auf dem Ball zum ersten Mal sahen?“

Ich überlegte einen Moment – er hatte recht. Seit meinem recht peinlichen, ersten Auftritt in unserem seltsamen, gemeinsamen Theaterstück waren wir aneinandergeklebt, hatten kaum ohne den anderen gekonnt. Wir hatten uns beinahe jeden Tag gesehen – bis auf diese paar Tage in unseren Flitterwochen. Welch seltsame Ironie.

„Meine Geschäftspartner waren sehr unzufrieden“, er grinste so jungenhaft und schelmisch, wie ich es an ihm liebte, „so unkonzentriert wie ich war. Die ganze Zeit konnte ich nur daran denken, all das schnell hinter mich zu bringen, um so bald wie möglich wieder bei dir zu sein. Überall habe ich deine Augen, dein Lächeln gesehen – zum Verrücktwerden.“

Er stockte, trank einen Schluck Bier und räusperte sich, eher er wieder meinen Blick suchte, mit einem Mal beinahe schüchtern. „Hast du mich vermisst, Liebes?“

Seine grünen Augen strahlten hell und funkelten hoffnungsvoll.

Ich lächelte, kaum mehr erschrocken darüber, wie leicht es mir über die Lippen glitt, wie leicht meine Gedanken Lügen formten, die mir warm und süß wie Honig von den Lippen tropften, nicht den geringsten Zweifel an meiner Glaubwürdigkeit weckten.

„Jede einzelne Sekunde, Liebster.“

Und ein Teil von mir glaubte dieser Aussage – ob Lüge oder nicht, was wusste ich schon.

Kapitel 29

Nachdenklich knabberte ich an meinem Pizzarand, ließ den Mann mir gegenüber nicht einen Moment aus den Augen, während ich überlegte, wie ich die Frage stellen sollte, die mir schon den ganzen Abend auf der Zunge brannte.

Zwar kannte ich die Antwort schon – allerdings nur aus Daniels Mund, und ich hoffte darauf, mehr zu erfahren. Vielleicht saß Stefans Zunge ja lockerer, was dieses Thema betraf.

Ein Seufzer riss mich aus meinen Gedanken, Stefan legte seinen Pizzarest – den er wie ich vollkommen unzivilisiert mit den Fingern, ohne jedes Besteck, gegessen hatte – auf den Teller zurück, verschränkte die Hände unter dem Kinn und musterte mich mit einem leicht belustigten Blick.

„Willst du damit fortfahren, mich ewig anzustarren, oder wirst du bald fragen, was auch immer du wissen willst?“, fragte er mit ruhiger Stimme und trank einen Schluck Bier, ohne mich aus den Augen zu lassen.

Errötend senkte ich den Blick, spielte mit meinen Fingern. Wie schaffte er es nur, dass ich mich nach einem einzigen Satz aus seinem Mund wie ein gescholtenes Schulmädchen fühlte?

„Du kannst jetzt natürlich versuchen, mit deinem entzückenden Erröten davon abzulenken – oder du stellst deine Frage.“ Er zog die Augenbraue nach oben und lächelte leicht, während er auf meine Antwort wartete.

Innerlich die Augen über mich verdrehend, stellte ich die Frage schließlich vollkommen unverblümt, ganz so, wie Daniel es auch getan hätte. „Daniel hat erwähnt, dass er dich seinen besten Freund nennt, du hast bisher nie auf diese Weise von ihm gesprochen. Wie habt ihr beide euch eigentlich kennengelernt?"

Er legte leicht den Kopf schief, den Anflug eines echten Lächelns auf den Lippen. „So, Danny nennt mich also seinen Kumpel vor meiner Frau."

Danny?

Die Art und Weise wie er diesen Spitznamen betonte, klang so vollkommen ungezwungen und lebhaft, beinahe belustigt.

Als verband er damit schöne Erinnerungen.

Er schwieg einen Moment, kaute sichtlich auf seinen nächsten Worten herum, mehrfach setzte er zum Reden an und schloss dann doch wieder den Mund, bevor er sich schließlich zurücklehnte und mit den Schultern zuckte. „Es ist eigentlich recht schnell erklärt. Wir waren zusammen im Krieg."

Ich überlegte einen Moment, ob ich überrascht tun sollte – doch ich war eine miese Schauspielerin und Stefan hatte genug Menschenkenntnis um eine Lüge zu durchschauen.

Als mir dieser Gedanke durch den Kopf schoss, zuckte ich unwillkürlich zusammen.

Kannte er mich wirklich so gut?

Würde er nicht früher oder später merken, dass ich ihm etwas verheimlichte?

Würde er nicht sehen, dass sich zwischen Daniel und mir mehr abgespielt hatte, als für eine rein geschäftliche Beziehung normal war?

„Du siehst geschockt aus, Liebes. Kommt das so überraschend für dich? Beinahe jeder in meinem Alter hat eine ähnliche Vergangenheit." Ich blinzelte hektisch, bemerkte Stefans mitfühlenden Blick und konnte mich ebenso zusammenreißen, um nicht nervös laut aufzulachen.

Vielleicht konnte ich nicht gut schauspielern – aber um eine Ablenkung war ich selten verlegen, was unter dem Strich auf das Gleiche hinauskam.

Mit einem unsicheren Lächeln nickte ich und griff nach meiner Flasche, trank einen großen Schluck. Wollte ich nur meine trockene Kehle für die folgenden Fragen befeuchten? Oder ging es vielmehr darum, mir mehr Mut anzutrinken?

„Habt ihr euch schon davor gekannt? Oder erst in der Einheit?" Ich lehnte mich leicht über den Tisch, verschränkte die Hände unter dem Kinn.

Wieder lächelte er, griff ebenfalls nach seinem Bier, doch trank nicht, schwenkte nur den letzten Schluck darin herum, starrte ihn an, als könnte er darin die Antwort auf meine Fragen lesen. „Lass mich überlegen – wann ist mir Daniel zum ersten Mal aufgefallen? Ich schätze, als er mich zur Seite drückte und mit seinem eigenen Körper zwei Kugeln abfing, die eigentlich für mich bestimmt gewesen waren. Ja, ich denke, das war der Beginn unserer wunderbaren Freundschaft." Sein Ton war distanziert und ironisch, unwillkürlich stellten sich meine Nackenhaare auf, als das Szenario wie ein lückenhafter Film vor meinem inneren Auge vorbeizog.

„Er hat dir das Leben gerettet?"

Sein Blick wirkte verhangen, er starrte durch mich hindurch in die Ferne – der gleiche Ausdruck, den ich bereits in Daniels Augen gesehen hatte, als er während des Gewitters in seinen Gedanken weit weg gewesen war.

Die Erinnerung hatte ihn fest im Griff.

„Ja, das hat er, mehr als einmal. Ohne ihn wäre ich dort unten mehr Tode gestorben, als ich es ohnehin schon bin. Es ist eine Frage der Ehre, dass ich ihm beistehe, bis ich meine Schuld bei ihm beglichen habe, auch wenn dies vermutlich eine Aufgabe für mehr als ein Leben ist."

Verwirrt runzelte ich die Stirn. „Aber er ist für *deine* Sicherheit zuständig, nicht umgekehrt."

Wieder erschien dieses freudlose Lächeln auf seinen Lippen.

„Man kann ein Leben auf viele Arten retten, June – zum Beispiel, in dem man einem kaputten, gebrochenen Menschen wieder auf die Beine hilft und ihm eine Aufgabe gibt, die ihm das Gefühl vermittelt, gebraucht zu werden. Wir retten uns gegenseitig jeden Tag aufs Neue, schützen uns zu jeder Stunde gegenseitig – vor den Gefahren dieser Welt und vor uns selber."

Meine Finger malten das Muster der Tischdecke nach, während ich darüber nachdachte, was Stefan gesagt hatte.

Ob er wohl wusste, wie es in Daniel aussah?

Durchlebte er vielleicht genau dasselbe?

„Es ist schon interessant", murmelte Stefan mit diesem unnahbaren Blick in den Augen und ich war mich nicht sicher, ob er wirklich mit mir sprach, oder ob er eher vor sich hinplapperte, ohne auf mich zu achten. „Ich ging als zerbrochener Junge in diesen Krieg und kam als erstarkter Mann daraus zurück ... Danny dagegen ... er war so viel stärker als ich, immer schon. Und jetzt denke ich, dass ich von uns beiden der Überlegene bin. Dass ich an diesem Krieg gewachsen bin."

„Hast du jemals mit jemandem darüber gesprochen?", fragte ich leise, beobachtete, wie Stefan mehrfach blinzelte, das Leben langsam zurück in seine grünen Augen floss.

„Worüber geredet – den Krieg, unsere Einsätze? Die Menschen, die ich getötet habe? Das Leid, dass die Kämpfe verursachten, auf beiden Seiten?

Nein, June, das habe ich nicht. Und ich denke, das muss ich auch nicht – ich komme mehr als gut damit zurecht. Ich kann nachts gut schlafen und habe keine Albträume. Das dort unten war das Beste, was einem verängstigten, ziellosen Jungen passieren konnte. Ich stolperte durch mein Leben, ließ andere mein Handeln, mein Denken bestimmen, das ist nun vorbei. Es hat mich stark gemacht, hat mir gezeigt, dass ich die Kontrolle über mein Leben selbst behalten muss – und das tue ich, in jedem Moment."

Wieder trank er einen Schluck und stellte die leere Flasche mit einem harten Knall zurück auf den Tisch.

„Ich muss zugeben, dass ich all die Gesichter mittlerweile vergessen habe. Das Blut, die Schreie, die Stille, den Tod um mich herum, der Geruch von Verwesung – in den ersten Wochen zurück in der Heimat wirbelten diese Eindrücke noch eine Weile in meinem Kopf herum, doch es legte sich rasch, als ich merkte, dass ich stärker als all das war. Schließlich hatte ich überlebt, oder?"

Er lachte leise.

„Und ich habe das Beste aus meinem Überleben gemacht. Nun kontrolliere ich. Mein Leben, das von anderen – es ist mir ein Leichtes, ein Spiel mit Schachfiguren, die ich nach Belieben verschieben oder verschwinden lassen kann. Es war kompliziert, als ich die Regeln lernte, sie befolgte ... dann wurde es nahezu lächerlich leicht, als ich entdeckte, dass es keine Regeln gibt."

Bedächtig fuhr er mit seinen Fingern über die Tischdecke, als folge er den Spuren einer seiner Spielfiguren.

„Ein einziges Schnipsen mit meinen Fingern ..." Er schnipste gegen den kleinen Salzstreuer in der Mitte des Tisches, „und die Figur fällt." Salz spritze über den gesamten Tisch, als der Streuer kippte und fiel.

„Ich sage ‚Spring' – und meine Figur fragt ‚Wie hoch?'. Und es ist nicht schlimm, wenn einmal ein Spielstein verloren geht oder zerspringt, denn es gibt so unendlich viele, die nur darauf warten, gespielt zu werden – eine Weile auf dem Feld zu stehen."

Ich erschauderte unter dem kalten Klang seiner Stimme. Mein Herz schlug hart gegen meine Rippen, und mein Atem sprengte beinahe meine Lungen, als mir klar wurde, was für eine Todesangst mir dieser kalte Stefan einjagte.

Der Stefan, der es nicht bereute, Menschen getötet zu haben, der trotz des vielen Bluts an seinen Händen ruhig schlafen konnte, der mit mir spielte, an Fäden zog, um zu bekommen, was er wollte.

Nein.

Er konnte nicht wissen, nicht nachvollziehen, unter welchen Dämonen Daniel immer noch litt. Er hatte kein schlechtes Gewissen.

Hatte er überhaupt eines?

Ich biss die Zähne aufeinander und schalt mich selbst. Wie oft hatte ich nun schon festgestellt, dass Stefan mehr als nur ein Gesicht hatte, dass die höfliche, kultivierte Oberfläche, in die ich mich verliebt hatte, nur zu verbergen suchte, was für ein dunkler, grauenvoller Abgrund sich in seinem Inneren verbarg?

Er ließ mich immer wieder einen Blick unter seine liebenswürdige Maske werfen, ließ mich erkennen, was in seinem dunklen Herzen vorging, doch kaum warf er wieder das Tuch des Schweigens über diesen hässlichen Teil, schien ich alles zu vergessen und erneut in dem Strahlen seines Lächelns zu schmelzen.

Was für ein Narr ich war.

„Oh, ja, ich bin wütend auf dich, June, sogar verdammt wütend! Danke dem Herrn, dass du nicht sehen kannst, was ich am liebsten mit dir machen würde ...“

Oh Stefan, was hättest du denn mit mir angestellt, wenn ich bei dir gewesen wäre, als du diese Bilder von mir und Charles gesehen hast?

Hättest du mich geschlagen?

Mich zerbrochen?

Hättest du mich vom Spielfeld geworfen?

Mich ausgetauscht gegen den nächsten Stein?

„Das Schlimmste ist, meine Liebe, dass dieser verdammte Abschaum seine Finger an meinem Eigentum hatte. Dass seine Finger an deiner Haut lagen, obwohl jeder einzelne Zentimeter von dir mir gehört. Wie konntest du das vergessen? Wie konntest du vergessen, dass ich dich mit Leib und Seele gekauft habe? Dass du ohne meine Erlaubnis nichts tun kannst, dass du, wenn ich es so bestimmen würde, nichts wert wärst? Dass ich über dein Leben herrschen kann, wie es mir beliebt?“

Jedes einzelne seiner Wörter schwebte so deutlich in meinem Kopf, als hätte er sie eben erst zu mir gesagt. Hatte er Recht? Hatte ich mich mit meiner Unterschrift verkauft an einen Mann ohne Seele, ohne Gewissen?

„Er würde mich töten. Vielleicht auf der Stelle, vielleicht später.“

Nun fiel es mir zweifellos leichter, Daniels Worten Glauben zu schenken.

Musste ich mich sorgen? Welche Facetten von Stefans Persönlichkeit würden sich nach und nach noch enthüllen?

Ja, ich musste zweifellos Angst haben – nicht nur vor Stefan, auch vor mir. Denn offenbar war ich außerstande, das einzig Logische zu tun – meinem Erhaltungstrieb folgen und so viele Meilen zwischen mich und diesen gefährlichen Mann bringen, wie nur irgend möglich.

Ich hatte ein großes Problem und die Frage war, wie lange ich tun konnte, was Stefan von mir verlangte, bevor ich ein Opfer von seiner Unberechenbarkeit wurde.

Seine Hand lag leicht wie der Flügelschlag eines Schmetterlings auf meinem Rücken, als er mich durch das Restaurant nach draußen führte.

Seine Berührung löste gemischte Gefühle in mir aus – ich wollte die Hand eines eiskalten Mannes ohne Skrupel nicht auf meinem Körper haben, nirgendwo. Und doch fühlte es sich gut an, beinahe schön. Irrwitzig sicher.

Mein Problem wuchs von Sekunde zu Sekunde. War ich bereits so tief in diese Angelegenheit verstrickt, dass mein Körper es vorzog, mir Geborgenheit bei Stefan vorzuheucheln? Damit ich ja nicht wegzurennen versuchte, riskierte, mir seinen Hass, seine Rache zuzuziehen?

Er schien meine Anspannung zu fühlen, denn er wandte mir sein Gesicht zu und betrachtete mich mit diesem fragenden und zugleich so besorgten Ausdruck in den Augen, der mein Herz zum Klopfen und den eisigen Klumpen in meinem Magen langsam zum Schmelzen brachte.

„Ist alles in Ordnung, June?"

Ich bemühte mich um ein kleines Lächeln, spürte allerdings selbst, dass es kläglich schief und wenig überzeugend wirkte. „Ja. Vielleicht bekommt mir das Bier nicht – ich bin ja dank dir nur noch Wein gewohnt."

Prüfend sah er mir in die Augen und es schien mir, als durchsuchte er mein Innerstes nach einem kleinen Anzeichen dafür, dass ich ihn anlog. Ich war nie ein gläubiger Mensch gewesen, oft genug benutzte ich den Namen des Herrn, um einen besonders heftigen Fluch auszudrücken, doch in diesem Moment betete ich zum ersten Mal seit langem um Standhaftigkeit.

Ausdruckslos, weiterhin mit diesem traurigen Abklatsch eines Lächelns auf meinen schmalen, farblosen Lippen, erwiderte ich seinen Blick, atmete erleichtert auf, als er sich abwandte, anscheinend davon überzeugt, dass ich zumindest im Moment die Wahrheit sprach.

Ein schwarzer Wagen fuhr vor, eben jener, mit welchem Daniel uns davor zu diesem Restaurant gefahren hatte, und unterbrach damit, was immer Stefan hatte fragen oder sagen wollen. Wenigstens einer in diesem gottverdammten Albtraum hatte ein passendes Timing.

Galant wie immer führte mich Stefan zum Auto und hielt mir die Tür auf, half mir auf die Rückbank und küsste die Knöchel meiner Finger, ehe er über mein verblüfftes Gesicht schmunzelnd die Tür zuschlug und um das Heck herumlief.

Ich kam mir seltsam beobachtet vor und als mein Kopf nach oben zuckte, glühten mir Daniels Augen im Rückspiegel entgegen. Obwohl der Wagen die Dunkelheit der Nacht um uns herum übernommen hatte, sah ich den brennenden Blick deutlich, spürte ihn überall auf meiner Haut.

„Du scheinst seine Anwesenheit ja wirklich zu genießen, Mädchen“, murmelte er lautlos, beinahe gelangweilt, doch sein Gesichtsausdruck strafte sein Desinteresse Lügen.

Ich fuhr mir über die Augen, irgendeinen Vorwand suchend, um ihm nicht in die Augen sehen zu müssen. Ich ertrug diesen stummen Vorwurf, die Enttäuschung und Verachtung im Moment einfach nicht – es war zu viel für meine überreizten Nerven.

„Dies ist wohl kaum der richtige Ort, Daniel“, erwiderte ich mit müder Stimme und starrte aus dem Fenster.

Genaugenommen wollte ich nirgendwo mit ihm über dieses Thema reden, nicht heute Abend.

Stefan öffnete seine Tür, bevor Daniel etwas entgegnen konnte und ich beglückwünschte den zweiten Spieler zu seinem wunderbar passenden Timing.

Ohne etwas zu sagen oder auf Anweisungen zu warten, gab Daniel Gas, der unvorbereitete Start drückte mich tiefer in das Leder. Ich krallte meine Finger um den Griff in der Tür und starrte stumm nach draußen, ohne wirklich etwas zu sehen. Meine Gedanken drehten sich um eine einzige Frage, die wieder und wieder durch meinen Kopf hallte, ohne dabei eine Antwort zu finden.

Was zum Teufel sollte ich tun?

Wie gern hätte ich mit jemandem gesprochen, am liebsten natürlich mit Jordan; doch selbst meine Mutter hätte ich diesem stillen In-mich-hinein-Brüten vorgezogen. Dass dies nicht möglich war, niemals möglich sein würde, wurde mir immer wieder schmerzlich bewusst, wenn ich an die erste Klausel unseres Vertrages zurückdachte.

„Absolute Verschwiegenheit gegenüber der Presse und Außenstehenden.“

Doch bezog sich das nicht nur auf seine sexuelle Orientierung? Alles andere war dort mit keinem Wort erwähnt worden – eine Grauzone? Es brannte mir auf der Zunge, ihn danach zu fragen, doch noch im selben Moment presste ich die Lippen fest aufeinander.

Er konnte weder mich noch meine Gedanken kontrollieren, auch wenn er das dachte.

Niemals.

Ich musste es mir nur immer wieder sagen, mir immer wieder aufs Neue beweisen, dass ich noch ein selbstständig denkender, funktionierender

Mensch war. Und als solcher war es meine eigene Entscheidung, ob ich mit meiner besten Freundin über Eheprobleme reden würde oder nicht.

Ich war so tief in Gedanken versunken, dass ich gar nicht merkte, wie der Wagen anhielt und meine Tür geöffnet wurde. Erst Stefans nachdrückliches Räuspern ließ mich aufschrecken.

Errötend ergriff ich seine ausgestreckte Hand und ließ mich zur Haustür führen. Sanft strichen seine Fingerspitzen über meinen Handrücken, als er mit der anderen Hand die Tür öffnete und mich eintreten ließ. Nachdem er sie hinter sich wieder geschlossen hatte, zog er mich ruckartig an seine Brust, überrascht stolperte ich über meine eigenen Füße – verdammte High Heels! – und hätte beinahe den Boden mit meinem Gesicht begrüßt, als Stefan mich gerade noch auffing.

Fest drückte er mich an seine Brust, atmete heftig aus.

„Verdammt, June, du bringst mich noch einmal um – oder dich. Wenn ich mir das so anschaue, wohl eher dich.“ Sein verschmitztes Grinsen vertrieb die letzten Reste der Dunkelheit aus seinem schönen Gesicht und hinterließ keine Beweise für seine düsteren Worte während des Essens.

Obwohl ich mich dafür hasste, spürte ich, wie sich mein Herzschlag automatisch beschleunigte und ich sein Lächeln unwillkürlich erwiderte.

Warum nur musste es so kompliziert sein?

Ich vergrub mein Gesicht an seiner Schulter, genoss das Gefühl, als er mir einen Kuss auf den Kopf hauchte. Dann löste er sich sanft von mir, drückte mich mit zarter Gewalt auf eine der Treppenstufen, bevor er vor mir auf die Knie ging und mir vorsichtig die Schuhe auszog.

„Ich schätze, ohne diese Dinger sinkt der Verletzungsfaktor um mindestens fünfzig Punkte“, scherzte er mit einem breiten Grinsen, ich gluckste leise, ließ mir von ihm wieder auf die Beine helfen.

Seine Lippen liebkosten mein Gesicht, fuhren über meine Stirn, meine Nase, hauchten zarte Küsse auf meinen Mund, brachten mein Blut in Wallung.

Warum war ich nicht abgestoßen, angewidert?

„Ich danke dir für diesen schönen Abend, June. Kaum zu glauben, dass Essen allein so erschöpft, doch ich bin vollkommen erledigt. Vielleicht sollen wir nun schlafen gehen?“

Leicht benommen von dem betörenden Gefühl seiner Lippen auf meinen nickte ich einfach, während seine Worte langsam in mein benebeltes Gehirn sickerten und mich mit einem Schlag klarwerden ließen.

Schlafen gehen.

Jeder in seinem Zimmer – und durch seine Anwesenheit war es mir unmöglich, mich in Daniels Zimmer zu schleichen. Das bedeutete eine weitere, einsame Nacht, eine von vielen, die noch folgen würden. Vielleicht war es so das Beste, immerhin war es Zeit, dass ich mich daran gewöhnte. Ich würde von nun an schließlich hunderte, tausende Nächte alleine verbringen müssen.

Ich legte die Hände flach auf seine Brust und drückte ihn leicht weg, küsste ihn ein letztes Mal auf den Mund, vorsichtig, als wäre er zerbrechlich – dabei ging es vielmehr darum, mich selbst zu schützen.

„Schlaf gut, Stefan“, murmelte ich leise, bevor ich mich umdrehte und die Treppen nach oben stieg.

Sobald ich mich außerhalb seiner Sicht befand, musste ich mich zwingen, nicht eine der Tränen zu vergießen, die hinter meinen Augenlidern darauf warteten, vergossen zu werden.

Nein – ich würde nicht weinen, nicht eine einzige Träne des Selbstmitleides vergießen. Ich musste endlich lernen, stark zu sein. Für mich und mein Glück.

So drückte ich den Rücken durch und ging aufrechten Hauptes in mein Zimmer, verrichtete routiniert meine Abendhygiene und zog mich um, bevor ich in mein Bett schlüpfte, welches für mich alleine viel zu groß und viel zu kalt war.

Ich rollte mich fest unter meiner Decke zusammen und drehte mich zur Wand, schloss die Augen.

Während ich auf den Schlaf wartete, huschten immer wieder Gesprächsfetzen und Gedanken durch meinen Kopf, vergifteten mit ihrer nüchternen Wahrheit meinen Verstand.

... ein Spiel mit Schachfiguren ...

... ein Schnipsen ... Figur fällt ...

... hättest du mich geschlagen, Stefan? ...

... hast seine Anwesenheit genossen? ...

... liebt dich nicht. Wird dich nie ...

Ich wusste nicht, ob ich eingedöst war oder ob ich die Tür einfach überhört hatte, doch ich hörte ganz deutlich das Tapsen nackter Füße über den Boden meines Zimmers.

Als ich mich umdrehte und dabei die schwarze Gestalt vor meinem Bett bemerkte, die sich anschickte, zu mir unter die Bettdecke zu kriechen, zuckte ich unwillkürlich zusammen und hob abwehrend die Hände.

„Ich bezweifle, dass das eine gute Idee ist.“

Was, wenn er noch wach war? Wenn er auf die Idee kam, in meinem Zimmer nach dem Rechten zu schauen?

Die Gestalt hielt inne und ihre Stimme klang zweifellos irritiert. „Warum sollte das keine gute Idee sein?“

Umso erschrockener klang meine eigene Stimme. „Stefan?“ – „Ja, natürlich. Hast du jemand anderes erwartet?“ Auch wenn ein scherzhafter Unterton in seiner Stimme lag, spürte ich doch den Ärger darin und ich beeilte mich um eine abwiegelnde Antwort. „Natürlich nicht. Es überrascht mich nur – was willst du hier? Du hast doch gesagt ...“ Er unterbrach mich mit sanfter Stimme und rutschte dabei neben mir in mein Bett.

„Ja, ich weiß, was ich gesagt habe. Aber ich habe auch versprochen, immer für dich da zu sein – und das war ich ganz offensichtlich nicht, immerhin habe ich dich noch am ersten Tag unserer Flitterwochen alleingelassen. Dies gilt es wiedergutzumachen.“

Als wäre damit alles gesagt, legte er seinen Arm um meine Seite und zog mich näher zu ihm heran.

Ich sog scharf den Atem ein, versteifte mich unwillkürlich, als ich merkte, dass er nur seine Boxershorts trug.

„Entspann dich, June. Es ist doch nichts dabei ...“, murmelte er leise und drückte mir ein paar Küsse auf den Kopf, die mich wohl beruhigen sollten, dabei aber das Gegenteil erreichten.

„Du kannst dich entspannen, ich bin viel zu müde nach dem ganzen Stress heute, die Arbeit war hart, der Flug lang. Wir haben Zeit.“

Das Streicheln seiner Hand auf meiner Seite ließ allmählich nach, immer öfter klang ein verschlafenes Schmatzen aus seinem Mund – ganz im Gegensatz zu mir, die ich mit einem Mal hellwach war. Ich hatte mir zwar gewünscht, mit ihm in einem Bett zu schlafen – doch nicht so.

Nicht jetzt, nachdem Daniel mir gezeigt hatte, was man vor dem Schlafengehen für vergnügliche Dinge anstellen konnte.

Nicht, wenn sich eine harte, warme Männerbrust in meinen Rücken drückte, die mich von ganz anderen Sachen träumen ließ, als kuscheln und schließlich einzuschlafen ...

Ich wusste nicht, wie lange ich schon neben ihm lag, stocksteif und mit schmerzenden Gliedern, doch das leise Schnarchen hinter mir zeigte, dass Stefan schon längst eingeschlafen war.

Vorsichtig löste ich mich aus seinem Griff und drehte mich um.

War nicht das hier, wovon ich immer geträumt hatte?

Er war noch schöner, wenn er schlief – wenn das überhaupt möglich war. Sein Gesicht war entspannt und glatt, ein leichter Bartschatten lag auf seinen Wangen und steigerte seine Attraktivität noch deutlich. Es sollte verboten sein, derart schön auszusehen.

Er wirkte so verletzlich, schien nichts mit dem Mann gemein zu haben, der so schreckliche Dinge sagen konnte, wie er es heute getan hatte.

„Ein einziges Schnipsen mit meinen Fingern ... und die Figur fällt."

Mit einem Mal war mir seine Nähe zu viel, zu überwältigend, zu beängstigend. Sie nahm mir die Luft zum Atmen.

So sanft und vorsichtig wie möglich arbeitete ich mich unter meiner Decke hervor und kroch über das Bett, konnte erst wieder aufatmen, als ich am Bettende stand und auf ihn hinabschauen konnte. Er schien nichts gemerkt zu haben, denn er rollte sich auf den Bauch und schnarchte leise weiter.

Wieso nur konnte er nicht ein ganz normaler Mann sein?

Ich riss meine Augen von seiner Silhouette los und schlich auf Zehenspitzen zur Tür, öffnete sie und schloss sie nach einem letzten Blick auf den schlafenden Stefan wieder.

Sofort konnte ich leichter atmen, leichter klare Gedanken fassen. So leise wie ich nur konnte, lief ich die Treppe nach unten und wollte mir in der Küche ein Glas Milch einschenken, als ich eine Gestalt am Küchentisch sitzen sah. Dieses Mal allerdings konnte ich mir sicher sein, dass es Daniel war, der dort eben ein Glas Bourbon leerte.

Ohne seinem brennenden Blick Beachtung zu schenken, ging ich an ihm vorbei zum Kühlschrank und fischte die Milch aus dem unteren Fach.

„Was machst du hier?", fragte ich leise, während ich ein Glas füllte.

„Konnte nicht schlafen. Habe auf dich gewartet", antwortete er mit einem leichten Lallen in der Stimme, welches verriet, dass er schon mehr als einen Becher über den Durst getrunken hatte.

Ich lehnte mich mit dem Rücken an die Theke, trank einen Schluck und ließ meinen Blick über den dunkelhaarigen Mann wandern. Er hatte sein Hemd ausgezogen und den Knopf seiner Hose geöffnet, strahlte damit eine Sinnlichkeit aus, die mir den Atem stocken ließ.

Und genau in diesem Moment wusste ich, was ich zu tun hatte, auch wenn es mir das Innerste zerriss.

„Ich muss mit dir reden ..."

Ich hätte nicht gedacht, dass mir einmal etwas schwerer fallen würde, als das „Ja" bei meiner Hochzeit.

Kapitel 30

Was gibt es denn so Dringendes, was nicht bis morgen warten kann?“, brummte Daniel recht unbeteiligt und schenkte sich einen weiteren Schluck Bourbon ein, ohne mich anzusehen.

Mein Herz schlug mir bis zum Hals und alleine bei dem Gedanken an die nächsten Worte drehte sich mir der ganze Magen um, ich musste die aufkommenden Tränen unterdrücken.

Ich wusste, dass dies die einzige Möglichkeit, das einzig Richtige war, doch warum fühlte es sich so verdammt falsch an, warum schmerzte mir die Brust so, wenn ich nur daran dachte?

„Wir müssen damit aufhören, Daniel.“

Nun sah er doch auf, das kleine Licht der Herdbeleuchtung spiegelte sich in seinen Augen, versteckte aber nicht das Unverständnis in seinem Blick.

Er verstand nicht, was ich meinte. Seine Augenbrauen wanderten fragend, vielleicht auch verächtlich nach oben bevor er den Blick wieder abwandte und an seinem Glas nippte, den Rand mit seinen langen Fingern umspielte.

„Mit was aufhören? Mit der Schlaflosigkeit? Mit dem Trinken? Umweltverschmutzung? Abholzung des Regenwalds? Mädchen, es ist spät und ich habe getrunken. Wenn du so dringend mit mir reden willst, dann drück dich klar aus, ich bin nicht aufgelegt, Ratespielchen zu spielen.“

Ich presste mir die Fäuste auf die Augen, versuchte das erstickte Schluchzen in meiner Kehle wieder hinunterzuschlucken. Verfluchte Emotionen. Warum konnte ich sie nicht einfach so abstellen, wie Daniel es tat?

„Du weißt genau, was ich meine. Wir müssen es beenden, das, was auch immer hier zwischen uns läuft. Wir sollten uns nicht mehr so sehen. Alles, was uns verbinden sollte, ist das Geschäftliche.“

Er prustete leise in sein Glas, lachte lautlos in sich hinein, weigerte sich weiterhin, mir ins Gesicht zu sehen. „Wie witzig, Mädchen. Hätte ich beide Hände frei, würde ich mir auf die Schenkel klopfen.“

Wieso musste er alles ins Lächerliche ziehen? Wenn ich nur einen dummen Scherz gemacht hätte, würde ich hier dann wie ein Häufchen Elend stehen und um Fassung ringen? Oder war es ihm egal? Tränen stiegen mir in die Augen, doch ich unterdrückte sie tapfer. Er würde mich nicht weinen sehen, nicht einmal vor Zorn. Seine Ignoranz, seine Überheblichkeit machte mich unglaublich wütend.

Hatte ich mir all das, was zwischen uns war, über den Sex hinaus, nur eingebildet?

„Du kannst so ein ekelhaftes Arschloch sein, Daniel“, flüsterte ich leise, sprach aus, was ich dachte, meine Stimme zitterte dabei, brach beinahe ab.

Mit gesenktem Kopf knetete ich meine Hände. „Anscheinend scheinst du ohnehin nicht viel in dieser Sache zwischen uns zu sehen, das zeigt deine Reaktion mehr als deutlich – vielleicht war es dämlich, dass ich es überhaupt angesprochen habe. Für dich scheint ein Ende ja schon festzustehen."

Nun sah er mich doch an, die Stirn gerunzelt. Langsam trank er sein Glas leer, ohne den Blick auch nur einen Moment von mir zu nehmen, ohne auch nur zu blinzeln. Sein Starren war mir mit einem Mal unangenehm, es jagte mir einen kalten Schauder über den Rücken. Fröstelnd schlang ich die Arme um meinen Oberkörper – oder tat ich es, um nicht zu zerspringen?

Er stellte das Glas wieder ab und lehnte sich zurück, musterte mich weiter mit seinem brennenden Blick.

„Von was zum Teufel redest du, Mädchen? Du willst unsere ... was auch immer wir haben, einfach beenden? Wieso?"

Ein ungläubiges Lachen perlte von meinen Lippen, frustriert fuhr ich mir durch die Haare.

„Du bist wirklich unglaublich. Wo zur Hölle warst du die letzten Stunden? Anscheinend warst du geistig abwesend und es ist deiner Aufmerksamkeit entgangen, dass dein Freund, dein Arbeitgeber, mein Mann, wieder hier ist!"

Sein Stirnrunzeln vertiefte sich noch.

„Pass auf, wie du mit mir redest, ich wiederhole mich nicht gerne, June. Stefan ist wieder da – na und? In welcher Hinsicht sollte diese Tatsache mich beeindrucken? Was hindert uns daran, weiterzumachen wie bisher?"

„Wie stellst du dir das vor? Tagsüber spiele ich seine liebende Ehefrau und nachts schleiche ich mich in dein Zimmer und wir ficken bis die Sonne aufgeht? Du musst den Verstand verloren haben!"

Ich schüttelte den Kopf, fasste mir an die Stirn. Das konnte er unmöglich ernst meinen! Doch sein Blick sprach Bände, gleichgültig zuckte er die Schultern.

„Und wo genau siehst du das Problem, June? Was hast du nicht verstanden? Die liebende Ehefrau oder das Ficken? Wenn du mir sagst, wo es hängt, kann ich dir weiterhelfen."

Meine Finger juckten, ich musste den Drang bekämpfen, ihm das, was mir am nächsten stand, gegen den dicken Schädel zu werfen oder ihm wahlweise sein dämliches Maul damit zu stopfen. Ich biss die Zähne so fest aufeinander, dass mein Kiefer zu schmerzen begann und knurrte ihn dunkel an.

„Sei vorsichtig Daniel, ich warne dich nur ein einziges Mal. Ich bin nicht dumm und das weißt du – du tätest besser daran, mich nicht wie ein blödes Kind zu behandeln, an diesem Punkt reagiere ich sehr empfindlich."

Ich spürte das Blut in meinem Kopf pulsieren, fühlte das Zucken der Muskeln in meinem ganzen Körper, welcher unter der Anspannung ächzte und zitterte.

Unter meinem wütenden, stierenden Blick schien es Daniel unwohl zu werden, er rutschte auf seinem Platz hin und her, brach den Blickkontakt aber nicht ab. Seine Hände waren zu Fäusten geballt.

„Wenn du all das verstehst, ist es mir allerdings schleierhaft, wo genau du das Problem siehst. Warum sollten wir nicht so weitermachen können wie bisher? Was sollte uns daran hindern?"

War er wirklich so bescheuert oder stellte er sich so dumm, um mich zu provozieren?

„Manchmal frage ich mich wirklich, ob sie dir im Krieg nicht auch das Hirn weggesprengt haben, so dumm wie du dich manchmal anstellst", giftete ich und ignorierte seinen Blick, der sich verdunkelte, sah über seine warnend erhobene Hand hinweg.

„Stefan ist nicht dumm, Daniel. Er wird es merken, wenn direkt vor seinen Augen etwas läuft. Willst du dieses Risiko wirklich eingehen? Nachdem du selbst mir gesagt hast, dass er dich ohne zu zögern umbringen würde, wenn du die Hände auf mich legst?"

Er schnaubte auf, fuhr sich erregt über das Gesicht. Endlich zeigte auch er so etwas wie Wut.

„Redest du so einen Mist, weil ich diese eine Aussage gemacht habe? Herrgott June, vergiss einfach, dass ich das jemals erwähnt habe. Es war vollkommen überzogen und ich hätte es dir nicht sagen sollen. Er würde mich nicht umbringen. Er braucht mich."

„Ach ja? Davon wäre ich an deiner Stelle nicht überzeugt! Wie schon mehrfach gesagt, ich bin nicht dumm, auch wenn du das von mir zu halten scheinst. Ich habe Stefans Launen schon mehr als einmal miterlebt, ich weiß, was für ein widerliches Antlitz er unter seiner höflichen, lieben Maske versteckt! Wenn du gehört hättest, wie er mit mir geredet hat, nachdem die Fotos von Charles und mir in der Zeitung aufgetaucht sind ... Wenn du mitbekommen hättest, wie er vorhin im Restaurant zu mir gesprochen hat, dann würdest du jetzt nicht so sorglos daherreden!"

„Bilde dir nicht ein, du würdest Stefan kennen, June. Das ist einer der schlimmsten Fehler, die du in Bezug auf ihn machen kannst", murmelte Daniel scheinbar ruhig, doch sein Augenlid begann zu zucken, verriet seine innere Anspannung. „Ich kenne ihn schon weit länger als du, habe weit mehr mit ihm erlebt. Du weißt nichts, Mädchen, gar nichts. Du kannst ihn nicht einschätzen, nicht kalkulieren, wie er in welcher Situation reagieren wird – ich dagegen schon."

Nun war es an mir, laut zu schnauben. Wütend funkelte ich ihn an.

„Keine Angst, ich versteige mich schon nicht so weit, zu denken, ich käme mit meinem beschränkten Wissen an den allwissenden Daniel heran, verlass dich darauf! Allerdings gestehe ich mir zu, Menschen zu kennen und sie gut einschätzen zu können – und Stefan ist wirklich unberechenbar. Ich kann mir kaum vorstellen, was er mit mir machen würde, wenn er es herausbekommt – und was er erst mit dir machen würde! Er vertraut dir mehr als allen anderen, mehr als mir! Ich bezweifle, dass er Gnade walten lassen würde, nur, weil ihr zusammen gekämpft habt!"

Meine Finger krampften sich um die Kante der Anrichte.

„Er hat mir erzählt, dass du ihm das Leben gerettet hast, mehrfach."

Daniel Gesicht verlor ein wenig Farbe und verschloss sich zusehends.

Es war mir unmöglich zu erkennen, was er dachte, was er fühlte, doch es schien ihm nicht zu gefallen, dass Stefan aus dem Nähkästchen geplaudert hatte. Dennoch fuhr ich fort.

„Er hat mir davon erzählt, wie du am Krieg zerbrochen bist und wie er selbst daran gewachsen ist. Er hat damit geprahlt, niemals Probleme beim Schlafen zu haben, nie ein schlechtes Gewissen, keine Erinnerung an all die Menschen, die er getötet hat – er kennt keine Skrupel mehr. Das Leben ist für ihn ein Spiel, ein Theaterstück, bei welchem er Regie führt, er zieht an den Fäden und die Figuren kuschen – Daniel, ich habe nicht den geringsten Zweifel daran, dass er dich bestrafen würde! Das kann ich nicht zulassen ..."

Meine Stimme brach und ich verbarg das Gesicht in meinen Händen, als mir doch die Tränen über die Wangen liefen. Allein der Gedanke daran, dass Stefan ihm etwas antun könnte, ließ mir die Brust eng werden.

Warme Hände umfingen mein Gesicht, lösten meine eigenen Hände davon und strichen sanft die Tränen fort, weiche Lippen küssten die Nachfolgenden einfach weg.

Als ich meinen tränenverschleierten Blick hob, sah ich direkt in Daniels Augen, in denen ein stummes Lächeln stand und ein Gefühl, welches ich nicht ganz einordnen konnte – nicht einordnen wollte.

„June, es ehrt dich, dass du dir Sorgen um mein Leben machst und deswegen daran denkst, das zu beenden, was wir haben ... aber Mädchen, es ist mein Leben und meine Entscheidung. Und ich bin – wie hast du es doch gleich genannt? Ich bin ein viel zu egoistisches, arrogantes Arschloch, um dich einfach loszulassen, nur, weil es ein wenig schwierig wird. Schau, es wäre früher oder später ohnehin so weit gekommen, da deine Flitterwochen, oder dein Urlaub hier nicht ewig gedauert hätten. In einer Woche wäre es so oder so wieder nach Hause gegangen, zu Stefan und deinen Verpflichtungen. Das war mir von vornherein klar. Und es war mir egal. Wir finden schon einen Weg!"

In seiner Stimme schwang so viel Hoffnung mit, dass es mir erneut Tränen in die Augen trieb.

„Und wenn nicht? Ich bin keine Schauspielerin, Daniel, auch wenn von mir erwartet wird, dass ich allen etwas vorspiele. Er wird es merken. Selbst wenn er es zuerst nicht versteht … eine einzige Frage an mich, ein bohrender Blick – ich werde nicht lügen können. Und es ist auch meine Entscheidung, meinst du nicht auch? Ich will dieses Risiko nicht auf mich nehmen."

Ich legte ihm eine Hand an die Wange und versuchte unter Tränen zu lächeln.

„Ich will nicht schuld daran sein, wenn dir etwas zustößt. Ich könnte es mir nie verzeihen …"

Unbeweglich stand er da, verzog keine Miene. Das Herz wollte mir in der Brust zerspringen, als mich sein Blick durchbohrte, das Atmen fiel mir so verdammt schwer.

Ich musste mich zwingen, die Hand von seinem Gesicht zu nehmen und ihn langsam wegzuschieben, musste mich zusammenreißen, um ihm nicht um den Hals zu fallen, als ich mit hängenden Schultern und verzerrtem Gesicht an ihm vorbeiging.

Es ist besser so.

Immer wieder sagte ich mir diesen Satz, immer wieder halte er durch meinen so leeren Kopf.

Es ist das Beste für uns alle.

Als ich durch den Türbogen gehen wollte, erklang seine Stimme, ließ mich zusammenzucken und sofort stehenbleiben, als wären meine Beine am Boden festgeschweißt.

„So einfach machst du es dir, ja? So einfach fällt es dir, einen Schlussstrich zu ziehen?"

Seine gebrochene Stimme tat weh, ein zittriger Atemzug entfuhr mir.

Langsam drehte ich mich zu ihm um, nahm das Bild in mich auf, wie er dort stand, mit geradem Rücken und geballten Fäusten, weißem, ausdruckslosem Gesicht, die Lippen zu einem dünnen, farblosen Strich zusammengepresst.

Ich schüttelte den Kopf, bemüht, den Kloß in meiner Kehle hinunterzuschlucken.

„Du kennst mich wirklich schlecht, wenn du das auch nur einen einzigen Moment annimmst, auch nur einen Moment glaubst, das hier würde mich kaltlassen."

Seine Schritte waren so schnell, dass ich sie kaum wahrnehmen konnte, ein verwirrtes Blinzeln, schon stand er vor mir. Seine Hände packten meine Schultern, nicht fest genug, um mir wirklich weh zu tun, nicht so leicht, dass ich mich losreißen konnte, wenn ich denn gewollt hätte.

Wollte ich denn?

Willenlos ließ ich mich von ihm herumdrehen, ich ließ zu, dass er sich an mich presste, seine Hände über meine Schultern zu meinem Rücken wandern ließ, verworrene Kreise malend.

Ich erschauderte.

„Ich weiß es nicht, June. Ich habe keine Ahnung, was du dir gerade denkst, was du fühlst. Ich weiß nicht, was dich berührt und was dich kalt lässt." Seine Stimme war rau und dunkel, meine Nackenhaare stellten sich auf.

Sein Körper drängte sich gegen meinen, so eng, dass kaum mehr ein Blatt zwischen uns gepasst hätte, seine Augen glühten im Halbdunkel der Küche.

„Lässt dich das kalt, June? Oder berührt es dich?"

Bevor ich auch nur an eine Antwort denken konnte, drückte er sich noch fester an mich, drängte mich weiter zurück, bis mein Hintern gegen den Küchentisch stieß. Kurzerhand packte Daniel mich und legte mich über das dunkle Holz, war über mir, bevor ich mich wehren konnte.

„Sag schon, June. Lässt dich das kalt?", flüsterte er heiser, strich mit bebenden Händen die Haare aus meinem Gesicht. Ich schüttelte stumm den Kopf, meine Hand wanderte in seinen Nacken, die Bewegungen kamen abgehackt, der Atem stockte.

„Nein, es lässt mich nicht kalt", erwiderte ich kaum hörbar, meine Lider versuchten verzweifelt, die Tränen zu bändigen, die sich langsam aber sicher aufbaute.

Ich hatte kaum zu Ende gesprochen, da fuhren seine Lippen auf meine nieder, bearbeiteten mich mit solchem Nachdruck, dass ich nicht anders konnte, als ihm den Zugang zu meinem Mund zu gewähren. Sein köstlicher Geschmack, vermischt mit der rauchigen Note des Bourbons, entlockte mir ein weiteres Keuchen.

Sanft knabberte er an meiner Unterlippe, zog sie mit den Zähnen in die Länge, ehe er sich wieder meiner Zunge widmete, sie mit der seinen streichelte und umwarb. Erst als sich Sterne vor meinen Augen bildeten, ließ er von mir ab, schnappte hörbar nach Luft.

„Was ist, June, berührt dich das auf irgendeine Art und Weise?", keuchte er leise, legte seine Stirn gegen meine. Mein Atem ging ebenso schwer die der Seine. „Ja, es berührt mich."

Warum brauchte er diese Bestätigung, wenn er es doch wusste?

Es berührte mich mehr, als es in dieser Situation sollte.

Ich wollte ihn, jetzt, hier, immer und überall.

Ich wollte ihn.

Nicht nur für eine flüchtige Affäre, für ein paar gestohlene Momente, einige Augenblicke voller Reue.

Ich wollte ihn ganz.

Ohne Rücksicht auf die Konsequenzen, die das alles für ihn, für mich haben konnte.

Ohne Rücksicht auf Stefan.

Stefan.

Stefan der keine zwei Meter über uns seelenruhig in meinem Bett schlief.

Augenblicklich war ich wieder klar, war wieder im Hier und Jetzt. Ich presste die Hände auf seine Brust, konnte kaum atmen.

„Bitte, nicht", würgte ich mühevoll hervor.

Sofort brachte er ein wenig Abstand zwischen uns. Als er die Tränen auf meinen Wangen bemerkte, beugte er sich über mich, umfasste mein Gesicht mit beiden Händen.

„Was ist, June? Habe ich dir wehgetan?"

Ich schüttelte den Kopf, verfluchte mich selbst für meine Schwäche und diese anhaltenden Tränen.

„Nein, es ist nur ... ich kann das nicht, Daniel, ich kann es nicht mehr. Bitte, lass mich los."

Nach einem kurzen Zögern wich er einen Schritt zurück, fuhr sich erregt durch die Haare. Ich setzte mich auf, meine Beine zitterten.

„Warum nicht, June? Was ist? Was ist jetzt anders als vor zwei Tagen? Warum kannst du dich nicht einfach gehen lassen? Ist es wegen Stefan? Mach dir keine Sorgen, er hat einen festen Schlaf, ihn weckt nichts so schnell."

Er versuchte ein Lächeln, was allerdings eher einer Grimasse gleichkam. „Er hat vor zwei Jahren sogar den Feueralarm überhört."

Er wollte einen Schritt auf mich zu machen, streckte die Hand sehnsüchtig nach mir aus, doch ich schüttelte den Kopf. „Bitte nicht, Daniel. Das macht es nur schwerer."

Wieder trat er zurück, vergrub beide Hände in seinem dunklen Schopf, er zerrte an den Strähnen, seine Zähne mahlten unaufhörlich. In seinem Gesicht sah ich den Kampf, der in ihm tobte, wie er versuchte, seine Gefühle zu unterdrücken.

Ein Schluchzen bahnte sich den Weg nach oben, gerade noch rechtzeitig drückte ich meine Hand auf meinen Mund, um es zu ersticken, unaufhörlich rannen Tränen über meine Wangen.

Warum musste es so schwer sein, warum so wehtun?

Meine Beine hielten mich kaum, als ich vom Tisch auf den Boden glitt und mit einigen schwankenden Schritten an ihm vorbeiging. Seine Hand berührte flüchtig meine Schulter, ich zuckte zusammen.

Seine Stimme war so rau, dass ich kaum ein Wort verstand.

„Geh nicht, June. Ich bitte dich. Lass mich nicht allein ... *Lass mich nicht in der Dunkelheit versinken.*“

Obwohl ich wusste, dass ich einfach gehen sollte, bevor wir wieder etwas anfingen, was ich dieses Mal nicht beenden konnte, blieb ich stehen.

Ich konnte ihn nicht einfach so stehen lassen.

Ich war nicht stark genug.

Als ich ihn ansah, hatte er wieder diesen Ausdruck in den Augen, den Ausdruck, den ich davor schon gesehen hatte und nicht hatte sehen wollen, den Ausdruck, der drei kleine Worte unaufhörlich in meinem Kopf hatte hallen lassen.

„June ... ich ... du kannst nicht einfach gehen“, murmele er mit brechender Stimme und der Ausdruck vertiefte sich, ließ mich schwindeln. „Ich ... ich ...“

Er durfte es nicht sagen.

Nicht jetzt.

Nicht hier.

Nicht, während ich hier mit meiner Fassung rang.

Es wunderte mich fast, dass ich diesen Ausdruck mit einer solchen Leichtigkeit hatte zuordnen können, noch nie hatte mich jemand mit einem solchen Blick angesehen, nie hatte jemand so deutlich seine Liebe zu mir gezeigt.

Noch nie war ein solcher Blick für mich bestimmt gewesen.

Dieser Ausdruck in Daniels Augen stellte alles in den Schatten, was ich jemals in Stefans Augen gesehen hatte, was ich jemals in den Augen meiner Eltern entdeckt hatte.

So simpel, so undurchdringlich.

Liebe.

Mein Herz krampfte sich noch mehr zusammen.

Daniels Augen glänzten feucht.

„Ich weiß, du willst es nicht hören“, flüsterte er kaum hörbar, „ich habe mich in dich verliebt, June.“

Er schluckte hart. „Mehr noch. Ich liebe dich. Seit ich dich zum ersten Mal gesehen habe, inmitten eines Scherbenregens.“

Nein.

Er durfte das nicht sagen, nicht einfach so, es sollte nicht aus seinem Mund kommen, nicht jetzt, nicht hier.

Mein Verstand schrie mich an, einfach zu gehen, mir nicht anzuhören, was er zu sagen hatte, doch ich konnte mich nicht bewegen, konnte nur stumm dastehen und ihn anstarren.

Warum?

„Verdammt, June, du kannst dir nicht vorstellen, was für ein Chaos in mir ist … ich … seit dem Krieg habe ich nicht … noch nie habe ich so etwas Starkes gespürt, verstehst du? Vom ersten Moment an, in dem ich dich sah … Ich kann nicht ohne dich, June. Es ist so schwer für mich, Gefühle zuzulassen, das weißt du. Doch sobald du in meiner Nähe bist – ich kann mich dem nicht mehr entziehen! Es ist das Beste, was mir jemals passiert ist, verstehst du? Ich … ich kann wieder schlafen, ganz ruhig, es geht mir besser, ich kann *fühlen*, ohne sofort ein schlechtes Gewissen zu bekommen … das machst alles du! Wegen dir geht es mir besser! Nur dank …“

„Stopp“, flüsterte ich, kaum hörbar, doch sofort klappte er den Mund zu, starrte mich hilflos, vollkommen verwirrt an, ein Spiegelbild meiner eigenen Gefühlswelt.

„Daniel, ich kann das nicht“, flüsterte ich wieder.

Mein Herz bekam einen Knacks.

„Ich kann das nicht weitermachen, vor allem nicht, wenn du so fühlst.“

Ein weiterer Riss.

„Ich … ich empfinde etwas für dich, doch ich weiß nicht, was es ist. Es wäre nicht fair von mir, dir weiterhin etwas zu zeigen, etwas zu geben, was vielleicht nicht einmal da ist.“

Lüge! Lüge!

Mein ganzer Körper schrie es hinaus und Daniel wusste es, doch er unterbrach mich nicht, ließ meine Zunge weiter Gift sprühen.

Der Riss breitete sich auf, ging tiefer. Meine Stimme zitterte. Ein Beben erfasste meinen gesamten Körper.

„Ich … ich muss … meine Zukunft ist Stefan.“ Meine Stimme brach.

Wie sollte ich in Worte fassen, wenn ich nicht wusste, was in mir vorging?

Was war richtig? Was war falsch? Was waren meine Gefühle, was seine?

„June …“ Seine Stimme hatte nichts Menschliches mehr.

Ich schüttelte den Kopf. Die Tränen strömten.

Ein weiteres Knacksen.

Wieder setzte er an.

„Du suchst nach dem Richtigen? Nach dem Besten? Öffne doch einfach deine verdammten Augen!“

So viel Verzweiflung in so wenigen Worten.

Es schmerzte, tat so höllisch weh.

Nie hatte ich so etwas gespürt, nicht einmal ansatzweise.

Niemand hatte jemals gesagt, dass es so verletzen konnte.

„Nein, Daniel. Es ist vorbei.“

Ein letzter Riss.

Mein Herz zersprang, bohrte seine giftigen Scherben in meine Seele.

Ich wusste nicht, ob er wirklich weinte, oder ob es nur meine Schluchzer waren, die von den Wänden widerhallten, als ich floh.

Ende?